U0602088

梁 衡 精 品 散 文 系 列

重阳

梁 衡

—— 著 ——

中国人民大学出版社
·北京·

半个多世纪的心声

——散文三部曲总序

　　我有多种散文选本，大都是出版社针对不同读者，从不同角度甄选的。唯有中国人民大学出版社的这套三卷本的集子是从俯瞰时空的角度，按时间顺序顺流而下选排的。它既清晰地重现了作者的创作历程，又透过作品折射出了时代的脚步，前后凡半个多世纪。

　　作品来源于生活。我不是一个专业作家，我的生活平台是新闻。大部分时间是在当记者，中间还有一段时间为官从政，然后又办报纸。新闻本身就是社会的晴雨表，身在这个平台的好处是可以接触到各种各样的人和事，上至国家领导人，下至工人、农民。因为要采访各行各业，又逼着你去读各种书；因为身在官场，又不得不思考各种社会问题；因为爱好文学艺术，自然要去研究美学。"耳得之而为声，目遇之而成色"，观之，思之，这一切就都融到了作品里。新闻人本来就是杂家，我就更成了一个杂七杂八的人。多年来的作品内容大致有山水游记、政治人物、历史人物、人生思考、艺术随笔等等。

我早期的作品主要是山水游记，这与记者行万里路，与山水亲近有关。从 1980 年发表《恒山悬空寺》，1982 年发表《晋祠》并入选中学课本到 2023 年在《光明日报》发表《城中草原畅想》凡 50 年，算是一幅山水长卷。从 1996 年发表写瞿秋白的《觅渡，觅渡，渡何处？》、1998 年发表《大无大有周恩来》到 2019 年发表写张自忠将军的《将军几死却永生》，又是一幅人物长卷。除这两条主线外，其他题材穿绕其间，相伴而行。

我的写作宣言是两句话：一是写大事大情大理，二是文章为思想而写为美而写。按照这个原则我写了许多大人物和小人物，许多名山大川和身边的风景，许多政治、生活和艺术的思考，皆尽量挖掘其中的人格美、自然美、哲理美。其社会效果最好的标志是多篇作品入选大、中、小学教材，且连续 40 年从未断线。这些作品跨越"文革"和改革开放新时期，是我的心声也是时代的记录。

2004 年中国人民大学出版社第一次出版我的一本散文集，含 1978—2003 年间创作或出版的作品，取名《觅渡》。这是因为其中《觅渡，觅渡，渡何处？》一文影响较大，曾刻碑于瞿秋白纪念馆，入选中学课本，后又拍成同名电影。根据当时的内容，目录编排为大情大理、青史如镜、山川如我、理性人生、域外风景、为艺为文等几个部分。以后这个体例就沿用了下来。2012 年又出版了第二本集子名《洗尘》，作品创作或出版的时间跨度自 2005 年起共八年。书名取意于当时许多事情已洗去历史的尘埃，渐复原貌，更现真情。但这时我已身在官场，生活决定作品，于是增加了"为官为政"一节。2023 年出版社决定继续出版第三本集子，作品创作或出版的时间跨度自 2013 年起共十年，取名《重阳》。岁岁重阳今又重阳，遍地英雄下夕烟。为保留风格，目录仍大致沿用旧例。只是我已退休，身心自由，再无政事之累身、案牍之围城，于是跋山涉水，田野调查，完成了人文森林学的初步研究，并产生了一本《树梢上的中国》。这回也选取几篇单成一节，名"人文森林"。另外又增加了回忆"文革"中艰苦岁月的"梦回塞上"。其余编排仍沿用旧例。还有几篇重要文章因故未能收入，读者可参看其他已出版的选本。

总之，《觅渡》《洗尘》《重阳》这三本书是以 50 年的亲历为纵坐标，以其间的大事大情大理为横坐标，是一个记者、学者、官员的所见、所思。冀能为历史留一点蛛丝马迹，且在读者心中激起一点美的涟漪。

是为序。

2023 年 9 月 10 日

目 录

履　痕　处　处

大　情　大　理

为　艺　为　文

梦回塞上

风 沙 行

1968 年 12 月将近年底时，中央决定分配因"文革"而滞留在大学里的三届学生。那方法不是如现在这样个人填志愿，单位招聘，签约上岗，而是政治动员，号召到最艰苦的、祖国最需要的地方去。这样一来，天真、热血一点的人就纷纷写决心书表态。我学的是档案，为稀缺专业，最早是苏联专家要帮中国建一座档案学院，后中苏关系破裂，就在中国人民大学开设了一个档案系，每年只收 20 人左右，我的上一年级只有 19 人，以往的学生全部分配留在中央机关。这次号召到基层去、到边疆去，我们全班 12 个党员纷纷带头表态，结果鞭打快牛，12 个人就全被分到北部边疆，东起黑龙江西到新疆，一路撒开了去。大家毫无怨言，限三天报到，打起背包就出发。

一

我被宣布分往内蒙古巴彦淖尔盟，查了一下地图，在乌兰布和沙漠的边缘，心想，此生要和风沙打交道了。临行时行李中只带了一套《毛选》和一本焦裕禄治沙的小册子。

几经辗转，多日后我来到一个叫巴彦高勒的地方。安顿好住处，就与几个先到的待分配同学到街上去转转。谁知一出院门不远便是沙漠。正是午后，风停日暖，天净如洗。沙地气候，早穿皮袄午穿纱，虽是深冬，并不十分寒冷。我们见惯了大都市里的高楼大厦、车水马龙，忽看到电影里的沙漠，十分新奇。沙丘相拥而去，一个连着一个；连绵的弧线，一环套着一环，如凝固的波涛。才知"沙海"这个词确不是随意地杜撰的。我忽然想起《吊古战场文》里说的"浩浩乎平沙无垠"，还有唐诗里的名句"大漠孤烟直，长河落日圆"，不远处就是黄河。大漠长河，天高地阔，黄沙滚滚。我们几个萍水相逢的天涯学子，来作这沙海中的伴侣，一扇新生活的大门即将打开。大家兴奋不已，打滚扬沙，尽兴而归。

谁知还没有两天，沙漠就露出了真容。我们因为还要继续下派到县里去，就借了人力排子车拉上行李到火车站去办托运。走到半路狂风大作，飞沙走石，瞬间黄尘蔽日。前日里美丽温柔的沙海早不知躲到何处。街上的行人，男士一律帽檐朝后，女士以纱巾裹脸，艰难地躬身前行，好像正跟前面的一个人角力较劲。我们几个前拉后推护着车子，不让风吹翻行李，大口地喘气。可一张口，好像旁边正等着一个人，立即就给你嘴里塞进一把沙子。成语说，逆水行舟不进则退。我没有行过船，却倒体验到了逆风拉车不进则退。这是我到西北后经历的第一场风沙洗礼。回到招待所后，脱光了衣服也扫不净身上的沙子，那时候的招待所里还没有浴室。

我被下派到了临河县，这是守着黄河边的一个小县，只有四万人口。过了十多天，在县招待所里逐渐聚集了七八个大学生和十来个中专生。当时正是"文革"高潮，县机关几近瘫痪，只有几个人在维持局面。组织干事名李志忠，三十多岁，清瘦老练，说一口当地话。他是我出校门后碰到的第一个工作联系人。他找到我说："县里决定把你们编成了一个劳动锻炼队。俺给你们找了一个条件最好的生产大队，小召公社光明大队，靠近公路，离县城40里。大队长还是全国党代表哩。你们就在那里劳动落户。你看现在县里这个样子，也抽不出什么人去带队了。这20多个学生中，就你一个党员，特任命你为队长，也算是帮我们一个忙。为了便于工作，再给你一个公社党委委员，可参加公社的有关会议。"就这样给我戴了一顶高帽子，却是个紧箍咒，套住了一个给他们白干活的人。

第二天他即叫上县里唯一的一辆嘎斯吉普，带上我去看将要安家的地方。那时的乡间公路全部是土路。冬季里的塞外，几乎无日不风，空中悬浮着似落不落的沙尘，天地一片昏黄。出城北行一个多小时后，车子停下，他说到了。我说："在哪里?"他用手指了指公路西侧，我仍是一头雾水。在我的印象里，所谓村子者，总得有房、有树、有人家。就算没有江南的粉墙黛瓦、中原的青砖大院，也总得有几间房子，或一点鸡犬之声吧? 而这里唯闻北风呼啸，只见黄尘滚滚，向四处望去，收割过的田野是黄的，一条土路是黄的，远处的沙丘是黄的，依稀有几间平顶土房，也是黄的，整整一个黄土、黄沙、黄风搅动的混沌世界。我们要住的就是那几间瞪大眼才能辨认出来的土房。这就是塞外，我将要安家的地方。京城亲友若相问，一袭黄尘在风中。

安顿下来后，我们四个男生睡在一条土炕上，开始了沙里滚土里爬的锻炼生活。河套平原冬天的一大农活就是担土平地。背风铲土，顺风扬沙，口、耳、鼻，乃至你的贴身内衣及任何隐私处，无不灌进沙子。到收工吃饭，碗里也休想没有沙粒。这就是我们正常的劳作和生活。有一次我和一位女同学进城为锻炼队采买生活用品。骑自行车，来回80里。下午返回时又风沙骤起，俩人蹬车艰难地逆风而行。那同学本就瘦小，又是城里长大，哪受过这等折磨? 渐渐体力不支，我们只好骑行一阵又推行一阵，勉力而行。眼看天色昏暗下来，风愈紧沙愈急，前面还要路过一片坟地。我急了，从车上解下一根绳子，拴在她的车把上，翻身上车，在前面使劲蹬车，她也拿出吃奶的力气在后面跟骑，天黑前无论如何要赶回去，两人都汗水湿透了棉衣。家里的同学不放心，到临近村口时，早已看见几只手电筒的灯光，正出来找人。我们进屋后一屁股坐在炕沿上几近瘫软。战友们赶快拧一把热毛巾，又在锅里舀一碗米汤来压压惊。要不是我还顶着个"队长"头衔，当时真想哭几声，喘过来气后，自嘲地说了一句："没想到今天当了一回拖拉机。"大家哄然一笑，就算了事。多少年后我在新闻出版署工作，各省的出版局局长大都是我们这批老五届的学生。物以类聚，每年开会在饭桌上说着说着，就谈起往事。那天，我不知怎么谈到这次风沙夜归人。在座的四川出版局的局长陈涣仁与我同是六八届。他即讲了一个更惨的故事。当时他们几个大学生被下放到四川阿坝劳动，就是当年红军过草地的地方。草地有风无沙，但多雨雾。一天他们几个人出去捡柴火，突然一阵雾起，伸手不见五指，几个人走散，天黑回来时少了一人。也是打着手电筒四处呼喊。第二天，在不远处发现一堆狼吃剩的人骨头。顿时，满座无声，沉默良久，半天有谁以拳击桌，说了一声："喝酒！喝酒！"才又拉回到现实。那时的口号是知识分子到基层去锻炼。"锻炼"这个词借自铁工，就是把一块铁扔在炉子里烧炼，再拿出来反复锻打。我们这批人就像是一个刚出炉的毛坯铸件，除了锻打，还被放到一个风洞实验室里来反复地吹沙洗磨。

一年后我先在县委工作，后当省报的驻地方记者，仍少不了经常下乡，吃风浴沙。一次额外受优待，搭乘盟委书记的车下乡。出城时还天清气朗，车行到北山脚下，山后渐渐升起一片腾腾的烟雾，先是深红暗黄，后渐成灰黑一团，滚滚而来。一会儿就感到了飓风的力量，像有一个无形的巨人，横挡于路的中央，用双手推住我们的车子不准前行。车子大喘着粗气，颤抖着左右摇晃。霎时风助沙威，沙借风力，一团沙、土、风搅成的旋涡将车子团团裹定。只见风挡玻璃上刷刷地卷过流沙的怒涛。车子如掉到了黄河深处，上下左右浊流滚滚，一片昏黄，人如在水下不辨东西。那时的北京吉普还是帆布棚，何谈密封？沙子寻着袖口领口、衣襟裤脚等一切可乘之隙，急急往身子里钻。赶紧停车，静观其变，大家都不敢说话，因为一张口就有一把土直塞咽喉。这样等了半个小时，渐渐风挡玻璃上才出现路的影子，司机启动雨刷，边刷土边小心前行。这是我印象最深的一次风沙与车子的较量，如果当时人在车外又当如何？同行的盟委书记名蒋毅，是一位慈爱可亲的老者，后来他也调回北京，曾任全国总工会副主席。一次开会我们碰到一起，说起那段往事犹惊魂未定，如在昨天。

二

虽风沙肆虐，但人们居于斯，长于斯，也有了对付的办法。最有效的法子就是造林栽树。天不绝人，有沙就有抗沙的植物。在牧区有沙打旺、花棒、柠条等能固沙且可兼做牧草的灌木。农区则有一种名叫沙枣的树，我对它印象极深。现摘取一段当年的日记如下：

一九七三年六月十日

我们住的房子旁长着两排很密的灌木丛，也不知道叫什么名字。第二年春天，柳树开始透出了绿色，接着杨树也长出了新叶，但这灌木却没有一点表示。我想大概早已干死了，也不去管它。

后来不知不觉中灌木发绿了，叶很小，灰绿色，较厚，有刺，并不显眼，我也并不十分注意。只是每天上井台担水时，小心别让它的刺钩着自己的身子。

六月初，我们劳动回来，天气很热，大家就在门前空场上吃饭，隐隐约约飘来一种花香，我一下就想起香山脚下夹道的丁香，一种清香醉人的感觉。但我知道这里是没有丁香树的。

第二天傍晚我又去担水，照旧注意别让枣刺挂了胳膊，啊，原来香味是从这里发出的。真想不到这么不起眼的树丛却有这种醉人的香味。我开始注意沙枣。

去年四月下旬我到杭锦后旗参加了一期盟里举办的党校学习班。党校院里有很大的一片沙枣林。学习到六月九日结束。这段时间正是沙枣发芽抽叶，开花吐香的时期。当时曾写了一首小词记录了自己的感受：

干枝有刺，

叶小花开迟。

沙埋根，风打枝，

却将暗香袭人急。

秋天，我到杭锦后旗太阳庙公社的太荣大队去采访，又一次看到了沙枣的壮观。

这个大队紧靠乌兰布和大沙漠，十几年来，他们沿着沙漠的边缘造起了一条二十多里长的沙枣林带，沙枣后面又是柳、杨、榆等其他树，再后才是果木和农田。这长长的林带锁住了咆哮的黄沙。那浩浩的沙海波浪翻滚，但到沙枣林带前却停滞不前了。沙浪先是凶猛地打在树干上，但立即被撞个粉碎，又被气流带回几尺远，这样，在树带下就形成了一条无沙通道，像被一个无形的磁场阻隔，黄沙总是不能越过，并且还逐年树进沙退。高大的沙枣树带着一种威慑力量巍然屹立在沙海边上，迎着风发出豪壮的呼叫。

沙枣有顽强的生命力。一是抗旱，无论怎样干旱，只要插下苗子，就会茁壮生长，虽不水嫩可爱，但顽强不死，直到长大。二是它能自卫，枝条上长着尖尖的刺，动物不能伤它，人也不能随便攀折它。沙枣林常被用来在房前屋后当墙围，栽在院子外护院，在地边护田。三是它能抗碱。它的根扎在白色的碱土上，但枝却那样红，叶却那样绿，在严酷的环境里照样苗壮生长。

在这里我见到了林业队长。他是一个近六十岁的老人。二十多年来一直在栽树。花白的头发，脸上深而密的皱纹，古铜色的脸膛、粗大的双手，我一下就想到，他多么像一株成年的沙枣，年年月月在这里和风沙搏斗。他那质朴、顽强、吃苦耐劳的品质在育苗时通过满是老茧的手注入沙枣秧里，在护林时通过期盼的眼神注入古铜色的树干上。不是人像沙枣，是沙枣像人。

今年，又是初夏，而我在去冬已移居到临河县中学来住。这个校园其实就是一个沙枣园。一进大门，大道两旁便是密密的沙枣林。每天上下班，特别是晚饭后，黄昏时，或皓月初升的时候，那沁人的香味便四处蒸腾，八方袭来，飘飘漫漫，流溢不绝。初夏的一切景色便都融化在这股清香中，充盈于人的心怀。

宋人咏梅有一名句："暗香浮动月黄昏"。其实，这句移来写沙枣何尝不可？

沙地的可咏可叹之物还有许多。有一种红柳，生长很慢，极耐旱，枝通红，细枝可用来编筐子。我刚住下时房东送来一只新的红柳箩筐，横纹竖线，细编密织，就像是一只大红灯笼，红艳照人。放于墙角顿觉陋室生辉，寒窑生暖。较粗一些的红柳枝可编成篱笆，不是做篱笆墙而是糊上黄泥盖房顶，以枝代瓦。我们住的就是这种房子。它的嫩枝还有一个妙用，当小孩子出疹子正发热难受，将出未出之时，煎汤喝之，立马疹出病爽。又有一种芨芨草，叶嫩时可供牛羊啃食，最有趣的是，它多年生的草杆子有一人多高，洁白似雪，柔韧如藤，大约如织毛衣针那样的粗细。仲秋时节，你老远就能看见谁家土屋前后翠绿一蓬，这时的风景真不亚于江南平原上翠竹深处有人家。收割后可穿成帘子，雪白细密，透风遮阴。而最多的用途是绑成扫院子的大扫帚，一人多高，坚韧而有弹性。无论农家小院还是学校、机关都会靠墙杵上几把，不威自重，亮丽照人，一进门就感到它这院子不扫也净。当然还有其他沙地特产，名声最响的就是河套蜜瓜了，我曾专有一篇《吃瓜》说其中的味道。祸福相依，这都是得了沙子的好处。

就是沙子本身也有许多特别的用途。沙与土，性相近，习相远。沙为圆粒，性流动；土为粉状，性黏滞。沙间有空隙，吸水透气；土质紧密，无水板结，见水成泥。这一比就见出沙子的可爱，也有了许多专门的用处。小者，可洗油瓶，弥砖缝。老油瓶子是最难清洗的，在没有发明洗涤灵的时代，乡间有一个最简单的办法，抓一把沙子，加半瓶水，来回逛荡几次，便洗得光亮剔透。新铺的砖地，缝隙纵横，这时倒上一簸箕沙子，再扫上两遍，天衣无缝。而沙子还用来铺在瓜地里，造成小气候，午热晚凉，便于瓜积累糖分，特别好吃。沙性吸水存水，当地就总结出一种植树经验，简直是一门特技，一个专利。拿一空酒瓶装满水，放入扦插树苗，连瓶埋入沙土中，小苗靠这一瓶水就可熬到长出须根，翻出瓶外，接上地气。在泥土中则不行。大者，沙子可用来筑城修路。我在乡下的时候，公路边每隔百米就备有一堆沙子，防雨天泥泞。沙子的这种圆、松、软、滑的特性还被用来减震，学校体育课上跳高、跳远的沙坑就是一例，而这几天看俄乌战争的报道，其所修的工事就是钢筋水泥板中间夹以厚层的沙子。沙子由于其流动性更被用来作自动密封剂。我的家乡山西洪洞县有一座明代的监狱，就是京剧《苏三起解》里唱的"苏三离了洪洞县"的那个监狱。狱墙先用砖砌成内外夹层，里面再灌满沙子。当越狱者正高兴自己已盗开了一个墙洞时，沙子却喷涌而出，壅塞洞口。犯人费尽心机，到头来却被沙子戏弄，沮丧不已，又被锁回牢房。我们不能不惊叹古人的聪明，也不能不承认沙子的全能。

三

人久生情，地久生恋。长年生活于沙地，对这里也有了一种特别的情感。别看风沙脾气大，平歇下来也温柔可人。仲夏的夜晚，你一觉醒来正凉风过野，细沙打在窗纸上，簌簌唰唰，如春雨入梦，窗外月明如霜，沙枣花暗香浮动。这时忆亲人，怀远方，心也温暖，情也安宁。

想来命运把我们扔到这沙地里来也是有一定的道理。古人不是说要给你一点重任，先得饿其体肤，苦其心志吗？学生刚出校门正该这样。在大自然所设的各种苦境中，风沙够得上上等之苦了。但它像一杯苦茶，喝过之后又有一点回甜。一年后这支锻炼队解散，散伙那天，我们再登沙丘，再看那浩浩乎平沙无垠，大漠孤烟、长河落日，别有一番滋味在心头。人生旅途漫长，但只要你曾经穿越过风涛沙浪，就懦者勇，弱者强，男女即可为壮士。大风起兮尘飞扬，壮士归去兮守四方！大家挥沙分手，各赴前程。但不管走出多远，我们身上都有一个印记：从风沙中走出来的人！

这种风沙刻在心里的烙印将一直伴我终身。后来我在全国各地采访，朱熹下轿问志，我却下车伊始先问人家的降雨量、无霜期、树木覆盖率等等，好来与西北做对比。不知道的人还以为我是学农林水专业的。1983 年我到新疆采访中国科学院新疆沙漠研究所，与他们谈沙说沙，如话乡音，格外亲切。后来去河南，在兰考捧起一把焦裕禄治过的沙子，倍感亲切。到山东看黄河入海口，滚滚而来的沙子竟在海边形成一片新的陆地。我在心中轻轻地喊道，这其中一定有几粒是从我当年的衣缝中抖落或者口鼻中吐出来的啊。退休后，单位每年夏天都组织我们到北戴河休假。我意外地发现海边沙地里竟然还有一棵沙枣树，在海风的长年揉搓下扭出了好几道弯，如虬龙欲飞，屹然挺立。它叶小、皮红、有刺，被淹没在郁郁葱葱的松林里，实在不显眼。游客们穿着艳丽的泳衣、打着遮阳伞，嘴里叼着小吃，熙熙攘攘地从它身边擦过，没有人多看它一眼，也没有人问一句这是什么树。老沙枣树沉默不语，有几分独在异乡为异客的凄凉。而我每年去时总要找到它，看了又看，摸了又摸，再合影一张。

生理学研究说小孩子断奶后吃的第一口菜是什么味道，就决定了他一生对美味的记忆。一个人的一生有两个童年。一个是自然人的童年，大约是六岁之前吧。一个是社会人的童年，大约是他从学校毕业之后走向社会的第一个六年。除了极少数人含着金钥匙落地，谁也不知道社会将给他准备什么样的头道菜。塞外风沙就是我进入社会后吃到的第一道菜，尝到的第一口社会味，它已永久地刻写在我生命的基因里。从此，西北的风沙成了我观察环境、透视社会、研究人生的一面镜子。那一年在云南，主人陪我逛街，为了扩宽街道砍去许多树木，城市只剩下裸露的水泥板。主人还在得意地说："我们这里四季如春，山好水好。"我脱口而出："就是人不好！你知道吗？在西北几代人才能栽活一片林，你们这里插根扁担都能活。怎么就是不栽树?!"一时弄得人家很尴尬。回来后仍意犹未尽，在报上发了一篇短评《好山好水更要好官》。一次正赶上北方有沙尘暴，我们恰好到海南去开会，一落地，蕉叶如诗，椰林如画，上下天光，一碧万顷。别人都庆幸这几天逃离了北方的沙尘，我却心里有一丝在关键时刻逃离战场，不能与父老共克时艰的耻辱感。到晚年回头一看，我才发现自己的作品无论是文学还是新闻，凡影响较大的都与风沙有关。我曾有一篇写栽树老人的新闻稿入选小学课本，已有 30 年，这位老人现还未"下课"，还与孩子们一同栽树。就是写西部的历史人物竟也不脱风沙的背景，如左宗棠和他的左公柳，林则徐发配新疆兴修水利，王洛宾在青海追求遥远的美丽，等等。上天赐我以风沙，我报风沙以文学，报风沙以人生。我在接受第二届"西北文学奖"的答谢辞中说：

> 从一参加工作我就与西北结下了不解之缘。中国地形西高东低，是西部的冰雪化水，输送东南，滋润国土，繁衍子民。而它却把高寒、荒漠、风沙留给自己。生长在西北国土上的生命，无论是树木、灌草还是人，都有一种顽强、坚忍的牺牲精神。它们都是中华大地上生命的极点。我由衷地感恩西北，敬畏那些顽强的至高无上的生命。

从去年开始，国家对环境保护的内容已经调整为"山水林田湖草沙"的七字方针。这个"沙"字已经堂堂正正地升为国策的一部分了。我伴沙而行五十年也倍感光荣。

2022 年 6 月 10 日

补　丁

　　"补丁"这个词恐怕要退出词典了。它本是指衣服破了，用块碎布头补上。但是现在三十岁以下的人有谁见过补丁？又有谁还穿补丁衣服？

　　提起这个题目是因为一场乌龙。网上传出一张照片，当年的一个"知青"，脚上的球鞋补丁摞着补丁。有朋友赶快发我，我也不觉哑然失笑。这个"补丁客"就是我，但不是知青，已是大学毕业生了。上世纪60年代末有一个政策，凡大学毕业生都得先到农村去劳动一年。1968年底我们几个从北京、上海来的大学生到内蒙古巴彦淖尔盟临河县报到，被安置到一个生产队劳动。吃住、干活一如知青，只是有国家发的工资，不拿队里的工分，农民乐得接受。第二年春天我们在门前搭了一间草棚，垒了一个灶台。挑水、拾柴、做饭，过起了农家烟火的日子，还不忘在土墙上刷了一条放眼世界的时髦语录。那天，当地报社的一个摄影记者路过村子，竟意外地发现这里还有几个种地的大学生，就为我们拍了几张照片。旷野衰草风沙，土房柴草泥巴，书报镰锄野花，断肠人在天涯。我们哪里是什么知青，是"困青"，"文革"潮起被困在学校不能按时毕业，毕业之后又被困在农村不能专业对口。五年寒窗各有所学，上知天文下知地理（我们这几人有天文、土木、生物等各种专业），现在却被困在塞外的一个沙窝子里。理想虽还未破灭，却不知将身落何处，一脸天真，几个书娃。照片上最显眼的是我坐在一个小柴凳上伸出的一双脚，脚上是从北京穿来的那双帆布解放鞋，上面摞着13个补丁。这个数字我一辈子也忘不掉。

那个年代是短缺经济，吃饭要粮票，穿衣要布票，全民勒紧腰带过日子，穿补丁衣服很平常。连周恩来为防两袖磨破，办公时都戴上一双袖套，像女工在包装台上干活那样。毛泽东接见外宾时屁股后面有两个补丁，工作人员说换条裤子。毛说不用，外宾又不看后面。我们的大学校长是吴玉章，资格更老，曾是毛泽东的老师。与学生合影时，他坐前排的椅子上，后排站着的同学一低头，发现吴老肩膀上有两块补丁。这都是上世纪60年代的事。这种困境一直持续到80年代末。电影明星刘晓庆刚出道成名，要随电影代表团出访日本，却没有一件合适的衣服。在道具库里找到一件长裙，胸前却有一个破洞，就别了一枚胸花掩饰，也敢出国。明星达式常拍《人到中年》，背心后面有几个破洞，那不是道具设计，就是他自己平时穿的衣服。这就是那个年代的正常生活。我们这些乡下学生鞋上有几个补丁算什么。我当时还有一件白衬衣，那是用日本进口的"尿素"化肥袋子缝制的。生产队将空袋子五角钱一个卖给社员。但"尿素"两个字怎么也洗不掉，裁剪时把它巧妙地处理在双腋下不易看见的地方。随着时代的变迁，经济的发展，不管是领袖、明星还是平民的补丁都没入了历史的烟尘。衣不为暖而为美，走马灯似的换着花样穿，不再因破而补，而是因时而弃，许多完好的衣鞋就成了垃圾。

衣可弃，习难改。我常碰到的一个难题是，一双袜子，还好好的脚后跟上就张开一个大洞。用之不能，弃之可惜。早几年尼龙袜时代还专有一种补袜的胶水，可解此难题，这几年也不见了。一天在网上搜，忽发现"补丁"二字，如他乡遇故知，乐从心底生。网上有各种补丁，颜色、布料、款式任选，而且还自带粘胶，一贴即可。我大喜，即下单购得几款。几日后到货，才知道这补丁不是那补丁，而是专往新牛仔衣裤上贴的小装饰。我这个"祥林嫂"，只知道补丁是补旧衣服的，不知道补丁还会耀武扬威地骑在新衣服上，而且还会变脸。就如过去戴口罩是一色的白，现在有红、有黑，还有卡通，甚至国旗都印了上去。我收到的变脸补丁自然不能解我的补袜难题。

袜子没有补成，补丁二字倒由实际问题升华成一个哲学问题，终日萦绕在我的脑子里，抹之不去。这世上的事是缺而后补，还是不缺也补呢？补是为了填洞找平，还是为平地上起楼呢？本来，补者，补缺、补漏之谓也，有弥补挽救之意。物因残而补，衣因洞而补，牙因缺而补，实在万不得已才去补。凡补过的东西总归是不如原装原配的好。但再一想，也不一定，补者又有补给、补充，添加、增强之意。补过的东西其强度和外观也有反超原物的，如胶粘的木板，焊接的金属，若去做破坏实验，先断裂的并不是补焊之处。掺了新元素的合金，也强过原来的单一金属。现在连人的脸也可以修补了，补后的容面更漂亮，以至于美容已成为一种时尚和一门产业。莎士比亚说，生还是死，这是一个问题。补还是不补，也成了一个我想不透的新课题。

后来，我们这一批"文革"中落难的大学生自然都离开了农村，但那是每人都打过补丁之后的事了。或者考研，或者入乡随俗，重学一门本事，反正必须重打补丁。别的不说，只外语这个补丁就有天来大，补得你喘不过气。那个时代，我们从中学到大学都是学的俄语，而要考研就得从头学英语，人近三十了还得重新投一次胎，要用多少吃奶的力气？不像是补一双鞋、一件衣，人打补丁是很痛苦的，我没有做过整容，想来一定很痛。但我见过钉马掌，要翻起马蹄，用钉子生生地给它钉上一块铁，那马也得忍着。但不要小看这块"铁补丁",肉蹄变铁蹄,踏遍千里烟尘绝。科技改变世界,这么一块小补丁就大大地提高了军力(当然还有生产力),历史学家说蒙古人就是靠此横扫欧亚而造就了一个超大帝国。"困青"们当时也找到了一块"铁补丁"——考研。何以解忧,唯有杜康;何以解困,唯有考研!当然,考前你还得先上一个学前班:吃风裹沙,挑水劈柴,烟熏火燎,脱胎换骨,从城里人变成一个乡下人。然后再从低谷开始——补起。果然,经过连续强迫地补丁摞补丁,置之死地而后生,还真有人成名成才了。与我们一起在风沙中点瓜种豆,躬耕于陇亩的一名弱女生,三补两补,后来居然成了知名的天文学家,去摘星追月,躬耕宇宙去了。只可惜当初忘了说一句"苟富贵,勿相忘"。后来我们这几个"困青",也一个一个逃出困境。有一次在北京的一个饭局上,不知怎么说到吃羊肉,又正在兴头上。在座的一位着西服领带,国家外汇管理部门的领导——你就听听这职务和看看这身装扮,足够洋气的吧——他大声说,你们信不信?现在给我一只羊,一把刀,我可以 20 分钟以内,让你们在这锅里吃到涮羊肉。这真是"庖丁解羊",大家为之一愣,摇头不信。但是我信,我知道他再洋也有一条深扎于黄土中的根,也是在那个年代打过补丁的"困青"。不过当时我在农区种地,他在牧区放羊。现在我们都已成古稀之人了,白头困青在,谈笑说补丁。再回看那张照片,如烟如尘,恍如隔世。那位照相的记者名叫李青文,想来也已八十多岁了,还不知天涯何处。感谢他为我们留下了难忘岁月的一痕,也愿他能看到这篇短文。

看来,生活乃至生命总是在不停地打着补丁。当然,最好一开始就能有一个正常的状态,尽量不要人为地破坏而又再去打补丁。但岁月蹉跎命多舛,人生谁能无补丁?

土 炕

　　不懂得土炕就不懂得中国的农村和农民，至少不懂得中国北方的农村和农民。而没有亲身睡过几年土炕的人，很难感受到这块黄土地和农民心头细微的振动。

　　我在土炕上出生并度过了童年，八岁进城就不再睡土炕了。没想到二十二岁大学毕业后被分配到塞外河套，又睡了六年土炕。这好像是要特意唤醒我对土炕的记忆，激活我身上的土炕基因。我一直认为人生有两个童年。一个是自然人的童年，主要是身体的成长，大约六年。一个是社会人的童年，主要是从学校毕业后走向社会，学习独立生活，也是六年。就是说我的两个童年都是在土炕上度过的。

一、炕上冷暖

　　大学毕业的时候我是被政治动员，热血沸腾写了决心书，自愿到边疆去的。有一种"男儿带吴钩""青山埋忠骨"舍身报国勇上前线的味道。1968 年 12 月 4 日宣布分配方案，在"文革"的战斗氛围中要求立即离校，三日报到。我在京上学离家已经五年，只要求回家看一眼老人，结果只准了十天假。我老老实实在家只待了九天，便来到内蒙古巴彦淖尔盟的临河县。谁知当地正一片混乱，政府瘫痪，前来报到的应届生就我一人。一腔热血顿时冰凉。

临河是靠近黄河的一个小县，城中只有一条碎砖铺成的东西街，十分钟就可以走完。招待所在街的最西头，一院清冷。迎接我的是屋里的一盘冷炕。十二月底数九寒天，几簸箕煤的微火怎暖得身下的三尺冻土？况且孤身一人，这次第，怎一个"冷"字了得。就这样我苦挨了一个月才等齐了七八个大学生和十几个中专生，然后被送到一个村子里插队劳动。又是一盘冷炕，上面睡着我们四个男生。虽来自不同学校，现在却都是同炕师兄弟了，上海来的年龄最大算是大师兄，呼和浩特来的两个是老二、老三，我排老四。而四个女生则被安排在后面一个农户家里。这间寒屋已久没有住人，风吹雪埋，尘网如织，又正是塞上的隆冬季节，突然住进几个人来，不是这房子给我们避寒，反倒是靠我们的体温和哈出来的热气来给这个寒窑暖身。一盘冷炕，占据了半间房，我们吃饭睡觉看书，全都在炕上。当地房子的结构是黄土地上起梁，上面搭椽，椽上铺红柳编成的篱笆（俗称笆子）代替瓦，并无顶棚，红柳笆子裸露着，蜘蛛虫蛇之类都可借宿其上与人同居，不过现在是冬天还暂无此虞。为了御寒，我从供销社用军用水壶打回一壶酒，直接挂在椽子上。房子不高，每天早晨起身，头就碰着水壶，就顺便仰头喝一口酒，暖暖身子，再哆嗦着下炕生火。

本就是隆冬季节，滴水成冰，地里根本没有一点农活，何苦把我们这些人急匆匆地招来呢？搞什么"劳动锻炼，接受贫下中农再教育"。而"贫下中农们"这时都正猫在自己家里的热炕头上抽旱烟，说闲话，抱孙子。人家还奇怪，大冬天里都快过年了，怎么来了这么一群洋学生要帮他们种地。就是种地也得赶个季节呀？幸亏我们是自带工资，白干活不要工分，与农民没有什么矛盾。这个离家、离校的第一个冬季，就这样莫名其妙地躺在冷炕上无事可干，只剩了一个"想"字：想家，想学校，想未来的前途。正是岑参边塞诗里说的"万里乡为梦，三边月作愁"。

想前途，最想是婚姻，难道真要在这里终身打光棍？

这时我们四人都还没有对象。在校时集体生活很快活，还不觉得有什么，来这里一下就感到，最缺的是要有一个老婆实实在在过日子，什么"爱情"二字，一页翻过。我因上学比正常人早两年，年龄最小，他们三人都大我三四岁，就更加急迫。而后院的那四个女生倒是比我们早解风情，各人身后都已有一根风筝线，现在正忙着给城里的情人写信呢（但情书里也尽是诉苦）。窗外满天飞雪，风狂沙舞，我们四个人仰躺在炕上，双手反插在头后，望着顶棚上那些裸露着的红柳笆子，身在凉炕，心却如热锅上的蚂蚁。这时才知道，什么小说、电影、歌曲里的爱情，都是虚幻美化了的肥皂泡，尘世间又有几双鸳鸯，几对梁祝？在学校时异性如云，同桌听课，并肩而行，都未想到找个对象，现在来到这荒野边村，西风凄紧，大漠黄沙，何处觅知音？

不用说知音，现在只要有一个能烧火暖炕的女人就行。四人中大师兄的年龄最大，而偏偏他又出身不好，父亲曾是国民党高级军官，湖南人。那个年代，只这一条就决定了他分不到好工作，找不到合适对象。偏偏他又是多才多艺之人，两个哥哥也都在专业文工团，他的嗓音高亢甜润，唱歌极好听。在县招待所等待分配期间，闲来无事，就偶尔引吭高歌一曲内蒙古名歌《赞歌》，还有《高高的兴安岭》《骑马挎枪走天下》等，瞬间窗户外就趴满了人。问："何人唱歌？"答："一个姓胡的。"众人就说："胡松华啥时候到咱县里来了？"他真与胡松华不分高下，只输在没有一个好出身。他从上海来还不忘随身带了一把二胡，那琴声响起也能沉鱼落雁。我也从北京带来一支竹笛。那天我们四人躺在冷炕上说了些无聊的话，一直说到再无话可说，他就起身从墙上摘下二胡，"转轴拨弦三两声，未成曲调先有情"。我说："《赛马》？"（草原题材的二胡名曲）。他说："不，今天《草原之夜》。"于是曲随心生，如泣如诉，凄婉的乐曲回荡在塞外寒冷的夜空。众人叩炕沿而和之。"平林漠漠烟如织，寒山一带伤心碧。"最伤心处，是那句："想给远方的姑娘写封信，可惜没有邮递员来传情……"后来我们四人中最先忍不住的是二师兄，借用春节几天，到千里外的贵州舅舅家去探亲，"闪恋"了一个女工，把自己"嫁"到了贵州。50年后我去贵州，他已是儿女成行，本人也已从一个中学校长岗位上退休。

想前途，最想是工作，不知分配待何时。

我们四个人，一个学档案，本来该是去故宫或中央档案馆里干活儿；一个学生物，该到哪个实验室里去；一个学化工，该去化工厂；一个学建筑之暖通，该去城里盖大楼。但现在都一起被摆平在塞外的这个冷炕上。个人档案都已经转了下来，就算劳动结束也逃不出这个小县了。举目四望，哪有对口的单位？"长亭连短亭，何处是归程？"更让我们看不懂的是这种分配规则或者是社会法则。我是因为出身好，党员，又自动报名，这是嘉许式的分配（当然也许是个圈套）；大师兄是因为出身不好，明显是惩罚式的分配；还有的是因为得罪了老师，报复式的分配；等等。这使我联想到"文革"中的"牛棚"，里面同时关的有资本家、旧军官，也有共产党的"当权派"。现在我们则不管你是鲤鱼还是草鱼都一起被捞来平躺着冷冻在这个土炕上。更有怪者，我们已到县的学生中有的以"下厂锻炼"为名，而逃离了农村劳动。而我们这些北京、上海远道而来的支边学生举目无亲没有什么关系，就顺理成章落在最基层了。哪怕你曾是天蓬元帅，既然下凡也只能当个猪八戒了。而后院里那几个女生，也许当初是嫦娥，现在也都成了烧火丫头。想起在学校里"东风吹，战鼓擂"，何等天真豪迈，这才几天就北风吼，黄沙飞，冷炕侍候。

我不觉想起了辛弃疾的词《丑奴儿·少年不识愁滋味》，就在心中吟哦着：

少年不识愁滋味，心比天高。心比天高，投身边塞建功劳。

而今识得愁滋味，心如水浇。心如水浇，一盘冷炕与冷灶。

当时全国正处极左高潮，知青下乡，大学生充边，《人民日报》上还发表了甘肃的典型，城里居民喊出"我们也有两只手不在城里吃闲饭"。真是乾坤颠倒，前程不明。我们下来时县里谈话说"你们的工资先发着，以后还发不发等'九大'之后看政策再说"。言下之意，公职身份也难保。身着冷炕，心悬半空。莫非真的要没了媳妇又折了前程？进入社会的第一个冬季，我们就这样在冷炕上辗转反侧，冷得你身寒心颤，忐忑不定。

这个冷炕真正有了一点热气是临近春节时，房东需要做年食，他家一个灶火不够用，借我们的灶煮肉、蒸馍、炸油糕。当地俗语说"牛头不烂，多费柴炭"，把这个冷炕狠狠地烧了几天，才透过了热气。还有一件小事，房东李大爷突然在身子的隐私处得了一个怪病——睾丸炎。那个东西肿得水明透亮得像个猪尿泡。他家里又没男丁，只有一个闺女侍候不便。我们几个男生就用小毛驴车把他送到公社卫生院，陪着住了几天。而卫生院里唯一的一个正规医生齐大夫是比我们早一年分配来的大学生，逃过了下乡劳动一劫。不管哪里来的大学生，现在同是塞上沦落人，平时我们关系就很好。这次他爱屋及乌，及到了我们的房东，对病人格外关照。李大爷康复出院后就给我们提来了一条羊腿，表示感谢。还借着吃年饭在炕桌上摆了一席。当地最好的年饭是油糕羊肉汤，一碗下去浑身冒汗。这大爷虽没上过多少学，但是知书达理，通于世故。那些历史故事、评书演义，肚子里也装了不少。一杯酒下肚，便掏出了心窝子话。

他说："娃们，我看你们总是提不起气。俺们这个地方是苦一点，但你们是公家人，迟早待不住的。再说了，公家人由公家做主，个人说了也不算。有一句话叫嫁鸡随鸡，嫁狗随狗，嫁个扁担挑上就走。那昭君是个皇帝的公主吧？把她嫁到塞外她也得走，不是还跟人家匈奴单于生了几个孩子吗？"说得我们哈哈大笑。这下我们彻底认命了，就知道我们是已经出了塞的王昭君，还妄想再过什么宫里的生活？既来之则安之，就知足吧。

开春后天气慢慢变暖，我们也渐渐习惯了边地的生活。于是白天劳动，晚上又重新收拾起书包，再当读书郎，只是不上学堂而是上土炕。来时各人都带了些书，又不断向家里要了些书。还有邻村的知青，因不同的家庭背景带来的各色杂书。大家交换着读，又沉浸在书海中。读书可以治病，一点不假。文学永远是穷困潦倒时最好的兴奋剂，而诗歌更是强心针。一本《朗诵诗选》被我们翻烂了，背熟了，我几乎手抄了一遍。大家在炕头上大声朗读着，好像是要和窗外的北风较劲儿。说老实话，于心情苍凉之时这有点儿夜过坟场吹口哨，是给自己壮胆，尽找那些豪迈的句子大声地念。印象最深的有郭小川的《祝酒歌》：

　　　三伏天下雨哟，

　　　雷对雷；

　　　朱仙镇交战哟，

　　　锤对锤；

　　　今儿晚上哟，

　　　咱们杯对杯。

还有张万舒的《黄山松》：

　　　好，黄山松，我大声为你叫好，

　　　谁有你挺的硬，扎的稳，站的高；

　　　九万里雷霆，八千里风暴，

劈不歪，砍不动，轰不倒！

要站就站上云头，

七十二峰你峰峰皆到，

要飞就飞上九霄，

把美妙的天堂看个饱！

不怕山谷里阴风的夹袭，

你双臂一抖，抗的准，击的巧！

更不畏高山雪冷寒彻骨，

你折断了霜剑，扭弯了冰刀！

后来我到《光明日报》工作，竟与郭小川的夫人同在一个办公室。我到新闻出版署工作时，张万舒任新华社国内部主任，我们就更熟了，常请他来当各种新闻奖评委。我就给他讲在冷炕上曾背他的诗的故事，他大为感动。

从来知识分子的流放都伴随着知识和书籍的传播。在这塞外的冷炕头上，我却遇到了按原来的人生轨迹根本不可能读到的两本书。一本是《太平洋战争》，像是哪个知青偷偷带来的他老爸军事院校的教科书。写二战时美日对太平洋岛屿的争夺。战争宏大的场面和残酷的现实，激发了我一个男子汉的热血情怀，也顺便养成了我对军事题材作品的阅读爱好。第二本是陈望道先生的《修辞学发凡》。当时已经残破，缺了封面和封底。陈是和陈独秀一起创立共产党的人物，是中国翻译《共产党宣言》的第一人。他因与陈性格不合，愤而离去做学问，又成了中国修辞学的开山第一人。修辞学是研究词章怎样美丽动人的学问。这本书很专，就是大学中文专业也未必选修。而我反复研读，其味无穷，还详细做了笔记，它影响了我后半生的学术事业。仅举两例。

一是20世纪90年代社会上兴起一股新闻散文化之风，而且有权威倡导。新闻能不能散文化，一时两派争论不休，难分高下，报纸上就展开了大讨论。我时在新闻出版署工作，讨论半年后，报社请我写一篇结论文章。我祭出陈望道关于修辞两大分类的说法，论证新闻不能散文化，一锤定音，可见经典的力量。还有一例，是书中引用了30年代名家夏丏尊先生翻译的日本作家的一篇散文。这是极少见的一篇理性散文，我反复研读并抄写在笔记本上，这对我后来的写作影响极大。可惜，"文革"后《修辞学发凡》再版时却抽去了这篇例文。我的手抄本成了孤本，后来就把它重发于《名作欣赏》刊物。到2018年6月，我又以此风格写了一篇《线条之美》发在《人民日报》上，很快入选全国高考试卷。而这时与我初读此书已经过去了五十年。谁能想到"文革"五年在学校吵吵闹闹学无所得，而在塞外荒村的这一方冷炕上却狠狠地补了一课，埋下了偌多学术的种子。

是这盘热炕焐热了我们的身子，也回暖了我们的心。

二、炕上烟火

开春了，农事活动增多，我们也渐渐融入了农民的生活中。村里白天下地劳动，晚上关于生产调度、政治学习、生活安排、邻里纠纷等等的事情，都在饲养院的一盘大炕上讨论解决。当时还没有电视机，就算没有什么事儿，男人们也都会凑到这里来，谈天说地。这一方大炕就是全村的"多功能厅"。而开会时总伴随着抽烟。烟具很有特点，并不是常见的铜烟锅、竹烟管、玉烟嘴之类的，而是一根羊的小腿骨，名叫"羊棒"。任何动物的小腿都是中空细长，下端平开成三角形，这是为了支撑身体的重量，符合力学原理。著名的法国埃菲尔铁塔就是以此原理仿生而建。利用羊腿制作烟具，正是利用了它的中空和那个三角平头。先将骨头刮洗干净，在腿骨前的三角平面处打一个小洞，镶进一个半公分深的小子弹壳，以装旱烟丝，在另一头配一个烟嘴儿。因为烟斗处很小，按进烟丝，抽一口即成灰，吹掉；再按，再吹。吹的力气倒比吸的还要大，那尼古丁在肺里并没有留下多少。所以当地抽烟不叫"抽"或"吸"，而叫"吹羊棒"。这样一按一吹，一明一灭，很是享受。这使我想起朱自清谈30年代在北京吸烟生活的一段话：

> 抽烟其实是个玩意儿。……衔上，擦洋火，点上。这其间每一个动作都带股劲儿，好像做戏一般。……看烟头上的火一闪一闪的，像亲密的低语，只有自己听得出。

现在生产队饲养院里这种"吹羊棒"的方式，还真是个"玩意儿"，以后我在全国各地再未见过。这大约是由煤油灯时代沿袭而来的习惯，盘腿在炕，就着灯头不停地吸、吹、按，否则用火柴或打火机都很麻烦，也是带着一股特别的劲儿。所以，那时尽管饲养院早已有了电灯，但土炕上还是备有一盏油灯，抽烟的人就你一口、我一口频频做传灯状。屋里笑声、骂声和孩子们的打闹声组成了一首"大炕交响曲"，而那根羊棒在浓浓的烟雾中闪烁明灭，倒像是大剧院乐池里一根带着荧光的指挥棒。

集体经济时期的工分即是农民的工资，工分数量涉及工资的含金量。因此工分和记工，是饲养院大炕议事上经常的话题。特别是男女同工同酬，不只是分值多少，还涉及男女平等。在解放初的互助组时期，全国劳模申纪兰就因为首倡男女同工同酬而受到毛泽东的表扬，她从第一届全国人大代表一直当到第十三届去世，后来我们曾同在第十一届全国人大的同一个代表团里，这是后话。有一次在饲养院的土炕上又讨论到派活与记工。生产队长宝子说："明天都到东大滩那块地上去担土，担一天，男劳力十分，女劳力八分。"话还未说完，坐在他身后正纳鞋底的妇女队长，劈头就打了他一鞋底。说道："你和你老婆同睡在一个炕上，怎么就同工又同酬？"屋子里轰的一声，笑炸了锅，有躲在黑影子里的姑娘们就羞红了脸。人们前仰后合，会也开不成了。第二天，社员一见宝子就问："昨天你家是不是同工同酬了？"弄得他都不好意思派活。

不光是生产队的土炕，就是堂堂党校的土炕上也是一股浓浓的烟火味儿。我曾经住过一期盟委的党校。宿舍是一个能装下二十多个人的对面大炕。学员都是公社书记。白天课堂上学马列，晚上躺下就趴在炕沿上，退出半个光身子，敲着旱烟锅，面对面地说笑话。内容也离不了政事、农事和村里的人物。那一年林彪刚刚叛逃，各地正传达文件，说林彪是坐着"三叉戟"跑到了蒙古国。又说林"披着马克思主义的外衣"。农民哪能听懂这些，就传为林彪跑时偷了一件马克思的大衣，还抱了三只鸡。也常说到某个传奇人物。有一个土改时就当干部的老队长，没有文化，但工作泼辣，以骂人著名。一次不知为什么事，儿子不听话，他当着众人的面，儿媳也在场就大骂："早知道你是这么个不成器的东西，要你干什么？还不如当初我将一将，把那些屄点子甩到墙上去。"那屋里烟雾腾腾，笑声嗡嗡，与饲养院的大炕也相差无几。本来从农民到公社书记并没有走多远。后来我多次上过中央党校，那宿舍改造得一年比一年高级，上世纪 80 年代时还是筒子楼，一层只有一个卫生间、一部电话、一台电视机，后来就逐渐发展成单间还带沙发、卫生间，烟火味已遥不可觅，离地气也更远了。这盟委党校倒接地气，在大炕上说鬼故事，吓得你半夜憋破尿泡也不敢到外面去撒尿。比《聊斋》和纪晓岚《阅微草堂笔记》里的鬼故事好听多了。但是最生动的还是那些活生生的经过多人的口头加工传递，有荤有素的故事，十分精巧幽默。常常让你笑得眼泪进流，一时难以入睡。难怪胡适说真正的文学要到民间去找，一上书就不是文学了。

土炕文化包括土炕文学是一种特殊的文化现象，是一个特定地域、特定阶段的文化与文学。解放初著名经济学家、北大校长马寅初在中南海讨论国是，说中国农村人口增长太多是因为没有电。他是用物理学、经济学来解释社会学问题。确实，生存条件决定了一种文化的形态和内容。农村的大炕紧连着窗台，而河套的农村又多无院子，窗台敞对野外。村里无电视（再早还无电）、无文艺活动，村民无以为乐，就发展出一种"听窗台"文化叫"听房"，听人家的炕上私话。这成了一种公开的农村娱乐，甚至还上传到乡镇和县城。我到县里工作后，文化馆里的一个大学生结婚，文化人闹新房的土炕文化青出于蓝而又胜于蓝。先是送了一副杜诗对联"花径不曾缘客扫，蓬门今日为君开"，又偷偷往炕下藏了一个麦克风，几个年轻人冒着寒风在窗外等动静，半天无声，突然房门大开，那个麦克风被一把扔出门外。原来对方早有防备，听窗人哄然大笑而去。这是土炕文化的上限，因为再往大城市里就是车水马龙，酒吧歌厅，一个灯红酒绿的不夜城了，而土炕也早换成了席梦思。

后来我离开了生产队去县里工作，再后来又当记者，还是少不了下乡，仍然与土炕脱不了干系。那时候的干部讲究"三同"：同吃、同住、同劳动。在农家吃派饭、睡土炕是经常的事儿。关于炕的记忆成了我脑子里永存的一卷河套风俗画。县委有个干事小赵，比我迟分配来两年。一次，我带他到城南靠黄河边的一个村子里去宣讲文件。队长是一个年近六十岁的老汉。晚上十二点已经过了，他还不说安排我们的住处。散会后随手拉了我一把说："走，到我家去住。"他家没有院子。临到房前，他带头解开裤子，在地里撒了一泡尿，我们也效法照办，三个人就推门进屋了。一进屋我头皮就炸了。一条大炕从炕头排起，已经男男女女睡了老少六七口人，看样子是一家三代。炕末给我俩留了一小块位置。队长说上炕吧，我和小赵只好扭扭捏捏地脱衣上炕。我心里嘀咕，早知道这样，我俩宁肯蹬自行车回县里去过夜。这一晚，我怎么也睡不着，浑身直起鸡皮疙瘩。炕上还有他家里一个年轻小媳妇呢。这时才明白队长为什么磨磨蹭蹭地把会议拖到这么晚，是为了让全家人先钻到被窝里去，我们才好进门。塞外冬天极冷，当地既不产煤炭也没有森林木材。为省烧火钱一般到冬季，全家人都挤在一条炕上，来了客人也就再挤一下。第二天早晨我一睁眼，婆媳女人们早早起身出门去了，以免我们尴尬。这是贫穷使然，是农村现实的生存环境。这在当时的中国农村还不是最贫穷和最尴尬的事情。当时安徽省委书记万里（后任全国人大常委会副委员长）到小岗村（就是农民按手印，冒死承包的那个中国第一村）调研。推门走进一户农家，一个老太婆正在烧火，两个大姑娘拥坐在稻草堆里。他问长问短，话头难收。村长拉他起身，出门后才说："那俩姑娘没有穿裤子。"万里万没有想到农村竟然穷到这种程度。当时真的是北方过冬卧炕上，南方过冬钻稻草。这才有后来万里在黄山与邓小平的对话，于是农村承包的改革最先从安徽发起。

我下乡采访如到大队一级，多睡在饲养院、大队部和油房、皮房等公屋的土炕上。最难住的是榨油房。到处是油污不说，那被子油黑冰凉。但在这些地方常会碰到各种事和各阶层的人，看到社会的众生相。兹摘一段日记如下：

一九七二年十一月十五日

小记两个人物。

今天来到杭锦后旗沙海公社新红大队采访。这里已是很长时间不来干部了。傍晚，我到了大队部，只见一个十七八岁的小青年在门口织羊毛口袋。这是一种笨重的手工劳动。用一把七斤重的铁刀，一刀一刀地把纬线压紧，一天只能织几尺。我问他，你一个人织吗？他说还有他的师傅，在屋里缝口袋。

我进了屋里，一个中年人，个子不大，正低头缝着毛口袋。我想这就是他了。还不等我开口，他便抬起头来，热情地招呼我坐，又递过来一支烟。我说："辛苦吧。"他说："说不上，有一碗饭吃就行。"天色已发黑，我说："看不见做活了。"他说："今天又交代起了，现在睡觉就是咱们的任务。"他已四十二岁，但还未娶过妻子。我说，为什么不找一个？他说："二十来岁的时候有过这念头，但以后也就不想它了。我一个人当口袋匠，一个月可以挣一百多元，交队里一些还有四五十元，走到哪，吃到哪，给哪个队干活，哪队还不热情招待？干不动时，有集体五保哩。找那家口干什么？现在要找都是带孩子的，你养活人家，等将来你鼻涕邋遢了，老不死的样子，人家还不嫌弃你，何苦呢？"

晚上我就和他睡在一个炕上，他话很多，看过不少古书。他的哲学就是干活，吃饭，自己还买了个收音机带在身上。晚上一人打开听听歌曲，还挺爱好音乐。就是这样一个自由职业者。临睡时，他说要吃药。我说："什么病？"他说也没什么。人这一辈子就像地里的糜子，到八月十五不割也不行了。我已是七月十五的糜子了。其实他才四十刚出头。

第二天晚上我正在土炕上写稿，进来一个老汉，姓张，就在大队房后住。很健谈，也很乐意显示自己。他说，他有很多秘方，治了不少疑难病。他在二十多岁时碰见了一个妇女口鼻流血，多年治不好，他用了二两当归，一两川芎，童便泡七次，蒸七次，焙干研末，黄酒为引冲服，治好了。还有一次，用自己配的药丸，加三分麝香，治好了一个食道癌患者。又说用一碗小茴香泡童便，炒干研末，炒盐作引可治牙痛。

有时候到村里采访也会住在社员家里。一次住在一个五十岁的老光棍家，我们聊得投机，他突然说今天我给你做一碗疙瘩汤喝。

这是北方产麦区最普通的饭食，我小时候母亲就常做。将面粉放在碗里洒少量的水，拌成半干的碎片，均匀地散入滚开的锅中，所以又名"拌汤"。但是无论什么样的高手，手拌的面入锅后仍会面疙瘩大小不匀，这真是一道不解的"哥达巴赫猜想"难题。想不到今日它被破解在一个土炕上的光棍手里。只见他将拌好的半干半湿的面粉先不急于下锅，而是倒在案板上，用刀轻剁漫翻，再撒干面；再剁再翻。如此面疙瘩就可以细到任何你需要的级别。然后天女散花，下入滚开的锅内，起锅前倒入少许油泼葱花，满锅散打一颗鸡蛋，有异香。我得此奇方十分骄傲，从此凡家里要做疙瘩汤时，我立即抢入厨房，亲自操刀，乐此不疲。六年的河套生活，不知在土炕上捡得多少奇闻逸事和验方。

后来我成了家，夫人在县里中学教书，学校就拿出一间废教室，中间隔墙一分为二，为两个小家庭各盘了一个大大的土炕。这样我无论在家或出门都成了一个彻头彻尾的塞外炕上人了。

三、炕上家国

虽然后来离开了塞上，但我一生也没有走出土炕的影子。

我在《光明日报》当驻站记者时跑的还是乡村。北方的村庄孰能无炕？新闻就在炕头上。虽然《光明日报》以文化教育为主要内容，以高端知识分子为主要读者对象，但我的这些炕头新闻仍然敢与都市新闻一拼头条。

1993年7月我到山西岢岚县保护区采访，回来时遇大雨。那时出门没有什么换洗衣服。进招待所后衣服拧一把水就放在炉子上去烤，再往灶膛里加一把火，人就直接钻到炕上的被窝里了。两个县委通讯员也光着身子陪我说话，不知怎么就说到农村教育上去了。说现在的教材是为考大学设计，而农民子弟考大学很难，就干脆连初高中也不念了。县委认为应改革现行农村教材和教学体制。我一听，一个鲤鱼打挺坐了起来，在炕头披着被子就着炕桌，让他们继续说，随即整理成一份"群众来信"内参稿，立即发往报社。一个月后召开全国教育工作会议，我回报社值班。一天中午，报社教育部的朱主任突然推门进来，高喊："今天咱们报纸可露脸了！上午全国教育会议闭幕，请万里副总理到会讲话。他说，我就不讲了，这里有一份《光明日报》的群众来信，我念一下，这就是我的意见。"万里念的正是我写的那个内参。第二天，内参公开登上头条。有谁能想到，那稿子来自一盘山中雨后的热炕头上。小炕头直接连着大会堂。

中国的改革开放新时期是从农村开始的，风起青蘋之末，春江水暖"炕"先知。改革大潮，"炕上窥变"可见一斑。

1980年我到山西五台山下忻州的一个小村子里去采访。这里出了一个奇人叫岳安林。他在"文革"前就考上清华大学，因为出身不好又被退回到村里。我本以为我们从京城到塞外已经够委屈的了，没有想到还有更不公平的事。这事如发生到现在去跳楼也是有的。但岳很淡定，回乡之后于"文革"的乱烟之中，居然静心研究农村科技。有点左宗棠落地还乡后再不读经书，而修农、水、地理、军事等实用之学。他还自修了两门外语。等到乡村经济的旧体制稍有松动，他就承包了公社养猪场，一年扭亏，并创造了一套科学饲养法，用华罗庚优选法设计饲养流程。我是在猪场的大炕上采访他的。共三间房三个大炕，一间他住，炕上堆满了饲料麻袋和书本；一间炕头上烧一口大锅，兼做粉房；一间火炕的温度严加控制来做菌苗实验（当时市面上还没有温箱、冰箱之类的东西）。我惊喜于这个"深山藏古寺"的发现。在这个猪场的土炕上住了几天，写了一篇《一个养猪专家的故事》，见报后收到五千多封来信，有不少人直接背着行李来取经。岳随即办了一个炕头养猪培训班，一下轰动全国。

他本人也被破格从农民转为国家干部，直接任职科委副主任。有趣的是许多来信说，他们是在生产队饲养院的炕头上读到这张报纸的。还有人是去走亲戚，见到这张报纸时已经被倒着糊在炕墙（俗称炕围子）上。他是趴下身子头贴炕面，侧身读完并抄下全文的。这篇稿也获得当年全国好新闻奖。

还有一篇头条新闻是写农民怎样自觉投入商品经济大潮的。当时农民苦于极左体制久矣，穷不堪言，苦无出路。晋南一个叫朱勤学的农民，躺在炕头上从半导体收音机里听到北京市面上芝麻酱缺货。而当地盛产芝麻，他便做了一小罐样品，进京叩门问路。没想到一次成交，订了几个火车皮的货，带动全村一夜致富。真是，谁言三尺炕头小，春雷滚滚炕洞中！

还有两个炕头人物，不能不表。山西神池县，为高寒风沙之地。山大沟深，去的记者很少。我曾进山在炕头上采得两个大写的人物。一个是乡村女教师贾淑珍。十七岁嫁到这个只有二十户人家的小山村里。这里交通极不方便，到我们去的时候还没有通车，吉普车开到山脚下，我们手脚并用爬山而上。这个地方派不来教师，而孩子们也没法走出去上学。贾就在自己新婚后的炕上办了一个炕头小学，找了一块杀猪案板，从炕洞里掏了一把烟灰刷一刷就是黑板。这一办就是二十五年。这个大山深处的小村子因为有了她再没有一个文盲，全村三十岁以下的都是他的学生，还出了两个大学生，几个中专生。她自己有三个孩子，每次坐月子只休息七天就上课。她的孩子在不会翻身时用两个枕头压在炕头上，会爬时就在墙上钉一根绳子拴着。再大一点就下地扶着炕沿走，看炕上的小哥哥小姐姐读书。直到我去时的前三年，村里面才为学校盖了三孔新窑洞。但仍然是在炕头上教学，有四十二个学生。我说给大家照张相，孩子们就一窝蜂地跳下炕，争着在地上找自己的鞋。我盘着腿在炕上采访，窗户上有一盆红色的石榴花。窗外一只大红公鸡，隔着玻璃咚咚地要啄吃那红花绿叶。公鸡、红花，一群叽叽喳喳的娃娃。到哪里去找这样的炕头授课图？这就是中国的乡村教育。我在写这篇文章时，又逢一年一度的高考，全国的应届考生已是一千万。传媒总是热心报道那些大城市里赶考的壮观场面，关注出了几个高考状元。有谁知道这深山里还有一所炕头小学，还有一个将青丝熬成白头的乡村女教师呢？正是她们用柔弱的肩膀扛起了中国农村教育的大梁。

还有一位更神奇。这个县有个八角村，一个农民在六十五岁那年组织了七个平均年龄已经七十一岁的老汉，进山栽树。我采访时他已经八十一岁，先后有五个老人已经离世。十六年，这七个老人共打起了三十六座土坝，绿化了八条沟，仅去年间伐树木的收入就为全村每家买了一台电视机。说到水土保持，我们立即会想起那些大水库、国家防护林，而在这里我真切地看到他们手植的绿柳白杨已经淤积了两米多高的泥沙。近几十年来黄河下排的泥沙量已经减少了一半。有谁想到这其中还有几个乡村野老之功呢？

最感人的还不是数字，而是在他炕头的一席谈话。他的小院共有三间房，老伴去年已经去世，现就剩下他孤身一人。那天我们盘腿坐在正房的土炕上聊天。老人赤脚布衣，满脸沧桑，却笑声朗朗。手中拿着一杆晋北农民常用的铜头长身烟杆儿（比前面说的河套羊棒长约两倍）。他说："我就是栽树的命，老伴走了，女儿接我进城，我不去。"一边又用烟杆敲着墙说："我的棺材已经备好，就摆在隔壁的炕上，哪一天树栽不动了，躺进去就是。"然后点上一锅旱烟，慢悠悠地喷出一口白雾。我大惊，这等以命相许的故事，只有在战场上才会有。《三国演义》里庞德大战关羽，身后抬着一个棺材，历史上左宗棠收复新疆，曾带棺西行。可现在，我却在一个普通农家的炕头上，听着这位八十一岁老农以烟杆敲墙说棺材，笑谈生与死。谁说农村炕头上尽是些老婆娃娃、芝麻绿豆的事儿，且听一个劳动者怎样谈生命的价值。老人姓高名富，我建议县里为他和这个群体立一块碑，并当即为报纸写了一稿《青山不老》。二十五年后这篇文章收入人教版的语文课本，现在已经使用了三十多年还印在书上。其余在炕头上采访过的农村英才、奇才更不知多少，多为农村医生、农技师、乡间知识分子等等。一次在晋南曲沃县的一个乡村私人小医院里竟碰到一个曾为一个木匠成功做了断指再植的农民医生。时我正有小病，就以身试刀，躺在他的土炕上住了七天院，然后"完璧返城"。

等到我退休之后，再不为记者的使命所累，而因文学采风做乡间自由行时，仍见炕生情。在陕北旅行，几乎每一个炕头上都有动人的故事。彭德怀率军与近十倍于我的敌军周旋。他躺在窑洞的土炕上，听着头上胡宗南士兵的脚步声，却临阵不慌。沙家店战斗，一口吃掉敌人六千。而在佳县窑洞里的一个土炕上，毛泽东深夜工作，饿急了，只好拿红枣充饥。第二天，警卫员收拾房间，只见地上满是枣核和烟头，而炕桌上却有一篇新写就的《中国人民解放军宣言》。西柏坡村的小土炕更是神奇，毛泽东从这个炕头上发出了197封电报，指挥了三大战役。这里被誉为中国革命的最后一个农村指挥所，再具体一点说是最后一个土炕指挥部。当时的五大领袖：毛、周、朱、刘、任，全是南方人。他们小时也都未睡过土炕。然自南方兵败之后长征北上，转危为安，节节胜利，盖因睡土炕而接地气乎？神奇的土炕，真是"既能下得厨房，又能上得庙堂"，小戏、大戏都能唱。

有一年我到青海湖边采访王洛宾的旧事。高原气候寒冷，虽是盛夏仍然要烧炕，我是盘腿坐在土炕上完成采访的。当年王洛宾就是因为在一个车马店的土炕上，看着灶口的火光，听着老板娘美妙的歌声，一念心动留下来采风，才有了那首名曲《在那遥远的地方》。我盘腿在炕，口问笔录耳听，面前的尕妹子唱着一首又一首的"花儿"，好像泉水淙淙，永远也淌不完。外面微风过野，雨声潇潇，你不能不承认这大炕就是一张生发艺术的温床。我又想起民歌里许多与炕有关的唱词："烟锅锅点灯半炕炕明，酒盅盅量米不嫌哥哥穷。"而李季、贺敬之这些大诗人更是直接从土炕上走出来的。李诗"崔二爷怕得炕洞里钻"，贺诗"米酒油馍木炭火，团团围定炕上坐"，这些诗句从娘胎里就带着土炕味。我去看过中国最东北端的大炕，不但大而且还有俄罗斯壁炉的味道。而我看到的最大之炕要数南疆的民居土炕了。一间屋子里，炕就占了一大半。全部待客、宴请、喝酒、唱歌、吃手抓羊肉等，都是在炕上举行。幸亏我炕上生炕上长，会盘腿坐炕，由此也与维吾尔族老乡拉近了感情，听着《十二木卡姆》欢快的弹拨乐声，心都快要飞了起来。炕上铺着大红毯子，三面墙上都是五彩壁毯，斑斓夺目，你如置身在卢浮宫中。

中国的大炕从黑龙江一直铺到西藏，真是一炕跨东北、华北、西北，过中原，下西南，温暖了大半个中国。我们常说一方水土养一方人，这一方土炕养育了多少中华儿女，书写了多少惊天动地的篇章。

四、炕之消失

等我退休后有机会在郊外有一个农家小院时，第一件事就是亲手盘一个土炕。炕的结构我早已烂熟于心，其诀窍全在抽风、过火与储热。炕不可太高，高则坐时吊腿；不可太低，低则屈膝，且压灶不能抽风。灶炕相连，灶高九砖，炕高十一砖；地面到炉条四砖，炉条到烟道又五砖。自然抽风，力大无穷，加一小铲煤，火苗上蹿，砰砰有声。炕内的结构有九转连环型，即用砖砌成烟道来回折返；有满天星斗型，即以砖块无规则地散布炕内，烟火游走其中，如云漫山头。炕离灶最近处为坑头，而末梢的烟道处名"狗窝"，如狗盘卧之状。烟囱藏在墙内通向房顶，至少要高出屋脊三尺才便于抽风。

总之抽风要好，散热要匀，才是好炕。土炕还有一个高贵的品质，就是七八年之后，经火烤烟熏，吸柴草之精华，就自然产生一车上好的肥料，又全部回归农田。这真像一个高尚的人贡献了一生却又把骨灰撒向大地。

我洋洋得意地盘了一炕，于秋凉夜静之时，身下其暖融融，窗外明月在天，赛过神仙。白天则置一小炕桌，读书、喝茶皆宜。曾得诗一首："满院梧桐一亩田，三分耕读七分闲。卧听竹影打西窗，闲看白云过屋檐。"抄于友人，故问何人之诗？答曰："好像是王维的吧？"我拊掌大笑。吾炕竟有王维辋川山庄之意矣。

但是好景不长，京城人口剧增，环境压力增大。连郊区也禁烧木柴、煤炭了。无柴无煤，哪有烟火？无烟无火，还成什么炕？就是一堆冰凉的土。越数年，我只好悻悻地亲手拆了这盘土炕。

曾经伴随着我度过两个童年和断续一生的土炕，只能永远地存在于梦里了。

2022 年 7 月 17 日

骑　马

　　马何时为人类所驯养，不得而考，在我的印象中，马有三个主
要用途。一是军用，从春秋战国时的马拉战车，到现代的骑兵，马
一直是战争不可或缺的要素。二是民用，农业生产中的耕种收割，
一般运输中的拉车载货，都少不了马。但随着生产力的进步，这些
都渐渐退出历史舞台。现代军队中的骑兵已经消失，农村中也只见
钢铁农机具，而不见了马的影子。马还有第三个用途，就是贵族式
的养马、骑马，类似富人的私人游艇、飞机，已经溢出马的本能而
有奢侈、炫富之嫌了。韩国女总统朴槿惠之下台，导火索之一，就
是为闺蜜之女提供豪华骑马。这些都与我辈平民无关了。

　　马这个主体的消失，使一些附加的趣味也随之已再难觅。马粪
性热且有肥力。在没有发明温室栽培前，我们现在吃的韭黄培养全
靠马粪。秋天齐地割过最后一茬韭菜后，即覆上马粪，虽大雪纷飞
仍不误韭菜的生长。韭芽上蹿一层，马粪就再覆一层，道高一尺魔
高一丈，最后长成了二尺多长的韭黄。因其不见阳光，色黄而叶嫩，
韭香扑鼻，正赶上春节包饺子。一般人家买上一缕，就已是很破费
了。现在的温室韭黄无论如何也没有那种味道。马粪里还有什么奥

秘不得细知，但还记得一件事。约四十年前，我在京西卧佛寺碰见园林工人正在抢救一棵病危的老松树。那方法是将树下直径数十米内的地砖全部挖掉，起走旧土，然后铺上一层均匀的马粪，再盖上新砖，大概这也是一味救树的偏方。其实马粪在历史上曾经很是荣耀过的。唐时养马多，粪很值钱，国用不足，唐太宗就指示出卖马粪充实国库，竟还救了一时之急。这类似于现在太平洋岛国开发鸟粪出口。唐、宋两代都曾设有管理养马及马粪的"群牧判官"，是朝中的肥差。欧阳修为照顾王安石家贫曾推荐他去做这个官，王坚辞不受。马身上还有一种下脚料，就是钉马掌时削下的碎掌片，捡回去泡水浇花，无虫无味，花朵浓艳。现在只能见花思掌，却旧物不再了。关于马的一点趣味大概只有到徐悲鸿的奔马图里去找了。

我与马最亲密的一段接触是在大学毕业后到农村去劳动的一年。在内蒙古河套，那是个半农半牧，又以农业为主的地区。农村除种地用马，又多养了一些马，所以不像中原农区对马管得那样严格，干活时牵之于地，收工后系之于槽。这里的马相当自由，大部分是不干活的游走之徒。少量干活的也是一收工就摘掉笼头脱缰而去。于是常有大量的散马在村外的沙滩上或收割过的庄稼地里幸福地撒欢、嘶鸣，有一口没一口地伸长脖颈吃着地上的青草。也有放马人，一般是派个十五六岁的半大小子去管这些马。说是放马，其实是伴这些马玩。这个年龄，反正也干不了什么正经农活。

自从上年来村落户，已经与村民混得很熟了。一天，马倌小李子突然问我们敢不敢骑马？"敢！"我们七八个男女生齐声答道，并踊跃地举手，要求给一匹马。马的骑法有两种。一是骑鞍马，就是整齐地备上鞍子，套好笼头，手握缰绳，双足踩镫，这是正规骑法。还有一种野路子，就是什么也不要，人骑马上，手抓马鬃，乘风而去。一般放马的人特别是男孩子惯用此法，俗称骑光背马。但是当地土话叫骑"产"马。这个字该怎么写，没有人去考证。村子里就是这样，很多字只鲜活在口头上。遇到非要写的时候，就胡乱填上一个同音字。比如当地产一种芨芨草，这是学名，而大队、公社的文书中都写成"只及草"，而且还创造性地在"只及"二字上又各加了一个草字头。这个"产马"的"产"直到多年后我才在一本旧字典里查到，应写作"骣"，也是这个音，释义为："骑马不加鞍辔。"就是骑光背马。这使我大吃一惊，这么一个偏僻的方言竟上接千载，直通古文，有一种深山藏古寺的意境。

那天我们每个人都分得一匹马。小李子服务周到，女同学就挑最老实的马，找个能踏脚的土墩扶上去。我们随便接过一匹，但也要有人帮忙才能骑上去。你想第一次骑马，马背圆滚又无鞍辔可抓，马一跑开人就翻了下来。好在都是沙地，也摔不痛。就是马跑的过程中，你实在抓不住了，也可主动滚落下来，不会有事的。小时在村里就听人说，老马识途，护主佑人，不像毛驴那么奸猾。"毛驴是个鬼，摔人不断胳膊就断腿。"那天，大家玩兴很浓，跌下又爬上，学而不厌。

等到你基本上能驾驭马让它开走时，也有两种情况。一是马走慢步或碎步，四个蹄子前后交错地踏行。步子走得好的马被称为"走马"，人坐其上稳如坐轿。二是马慢跑，直至飞奔起来。当地的孩子称之为"抹奔子"。这也是一个极形象又专业的方言。"奔子"好理解，奔腾之意。妙在这个"抹"字上。因为马奔腾起来后，你的双手抓着马鬃或缰绳，像是在顺着马的长脖颈从前往后地来回抹动，十分传神。我从一听到这三个字就立即在脑子里把它写了出来。待我们初步掌握了马时，小李子和他的伙伴们就大喊："抹奔子！抹奔子！"意即让马跑起来，飞起来。这时马就不是四条腿交错着地了，而是像饿虎扑食一样，两前腿齐向前扑出，刚一落地后两腿又跟上来点地弹出，波浪式飞跃。这才是骑者最享受的时刻，人如在浪尖上荡滑板，一波接着一波；如雄鹰展翅，上下翻腾。难怪西方的神话总是给马的两肋和天使的腋下加一双翅膀。但这里说的是理想状态，是熟练的骑手。作为新手只是稍微有了那么一点点感觉，已自惊喜，而且还付出了巨大的代价。

原来，人的屁股与马背是一对矛盾。你向下压它，它就向上顶你。静止时这矛盾还不明显，马一颠起来，就把人弹了上去；人再落下来，屁股就重重地摔在马背上，就这样来回对撞。而马背是什么？就是一条硬硬的大脊梁骨。李贺写马诗云："向前敲瘦骨，犹自带铜声。"它硬如铁、窄如刀，就这样一下一下地砍在你的屁股和尾椎骨上，这怎么受得了？所以正规的骑马一定要备鞍子。而骣骑的要领是必须人马一体，就像有什么东西把你和马粘在一起，人即马，马即人，永是上下一起动。这时二者已不是一对矛盾，而合为矛盾的同一方，共同去对付另一方——大地，或踏地而行，或点地而飞。而这个任务，人就不必管了，交给马去完成，它天生就是干这个的，你就坐享其乐吧。耳边呼呼秋风过，眼观四野花草香。但这种人马合一的状态要非常纯熟的骑手才能做到，或者如小李子这样从小和马一起玩大的孩子。

那天我们痛痛快快地"抹"了一回"奔子"，可是到了晚上就甜尽苦来，乐极生悲。先是腰和两腿酸痛，因为骑马的时候双腿要用力夹紧马背，腰也前后晃动扭曲。这还是其次，最难堪而又难言的是，屁股连同尾椎骨经马背这把"骨刀"上下地砍剁，晚上褪下裤子，已是皮开肉绽，渗出血水，火辣辣地疼。四个人在炕上辗转反侧，喊爹叫娘。一边又窃笑着，猜想现在后院里的那四位女生，又该如何？聊着，聊着，大家联想到我们现在的处境，忽然觉得我们就是一群"骣马"。人靠衣裳马靠鞍，我们本来以"骣马"之身入学，经过五年的大学教育，毕业时学校都给配了不同的"鞍具"：天文、生物、化学、历史、建筑等等。但一出校门就一律被摘鞍除镫，不分专业，不问对口，轰到这黄沙窝子里来与草木共生同乐。

这样想着又不觉悲从中来。于是再不多想，就说："睡觉！睡觉！"迷迷糊糊不觉东方之既白。

第二天，我们碍于面子照样出工，只是走起路来一瘸一拐。村里几个调皮的男人故意追着女生问："大学生，昨天的马骑得过瘾吧。"我们就连忙大声喊："队长，今天派什么活？"这种难言之痛，大约过了一周才慢慢康复。但我们还是照骑不误，西风骏马本无价，秋风黄沙皆有情，天赐之乐何能放过？而且臀底功从磨砺出，骑马乐从苦中来，之后也就渐渐痛少乐多了。套用李白的话：人生得意须尽欢，莫使好马无人骑！一年后政策落实，劳动结束，男女同学都分赴各地。只知多年后这中间出了一位天文学家、一位中学校长，余皆未能细考。

那次骑马之后过了三十年，我到四川九寨沟又得了一次骑马的机会。主人是一个下海文人，先做汽车生意，玩腻了钢铁的"宝马""悍马"，又来做山水旅游，就自己买了一匹有血有肉、红鬃白蹄的真宝马，金辔银鞭，豪华一回。那天他邀我们同登青、甘、川三省之交的一座山头，遥望黄河从天际而来，在茫茫草地上划过它出世以来壮美的第一湾，龙蛇一道，闪烁明灭。顿觉风展衣袖，天地入胸，欲扶摇而去。回程时，主人将他的宝马借我一骑。我踩镫翻身，一抖缰绳，顺着弯弯的山道直冲而下。耳旁风声呼呼，绿树花草倒退而去，我又找回了当年"抹奔子"的感觉。

2022 年 6 月 15 日

开　河

　　上世纪60年代末，大学毕业生必须先到农村劳动锻炼。我从北京毕业后到内蒙古临河县劳动一年，就地分配到县里工作。想不到，还没有打开行李，就直接受命带民工到黄河岸边去防凌汛。

　　"凌汛"是北方河流解冻时的专用名词，我也是第一次听到。特别是气势磅礴的黄河，冰封一冬之后在春的回暖中慢慢苏醒，冰块开裂，漂流为凌，谓之开河。开河又分"文开""武开"两种。慢慢融化，顺畅而下者谓之"文开"；河冰骤然开裂，翻江倒海者谓之"武开"。这时流动的冰块如同一场地震或山洪引发的泥石流，你推我搡，挤挤擦擦，滚滚而下。如果前面的冰块走得慢一点，或者冰面还未化开，后面的冰急急赶来叠压上去，瞬间就会陡立起一座冰坝，横立河面，类似电视上说的堰塞湖。冰河泛滥，人或为鱼鳖，那时就要调飞机炸冰排险了。无论"文开"还是"武开"，都可能有冰凌冲击河堤，危及两岸，所以每年春天都要组织防凌。我就是踏着黄河开裂的轰鸣声走向社会的。

　　虽然我在临河县已生活一年，但还未亲见过黄河。在中国地图上，黄河西出青海，东下甘肃，又北上宁夏、内蒙古，拐了一个大弯子，如一个绳套，被称为"河套"。在这里，黄河造就了一块八百里冲积平原。我这一年在河套生活劳作，虽未与黄河谋面，却一直饱吸着黄河母亲的乳汁。每当我早晨到井台上去担水时，知道这清凉的井水是黄河从地下悄悄送过来的；当夏夜的晚上我们借着月光浇地时，田野里一片"劈劈啪啪"庄稼的生长拔节声，我知道这是玉米正畅快地喝着黄河水。河套平原盛产小麦、玉米，还有一种别处都没有的"糜子米"，粒金黄，比小米大，味香甜，是当地人的主食，也是供牧区制作炒米的原料。在河套，无论人还是庄稼都是喝着黄河水长大，片刻不曾脱离。生活于斯你才真切地体会到为什么黄河叫母亲河，是她哺育了我们这个古老的农耕民族。前几年联合国粮农组织在全球普查农业遗产，在陕北佳县黄河河谷发现了 1 400 年的古枣园，在山东黄泛区发现了 6 000 亩的成片古桑园，可知我们的先民早就享受着黄河的养育之恩。沿黄河一带的农民说："枣树一听不到黄河的流水声就不结枣了。"

我受命之后，匆匆奔向黄河。一个毛驴车，拉着我和我的行李，在长长的大堤上，如一个小蚂蚁般缓缓地爬行。堤外是一条凝固了的亮晶晶的冰河，直至天际；堤内是一条灌木林带，灰蒙蒙的，连着远处的炊烟。最后，我被丢落在堤内一个守林人的小屋里，将要在这里等待开河，等待春天的到来。一般人对黄河的印象是飞流直下，奔腾万里，如三门峡那样湍急，如壶口瀑布那样震耳欲聋。其实她在河套这一段面阔如海，是极其安详平和、雍容大度的。

我的任务是带着二十多个民工和几个小毛驴车，每天在十公里长的河段上，来回巡视、备料，检查和修补隐患，特别要警惕河冰的变化，与指挥部保持不间断的联系。民工都是从各村抽来的，大家也是刚刚认识，都很亲热。河套是我国传统的四大自流灌溉区之一，黄河水从上游的宁夏流过来，顺着干渠、支渠、斗渠、农渠、毛渠等大小小的河道，让庄稼灌饱喝足后，再经排水网络流向下游。

因水过沙淤，每年冬春修整河道就成了当地必不可少的工作。在还没有机械施工的年代，全靠人工把泥沙一锹一锹地挑出去，俗称"挑渠"。从另一个角度讲，这也是年轻人欢乐的聚会，类似南方少数民族的"三月三"，不过那是纯粹地唱歌游戏，这却是借走河工而欢聚。民工出发前，会往毛驴车上扔上几口袋糜子米，在铁锹把上挂几串咸菜疙瘩，富一点的生产队还会带上半扇猪肉。人们难得享受一次大干、海吃、打牌、摔跤、说笑话的集体生活。我现在参与的也属这类劳动，不过不是"挑渠"而是"护渠"，规模也小，人也少，民工的年纪也略大，气氛就安详了许多。

住下以后，我到堤上的工棚里看了炉灶、粮食等生活用品的安排，就出来和他们一起装土、拉车。这时一个他们叫王叔的中年汉子突然走上前来拦住我说："头儿！这可不行。你是县里的干部，张张嘴，指指手就行，哪能真干活？"这一句话把我说懵了，我怎么一夜之间就从一个学生、一个在公社劳动的临时农民变成了"头儿"，成了干部？从此就可以只要张张嘴，不用动手干活了？真是受宠若惊，我还很不习惯这个新身份。就像京剧《法门寺》里的贾桂，站惯了不敢坐，我这双手动惯了，一时还停不下来。马克思说劳动创造人，莫非这一年的劳动就把我改造成另一个人？我一高兴也吹起牛来，我说："这点活算什么，我在村里整担了一年的土，担杖（扁担）都记不清压断了几根。"他们看着我笑道："除了衣服上有补丁，怎么看，也还是个学生娃哩。"大家嘻嘻哈哈，一会儿就混熟了。

因为是上堤第一天，为了庆祝，中午就在工棚里包饺子。当地盛产胡麻油，生胡麻油拌饺子馅特别香。一脸盆肉馅拌好后，王叔提出一把装满胡麻油的大铝壶，就像提水浇花一样，对着脸盆大大地转了三圈，看得我目瞪口呆。你要知道那是在物资极端匮乏的年代啊，城里每人一个月才供应三两油。但是生产队自家地里长胡麻，自家油坊里榨胡麻油，吃多吃少谁管得着？况且出工挑河就和当兵出征一样是要格外优待的。那年我在村里，春天派河工时，挑河人无肉不行。队长无奈，就发话杀了一头毛驴为大家壮行。今日我们在黄河大堤上吃开工宴，真有点梁山好汉初上山来喝聚义酒、大块吃肉的味道。这时大堤内外寒风过野，嘶嘶有声，而工棚内热气腾腾，笑声不断。我内心里觉得，这就是冥冥中给我办的一个劳动毕业典礼，也是身份改变，从此由学生转为干部的加冕宴。

我白天在河堤上和民工们厮混在一起，晚上就回到自己住的林间小屋里，静悄悄地好像退回到另一个世界。这林子是一大片与河堤平行的灌木，专为防风、固沙、防止水土流失而栽。树是北方沙地一种永远长不大的"老头杨"。护林员姓李，一个五十多岁的朴实农民。他的任务是每年春天把这些灌木贴着地皮砍一次，叫"平茬"，促使它们根系发达，平时则看护好林子，防止牲畜啃食。这是黄河的一条绿腰带。这个林间小屋里热炕、炉灶等生活用具应有尽有，老李在这里白天煮饭、干活、看林子，晚上回村里去和老婆孩子一起挤热炕头。他临走时问我："你晚上一个人住在这片林子里怕不怕？"我说："不怕。"心想，说怕又有什么用？他说："我把这条大黄狗给你留下。你现在就喂它一块骨头，先建立一下感情。"在这个半农半牧区，吃肉是平常事，我一进到这个小院就发现半人高的矮墙头上摆满了一圈完整的羊头骨，如果是哪个画家来了一定会选一个回去当艺术品。我接过黄狗摸摸它的头，算是我俩击掌为友了。

后半夜一钩弯月挂在天边，四周静极了，风起沙扬，打在窗户纸上沙沙作响，大黄狗不时地汪汪几声。微风抚过林梢掀起隐隐的波涛，我这个小屋就像大海里的一只小船。我怎么也睡不着了，突然想到这是我平生第一次一个人过夜，而且还是在万里黄河边的旷野上。大约这就是在预示一个人将要独立走向社会。上大学之前我从没离开过家，在大学里条件有限，一间宿舍上下铺八个人，再后来就是来到农村劳动，四人睡一条土炕。而今天，脱离了家庭，离开了集体，像被母亲推出了怀抱，说你已长大，快快出门而去吧。我感到几分孤单，又有一点兴奋。人生本是一场偶然，命运之舟从来不由自己掌舵，你唯一的办法就是如鹰雁在空，借气流滑行。我从北京来到塞外，从学校来到生产队，再从生产队来到黄河边，被一双无形的手推过一程又一程。

我辗转难眠，就去想那些类似今夜光景的诗篇。苏东坡有一首《卜算子》："缺月挂疏桐，漏断人初静。谁见幽人独往来，缥缈孤鸿影。"不好，太凄苦了。我虽分配塞外，但还不似苏轼发配黄州。又想起辛弃疾的《破阵子》："醉里挑灯看剑，梦回吹角连营。八百里分麾下炙……"现在大漠孤烟，河堤上吃肉，倒有几分身在沙场的味道。你看：堤外漠漠层林，堤上车马工棚。千万里大河东去，枕戈静待凌汛……那么，凌汛过后的我又将漂向何处呢？

天气渐渐转暖，脚下的土地也在一天天地变软，有了一点潮气。按照老河工的经验，今年的开河将是"文开"，不会有太大的麻烦。我作为"头儿"，紧张的情绪也有了缓和。不过从心里倒生出一丝遗憾，既为凌汛而来，却没有看到冰坝陡立、飞机投弹炸冰，好像少了点什么。人生就是这样，又要又怕，又爱又恨。民工们已经在悄悄地收拾行装，我无事可干就裹上一件老羊皮袄在堤上漫不经心地巡走，有时遥望对岸，对岸是鄂尔多斯高原，成吉思汗的发家之地。几千年来，这片土地上曾演绎了多少惊心动魄的故事，而我一出校门就投向黄河的怀抱里。中国民间风俗，孩子满周岁时，在他面前摆上各种小件物品，看他去抓什么，以此来卜测孩子将来的作为，名为"抓周"。《红楼梦》里贾宝玉抓到的是女孩儿用的钗环脂粉，贾政因此心中不悦，说这孩子将来必无所成。现代有类似的新说：小儿断奶后吃的第一口菜是什么味道，就决定了他一生的饮食习惯。我出校门后正式受命干的第一件事就是到黄河上带工，这也是一种

"抓周"，而且十分灵验，从此我的后半生就再也没有离开过黄河。几十年的记者生涯，我上起青海黄河源头，下到山东黄河的出海口，不知走了多少遍，采写了多少文字，至今还有一篇《壶口瀑布》在中学课本里。这是黄河发给我的最高奖品。

一天，当我照例巡河时，发现靠岸边的河冰已经悄悄消融，退出一条灰色的曲线，宽阔的河滩上也渗出一片一片的湿地。枯黄的草滩隐约间有了一层茸茸的绿意。用手扒开去看，枯叶下边已露出羞涩的草芽。风吹在脸上也不那么硬了，太阳愈发温暖，晒得人身上痒痒的。再看远处的河面，亮晶晶的冰床上撑开了纵横的裂缝，而中心的主河道上已有小的冰块在浮动。又过了几天，当我迎着早晨的太阳爬上河堤时，突然发现满河都是大大小小的浮冰，浩浩荡荡，从天际涌来，犹如一支出海的舰队。阳光从云缝里射下来，银光闪闪，冰块互相撞击着，发出隆隆的响声，碎冰和着白色的浪花炸开在黄色的水面上，开河了！一架值勤的飞机正压低高度，轻轻地掠过河面。

不知何时，河滩上跑来了一群马儿，有红有白，四蹄翻腾，仰天长鸣，如徐悲鸿笔下的奔马。在农机还不普及的时代，同为耕畜，南方用水牛，中原多用黄牛，而河套地区则基本用马。那马儿只要不干活时一律褪去笼头，放开缰绳，天高地阔，任它去吃草追风。尤其冬春之际，地里还没有什么农活，更是无拘无束。眼前这群撒欢的骏马，有的仰起脖子甩动着鬃毛，有的低头去饮黄河水，有的悠闲地亲吻着湿软的土地，啃食着刚刚出土的草芽。而忽然它们又会莫名地激动起来，在河滩上掀起一阵旋风，仿佛在放飞郁闷了一冬的心情，蹄声叩响大地如节日的鼓点。我一时为眼前的情景所感染，心底暗暗涌出一首小诗《河边马》：

俯饮千里水，仰嘶万里云。

鬃红风吹火，蹄轻翻细尘。

时间过去半个世纪，我还清楚地记着这首小诗，那是我第一次感知春的味道，也是我会写字以来写的第一首古体诗。

我激动地甩掉老羊皮袄，双手掬起一把黄河水泼在自己的脸上，一丝丝的凉意，一阵阵的温馨。开河了，新一年的春天来到了，我也迈出了人生的第一步，明天将要正式到县里去上班。

《当代》2023 年第 1 期

搭　车

——河套忆旧

大约在自己无车，而又不得不出行时，才求人搭车，这实在是一种无奈之举、尴尬之事。而搭车又分两种：一是搭熟人的车，有友情垫底；二是在路边拦车，一厢情愿，两不相识，一个敢坐，一个敢拉，最能见出世风的淳朴与人情的厚道。

一

我第一次搭车是搭的马车，当时我们七八个大学生在内蒙古河套农村劳动锻炼，房前正守着一条沙土公路。路上汽车很少，多是马车。一到秋天满是送公粮的车队（现在免了农业税，农民已经不交公粮了），还有用红柳笆子围得老高的甜菜，送往糖厂去榨糖。可谓车辚辚，马萧萧，粮糖不绝驰于道。我们的驻地离公社、医院、供销社等行政中心大约有五里地，常有些小事要办。最方便的出行方式就是在路边搭车，只要一招手就能跳上一辆，好像这就是我们的专车。

时间长了我们也摸出一点规律。车倌有年轻一点的，有老一点的，一般来讲老一点的好说话。在他们眼里大学生是稀罕动物，奇怪这些洋学生怎么一下子掉到这个沙窝子里来？至少我们当时所在的公社还从来没有出过一个大学生。车又分空车、实车，空车好搭。实车装满货很难再坐人，但在车辕头再捎一个人也是可以的。俗话说，人一出门小一辈儿，对车倌我们一律喊大叔或大爷，先喊得对方心软。还有一个窍门是女生好搭车，鲜有被拒绝的，男生就可能让人家找个借口给怼回来。同性相斥，异性相吸，这个中学物理课上就学过的定律也同样适用于人类。如遇有急事就让女同学出面去拦车（如那一年党的九大召开，就急着要进城去打听精神，这事关我们的分配和前程），我们就躲在屋里趴在窗户上看，等到车把式"吁——"的一声勒住马，刹住车，我们就立马冲出来喊道："还有一个，捎上我。"而且一上车就掏出进城带的干粮说，大爷尝尝我们烙的发面饼。车把式就不好意思说什么。但这种"美女招手法"很少用，有失女生的尊严。

因为这是一条固定的路线，时间长了与车倌也混熟了，话也多了。他们总爱向我们打听城里的稀罕事儿。我也常能从他们嘴里听到在城里听不到的故事。一般车倌都年纪偏大，有的是儿子娶了媳妇忘了爹和娘，他不愿意在家里看儿媳妇的白眼，就出来赶车，多挣工分还落得个逍遥。他们绘声绘色地讲起儿媳妇摔盆骂狗，我们听了都伤心。也有家庭和睦的，会给你展示刚从城里出车回来给小孙子买的玩具。有的光棍车倌还会悄悄地告诉你，这条线上的车马店里有他相好的老板娘。当时一到秋天，公路两边的房主就会腾出些房子来烧个大炕，接待过夜的车马，一般是赶车人自带米和马料，房主收一点柴火钱。也有人吃马喂，吃住全包的，类似现在的民宿。一时，车马店里人声喧哗，骡嘶马叫，人们套车卸车，大声地互相招呼。土炕上弥漫着旱烟味，有时还有一点酒香。还有一件最让孩子们高兴的事，可以到甜菜车上去抽一个糖萝卜，生吃或切片蒸熟，堪比现在的口香糖。总之，一到秋天，这条路上就鞭声不绝尘飞扬，马铃儿响来人四方。搭车成了一种文化，我们很怀念那些不期而遇的人和那一条永远流动着故事的路。

二

劳动锻炼结束后我到县里工作。当时县与县之间有老旧的柏油路相通，每天只有一趟班车。无论公私，出门办事也少不了到路边去拦车搭车，这好像已经成了一种共享的社会福利。

杭锦后旗离临河县四十公里，曾经是傅作义晋绥军的根据地，这里留下不少旧的房屋街道和文化遗存。内蒙古巴盟机关先是设在磴口县（就是我从北京毕业千里迢迢去报到的地方），后又搬到临河县，因房产不够，许多活动就到杭锦后旗去举办。一次我在那里住党校，学员都是当地的公社干部，每人一辆自行车。一到周末即"飞鸽"（当时的名牌自行车）而去。我因有事，周末当天没有走成，原打算那一周不回家了。不想早晨一觉醒来，面对一个空荡荡的院落，不觉又动了归心，便去城边的路口等班车。这条大路直通四十公里外临河县委的大门。当时我新婚不久，家安在县委大院里的一间办公平房。老婆刚从外地调来，还没有安排工作，人生地不熟，举目无亲。我在路之头，她在路之尾，也许这时她正在大门外的路口遥望班车，"误几回，天际识归舟"。我这边左等右等班车不来，却过来一辆油罐车，我一挥手司机居然慢慢地停了下来。车上是一个光溜溜的椭圆形大油罐，罐的两侧各有一条一尺高的铁护栏，这是唯一的抓手。我喊一声："师傅好，我是临河县委的，搭个车行吗？"他从车窗里探出头来，用嘴巴指向车上的油罐说："咋底，敢上去不？"没有想到幸福来得这么容易，我连说："敢！"话音未落，我便翻身上车，坐在罐侧。以双脚顶住护栏，双手左右托住油罐，找好平衡。司机一踩油门，油罐车就像大象背上吸了一只蜗牛狂奔而去。以现在的交通规则论，这绝对是要重罚重处的。但那时天高皇帝远，地僻无王法，人又年少轻狂，无知无畏。这竟成就了我搭车史上最具传奇的一笔，现在想来还后怕中夹杂着自豪。

还有一种搭车是半搭半挂。1972 年 8 月，我调到《内蒙古日报》驻巴盟记者站，从此开始了一生的新闻职业生涯。记者站唯一的交通工具是一辆自行车。好在人还年轻，有的是力气。河套是个大平原，除北部靠近国境线的几个县外，套内数百里之内都可以蹬车前往。只要任务不急或走或停，很有点类似现在的驴友骑行。那时国内还没有流行头盔、护膝之类，否则一定很潇洒。我把一个旧黄布书包拴在车把上，迎风赶路，天黑宿店，蓬头垢面。这就是当时中国西部一个最基层记者的形象。因为再低一级就是县委报道组的通讯员了，这只能算是新闻外围人员，我也曾干过两年。

这种搭车没有预先的计划，也不必与司机打招呼征得同意。一般是在夏秋季节，风和日丽，你骑行在路上，如果觉得累了，就物色一辆挂有拖斗的卡车，这种车子车速比较慢，或者选一辆拖拉机也行，就是噪声大一点，也颠簸一些。你把骑行位置调整到拖车的右前方，等它从左边追上你两车平行时，你让过车头，右手扶定车把，腾出左手一把拉住拖车后马槽上的插销把，那粗细长短与弧度简直就是为搭车人量身定做的。这时你就可以挺起身子，扬眉吐气，一展酸困的腰背，单手扶把保持平衡，任由拖车带着你长驱急奔。这样子极像海上的冲浪运动，快艇后面用绳子拖着一个脚踏浪板手系牵绳的人。这时我会解开衣扣，任风鼓荡着衣裳，想象自己是一只正在被牵引的风筝，就要升上天空，大有李清照词"九万里风鹏正举，风休住，蓬舟吹取三山去"的味道。这样的搭行十里二十里不在话下，累时可以脱开手慢行片刻，反正路上有的是车，一会儿就可顺手牵羊，再抓一辆继续滑行。

这种搭车是旁门左道，但是"盗亦有道"，你可以慢慢领悟规律，熟能生巧，渐臻完美。一是要找对位置，你必须跟在拖车的右外侧，若在左内侧，则有与对面来车相撞的危险。二是虽然省力却不可省脑，要随时紧盯前方数百米的路况，一旦发现有路面不平或对面有车来时要立即松手，以免司机猛刹车造成你连人带车追尾。由于胆大心细，我这样搭行两年，行程数百公里，还从来没有出现过意外。驾驶室（他们叫车楼子）里的司机师傅也从没有苛责过我不许蹭挂，倒是遇有错车或路况不好时，还会主动减速鸣笛提醒后面，人性之憨厚善良可见一斑。

三

我最不能忘记的是一次长途搭车。那次到包头附近的营盘湾煤矿采访，矿上还有一个瓷窑。当时我的小家庭刚刚组建，正缺东少西。我先打听好有一辆回临河的顺车，便买了一吨煤和一个小水缸，还有些锅碗瓢盆之类的小杂物。司机是一个姓胡的四十多岁的汉子，正和他的姓氏一样，一脸大络腮胡子。助手倒是一个白净的小伙子，姓张。上午吃过早饭后，我们收拾停当，打马上路。胡子和小张坐在前面的车楼子里。我躺在后车厢的煤堆上，护着我的那些家当。

车子发动起来以后，胡子突然推开车门，从车楼子里甩给我一件老羊皮袄。我平躺在煤堆上，身下垫着皮袄，如在沙发。老羊皮袄是用隔年的老羊宰后剥下的皮制作而成，毛长皮厚，一把握不透，堪比一块厚毛毯或一床棉被。当地习惯将这种老羊皮熟制后直接缝制成袄，并不需要再罩一层布面。这是车倌、货车司机、守夜人、野外作业者无论冬夏必备的行头。当然也能为雪夜冰天中热恋着的男女抵御风寒，留下难忘的温暖。它正穿时皮板在外，可挡风寒；

反穿时长毛在外不怕雨淋；如在野外，穿则为衣，卧则为褥，盖则为被，不怕揉搓，不避沙石。待到穿过两三年后，皮子经千揉万搓已经软得如一块海绵。这时再拿去清洗，配上布面（行话叫挂个面子）。几年的塞外生活，我太熟悉这种万能皮袄了，甚至已闻惯了它散发出来的膻腥味儿。当时我把这光板老羊皮袄垫在身下如在热炕，从心里感谢这位胡子大哥的热心肠。

车子顺着沿山公路缓缓而行，右山左滩，好个空阔的田野。我仰面朝天看着深远的蓝天。小学地理课上就学过内蒙古高原这个词，其实没有在这里生活过的人，恐怕一生也不知道这几个字的含义。现在形容一个有身份的人叫作"高、大、尚"。如果让我在中国大地的各种地貌中选一个"高、大、尚"者，那就是内蒙古高原。单说"高"，珠峰够高了吧，但是脚下群峰犬牙交错，无平坦之感。单说"大"，华北平原、长江中下游平原、成都平原都够大了吧，但阡陌纵横，市镇毗连，让人不能心静，没有居高临下之感。关键是这个"尚"字，在人为高贵，在地为高原。有包容万物之心、宁静安详之态，不张不扬，十分低调。唯有这内蒙古高原高、大、尚俱全，仰望有日月之可触，俯瞰无群峰之碍眼。亦高亦阔，如川之平，如秋之爽。

我躺在车上，伸手就能摸到蓝天；放眼前方，是一条永远到达不了的天际线。这时候你才真切地感到地球是圆的；假如对面的远处出现了一辆车，就像在大海上看见船的桅杆一样。这种感觉，你要是能到内蒙古中部的锡林郭勒草原或东部的呼伦贝尔草原跑车会更加明显。我们的车在地球的表面飞奔、撒欢，又好像要离地而去，可以伸手撕下一片白云，缠绕在脖子上或者贴在胸前，然后再一松手，又放它飘去。

车子从营盘湾山里出来后，渐渐进入平坦的套区，除了前面的路，远处的天际线，四周没有任何参照物。两个多小时之后越过沙地草滩进入农耕区，时当八月，序属仲夏，正是八百里河套小麦的收割期。放眼望去，遍地黄金。麦浪拍打着车帮，卡车就像是漂在海上的一条船。我的家乡也是产麦区，但那里是丘陵、梯田。麦熟季节的风景是沿着山梁一层一层、一圈一圈的金黄。我还从未见过这一马平川，八百里的麦浪，金波滚滚，浩浩荡荡。坐在行进中的敞篷车上，有一种检阅夏季的庄严感，一边看一边在心里酝酿着诗篇，后来还真的写成了一首六百行的长诗。但"文革"期间所有的文艺期刊都已经停办，万马齐喑，无处发表，枉自少年轻狂。不过十多年后，这首胎死腹中的长诗被浓缩成一篇六百多字的短文《夏感》，收入小学语文课本一直使用到今，这还要感谢那次搭车捡来的灵感。

　　我抓着车帮，看累了就四肢放平躺在老羊皮袄上继续做着天上的遐想。天蓝得让你看不透它的深远，我又觉得它是一汪大海，车子就是穿行在波浪中的船。我奇怪，空气是透明的，水是透明的，为什么无数个透明的叠加就成了蓝色，如天空，如海洋，愈深愈蓝。这恐怕是物理学家该去思考的问题，就像当年牛顿终于从太阳的白光里分出了七色光。我们总有一天会从这个"蓝色"中抓到点什么。这么想着，我就伸手去抓到一朵云，然后一松手，又放它归去。这时才突然理解了神话题材的名著名作：阿拉伯会飞的神毯、吴承恩的《西游记》、屈原的《天问》、李白的《梦游天姥吟留别》等等。我这哪里是搭车，是搭了一架飞机或者是一支射向宇宙的火箭。在还没有乘过飞机之前，这是我距离白云最近的一次旅行。

　　正当我这样"目既往还，心亦吐纳"，做着天上的遐想时，突然车子摇晃了一下，软塌塌的，像是撞在棉花堆上，又挣扎了两下哼了一声就不动了。我翻身跳下，这时胡子和助手小张也早从车楼子里出来，正蹲下身子四只眼睛瞄着车底。胡子爬到车盘底下摸了半天，出来时满脸沙土，摊开油污的双手说："这可拉下疙蛋了（遇到麻烦了），传动轴断了。"我的脑子嗡的一下炸了。虽不懂车，但也知道车轴的重要性，有如人之脊柱，房之大梁。在这四处不着边的旷野上，断轴之祸，无异于灭顶之灾。小张那张白脸唰的一下更白了。胡子只说了两个字："皮袄!"小张爬上车帮，嗖的一下抽出刚才还垫在我身下的那张万能老羊皮袄，麻利地铺到车底下去。他们两个搬出工具箱，捡了些家伙就仰躺在皮袄上叮叮当当地干了起来。我无事可做便绕着车查看地形，这时才发现我们前进方向的右手正对着一个山口，一条干河正蜿蜒而下。枯水季节，河床上积满一层绵软的细沙。河床并不宽也不深，而且又平，一般不会有司机特别注意到它。谁知我们这个钢铁怪物吃硬不吃软，刚一下河就一头杵在沙被窝里。就像旧小说上说的，有那骄傲的武士打出一拳，却被对方的软肚皮吸住，拳头再也拔不出来。我们的车遇到的正是这种尴尬，咔嚓一声，轴断车停，进退不得，幸亏还没有翻车。

　　他们在车底鼓捣了半天，最后抽出一根车轴。胡子毕竟是个跑车的老江湖，扛着车轴就如关云长依着一把大刀，贼亮的眼睛把周围四方扫视了一遍，说："这个地方没有人家也很少过车，再说就算有车来也拖不动咱们，只有自己想办法了。"他用手指着右手北方那个隐隐约约的山口说："估计公社在那个方向，一般公社里都会有个农机修理点，我们去碰一碰运气。"然后突然转向我温和地说："小记者，你敢一个人在这里看车吗？"本来是我搭他的车，好像倒成了他求我。同在危船，有难共担，我这个搭车的闲人，好不容易有了一个立功表现的机会，连忙大声说："敢!"心想这里不用说有坏人，就连个活人影儿也没有，这片麦子地又吃不了我。说着胡子把我安顿在车楼子里，给我留了一个军用水壶，还有一把大铁扳子壮胆，嘱咐不管遇到什么事儿，不要开车门儿。然后他们两个背了一个水壶，扛起车轴，顺着河沟一步一弯腰地向那个远处的山口走去。我拉紧车门，顿时一股莫名的孤寂袭上心头，刚才那美丽壮阔的麦浪，霎时成了淹没我这个孤儿的大海，而蓝色的天穹也成了吸我而去的黑洞。

一个人在车里无聊，就打开随身的小黄书包，掏出一本书翻两页，看不进去；又掏出采访本，想将一下这两天的采访记录，也看不在心上。顿觉心随事走，人生起落在瞬间。刚才还飞车高原，蓝天白云，心花怒放，这时孤身一人缩在车内，北风打门，几多凄凉。胡子他们扛着沉重的车轴远去的身影，一步一踩留在沙地上的脚印，总浮现在我的眼前。此去有希望吗？那个地方有个农机站吗？全靠运气了。我这样一个人胡思乱想着，不觉天色慢慢暗了下来，我低头看一下手表已经下午七点，心如落日，暮云沉沉。当我再一抬起头时，车窗玻璃上却贴着一张人脸，鼻子都压成了扁平。我霎时惊出一身冷汗，这里四面旷野，从哪里跑出来一个人？我都能听到自己心脏的狂跳，努力让它静下来，才看清是一个当地老乡，满脸皱纹，有六十多岁。我还是想不明白他是怎么出现的，就像唐僧在去西天的路上，突然路边就会出现一个人还是妖。当我确信他就是一个当地老乡后，就把车窗摇下一条细缝。老汉一口当地话："后生，车子焊（陷）住了吧？我下午三点就瞭见（看见）这辆车过去了，怎么现在还在这瘩？"我已完全松弛下来，打开车门说："大爷，沙子焊住车了，轴断了，师傅到北山根去寻个农机修理站。"老汉一听马上露出一脸的同情："天都擦黑了，肚子饿了吧，到我的道班里去吃点儿东西。"原来老人是个当地的养路工。

河套平原，除各县与县之间的正规公路是沥青路面外，乡村之间全是沙土路，每隔十里左右就设一个养路站，俗称"道班"。一般配三四个人，一辆毛驴车，遇有雨水冲塌，或者大车压毁路面，随时拉土修垫。民工都从生产队里抽，在队里记工分，是一种民间养路制度。白天干活，晚上各回各家，留一个人看守道班。我随老人来到他的道班，这是路边一个高坡上圈出的简易小院，只有一间房子、一盘土炕和灶台。刚才我们飞车过道班，正"两岸猿声啼不住"，放眼高原喜欲狂，哪能顾及这个小院？而老人却一眼记住了这倏忽而过的车辆。老人一进院子就顺手在门口抽了一捆柴火，进门后就要挽起袖子点火做饭。河套农村做饭，无论蒸、煮、炒、烙，都是固定在灶头上的一口三尺大锅，就是喝一口水也得用它来烧。我怪不好意思，说："不饿不饿，喝口水就走。"他说："你们的人一时半会儿回不来，我就是那个村里的，离这里七八里地呢。那里还没有通电，每天要等到晚上天黑了才用柴油发电供照明几个小时，他们要焊车轴也得等到来电才行。"我这才明白，为什么胡子走了这么长时间没消息。况且肚子也真的饿了，一天也没有正经吃口东西，就赶紧帮着老人一边涮锅、烧火，这些我在农村劳动一年，早学得麻溜麻溜的了，一边又与他聊天。老人有儿有女都已成家，他在村里没多少事儿就出来看道班，一天记一个工，去年队里分红每个工五角钱。说着他已经把面和好，擀成一张大饼，摊到锅底上。河套是产麦区，当地常做这种发面饼，做时里面放一点苏打，用麦秆之类的软柴火烧灶，饼子蓬松酥脆，类似西北的锅盔或新疆的馕，属于面食中的饼类一族。

这时天已经完全黑了下来，我心里老是挂记着胡子他们找到农机站没有，趁着大饼还在锅底等熟，就跑到外面踩着梯子上到房顶向正北方向瞭望。果然天边有电焊光一闪一闪，稍微放了点心。我回到屋里把饼子收拾进书包里，加满一壶热水，给老人留下半斤粮票，五角钱，就向停车处返去。路上掰了一小块饼子，胡乱塞到嘴里压一压饿火。回到车前，我先围着汽车转了一圈儿，看有什么动静，又检查了车楼子里有没有什么变化。再翻到车顶上继续瞭望北边方向，电焊火花已经熄灭，说明他们已经完工。我就呆呆地透过黑暗一直盯着山口方向。后半夜开始起风了，麦田一浪滚过一浪，我好像置身在一个孤岛之上。为了打发时间，我开始找天上我认识的星座数星星。这样也不知道过了多久，前面出现了两个晃动的手电光。我兴奋地大喊一声："胡师傅——"声音划破黑暗在寂静的原野上飘荡，倒把我自己吓了一跳，心里一阵震颤，眼圈都发热了。他们听见了我的声音，就高举起手电在空中划了几个圆圈。我跳下车向他们迎了上去。还没有等走到跟前，就听见在黑暗中胡子喊道："小记者，饿坏了吧？"我连忙喊："不饿不饿，我们有好吃的了。"他们来到车前放下沉重的车轴，先不说修车的事儿。胡子从怀里摸出一个油纸包，原来是一包酱牛肉。他说："没事了，总算把车轴焊好了。那个穷公社，想吃口饭，晚上连个鬼也找不见。好歹临走时在伙房里摸见两块酱牛肉。"我也赶快从书包里掏出大饼，又说了上道班的事儿。三个人先坐在车下的沙地上，掏出一把电工刀，把肉剁一剁，顶着满天星光，掰一块饼就着吃一口肉，再举起水壶喝一口水。今天不但搭车，还搭了一顿伙。这是我记忆中最香的一顿野餐。我的家乡出产一种老字号的平遥牛肉，香彻百年，闻名全国。我自己下乡一年也不知道吃过多少次柴锅大饼。但唯有今晚这顿野地里、星光下、卡车旁的牛肉加大饼，肉香、面香，还有田野里晚风送来的麦香，让我终生难忘。

我们吃饱喝足后开始干活。他们两个钻到车底下去换轴，我在外面打手电，等到轴换好了又用铁锹去清理车轮前面的沙子，为的是让车启动时轮胎能够抓住河床的硬石面。车轴换好了，胡子用沙子搓搓两手的油腻，跳进车楼子里发动车子，我们两个在外面心都提到嗓子眼上。胜败在此一举，生怕再听到那一声不吉利的"咔嚓"，如果车轴再断一次，今天晚上真要在这里喂狼了。马达嗡嗡地轰鸣着车身抖动一下，我和小张在后面用力推车，明知道这点力气对一辆卡车来说就像蚊子推大象，但还是使出吃奶的力气自求安慰，终于"卡通"一声，车轮咬住了河床，往上轻轻弹了一下，缓缓转动了，我们三个人的心都唰地落了地。胡子喊了一声："上车！"小张从车底抽起那张老羊皮袄，一把甩到车后的煤堆上，推了我一把：

"快上！"我不知道哪来的灵活劲，像猴子一样跳起，手抓马槽脚踩车轮胎一跃就翻上车顶。

这么一折腾已经是后半夜了，将近黎明时分。我躺在老羊皮袄上看着天边的月牙，晚风送凉，满天星斗，万籁俱静，感慨万端。我只是偶然搭了一次车，就摊上这么大一件事儿。苏东坡说："人生如逆旅，我亦是行人。"李白说："天地者万物之逆旅，光阴者百代之过客。"逆者，不顺也，有迎上、插入之意。社会就是一辆行走的快车，每个人告别父母、离开学校，都要来逆搭这辆车，但却不知道会搭上哪一节车厢，而且还要换多少次车。这么想着，东方渐渐泛出鱼肚白色，不一会儿就跳出一轮红日，霞光照耀八百里河套，连麦浪也被染成了粉红色。

塞上六年，马车、拖拉机、汽车，甚至领导的专车，也数不清搭了多少次车。现在想来，那六年的搭车生活真是一种享受。当我坐在慢悠悠的马车上，听车倌聊天，看着两边的青纱帐、麦田、羊群时，就像是在听一首古老的歌谣或者喝一壶老酒。而当仰面躺在载货的卡车上，则是一种追逐在云端的旅行。自从离开河套之后，再也没有搭过一次车了。一是因为进了城，交通方便；二是人情变化，世风日下，搭车之事鲜有所闻，而碰瓷行骗的事例倒是不少。所以就常常想起当年那些搭车的故事，怀念那种萍水相逢、两不相识、一见交心的淳厚民风。我生也有幸，一入社会就在《诗经》式的古风中熏陶了六年整，度过了一个社会人的童年。

梦回塞上

61

打 黄 羊

我此生只打过一次猎，打黄羊。按现在的说法，黄羊为二级保护野生动物，是不能打的。但那是什么年代？1972 年。我国直到1988 年才有了第一部野生动物保护法。那时正处于"文革"中政局混乱、经济上物资匮乏的特殊时期。不用说保护野生动物，连人的最低生活状态都很难维持。每人每月二十八斤口粮，三两油，没有任何肉食供应。这三两油放到现在，还不够炸一根油条。"打猎"这个概念，现在主要是一种高档的游乐，要申请特别的指标，经过一系列的批准手续。而在那时，其实就是去找一口能填肚子的东西。

1972 年我的第一个孩子降生。母亲缺奶，大人除了一份口粮，没有任何额外营养。"奶粉"这个词，我是过了多年以后才听说的。当时我在《内蒙古日报》驻巴彦淖尔盟记者站，共三个人，三个民族，典型的民族团结小集体。站长包音乌力吉，蒙古族；还有一个叫恩和，达斡尔族；我，汉族，最小，才二十多岁，又是从城里来的外地人，干什么都一副怯生生的拘谨之态。他俩四十多岁，又都是本地人，各方面都游刃有余。老包看见我窘迫的样子就说："小梁，我们去打一只黄羊，好给你媳妇下奶。"

当时靠近国境线新成立了一个潮格旗。野生动物无国界，那里常有大群的黄羊来回游走。我们决定去碰一下运气。一个冬日的晚上，我们宿在离边境不远的一个蒙古包里。地上放着一个用汽油桶改装的火炉，里面烧着牛粪。我原以为干牛粪松松软软的，如草一样一烧即过。没想到它竟如炭块儿一样，直烧得炉火纯青，连炉筒都烧红了。虽然是出于生活窘迫前来打猎，而我这时却起了玩心。我看看蒙古包的穹顶，摸摸身下的毛毡，又仔细打量那菱形的支撑蒙古包四壁的红色栅杆，这是蒙古包的脊梁，如折扇之骨，可随时折叠迁移，所以又叫"围扇"，蒙古语叫"哈那"。平常在农区采访都是睡土炕，今天睡在蒙古包里十分新鲜。我一个在北京学档案专业的大学生，本该毕业后去故宫或中央档案馆工作，今天却睡在内蒙古草原上。人生如一片树叶，命运就是潮水，自己不知将漂往何处。我想当年苏武牧羊，在塞外住的也一定是这种毡包。秦时明月汉时关，两千年不变的"穹庐"。这时外面正下着小雪，雪片从庐顶的透气孔落进来，瞬间消融，而炉火只管嗡嗡地烧着，倒有一种晚来天欲雪，红泥小火炉的诗意。老包用蒙古语与当地的朋友聊得正欢，我却急着想赶快出猎。他说不急，等雪再落得厚一点。

等到后半夜，我们带上了一个当地蒙古族小伙子巴特尔（蒙古语英雄之意），连同司机四个人开了一辆北京吉普，带了一条半自动步枪，出发了。无边的草原，夜色中像一个看不透的深渊。车灯前，只有纷纷扬扬的雪花，而光带两侧就是铁壁般的黑幕。车轮滚滚，我们像掉进了一个黑洞。也不知过了多少时间，我突然担心地问："不会跑出国境线吧？"司机半开玩笑地说："索性，咱们就偷偷地出国溜他一趟。"因为国境线的两边都是平坦的草原，并无明显的地标，双方的人常有误出误入的情况。好在两国的关系还好，如对方的骆驼、牛、马等大牲口走失时也会互相归还。

我们在黑暗中飞奔着，司机突然轻轻地喊道："有了！"只见车灯的光束网住了一只飞跑的家伙。灯光中片片的雪花舞动着，又给它打上了一层网纹，忽隐忽现，确是一只黄羊。司机猛踩一脚油门追了上去，这东西很傻，只知拼命地往前跑，其实它只要左右一闪就坠入黑暗，我们的车灯就很难搜到它了，但它就是顺着光线一根筋地往前跑。倒像是我们给它照明，它给我们引路。原来它怕黑暗，只敢在车光里面走。奇怪，一个夜行动物，旷野独行，不怕黑，而遇到一片光明后就再也回不到"解放前"。

　　草原并不像公路那样平坦，时有土包草根，所以车子颠簸开不快。那个黄羊倒是蹦跳自如，像箭一样穿射。这时就看出车轮与四条腿各有优劣了。但是黄羊终归是要输给人的。它有两个致命的弱点，一是不敢跃入黑暗，因此就被车灯锁定。二是它跑得再快，总有力气用尽的时候，而我们的车子是烧油的，只要油箱不干就不愁追不上它。于是就这样在黑暗中不紧不慢地跟着，距离逐渐接近。直到只剩下几十米时，坐在第一排的老包，从卸掉帆布风挡的右车窗伸出枪去"叭、叭"两声，那只黄羊应声扑地。我们欢呼着跳下车，这个大家伙估计有六十多斤，三个人七手八脚抬着扔到后备厢。我一下来了劲儿，要求也坐到前排去。老包在车灯的光线里，隔着雪花，一个漂亮的动作顺手把枪扔向我，说："试试你的运气。"话音未落，枪已飞过来，我顺势接住。这车灯就像京剧舞台上的一束聚光灯，正照着我们"打虎上山"的一幕。我也觉得自己成了杨子荣，顿生豪情，坐到前排啪的一声拉上车门，把枪伸到窗外，说一声："开车！"

　　车子在急急地跑，雪在慢慢地落，这个世界好安静，我们是来打猎的吗？人很有意思，常会因为某一种逻辑而推出另一种结果。最开始本是因为孩子无奶，想法子要给母亲补补身子；城里无肉可买，就想到来草原打黄羊；又因为赶上了下雪，所以就看到了这美丽的夜色、灯光、飞雪、黄羊。就是专门的舞台灯光设计，精心导演的电影也没有这种效果呀。现在我们都成了剧中人，仿佛到了另一个世界，有一种异样的神秘。什么苏东坡的"左牵黄，右擎苍"，"千骑卷平冈"，哪如今天我们这"沉沉夜，雪茫茫，铁骑追黄羊"壮阔。我正美滋滋地狂想着，随着路面的不平，车灯左右一晃，又网住了一只。比刚才的那只略微小一点，跑得更快。只是亦不敢跃入黑暗，这就注定了它难逃枪口的命运。

跟行了二十多分钟，距离已经缩得很近。我一扣扳机，黄羊立马翻身倒地，一丝不动。停车，我慢慢靠近，这家伙却突然跃起身，挺着两只角向我冲过来。但它腿已受伤，虽然气势很猛，还没走两步便又倒地。我一时没有了主意，明知它是食草动物，不会咬人，还是不敢靠近它。又明知我现在的身份是猎人，它是猎物，应置它于死地。但刚才是在远处开枪，就如同面对一个靶子，手指移动之间还没有多少心理压力。这时是在汽车的聚光灯下看着它棕黄色的漂亮皮毛和那流线型的腰身，特别是在车灯中反射着光芒的大眼睛，我一时手足无措，倒像是一个做错了事的孩子，面对一个无言的大人。

我冷静了一下，努力战胜自己的自责心理。我给自己解释，家里养的羊不是也照样要杀着吃吗？就鼓起勇气扑上去，想按住它的身子。但它一甩头又换了一个位置，拿眼睛瞪着我。这时坐在车后排的巴特尔走了下来。他可能是看见我实在窝囊，便两步抢到黄羊的正面，双手抓住两只长长的羊角，然后发力一拧，整个羊头被转了一百八十度。稍停片刻，黄羊蹬蹬脚，便再不动了。这类似我们在电视节目《动物世界》里常看到的狮虎捕鹿羊时的锁喉功。还不等黄羊完全停止抽动，巴特尔就从腰间拔出一把半尺多长的蒙古刀，对准腹部正中划了一个小口子，左手伸入腹内，只一把就把内脏掏了出来扔在地上，顺手将刀上的血在黄羊身上擦了两下，双手提起四脚，一把摔到后备厢里，直看得我目瞪口呆。这时我才意识到我的软弱，真是百无一用是书生。本来不管打猎还是饲养牲畜都是人类获取食物求生存的一种方式。我这个刚出校门的学生真不具备这种生存本领，活该挨饿。只有老包、巴特尔他们才是草原的主人，是有自主生存能力的人。孟子说："君子远庖厨。"可是两千多年了，也从没有误了哪个君子吃肉，可见人性之矛盾、虚伪的一面。

两天后的一个晚上，我怀抱着那只冻僵了的黄羊回到县城的家里。刚推开门，就咚的一声把它扔落在地。妻子吓了一跳，说这是什么？我说："救命的东西来了，孩子有奶吃了。"我们把它靠在灶台旁，一直过了两天才慢慢地化软。这回再也没有英雄巴特尔帮忙了，只好自己动手，用一把尖刀，慢慢地剥了皮，剔骨取肉。然后用一个袋子挂起来冻在外面的房檐下。这是孩子母亲的专供，每天给她煮一碗肉汤。我尝了一口，并不好吃，肉很粗，味亦膻。但为了下一代也得硬着头皮喝下去。这只黄羊帮我们度过了最困难的那几个月。多少年后，我读到女作家毕淑敏的一篇文章。母亲怀她时正随军在新疆，本来条件就很艰苦，孕期反应又特别大，什么都吃不下。一次偶然发现唯有鸽肉可食，正好当时军用粮库里常飞来大批的野鸽子，很容易捕捉。长大后母亲对她说，怀你的时候大约吃掉了上千只鸽子，而吃进去的米加起来也不过十几斤。等到儿子长大后我也常对他说，你能有今天还得感谢那只黄羊。

其实黄羊之功，何至于此？1960年全民饥饿的困难时期，内蒙古草原上的黄羊动辄成百上千头的一群，在天边游荡，成了当地甚至北京地区的"救命粮"。前几年看到央视上播的一个电视片，当时全国上下都处于饥饿的恐慌无奈之中，而紧张建设的核试验工程不能下马，将士们勒紧裤腰带在饥饿中苦斗。一次主持军工的聂荣臻元帅召某位将军来汇报工作。敬礼毕，还未及落座，聂荣臻却盯着他容光焕发的脸严厉地问道："人人都面有菜色，你怎么这样红光满面？是不是盗用了军粮?!"对方连忙解释说，他们组织机关干部和战士到草原上打了一批黄羊，为大家补充了一点营养。聂帅才半信半疑地让他坐下来说事儿。黄羊功大，大可救民度荒，小可救小儿无奶之急，真天之尤物也。

《当代》2023 年第 1 期

梦
回
塞
上

挑 水

　　"挑水"也是一个淡出生活的词了，不但城市里早已"自来水化"，现在乡村也都普及了饮水工程。一拧龙头，水就流到锅里。扁担和水桶也成了农耕文化博物馆中的收藏品。

　　我之所以念念不忘挑水，是因为它刻骨铭心地记载了一段我初入社会的生活。1966 年"文革"发生，从六六届到七〇届，五个年级的学生都积压在校园里，史称"老五届大学生"。我是其中的"六八届"，年底才从北京毕业，被分配到内蒙古的临河县，先在村里劳动一年，就与担子结下了不解之缘。

　　先说一下这个劳动工具"担子"，当地称为"担杖"。在我的印象里其他地方都叫"扁担"，扁而长。我的家乡是丘陵山区，多梯田，盛产麦子。麦子割倒后扎成捆，用一根铁皮尖头的扁担左右一插，担在肩上，挑回村里的场上碾轧脱粒。如果是挑水的扁担，则不用包铁皮尖头，而是平头带钩。那扁担的制作简直是一门艺术。先选一根笔直的一臂之粗的槐木，更有讲究一点的人则不肯取大树上的旁枝，而要用地上蹿出的独苗，名"独甯子"（音译），纹路清晰，弹性更好。其意类似蒜里的独头蒜。料选好后去皮，在烟火中煨烤使其出汗，再阴干。这又类似古代的竹简制作，先将青竹烤出汗来，使其不变形、防虫蛀，才好刻字、书写。就是文天祥说的"留取丹心照汗青"之"汗青"。木料定型后，再刨成长条扁平状。这样处理过后扁担更有柔韧性，挑担上路，两头重物上下弹动，再配合挑担人的步法，不用彩排，直接上台，就是最美的舞蹈。山里的路爬高、下坡、拐弯，全靠这纯熟的舞步与所挑之物的律动配合。如果走路累了，不用歇脚，只需将扁担在后脖颈上轻轻一捻，就实现了左右换肩，简直是在演杂技。它给我留下了美好的记忆，是家乡的温暖，更是生命中不可抹去的乡愁。而当我经历了大城市里的中学、大学生活，再到塞外农村时，见到所谓的扁担则是一根极不规整的柳木棍子，甚至皮都懒得去褪，更不用说煨软、取直、出汗、修扁了，压在肩上硌得肉生痛。可见当地文化的落后和塞外生活的粗糙。肩上的这一根"担杖"让我水土不服，有一种身处异乡的孤独。

在农村劳动一年后，我先被分配到县里工作，又调任省报驻当地记者，还是住在县城。虽不再下地劳动了，但过日子还是离不了"担杖"。当时县城还没有自来水，日常生活还得挑水。新盖的土坯宿舍旁配有一口手压水井，三口之家，一天一担水足够吃用。

但天有不测风云，人有未料之事。作为驻站记者少不了下乡，一年冬季正寒风凛冽，我接任务要到边境县去采访，前一天买好了长途公共汽车票，上午八点半发车。早晨七点钟起来，收拾行装，正要烧水下面，水桶里却没有了水。妻子就赶快把两个暖壶里的水全倒到锅里，我则急忙担杖上肩，到压水井上去挑水。走近井边，不想昨夜天气骤冷，手压铁柄与抽水井筒冻在了一起，比焊接的还牢，根本压不动。我的头嗡的一声炸了。一小时后我就要出远门，妻子带着一个两岁的孩子，母子俩没有水怎么过？我让自己冷静下来，抬起头飞快地扫一眼这周边荒冷的郊野。不远处有一个村庄，村口有一眼水井。河套地区水位高，井水浅，伸下担子就能提上水，真是天无绝人之路。我心里闪过一线希望，飞快地向井边跑去。当我脱下担钩准备下桶时，顿时傻了！原来天气太冷，众人打水，滴水成冰，井口愈冻愈小，已经伸不进一只水桶。这回可是陷入了灭顶之灾。扶着这根没有出过"汗"的柳木担杖，我头上却冒出涔涔的冷汗，天都要塌了。我摇摇晃晃地挑着一担空桶跑回家里，见一碗热腾腾的挂面正摆在灶台上，上面还卧着一颗鸡蛋，心里更羞愧难当。我将一对空桶摘下，把那根丧气的柳木棍子狠狠地摔在门外的台阶上。妻子连问："怎么了？"怀里抱着的孩子也哇的一声哭了起来。我说："今天老天爷也与人过不去，偏偏这个节骨眼上，两口水井都冻实了，一个压不出水，一个下不去桶！"妻子也倒抽了一口凉气。她在一所中学教书，现在上课铃声都快响了，仅有的两暖壶水都已用光，今天不要说吃早饭，连喝口水都不可能了。她把孩子送到邻居家，回来看见那碗面还在灶台上，就端起送到我的怀里说："班车也快到了，快吃两口出门吧。"一边又急着去找她的课本、教案，一股脑塞进书包里。我接过饭碗，只挑了一筷子，两颗泪就滚过了腮帮。都说男儿有泪不轻弹，是没有被生活逼到墙角里。

我哪里还能咽得下这口饭？看了一眼手表，抓过书包就往车站跑。老远就看见黄风中一辆老爷车正在靠站，我连喊带跑，跌跌撞撞地上了车，找个位子坐下。车开了，刺骨的寒风从窗缝里钻了进来，我能感觉到脸上的泪水冰凉，赶快转过身去怕人看见。心里想着家里已经没有一滴水，妻子中午回来怎么做饭？估计那一碗剩面就是他们母子今天的午饭。她还得一手抱着孩子到井上去压一桶水，但是如果阳光不给力，到中午压水井还不能解冻呢？我不敢接着往下想。都说男人是家里的顶梁柱，柱子一松，家就要塌的。

我看着车窗外，窗外是黄的天、黄的田野、黄的泥房子，北风呼呼地刮。汽车像一头老牛，喘着粗气，顶着黄风往前跑。我心里乱糟糟的，天地一片混沌。

一周后我出差回来，第一件事就是买了一口大水缸，换了一副大水桶，又把那个该死的柳木棒子摔断，填到了火炉里。高贵的槐木，我的乡愁之木，这里是找不到的。我在附近工地上找到一根榆木棍，请木工刨平，又用砂纸精心打磨，两头装上绳索铁钩，努力追寻小时候那一种家的温度。现在我已经独立成家，为夫为父，只好尽力苦中作乐，装点一下这苦涩的生活。

一个月后我回太原探亲，顺便联系工作调动。临走前最重要的事就是挑满水缸。这个新水缸足足装下了七担水，直到一周后我探亲回来，缸里的水还没有吃完，母子俩未受一日之渴。

年底我调回了太原。在省会城市当然不用再挑水吃了。但曾经共患难的这两只大水桶我舍不得丢，搬家时带了回来。其中一只用来提煤，当时城里还没有通煤气，每天烧火用的煤要从楼下提到楼上，运水之桶变成了火神的摇篮。另一只桶反扣于地，上面铺上一块三合板，就成了全家的小饭桌，这两只桶与我厮守十多年，直到我转了一个圈又调回到北京城。

狂风知劲草，霜后枫叶红。在北京工作的那几年，周围许多重要岗位上都是当年的"老五届"大学生。大家虽不是同校，但是同根，同是在基层摸爬滚打过来的人，见面自带三分亲。我在的新闻出版署，每年开一次各省出版局局长会，这几乎成了我们老五届的"黄埔同学会"。白天议工作，晚上忆旧情。一次我说到当年的挑水之事，河北的张局长立即正襟而坐，也讲了他的一段吃水难。他亦是响应号召在北京毕业后去支边的，但比我走得还远，一直到了新疆。他刚结婚，小两口被安排在一个回民村劳动，环境之苦且不说，没想到在最普通的吃水小事上碰到了一个大难题。因为民族风俗之别，他不能用村里近在咫尺的水井。夏天吃水，要用毛驴车到五里外的水库上去拉；冬天就更麻烦了，要到水库里凿冰，拉回来化水。

那时他妻子已有身孕，他一个人赶车来到水库，先将毛驴车停在库外的大坝下，再翻过大坝下到库面上去凿冰。坝坡很陡，返回时抱着一大块冰往上爬，经常滑倒，连人带冰又滚回冰面。呼天不应，四野无人，空旷的天地间一个男子汉也不知偷偷抹过几回眼泪。赶车回到家里还得强装轻松，说什么今天凿到了最好的冰。天苍苍，野茫茫，相濡以沫唯有两个天涯沦落人。都说一滴水可以见太阳，其实一滴水里也浓缩着一个时代和一个人的影子。后来，老张退休后回到上海，"老支边"终于赶上了末班车，享受到一点大都市里的夕阳红。

　　水是生命的第一需要，它普通得常常被人忘记。"到祖国最需要的地方去"是那个时代的口号，曾让我们热血沸腾。而当理想变为现实，口号已经成为过去，细思量，最难忘记的却是那些再平常不过的挑水、吃水的故事。

2022 年 10 月 15 日

泥墙小院记

在大城市里住了五十年的高楼，忽然怀念起当年在县城里住过的那个平房小院了。

河套农村通常是没有院子的，平地起房，门前堆放些生产、生活用品，就是一个家。苏东坡云："此心安处是吾乡。"这里安个房子就是家。这大约与邻近牧区有关，"牛马到处即是家"，原住民少，住户都是上几辈从内地走西口过来的，而最早的走西口就是春来秋去，搭个窝棚，收几斗粮食就往回走。后来逐渐有人定居，但仍是流动性很大，向无砖墙瓦房。我在农村劳动时住的土房子，开门就是公路、农田，一片白云映蓝天，八百里河套在眼前。

后来到县城工作，有了机关宿舍。但也只不过是在城边空地上修几排平房，不像北京的那种机关大院、部队大院。其善后的细节还得靠住户自己去完成，而我分到的房子又是最西边的一间，紧靠大路，总得有个短墙来遮挡一下吧。

河套农村盖房基本不用砖，这里是千万年来形成的黄河冲积平原，最不缺的就是黄土。秋后庄稼收罢，选一块平整的土地漫上水，待水渗进土还未干时，用石磙子将地碾平压瓷实。再用一把齐头大铁锹如切豆腐一般，一脚踏下翻起一块湿土立于平地，横成行，竖成列，如士兵列队一般。秋阳融融，天高气爽，土块慢慢变干，这就是起墙盖房的基本材料，当地名"坷垃"，有俗语"坷垃碴墙墙不倒，光棍跳墙狗不咬"。我们这批机关的宿舍也是用坷垃垒成的，只不过多了几层青砖垫底。

怎么修院墙，这倒难不住我们。常言道："在家靠父母，出门靠朋友。"我们这一群同是天涯沦落人的老五届大学生，本来就是有难共当，有事同忙的。朋友圈子里有一位叫"杜逵"，比我大八岁，我们都叫他"老杜"。他早分配来几年，人地两熟，是我们这几个城市学生娃"荒野求生"的主心骨。他虎背熊腰，孔武粗壮，在农村长大，放羊割草打兔子，无所不能。在大学运动会上还拿过十项全能第一名。他人极有趣，用方言讲故事，笑得你眼泪直流，而要讲起山村鬼故事，又让你毛骨悚然，夜晚不敢出门。现在新房善后的事他不请自到。我们从河边拉回了一车土，七手八脚浇水和泥，自制了一批土坯，晒干后垒了墙，还留出一个缺口，用废木条钉了一个篱笆门。靠南墙根又盖了"凉房"（土冰箱），北窗下垒了"炭仓"（当地烧大块煤，不说"煤"而曰"炭"）。晨昏出入，鸟鸣雀噪，居然也有了家的味道。

虽然有了工作，却专业不对口，不免胸中郁闷，人闲岁月长。垒墙的成功倒勾起了我对泥瓦活的兴趣。碰巧，看到一本推广农村节柴灶的小册子，便又动了改灶的念头。虽然是干部宿舍，但还是农村的做法，一盘东西大炕占了半间屋子，算是卧室。隔墙厨房一口大锅，烧开水及做饭菜，蒸、煮、炒、炸、烙都是它。传统老灶，火苗一着就被吸入炕洞，热利用率很低。我就参照小册子上的原理找来一个废脸盆，去底坐于火上，成夹层炉膛。兵法云："围三缺一"。在盆的左、右、后三处各开一个洞，逼着火苗反向舔锅底一圈后再从夹层里抽走。这即小学自然课上就学过的水管锅炉原理。新灶盘成后，火焰呼呼作响，开一锅水节省一小半时间，一炮打响。

我不禁大喜，就如瓦特发明了蒸汽机。

我忙邀圈里的朋友来家吃饭，醉翁之意不在酒，而在炫耀我的发明。厨房新改灶，门外新垒墙，在那个学非所用的荒唐年代，这点新玩意儿足可以让人快乐好几天。当时又正逢大家结婚成家的年龄，我就常被请去给新房改灶，沾沾自喜，风光一时。干活时一般是新郎打下手，手上忙，嘴上也不能闲着，谈论最多的自然是新人们的恋爱故事。那时讲成分，说出身，大学生社会地位低，虎落平阳，在县城里要找个对象都不容易。我印象最深的一次聊天是，新郎本科中文系毕业，却找了一个初中文化的县妇联主任，现在看来很不般配，但新郎说："就这，她还通过县委组织部调阅了爷（我）的档案，把我的三代出身都查了个遍。"我打趣说："你只身走西口，落魄于此，居然抱得一个妇联主任归，该知足了！"

当然，小日子的全部绝不止于垒墙改灶，最重要的还得学会怎么吃。塞外冬长，土豆、白菜吃半年。在村里劳动时，我印象最深的是当年吃的第一口春菜是七月十五日摘的西葫芦。这在北京已是盛夏，而西葫芦也应该算是秋菜了。冬储菜的品种很单调，主要是土豆、白菜。地上挖一深窖，放之其中，窖口覆以厚稻草和棉门帘。而腌菜则主要用白菜、雪里蕻。办法也很粗放，将白菜去外帮整棵码入缸中，一层菜一层盐，讲究用大粒盐而不得用粉状盐。我至今也不明白，盐的化学成分一样，为什么要专挑特定的外形。我怀疑就像鲁迅在《父亲的病》里说的，蟋蟀必须是原配，似乎昆虫要贞洁才能配药，这盐也要不失童贞。雪里蕻则要多一道工序，洗净控干水，放在洗衣板上用盐粒揉搓后，再码入缸中。到后来，又兴起一种盐水腌西红柿。专拣秋后霜打已经不可能再熟的绿西红柿（名"拔蔓子果"，意即最后一茬，连果带蔓子一起拔了）腌，为的是便宜。那时市面上已经有了防腐剂，放入一小包半年不坏，青翠可人，很受欢迎。现在知道这如同毒药，绿的生西红柿、防腐剂对人体都有害，可当时无知无畏，是一种穷快乐。秋风送爽，挖窖腌菜真忙，颇有点"深挖洞、广积粮"的气派。到隆冬季节就少出门了，三五好友"晚来天欲雪，能饮一杯无？"。

转眼冬去春来，院子里残雪已渐存无几，柳梢也染上了一抹新绿。一天我正隔着玻璃窗伏案写稿，突然院子里传来一声呼叫："小梁，不好了，你的院墙要倒？"我赶忙掷笔出门，说话的正是老杜。只见他沿着墙来回走动，一边还用手摩挲着墙面。在两墙相接的直角处，西墙向外倒去，裂开一条上宽下窄的大缝，犬牙交错，足可探进一个拳头。我头皮发麻，惊出一身冷汗，这要是倒塌了，不但前功尽弃，还可能砸着行人。老杜直摸着脑袋说："咋就给爷（我）出了这档子事？"满脸的遗憾。一会又安慰我："不咋，大不了到秋天推倒重来。"我说："先看几天，实在不行，又得辛苦你。"

这样大约有一周时间，我每天一起床就抬头看窗外，外出回来也先摸摸这堵墙。就这样日出日落，就像朱自清说的，看着日光每天"伶伶俐俐"地跨过短墙，像做错了什么事慌慌地逃去，裂缝却还在加大。终于有一天我有了一个大发现，罪魁就是这"伶伶俐俐"的日光。我房子的前面还有一排房，挡着短墙的东面，晒不上太阳，而西边是一条空阔的大道，西晒的阳光却可以畅畅快快地照到西墙根，冻土变软，墙就向西倾斜了。我立即跑去找老杜他们，报告这个重大发现。大家即刻来到现场会诊，多数人认为应立即拆掉，以绝隐患。我却认为既然是受热不匀惹的祸，何不给东墙吃点偏饭，沿墙基开一道沟挖去冻土，让热气直接化软墙根。众人哄笑："快不要给爷瞎想了，这是一堵上千斤重的墙，又不是一根随风摆的墙头草。"我说："试试看，也许它还能自己摆回来。你们先留着力气，试验失败，秋天干活不迟。"我找来一把铁镐，沿东墙根小心地开了一条尺宽的浅沟，又在墙头立了一根垂直的木棍，好参照观测墙倾角的变化。

功夫不负有心人。三五天后那墙竟开始向东一丝一丝地扳回，而且随着天气一天天变暖，那墙回心转意的速度也日渐加快，眼看就能破镜重圆了。我每天用铁铲小心清除沟内当日化软的冻土，好让温暖的空气能直接亲吻冰凉的墙脚。大约过了半个月，那斜墙不但回归正位，连直角处犬牙龇咧的土坷垃，竟也一块一块地重新咬合在一起。我大奇，谁道人生不由己？门口斜墙尚能直！今天晚上一定要用我的风火灶炖一锅酸菜猪肉粉条，和朋友来一场庆功宴。墙歪自正，一时成了我们这个小区的新闻，常有人驻足或专门跑来观看。直到半个世纪后，当时住在我前排的田聪明已是新华社社长，我们在京城又同住一个院子，他一见面就谈起这件往事。

在那些穷而平淡的日子里，难得抓住这个快乐的小尾巴，常作为茶余闲话，当然也少不了起哄。有的说："你这个文科生，无师自通，投错了胎，该去学工。"有的说："你京城修道，又沙漠里练功。这身武功可以出国去承包比萨斜塔的扶正了。"若干年后我有机会出国到意大利，还真的专门去看了一回比萨斜塔。塔因太斜，已不许游人靠近，我在暮色苍茫中遥望塔影，想现代科技已经能平移一座大楼，能定向爆破一百多米高的烟囱，就不能定向注水，扳回这位固执的斜塔老人？

人的命运就像飞鸟嘴里的一粒种子，不知会跌落何处，又怎样生根发芽。现在想起来，"文革"中我们被迫走西口，塞外安家，修墙改灶，就像小孩子过家家。教育学上说，儿童的游戏就是学习，而游戏是无所谓目的的。塞外六年正好是刚走出校门，一个社会人的童年，这些不经意间的游戏给我带来了童年的欢乐。多少年后，我这个文科生真的写了一本畅销书《数理化通俗演义》。难道这书的胚芽早已埋在那堵斜墙和那个新灶的火苗里？

这不是我一个人的故事。

2022 年 12 月 18 日

吃　瓜

不知为什么，现在有一个网络流行语，把看热闹名为"吃瓜"，那些看热闹的人就叫"吃瓜群众"。此瓜远非彼瓜，今瓜已非昔瓜，这个瓜已完完全全地变异了。这倒让我想起当年吃真瓜的味道。

八岁以前是在农村度过的，记忆中只有吃西瓜。那时农民以粮为命，土地以粮为本。在商品经济不发达的年代，西瓜不但是调剂生活的奢侈品，亦是一个乡村孩子记忆中的特殊风景。

我们那里种瓜不说"种"，叫"押瓜"或"压瓜"。小时只记住这个发音，不知何字。汉字真有魅力，想来这二字都可。"押"者，未知也，押宝。因为一个瓜在剖开之前是不知好坏的，有点赌的味道，就如现在玉石市场上的赌石。"压"，也有道理。一是要压瓜秧，二是瓜地里要压砂。这是为了改变局部小气候，利用砂地午晚温差大的特点，瓜日长夜歇，易积累糖分。现在著名品牌宁夏硒砂瓜也是这个道理。

西瓜是不可能家家都种的，一般是一个村或附近几个村有一个种瓜能手，每年种几亩地供周边食用。而孩子们很会利用大人的爱心，在瓜地里放开肚皮吃瓜，直吃到肚子和瓜一样圆。还有更好的奖励是跟着大人去看瓜。到瓜熟季节，地里就搭一个瓜棚，白天卖瓜，晚上看瓜。要是哪一天晚饭后，有大人突然摸着你的脑袋说："要不要晚上跟我去看瓜？"那就乐得如现在说要带你去南极旅游。急忙抱起一个小枕头，抢先跑出门外，生怕被母亲抓了回来。"瓜棚"也是书面语，我们叫"瓜庵子"或者"瓜鞍子"。这也是口口相传，大约两个字都说得通。"庵"，是离人群较远的简陋小屋，如尼姑庵；又名"鞍"，因为瓜棚只作临时之用，四根木头，两个人字架，形如马鞍。不管"庵"还是"鞍"，都很传神。

如你去看瓜，乐趣在瓜外。后半夜躺在瓜棚里，凉风习习，天边银月如钩，田野里虫鸣唧唧。如再有幸看到远处夜行的动物，多半是狐狸，那两盏灯一样的眼睛直瞪着瓜棚，只这一点就足够你回去对小伙伴们吹上半年。有一次我还赶上看十几个大人挑灯夜战在地里掏獾子。不是闰土讲给鲁迅听的那种用叉子去叉，而是找见它的窝用水灌。被水灌出来的獾子肥肥胖胖的，像一头小猪。大人们高兴地把它捆在一根棍子上抬着，说回去炼獾子油，这是冬天治手脚皲裂的秘制润肤膏。不过乡下还有比这更简单、更高级的润肤品，那便是遍地都有的麻雀屎，涂在手上滑润细腻，绝好的养颜之物。雀屎涂手，这好像不可接受，但是当今有钱人喝的猫屎咖啡不是比这个还过分吗？自然与人真是一团解不开的谜。

我的第二次吃瓜高潮是参加工作后不久。大学毕业，在当时"到边疆去"的口号鼓舞下，热血沸腾，就来到内蒙古巴盟，乌兰布和沙漠的边缘。此地别无所长，唯产一种叫"华莱士"的蜜瓜，据说是当年由一个传教士带进来的。金黄色，滚圆，比足球略小一圈，熟透后瓜瓤白中带绿如翡翠。它不像西瓜那样多汁多水，肉质成果冻状，细腻浓香，闭上眼睛咬一口，还以为是在吃蜂蜜。吃过之后上下唇粘在一起，甜得化不开，要取清水漱口。多年以后，我在埃及遇到一种浓咖啡，喝时也要先准备一杯清水，以漱洗唇齿。瓜的糖分能多到这种境地，实在是匪夷所思。当地气候恶劣，浩浩乎平沙无垠，风起时尘暴蔽日，当面不见人影，白天烈日烤人，晚上又夜凉如水。我一个人背井离乡来到这个沙窝子里，举目无亲，聊以可慰者或给亲友去信时报喜不报忧者，唯有这华莱士瓜。现在早不用这个名字了，而叫"河套蜜瓜"。

当地还产一种三白瓜，大如篮球，白皮白瓤白籽。刚一切开，还以为是生瓜蛋子，但吃时水多汁甜胜过红瓤瓜，却又多了一股如雪梨似的清香，别一种弦外之音。还有一种冬瓜（不是东西的"东"，是冬天的"冬"），如农村土炕上的长条枕头那么大，并不是当菜吃的冬瓜。冬瓜到晚秋时才收获，但并不着急吃，暂放到房内墙根处或水缸后面不去理它。到了冬腊月时，它早已悄悄化作一包蜜水，用手轻轻拍一下，能看到瓜皮下汁水的流动。这时不能用刀了，要用一个空心草秆吸食。外面飞雪团团，屋内炉火熊熊，盘腿坐在滚烫的热炕上，吃完白水煮羊肉，浑身冒汗，甩掉老羊皮袄，小心捧过一个冬瓜，吸一口凉透肺腑，甜到心底，霎时如身生轻功，耳聪目明。

又两年，这里有了生产建设兵团，引进了一种泰国瓜。从形状上看，它彻底颠覆了瓜的概念，不是圆球形，而是一个长棒子，大约有两握之粗，二三尺之长，表皮油光黑亮，里面是暗红色的瓤。到地里摘瓜，不是抱瓜，而是在肩膀上扛一条瓜。吃时要切成一段一段平放桌上，如一块块圆形蛋糕。

其实，忆吃瓜最忆是吃法。现在城里人吃瓜或宴客餐后上的瓜都是切成碎块，以牙签取食，而真正的好瓜瓤沙汁多是经不起牙签一挑的。我们那时在地里吃瓜都是一刀两半，半个瓜端在手里，用勺子挖着吃。我在瓜季下乡时经常在包里揣一把勺子，不为吃饭，而为地头吃瓜。就像是端一个大海碗蹲在老槐树下吃午饭，有一种吃的气势。当地吃什么都是大碗。肉是连骨剁块，煮熟后堆在碗里。有一次我到乌梁素海（当地称湖为"海"）采访，招待所里吃鱼，竟也是每人满满一大碗，如冒了尖的粮堆。我以后走遍全国，甚至出国去，这样大碗吃鱼是唯一的一次。北地民风淳厚，可见一斑。

后来还有一次痛快地吃瓜，那已经不是西瓜，而是哈密瓜了。1983年到新疆，在石河子采访时正赶上国庆节，团场招待所的大院里就剩下我们两个北京来的小记者。主人不好意思地说，放假了招待不周，吃好瓜不想家，就往我们的房间里倒了一大麻袋瓜。近半个世纪过去了，天山秋色全不记，唯留瓜香唇齿间。

离开巴盟四十年后我回去过一次，又吃了一回华莱士，但已全无味道。问起冬瓜、三白瓜、泰国瓜，当地人直摇头，似从未听说过，我倒像是桃花源里出来的人，尽说些远古的话。后来也去过一次新疆，在国宾馆里吃切成小牙的哈密瓜，味同黄瓜。至于在北京更是吃不到当年的那个味道了，常百思不得其解。人说世界之变如沧桑，一块瓜里也沧桑啊！

后来找到了两个原因。一是今瓜已非昔瓜，食用瓜早成了商品瓜，要产量，追化肥，上农药。二是地头瓜变成了城里瓜，对瓜来说，离地一天，味减一半，暗失美感。原来，人与瓜的初恋只能在瓜地里。物理学家玻尔与爱因斯坦争论"测不准原理"。他说，比如你去测海水的温度，实际上得到的已是海水加温度计的温度，海水的初始温度你是永远测不到的。所以海南人吃椰子，过午不食，只吃上午在树上新摘的。但椰一离树，原味便无，也只能是一个原味的近似值。世间之物瞬息万变，人生的许多美好只能有一次，过后便只好保存在记忆里了。于是就想到城里人的可怜，千里之外你还想吃到好瓜？也只配做吃瓜群众了。南宋词人蒋捷有一首《虞美人·听雨》[1]，回味人生不同年龄段听雨的感觉，吃瓜何尝不是这样，遂仿其调填《吃瓜》一阕：

少年吃瓜瓜棚中，枕瓜听虫声。青年吃瓜边塞外，大漠孤烟、味浓伴豪情。而今吃瓜高楼上，淡而无味也。风沙瓜香都无影，侧耳遥闻、闹市车马声。

《光明日报》2021 年 6 月 11 日

注释

[1] 蒋捷《虞美人·听雨》：

少年听雨歌楼上，红烛昏罗帐。壮年听雨客舟中，江阔云低、断雁叫西风。而今听雨僧庐下，鬓已星星也。悲欢离合总无情，一任阶前、点滴到天明。

人文森林

秋风桐槐说项羽

十月里的一天，我在洪泽湖畔继续我的寻访古树之旅。在一家小酒店用早餐时，无意间听到百里外的项羽故里有两棵古树，下午即驱车前往。这里今属江苏省宿迁市，我原本以为故里者只是一古朴草房，或农家小院，不想竟是一座新修的旅游城，而城中真正与项羽有关的旧物也只有这两棵树了，一棵青桐和一棵古槐。

中国人知道项羽是因为司马迁的《史记》，一篇《项羽本纪》在中华民族五千年的文明史上树起了一个英雄，从此国人心中就有了一个永远抹不去的楚霸王。斯人远去，旧物难寻，今天要想触摸一下他的"体温"，体会一下他的情感，就只有来凭吊这两棵树了。那棵青桐，树上专门挂了牌，名"项里桐"。据说，项羽出生后，家人将他的胞衣（胎盘）埋于这棵树下，这桐树就特别茂盛，青枝绿叶，直冲云天。项羽是公元前232年出生的，算到现在已有两千二百多年了。梧桐这个树种不可能有这么长的寿命。但是，这棵"项里桐"却怪，每当将要老死之时，树根处就又生出一株小桐，这样接续不断，代代相传。现在我们看到的已是第九代了。

桐树是一个大家族，常见的有青桐、泡桐、法国梧桐等。而青桐又名中国梧桐，是桐树中的美君子，其树身笔直溜圆，一年四季都苍翠青绿。如果是雨后，那树皮绿得能渗出水来，光亮得照见了人影。它的叶子大如蒲扇，交互层叠，浓荫蔽日。在中国神话中梧桐是凤凰的栖身之地。有桐有凤的人家贵不可言，项羽在此树下出生盖有天意。现在这棵九代"项里桐"正少年得志，蓬勃向上，挺拔的树身带着一团翠绿的披挂，轻扫着蓝天白云。

桐树之东不远处，有一棵巨大的中国槐，说是项羽手植。槐树家族有中国槐、洋槐、紫穗槐、龙爪槐、红花槐等，而以中国槐为正宗，俗称国槐。它体型庞大，巍然如山，又寿命极长。由于此地是黄河故道，历史上黄河几次决口，像一条黄龙一样滚来滚去。这故里曾被淹没、推平、淤盖，但这棵槐树不死。其树身已被淤没六米多深，我们现在看到的其实是它探出淤泥的树头，而这树头又已长出一房之高，翠枝披拂，二人才能合抱。

岁月沧桑，英雄多难，这个从淤泥中挣扎而出的树头某年又遭雷电劈为两半，一枝向北，一枝向南，撕肝裂肺，狂呼疾喊，身上还有电火烧过的焦痕。向北的那枝，略挺起身子，斗大的树洞，怒目圆睁，青筋暴突，如霸王扛鼎；向南的一枝已朽掉了木质部分，只剩下半圆形的黑色树皮，活像霸王刚刚卸落的铠甲。但不管南枝、北枝都绿叶如云，浓荫泼地。两千年的风雨，手植槐修成了黄河槐；黄河槐又炼成了雷公槐。这摄取了天地之精、大河之灵的古槐，日修月炼，水淹不没，沙淤不死，雷劈不倒，壮哉项羽！

项羽是个失败的英雄。但中国史学有个好传统，不以成败论英雄，这是历史唯物主义。项羽的对立面是刘邦，刘项之争是中国历史上第一出争为帝王的大戏。司马迁为他们两人都写了"本纪"，而在整部《史记》里给未成帝王者立"本纪"的却只有项羽一人，可见他在太史公心中的地位。

项羽是个悲剧人物，他的失败源于他人性的弱点。他学而无恒，不肯读书，学兵法又浅尝辄止；他性格残忍，动不动就坑（活埋）俘虏几十万；他优柔寡断，鸿门宴放走刘邦，铸成大错；他个人英雄，常单骑杀敌，陶醉于自己的武功。这些都是他失败的因素。但他却在最后失败的一刹那，擦出了人性的火花，成就了另一个自我。

垓下受困，他毫无惧色，再发虎威，连斩数将。当他知道已不可能突围时，便对敌阵中的一个熟人喊道，你过来，拿我的头去领赏吧。说罢拔剑自刎。他轻生死，知耻辱，重人格。宁肯去见阎王，也羞于再见江东父老。他与刘邦长期争斗，看到生灵涂炭，就说百姓何罪？请与刘邦单独决斗，狡猾的刘邦当然不干。这也看出他纯朴天真的一面。项羽本是秦末农民大起义中一支普通的反秦力量，后渐成主力，成了诸侯的首领。灭秦后他封这个为王，那个为王，一口气封了近二十个，他却不称帝，而只给自己封了一个"西楚霸王"，他有心称霸扬威，却无意治国安邦，乏帝王之术。

项羽的家乡在苏北平原，两千年来不知几经战火，文物留存极少，而他的故里却一直没有被人忘记。清康熙四十年，时任县令在原地树了一块碑，上书"项王故里"四个大字。这恐怕是第一次正式为项羽立碑，由是这里就香火不绝，直到现在有了这个旅游城。

城内遍置各种与项羽有关的游乐设施，其中有一种可在架子上翻转的木牌，正面是项羽、虞姬等各种画像，翻过来就是一条条因项羽而生的成语。如：破釜沉舟、取而代之、一决雌雄、所向披靡、拔山扛鼎、分我杯羹、沐猴而冠、锦衣夜行、霸王别姬……讲解员说她统计过，有一百多条。现在我们常用到的成语总共也就一千来条，一般的成语辞典收三四千条，大型辞典收到上万条，项羽一人就占到百条。要知道他才活了三十一岁呀，政治、军事生涯也只有五年。后人多欣赏他的武功，倒忽略了他的这一份文化贡献。项羽少年时不爱读书，说"书足以记姓名而已"，未想他自己倒成了一本后人读不完的书。汉代是中国文化的源头之一，司马迁写了这样一个人物，塑造了这样一个英雄，就影响了我们民族的历史两千年，而且还将影响下去。

汉之后，项羽成了中国人说不尽的话题。史家说，小说家写，戏剧家演，诗人咏，画家画，民间传。直到现在，他的故里又出现了这个旅游城，城门、大殿、雕像、车马、演出、射箭、投壶、立体电影、仿古一条街，喧声笑语，游客如云。项羽是民间筛选出来的体现了平民价值观和生活旨趣的人物，人们喜欢他的勇敢刚烈、纯朴真实，就如喜欢关羽的忠义。历史上的"两羽"一勇一忠，成了中国人的偶像。这是民间的海选，与政治无关，与成败无关，是与岳飞的精忠报国、文天祥的青史丹心并存的两个价值体系。一个是做人，一个是爱国。

项羽是个多色彩的人物。刚烈坚强又优柔寡断，雄心勃勃又谦谦君子，欲雄霸天下又留恋家乡，八尺男子却儿女情长。他少不读书，临终之时却填了一首感天动地、流传千古的好歌词："力拔山兮气盖世。时不利兮骓不逝。骓不逝兮可奈何！虞兮虞兮奈若何！"他杀人如麻，却爱得缠绵，在身陷重围、生死存亡之际还与虞姬弹剑而歌，然后两人从容自刎，真堪比现代"刑场上的婚礼"。这种沙场上的王者之爱比起唐明皇杨贵妃宫闱中的靡靡之爱不知要高出多少倍。他是一个性情中的人物，艺术境界中的人物，有巨大的悲剧之美，后人不能不爱他。

他身上有矛盾，有冲突，有故事；而其形象又壮如山，声如雷，貌如天神，是艺术创作的好原型，民间说唱的好话题。连国粹京剧都专为他设了一个脸谱，而民间以霸王命名的"霸王花""霸王鞭"等不知几多。全国北至河北南到台湾"项王祠""项王庙"又不知有多少，百姓自觉地封他为神。南迁到福建的王姓奉霸王为自家的保护神，台湾许姓从大陆请去项羽塑像建庙供养，以保佑他们平安、幸福。这就像商人把关羽奉为财神。没有什么理由，就是信，自觉地信。

但项羽毕竟是曾活动于政治舞台上的人物，于是他又成了一面历史的镜子。可以看出来，太史公是以热情的笔触、惋惜的心情刻画了这个人物。后人也纷纷从不同角度褒贬他、评点他，抒发自己的感慨。鲁迅说，一部《红楼梦》有的见淫，有的见《易》。一个历史人物，就如一部古典名著，能给人以充分的解读空间才够得上是个大人物。唐代诗人杜牧抱怨项羽脸皮太薄，说你怎么就不能再忍一回呢："胜败兵家事不期，包羞忍耻是男儿。江东子弟多才俊，卷土重来未可知。"宋代的李清照却推崇他的这种刚烈："生当作人杰，死亦为鬼雄。至今思项羽，不肯过江东。"毛泽东则借他来诠释政治："宜将剩勇追穷寇，不可沽名学霸王。"项羽是一面历史的多棱镜，能折射出不同的光谱，满足人们多方位的思考。而就在这个园子里，在秋风梧桐与黄河古槐的树荫下，我看见几个姑娘对着虞姬的塑像正若有所思，而一个小男孩已经爬到乌骓马的背上，作扬鞭驰骋状。

这个旅游城的设计是以游乐为主，所以强调互动，游人可以上去乘车骑马，可以与雕像拥抱照相，可以投壶射箭，可以登上城楼，出入项羽的卧房、大帐。但是有两个地方不能去，那就是青桐树下和古槐树旁。两棵树四周都围了齐腰的栏杆，只可远观而不可亵玩。再嬉闹的游人到了树下也立即肃穆而立，礼敬有加。他们轻手轻脚，给围栏系上一条条红色的绸带，表达对项王的敬仰并为自己祈福。于是这两个红色的围栏便成了园子里最显眼的，在绿地上与楼阁殿宇间飘动着的方舟。秋风乍起，红色的方舟上托着两棵苍翠的古树。

站在项羽城里，我想，我们现在还能知道项羽，甚至还可以开发项羽，第一要感谢司马迁，第二要感谢这两棵青桐和古槐。环顾全城，房是新的，墙是新的，碑廊是新的，人物、车马全是新的。唯有这两棵树是古的，是与项羽关联最紧的原物。是因为有了这两棵树，人们才顺藤摸瓜，慢慢地发掘、整理出其他的物什。1985 年在附近出土了一个硕大的石马槽，是当年项羽用过的遗物，于是就移来园中，并于槽上拴了一匹高大的乌骓石马。青桐既是项羽埋胞衣之处，桐树后便盖起了数进深的院子，分别是项羽父母房、项羽房、客厅等，院中有项羽练功的石锁，象征力量的八吨重的大铜鼎。项宅的入口处是那块清康熙年立的石碑，而大槐树前则有陈设项羽生平的大殿及广场。一切，皆因这两棵树而"再生"，而存在。

　　梁实秋说上世纪 30 年代的北平，人们讥笑暴发户是"树小墙新画不古"。你有钱可以盖院子，但却不能再造一棵古树。幸亏有这青桐、古槐为项羽故里存了一脉魂，为我们存了一条汉文化的根。考古学家把地表一二米深、留有人类活动遗存的土壤叫"文化层"，扎根在"文化层"上的古树，其枝枝叶叶间都渗透着文化的汁液。一棵古树就是一种文化的标志。我以为要记录历史有三种形式。一种是文字，如《史记》。一种是文物，如长城、金字塔，也如这院子里的石马槽。第三种就是古树。林学界认为一百年以上的树为古树，五百年以上的古树就是国宝了。因为世间比人的寿命更长，又与人类长相厮守地活着的生命就只有树木了。它可以超出人十倍、二十倍地存活，它的年轮在默默地帮人类记录历史。就算它死去，埋于地下硅化为石为玉，仍然在用碳 – 14 等各种自然信息，为我们留存着那个时代的风云。

　　秋风梧桐，黄河古槐，塑造了一个触手可摸的项羽。

《人民日报》2015 年 1 月 21 日

万里长城一红柳

　　中国北方最明显的地理标志就是长城。从山海关到嘉峪关，逶迤连绵穿行在崇山峻岭之上，将秦汉到明清的文化符号——镌刻在苍茫的大地上。如果是夕阳西下的时候，一抹红霞涂染了曲曲折折的石墙，又为烽火台、戍楼勾勒出金色的轮廓。这时，你遥望天边的归雁，听北风掠过衰草黄沙，心头不由会泛起一种历史的苍凉。可是谁也没有注意到万里长城由东向西进入陕北府谷境内后，轻轻地拐了一个弯。这个弯子很像旧时耕地的犁，此处就叫"犁辕山"。这气势浩大，如大河奔流般的长城，怎么说拐就拐了呢？现在能给出的解释，只是为了一座寺和一棵树——一棵红柳树。

　　那天，我沿着长城一线走到犁辕山头，一抬眼就被这棵红柳惊呆了，心中暗叫："好一个树神。"红柳是专门在沙漠或贫瘠土地上生长的一种灌木，极耐干旱、风沙、盐碱。因为生在严酷的环境下，它长不高，也长不粗。

　　当年我曾在乌兰布和沙漠的边缘工作，常与红柳为伴。它大部分的枝条只有筷子粗细，披散着身子，匍匐在烈日黄沙中或白花花的碱滩上。为减少水分的流失，它的叶子极小，成细穗状，如不注意你都看不到它的叶片。这红柳自己活得艰苦却不忘舍身济世，它的枝叶煮水可治小儿麻疹，它的枝条鲜红艳丽，韧性极好，是农民编筐、编篱笆墙的好材料。

我大约有一年多的时间，就住在红篱笆墙的院子里，每天挑着红柳筐出入。如果收工时筐里再装些黄玉米、绿西瓜，这在一色黄土的塞外真是难得一见的风景。但它最大的用途是防风固沙，防止水土流失。红柳与沙棘、柠条、骆驼刺等，都是黄土地上矮小无名的植物，最不求闻达，耐得寂寞，许多人都叫不出它们的名字。

但是眼前的这棵红柳却长成了一株高大的乔木，有一房之高，一抱之粗。它挺立在一座古寺旁，深红的树干，遒劲的老枝，浑身鼓着拳头大的筋结，像是铁水或者岩浆冷却后的凝聚。我知道这是烈日、严霜、风沙、干旱九蒸九晒、千难万磨的结果。而在这些筋结旁又生出一簇簇柔嫩的新枝，开满紫色的小花，劲如钢丝，灿若朝霞。只有万里长城的秦关汉月、漠风塞雪才能孕育出这样的精灵。它高大的身躯摇曳着，扫着湛蓝的天空，覆盖着这座乡间的古寺，一幅古典的风景画。而奇怪的是，这庙门上还挂着一块牌子：长城保护站。

站长姓刘。我问保护站怎么会设在这里？他说："这是佛缘。"说是保护站，其实是几个志愿者自发成立的团体。老刘当过兵，在部队上曾是一个营教导员，他给战士讲课，总说军队是长城，退下来后回到了长城脚下，看着这些残破的戍楼土墙，心里说不清是什么味道，就想保护长城。府谷境内共有明代长城一百公里，上有墩台一百九十六个，这寺正好在长城的中点。他每次走到这里，就在这棵红柳树下歇歇脚，四周无林少树，就只有这一点绿色。放眼望去，茫茫高原，沟壑纵横，万里长城奔来眼底。他稍一闭眼，就听到马嘶镝鸣，隐隐杀声。可再一睁眼，只有残破的城墙和这株与他相依为命的红柳。一开始为了巡视方便，他就借住在寺里。后来身边慢慢聚集了五六个志愿者，就挂起了牌子。

人们常说"天下名山僧占尽"，可这里并不是什么名山，黄土高原，深沟大壑，山穷水枯。也可能就是那"犁辕"一弯，这里才被先民视为风水宝地。犁弯子就是粮袋子，象征着永远的丰收，在这里盖寺庙是寄托生存的希望。寺不知起于何时，几毁几修，仍香火不绝。最后一次毁于"文革"，被夷为平地。但奇怪的是，这寺无论毁了多少次，墙边的那棵红柳都顽强地生存下来，于是就成了重新起殿建寺的标记。

从树的外形判断它当在千年以上，明长城距今也只有六百来年。就是说当初无论是修城的将士，还是修寺的僧人，都在仰望着这棵树工作。长城，这座我们民族抵御战争、保卫和平生活的万里长墙，在这里拐了个弯，轻轻地把这寺庙、这红柳搂在怀里。这是生命的拥抱、信仰的倾诉和文化的传递。而这棵红柳，为怕长城太孤寂，年年报得紫花开，花开香满院，又成了寺庙的灵魂。民间常有耗子成精、狐狸成精，以及柳树、槐树成精的故事。红柳实现了从灌木到乔木的飞跃，算是成了精，修成了正果。它与长城和寺庙相伴，俯视人间，那密密的年轮和丝绕麻缠的筋结里不知记录了多少人世的轮回。

如果说长城是人工的智慧，红柳是自然的杰作，那么这寺庙就是人们心灵的驿站。先民日出而作，日入而息，面朝黄土背朝天，他们疲倦的魂灵也需要歇息。这寺庙不大，除了僧房就是佛堂。堂可容六七十人，地上一色黄绸跪垫，前面供着佛像并香烛、水果。可以说，这是我见过的国内最安静的佛堂。堂内窗明几净，无一尘之染。窗外是蓝天白云，人坐室内如在天上。这里既没有名刹大寺里烟火缭绕的喧闹，也无乡间小庙里求报心切的俗气。我稍留片刻便返身出来，不忍扰其安宁。

我问，这座寺庙真的灵验？老刘说屡毁屡修总是有一定的道理，反正当地人信。最近一次发起修寺的是一位煤老板，煤矿总出事故，寺一起，事立止。还有，寺下有一村，村里一对小夫妻刚结婚时很恩爱，后渐成反目。妻子恨丈夫如仇敌，打骂吵闹，凶如母虎，家无宁日。公婆无奈，求之于寺。托梦说，前世女为耕牛，男为农夫。农夫不爱惜耕牛，常喝斥鞭打，一次竟将一条牛腿打断。今世，牛转生为女，到男家来算旧账了。公婆闻之半信半疑，遂上寺许愿。未几，小夫妻和好如初，并生一子。这样的故事还可讲出不少。我不信，但教人行善总是好事，借佛道神道设教也是中国民间的传统。又问，怎么不见僧人？答曰，现在不是做功课的时间，都去山下栽树了。想要香火旺，先要树木绿。村民信佛，寺上的人却信树。也是，没有那株红柳，哪有这寺里千年不绝的香火？

保护站已成立五六年，慢慢地与寺庙成为一体。连僧带俗共十来个人，同一个院子，同一个伙房，同一本经济账。志愿者多为居士，所许的大愿便是护城修城；僧人都爱树，禅修的方式就是栽树护树。早晚寺庙里做功课时，志愿者也到佛堂里听一会儿诵经之声，静一静心；而功课之余，和尚们也会到寺下的坡上种地、浇树、巡察长城。不管是保护站还是寺上都没有专门经费。他们自食其力，自筹经费维持生活并做善事，去年共收获玉米两千斤，春天挑苦菜卖了六千元，秋里拾杏仁又收入八百元。这使我想起中国古代禅宗"一日不作一日不食"的农禅思想，一切信仰都脱离不了现实。

正说着，人们回来了，几个和尚穿着青布僧袍，志愿者中有农妇、老人、学生，还有临时加入的游客。手里都拿着锄头、镰刀、修树剪子，一个孩子快乐地举着一个大南瓜。有一个年轻人戴着眼镜，皮肤白皙，举止文雅，一看就不是本地人。我问这是谁，老刘说是山下电厂的工程师，山东人。一次他半夜推开院门，见寺外一顶小帐篷里一人正冷得打哆嗦，就邀回屋过夜，遂成朋友。工程师也成了志愿者，有时还带着老婆孩子上山做义工，这院子里的电器安装，他全包了。大山深处，长城脚下，黄土高原上的一所小寺庙里聚集着一群奇怪的人，过着这样有趣的生活。

佛教讲来世的超度，但更讲现世的解脱：多做好事，立地成佛，心即是佛，佛即是我。山外的世界，正城市拥堵、恐怖袭击、食品污染、贪污腐化、种族战争等等，这里却静如桃源，如在秦汉。只有长城、古寺、志愿者和一棵红柳。无论中国的儒、佛、道还是西方的宗教都以善行世，就是现在中央提倡的十二条社会主义核心价值观，"友善"也赫然位列其中。我突然想起马致远的那首名曲《天净沙》，不觉在心里叹道：

> 长城古寺戍楼，蓝天绿野羊牛，栽树种瓜种豆。红柳树下，有缘人来聚首。

老刘说，其实单靠他们几个志愿者，是保护不了长城的。也曾当场抓获过偷城砖的、挖草药的，甚至还有公然用推土机把长城挖个口子的，但是都不了了之。对方眼睛瞪得比牛眼还大，说："你算个球！县长都不管呢。"确实他们一不是公安，二不是警察，遇到无赖还真没有办法。但是现在可以"曲线护城"了，这就是来借助树和佛。

目前虽还没有一个管用的"护城法"，却有详细的《森林法》，作恶者敢偷砖挖土，却不敢偷树砍树。保护站就沿长城根栽上树，无论人砍、牛踏、羊啃都是犯法。而同样是巡城、执法，志愿者出来管，对方也许还要争执几句，僧人双手一合十，他就立马无言。头上三尺有神明，人人心中有个佛呀。

这真是妙极，人修了寺，寺护了树，树又护了长城。文物保护、治理水土、发展林业、改善生态等，无论从哪一方面来说这都是个很有意思的典型。就像那棵无人问津、由灌木变成乔木的红柳，在这个古老的犁辕山里也有一个少为人知、亦俗亦佛、既是环保又是文保的团体。县长下乡调研，见此很受感动，随即拨了一笔专项经费给这个不在册的保护站。县长说，这笔钱就不用审计了，他们花钱比我们还仔细。

两年来老刘用这钱打了一眼井，栽了三百亩的树，为站里盖了几间房。寺不可无殿，城不可无楼。他还干了一件大事，率领他的僧俗大军（其实才十来个人）走遍沿长城的村子，收回了一万多块散落在民间的长城砖，在文物局指导下修复了一个长城古戍楼。完工之日，他们在寺庙里痛痛快快地为历年阵亡的长城将士做了一个大法会。

那天采访完，我在寺上吃晚饭，大块的南瓜、土豆、红薯特别香。他们说，这是自己种的，只有地里施了羊粪才能这样好，山外是吃不到的。饭后，我要下山，老刘送我到寺门口。香客走了，志愿者晚上回城去住，寺里突然冷清下来。晚风掠过大殿屋脊的琉璃瓦，吹出轻轻的哨音。归鸟在寺庙上空盘旋着，然后落到了墙外的林子里。夕阳又给长城染上一圈金色的轮廓。

人去鸟归，万籁俱静，我突然问老刘："这么多年，你一个人守着长城，守着寺庙，是不是有点孤寂？"他回头看了一眼红柳，说："有柳将军陪伴，不孤单，胆子也壮。"这时夕阳已经给红柳树镀上一层厚重的古铜色，一树紫花更加鲜艳。我说："回头，在北京找个专家来给你测一下这树的年龄。"他说："不用了，我已经知道。"我大奇："你怎么知道的？""去年秋八月的一个晚上，后半夜，月光分外地明。我在房里对账，忽听外面狗叫。推开院门，在红柳树旁站着一位红盔绿甲的将军。他对我说，你不是总想知道这树的年龄吗？我告诉你，此树植于周南王十四年，到今天已两千三百二十六年。说完就消失了。"我看看他，看看那树，这一次我真的是惊呆了。

回京后，我第一件事就是去查中国历史年表，史上并没有"周南王"这个帝王。但是，我不忍心告诉老刘。

《人民日报》2014 年 10 月 11 日

死去活来七里槐

中华民族的五千年文明史是一部英雄史也是一部苦难史。如果要找一个记录了中华民族苦难的活的物证，那就只有河南三门峡的七里古槐了。

2014 年 11 月，我到三门峡市出差，顺便问及当地有无可看的古迹。他们说，去看"七里古槐"，我却听成"奇离古怪"。我说："怎么个怪法？"答曰："不知何年生，也不知几回死，活得死去活来。"树坐落在陕县观音堂镇的七里村，以地得名。

一

槐树在北方农村无处不有，是村民乘凉、下棋、集会和夏天吃饭的好地方，已成民俗文化的一部分。在我的记忆中，那是一把绿色的大伞，是一个温馨的摇篮。小时院门外有大小两棵槐树，爬树、掏鸟、采槐花，是我们每天的功课。每当傍晚，炊烟袅袅，小村子里弥漫起柴火香时，大人们就此一声彼一声地呼喊着孩子们回家吃饭。这时我们就在高高的树枝上透过浓密的树叶，大声回答："在这儿呢！"然后像猴子一样滑下树来。可以说我的童年是在槐树上度过的。印象中槐树的树身平整光滑，不糙不凹，每爬时必得以身贴树，搂紧臂，夹紧腿，快捌脚，才不会滑落。树枝是黛绿色的，光润可爱，表皮上星布着些细小的白点，像旧时秤杆上的金星。树性柔韧，农民常取其枝，以火煨弯，制扁担钩、镰刀把、筐子提手等物件，孩子们则用来制弹弓。

可是眼前的这棵槐树怎么也不敢让我相信它还是槐，这是一个成精的幽灵。它身重如山，干硬如铁，整棵树变形、扭曲、开裂、空洞、臃肿，无论如何，再也找不到我脑海里槐树的影子。它真是一怪，奇离古怪。

先说这树的大。古槐坐落在长安到洛阳古驿道旁的一处高坡上，树身遮住了半个蓝天，未进村先见树。据说当年唐开国大将尉迟恭在七里之外就见到这棵树。当你向树走去时，它就像一座大山正向你慢慢压来。等到爬上土坡，靠近树下，你又觉得这不是树，而是一堵墙，一座城堡，直逼得你喘不过气来。要像小时候那样，再搂着它爬是绝对不可能了。你倒是可以踩着不平的树身攀上去。为了测量树围，我们五个男人手拉着手，才勉强将它合抱。准确地说，这树围也是无法测量的，因为它的表面起起伏伏，如瀑布泻地，如山川纵横，早已不成树形，无法合围，只能大概地比画一下。这时你仰观树冠如乌云压顶，再退后几十米看，那主干在蓝天的背景下又成龙成凤，如狮如虎，张牙舞爪，尽人想象。四五里之外就是贯穿中国东中西部的陇海铁路，每有客车过时就特别广播，请大家注意看窗外的古槐。它已成中州大地上的一个地标。

奇怪之二，这树浑身上下布满了大大小小的疙瘩和深深浅浅的空洞。古树身上有几个疙瘩和洞不足为怪，这是它的骄傲，是年迈德高的标志。如老人手臂上的青筋，脸上的皱纹，是岁月的积累，时光的磨痕。但树生疙瘩如人生肿块，毕竟不是好事。况且这树也不是只有几处凸凹，而是全身堆满了疙瘩，根本看不出原来的树纹。我想试着数一下树身上到底有多少个疙瘩，大中套小，小又压大，似断又连，此起彼伏。你盯不到半分钟就眼花缭乱，面前是一片连绵的山峰，来去的云朵。你一时又像掉进了波涛翻滚的大海，或者乱石穿空的天坑。都说卢沟桥的狮子数不清，这槐树身上的疙瘩根本就无法数，永远也没有个数。而且树身是圆形的，你边走边数，转一圈回来，已经找不到起点，扑朔迷离，如在雾中。我们已坠入一个奇离古怪的方阵，一个从未见过的时空系统。

二

这棵树所在的陕县，属中国最古老的地名。现在我们常说的陕，是指陕西省。就像豫指河南，晋指山西。其实，陕的溯源是现在河南三门峡市的陕县，古称陕塬，也就是现在这棵古槐的扎根之处。周成王登位之后，周、召二公帮他治理天下，两人分工以陕塬为界，周治陕之东，召治陕之西，并立石为界。现在陕县还存有这块"分陕石"。算来，这已是三千年前的事了。今天偌大的一个陕西省，二十万平方公里，却是因为坐落在一块小石之西而得名。陕塬之西的西安是十三朝古都，之东的洛阳是九朝古都。一部中国古代史几乎就是在这两个古都的连线上来回搬演。你看，这棵老槐一肩挑着两个古都，背靠三晋，左牵豫，右牵陕，老树聊发少年狂。它像一根定海神针，扎在了中国历史地理的关键穴位上。天下大事合久必分，分久必合，在这块古老的土地上，多少次的朝代更替，多少代的人来人去，黄河奔流东逝水，沧桑之变知几回。但是这株老槐不死，上天把它留下来，就是要向后人叙说那些不该忘记的苦难。

老槐无言，但它自有记事的办法，这就是满身的疙瘩。古人在没有文字之前，最原始的办法是结绳记事。这棵古槐与中华民族共患难，不知经过了多少风雨，熬过了多少干旱，穿过了多少战乱。它每遭一次难就蹙一次眉，揪一下心，身上就努出一块疙瘩。

三

古槐生在唐朝，它遭的第一大难是"安史之乱"。

中国古代农民所受之苦，大致有两类。一是服兵役。不管哪个人上台，哪个朝代更替，都是用刀枪说话。"一将功成万骨枯"，一朝更替血漂杵。兵者，杀也。只要战事一起，就玉石俱焚。百姓或者被驱使杀人，或者被人杀。二是赋税徭役。统治者是靠人民供养的，农民要无偿地缴纳实物，无偿地贡献劳力。唐朝有"租庸调法"，"租"即缴粮，"庸"即服役，"调"即缴布。而战事频繁无疑加剧了赋税的征收与劳役的征召。兵役与徭役就像两扇磨盘，不停地碾磨着无辜的生命。

中国人以汉唐为自豪。唐强盛的顶点是开元之治，但接着就发生了天宝之乱，即"安史之乱"。有趣的是，这个大转折发生在同一个皇帝，即唐玄宗身上。开元、天宝都是唐玄宗的年号。他前期小心翼翼，励精图治，后期贪图安逸，纵容腐败，重用奸臣。中国封建社会两千年，是君主专权的家天下，各朝由治到乱几乎都是同一个模式，祸乱先从掌权者自身开始，从他们的家事、私事甚至是婚事开始。

唐玄宗鬼使神差地爱上了自己的儿媳妇杨玉环，先让她离婚、出家，然后又转内销，返娶为妃，就是史上著名的杨贵妃。玄宗与贵妃终日饮宴作乐，不理政事。白居易有诗为证："春宵苦短日高起，从此君王不早朝。承欢侍宴无闲暇，春从春游夜专夜。"这时，地方上已藩镇割据，军阀坐大。其中最有势力有野心的是安禄山，杨贵妃又认安为干儿子，里勾外连，姑息养奸。这等下伤人伦、上毁朝纲、外乱吏治的胡作非为，让在长安以东刚刚长成不久的这棵槐树不觉皱眉咋舌，当时就起了一身鸡皮疙瘩。这恐怕就是这棵古槐最初长疙瘩的缘起。后来安禄山公开扯起反旗，756年在洛阳称帝，国号燕。然后就顺着这条驿道从老槐树下一直打到长安。今陕县一带是叛军和政府军反复争夺的主战场。什么叫"祸国殃民"，当政者以国事为儿戏，以私乱国，招来横祸，又祸及百姓。

内战一起，驿道上、黄河边就人头落地，血流成河。只西原一战，二十万唐军就全军覆没。而百姓，不是死于乱军中，就是被抓丁拉夫，家破人亡，痛不欲生。诗人杜甫亲历了这场大乱。离老槐树不远，有一个石壕村，杜甫在这里过夜，正遇上抓壮丁。房东老妇人出来说，连年打仗，家里早无男丁，要抓就把我抓去吧，别的不会，可以到军营里帮你们做做饭。来人就将老妇带走了。可见战争中人口锐减、民生凋敝到何种程度。

虽已千年，这石壕村现在仍然沿用旧名。那天我去时，村口迎面的大墙上正书着那首《石壕吏》。杜甫夜宿的窑洞还在，只是已坍塌过半。巧合的是这个千户大村，有一半人姓杜。村外的石壕古驿道在埋没多年后，最近又被重新发现，旅游部门正在维修，准备对外开放。我们试走了一回，那坚石上磨出的车辙，足有一尺之深，可见岁月的沧桑。

当年杜甫就是从洛阳出发踏着这条驿道过新安县、陕县、潼关回长安的，沿路所见，心酸不止。他边走边吟为我们留下了著名的"三吏"（《新安吏》《石壕吏》《潼关吏》）和"三别"（《新婚别》《无家别》《垂老别》）。"客行新安道，喧呼闻点兵""暮投石壕村，有吏夜捉人""哀哉桃林战，百万化为鱼"。这连年的战乱，百姓何以生存?! 杜甫曾被叛军困在长安，战乱过后，他又目睹了这座当时世界名都的颓废荒凉："国破山河在，城春草木深。感时花溅泪，恨

人
文
森
林

101

别鸟惊心。"

与杜甫同困在长安的还有写了著名的《吊古战场文》的大散文家李华，他这样描写当时战争的残酷和百姓的从军之苦："万里奔走，连年暴露""无贵无贱，同为枯骨"。这唐朝经安史之乱后就开始走下坡路。政治日渐腐败，吏治更加黑暗，社会贫富差别日益扩大。老槐之西靠近长安城，有一个阌乡县（今属灵宝市），缴不起租税的农民被关入大牢，不少人在牢中冻饿而死。白居易愤而向上写了一封《奏阌乡县禁囚状》，又写诗感叹道："朱轮车马客，红烛歌舞楼。欢酣促密坐，醉暖脱重裘……岂知阌乡狱，中有冻死囚。"面对这种腐败，这槐树俯首驿道，西望长安，只能以泪洗面了。日复一日，泪水冲刷着树身，皴裂开一道道的细缝，又侵蚀出一个个的空洞。它浑身的疙瘩高高低低又增加了不少。

唐之后，经过五代十国几个短命王朝的更替，直到公元 960 年赵匡胤重又统一天下，建立大宋。宋朝的首都还是定在河南。这中间又乱了两百多年，再后是金人的进犯，宋、元、明、清的更替，社会激荡，兵连祸结，民不聊生。官道上："车辚辚，马萧萧，爷娘妻子走相送，尘埃不见咸阳桥。"狼烟四起，尘埃滚滚，再加上兵匪在树下勒绳拴马，埋锅造饭，砍树斫枝，老槐树被折磨得喘不过气来，又不知几死几活。

四

历史进入到近代，封建王朝终于结束，迎来了民国。但这又是一个乱世。自 1911 年推翻皇帝到 1949 年建立新中国的三十八年间，外族入侵，兵连祸结，虽有一个国民政府，但全国从来没有真正统一过。河南这块中州大地，又成了逐鹿中原的战场，黄河泛滥的滩涂，水、旱、蝗灾肆虐的舞台，最是我民族苦海中的一个荒岛。老槐树又经历了一个最痛苦的时期。

史学家李文海撰写的《中国近代十大灾荒·万里赤地》中记载，民国十八年（1929 年）北方大旱以河南为最，全省一百一十八个县，受灾的有一百一十二个，灾民三千五百万。而河南又以这棵老槐所在的豫西为最。连续两年颗粒不收，杨、柳、椿、榆、槐等树，叶被捋光，皮被剥尽。将树叶吃完后，灾民只好去吃细土，人即滞塞而死。大灾接连瘟疫，天灾引发匪患，民不聊生。陕县一带出现"僵尸盈路，死亡载道"。

是年，上海《申报》载《豫灾惨状之一斑》："一男子担两筐，内卧赤体小儿两个，污垢积体，不辨肤色，辗转筐内，咿呀求食。其男子见人即呼，愿以二十串钱卖此二子，言之声泪俱下。"当时任河南省民政厅厅长、省赈务会主席的张钫（新中国成立后为全国政协委员）到南京向蒋介石面陈灾情。1930 年到 1931 年间以张的名义发出的求救电文达五十多件。1930 年天津《益世报》载《中原风声鹤唳，张钫为民请命》。在这场大饥荒中古槐与饥民同为乱世所扰，烈日所烤，疫气所蒸。兵匪过其下，乌鸦噪其上，尘垢裹其身。灾民无奈，又再一次对老树捋叶剥皮。唐槐又一次地死去活来。

1938 年，蒋介石为阻日军南侵，在花园口炸开了黄河，虽暂挫日军，但中州大地也顿成一片沙漠，年年旱灾、蝗灾不断。1942 年又现史上少见之大灾。许多地方出现了"人相食"的惨状，一开始还是只吃死尸，后来杀食活人也屡见不鲜。但这并没有引起蒋介石政府对河南灾情的重视，反而一味掩饰。二月初重庆《大公报》刊登了该报记者从河南灾区发回的关于大饥荒的报道，却遭到国民政府勒令停刊三天的严厉处罚。

美国《时代》周刊驻华记者白修德闻讯后，即冲破阻力在当地传教士的帮助下到灾区采访。路旁、田野中一具具尸体随处可见，野狗任意啃咬。他拍了多幅照片，将这场大饥荒公布于世。这次大饥荒更甚于民国十八年，死亡人数达三百万之多！这一切都发生在老槐树的脚下。树与人同难，已被将叶剥皮的老槐，眼看树下死尸横陈，耳听远方哀鸿遍野，再一次地痛彻骨髓，死去活来。人活脸，树活皮，树木全靠表皮输送水分养分。天大旱地无水，水分何来？人饿疯又剥其皮，它还怎得生存？于是树内慢慢朽出大大小小的空洞，而主干上也只剩下了些横七竖八的枯枝。

更可怕的是在这老树下发生的不仅是天灾，更有人祸。1937年卢沟桥事变后，日军开始向中国腹地步步侵入，并且实行灭绝人性的"三光"政策，制造了无数惨案。近来纪念抗战胜利七十周年，许多史料又被重新发现。1944年，日寇集中侵华战争以来的最大兵力，在中国战场发动了代号为"一号作战"的对中国豫湘桂正面战场的战略进攻，河南首当其冲。而这老槐树下的"灵（宝）陕（县）之战"又是河南战役中规模最大、最为残酷之战。

河南文史资料载，1944年5月20日，日军截获大批逃难民众，便将河南大学、各中学女生及军队女眷五百多人，赶到卢氏县外的洛河河滩上，在光天化日之下，强剥衣裤，裸卧沙滩，恣意蹂躏，然后又割乳、剖腹，全部杀死。凄厉哭号之声，惨不忍闻，史称"卢氏惨案"。这年夏天，日军又将中条山战役中俘虏的两千多名中国军人押到三门峡市北的会兴镇山西会馆内，取名为"豫西俘虏营"。日军不顾国际公约，肆无忌惮地折磨俘虏。每天每人只配给四两发霉的小米，强迫干重体力劳动。如有伤病，就用刺刀捅死，扔进沟壑。只一次就逼迫四百名丧失劳动力的俘虏，每人挖坑一个，然后将其推入坑内活埋。这次战役中国军队进行了英勇抵抗，第三十六集团军总司令兼第四十七军军长李家钰将军、五十七军第八师副师长王剑岳将军阵亡（2014年9月1日，民政部第三二七号公告，公布了第一批三百名著名抗日英烈名录，他们荣列其中）。老槐目睹了这一幕，青筋暴突，两眼冒火，恨不能拔拳相助，可它这时也已极度衰弱，只能陪我可怜的同胞忍受这空前的民族大耻辱。老泪横流，痛不欲生。

五

这老槐经历的最后一难是"文革"之乱，"文革"中最响的口号是"打倒刘、邓"，这两人又都与老槐有缘。

1938年11月，当这株唐槐经历了千年的风雨，身心交瘁，孤守驿道时，眼前突然一亮，路上从西向东走过一个瘦高个的人，还有几个随从，都穿着过去从未见过的八路军的衣服。这人就是刘少奇，他从延安过来，要传达中共六届六中全会的精神，指导中共和八路军在河南的工作。

他从树下走过，踏着这条千年古道，一直走进渑池八路军兵站，在这里召开了"中共豫西特委扩大会议"。更值得一提的是他在这里写成了名著《论共产党员的修养》，并办了两期特训班，进行讲授。当年这一带属卫立煌管辖的一战区，作为八路军副总司令的彭德怀常来往于途，与卫共商抗日大事。

《彭德怀自述》里说，"从西安乘车到洛阳，见了卫立煌，拜访了一些民主人士"，说的正是这一段路。那时正是国共合作，大家同仇敌忾打鬼子，老槐树也心有所慰，精神了许多。后来盼到了新中国成立，没有想到刘少奇当了国家主席，它十分惊喜。但是好景不长，"文革"风云一起，刘少奇就被打倒，批斗，百般受辱，永远开除党籍，最后又送回河南囚禁而死。1995年老槐又见证了王光美重访此地，含着泪在一方红布上写下了刘少奇生前的最后一句话："好在历史是人民写的。"

它虽然没有见过邓小平，但"文革"中批邓的鼓噪声震耳欲聋，在它浑身大大小小的树洞里嗡嗡回响，让它心烦意乱。1975年，曙光一现，邓小平复出，大抓整顿，全国气象为之一振。但不到一年又掀起了"批邓反击右倾翻案风"，邓再次被打倒。用文艺武器来搞政治本是江青的拿手好戏，"四人帮"决定拍一部批邓电影《反击》，外景地就选在这棵老槐树下。那天，老槐见一群红男绿女，扛着些长枪短炮类的家什，拿着些奇奇怪怪的道具，明明是城里的娇娃嫩女，却扮作些有皱纹的老农、举锤的工人、扛枪的战士，粉墨登场。他们围在树下，一哇声地高喊批邓。

村民还有过路人都围在树下看热闹。突然，"咔嚓"一声，一根大腿粗的老枝从空断裂，趴在树上看热闹的一个外地人，随之落地，口吐鲜血，不省人事。村民赶紧卸下一块门板，招呼人飞快地抬往附近医院。眼看要出人命，拍摄也就草草收场。不久"四人帮"垮台，这电影当然也再没有放映。这是那天下午现场采访时，几个老人比画着，给我讲的他们亲历的老槐树发怒的故事。据村民回忆，十年"文革"，老槐总是打不起精神，奄奄一息。自从这次树呼一何怒，"文革"就很快结束，老树又焕发了生机，如一只烈火中再生的凤凰。这就是我们在文章开头讲到的那郁郁葱葱的样子。三门峡，因黄河水流湍急，峡口水中有中流砥柱而闻名，而这棵七里古槐真不愧为我中华民族历史长河中的中流砥柱。

这树下可考的名人，除前面说到的杜甫、白居易、刘少奇、彭德怀外，还有罗章龙、冯玉祥、鲁迅。上世纪二三十年代，这观音堂是豫西重镇。陇海铁路只修到此为止，再往西无论人货运输，都要换乘公路或黄河水路。人与物的滞留集散倒成就了这里的繁华。1921年11月陇海铁路工人大罢工，李大钊曾派罗章龙来这里组织领导。1924年7月鲁迅到西安讲学，在观音堂下车，改乘船走黄河水道，一周后才到达西安。1927年冯玉祥治豫，发誓要扫荡黑暗，7月曾亲临树下讲演。现在树下还存有他讲演内容的一块石碑，上面刻着五条："我们是一定要将贪官污吏土豪劣绅打倒；我们是要建设极清廉的政府；我们要为人民除水害，兴水利，修道路；我们要教育人民，使人民能读书，能写字；我们要训练为人民利益的军队。"

六

胜利使人骄傲，苦难让人清醒。无论是对一个民族还是一个人，苦难永是一剂良药。一个没有经历过苦难的民族是不成熟的民族；一个经历过苦难而又不知道保存这份记忆的民族是短视的民族；只有经历了苦难而又能时时不忘，以史为镜、知耻而勇的民族才是最有希望的。

由于地理气候的关系和人为的原因，历史上的中国特别是中原地区一向多灾，水、旱、蝗、黄、兵、疫、匪，七灾俱全。人和树都生活在这块黄土地上，一次次地克服苦难，死中求生，化险为夷。可惜，人的记忆常常是选择性的，在英雄与苦难、经验与教训、胜利与牺牲、光荣与屈辱之间，常记住了前者而忘记了后者，甚而是有意地回避。幸亏在这个国土上还有古树与我们同在，树不欺人亦不自欺。它与我们扎根在同一片土地上，同呼吸共命运。

天灾，灾树亦灾人；人祸，祸人也祸树。树木在默默地记录着一切，而且远比人的记忆悠长。它有自己的语言，用宽窄不同的年轮、扭曲变化的形体、或枯或润的肤色、高高低低的肿块、深深浅浅的树洞来表达它的喜悦与愤怒，记录下了它所经历过的自然和人文的变迁。以铜为镜可正衣冠，以人为镜可知得失，以树为镜可还原本然。当我们心浮气躁时，踌躇满志时，或者将要受临大任之际，请找一棵起伏不平、遒劲桀骜、伤痕累累的古树来读一读吧，面对它沉思默想一会儿，你会顿然脚踏实地，心静如水。

那天采访完后正是日暮时分，夕阳压山，红霞满天，风停云住，宿鸟归林。我终于能静下心来，以手抚树，一点一点地来研读一下这棵老槐。

它五围之长、数丈之高的树干表面，展开后就是一幅巨大的历史画卷。中国传统文人的画多表现闲适题材，留下的著名长卷如写山水之美的《富春山居图》，写市井繁华的《清明上河图》，写人物飘逸的《八十七神仙卷》，还有写这个古槐所在地古代贵族生活的《虢国夫人游春图》等，无不如此。而写现实生活中苦难的几乎没有，只有近代蒋兆和的一幅《流民图》。

人工不逮天工补，现在好了，我们有了这幅上迄唐代下到"文革"的《老槐说难图》。这是一幅老辣的焦墨山水人物画，那凝重枯涩的线条欲断还连，欲哭无泪；这是一幅毕加索的《格尔尼卡》，那立体图形的拼接，似像非像，似有似无，诉说着被撕裂、被蹂躏后的悲惨与痛苦；这又是一幅发愤图，树身上的疙瘩如拳如脚，如枪如戟。我耳边又响起在这树下殉国的李家钰将军的誓言："男儿持剑出乡关，不灭倭寇誓不还。"

这里面有历史，安史之乱、民国之乱、"文革"之乱等一个不少；有故事，战争、冤狱、天灾，应有尽有。这画中有人物，唐朝以胖为美，你看大团的线条组合与立体肿块的堆砌中，有雍容富态的杨贵妃，有风流倜傥的唐明皇，还有那个特别肥大的安禄山（传安禄山体壮如山，肚肥如鼓，刺客连刺三刀，未破其肚）。画中还有瘦弱多病的杜甫，才思奔涌的李白，忧国忧民的白居易，直到鲁迅、冯玉祥、刘少奇、彭德怀。在这个世界上，树和人是相通的，树中有人，人中有树。要不，毛泽东怎么在病危之际仍然要人给他读《枯树赋》呢？每每读到"昔年种柳，依依汉南。今看摇落，凄怆江潭。树犹如此，人何以堪？"时，他便沉默不语。

往事越千年，满树疙瘩记苦难。树因水土气候的关系而生疙瘩，这很自然。但是因人文社会的变化而郁结于心，鼓为疙瘩，这有没有根据？陪我去采访的报社孟总讲了一个他亲身经历的故事。当年他们村里有一棵大杨树，浑身长满了疙瘩。疙瘩何来？都是从人身上来的。那些年缺医少药，村民得了病就请本村一个半医半巫的老人来治。治法也很简单，河边揪一把草药，熬了喝下，老者守在身边口中念念有词，同时伸手在病人身上一抓，向大杨树的方向甩去。病人就"涩然汗出，霍然病已"。那大杨树就代人受病去了。年长日久，杨树就长满了一身的疙瘩。又过了些年，村里搞基建，将这树伐掉，各家分了几块木板。孟家人多，正愁无床，就拿来做了铺板。结果凡睡上的人都身上起疙瘩，孟总浑身最多时起过四十二个。最后只好将这铺板移做别用，人身上的疙瘩也就慢慢消失。信不信由你，但确有其事。

树木有灵。村边一棵杨树能为全村人担灾，这千年古驿道旁的一棵老槐当然也要为我中华民族分担苦难。

《中国作家》2015 年第 10 期

徐霞客的丛林

　　"丛林"这个词，在自然界就是树林，密密麻麻，丛生着的树木；在佛教里是指僧人聚居的地方——寺院，后来演变成寺院管理。大概出家人总是在远离烟火的地方修行，那里除了树林还是树林。于是丛林，就同时为自然界和精神界所借代，横跨两域而囊括四方。而有一个人，却一生永在这两个丛林里穿行，他就是徐霞客。让我们现在来截取一段他的丛林生活。

　　徐霞客是中国的旅行文学之祖，一生足迹遍及现在全国的 21 个省，经 30 年撰成 60 万字的《徐霞客游记》。我总在好奇地想一个问题，古代交通不便，山水阻隔，而且像旧小说上说的那样，还时有强人出没。以他一人之力，是怎么完成这个壮举的？2018 年 12 月，我到云南宾川县找树，却误撞入徐霞客的丛林——他穿行的树林和探访过的寺院，才知道他的游历绝不是我们想象的那样单枪匹马。

　　徐霞客从二十二岁开始，游历了中国的东南部和北部。到 1636 年，他已五十一岁，翘首西望，彩云之南还有一块神秘之地未曾去过。他自知时日不多，便决然对家人说，我将寄身天涯，再探胜地，家里勿念，生死由之。就这样开始了他人生的收官之旅。

同乡的静闻和尚知他远行，说吾闻云南有佛地鸡足山，心向往之，早刺血写就了一部《法华经》，今日正好与你结伴，亲送血经，了我大愿。他们离开江阴，晓行夜宿，不想行至湖南境内遭强人打劫，行李、银两尽失。静闻一病不起，他对徐说，吾将不生，请务必将这部血经与我的骨灰带到鸡足山，拜托，拜托。静闻死后，霞客将其火化，捧经负骨，一路向鸡足山而来。

我们现在查到的日期，徐霞客是明崇祯十一年（1638 年）12 月22 日进山的，他这次连续住了 30 天，每天写一篇游记。后应丽江土司之邀下山，第二年 8 月又再返回山上，日记续写到 9 月 14 日，是为《徐霞客游记》的最后一篇。两次共考察记录了二十五寺、十九庵、二十七静室、六阁和两庙。而吃住、供应、交际，几乎全都是在寺院里。日出而作，青山绿水；日入而息，黄卷青灯。终日在两个丛林中穿行，超凡脱俗，过着化外生活。

如科学家一样，旅行家也有一种天生的使命感，就是发现自然。徐霞客在这里寻奇觅险，收获快乐。就连随从、仆人都不敢上的地方，他常一人攀藤附葛，直达绝顶。他不但处险不惊，还给后人留下了美妙的文字，可与之分享快乐。舍身崖，一般都是佛地名山的最高最险处，只有舍身敬佛的教徒，为表虔诚才肯冒险一试。你看他是这样登上鸡足山舍身崖的："余攀蹑从之，顾仆不能至。时罡风横厉，欲卷人掷向空中。余手粘足踞，幸不为舍身者"。半空绝壁，大风能把人抛向谷中。他"手粘足踞"像壁虎一样地爬了上去。而遇风景优美处，则如在仙境。水帘洞"垂空洒壁，历乱纵横，皆如明珠贯索"，石上绿苔"若绚彩铺绒，翠色欲滴"。他几乎每天都是这样冒险、享受，其乐无穷。他的日记就是一部旅游词典。类似"手粘足踞"的妙语还有蚁附虫行、悬峻梯空、涧水泠泠、乔松落落等等。登山时"作猿猴升"；民俗的热闹"鼓吹填街"；除夕夜举火朝山的人群，"彻夜荧然不绝"。他登上鸡足最高峰，看东北方向，

雪山皑皑，金沙江明灭一线，蜿蜒东来。徐霞客终于完成了中国地
理学的新发现，金沙江才是长江的源头："雪山之东，金沙江实透腋
南注。"只有登临绝顶，俯视大千，揽山河于怀中，才会溢出"透腋
南注"这样的词句，真巨笔如椽，气达乾坤。连毛泽东都很佩服他。
1958 年 1 月 28 日毛在最高国务会上说："他（徐霞客）跑了那么多
路，找出了金沙江是长江的发源。'岷山导江'，这是经书上讲的，
他说这是错误的，他说是'金沙江导江'。"毛一直有一个梦想，说
过多次要做一回徐霞客，步行走一次长江、黄河。

　　徐霞客是大学问家，他的旅行自然不在游玩山水，而在游学山
水。晚年的徐霞客已经名声远播，粉丝如云。许多人争相为他提供
考察线索，而地方上也常以能接待他为荣。这就应了马克思的那句
话，人是各种社会关系的总和。他已是一个社会人，他的行走也成
了文化上的穿针引线和思想知识的集纳编织。徐霞客在西行前，先
由当时的大学者陈继儒分别写介绍信给滇中名士唐大来、丽江土司
木增和山上的住持弘辨、安仁二僧。而这二僧当年曾在江浙一带修
行，木增又很向往汉文化。宗教成了南北四方文化交流的纽带。他
人还未到，消息就不胫而走，僧俗人等翘首以盼。徐到后的第一件
事情就是安顿好静闻和尚的后事。当天一进大觉寺山门就解下包袱，
献上血经，将静闻的骨灰挂于院中的一株古梅上，商议如何修塔归
葬。而他也好像有了回家的感觉。

　　如欧洲早期的教会一样，中国的佛教寺院也是一块精神和文化
的高地。明代万历年间，鸡足山上逐渐形成了一个青烟缭绕、钟鼓
相闻的佛国世界。最盛时有三十二寺七十二庵，两千僧人。而寺庙
的兴建，香客云集，又拉动了建筑业、商贸业与民间文化交流。徐
霞客每日不是荡漾在山风绿树间，就是浸润在精神的丛林中，足行
手记，为我们留下了许多那个时代的人文写真。虽远在深山，却情
趣多多。徐曾记某日寺里的早点，"先具小食，馒后继以黄黍之糕，

乃小米所蒸，而柔软更胜于糯粉者。乳酪、椒油、菱油、梅醋，杂沓而陈"。他在山上考察十分辛苦，跋山涉水汗流浃背，抄录碑文，冻僵手指。寺里就请他去洗热水澡。这是一个长丈五、宽八尺、深四尺之大池，连着一口烧水大锅，要一天才能烧热。他与四个长老同浴。先在池外洗擦，再入池浸泡，"浸时不一动，恐垢落池中也"，再擦，再泡，类似现代的桑拿浴。他自觉有趣，"如此番之浴，遇亦罕矣"。大觉寺里居然还有一个人工喷泉，池中置盆，"盆中植一锡管，水自管倒腾空中，其高将三丈，玉痕一缕，自下上喷，随风飞洒，散作空花"。他一颗童心，饶有兴趣地去分析研究，终于弄清是将对面崖上的水用管子从地下暗引过来，水压形成喷泉。这恐怕是有记载的中国最早的人工喷泉。

和尚们与他的关系很好，争着、抢着邀他到自己的寺、庵、静室里去住，真有点"米酒油馍炕上坐，快把亲人迎进来"的感觉。山上僧众也有派系，徐甚至还为他们解决矛盾，排解纠纷。他常住在悉檀寺。悉檀者，梵语，普度之意。这是明王朝敕封的皇家寺院，宏伟庄严"为一山之冠"。日记载，那年腊月二十九他在寺里吃过早饭，到街上去买了一双鞋，仆人买了一个帽子，逛街，中午吃了一碗面。又上行二里，到兰陀寺，寺主热情出迎。见院内有一块残碑，就细考并笔录。神情专注，不觉天将黑，"录犹未竟"，寺主备饭留宿。他就让仆人回悉檀寺取自己的卧具，仆人带回悉檀长老的话说，别忘了明天是除夕呀，让你的主人早点回来，"毋令人悬望"。你看，多么温馨的画面，好一个暖暖的丛林。有时回来晚了，寺里就派人举灯到路边或"遍呼山头"。正月十五那天，寺里与民间一样张灯结彩，铺松毛坐地，摆各种果盒，饮茶谈笑，山上居然还有外国僧人。

徐霞客在山上，不但记山水、考寺院，还研究文学，收集诗文，编《鸡山志》。他看到一副门联"峰影遥看云盖结，松涛静听海潮生”，认为“涛”与“潮”的形象太近，有“叠床之病”，宜改为“松声”。凡比喻，二者愈远愈好，避近亲繁殖，徐不愧为文学大家。我们看他的日记，随意记来，山风扑面，涧水有声，僧俗人物等都跃然纸上。

我不知道徐霞客在其他地方是如何游历的，想来别处也不可能一地而集中这样高档的两种丛林，有这么多奇绝秀美的山、涧、瀑、树，还有许多寺院，从皇家寺院到个人的茅庵、静庐。他是真正来做文化修行的啊，丛林复丛林，何处是归程，徐霞客找到了自己的归宿。而佛祖也觉得他已功德圆满，该招他回西天去了。他那双跋涉了大半生的赤脚疲倦了，一日忽生足疾，渐次不能行走。崇祯十二年（1639 年）9 月 14 日，他写完了《徐霞客游记》的最后一篇。在山上边休养边修《鸡山志》，三个月后丽江土司派来了八个壮汉，用竹椅将他抬下山去，一直送到湖北境内上船，150 天后回到江阴老家。不久便去世了，享年五十四岁。

我在山上沿着徐霞客考察的路线走了一遍，努力想找回他当年的影子。顺着一条深涧的边沿，我们折进一片林子，约行二里，即是他曾住过的悉檀寺。当年的皇家寺院已毁于“文革”。没膝深的荒草荆棘里依稀可辨旧时的柱础、房基和片片瓦砾。唯有寺前的一棵孤杉挺着伸向蔚蓝的天空。这棵杉树该命名为徐霞客杉。当年丽江土司所差的八位壮士就是从这个路口抬他下山的。他示意绕杉而过，再看一眼涧边的飞瀑。他在日记里曾为之写照：“坠崖悬练，深百余丈”，“绝顶浮岚，中悬九天”。其时正当冬日，叶落满山，飞瀑送客，呼声切切。他这次不是平常出游之后的回乡，而是客居人间一回，就要大辞而别了。徐霞客从怀中轻轻地掏出一支磨秃了的毛笔，挥手掷入涧中，伫望良久，想听一听他生命的回声。那支笔飘摇徐下，化作了一株空谷幽兰，依在悬崖之上，数百年来一直静静地散发着异香，人们把它叫作《徐霞客游记》。

正是：

　　霞落深山林青青，掷笔涧底有回音。

　　风尘一生逆旅客，文章万卷留后人。

《北京文学》2019 年第 5 期；《新华文摘》2019 年第 19 期

百年震柳

地震能摧毁一座山，却不能折断一株柳。

约在百年前，1920 年 12 月 16 日晚 8 时，在宁夏海原县发生了一场大地震，震级 8.5，裂度 12，死 28 万人，震波绕地球两圈，余震三年不绝，史称环球大地震。这远远大于后来我国 1976 年的唐山大地震和 2008 年的汶川大地震。虽已过去近百年，海原大地震仍然是全球地震界说不完的话题。

1920 年的中国，民国初立，军阀混战，天下大乱。贫穷落后的西北忽又遭此奇祸。是年秋，海原的小气候突然变好。田野丰收，谷物满仓，梨子硕大无比，直把枝条压得喘不过气来。而树上秋果未落，春花又开，灿若白雪。当人们正惊异于天降祥瑞之时，进到 12 月却怪象频频。群狼夜嚎，畜不归圈。平日里温顺服帖的家狗瞪眼、炸毛，疯狂地咬人。天边黑烟滚滚，地心雷声隐隐。深夜里山民静卧窑洞，望见远山红光罩顶，又闻炕下的土层深处，有如撕布裂木之声，令人毛骨悚然，惊为魔鬼作祟。

到 16 日晚 8 时，忽风暴大起，四野尘霾，大地开始颤动，如有巨怪在土下钻行。霎时山移、地裂、河断、城陷。黄土高原经这一抖，如骨牌倒地，土块横飞。老百姓惊呼："山走了！"有整座山滑行三四公里者，最大滑坡面积竟毗连三县，达2 000平方公里。山一倒就瞬间塞河成湖，形成无数的大小"海子"。地震中心原有一大盐湖，为西北重要之产盐地。湖底突然鼓起一道滚动的陡坎，如有人在湖下推行，竟滴水不漏地将整个湖面向北移了一公里，被称为"滚湖"。至于道路断裂，田埂错位，村庄塌陷等，随处可见。所有的地标都被扭曲、翻腾得面目全非。

这些被破坏的还都是些非生命之物，而受灾最重的是人，有生命的人。当地百姓一向生活苦寒，平日居住全靠依山挖洞为窑。这种既无梁木支撑，又无砖石为基的土窑，大地轻轻一抖就轰然垮塌，整村、整寨、一沟、一坡的人，瞬间就被深埋黄土之中，如意大利庞贝古城之灾。水灾之患，还可见尸；火灾之患，还可寻骨；而地震之灾人影全无。所谓"死者伏尸于黄土之中，无骨可葬；生者蛉居于露天之下，无家可归"。震中的海原县有人口十二三万，粗略统计就死了七万余人。有一户人家正在为过世老人做周年祭，请来亲朋三十多人，全数被捂在土中。震后常有孑遗者指某处说："这里埋我全家。"整个震区在多少年后才大略统计出死亡人数约28万人。至今，这仍是全球史上死亡人数最多的地震之一。当时的甘肃省省长给大总统徐世昌的十万火急电报中说："人心惶恐几如世界末日将至，所遗灾民，无衣、无食、无住，游离惨状目不忍见，耳不忍闻。"但北洋政府也只是以大总统的名义，捐一万大洋了事。

海原大地震实是因地球的印度洋板块与太平洋板块相互挤压所致，与2008年的汶川大地震同出一因。在这条地震带上有两个巨人一直在扛着膀子，艰难地较劲。这种相持，大约千年左右就会打破一次平衡，两身相错，大地即轻轻一抖。有案可查，1982年国家地震局曾在当地开深槽验土，探得6 000年来，在海原地区这两大板块就有6次因较劲失手而引发大地震。第一、二次大约在5 000年前，第三次在 2 600 年前，第四次在 1 900 多年前，第五次在 1 000 年前，第六次即海原大地震，在 100 年前。不要小看两个板块轻轻一擦，世界因此就几死几活，如同末日降临。

远的没有记载，就说百年前的这一次，大地瞬间裂开一条 237 公里长的大缝，横贯甘肃、陕西、宁夏。裂缝如闪电过野，利刃破竹，见山裂山，见水断水，将城池村庄一劈两半，庄禾田畴撕为碎片。当这条闪电穿过海原县的一条山谷时，谷中正有一片旺盛的柳树，它照样噼噼啪啪，一路撕了下去。但是没有想到，这些柔枝弱柳，虽被摇得东倒西歪，断枝拔根，却没有气绝身死。狂震之后，有一棵虽被撕为两半，但又挺起身子，顽强地活了下来，至今仍屹立在空谷之中。

为了寻找这棵树，我从北京飞到银川，又坐汽车颠簸了 4 个多小时，终于在一个深山沟里找到了它。这条沟名哨马营，一听这个名字，就知道是古代的屯兵之所。宋夏时，这里是两国的边界。明代时，因沟里有水，士兵在这里饮马，又栽了许多柳树供拴马藏兵。后几经更迭，这里成了一个小山庄，住着 5 户人家，过着被外界遗忘的桃源生活。直到 1981 年由中国、美国、加拿大、法国组成的联合考察队，沿着 237 公里长的地震裂缝徒步考察时才发现了它。我们从县城出发，车子在大山的肚子里翻上翻下，左拐右折，沿途几乎没有看到人家，偶有几座扶贫搬迁后留下的废院子，散落在梁峁沟坎之中。坡上大多是退耕后的林地，树苗很小还遮不住黄土。可想百年之前，这里更是怎样荒凉寂寞。正当我心头一片落寞之时，身下的沟里闪出一团翠绿，车头一拐，驶入谷底。行到路尽之处，眼前的一棵大柳树挡住了去路。原来这条路就是专为它修的。

这就是那棵有名的震柳。它身高膀阔，蹲在那里足有一座小楼那么大。枝叶茂盛繁密、纵横交错，遮住了半道山沟。难怪我们在山顶上时就看见这里有一团绿云？沟的尽头依稀还有几棵古柳。脚下有一股清泉静静地淌过，湿润着这道沟。几头黄牛正低头吃草，看见来人，好奇地摆动尾巴，瞪大眼睛。这真是一个世外桃源。欲问百年事，深山访古柳。但我不知道这株柳，该称它是一棵还是两棵。它同根、同干、同样的树纹，头上还枝叶连理。但地震已经将它从下一撕为二，现两半个树中间可穿行一人。而每一半，也都有合抱之粗了。人老看脸，树老看皮。经过百年岁月的煎熬，这树皮已如老人的皮肤，粗糙、多皱，青筋暴突。纹路之宽可容进一指，东奔西突，似去又回，一如黄土高原上的千沟万壑。这棵树已经有500 年，就是说地震之时它已是 400 岁的高龄，而大难后至今又过了100 岁。

看过树皮，再看树干的开裂部分，真让人心惊肉跳。平常，一根木头的断开是用锯子来锯，无论横、竖、斜，从哪个方向切入，那剖面上的年轮图案都幻化无穷，美不胜收。以至于木纹装饰成了我们生活中不可或缺的风景，木纹之美也成了生命之美的象征。但是现在，面对树心我找不到一丝的年轮。如同五马分尸，地裂闪过，先是将树的老根嘎嘎嘣嘣地扯断，又从下往上扭裂、撕剥树皮，然后再将树心的木质部分撕肝裂肺，横扯竖揪，惨不忍睹。正如鲁迅所说，悲剧就是将人生有价值的东西撕裂给人看。你看，这一棵曾在明代拴过战马，清代为商旅送行，民国时相伴农夫耕作的德高望重的古柳，瞬间就被撕得枝断叶残。天灾无情，仿佛世界末日。

但是这棵树并没有死。地震揪断了它的根，却拔不尽它的须；撕裂了它的躯干，却扯不断它的连理枝。灾难过后，它又慢慢地挺了过来。百年来，在这人迹罕至的桃源深处，阳光暖暖地抚慰着它的身子，细雨轻轻地冲洗着它的伤口，它自身分泌着汁液，小心地自疗自养，生骨长肉。它就是那 28 万亡灵的转世再生。百年的疤痕，早已演化成许多起伏不平的条、块、洞、沟、瘤，像一块凝固的岩石，为我们定格了一个难忘的岁月。我稍一闭目，还能听到雷鸣电闪，山摇地动。

柳树这个树种很怪。论性格，它是偏于柔弱一面的，枝条柔韧，婀娜多姿，多生于水边。所以柳树常被人作了多情的象征。唐人有折柳相送的习俗，取其情如柳丝，依依不舍。贺知章把柳比作窈窕的美人："碧玉妆成一树高，万条垂下绿丝绦。不知细叶谁裁出，二月春风似剪刀。"但在关键时刻，这个弱女子却能以柔克刚，表现得特别顽强。西北的气候寒冷干旱，是足够恶劣的了，它却能常年扎根于此。在北国的黄土地上，柳树是春天发芽最早，秋天落叶最迟的树；它尽力给大地最多的绿色。当年左宗棠进军西北，别的树不要，却单选中这弱柳与大军同行。"新栽杨柳三千里，引得春风度玉关。"柳树有一种特殊的本领，遇土即根，有水就长，干旱时就休息，苦熬着等待天雨，但绝不会轻生去死。它的根系特别发达，能在地下给自己铺造一个庞大的供水系统，远远地延伸开去，捕捉哪怕一丝丝的水汽。它木性软，常用来做案板，刀剁而不裂；枝性柔，立于行道旁，风吹而不折。它有极强的适应性，适于各种水土、气候，也能适应突如其来的灾难。美哉大柳，在人如女，至坚至柔；伟哉大柳，在地如水，无处不有。唯我大柳，大难不死，百代千秋。

我想，那海原大地震，震波绕地球两圈，移山填河，夺去28万人的生命，为什么单单留下这一株裂而不死的古柳？肯定是要对后人说点什么。地震最常见的遗址是倒塌的房屋、错裂的山体和沉默的堰塞湖，但那都是些无生命之物，只能苦着脸向人们展示过去的灾难。而这株灾后之柳却不同，它是一个活着的生命，以过来人的身份向我们宣示，战胜灾难唯有坚守。一百年了，它站在这里，敞开胸怀袒露着伤痕；又举起双臂，摇动着青枝。它在说：活着多么美好，这个世界上没有什么能够扼杀生命，地球还照样转动。

我出了沟口翻上山头，再回望那株百年震柳，已看不清它那被裂为两半的树身，只见一团浓浓的绿云。一百年前，在这里地震撕裂了一棵树；一百年后，这棵树化作一团绿色的云，缝合了地缝，抚平了地球的伤口。我知道县里已经建了地震博物馆，有文字，有图片，但是最生动的，莫如就在这里建一座"震柳人文森林公园"，再种它一沟的新柳。震柳不倒，精神绵长，塞上江南，绿风浩荡。这不只是一幅风景的图画，更是一座活着的博物馆，一本历史教科书。

采访地点：宁夏海原

采访日期：2016 年 5 月 25 日，7 月 18 日写就

《人民日报》2016 年 8 月 10 日

中华版图柏[1]

陕北高寒岭是中国北方的一座普通山，府谷田家寨是中国的一个普通乡镇。但这里却成了中国第一个人文森林公园——高寒岭人文森林公园的发祥地。

"人文森林"是一个新概念，是讲人与树木的文化关系，从文化层面认识生态、保护生态。人文森林公园有别于传统的游乐性公园和单纯以保护森林为主的公园，是一座有树木、有文化，树中藏有历史、藏有文化的公园。它要求树木上必须附载有真实的历史人物、事件，游人来到这里可尽情地享受绿色，真实地感知历史，提高文化修养。它通常是以一棵有故事的树木为核心景点，辐射出其他文化。高寒岭的核心景点就是"中华版图柏"，这棵树见证了历史上中国的版图变化。它一树成景，蕴意深刻，并由此牵出了边境文化、长城文化、黄河文化、农耕文化，内容极为丰富。当地群众在此基础上挖掘历史，丰富收藏，建起了民俗博物馆。又引进了适合高寒地区生长的，经济价值极高的油用牡丹，既美化了环境，又增加了收入。于是一座沉睡多年的荒山便成了新型的旅游景区，成了青少年教育基地，成了城里人休闲的好去处，当然也成了当地群众致富的一个平台。这是生产、生活方式的积极转换，是他们的创造。

公园自2016年剪彩挂牌以来，每当节假日，游人如织。平时关心这个新事物来参观学习的人也络绎不绝。通过高寒岭的示范，"人文森林"的概念已经深入人心，成了保护生态、留住乡愁、提升文化的好抓手。为了方便游人了解公园内容，向同行介绍建园经验，同时也为"人文森林学"新学科建设存一份资料，田家寨政府和高寒岭的同志们整理了这本书。感谢他们为我国生态事业及文化建设做出的贡献。

《人民日报》2016年2月3日

注释

[1] 本文原是为《中华版图柏》一书所作的序，题目有改动。

中国枣王

一

中国是个红枣的国度，红枣产量占世界的百分之九十八。世界红枣看中国，中国红枣看陕北，陕北有个红枣王。

这个王不是自封的，是经联合国正式加冕的。迄今，联合国粮农组织共评定出世界农业遗产地三十六处，中国佳县即是其中之一。但不是稻麦杂粮，而是红枣。正式的桂冠是："全球重要农业遗产体系·中国佳县古枣园"。

佳县有个小村，名"泥河沟"，村前有座枣园，内有三百年以上的枣树三百三十六株，其中三株已逾千年，更有一株被确认为一千四百年，高八米，要三人合抱，这就是我们要说的枣王。

今年 8 月我慕名去朝见枣王。正当盛夏，北京酷暑难熬。而泥河沟却浓荫盖野，绿风荡漾。小村前临黄河，后靠群山。一条小支流从深山中蜿蜒而出，临入黄河之时顾盼生辉，绕了六个小弯。每个弯中都揽着数户人家，组成了一个村落，这就是泥河沟村。村前，滔滔黄河奔流而去，岸边起伏的金色山崖点缀着油绿的枣林，黄绿交替，明暗生辉。更远处千沟万壑，奔来眼底，万木葱茏。这里便是枣王的王宫所在。背黄土高原之绿树兮，面大河奔腾之涛声。

枣王雍容大度，体态庞大，主干短粗，拔地而起，如堡垒镇地。由于年深日久，树身由下向上开裂成数股，或宽或窄，都向左绕旋而上，力如拉丝、缠绳。树身上的纹路跌宕起伏，如虎豹、如断崖、如乱云。枣木本来就是暗红色的，树皮撕裂后炸出的细毛，或卷或竖，怒发冲冠。枣王就是一头红毛狮子，卧于园中，不言自重，威风凛凛，令我们这些只不过数十年"人"龄的、细皮嫩肉的高级动物顿生几分敬畏。而主干之上，又顺左旋之势连发出三根大枝，都有水桶之粗。连卷带拧，裹着青枝绿叶，呼啸着向蓝天探去。树下三十多亩的枣林全是它的臣民，前呼后拥，枝繁叶茂，也都在数百年以上。但无论多老的树，在阳光下一律闪烁着油亮的叶片，垂挂着沉甸甸的枣子。这时从河面上吹过来一阵轻风，奔腾往复舞于林下，飘举升降，摇枝弄叶，哗哗作响。快哉，大王之风。

一棵枣树的根可扎到方圆百米之外，任你多么贫瘠、干旱的土地，它都能像雷达扫描一样，搜取石缝、土层中那一点点营养、水分。三十年前我当记者时采访过一个枣树研究所，他们在树根下挖了一个很深的剖面，装上玻璃幕墙，观察枣树的生长。那细如蛛网的根系，天罗地网，连观察者都被网入其中。现在，我背依枣王，脚踏大地，想象着这千年古枣园下，该是怎样的一个网络世界。

我第二次去泥河沟，正好是九九重阳节的那一天，秋高气爽。看万山红遍，星星点灯，落枣满地，如红毯迎宾。真的，毫不夸张，主人见有客来，先提一把扫帚，就像冬季扫雪一样扫开落枣，为客人清出一条路来。我来到枣王身下，摘一颗红枣细品着它酸甜绵长的味道，像是咀嚼着一部史书。一千四百年了，它守候在这里，记录着自然和人世的变化。就这样一年一熟，薪火相继，不避风雨。用它的年轮，用它的果实，周而复始地向人们传递着自然和社会的遗传密码。

而当我们踏着红枣铺就的地毯登山一望时，风景又与八月来时大不相同。红枣烂漫，黄河东去。人道是天下黄河九十九道弯，而现在每个弯子的崖缝里都填满了正在晾晒的红枣。大河起舞，红绸飘动，织来绕去。好一幅黄河枣熟图，一派王者之气。

二

枣树性坚、木硬、根深、果红，其品质几近完美。由于它是由野生酸枣进化而来，因此还保留了极强的野外生存能力。北方的果树，如桃、李、杏、梨、苹果等，遇有寒冷的年份都会冻死，而枣树却从未有闻。寒冷的冬夜，在枣树下常可听到噼啪的冻裂声，它皮可裂、枝可断，但就是不死。它的木质自带红色，硬而有光泽，制作家具或雕刻工艺品，效果绝佳。小时，我的家乡，村里人常用它做炕沿。人们每天上炕下炕，一副祖传几代的炕沿，蹬坐蹭摸，像红缎子一样闪闪发亮，那是主人家身份的象征。再配上雪白的窗纸、鲜红的窗花、热气腾腾的炉灶，还有炕上的大花被、小炕桌，一幅典型的北方窑洞图。

枣树从不占用正规农田，它艰难、倔强地长于沟底堎畔、坡边悬崖。为了自卫，它浑身长刺。枣树身形不直且多裂纹，它不怕风折、雨淋、畜啃，小外伤反而刺激生长。收获时，有枣无枣打三竿子。业界称为："体无完肤，枝无尺直。浑身有伤，遍体新枝。"若论外表，它既没有松柏的挺拔，也没有杨柳的柔美。但这种不平、不直，虬曲勾连，浑身是刺，貌不惊人的树却很内秀。它干生嫩枝，枝生"枣股"，股生"枣吊"，渐柔渐美。你单看这一尺来长的枣吊，她柔嫩得简直就是楚王宫里的细腰女子。真不敢相信这是从百年、千年老树上发出的新枝。"枣吊"两边互生着如美人瓜子脸式的叶片。

叶面厚实，油绿如翡翠，背面有三道纹线，如美女画眉。这样梳洗打扮一番后，她才开始静心育枣。一到秋季，每个"枣吊"上都会吊着三五颗圆滚滚的果实，像一串串的红灯笼，满山遍野，迎风摇曳。

三

黄河是中华母亲河，红枣就是母亲项链上的宝石。中国原生红枣的分布带基本上是沿着黄河两岸的走向。甘肃、宁夏、陕西、山西、河南、山东，直到入海。当地老百姓说，枣树一听不到黄河的涛声就不好好结枣了。专家解释，是近岸土质适宜，河谷水分恰好。而最宜之处，是黄河中段的晋陕峡谷；晋陕之段，又以沿黄河八十二公里的佳县一段为好。所以枣王上下求索，最终落户于此。

据史料记载，在陕北一带，三千年前人们就开始种植枣树。古人从野生酸枣中不断地选育优化。繁体汉字的"棗"，就是"棘"字的上下变形。可见枣树本为草莽出身，是从荆棘丛中一步步走来。泥河沟周边的山洼里至今仍有许多高大的酸枣树，有几株已六百年以上。离枣园五里处，有一个名"酸枣塌"的地方，竟有一座人工栽培的古酸枣园。"塌"者，陕北特有地貌，指山地向黄河边的过渡。园中一百七十六棵老酸枣树都已百年以上，合抱之粗。果实有将近山楂那么大。我还从来没有见过这么大、这么甜的酸枣。后带了一把回京，食者惊为神果。因风味独特，籽可入药，它的价格反而是红枣的十倍。

我在佳县上高寨乡还访到一株更老的酸枣树，已有一千三百年，数丈之高，要两人合抱，应是枣王先祖的另一分支，有如类人猿。让人吃惊的是，它秀丽挺拔，树皮细腻，浑身布满平整美丽的网纹，似已修炼成精。树下有巨石，石上多洞，常有白蛇出没。不知从何年起，这树下就有了一座庙，当地人视之为神，年年祭拜。要知道，一般多年生的酸枣，也就只有筷子粗细，而它却成合抱之木。真是山中有佳树，路远人不知，独自在这里默默地为自然、为人类保存着品种基因。由此也可推知，这枣王谱系之纯正，血统之高贵。连《同仁堂志》都有记载："葭（佳）州大红枣，入药治百病。"由酸到甜，由酸枣到红枣，枣树家族相伴人类走过了多么漫长的路程。而现在这份遗产全部集枣王于一身，备案于联合国了。

红枣经世代选育优化，已成各色百态。有水分大的鲜枣，有肉厚的干枣；有小如指肚的蜜枣，有大过一寸的骏枣。小时我家乡的集市上，农民卖枣不带秤，而是腰里掖一把尺子。有人要买时，就将红枣摆于地上，抽尺一量，七颗一尺。你说，要五尺还是一丈？以此来显示枣的个头之大。玩的就是这种气派，这个红火。山西黄河边有枣，上小下大，形如茶壶，就名"壶瓶枣"。宁夏黄河边有一种枣，又大又圆又光，极像一个红色的乒乓球。可当地老乡不这么叫，而名之曰"驴粪蛋"。现在的红枣到底有多少个品种，一般人已很难说清。

四

如果说黄河是民族的乳汁，红枣就是老百姓的干粮。枣树向来有铁杆庄稼之称。春蚕到死丝方尽，枣树千年亦结果。而且它常会给你一个惊喜。不管多老的树，都会突然从粗干糙皮上发出一根嫩条，或在离主根的远处钻出一株小苗，当年就能挂果。民谣曰："桃三杏四梨五年，枣树当年就还钱。"言其诚恳、勤劳，如山中老农。

枣树好像天生就是为穷人准备的一道生命防线。无论怎样天打雷轰、风狂雨骤、雪霜加身，红枣从不会绝收。它是如此巧妙地适应了自然。它的花期长达一月有余，东方不亮西方亮，有足够的时间受粉坐果，同时还为蜜蜂提供了最多的打工机会。这在其他果树是几乎没有的。再者枣子熟时，已收罢麦子，既不与粮争劳力，又躲过了雨季。它又最善储存。当丰年时，可蒸为枣馍、枣糕；婚嫁时撒到炕上、被窝里，寓意早生贵子，为农家生活增加喜庆。而当年景不好时，可晒干磨成枣面，救荒度灾。专家考证，秦始皇统一六国时，红枣就作为军粮从军行了。李自成起兵它也曾助一臂之力。远的不说，1947年，毛泽东转战陕北，住佳县，缺少军粮。老百姓拿出了全部坚壁清野的存粮，这其中就有相当数量的红枣炒面。那天，也是九九重阳这个日子，毛泽东正饿着肚子熬夜工作。房东无他，掀开门帘，送来一碗红枣。第二天，警卫员收拾房间。小炕桌上一堆烟头，一堆枣核，还有一篇翰墨淋漓的雄文《中国人民解放军宣言》。拥军佑民，这红枣是立了大功的。当地的红枣专家说，你看这枣，花是金黄色的，呈五角形，果是鲜红色的，红得如血。这不就是共和国国旗的元素吗？它应该选为国树。

历史翻过了一页，现在当然不会以枣代粮充饥了。但它在黄河两岸飘起了千里红绸，随大河上下，起舞不休，红遍了半个中国。红枣已经成了一道旅游的风景，也成了游人心中的中国符号。

所以，联合国就在这个风景最佳处封了一个枣王。

采访时间：2016年8月、10月

《人民日报》2016年11月23日

附：

枣树

枣树为鼠李科枣属植物，落叶小乔木，稀灌木，高达10余米，树皮褐色或灰褐色，叶柄长1~6毫米，在长枝上的可达1厘米，无毛或有疏微毛，托叶刺纤细，后期常脱落。花黄色，单生或密集成腋生聚伞花序。核果矩圆形或长卵圆形，长2~3.5厘米，直径1.5~2厘米，成熟时红色，后变红紫色，中果皮肉质、厚，味甜。种子扁椭圆形，长约1厘米，宽8毫米。

枣树生长于海拔 1 700 米以下的山区、丘陵或平原，属于喜温果树，耐旱性、耐涝性较强。枣树喜光性强，对光反应较敏感，对土壤适应性强，耐贫瘠、耐盐碱。

采访时间：2016 年 8 月

采访地点：陕西省佳县

万里黄河千里桑

山东夏津黄河故道的桑树王

黄河万年流淌，桑林千年不老。伟大的黄河，中华民族的母亲河，给我们提供了自然界的黄土——最充分的劳动材料；勤劳的祖先又对故道里的黄土进行耕作加工，创造了物质财富及与之相应的精神财富。这就是夏津古桑林里所珍藏的文化遗产。

对中华民族来说，黄河的伟大是说不尽的。我曾在上游，看刘家峡的绿波，在河套看八百里麦浪，在壶口瀑布听虎啸龙吟之声；今天又在它的下游，看到它如何为炎黄子孙造就这一望无际、直达海边的大平原。

事情的缘起是联合国粮农组织在全世界清点农业家底，并颁发"全球重要农业文化遗产"证书。去年春天在山东德州夏津县发现了一片六千亩的桑树林，并认定这是目前世界上罕见的、古老完整的桑树群，随即颁发了证书。这是一片典型的人文森林，保存了地球上的农桑文化。去年第一时间我即去采访，今年又二访其地，探其脉络。

黄河造地是借其巨大的水能，经年不断地搬运泥沙来完成的。五十年前我刚大学毕业到黄河边工作，就记住了这个数字：黄河每年从上游向下搬运泥沙十六亿吨。这是怎样的一个巨人，一个移山填海的大力士啊！德州之夏津，处黄河下游。津者，渡口。夏津，传夏代之黄河渡口，可见其地历史悠久。黄河冲出龙门，行至河南、山东，挟带大量泥沙，早已高出地面而成悬河，稍不小心便崩堤决口，隆隆而下。据史料记载，自周至清代，黄河在夏津一带曾多次改道，二十多次大决口，一千五百多次小决口，这一条黄龙滚来滚去，搬沙运土，造就了豫鲁大平原。现在从空中俯瞰，在夏津的南北各留下四条大的黄河故道。它每淤完一块土地就侧转身去，再淤他处。河，本来是流水的，但黄河不同，它日夜流淌的是滚滚泥沙，送来为我们造地。所以黄河古称"有德之水"，今山东德州即因临德水而得名。但这片沙土未经改造之前就是一片不毛之地，风起时遮天蔽日，沙打农田，土盖房舍，甚至行人迷路被埋的事都有发生。天降其土，教人耕种，并不等于天上掉馅饼，大自然恩德之泥土是要用人的汗水调和才能收获的。于是，在黄河搬运泥沙的同时，先人们也就开始了在黄河故道上治沙造地的伟大工程。这其中最有效的手段之一就是种桑固沙，养蚕织帛。

历史上前辈劳作的情景我们已不得亲见，但很幸运，在夏津黄河故道上还遗存了这片六千亩的古桑树群，让我们一窥原貌。那天我们特意选了一块还留有旧痕的沙原。虽然起伏的沙丘早已为桑林所覆盖，我们在浓荫中爬上爬下，但还能看出沙山的旧貌。那屹立于沙丘顶上的老桑树，就如黄山迎客松一样，傲骨嶙嶙，又笑容可掬。我问，黄河决口，水漫平川，怎么会沙丘起伏呢？当地人说，你不知洪水过后，先是太阳晒，旱魔肆虐，风灾接着而来，吹沙成丘。这故道就如山峦一样起伏不平。现经历代一锹一镐地挖，大部分沙丘都推成平地。可知先民治沙造地，经多少年才有这沧桑之变。这里依稀还保留着历史上蚕桑兴旺的样子，齐鲁大地早在秦汉时便植桑养蚕，曾有"齐纨鲁缟"之称，经唐宋而达丝帛业的高峰。元代后因引进棉花，丝绸业开始下滑，夏津的桑树功能逐渐由养蚕改为食用桑果，到清代、民国又出现一个种桑高潮。联合国到这里来找农业遗产算是摸对了门牌。现夏津全县还存有百年以上的古桑两万余株，千年以上的两百余株。

桑树这种树单看外表就能读出历史的沧桑，它像一个老人，风雨都刻在脸上。在古桑园中行走，几乎每棵树都有合抱之粗。树皮特别粗糙，那一条条奔走的纹路，都能插进一根手指。大概是为了便于采桑，桑树大都经人工修剪，离地一人高即向四边分杈，树冠极大。上千亩的桑园，浓荫蔽日，枝叶折射阳光，筛出金光万点。一粒粒桑葚，白的、红的、黑的，如珍珠玛瑙点缀其间。因为年代久远，许多老树都中心开裂，或张开乌黑的树洞。但奇怪，不管多老的桑树，树身整体都很平整匀称，它不像老槐树那样浑身堆满高高低低的疙瘩，也不像老柏树那样会将树干拧成麻花。它是那样安详，虽年迈仍留意衣着，讲究仪表，树纹粗而不乱，树干短而苗壮，手掌大的绿叶油油发亮。与枣树一样，它常会于老干上突发一根嫩枝，挑出一串桑葚，给你一个惊喜。这千亩老桑园中弥漫着一种甜甜的诗意，令人油然想起《诗经》和汉魏古诗中许多采桑的美丽诗句。

园中最具代表性的三株树都有一千五百年以上的树龄，两株都以"龙"命名。"腾龙"那株，一出地即腾空而起。"卧龙"那株，因雷击劈为两半，树皮爬地行数米后又跃起再生枝长叶。第三株最奇，被封为"桑葚王"，出地半人高后即分为五杈，当地人说是如来的手指，每根指头也有一抱之粗。游人在树下，可以与先民从容对话。一位从济南来的老者正在仔细看着说明牌，他说老远来不为吃桑果，而为了解一点古桑文化，而他的孙子早和伙伴们到树下摘桑果去了。这里游客买票入园是可任意采摘的。现在这个园子已是一座桑文化园、休闲园，也是一座桑树基因库。它保存了大甜紫、白子母、红子母、江米葚、玫瑰香、长柄白、小草莓、白葚等多个稀有传统品种，当地也成立了桑树开发研究院。县干部自豪地对我说，中国四大农书《氾胜之书》《齐民要术》《王祯农书》《农政全书》，前三本书的作者都是山东人，而且出生地都离夏津不远。

桑树林的贡献还不仅仅在于养蚕、结果，其对生态的影响极大。首先是防风固沙，保持水土。桑树最适宜沙地生长，旱涝不避，沙打不埋。其根深入地下可达八米，根幅是树冠的几十倍，任多大一片沙地，多么长的故道，都会让它的根网编扎得密密实实，咆哮的沙龙就再也不可能翻身了。除了固沙，它还是一个巨大的空气净化器，林中负氧离子丰富。这两年生态保护意识加强，特别是随着旅游业的兴起，人们猛然发现这片古桑林是一个金银聚宝盆，更是一个文化聚宝盆。现在当地已经用桑民入股的方式来保护、开发这片古桑林，既为社会找回了文化，又为村民带来了财富。而因这片古桑林的开发，还在附近催生了一个旅游度假小镇。真可谓老树新花，古为今用。

桑树与枣树虽为树木，但却同被称为"铁杆庄稼"，其栽培史与其他粮食作物同步。确实，稻、麦、豆、黍，有哪一种庄稼能这样挺立千年，年年结果呢？堪称铁杆。而且它们的果实都含糖量极高，是一项铁打的甜蜜的事业。巧的是三年前我曾采访过陕北的"枣王"，那是联合国粮农组织在中国颁发的另一份"全球重要农业文化遗产"证书。可见桑、枣同为国际所重视。中国的红枣产量占世界产量的百分之九十八，而桑蚕业则直接孕育出一条横跨地球的丝绸之路。一枣一桑，确实为世界农业做出了巨大贡献。

桑树无论多老，只要活着都会结果，那棵一千五百年的桑王，现每年还产果一千两百斤。现在夏津全县年产桑果近四万吨，简直是又一个门类的粮食。桑树浑身是宝，而且都与活命救人、抗灾度荒有关。一枣一桑，饥年不慌。把它归入林业或农业，似乎都可。桑树的果实为桑葚，我们在树下随意采摘一粒，放在口中，如一块待化的冰糖。除吃鲜果，还可晒干，当储备粮。上天安排，桑葚的成熟期，正是农历小满前后，麦子待熟，青黄不接，穷人缸底无粮，这时桑葚就成了救命粮。明洪武年间组织人口大迁徙，朝廷的一条政策就是人口迁往有桑枣处。现在这桑园里的一些人家还可追溯到祖上是如何逃难觅食，落户到树下的。除食用外，桑枝可入药，治关节病；桑皮，去咳，利尿；桑叶可用来制茶、煮粥，清毒、降脂；寄生在桑树上的"桑黄"也可入药。

中国历代王朝几乎都把发展农桑作为立国之本，宋太祖下令凡垦荒植桑者可免田赋。元世祖颁布"农桑之制"十四条，规定每名男子每年要栽种桑、枣二十株。明太祖要求农民有田五亩至十亩者，须栽桑麻木棉半亩。官员中还有不少身体力行，积极带领百姓植树种桑的典型。夏津的这片古桑林作为文化遗存之可贵，除保存了农桑原貌外，密林深处竟还有一座清代种桑县令朱国祥的纪念馆，为我们复原了一个古代勤恳为民的好官形象，也可一窥当时的农桑政策。

朱国祥本为清康熙年间的京官，因为人正直被排挤出京，到夏津任县令。他下车伊始就到黄河故道视察，看到黄沙漫漫，认定这里"半地沙漠，不宜稼禾""多种果木，庶可免风灾而裕财用"。又上书请求免收三年税赋，与民生息。他亲自下地总结栽树经验，发明了"包袱地"种植法，即地成四方如一块包袱，周边栽桑林围裹，挡风固沙，中间种植宜沙的花生等作物。若纯种桑，又测算出每亩地以植六株为宜，进行推广。朱为官刚正、廉洁，上任不久即清理积案，平了不少冤狱。他最恨横征暴敛，盘剥百姓。他常教诲部属要珍惜民力，曾自制许多木盏为餐具发给同僚，提醒一粒一粟都来自土地，勿忘农本。现在纪念馆里还存有他当年发布的一张《禁革私派以苏民困》告示，全文如下：

为禁革私派以苏民困事：照得地方一应公务私派，久经奉旨严禁，各宪屡行通饬，不啻至再。谅全县绅民所素闻也。今本县忝篆伊始，访得合县里书尚有代派名目，则从前奸胥瞒官私行科敛，不问可知。查荒沙碱卤之地，频年以来水旱荐至，民不聊生。正供尚难完纳，何堪额外征求？本县既宰夏邑，即当为民兴利除害，方不愧此职守。岂肯目击，穷民之膏血任奸胥蠹吏之吮吸乎？除现在差拿严究，并将里书代派名目各等尽行革除。押令一体当差，合亟出示晓喻。为此，示仰合县人民知悉。嗣后，尔民正项钱粮，务须及早完纳。官免追比之烦，民鲜差扰之累。如本名下之钱粮完纳之外，倘有奸蠹仍向尔等多派分文者，许被害之人即行首告。定将私派之奸蠹立毙杖下，断不姑宽。本县素性耿介，焉肯容留蟊蠹贻害良民？凡在官民役，各宜猛省自爱，如有所犯必行惩究，勿谓本县言之不早也。

凛之，凛之，毋违特示！

我们现在读这个告示，还能感受到他的凛然正气，其对百姓何等同情，对那些贪官恨之入骨，字里行间，拍案叫骂：百姓正供交纳已够困难，你还忍心额外加派吗？既派我来这里为官，就要不愧职守惩恶佑善。以后若有手下人员，借机向百姓摊派，都可在第一时间告发，一经查实必定严惩，可不要说我没有提前告诉你们啊。治国先治吏，他正是抓住了这个要害，先整肃纲纪，深得百姓的拥护。清中期是夏津县历史上桑树增加最多的时期，县志载"援木可攀行二十余里"，一片绿荫，郁郁葱葱。说是桑树之荫，其实是为政者给百姓带来的福荫。

朱国祥在任六年，到1680年调升离任。当时万人空巷，百姓顶香案送行。本县乡绅联名请求朝廷准他留任。留任不成，当地百姓就为他建了一座生祠来纪念。在封建社会建生祠是民间对好官的最高褒奖了。更奇的是，到嘉庆八年（1803年）时，老百姓为他再建祠堂。这时距他离任已过了一百二十多年。晚清时局混乱，朱国祥的祠堂渐废，到民国初年，当地百姓又为他三建祠堂。旧县志中对好官多有记载，但两百三十多年间为一个县令三建祠堂，足见百姓对他惠民政策和爱民形象的深深怀念。旧衙门的大堂上常有四个大字：明镜高悬。清一代夏津曾有县官几多，唯朱国祥如皓月在天，永远活在这一片苍茫的古桑林之上，活在当地民众的心里。

黄河万年流淌，桑林千年不老。感谢联合国粮农组织发现了它的文化价值。什么是文化，就是人类创造的物质财富和精神财富的总和。什么是人文森林，就是记录、保存人的物质活动与精神活动的森林。人文森林愈老，它所积淀的文化就愈深厚，这有点像考古学上说的文化层。并不是所有的森林都有文化，事实上许多森林都是自然态森林。恩格斯说："劳动和自然界在一起才是一切财富的源泉，自然界为劳动提供材料，劳动把材料转变为财富。"伟大的黄河，中华民族的母亲河，给我们提供了自然界的黄土——最充分的劳动材料；勤劳的祖先又对故道里的黄土进行耕作加工，创造了物质财富及与之相应的精神财富。这就是夏津古桑林里所珍藏的文化遗产。

《人民日报》2019 年 6 月 24 日；

《新华文摘》2019 年第 19 期，标题有改动

霍山红岩松记

青松向为生命力旺盛之标志；岩石则寓意意志坚定。所以中国传统文化，无论诗文、书画，多以松石为题表现坚贞高洁。上世纪60年代出版的名著《红岩》，以其塑造的英雄形象及传达的浩然正气曾影响了几代人。特别是它的封面，红色背景，一崖突起，青松挺立，永远定格在读者的心中。许多年来我一直感叹这艺术的创造力。但是，当五年前我在山西霍山脚下见到这块红色的岩石和石上的青松时，竟惊得合不上嘴。同行的人也都禁不住大喊："原来红岩松在这里！"

这棵树与小说《红岩》的封面如出一模，几无两异，在当地也一直被称为"红岩松"。松下无一把黄土，树根就直接扎在悬崖的石缝里。崖高百丈，通体透红，如铁锈，如古铜。这是一处进山的路口，群峰让路为壑，水流奔腾成谷，经年的冲刷洗磨竟在谷口切割出这样一座孤峰绝壁，壁上长松。我们在崖下仰望，白云来去，一柱接天，劲松凌空。待爬到半山，才发现这座红色岩崖三面皆空，只留了一条窄窄的石壁与身后的群峰相连，孤岩青松，如天王托塔镇守着霍山之门。四面杂树环合，山风呼啸。我们小心地踏着壁立的小路，摆渡到红岩之顶，顶不平，错石斜出，如船头昂起，仅可容数人。身后万山如海，绿波滚滚，云雾蒸腾。松立船头，枝穗招展，如巨帆，如大纛，破浪前行。是时夕阳晚照，清风入袖，以手抚松顿生独立天地、视接千载之豪情。

霍山，古人封之为镇山。镇者，镇守、统领、弹压之意也。当年大禹治水之后大地初定，洪流甫退，遍野狼藉，遂封山为镇，以定天下。据《禹贡》注，霍山时为冀州之镇。历代沿革，皇帝祭东、西、南、北、中五镇之山，霍山为中镇。明朱元璋称帝后，又统一钦定五岳、五镇共享祭祀。想来无论是从政治还是地理角度，茫茫大地，江河横溢，烽烟滚滚，唯有以名山为镇，方显出治者的神威，而霍山独享其中，是为众山之首。

霍山又名"太岳山"。山西多山，为南北狭长地形。东有太行，西有吕梁，如两道闪电倏然南下，相遇为峰，是为太岳。这三道屏障围成表里河山，自古为兵家必争之地，不知演出了多少威武雄壮的活剧。往远处说，最著名的当数李世民从山西起兵横跨霍山，西渡黄河，奠定大唐。至今晋祠还存有他手书的《记功铭》碑。从近处看，抗日战争中这太岳山左挽吕梁、右挽太行，巍然抗敌，也是立了大功。从红军东渡黄河到八路军总部在此扎营，再到创立太行、太岳根据地，整个中华民族八年的敌后抗战是以山西为支点、为依托的。毛泽东称山西根据地如四臂伸展，囊括华北，连接西北，策应中原，是抗战的"出发地"。陈赓将军带领子弟兵，长期在这里战斗。八年间，我军民的热血洒遍太岳河川，浸透了黄土，染红了山崖。就是这次来探访红岩松，我们也不忘先去拜谒山上的烈士墓。这红岩处众山脚下，正当大谷之口，为万川汇注之地，其鲜红的颜色莫不是烈士的鲜血千渗百滤后凝聚在石上？而岩上青松守霍山之门，那历史的穿堂风，鞭打出它桀骜的腰身，风雨则写就了它满脸的沧桑，洗净了一根根的绿针。

好一个霍山，好一方红岩，好一株红岩上的青松，历史烟雨中的航标，苍茫大地上的定海神针。

自从第一次见到红岩松，我就想探究它与小说《红岩》的关系。当地人坚信那书的封面就是参照了这株红岩古松。我回京后即到出版社去打听，但时日太久，已找不到原书的设计档案。之后又辗转托问多人，还是杳无音讯。但这毫不影响红岩松在我心中的魅力，又两次专门带京城的朋友去登山拜松。我终于明白，凡天地间的感人之物，总是有一定的道理，何必去追问是人力所为还是浑然天成？

五年后终于写下了这一段文字。

《人民日报》2020 年 4 月 15 日

带伤的重阳木

　　毛泽东有一首词，里面有一句："岁岁重阳，今又重阳"。今年
重阳节刚过我就到湖南湘潭来看一棵树，树名"重阳木"。开始听到
这个名字我还以为是当地人的俗称，后来一查才知道这就是它的学
名。大戟科，重阳木属，产长江以南，根深树大，冠如伞盖，木质
坚硬，抗风、抗污能力极强，常被乡民膜拜为树神。能以它为标志
命名为一个属种，可见这是一种很正规、很典型的树。湘潭是毛泽
东的家乡，也是彭德怀的家乡，我曾去过多次，而这次却是专门为
了这棵树，为了这棵重阳木。

　　这棵重阳木长在湘潭县黄荆坪村外的一条河旁，河名"流叶
河"，从上游的隐山流下来的。隐山是湖湘学派的发源地，南宋时胡
安国父子在这里创办"碧泉书院"，后逐渐发展成一个著名学派。这
里出了周敦颐、王船山、曾国藩、左宗棠等不少名人。现隐山范围
内还有左宗棠故居、周敦颐的濂溪书堂等文化景点。这条河从山里
流出，进入平原的人烟稠密地带后，就五里一渡，八里一桥，碧浪
轻轻，水波映人。而每座桥旁都会有一两棵枝繁叶茂的大树，供人
歇脚纳凉。我要找的这棵重阳木就在流叶桥旁，当地人叫它"元帅

树"，和彭德怀元帅的一段逸事有关。

我们到达的时候已是午后，太阳西斜，远山在天边显出一个起伏的轮廓，深秋的田野上裸露着刚收割过的稻茬，垄间的秋菜在阳光下探出嫩绿的新叶。河边有农家新盖的屋舍，远处有袅袅的炊烟，四野茫茫，寥廓江天，目光所及，唯有这棵大树，十分高大，却又有一丝孤独。这树出地之后，在两米多高处分为两股粗壮的主干，不即不离并行着一直向天空伸去，枝叶遮住了路边的半座楼房。由于岁月的侵蚀，树皮高低不平，树纹左右扭曲，如山川起伏，河流经地。我们想量一下它的周长，三个人走上前去伸开双臂，还是不能合拢。它伟岸的身躯有一种无可撼动的气势，而柔枝绿叶又披拂着，轻轻地垂下来，像是要亲吻大地。虽是深秋，树叶仍十分茂密，在斜阳中泛着粼粼的光。五十五年前，一个人们永远不会忘记的故事就发生在这棵树下。

一九五八年，那是共和国历史上的特殊年份，也是彭德怀心里最纠结不解的一年。还是在上年底，彭就发现报上出现了一个新名词："大跃进"。他不以为然，说跃进是质变，就算产量增加也不能叫跃进呀。转过年，一九五八年的二月十八日，彭为《解放军报》写祝贺春节的稿子，就把秘书拟的"大跃进"全改成了"大发展"。而事有凑巧，同天《人民日报》发表毛泽东修改过的社论却在讲"促进生产大跃进"。也许从这时起，彭的头脑里就埋下了一粒疑问的种子。三月中央下发的正式文件说："这是一个社会主义的生产大跃进和文化大跃进的运动"。接着中央在成都开会，毛泽东在会上的讲话意气风发、势如破竹。彭也被鼓舞得热血沸腾。八月，北戴河会议通过《关于在农村建立人民公社的决议》，并要求各项工作大跃进，钢产量比上年要翻一番，彭也举手同意。

会后的第二天他即到东北视察，很为沿途的跃进气氛所感动。他向部队讲话说："过去唱'起来，饥寒交迫的奴隶'，中国人民几千年饿肚子，今年解决了。今年钢产量一千零七十万吨，明年两千五百万吨，'一天等于二十年'，我是最近才相信这番话的。"十月，他到甘肃视察，看到盲目搞大公社致使农民杀羊、杀驴，生产资料遭破坏，公社食堂大量浪费粮食，社员却吃不饱，又心生疑虑。回到北京，部队里有人要求成立公社，要求实行供给制。他说："这不行，部队是战斗组织，怎么能搞公社？不要把过去的军事共产主义和未来'各尽所能，按需分配'的共产主义分配混为一谈。"十二月，中央在武昌召开八届六中全会，说当年粮食产量已超万亿斤，彭说怕没有这么多吧，被人批评保守。他就这样在痛苦与疑惑中度过了一九五八年。

武昌会议一结束，彭没有回京，便到湖南做调查，他想家乡人总是能给他说些真话。湖南省委书记周小舟陪同调查，他介绍说全省建起五万个土高炉，能生火的不到一半，能出铁的更少。而为了炼铁，群众家里的铁锅都被收缴，大量砍伐树木，甚至拆房子、卸门窗。

彭德怀没有住招待所，住在彭家围子自己的旧房子里。当天晚上，乡亲们挤满了一屋子，七嘴八舌说社情。他最关心粮食产量的真假，听说有个生产队亩产过千斤，他立即同干部打着手电步行数里到田边察看。他蹲下身子拔起一蔸稻子，仔细数秆、数粒。他说："你们看，禾蔸这么小，秆子这么瘦，能上千斤？我小时种田，一亩五百，就是好禾呢。"

他听说公社铁厂炼出六百四十吨铁，就去看现场，算细账，说为了这一点铁，动用了全社的劳力，稻谷烂在地里，还砍伐了山林，这不合算。他去看公社办的学校，这里也在搞军事化，从一年级开始就全部住校。寒冬季节，门窗没有玻璃，狮子大张口，冷风飕飕直往屋里灌。孩子们住上下层的大通铺，睡稻草，尿床，满屋臭气。食堂吃不饱，学生们面有菜色。他说："小学生军事化，化不得呀！

没有妈妈照顾要生病的。快开笼放雀，都让他们回去吧。"当天学生们就都回了家，高兴得如遇大赦。

彭总这次回乡住了两个晚上一个白天，看了农田、铁厂、学校、食堂、敬老院。他用筷子挑挑食堂的菜，没有油水。摸摸老人的床，没有褥子，眉头皱成了一团。他说："这怎么行，共产主义狂热症，不顾群众的死活。"那天，他从黄荆坪出来看见一群人正围着一棵大树，熙熙攘攘，原来又是在砍树。他走上前说："这么好的树，长成这个样子不容易啊！你们舍得砍掉它？让它留下来在这桥边给过路人遮点阴凉不好吗？"这时大树的齐根处已被斧子砍进一道深沟，青色的树皮向外翻卷，木质部已被剁出一个深窝，雪白的木茬飞满一地。而在桥的另一头，一棵大槐树已被放倒。他心里一阵难受，像是在战场上，看到了流血倒地的士兵，紧绷着嘴一句话也不说，便默默地上了车，接着前去韶山考察人民公社。周小舟见状连忙吩咐干部停止砍树，这天是一九五八年十二月十七日。

这个彭老总护树的故事，我大约三年前就已听说，一直存在心里，这次才有缘到现场一看。这棵重阳木紧贴着石桥，桥边有一座房子，房主老人姓"欧阳"，当年他正在现场，讲述往事如在眼前。他印象最深的还是那句话：给过路人遮点阴凉！

我问那棵阻拦不及而被砍掉的古槐在什么位置，老人顺手往桥那边一指，桥外是路，路外是收割后的水田，一片空茫，我就去凭吊那座古桥。这是一座不知修于何年何月的老石桥，由于现代交通的发达，旁边早已另辟新路，它也被弃而不用，但石板仍完好，桥正中留有一条独轮车辗出的深槽。石板经过无数脚步、车轮，还有岁月的打磨，光滑得像一面镜子，在夕阳中静静地沉思着。车辙里、栏杆底下簇拥着刚飘落的秋叶，这桥还在不停地收藏着新的记忆。

我蹲下身去，仔细察看树上当年留下的斧痕。这是一个方圆深浅都近一尺的树洞，可知那天彭总喝退刀斧时，这可怜的老树已被砍得有多深。我们知道，树木是通过表皮来输送营养和水分的，五十五年过去了，可以清晰地看到，树皮小心地裹护着树心，相濡以沫，一点一点地涂盖着木质上的斧痕，经年累月，这个洞在一圈一圈地缩小。现在虽已看不到裸露的伤口，但还是留下了一个凹陷着的碗口大的疤痕。疤痕呈一个圆窝形，这令我想起在气象预告图上常见的海上风暴旋动的窝槽，又像是一个旧社会穷人卖身时被强按的红手印，似有风雨、哭喊、雷鸣回旋其中。

五十五年的岁月也未能抚平它的伤痛。就像一只受伤的老虎，躲在山崖下独自舔着自己的伤口，这棵重阳木偎在石桥旁，靠树皮组织分泌的汁液，一滴一滴地填补着这个深可及骨的伤洞。我用手轻轻抚摸着洞口一圈圈干硬的树皮，摸着这些枯涩的皱褶，侧耳静听着历史的回声。

彭德怀湘潭调查之后，又回京忙他的军务。但"大跃进"的狂热，遍地冒烟的土高炉，田野里无人收割的稻谷、棉花，公社大食堂没有油水的饭菜，一幕一幕，在他的脑子里总是挥之不去。转过年，就是一九五九年，彭万没有想到这竟是他人生的转折之年，也是中国共产党命运的转折之年。其时"大跃进"、人民公社造成的经济败象已逐渐显露出来，这年七月，中央在庐山召开会议准备纠"左"，彭根据他的调查据实给毛泽东写了一封信。但毛是绝不允许别人否定"大跃进"、人民公社的，于是将彭并支持他意见的黄克诚、张闻天、周小舟一起打成"彭、黄、张、周"反党集团。从此，在党内高层就很难听到不同意见，直到发生"文革"大难。

彭德怀生性刚正不阿，又极认真。他罢官后被安置在北京郊外一处荒废的院子里，就自己开荒、积肥、种地，要验证那些亩产千斤、万斤的神话。一九六一年十一月他再次回乡调查。这又是一个寒冷的冬季，他回乡住了五十六天。经过一九五八年的大砍伐，家乡举目四望，已几乎看不到一棵树。他对陪同人员说："你看山是光秃秃的，和尚脑壳没有毛。我二十三四岁时避难回家种田，推脚子车（独轮车）沿湘河到湘潭，一路树荫，都不用戴草帽。再长成以前那样的山林，恐怕要五十年、八十年也不成。现在农民盖房想找根木料都难。"

他一共写了五个调查报告，其中有一个是专门在黄荆坪集市调查木料的价格。回京后他给家乡寄来四大箱子树种，嘱咐要想尽法子多种树。他念念不忘栽树、护树，是因为这树连着百姓的命根子啊！

他虽是戎马一生，在炮火硝烟中滚爬，却是爱绿如命。抗日战争中，八路军总部设在山西武乡。山里人穷，春天以榆钱（榆树花）为食。彭就在总部门口栽了一棵榆树，现在已有参天之高，老乡呼之为"彭总榆"，成了永久的纪念。

一九四九年，他率大军进军西北，驻于陕西白水县之仓颉庙外。庙中有"二龙戏珠"古柏一株。炊事班做饭无柴就爬上树将那颗"珠子"割下来烧了火。彭严肃批评并当即亲笔书写命令一道："全体指战员均须切实保护文物古迹，严格禁止攀折树木，不得随意破坏。"现这命令还刻在树下的石头上。

彭总不忘百姓，百姓也不忘彭总。他的冤案昭雪之后，这棵重阳木就被当地群众称为"元帅树"，年年祭奠，四时养护。我在树旁看到农民刚砌好的一口井，上面也刻了"元帅井"三个字。而树下还有一块石碑，辨认字迹，是一九九八年有一个企业来领养这棵树，国家林业局还为此正式发了文，并作了档案记录。那年的树龄是四百九十年，树高二十二米，胸径一点二米。又十五年过去了，这树已过五百大寿，更加高大壮实。彭总又回到了湘潭大地，回到了人民群众之中。

因为当年回乡调查是周小舟陪同，他在庐山上又支持彭的意见，也被罚同罪，归入"反党"。周也是湘潭人，他的故居离这棵重阳木只有二里地，我顺便又去拜谒。这是一座白墙黑瓦的小院，典型的湘中民居。周在这里度过了童年，后来到北方学习，参加革命，领导"一二·九"运动，极有才华。因为到延安汇报工作，被毛泽东看中，便留下当了一年的秘书。后又南下，直到任湖南省委书记。

毛泽东本是十分欣赏他的，一九五六年曾对他说："你已经不是小舟了，你成了承载几千万人的大船。"可惜他和彭德怀一样，也是为民请命不顾命的人。庐山会议后，他一下子从省委书记降为一个公社副书记。但他还是尽自己所能保护百姓。在那个非常时期，他的公社是最少饿肚子的。

看过这棵重阳木的当晚，我夜宿韶山，窗外就是毛泽东塑像广场，月光如水，"共产党最好，毛主席最亲"的老歌旋律在夜空中轻轻飘荡。我清理着白天的笔记和照片，很为毛未能听取彭、周的逆耳忠言而遗憾。周曾是他的秘书，而彭从长征到抗美援朝，也是他很倚重的人，毛曾有诗"谁敢横刀立马，唯我彭大将军"，但终因政见不合，自损大将，自折手足。谁能想到三个曾经出生入死的战友、忠诚共事的同志、不出百里的老乡，在庐山上面对自己家乡的同一堆调查材料，却得出不同的结论。这真是一场悲剧。

而直到一九六五年，毛才重新启用彭，并说："也许真理在你那边。"但这一点友谊和真理的回光又很快为第二年开始的"文化大革命"的狂潮所吞灭。现在毛、彭、周三人都早已作古。"岁岁重阳，今又重阳"，人们年复一年地讲述着重阳木的故事，三个战友和老乡却再也不能重聚。这棵重阳木却不管寒往暑来，风吹雨打，还在一圈一圈地画着自己的年轮。我想，随着岁月的流逝，中国大地上如果要寻找一九五八年到一九五九年那场灾难的活着的记忆，就只有这棵重阳木了，而且这记忆还在与日俱长，并随着尘埃的落定日见清晰，它是一部活着的史书。

作为自然生命的树木却能为人类书写人文记录，这真是万物有灵，天人合一。它还会超出我们生命的十倍、百倍，继续书写下去。半个多世纪后，当人们再来树下凭吊时，也许那伤口已经平复，但总还会留下一个疤痕。树木无言，无论功过是非，它总是在默默地记录历史。正是：

> 元帅一怒为古树，喝断斧钺放生路。
>
> 忍看四野青烟起，农夫炼钢田禾枯。
>
> 谏书一封庐山去，烟云缈缈人不复。
>
> 唯留正气在人间，顶天立地重阳木。

2013 年 11 月 5 日

济渎庙柏

去过河南济源济渎庙已有十多年，别的都已经淡忘，只有那棵柏树却时时会浮现在眼前。那是我们民族的一张沧桑的脸。

济源，即济水之源。这里曾经发源了一条大河，一条与长江、黄河齐名的济水。它们都是中华民族的母亲河，各自成水系，源于群山，越过平原，奔流入海。但是，北方的黄河太强势了，它进入黄淮大平原后不断决口，有记载的大改道就有 9 次，较大的 26 次，小的泛滥不计其数。这条黄龙在南北两千公里范围内来回翻滚、冲决。济水最终在金代被黄河夺去了入海河道，从地图上永远地消失了。至今还留下一批沿河的地名：济源、济南、济宁等等。

令我奇怪的是，济水虽然已经消失了一千多年，但在它的源头还完好地保存了一座济渎庙，庙起汉代，香火代代不绝。渎者，直流入海的河。但是现在还奔腾不息，直入大海的长江、黄河却没有这个待遇。朱元璋当皇帝后，专门有一道圣旨规范天下享受皇家祭祀的名单，济水之神赫然位列其中。济水流域曾造就灿烂的中原文化，其河虽没，其功实不敢忘。

济渎庙里的屋宇、墙壁、道路已不知翻修过了多少次，唯独没有动的就是庙里的这一棵柏树。它从汉代走来，早已成了一座岁月的雕塑。我见到它的第一面就联想到那张著名的油画《父亲》。父亲端着一只粗瓷碗，手上青筋暴突，脸上堆满皱纹。几十年的岁月刻在一个老人的脸上，而两千年的岁月却刻在一棵古树上。在所有的树种中柏树是寿命最长、木质最硬、最耐得风雨、最经得旱涝的树木之一。于是天地就拿它来作一根写人记事的木棒，好比太史公写《史记》的竹简，或者上古时结绳记事的麻绳。柏树立于庙中，静观天地之变，凡大事内印于年轮，外现于树干。换一朝，肌肤鼓出一道棱；经一劫，树纹盘出乱麻一团。雷声霹雳，山河改道，树身一个激灵，呈痛苦扭曲之状；天下太平，风和日丽，得以喘息数年，树纹又渐渐顺畅。如此，天灾人祸，天道轮回，昨日电劈一刀，今日雨抽一鞭，后日又春风洗面。一日一日，树干伤痕压着伤痕；一年一年，树纹麻团绞着麻团。树已不树，皮已无皮，如一块顽石，一块女娲补天的落地之石，刻着我们民族的一张饱经风霜的脸。

岁月演变，一条大河消失了，而这棵柏树却还在。当我们怀念已经永远逝去的济水时，可以来济水的源头摸一摸这棵柏树，仿佛还能听到从历史的隧道里传来的流水声。济渎临终时将它的后事一起托给这棵老柏树。树比河流更久长，因为它是一个活着的生命，在不停地进行光合作用，吐故纳新，暗记流年。济渎庙里年年神鸦社鼓，接受祭拜的有大殿、神像、圣旨碑等，但真正能感知人间烟火的还是这棵附载着济渎之魂的老柏树。

铁 锅 槐

一棵上百年的老槐树长在一口铁锅里，这好像绝不可能，但确实如此。

去年十一月底，我在河南商丘寻找人文古树，看了几棵汉柏宋槐都不理想，大家气喘吁吁地坐下来吃午饭。当地一位朋友突然一拍脑袋说："怎么忘了铁锅槐呢?!"放下筷子，我们便冒着小雨赶到70公里外的白云寺，拜访了这个锅与槐的奇妙组合。

白云寺初创于唐贞观年间，曾是与少林、白马、相国等寺齐名的中原古寺，但现在香火不旺。我们去时寺里凄风苦雨，只有几个僧人袖手看门，一个小和尚系着围裙在伙房里淘米，后院及两厢都是零乱的砖瓦木料。进门后的右手处就是我们要拜访的铁锅槐，现在已是这个寺的镇寺之宝。只见一圈石栏杆中躺着一口直径两米多的大铁锅，锅里挺立着一棵有三层楼高、两抱之粗的古槐。锅沿有三指厚，在雨水的润泽下闪闪发光，像是一个套在树根上的项圈。锅已半埋土中，树的主根早穿透锅底，深扎地下，而侧根蜿蜒屈结，满满当当，将铁锅挤满撑破后又翻出锅外垂铺在地，像一大块不规则的钟乳石，或是一摊刚冷却了的岩浆。我看着这满锅的老根，只觉得这是一锅正在慢慢烹煮着的时间。虽是深秋，这古槐仍枝叶繁茂，覆盖着半亩大的地面。而整棵树身向西边倾斜，巍巍然如一座斜塔，有一种饱经沧桑的厚重与庄严。

寺院是信众往来的宗教场所，被视作沟通神与人的桥梁。为了给僧人和香客备饭，寺里常有超大的铁锅，这口两米的大锅还不算最大，我见过一口更大的，洗锅时要放下一个梯子，才能将人送到锅底。大锅往往是一个寺院兴旺的标志。这白云寺在康熙时达到鼎盛，常住僧人千余人。史载 1687 年寺里的住持佛定和尚为舍粥济贫，造铁锅两口，日煮米一石二斗。19 年后一口铁锅经长年的火烤水煮终于有了裂纹，就被几个小和尚抬着放到寺的一角。春去秋来，寺院盛而又衰，这口锅也渐渐被人淡忘。沙尘淤满锅底，荒草爬上了墙角，淹没了铁锅。这时一只喜鹊衔着一粒槐籽从天上飞过。它俯下身子，看到这汪嫩绿的鲜草，就落下来歇脚，槐籽落在铁锅里。想这铁锅离开灶台被弃墙角已经数十年，烈日严霜，凄风苦雨，它早已心灰意冷，奄奄待毙。忽然有一只小手轻轻地抓挠着它冰凉的身子，一丝微弱的声音响在耳旁若有似无地呼唤。原来是那粒槐籽经水浸土育，已经开始发芽生根。这口铁锅叽嘤一下打了个寒噤从梦中惊醒，忙将这个幼小的生命搂在怀里。那雪白的细根穿过厚厚的积土吮吸着锅沿上的雨滴，像是在替它擦拭眼角的泪花，而嫩绿的树苗已有尺许之高，正努力探出锅外，好奇地张望着庙宇、蓝天、白云。铁锅记起了佛经上讲的万物轮回，因果有缘，众生平等。啊，行住坐卧都是禅，一花一叶皆佛性。它知道这是佛祖托它来抚养这个从天而降的小生命，就更加搂紧这棵小树苗。槐树一天天长大，当它已经高过院墙，可以俯视外面的世界时，才发现这个世界上的槐树全是长在土地里，只有它被小心地托着、抱着，长在一口铁锅里，不觉感动得热泪盈眶。这好比一个没有文化，不识字，甚至还身有残疾的母亲，在贫病交加中将孩子照样抚育成一个伟岸的英才。

千艰万难，玉汝于成。它怎么能不痛感身世飘零而加倍珍惜一定要活出个样子呢？

铁锅槐无疑是大自然的杰作，就算你有一百个聪明的头脑也想象不出这样的作品。万物有缘，槐树本是一个最普通的树种，数百年来在山地平原，房前屋后不知有槐几多，而长在铁锅里的唯此一棵；铁锅本是一种最普通的炊具，千家万户用来烧水煮饭的铁锅不知几多，但用来栽树而且长成大树的也只有这一个。再说，就算这锅与树前世有缘，那结合之后的数百年岁月，水火兵燹，雷劈电击，畜啃人砍，寺院塌毁，它们又携手逃过了多少劫难才有今天的正果？物竞天择，自然筛选，这是铁的定律。在无尽的岁月长河中，无数个偶然机缘的组合，就出现了奇迹，就诞生了天才。虽然人类愈来愈聪明，但还是逃不出自然的手心。不见我们办了多少音乐学院，却常会输给一个牧羊女或打工汉的歌喉；办了多少文学院，而大作家总是长在校园外。而皇室培养自己的接班人，从选妃子、找奶妈开始，到定太子、配师傅，结果大多不如草莽中杀出来的开国之主。假如现在有谁出巨资请你再复制一棵铁锅槐，恐怕打死也不敢接这个活。

铁锅槐虽是天工之物，但它修行于古寺之中，早已融进人的智慧和佛的灵性。在悬崖之上，在大河之岸，树抱石之类的奇树不知有多少，而现在这棵古槐抱着的却是一口铁锅，是一锅人间烟火。这是信念的守望，是佛与人的拥抱，是伟大的天人之合。你只要看看那锅里劲结的树根，就知道它们有多大的定力，槐树咬定铁锅，将它凿穿、撑裂、抱紧、融合；铁锅则仰着身子吃力地挺举着大树，不顾自己已经被压裂，被深深地挤进了泥土。直至最后再也分不清是锅抱槐还是槐抱锅。这是心的力量，是佛家所谓的大愿，不信世上事不成，不信有缘不结果。它们就这样晨钟暮鼓，相濡以沫，在古寺残阳中不知送走了多少寂寞。山挡不住风啊，树挡不住云，这个世界上什么也挡不住生命的降生。而一个生命一旦降生，就会本能地捍卫生的权利，坚强地活下去！

临出寺门时已暮云四合，我又回望了一下这棵铁锅槐，经秋雨打湿的树身更显出沉稳的铁青，斜伸着的身子像一支要射向云空的利箭。而根部那一圈翻卷着的闪亮的锅沿则如一把拉满弦的弓，引而待发。我忽然觉得，伫立在面前的是一个面壁的达摩，是另一个版本的罗丹雕塑《思想者》。

世人多爱盆景，喜其能于尺寸之间盈缩天地，吐纳岁月。而古今中外，到哪里去寻找铁锅槐这样一个天地所生，人神共塑，照古烁今的盆景呢？

《人民日报》2015 年 5 月 20 日，标题有改动

徽饶古道坚强树

通常，我们确定一棵树的树龄是看它的年轮。如果告诉你，有一棵树连年轮都没有了，却还青枝绿叶地活着。你相信吗？

在安徽与江西交界的浙岭，山路弯弯，石梯接天。山口有巨石，上书"徽饶古道"。古驿道下山进入江西婺源界，路旁有一棵古樟树卓然而立。它下临一马平川，天垂野阔；北眺远山如屏，层峦起伏。这棵古樟在网上传播被称为"坚强树"，它像一位检阅历史的将军，自宋、元、明以来，就这样俯视大千世界，阅尽人间之变。树之所以名"坚强"，是因为它创造了生命的奇迹。

三前年，我第一次经过这里，一见这树即有一种说不出的激动。类似的古树名木，我见过苏州的"清奇古怪"汉柏，那是雷电的杰作，四棵树撕肝裂肺，东奔西突，两千年了仍顽强地存活；也见过宁夏五百岁的震柳，那是世界级大地震的产物，一百年前，魔鬼之手从地心伸出，生将一棵老柳撕为两半，现在仍枝叶繁茂，如一团绿云。但是，还从来没有见过天火从天而降，硬将一棵大树的树心掏空，空得只剩下一个薄壳，像工厂里废弃了的铁烟囱。当地为加强保护，筑了一个高台小心地将它拥立在上，四周又设了栏杆。那天我踏上高台时，庄严之情油然而生，有一种走近英雄碑式的感觉。我绕树一周，轻轻抚摸着它粗涩枯硬的树皮。树皮已经很薄，胸围六米的树身，只有一个指头厚度的树皮，轻轻叩击，嗡嗡有声。它完全是借助筒状的力学原理，巧妙支撑才不会倒掉。树有三四层楼高，你仰头看树梢，云卷云舒，鸟啼鸟落。树下有洞，洞内足够宽敞，地上长满了茸茸的绿草，如毡如毯。我弯腰进去，仰面平躺在这块不规则的地毯上，透过朝天的洞口，看绿叶婆娑，白云飘过，有一种当年躺在内蒙古草原上的感觉，只差飘过一首牧人的歌。这树绝对是一个活的地标，徽饶独有，全国唯一。

一棵树，一颗有生命的树，怎么就像一个铁烟囱似的屹立在旷野上了呢？当地人说，十多年前的一天晚上，突然雷电交加霹雳一声，这棵千年古樟，就如一根蜡烛一样被轻轻点燃了。大树喷着火苗，映红了半个天空，直烧了三天三夜。就是树上的余烟也袅袅地飘了半个多月。到火灭烟散时，古樟本已腐朽的内瓤已被全部烧尽，只留下了一层盔甲似的外壳。但祸兮福所倚，大火过后树的内壁已经完全炭化，反而有了抗腐能力，从此雨淋不朽，坚挺至今。我小时候常见路边的架线工人，在埋木头电杆前，先将其下部烧焦，以便防腐。还有，考古出土的帝王棺木中也常填充着大量的木炭。这说明天要木不朽，先炼之以火。人们都以为这棵树死了，像一个标本那样小心地保护着它。但是天火炼木本是要它凤凰涅槃的，怎么会让它去死呢？三年之后，人们惊喜地发现在树腰、树梢处吐发出了一层嫩芽，渐渐地又长出一层新绿。婺源向以黛瓦粉墙的徽派民居和漫山遍野的油菜花给人以轻柔的形象，如今这个秀美的背景又添上了坚强的一笔。

这棵坚强树在网上热闹了一阵子后就沉寂下来，而我却总不能释怀，第二年便再去上饶婺源搜求资料。树者，书也。我想，要读懂一棵树，先得读上几本书，读懂书中的人。婺源在历史上的文化崛起是南宋之后。全县在唐代时只有进士四人，宋代就猛增到328人。靖康之耻，宋人南渡，大批望族、文人聚集婺源。同时，因江北为金人占据，这里也就成了抗战前线。于是自南宋以降，独立、坚强、自尊、向上，就成了徽饶道德的主流传统。这种精神在以后历代的民族矛盾与正邪斗争中不断地砥砺发扬，长流不衰。我灯下翻书，那一个个有志、有节、有能、有为之士，如那棵坚强树一样，在历史长河的彼岸向我们默默颔首。

在我看来，在古道上喊出坚强不屈第一声的人是朱弁（1085—1144），他出生在离坚强树四五十公里的紫阳镇。赵构的江南政权一成立，即派使者到金国去议和，朱弁为副使。弱国无外交，金人不但不加理睬，反将朱弁扣留，这一扣就是十七年。金人惜其才，十七年间屡屡逼他为官，他凛然道："自古交兵，使在其间，言可从，则从之；不可从，则囚之、杀之，何必逼我变节？"他将使节印抱在怀里，片刻不离，表示若再加辱，就抱印而死。他南望故国，感慨赋诗：

> 关河迢递绕黄沙，惨惨阴风塞柳斜。
>
> 花带露寒无戏蝶，草连云暗有藏鸦。
>
> 诗穷莫写愁如海，酒薄难将梦到家。
>
> 绝域东风竟何事，只应催我鬓边华。

诗写得悲愁交集，沉雄刚毅，钱钟书评其有晚唐之风。在这样的境遇下，他也没有忘记尽忠报国，完成了对北国人事、景物的调查，返宋后即上递朝廷。他的流亡诗抄也成了重要文献，后代诗人元好问特别搜集印行。一般人知道汉苏武留胡十九年，却很少人知道宋朱弁留胡十七年。十七年的坚持，这要有多么坚定的信念！他在徽饶古道上举起了一面民族气节的大旗，如马克思形容的那样，从此一个幽灵就在这棵古樟树下游荡。

同是紫阳镇人，大名鼎鼎的朱熹比朱弁小四十五岁，也是个主战派、硬骨头。过去，我只知道他是个哲学家、文化人，写过那句著名诗句"问渠那得清如许，为有源头活水来"。这次树下读史，才知道那活水之源即是他正义的胸怀。朱熹十九岁中进士，后到江西星子县，就是陶渊明的家乡去任职，正赶上大旱，他组织百姓平安度灾。灾后他向朝廷作了一份长长的汇报，大诉民间疾苦，痛批军政腐败，言辞激烈。说灾祸将至，近在早晚，上面却还不知道。孝宗看后大怒，差一点罢了他的官。他为官有两个特点：一是每到一地先调查研究，成语"下轿问志"就是从他而来；二是刚正不阿，有那不干净的官员知他要来上任，就先主动辞职。晚年，他被推荐去给皇帝讲课，每双日进宫讲儒家经典，但总是借机大讲民间疾苦，要求整肃纲纪。皇帝听得不耐烦，只讲了 46 天，就把他赶出宫去。宋金议和之后，他对政局失望，就一心研究学问去了。只是还忘不了家乡的那棵树："故家归来云树长，向来辛苦梦家乡。"家乡的那棵坚强树啊，民族恨，臣子泪，多少忠魂日夜萦绕在树梢。

婺源虽小县，却名士不绝。为官廉政，犯颜抗上，坚持真理，已成了这树下绵长的清风。宋末名士许月卿，许村人，离大树也就 50 公里。常犯颜直谏，说管天下的人，其量要足以容天下，广纳良才。他深感官场全面腐败，写了《百官箴》49 篇，列出各职各官的注意事项。宋亡，他不忘国耻，穿孝服"满城风雨近重阳，一舸烟梦入醉乡"，数年不语而亡。元末汪泽民为官一尘不染。浙江出了一个大案，案犯家里抄出一个给各级官员的行贿名单，详注各人名下受贿银两，只有汪名下注明"未受"二字。他在山东兖州任职，上面来员检查廉政，刚到地界便反身而回。别人问为什么？答："有汪兖州在可以不去。"明代大臣汪鋐心忧国事，主持兵部，第一个引进西方"佛朗机"大炮，遍布海防、边防；主持吏部，明察暗访，请托送礼之风为之一扫；主持都察院，先建立巡视人员管理制度——钦差出京办案，随带物品不得超过一杠，重不得过百斤。这都是在坚强树下发生的坚强事。

当历史的脚步行将迈出中国古代史的门槛时，有一个人出现在树下。他就是大名鼎鼎的中国铁路工程第一人詹天佑。詹家祖居老樟树下的岭脚村。1872年清政府派出第一批留美幼童，十一岁的詹天佑即在其列。他学成归国后正是帝国主义列强欺我无人，肆意瓜分、垄断中国的铁路修筑权。光绪十四年（1888年）清政府决定修一条津榆铁路，要架滦河大桥，河床泥沙深，水流急。先由英国人设计，失败；又转手日本人，不行；德国工程师出马，还是不行。詹要求来试一试。他采用"空气沉箱法"，一次成功，外国人刮目相看。不久，詹在英、法两国相持不下时接手西太后去祭扫西陵的新易铁路工程，四个月通车。这是中国人自己设计、施工的第一条铁路。而最长中国人志气的是京张铁路。路在八达岭丛山中穿行，地形十分复杂。英、俄两国没有争到修路权，就封锁技术，威胁不给任何帮助。詹天佑拍案而起："中国地大物博，而于一路之工必借重外人，我以为耻！"他大胆起用本国人才，并创造性地把工程变学校，一开工即招收练习生，同步教学培养，六年毕业。为测工程最难的八达岭隧道，他攀岩踏雪，风餐露宿，比外国人的方案缩短了2 000米。从青龙桥到八达岭地势最陡一段，他不用通常的螺旋大回环，而用"之"字形，两个车头，前拉后推，为世界首创。工程提前两年完工，还节省了35.6万两银子。京张铁路的成功，使詹名扬中外，他先后出任了中国所有重要铁路的总工程师并代表中方在中东铁路委员会与英、法、日、美等唇枪舌剑，为国家争主权。他洁身自好，一生不沾烟酒，要求学生和子弟"勿屈己而徇人，勿沽名而钓誉"。五个孩子全部学铁路，效力于中国铁路事业。

我对詹天佑的第一次印象，是在十七岁那年考上大学坐火车沿京张铁路进京，当列车缓缓通过那个著名的"之"字路段时，全车厢的人都探出身来，向路边詹天佑的铜像默默地行注目礼。这次又去看了离坚强树不远的詹氏祠堂和詹天佑纪念馆，都是詹氏族人和民间集资所建，高大敞亮，藏品丰富。我印象最深的是一张当年詹天佑对八达岭路基的地质测绘图。在乱石如麻、荆棘丛生的荒岭上，像切蛋糕一样切出一个坡形剖面，上面满是密密麻麻的数据和外文符号。这是光绪三十年（1904 年），中国人脑后还拖着一根长长的辫子，科学的曙光终于初照这古老的八达岭荒原。

今年我又三访坚强树，发现虽斗转星移，但这里的人们仍然守树如玉，义心不改。上世纪"文化大革命"中大毁文化之时，脚岭村一位名叫"詹永萱"的文化人却默默地征集文物。当时 100 元收来一麻袋杂玉，他慧眼识珠发现其中一粒疑是"猫眼"，就带着到故宫鉴定，果如所猜，价值连城。前面提到的乡贤，明代大臣汪鋐亲身佩戴的一条玉带，居然也被他收来。后来成立县博物馆詹任第一任馆长，馆里的一多半重要文物都经他之手，那"猫眼"自然成了镇馆之宝。詹永萱的儿子詹祥生从小受父亲耳提面命，子承父业，现在是第二任馆长。这二詹不知过手多少文物、瑰宝，虽一毫而莫取；也不知接待过多少名人，包括国家领导人，不卑不亢，虽布衣而有名士之风。那天我在席间向小詹馆长请教了许多问题，他还特别讲述了詹天佑送给家乡灭火水龙的事。现在他是全国政协委员，也是委员中唯一的一个县级博物馆馆长。

我在树下的高台上凭栏眺望，远山一线，白云悠悠。以这棵树为半径，方圆也就不过一百公里吧，坚强之人，数之不尽；大义之举，连绵不绝。这还只说到土生土长的婺源人，如果算上北人南迁，再至上饶各县，在此生活过的民族英雄、爱国诗人，如岳飞、陆游、辛弃疾；革命先烈方志敏，民主人士黄炎培，还有上饶集中营里的英雄群体，就更多了。说到这里，我不得不略费笔墨提到一个人。人民日报社有一位老记者名"季音"，当年的新四军战士，曾被关在上饶集中营，九死一生。今年已经九十六岁，还在写回忆录，发表文章。行文至此，我不觉动了情，专门拨通了电话，向他致敬。他说全北京，当年上饶的狱友也就只剩俩人了。岁月的尘埃正在一点一点地覆盖上他们的身躯，最后他们终将会无言地离去。但有这棵擎天一柱的英雄树为他们代言，这一代代的慷慨悲歌就会永不停歇地震彻山谷，席卷河川，在青史上呜呜回响。巍巍古樟，山高水长。

樟树是我国长江中下游常见的树种，更是江西的省树。其树形高大，动辄七八米之围，树干横生旁出，荫蔽四方，千年不老，四季常青，蔚然而有文化之象。樟树从不亭亭玉立，孤芳自赏，总是枝叶交错你绕我缠，老干上覆盖着厚厚的苔藓，又常寄生一种"接骨草"，是骨科良药。村民如有牛羊鸡鸭腿折，捣烂敷之即好。樟树还喜与他树共生，最多见的是苦槠树和红豆杉。樟喜随人而居，总是长在村头水口人气兴旺的地方，人树相依，情深意长。有倒地跨河者就顺便为桥，任人行走；有生路边浓荫如盖者，就让人们设个凉亭喝茶歇脚；有树洞中空者，孩童常出入嬉闹。我见过一棵大樟树，其树洞之大，在人民公社时期，里面曾养过一头牛，现在里面摆着一副麻将桌，供人打牌。一棵探身江边的老樟树，树枝扫到水面，一年上游发大水冲下不少人来，它竟如一把笊篱一样捞出十多个人，这些人的后人年年还有来树下感恩烧香的。乐安县竟有一条长 20 里的夹岸古樟树林，每株两抱以上。离坚强樟约 60 公里的婺源赋春镇，有号称江南第一樟的宋代古樟。一枝平伸探过河去，荫遮两岸。岳飞曾在这一带驻军，赫赫有名的岳元帅还留下一首隽美的小诗：

上下街连五里遥，青帘酒肆接花桥。

十年征战风光别，满地芊芊草色娇。

樟者，木旁加章，此树大有文章。我在江西考察人文古树，几乎逢樟必有故事。这棵名坚强树的古樟劝人信高洁，拳拳表予心，就是专讲正义、忠诚、高洁、自强的故事。我信凡物之有异者必有其理，必暗含其情，等待有人来认识，来解读。天上之火为什么要点燃这棵古道旁的老樟树，就是要它做一个照路的火把，教人勿忘来路；为什么烧空了已朽的内瓤，却留下薄薄的树皮，就是要它涅槃再生，宣示生命的顽强；为什么会呈一个上下圆筒状，就是要接通天地，吐故纳新，发扬正气。

我们平常说读懂一个人不容易，其实要读懂一棵树更难。人不过百岁，树可千年；人才几族几种，树论科、属、种，有万万千；人有衣食保障还生命多舛，而树暴于荒野，山崩地裂，雷劈电闪，却仍然挺直脊梁；人的大脑里只存有一生的记忆，树的年轮里却藏有数朝数代的沧桑；人到须发皆白时，儿孙绕膝，大不了讲讲一生的经历，可大树呢，我见过三千年的大树，立于山，临于水，居然能不慌不忙，娓娓道出秦汉唐宋。一棵树，树皮上有多少道纹路，就有多少个故事，树枝上有多少张叶片，就有多少首诗篇。你要能读懂一棵古树，就得俯下身子去吻它的根，那根里浸泡着先人的血泪；你要能读懂一棵古树，就得仰起头去看它头上的天，那天空有无言的痛苦悲欢。请读懂一棵树吧，这是在考古，在探秘，在复盘历史，在追溯文明，在破解一本自然留给我们的天书，是在回望人类自身的成长。

也许在别的地方还有类似的古树，但这样身高皮薄巍然而立的坚强树不多，同时树下又有这么多坚强的人和事的更不多。这是自然的选择，也是人文的表达，我们应该格外地珍惜它。

《人民日报》2019 年 3 月 30 日

左公柳，西北天际的一抹绿云

清代的左宗棠是以平定太平天国、捻军、回民起义，收复新疆的武功而彰显于后世的。但是，他万万没有想到，自己死后谥号"文襄"，而人们对他最没有争议的纪念竟是一种树，并不约而同地呼之为"左公柳"。可见和平重于战争，生态高于政治。环境第一，生存至上。

带棺西行

十年前我就去过一次甘肃平凉，专门去柳湖凭吊那里的柳树。平凉是当年左宗棠西征、收复新疆的跳板，他的署衙就设在柳湖。左虽是个带兵的人，但骨子里是中国传统文化中耕读修身的知识分子。未出山以前他像诸葛亮那样躬耕于湖南湘阴，潜心治兵法、农林、地理之学，后来虽半生都在带兵打仗，但所到之处总不忘讲农、治水、栽树。他驻兵平凉时，于马嘶镝鸣之中还颇有兴致地发现了一个三九不冻的暖泉，就集资修浚了这个湖，并手题"柳湖"二字，现在这遗墨仍立于水旁。那年来时，这里湖水泱泱，柳丝绵绵，老柳环岸，一派古风，内心只是泛起了一点岁月的沧桑，并未深动。

直到近年读了几本关于左公的书，才又引起对他的注意，去年秋天又专门重访了一次柳湖。

由西安出发西行，车子驶入甘肃境内，公路两边就是又浓又密的柳树。在北方的各种树木中，柳树是发芽最早的，当春寒寂寂之时，它总是最先透出一抹绿色，为我们报春。柳树的生命力又是最顽强的，它随遇而安，无处不长，且品种极多，形态各样。我在青藏高原的风雪中见过形似古柏、遒劲如铁的藏柳；在江南的春风细雨中见过婀娜多姿的垂柳。只我的家乡山西，就有两种截然不同的柳。北部的山坡下生长着一种树形高大、树冠浑圆的"馒头柳"，其树头的分枝修长柔韧，常用来制草原上牧民用的套马杆。而南部平原上的小河流水旁，却生长着一种矮小的呈灌木状的白条柳，褪去绿皮，雪白的柳条是编制簸箕、笸箩、油篓等农家用具的绝好材料。

现在我眼前的这种柳是西北高原常见的旱柳，它树身高大，树干挺直，如松如杨，而枝叶却柔密浓厚。每一棵树就像一个突然从地心涌出的绿色喷泉，茂盛的枝叶冲出地面，射向天空，然后再四散垂落，泼洒到路的两边。远远望去连绵不断，又像是两道结实的堤坝，我们的车子夹行其中，好像永远也逃不出这绿的围堵。

左宗棠是 1869 年 5 月沿着我们今天走的这条路进入甘肃的。在这十一年前，马克思在《鸦片贸易史》中分析中国："一个人口几乎占人类三分之一的大帝国，不顾时势，安于现状，人为地隔绝于世并因此竭力以天朝尽善尽美的幻想自欺。这样一个帝国注定最后要在一场殊死的决斗中被打垮"。不幸言中，十年来，大清帝国在和西方列强及国内农民起义的搏斗中已经精疲力竭，到了垮台的边缘。虽有曾国藩、李鸿章这些晚清重臣垂死支撑，但还是每况愈下。李鸿章说，他就是一个帝国的裱糊匠，就在这时左宗棠横空出世，为日落时分的帝国又争得耀眼的一亮。

左宗棠算得上是中国官僚史上的一个奇人。按照古代中国的官制，先得读书，考中进士后先授一小官，然后一步一步地往上熬。他三考不中便无心再去读枯涩的经书，在乡下边种地边研究农桑、水利等实用之学，后因太平天国乱起，就随曾国藩办湘军。1866 年甘肃出现回民起义时，左正在福建办船政，建海军，对付东南的外敌。朝中无人，同治皇帝只好拆东墙补西墙，急召他赴西北平叛。但这时的政局已千疮百孔，哪里只是一个回民起义？甘肃之西，新疆外来的阿古柏政权已形成割据，而甘肃之东继太平军之后兴起的东、西捻军，纵横陕西、河南、山东，如入无人之境。左受命时皇太后问西事几年可定？他答，五年。并提出一个战略构想：欲平回先平捻，先稳甘再收疆，一开口就擘画出半个中国的未来形势图，其雄心和眼光超过当年诸葛亮的隆中对。而这时清政府捉襟见肘，哪有这个实力？朝中以李鸿章为代表的主流派干脆主张放弃新疆这块荒远之地，是他力排众议终于说动朝廷用兵西北。

　　左宗棠受命之后，先驻汉口指挥平捻，到 1869 年 11 月才进驻平凉，这年他已五十八岁。如果历史可以回放的话，这是一个十分悲壮的镜头：一队从遥远的湖南长途跋涉而来的士兵，穿着南国的衣服，说着北方人听不懂的"南蛮"语，艰难地行进在黄风、沙尘之中。队伍前面的高头大马上坐着一位目光炯炯、须发皆白的老者，他就是左宗棠。最奇的是，他的身后十多个士兵抬着一具黑漆发亮的棺材，在刀枪、军旗的辉映下十分醒目。左宗棠发誓，不收复新疆，平定西北，决不回京。人们熟知"力拔山兮气盖世"的项羽破釜沉舟的故事，可有多少人知道这个手无缚鸡之力的南国老翁带棺出征过天山呢？

绿染戈壁

　　左宗棠在西北的政治、军事建树历史自有公论，我们这里要说的是他怎样首创西北的绿化和生态建设。左到西北后发现这里的危机不只是政治腐败、军事瘫痪，还有生态的恶劣和耕作习惯的落后。大军所过之处全是不毛的荒山、无垠的黄沙、裸露的戈壁、洪水冲刷过后的沟壑。这与江南的青山绿水、稻丰鱼肥形成强烈的反差。左宗棠隐居乡间时曾躬耕农亩，他是抱着儒家"穷则独善其身"的思想，准备种田教书、终老乡下的。但是命运却把他推向西北，让他"达则兼济天下"，兼济西北。而且除让他施展胸中的兵学、地学外，还要挖掘他腹中的农林水利之学。

面对赤地千里，他干的第一件事就是栽树，这当然是结合战争的需要（但古往今来西北不知几多战事，而栽树将军又有几人?）。用兵西北先要修路，左宗棠修的路宽三到十丈，东起陕西的潼关，横穿甘肃的河西走廊，旁出宁夏、青海，到新疆哈密，再分别延至南疆北疆。穿戈壁，翻天山，全长三四千里，后人尊称为"左公大道"。

1871年2月左下令栽树，有路必有树，路旁最少栽一行，多至四五行。这是为巩固路基，"限戎马之足"，为路人提供阴凉。左对种树是真有兴趣，真去研究，躬身参与，强力推行。他先选树种，认为西北植树应以杨、榆、柳为主。河西天寒，多种杨；陇东温和多种柳，凡军队扎营之处都要栽树。他还把种树的好处编印成册，广为宣传，又颁布各种规章保护树木。史载左宗棠"严令以种树为急务""相檄各防军夹道植树，意为居民取材，用庇行人，以复承平景象"。

我特别想找到这个"檄"和"令"，即他下达的栽树命令的原文，史海茫茫，文牍泱泱，可惜没有找到。好在其他奏稿、文告、书信中常有涉及。他的《楚军营制》（楚军即湘军）规定："长夫人等（后勤人员）不得在外砍柴。但（意为只要是）屋边、庙边、祠堂边、坟边、园内竹林及果树，概不准砍。""马夫宜看守马匹，切不可践食百姓生芽。如践食百姓生芽，无论何营人见，即将马匹牵至该营禀报，该营营官即将马夫口粮钱拿出四百立赏送马之人，再查明践食若干，值钱若干，亦拿马夫之钱赔偿。如下次再犯将马夫重责二百，加倍处罚。"你看，他实行的是严格的责任制。左每到一地必视察营旁是否种树。在他的带领下，各营军官竞相种树，一时成为风气。现在平凉仍存有一块《威武军各营频年种树记》碑，详细记录了当时各营种树的情景。

由于这样顽强地坚持，左宗棠在取得西北战事胜利的同时，生态建设也卓有成效。左1866年9月奉调陕甘总督，1867年6月入陕，到1880年12月奉旨离开，在西北干了十多年。他刚到西北时的情景是"土地芜废，人民稀少，弥望黄沙白骨，不似人间光景"。到他离开时，中国这片最干旱、最贫瘠的土地上奇迹般地出现了一条绿色长廊。他在奏稿中向皇帝报告返京途中所见："道旁所种榆柳业已成林，自嘉峪关至省，除碱地沙碛外，拱把之树接续不断。""兰州东路所种之树，密如木城，行列整齐。"这对夕阳中的大清帝国来说真是难得的欣慰。要知朝中的主流派原是要放弃这块疆土的啊，左宗棠力挽狂澜，一人带棺出关，又排除种种刁难，自筹军费，自募新兵，不但收回了这片失土，而且在向朝廷奉上时还将它绿化打扮一番。曾经的焦土、荒漠，现在绿风荡漾，树城连绵，怎么能不让人高兴呢？

左宗棠在西北到底种了多少树，很难有确切的数字。他在光绪六年（1880年）的奏折中称："自陕西长武到甘肃会宁县东门六百里，……种活树二十六万四千多棵。"其中柳湖有一千二百多棵。再加上甘肃其余各州约有四十万棵，还有在河西走廊和新疆种的树，总数在一二百万棵之多。而当时左指挥的部队大约是十二万人，合每人种树十多棵。中国西北自秦之后至清代共有三条著名的大道。一是秦始皇统一中国后修的驰道；二是唐代的丝绸之路（巧合的是，丝绸之路在宋元后已经衰落，对它的重新发现并命名是 1877 年德国地理学家李希霍芬在其《中国——亲身旅行的成果和以之为依据的研究》一书中首次提出的，其时左宗棠正埋头在这条古道遗址上修路栽树）；三就是左宗棠开辟的这条"左公绿柳之路"，民国时期和新中国成立后的西北公路建设基本上是沿用这个路基。三千里大道，百万棵绿柳，这在荒凉的西北是何等壮观的景色，它注定要成为西北开发史上的丰碑。

左宗棠的绿色情结也还远不只是沿路栽树，他不但要三千里路绿一线，还要让万里河山绿一片。至少还有两点值得一说。

一是种桑养蚕，引进南方的先进耕作。他自言："家世寒素，耕读相承，少小从事农亩，于北农南农诸书性喜研求，躬验而有得。"他考证，西北历史上即有养蚕，《诗经》采桑之咏，说的就是陕西邠州和甘肃泾州的事。他大声疾呼改变当地保守、懒惰的恶习，要养蚕植棉，不要"坐失美利，甘为冻鬼"。又从浙江引来桑苗并工匠六十人，还亲自在酒泉驻地栽了几百株桑示范。蚕桑随之在西北逐渐推广。"向之衣不蔽体者亦免号寒之苦。"他又严禁烧荒，保护植被，"况冬令严寒，虫类蜷伏，任意焚烧，生机尽矣，是仁人君子所宜为？"左宗棠的远景目标是就地取材，靠养羊、纺毛、种桑、种棉，解决西北人民的穿衣问题。

二是美化城镇，改善环境。虽战事紧张，但左每收复或进驻一地，都要美化环境，倡导文明生活。他驻兰州后开凿了饮和池、挹清池两个市民饮水工程。听说国外有"公园"，左就将总督府的后花园修治整理，定期向社会开放。光绪五年（1879 年）他第二次驻节肃州时，捐出俸银二百两，将酒泉疏浚成湖，湖心筑三岛，建楼阁，环湖种花树。左在给友人的信中高兴地说："白波万叠，沙鸟水禽飞翔游泳水边，亭子上有层楼，下有扁舟。时闻笛声，悠扬断续。""近城士女及远近数十里间父老幼稚，挈伴载酒往来堤干，恣其游览，连日络绎。"这在荒凉的西北简直就是仙境，可以想见祖辈居住在这里的人们是怎样的惊喜。以至于左怕人们因此忘掉正事，"肆志游冶，或致废业"，不得不对酒泉湖限期开放。左宗棠是在西北建设城市公园的第一人。

兵者，杀气也。向来手握兵权的人多以杀人为功、毁城为乐，项羽烧阿房宫，黄巢烧长安，前朝文明尽毁于一旦。他们能掀起造反的万丈狂澜，却迈不过政权建设这道门槛。只有少数有远见的政治家才会在战火弥漫的同时播撒建设的种子，随着硝烟的退去便显出生命的绿色。

春风玉门

在清代以前古人写西北的诗词中最常见的词句是大漠孤烟、平沙无垠、白骨在野、春风不度等等。左宗棠和他的湘军改写了西北风物志，也改写了西北文学史。三千里大道，数百万棵左公柳及陌上桑、沙中湖、江南景的出现，为西北灰黄的天际抹上一笔重重的新绿，也给沉闷枯寂的西北诗坛带来了生机。一时以左公柳为题材的诗歌传唱不休。最流行的一首是左宗棠一个叫"杨昌濬"的部下真实的感叹："大将筹边尚未还，湖湘子弟满天山。新栽杨柳三千里，引得春风度玉关。"杨并不是诗人，也未见再有其他的诗作行世，但只这一首便足以让他跻身诗坛，流芳百世。自左宗棠之后，在文学作品中，春风终于度过了玉门关。

文学反映现实，生活造就文学，这真是颠扑不破的真理。清代之后，左公柳成了开发西北的标志，也成了历代文人竞相唱和的主题。就是新中国成立后一段时间，史家对左宗棠或贬或缄之时，文人和民间对左公柳的歌颂也从未间断。如果以杨昌濬的诗打头，顺流而下足可以编出一部蔚为壮观的《左公柳诗文集》，这里面不乏名家之作。

　　1934 年春小说家张恨水游西北，是年正遇大旱，无奈之下百姓以柳树皮充饥。张有感写了一首《竹枝词》："大旱要谢左宗棠，种下垂柳绿两行。剥下树皮和草煮，又充饭菜又充汤。"1935 年 7 月名记者范长江到西北采访，左公柳也被写入了他的《中国的西北角》："庄浪河东西两岸的冲积平原上，杨柳相望，水渠交通……道旁尚间有左宗棠征新疆时所植柳树，古老苍劲，令人对左氏之雄才大略，不胜其企慕之思。"民国时期，诗人罗家伦出国途经西北，见左公柳大为感动，写词一首，经赵元任作曲成为传唱一时的校园歌曲："左公柳拂玉门晓，塞上春光好，天山融雪灌田畴，大漠飞沙旋落照。沙中水草堆，好似仙人岛。过瓜田，碧玉葱葱；望马群，白浪滔滔。想乘槎张骞，定远班超，汉唐先烈经营早。当年是匈奴右臂，将来便是欧亚孔道。经营趁早，经营趁早，莫让碧眼儿射西域盘雕。"

　　至于民间传说和一般文人笔下的诗画就更见真情。西北一直有左宗棠杀驴护树的传说。左最恨毁树，严令不许牲口啃食。一次，左从新疆返回酒泉，发现柳树皮被剥，便微服私访，见农民进城都将驴拴于树上。左大怒，立将驴带回衙门杀掉，并出告示，若有再犯，格杀勿论。甚至还有"斩侄护树"的传说。左去世后不久，当时很有名的《点石斋画报》曾发表一幅《甘棠遗泽》图，再现左公大道的真实情景：山川逶迤，大道向天，绿柳浓荫中行人正在赶路。画上题字曰："种树十余年来，浓荫蔽日，翠幄连云，六月徂暑者，荫赐于下，无不感文襄公之德。""手泽在途，口碑载道，千年遗爱。"

　　一个人和他栽的树能经得起民间一百多年的传唱不衰，其中必有道理。文学形象所意象化了的春风实际上就是左公精神，春风何能度玉门，为有振臂呼风人。左是在政治腐败、国危民穷、环境恶劣的大背景下去西北的。按说他只有平乱之命，并无建设之责。但儒家的担当精神和胸中的才学让他觉得应该为整顿、开发西北尽一点力。左宗棠挟军事胜利之威,掀起了一股新政的狂飙,扫荡着那经年累世的污泥浊水。西北严酷的现实与一个南国饱学的儒生,砥砺出一串精神的火花,闪耀在中国古代史的最后一章之上,绽放出一丝回暖的春意。

左宗棠在西北开创的政治新风有这样几个特点。

一是强化国家主权,力主新疆建省。他痛斥朝中那些放弃西北的谬论,"周、秦、汉、唐之盛,奄有西北。及其衰也,先捐西北,以保东南,国势浸弱,以底灭亡"。捐出西北,最后必定是国家的灭亡。从汉至清,新疆只设军事机构而无行省郡县。左前后五次上书吁请建省,终得批准,从此西北版图归一统。

二是反贪倡廉。清晚期的政治已成糜烂之局,何况西北,鞭长莫及。地方官为所欲为,贪腐成性。他严查了几个地方和军队贪污、吃空饷的典型,严立新规。而他自己高风亮节,以身作则,陕甘军费,每年过手一千二百四十万两白银,无一毫不清。西北十年,没有安排一个亲朋。有家乡远来投靠者都自费招待,又贴路费送回。光绪五年(1879年)儿子带四五人从湖南到西北来看他。他训示:"不可沾染官场习气,少爷排场,一切简约为主。署中大厨房,只准改两灶,一煮饭,一熬菜。厨子一、打杂一、水火夫一,此外不宜多用人。尔宜三、八日作诗文,不准在外应酬。"你看,不但戒奢,还要像对待小学生一样留作业。教子、束亲之严,令我们想起新中国成立初中南海里毛、周的家风。欲要忠先要孝,欲肃政风先严家风。不管哪朝哪代,哪个阶级,一切有为的政治家无不这样。

三是惩治不作为。他一针见血地指出:"甘肃官场恶习,惟以徇比弥缝,见好属吏为事,不以国家民事为念","官场控案只讲和息事",对贪污、失职、营私等事官官相护。里面已经腐烂,外面还在抹稀泥,维护表面的稳定。他最恨那些身居要位怕事、躲事、不干事的懒官、庸官，常驳回其文，令其重办，“如有一字含糊，定惟该道是问！”其严厉作风无人不怕。

四是亲民恤下。战乱之后十室九空，左细心安排移民，村庄选址、沿途护送无不想到，又计算到牲畜、种子、口粮。光绪三年（1877 年）大旱，一亩地只值三百文，一个面饼换一个女人。他命在西安开粥厂，路人都可来喝，多时一天七万人。他身为钦差、总督，又年过六旬，带兵时仍住帐篷。地方官劝他住馆舍，他说：“斗帐虽寒，犹愈于士卒之苦也。”

五是务实，不喜虚荣。他人还未到兰州，当地乡绅已为他修了一座歌功颂德的生祠，他最看不惯这种拍马屁的作风，立令拆毁。下面凡有送礼一律退回。地方官员或前方将领有写信来问安者，他说百废待举，军务、政务这么忙，哪有时间听这些空话、套话，一律不看。“一切称颂贺候套禀，概置不览，且拉杂烧之。”他又大抓文风，所有公文“毋得照绿营恶习，摭拾浮词，……尽可据实直陈，如写家信，不必装点隐饰。”他又兴办实业，引进洋人的技术修桥、开渠、办厂……

中国历史上多是来自北方的进犯，造成北人南渡，无意中将先进文化带到南方。而左宗棠这次是南人北伐，收复失地，主动将先进的江南文化推广到了西北。历来的战争都是一次生态大破坏，而左宗棠这次是未打仗先栽树，硝烟中植桑棉，惊人地实现了一次与战争同步的生态大修复。恐怕史上也仅此一例。

左宗棠性格决绝，办事认真，绝不做李鸿章那样的裱糊匠，虽不能回天救世，也要救一时、一地之弊。他抬棺西进，收失地，振颓政，救民生，这在晚清的落日残照中，在西北寒冷孤寂的大漠上，真不啻为一阵东来的春风悄然度玉门，而那三千里绿柳正是他春风中飘扬的旗帜。

西学东渐，湘人北上，春风玉门，西北之幸！

柳色长青

柳树是一种易活好栽、适应性很强的树种，但也有一个缺点，不像松柏那样耐年头。我们要找千年的古柏很容易，千年的古柳几不可能，甚至百年以上的也不多见。所以对左公柳的保护、补栽，成了西北人民的一个情结，也是官方的一种责任，历代出台的保护文告接连不断。这一半是为了保护生态，一半是为了延续左公精神。我们现在能看到的最早的保护文件，是晚清官府在古驿道旁贴的一张告谕："昆仑之阴，积雪皑皑；杯酒阳关，马嘶人泣；谁引春风，千里一碧。勿翦勿伐，左侯所植。"可以看出，此告谕的重点不在树而在人，是保护树但更看重左公精神的传承。进入民国时期，甘肃省政府两次行文保护左公柳。1935年的《保护左公柳办法》规定更为详细：第一，全省普查编号；第二，分段保护，落实到人；第三，树如枯死，亦不许伐；第四，已砍伐者，按原位补齐；第五，树旁不得采掘草土、引火、拴牲口等；第六，违规者处以相当的罚金或工役；第七，保护不力唯县长是问。

现存档案也记录了多起对盗伐事件的处理。1946年，隆德县建设科科长等人借处理枯树，伙同乡里人员盗卖柳树四百棵，县政府给予处罚后还要求"补植新苗，保护成活，以重先贤遗爱"，并就此对境内的左公柳进行了普查，还剩三千六百一十棵，都一一编号建档。我们发现在清和民国两代的政府文告中总少不了这样的词汇：左公、先贤、遗爱、遗泽等。要知道这是官方的公文啊，但是仍掩盖不住对左宗棠的尊敬。民国时还将左宗棠修缮过的兰州城门改名为"宗棠门"，由省长亲笔题写。

在众多研究左宗棠在西北的著作中最权威的一本是1945年初版于重庆，后经王震将军提议又在1984年重印的《左文襄公在西北》。

此书从书名到内文，凡说到左宗棠时概不直呼其名，都是尊称"文襄公"，可见在清和民国两代，左在人们心目中的地位，只是进入当代后因极左政治影响才有了一个小的反复。但随着人们对生态的再认识，又不觉想起了这位在西北栽树的湖南人。

于是我又联想到一个著名的典故。当年左宗棠在湖南初露头角，他恃才傲物得罪了人，有人告了御状，眼看就要掉脑袋。大臣潘祖荫惜才，上书疾呼："天下不可一日无湖南，湖南不可一日无左宗棠。"这一句话救了他的一条命。假使当年左不明不白地死去，哪有新疆的收复、西北的开发？真可谓中国不可一日无西北，西北不可一日无左宗棠。左一人而悬湖湘，悬陕、甘、宁、青、疆，悬大清天下。拔危救难，力挽狂澜，这样的名臣史上能有几人？不知为什么，在西北采访，我眼前总是浮现着苍凉的大漠，浩荡的队伍，一具黑色的棺材，须发皆白的左公和伸向天边的绿柳。有哪一个画家能画一张左公西行图，或哪一个导演能拍一部片子，这将是何等动人。

岁月无情，从1871年左宗棠下令植树到现在已一百四十多年，要想拜谒一下左公亲植的柳树已经是一件很难的事了。档案记载，1935年统计，平凉境内还有左公柳七千九百七十八棵，而1998年8月出版的《甘肃森林》记载，全省境内的左公柳只剩两百零二棵，其中大部分存于柳湖公园，有一百八十七棵（左当年栽了一千二百多棵）。看来我十年间两到柳湖还是来对了，这里确是左公遗泽最多处。但1998年到如今又过了十五年啊，斗转星移，大树飘零，左公柳还在锐减。

那天，我到柳湖去，想穿越时空一会左公的音容。只见湖边星星点点，隔不远处就会现出几株古柳，躯干总是昂然向上的，但树身实在是老了，表皮皴裂着满是纵横的纹路，如布满山川戈壁的西北地图；齐腰处敞开黑黑的树洞，像是在撕胸裂肺地呼喊；而它的根，有的悄无声息地抓地入土，吸吮着岸边的湖水，有的则青筋暴突抱定青石，如西北风霜中老人的手臂。但不管哪一棵，一律于枝端发出翠绿的新枝，密浓如发，披拂若裾，在秋日的暖阳中绽出恬静的微笑。

柳湖公园正在扩建，岸边补栽的新柳柔枝嫩叶随风摇曳，如儿孙绕膝。而在柳湖之外，已是绿满西北，绿满天涯了。我以手抚树，读着左公柳这本岁月的天书，端详着这座生命的雕塑。古往今来于战火中不忘栽树且卓有建树的将军恐怕只有左宗棠一人了。

《人民日报》2014 年 7 月 23 日

来自天国的枫杨树

　　一次在贵州谈树，座中有一位干部说，他多年前在云贵边境的大山里下乡，见到一棵大树，不知名，还拿回一枝到省林业部门求证，也无结果，后来大家就都称这树为"无名树"。我听后大奇，世上哪有没名字的树？第二年就专程到大山里去访这棵树，想不到引出一段传奇。

　　树在贵州省威宁县的石门坎乡。这里是云、贵、川交汇的鸡鸣三省之地，属乌蒙山区的最深处。那天，一转过山梁我就看见了那棵树，非常高大，长在半山腰上，都快要与山顶齐平了。等走到树下，真的立有一块小石碑，上面用中英文刻着"无名树"。原来，这是清末民初，一名叫"伯格理"的英国传教士从家乡带来的树苗，竟在异国他乡生长得这般硕壮高大。因为树身太高，手机取景很困难，也看不清枝叶。

　　一棵古树就是一本活着的史书。在我采写的人文古树系列中，有记录了战争、天灾、经济活动等各种事件和人物的古树，唯独没有一棵记录传教士文化的古树。十多年前，我到福建三明考察过一片栲树林。这是一种珍稀树种，全世界只有两片成林，一片在巴西，但面积很小，约六百亩，我们这一片有两万多亩。这树种有一个奇怪的名字"格氏栲"，是一个叫"格瑞米"的英国传教士在中国发现后回国写成论文公布的。但是我遍查资料，也没有发现格瑞米这个人，只好存疑。今天在这里，终于第一次见到一棵实实在在的附载有西方传教士文化的大树。

来自天国的枫杨树

来之前我稍微做了一点功课。

伯格理（1864—1915）生于英国一个牧师家庭，二十三岁那年被教会招募到中国传教。他先在上海经过半年的汉语培训，然后溯长江而上到云南，中途在三峡的急流中还翻船落水，险丢性命。以后从云南进入贵州，他的一生就全部贡献给这座乌蒙大山了。中央电视台曾播过他的三集纪录片，国内也出版过有关他的书。

乌蒙山深处生活着这样一个族群：苗民（当时还没有苗族这个称号，苗族之确定是 1949 年新中国成立之后的事）。他们原住中原，同为华夏后裔。在经年的战乱中被逼得一逃再逃，直落入这边陲大山的夹缝之中。没有了自己的土地、财产、文字，没有尊严。被汉人地主欺侮、歧视，被彝人奴隶主掠为奴隶，类似印度的贱民。他们算是世界上最苦难的族群之一了，急需同情，需要改变现状。这时伯格理出现了，好像是上天导演的一出活剧，世界上最先进国家的一个年轻人，突然降落在一个最落后的族群中，剧情由此展开。

当时的苗民几乎是没有什么房屋可言，草棚、洞穴，人畜共居。就是直到 2000 年左右我第一次去苗寨时，有的人家仍然是下养牛上住人，围火塘而食，屋里臭气氤氲，黑烟熏人。陪同的市委领导说他一般下乡都不进苗屋的。可是一百多年前的伯格理，大大方方地住进了苗屋。他在日记里说，有一次他抱着一捆干草，与一头猪睡在一起过了一夜。他学着说苗语，吃荞面、土豆。他去救济那些在生存线上挣扎的苗民。请看他的日记：

12 月 15 日。由于寒冷和饥饿，人们每天都在死亡线上挣扎。

12 月 18 日。晚饭后我和老杨带着一些苞谷和几百文钱，去寻访穷人。整天都在下雪。在我们的第一个去处，房子已经倒塌，他们用苞谷秸秆搭了一个巢穴。里面有父亲、母亲、一个儿子和一个小姑娘。除了一塘火，一无所有。每到夜晚，成群的狼就在周围大声地嚎叫。我们给了他们一些粮食和钱。

12 月 20 日。和老杨一起出去，救济了四个家庭。

无疑，苗族正在遭受最沉重的苦难，问题是谁来拯救他们。他们中间没有工人阶级，不可能产生阶级觉悟，也没有先进文化的输入。这是一片最适合外来宗教植入的土壤。马克思说："宗教的苦难既是现实苦难的表现，又是对这种现实苦难的抗议。宗教是被压迫生灵的叹息，是无情世界的感情，………宗教是人民的鸦片。"伯格理就是这样一位来自八千公里之外的，以宗教的身份闯入苦难世界的使者，他和苗族兄弟一起对现实抗议、同情、叹息，用宗教鸦片来安抚被压迫者的生灵。

这好像不可理解，一个英国人过着衣食无忧的日子，为什么要千里迢迢来东方过这地狱式的生活？那时在英国的教会有一股"救世"热，招募青年到最苦最远的地方去拯救穷人。对于一个渴望有成就、愿牺牲的年轻人来说，这也是机遇。

世上总有一些愿以生命之血汗去培植理想之花的人，而不必计较以什么的名义。就像我国上世纪五六十年代毕业的大学生，一句口号"到祖国最需要的地方去"，就能让人立即热血沸腾，甚至付出生命。我就是当时从北京去到内蒙古的，二十二岁，比伯格理还小一岁。我们那一批人到达后又还嫌不苦，不愿留在城镇，我的一个福建籍的同学提出到更远的阿拉善去，他终日在茫茫的戈壁滩上与一个孤身老牧民一起放牧骆驼，好像这样才是心目中的壮丽人生。大约青年人在他青春期的那几年，一颗不安分的心总在异常地跳动，不知道哪一次就会跳出轨道，做出想不到的事情。

伯格理当然不是以革命的名义，不是来领导穷人打土豪、分田地的。他是以宗教的名义，教人自爱、互爱。他要在乌蒙深处开辟一片桃花源。而这里确实也是一个川、云、贵三不管的世外之地。他在这里安了家，只花了五个英镑在山坳坳里盖起一座简陋小屋，被称为"五镑小屋"，要用愚公移山的耐力，撬开这个石门坎，干一番事业。

那天，我是先绕行云南昭通，而后进入贵州威宁的石门坎的。山崖上一扇巨大的石门半开，横断云贵，石门坎由此得名。石壁旁有碑，碑上用中英文刻着几行字：

栅子门的石梯路

一九〇五年，为方便从昭通运砖瓦到石门坎修建教堂和学校，伯格理先生安排打通的岩路。学校建成后由负责建筑工程的王玉洁老师以此为背景取名"基督循道公会石门坎小学"。一九一二年更名为"中华基督循道公会石门坎光华小学"。

一过石门坎就可以看到那棵高大的"无名树"，它浓绿一团，像是这个石灰岩大山中的圆心一点；直立着朝向太阳，又像是一个测量时间的日晷。它就这样每日运转着太阳的投影，已经一百多年。我们那一天的采访，无论走到哪个方位都能回望到它的身影。

作者考察石门坎的石梯路碑文

石门下面是陡峭的石梯小路，满地碎石。我小心地下到寨子里，最想看的当然是主人的故居，那个"五镑小屋"。那间房子与其说是主人的卧室，还不如说是这大山里唯一的一间诊所。苗民处深山之中，远离现代文明，终年潮湿阴冷，瘴疬横行。天花、霍乱、伤寒、麻风多种传染病轮番出现，民众完全生活在一种痛苦无告的自生自灭之中。虽然伯格理举着唯心的宗教旗帜，但首先得面对唯物的残酷现实。他在传播上帝之爱前，先得抚平苗民正在流血的伤口。

伯格理行走在崎岖小路上，穿行于寨子间，总是药箱不离身，在集市上碰到有人倒地就灌药施救。他娶了一个护士妻子，又有几个专业医生做同道。他屋内那张白木小桌上，各种药瓶就占了大半个桌面。不相识的苗民经常老远赶来求他治病。那些原本必死无疑的伤寒、疟疾等，几片西药就起死回生。在苗民眼里伯格理就是神仙。这是科学的力量，但伯格理把功劳记在神的账上，劝说那些受苦的人：归来吧，耶稣的孩子。于是从者如流。

伯格理真心把苗民当亲人，施医喂药，不嫌其脏，不怕染病。而事实上他也多次被传染，病愈后又照样救人。在病危时他宁可把稀缺的盘尼西林让给苗民。但最后一次他没有能逃脱病魔之手。1915年石门坎流行伤寒，许多人逃走躲避瘟疫，他却留下来照顾他的学生。他终于倒在了"五镑小屋"里，时年只有五十一岁。所以，我一进入石门坎，就在这个山坳里上上下下地搜寻那个"五镑小屋"，但是经百年风雨，小屋早已荡然无存。唯有当年在屋后栽的那棵"无名树"已长得特别高大，要三人才能合抱。它一离地即分为两股，像一个倒立的"人"字，写向蔚蓝的天空。

人虽去，石留痕

石门坎，是一部用石头书写的历史。

苗民无自己的文字，也不识汉字。好像处在石器时代，与外部世界完全无法沟通，因此，受尽汉官、彝族土司的欺骗、作弄。他们常拿一张有字的纸，说是上面的公文，任意勒索。苗民本来与华夏同源，曾是楚人先祖，但是由于不断地被驱赶、逃亡，到被赶到西南边陲时，不但丢失了土地，也丢失了自己的文字。伯格理下决心创造苗文。他选用苗民衣服上的图案作声母，从拉丁文中找韵母，模仿汉语的单音节词，终于制定出了第一批苗文，这是一个奇迹，苗民可以读书上学了。

这就回到了文章开头说的石门坎小学。石门坎，一道石头的门槛，这边是贵州那边是云南，两边分布着最穷苦的苗民。伯格理带领他们打通了这道门槛，烧砖、烧瓦、伐木，建起了一所能容纳两百多名学生的小学校，周边山区还建了十七所分校，为地方发展了新式教育。1911年辛亥革命成功，他即把学校改名为"石门坎光华小学"，意在庆祝推翻清朝，光复中华。并在《苗族原始读本》中加进了爱国主义教育的内容：

> 问：苗族是什么样的民族？
>
> 答：苗族是中国的古老民族。
>
> 问：中国是什么？
>
> 答：中国是世界上一个古老的国家。
>
> 问：苗族是从哪里来的？
>
> 答：苗族是从中国内地的黄河边来的。

他很注意配合时局，争取地方政府的支持。他日记里记载，端午节要开运动会了：

> 我早在节前一周致函汉官（县长），邀请他在节日那一天光临，为获胜者颁奖。他于下午两点来到并对孩子们发表了演说，接着为学校颁发了证书及奖品。

值得一提的是，从一开始，伯格理就坚持苗、汉双语教学，使学生视界开阔，也加强了民族团结与融合。而我们在解放后对少数民族长期实行单语教学，以为这就是尊重他们，反而造成了他们的文化封闭，甚至助长了民族分裂。直到近年才意识到语言问题的严重，开始大力普及双语教学。学校还开英语课、生理卫生课。所以后来曾发生了更奇怪的事情，抗日战争中驼峰航线上的美国飞行员失事降落在深山里，竟遇到了能说流利英语的苗民，因而得救。

伯格理在深山办学的影响有多大，只举两例便知。辛亥革命后蔡锷任云南都督，急需人才，他1912年2月6日亲自致电伯格理：

> 需八名苗民学生，入云南省立师范，成绩优者，入北京师范；（需）入讲武堂四名，成绩优异者，送日本士官学校，以造国家栋梁。

伯格理当即答应。

他乃至他的后继者还不断选送优秀小学毕业生到成都华西中学读书。他们毕业后又都回到苗区发展教育事业。其中有一个叫"朱焕章"的孩子，家境贫寒，十二岁才读小学一年级，但是天资聪颖。后来资助他去成都华西大学读书的正是伯格理的接班人王树德。他在毕业典礼上的发言引起了坐在台下的蒋介石的注意，就单独召见他，希望他到总统府工作。朱焕章却婉言拒绝，他说："我的老师伯格理告诉我们，每个苗族人受到高等教育都要回到石门坎，为苗族人服务。"1946年，朱焕章当选为国大代表，到南京参加会议，他是苗族人参与国家大事的第一人。蒋再次单独召见他，希望他出任民国政府教育部民族教育司司长，朱焕章再次拒绝。他回到石门坎开办了第一所中学，自任校长，为苗族培养了很多人才。

经过伯格理坚持不懈的努力，这个西南大山里的文化荒原上出现了奇迹。从1905年第一所学校开学，仅仅三十年，云贵苗区的教育水平远远高于当时的全国平均水平，甚至高于汉人的平均教育水平。1946年，抗战胜利后，国民党曾做过人口普查：汉人每十万人中有二点一九个大学生，而苗族人每十万人中有十个大学生。

以一人之力而改变一个地区的文化落后，历史上确有先例。唐代，韩愈被发配到潮州，那也是一个未开发的蛮荒之地，买卖奴隶，巫术盛行，他大办学校以开民智。他之前潮州只出过三名进士，他之后到南宋就出了一百七十二名进士。韩庙碑上说："不有韩夫子，人心尚草莱。"这乌蒙大山里，如果没有伯格理，苗民的精神世界也还是一团荒草啊，是伯格理帮他们翻过了这道愚昧和文明之间的门槛。

我很想看一看伯格理小学的旧址，2005年这里曾纪念过石门坎小学建立一百周年。但是旧房也早已片瓦不存了，倒是那棵"无名树"下有1914年立的一块由当时的民国县知事书写的功德碑，讲伯格理如何在这里"兴惠黔黎，初开草昧；能支大厦，独辟石门""化鴃舌为莺声，……由人间而天上"。其意很类似于潮州韩夫子庙碑。斯人虽远去，石碑留旧痕。

石门坎是一道大的石坡，没有走惯山地的人走起来还真有点累。我们在"无名树"下小憩一会儿继续下行，突然在断壁荒草间发现一些整齐的石块，再一看竟然是两个相连的旧游泳池，池子半边靠山，三面围墙，相当于现在一个标准泳池的大小，全部用二尺长的大石条砌成。泳池还十分完好，只是久不使用，石缝里长出了没膝深的荒草。草丛中的一块小石碑上面用中英文刻着："游泳池。伯格理先生修于一九一二年。一九一三年五月端午节运动会正式使用。"当年他们砍伐竹子、打通竹节架设管道，从山上引来清泉水注入池中。这恐怕是中国最早的露天游泳池了。可以想见，一生都不洗一次澡的苗民，在清澈见底的泳池中戏水，春风吹面，蓝天白云，那是一种什么样的心情。

从游泳池再下一个小坡，便是足球场了。这是伯格理和他的学生们用蚂蚁搬家、蜜蜂筑巢式的方法，从石山腰上硬抠出一块平地建成的。伯格理本人足球、篮球、板球无所不能。足球场一边紧贴着山壁，一边就是悬崖，下面是万丈深渊，远处是不尽的群山，层层峦峦，云蒸雾霭。据说当年踢球时，如果不小心皮球滚落山下，是要背着干粮去下山寻找的。

当年的四川军阀杨森也喜欢足球，并且手下有一支球队，号称打遍天下无敌手。他从四川到贵州上任，路过石门坎意外地发现这里竟有一个足球场。就让他的球队与苗族学生队比赛，学生们打赤脚上阵。结果三场球，杨队输了两场，有一场还是给了面子。杨森把他的队员集合起来臭骂一顿说："你们还好意思穿鞋吗？"队员们忙脱下鞋送给这些苗族兄弟。临走时杨森还向伯格理要了四名队员。

伯格理从英国带来了篮球、足球，在学校举办运动会，让苗民第一次尝到现代运动的欢乐。他的书里这样记载：

> 引进各种各样的体育项目，除了能增强中国人的体质，
>
> 也可以大大促使中国的年轻人，无论是汉族还是少数民族，

摆脱低级趣味，过上健康、快乐、积极向上的生活。

伯格理这里说的低级趣味、不健康的生活是指当时苗民的"花撩房"，这是人类早期群婚制的残余。每个苗寨边都建有一个公共大屋，称"花撩房"。女孩到十二岁即可进入这个房子，与男人发生性关系，所以常见才十三四岁的女孩就怀里抱一个，身上背一个孩子，正是上学的年纪就背上了沉重的生活负担。性混乱又导致疾病流行。伯格理行医、教学，逐渐取得苗民的信任后，便向这种陋习发起冲击。他像林则徐烧鸦片一样，每到一处苗寨就聚众演说，痛陈这习俗之害，然后带领群众烧毁撩屋，重塑健康的婚姻家庭关系。他规定，每个受洗过的基督徒，男二十二岁、女二十岁才能结婚。又宣传女孩子不缠足，入学读书，自强自立。

伯格理开办新式学校，引进现代体育运动，在这个深山窝里大刀阔斧地移风易俗，现在想来人们几乎不敢相信。但大树作证，青石留痕。我在泳池边长满青苔的石条上漫步，度量着池的长宽；从这个悬崖足球场的边上探身下望，想象着当年挖土开石的劳作；又回头仰望那棵伸向半空的"无名树"。石门坎，石门坎，这是一片纯石头的喀斯特地貌，是贵州全省最高最寒冷的地方，却在一百多年前捷足先登，最早接触到了现代文明。旧武侠小说里常说某人的武功抓石留痕，佛教故事说达摩面壁九年，在这悬崖峭壁上，伯格理有什么样的功夫，能够留下这么多痕迹呢？

树有名，爱永在

我从上向下依次看完了石门坎、"无名树"、游泳池、足球场之后，又返回到山梁上。虽然明知"五镑小屋"和当年的石门坎小学早已不复存在，却还是想凭吊一下它的旧址。

"五镑小屋"已经让伯格理的后继者高树华牧师改建成一座二层

小别墅。有壁炉、橱柜，很厚的石墙，典型的英式房子，体现了当时先进的西方文明。但是，这房子里却藏着一个悲剧。好房子引起了土匪的注意，猜想主人一定有钱。1936年3月6日一伙土匪冲进高的小屋，不但抢劫了他的财物，还残忍地将他推下石门坎，一直滚落到"无名树"下。"无名树"看着他这位可怜的英国同乡在痛苦地呼喊，但也无能为力。当学生们闻讯赶来时，高已血肉模糊，他只说了一句话"我要和伯格理牧师在一起"，也长眠在石门坎下。

在原石门坎小学的旧址上已建造起一所现代化的小学校和一所中学。近十年来石门坎已经出了本科生三百五十人，硕士生六人，博士生两人。

让我吃惊的是，石门坎小学竟有一个红色的塑胶大操场，在绿色四围的群山怀抱中十分耀眼。球场靠悬崖一侧的边缘建了一条开放式图书走廊（可能也是为了防止皮球的滚落），学生们课后可以随意抽读自己喜欢的书。我抽出一本，还未及读，立时白云擦肩，绿风入袖，八百里乌蒙奔来眼底，不觉神思千里之外。这一生不知读了多少书，也上过各类的学府，却从来没有见过这样的高山清风读书处。

我慢慢收回视线，才猛然发现刚才还在半山腰的"无名树"，正好长到与新学校的操场齐平。这时才看清了树梢和它的枝、它的叶。只见每一束柔枝上都旁生出长长的叶柄，柄侧对生着椭圆形的叶片，类似槐树的叶形，但更大、更绿、更柔软，如一扇孔雀的羽毛。更有趣的是，枝上挂着的果荚，像一串串的鞭炮，足有二尺来长，在微风中来回摆动，发出粼粼的光。我赶快用手机上的识花软件一搜，哎呀，它本来是有名字的啊，叫"枫杨树"！这是一棵来自天国的枫杨树。

枫杨树形疏密有致，枝叶婆娑轻柔，有柳树的风度，所以别名"麻柳"；那一串鞭炮式的果荚很像蜈蚣，又叫"蜈蚣柳"。我奇怪为什么它的学名叫"枫杨"，枫树和杨树分别属于槭树科和杨柳科，这枫杨树却属于胡桃科，既不沾枫也不带杨呀。大约它的片荚状果实与枫树相似，而身形又如杨树般高大。果荚片片兮飘四方，身躯巍巍兮立山岗。人们仰之敬之，不认识它就直呼为"无名树"了，已经一百多年。

现在到底该叫什么名字呢？我忽然想起一个典故。当年斯诺在延安采访毛泽东，毛泽东向他介绍说，中国的读书人有两个称呼，一个是名，一个是字。比如，我名泽东，字润之。而中国人之间来往时，一般不直呼其名，只尊称他的字。我想这棵树来到中国已一百多年，早已中国化了。它也有两个名字，学名枫杨树，字伯格理。事实上我多次来贵州，一般人说起这棵树时，也都称它为"伯格理树"。

伯格理手植的枫杨树

伯格理是一个特例，是一个奇迹。

他在旧中国的动乱年代，在最穷困落后的苗族山区，用了十年的时间创办教会、学校、医院、邮局，创造了苗文，普及文化，引进良种，移风易俗。直到1915年去世，他把毕生的心血贡献给了当时中国最落后的被人遗忘的乌蒙山区。

但他还是没有能走得更远，他在世时屡遭地方黑恶势力的阻挠、追打，有一次重伤几乎丢掉性命，后回国养伤，他的继任者也不幸命殒石门坎。他的事业不可复制。这类似旧中国梁漱溟、晏阳初在山东、河北做的农村改革实验，如夜空飞过了一颗流星。那么伯格理的意义在哪里？在于他宣示了爱的力量。他不能左右时局的变化，不能左右政治形势，但是可以唤醒人们的良知。用大爱去融化一切的不愉快，就像海水淹没嶙峋的礁石。

不错，伯格理是来传教的。1840年鸦片战争后，中英不平等条约强加进了传教条款，他是乘着西方的侵略浪潮而登陆中国的，他是一个虔诚的教徒。伯格理在日记中说："我们在这里不是政治代言人，不是探险家，不是西方文明的前哨站。我们在这里就是要让他们皈依。"伯格理是用一片爱心来做这件事的，他为能被苗民接受感到无限幸福，他在《苗族纪实》中激动地说：

> 和他们是一家人！在我生平中还从来没有受到过如此崇高的赞扬；而且是被中国最贫穷和待发展的少数民族认可为一种父兄般的形象，这对于我来说是最大的幸福。成为苗族人中的一位苗人！所有这些成千上万的蒙昧、不卫生、落后、犯过罪的但又是最可爱的人们。我的兄弟和姐妹们，我的孩子们！

自从猴子变人以来，人类就是一个命运共同体了。岂止人类，便是这个星球上所有的生物同在一个地球村，也都是一个命运共同体。人们对山水、花草、动物尚且有爱心，何况同类之间呢？爱因斯坦是威力无穷的原子能的奠基人，人们问他世上什么力量最强大？他说，是爱。

爱是一条底线，在道德上叫"人道"，在哲学上叫"共性"，在品格上叫"纯粹"。这是超阶级、超种族、超时空的。只不过一般的爱心总要有一个躯壳，如男女之爱，如亲情之爱，如阶级之爱，如同病相怜，等等。宗教也是众多躯壳之一，伯格理就是顶着这个躯壳来推行爱心的。事实上他已超越了宗教。因为并不是所有的宗教和宗教徒都能做到这一点。相反，以宗教名义进行的战争、残杀，从来也没有休止过。伯格理是从宗教的蛹壳中化飞出来的一只彩蝶，他体现的是最彻底的人道精神。

比伯格理早三百多年，中国哲学家王阳明从京城被贬官到贵州，那时的生存条件比伯格理更差一些。他在一个山洞中痛苦地悟出了对后世影响很大的致良知思想，即人人都有内在于心的天理良知，我们要通过各种艰苦的磨炼去找到它。伯格理是在中国贵州彻底实践了王阳明致良知哲学思想的第一个外国人。

当一个人修炼得超出他的躯壳后，就是一个纯粹的人，有道德的人，他会超时空地受到所有人的尊敬。这样的例子，中外不胜枚举。如白求恩，一个加拿大人来中国支援抗日；如斯诺（摩门教徒），一个美国人同情红军，宣传红军，冒险采写了《西行漫记》；如拉贝（犹太教徒），在遭遇南京大屠杀时冒死救了许多中国人；南非黑人领袖曼德拉坐牢二十七年，出狱后就任总统时，却邀请看守他的狱卒参加典礼。以上这些人各有自己国籍、党派、民族、宗教的躯壳，但爱到深处，爱到纯粹时，这些躯壳都已灰飞烟灭，只剩下一颗爱心，即老百姓说的良心。大爱是能求同存异、包容一切的。不论是一个人还是一个团体，有没有爱心是衡量他好坏的底线。这就是为什么虽然已经过去一百多年，但伯格理在中国人心里，尤其是在苗族人的心里总是抹之不去。

人总是要死的，把身体埋入地下，把精神寄托在天上。宗教称天上为"天国"。在各国的神话中都有一整套天国世界的人和物。中国的古典名著《西游记》就是一个天国世界，那里还有一棵蟠桃树。毛泽东还写过一首浪漫的天国题材的《蝶恋花》，那里亦有一棵桂花树。现在伯格理也早就是天上之人了。但是，他在人间留下了一棵树：伯格理树。一年又一年，这棵树挺立在石门坎上，舞动着青枝绿叶，呼吸着乌蒙山里的八面来风，现在它已经超过主人生命的一倍，将来还会超十倍、几十倍地活下去，向后人讲述爱的故事。

《新华文摘》2020 年第 24 期

履痕处处

寻找缝补地球的金钉子

参观一个地质博物馆，我才知道原来地球是由 112 颗 "金钉子" 缝补连缀而成的。中国有 11 颗，最后一颗在贵州。我不觉起了好奇心，专程从北京到贵州去找这颗神奇的金钉子。

"金钉子" 是一个形象的比喻，源于 1869 年首条横穿美洲大陆的铁路胜利完工，这在当时是一件大事。疲劳的建设者们不忘浪漫一把，就把一颗用 18K 纯金制成的道钉，钉在最后的一根铁轨上，以作纪念。1965 年，国际地质科学联合会（简称国际地科联）借用 "金钉子" 一词来命名地球不同年代的岩层。

人类从哪里来？从低等生物一步一步地走来。低等生物何时出现？要到地壳中的化石里去找。生物出现、灭绝、再出现、再灭绝，顽强地生存发展，直到有了人类。这么说来，生物发展史就是地球发展史。但又不完全是，因为在没有生物之前先有了地球，是地球无意间贪玩时孕育了生命。地球的年龄大约是 46 亿年，生物的出现是在 38 亿年前，16 亿年前出现肉眼可见的生命，而人类的出现则只有 300 万到 400 万年。有一个生动的比喻：如果把地球的年龄比作一天 24 小时，人类的生命则只有 "三分钟"。但这只有 "三分钟生命"的人类，却有超强的大脑、足够的想象力和无穷的智慧。他们居然想要弄清自己出生之前的地球。就像我们生活在当代中国，要弄清周秦汉唐，宋元明清，甚至还想要弄清更遥远的史前混沌时期。

研究历史是用考古法，挖掘地表土壤中的人类文化遗存，分出哪朝哪代。研究地球史也是用考古法，不过是寻找地壳岩石中的生物遗存，即化石，以区分出地质年代。科学家在上一个年代与下一个年代的交接处做了一个记号，给它砸上了一颗"金钉子"。

对地球历史的探源是一项大海捞针的工程，更是一场没有尽头的跋涉。我们可以这样想象，在46亿年前的浩渺太空中，地球就像一团飞速转动的泥丸，在转动中不断崩裂、黏合，被挤出、涂上新的岩浆，融进了新的物质，孕出新的生命，时而隆起成山，裂地为谷，陷落为海，怒喷巨火。然后再崩裂、黏合，岩浆奔流，又来一遍沧海巨变，凤凰涅槃，如此反复无穷。又像是制陶艺人工作转盘上的一团泥，在飞速转动中不停地被拍、打、挤、捏，再上釉涂彩，进炉过火，然后成壶成罐，成碗成碟。这时我们随便拿起一只碗，你还能分得清它从当初的一团泥已经嬗变了多少层吗？但是，科学家有办法。地球再大也没有人的脑海大，历史再久远也没有人的眼光看得远。地层学就专门来解决这个难题。国际地质科学联合会下面有一个专门分会"国际地层委员会"。科学家把46亿年以来的地层单位，分为"宇、界、系、统、阶"五级，相应的时间单位就是"宙、代、纪、世、期"五级。原来时间就隐藏在这五个地层里，或者说这五个地层就是凝固的时间。这样我们就可以看图识字，看"层"说"时"了。迄今为止，探明地层的基本单位是112个"阶"，像楼梯的台阶一样，上下层阶阶相连。就是说我们要给地球走过的每一个台阶都做个记号，手里需要准备112颗金钉子。

但是 46 亿年啊，顽石层层，史海茫茫，怎样才能找到某一个台阶，然后再去砸上一颗金钉子呢？不要怕，有一条哲学原理管着：世上没有绝对静止的事物。小至一个人，大至一颗星球，只要你一动就会留下脚印。地球转动了 46 亿年，总会留下一些蛛丝马迹，让科学家抓住小辫子。它留下的痕迹主要有两个。一是，每个时期总会有一个代表性的物种出现和消失，它的信息就会保存在岩层的化石里。二是，哪怕一块石头也会变老。岩石里有些物质在不停地放射，自然就留下了脚印。不论是人还是物，这个世界上最藏不住的就是年龄，一个孩子总会变成老人，再会装嫩的女人也挡不住悄悄爬上眼角的皱纹。只要我们在地球的某一层岩石中找到相应的物种化石，再辅测它变化着的化学成分，就可以断定它的年代了。科学家就是用这个办法让时间倒流，让石头说话，为我们讲述地球过去的故事。

为了严谨，国际地科联公布了非常苛刻的金钉子标准：必须有自然的完整的有足够长度的地层剖面，内含标志那个时期最早出现的生物化石。另外还特别加上一条人性化的规定，要求剖面所在地环境开阔，交通方便，便于人们公开研究参观和交流。现在全球假设的 112 颗金钉子已经找到了 78 颗，在中国有 11 颗，贵州这颗就是中国的第 11 颗，为"寒武纪第三统和第五阶的标准剖面点位"。它的意义很特别，一身而兼二职，即在"宇、界、系、统、阶"的五层系列中，它既是一个"统"的标志，又是一个"阶"的标志。我们打个比喻，在中国历史中，习惯把每朝的开国皇帝称为"高祖"，比如汉高祖刘邦、唐高祖李渊。下面就是他们的儿孙辈一代一代地往下传了。现在贵州的这颗金钉子就好比唐高祖李渊。对上，他是唐朝和隋朝两朝的分界点；对下，他又是唐高祖李渊与唐太宗李世民两代的分界点。它是一颗"高祖级"的金钉子，以三叶虫化石为代表。这个点位离我们现在大约已有 5.08 亿年。

与贵州这颗金钉子有关的关键人物有两人。一个是研究并确定金钉子点位的科研团队带头人，贵州大学的赵元龙教授[1]。一个是在现场挖掘并守护化石剖面30年的苗族农民刘峰。这两个身份迥异、年龄和文化知识差别极大的人却红花绿叶，演绎出了一个地球故事。

到贵阳的当天下午，我即去拜访赵元龙教授，他已经八十六岁，住在一座老式的没有电梯的七层楼上。我比他小十岁，上楼下楼都气喘吁吁，而他还在上班，有时还要出野外。地质学研究最大的特点就是野外考察，一卷行李，一个铁锤，走遍天涯。赵教授的大半生几乎都是在苗岭的深山密林中找化石。"松下问童子，言师采化石。只在此山中，云深不知处。"他的女儿也过五十岁了，她说她小时候的记忆就是父亲不停地出野外。而且由于费时长，科研经费不足，他经常是先工作，自己垫钱出差，然后再慢慢报销，白贴上去的钱也不知有多少。他一生的精力全在研究地层学，特别是寒武纪这一段的分层。为了寻找这颗金钉子，国际学术界争论了一百年，到后期逐渐集中到中、美、意三国的三个候选地上，又反复论证了三十年。直到2018年，国际地科联经过多次现场考察，反复比较，层层投票，终于一锤定音，把这颗金钉子砸在了中国贵州省剑河县的深山中，正式命名为"苗岭统乌溜阶全球界线层形剖面和点位"，联合国教科文组织发来了证书。就是说，中国贵州的苗岭山上有个叫乌溜的地方，是地球46亿年历史的一个定位点。赵教授说这是一门冷学问，寒武纪这一段的定位研究，全球不超过一百个人，中国也不过几十个人，他们是地球尖兵。但这背后是举国之力，象征着一个国家的国力和学术高度。赵教授几乎耗尽了一生所有的心血，老人近来的身体已经大不如前。女儿心疼地说准备卖掉现在的房子换一个有电梯的新楼住，起码上下楼方便一点。好在他已经带出一个强大的团队。我的采访主要是由他们团队成员兰天副教授，一个很有学者风度的小伙子，帮助完成的。

隔天，我又驱车前往剑河县八郎苗寨，去拜访金钉子的守护人刘峰。这是一个很壮实的苗族农民，皮肤黝黑，身材粗短，虎背熊腰，猛一看倒像个举重运动员。他的家在剖面现场的一个小山头上。自己就山势修了一个化石陈列馆，上挂一块横匾，刻着一行斗大的字"等你五亿年"，是赵教授亲笔书写的。我往门前一站，一股雄宏古远的磅礴之气一下就罩住了我的全身。馆内全是他30年来亲手挖的五亿年前的化石。馆外是个平台，可俯瞰苗岭群山，茫茫苍苍直到天际。这位苗族汉子滔滔不绝地向来人讲述着每一块化石的年份，所含物种的科学价值。在我们这些外行看来，他完全是一位令人仰视的地层科学家了，只不过他的谈话中时常夹杂着一些草根故事，有时让你捧腹大笑。

天气闷热，看完室内的化石，我们拉过几个小凳子坐在平台上，切了一个大西瓜，慢慢细聊。他说1982年，赵教授带着几个学生来到八郎苗寨的山上采化石、选剖面，顺便就在本村雇了六个农民帮助敲化石，每天工资三元钱。刘峰第一天就敲出一块没有见过的化石。后经对比研究是一个新发现的物种"始海百合"。赵教授大喜，说："你真好手气。"立即奖励三元，刘峰高兴地说，等于我头一天上班就挣了双份工资。为此赵教授还请他喝了酒，以后就形成了一个不成文的规矩，凡有新的发现，赵教授就请大家吃一顿。但是干了没多久，别人嫌钱少，都陆续不干了。他也想打退堂鼓，经赵教授的劝说下终于坚持了下来，如今已成了八郎苗寨的地质土专家，化石收藏第一人。

地层学是一门精细深奥的学科，但是具体操作起来，却比建筑工地上的农民工还要辛苦。朱自清在他的散文《谈抽烟》中说：当你点燃一支烟时，不管是蹲在石阶上的瓦匠，还是靠在沙发上的绅士，这种享受是一样的平等。地层学的研究，当具体到在剖面上作业时，不管你是教授专家还是临时雇来的农民工，在石头和锤子面前也是一样的平等。而一块能让人眼前一亮的完美化石，却经常会最先出现在农民工的粗大的黑手里。就像足球比赛，有时临门一脚全靠运气。赵教授经常会扔过来一块石头说："小刘，你的手气好，你来敲！"二百多米长的剖面，每隔二十公分就要采样敲石。这可不是我们平常说的那种考古，用一把"洛阳铲"，探挖脚下松软的黄土，这是在敲五亿年前坚硬的石头啊。刘峰刚开始只是为了一天三元钱的收入，后来对化石渐渐有了兴趣，再后来在赵教授的言传身教下，已经成了专家们离不开的助手，就连外地的古生物研究单位都请他去出现场呢。他第一次走出大山，受邀到外地帮助带几个学生敲化石，对方说你早一天到，选最好的旅馆住下。他一咬牙，选了个一晚三十元的旅馆。第二天主人来了说，你这个身份该住三百元一天的呀。他才第一次感到了自己的价值，直到我们谈话时还掩饰不住那骄傲的笑容。他也常接待来到现场的外国专家。一个叫"罗伯特"的美国专家与他交上了朋友，特别喜欢喝他家的米酒，像啤酒那样大碗大碗地喝。不想，那天开会前喝多了，影响了研讨。为此赵教授把他狠批一顿。2006年国际古生物学大会在北京召开，会后要选定一个外地考察路线，罗伯特立即站起来为贵州八郎拉票："去八郎吧，那里有苗寨米酒，有戴满银饰的姑娘，有苗歌，有踩鼓舞，有最好的地质剖面。"想不到一个深山里的苗族农民，却成了中国地质界的品牌，为金钉子落户中国悄悄发挥着作用。

我问他，长期在野外作业有没有遇到过什么危险？他说最危险的一次就是精选了一大口袋化石背着下山，一到公路边上碰到两个送公粮的农民。三个人正说着话，后面来了一辆大卡车，把他们一起撞飞了，其中一个人当场死亡。电报打到贵阳，赵教授手都软了。我开玩笑说，赵教授是不是心疼他的那一袋化石？他却很认真地说："不是，当时我要是死了，赵教授那一点可怜的科研费还不够我的丧葬费呢。他的研究立马断档，那就彻底完了。"他虽然舍不得离开赵教授，但生活实在太清贫。眼看村里人外出打工都盖起了新房，他又几次动了走的心。那年姑娘考上大学，没有学费，他想退出工作。赵教授赶忙发动地质界的朋友，一次捐了八千元，先送孩子入学。他说我家姑娘大学五年穿的衣服一直是赵家送的。而赵教授时常背一卷行李，带着学生爬到山上来，就住在他家的阁楼上。一次为向国际地科联准备申报资料，赵教授请了国内最著名的几个顶尖级地层专家来到八郎，就住在他的小木屋里。是夜风雨大作，山洪暴发，小屋几欲被掀翻。专家们浑身湿透，围着火盆听雷声。刘峰和他的老父亲，连声安慰，添火送水，陪着专家一直枯坐到天明。一个汉族知识分子和一个深山苗寨里的农民，为了那颗理想中的金钉子，在这里一盯就是三十年。这恐怕是国际地学研究界少见的一道中国风景。陈毅说淮海战役是中国农民用支前的小车推出来的。"苗岭统"这颗金钉子是朴实的苗族兄弟用铁锤一点一点从5亿年前的岩石中敲出来的。

科学发现有时是先有偶然的邂逅，然后再去顺藤摸瓜找规律，如我们经常说的牛顿看到苹果落地。有时是先有了一个科学假设，然后再去寻找实证，如门捷列夫的元素周期表。金钉子的寻找就属于后一种类型。英国人莱伊尔在1830—1833年出版了《地质学原理》，提出地层理论已近二百年。而寒武纪第三统第五阶的金钉子假设，也已经被论证了一百年。直到中国科学家终于在贵州找到藏有"印度掘头虫"三叶虫化石、厚达200多米的地层剖面时，这个5亿多年前的地层标准才算是被确立。相当于70多层楼的高度啊，像切豆腐一样，一刀切下去5亿年前的岩石剖面纹理清晰，化石要素俱全。到哪里去找这样天衣无缝的剖面呢？一颗闪亮的金钉子终于钉在了中国的西南角，苗岭山中的白云深处。

人类这样执着地研究地球史，到底是为了什么？古语言："以史为鉴，可知兴替。"金钉子所标志的正是一部地球生命的兴替史。而一切历史研究的意义，都在于回看过去预知未来。当你转动地球仪，找到这112颗金钉子时，就会知道人类从哪里来，将到哪里去。往小里说，比如怎样保护地球，关注气候变化应对灾难，珍惜生物的多样性等；往大里说，比如人类的进化与消亡，甚至考虑往外星球的迁移。因为每一个物种的出现和消亡大概是几百万年，人这个物种也逃不出这个劫数。我们现在还处于人类的童年期，它和以前的所有物种一样，将来是进化还是消亡，尚未可知。"天凉好个秋"，地球这条小船迟早会"载不动，许多愁"。在多少亿年后，它也会像一颗流星那样毁灭。金钉子虽小却是一个星球过去的记忆和未来的路标，也是我们人类摸着过河的石头。

地球兴亡，匹夫有责。科学的作用在于发现，更在于普及。科学要求，总得有一部分人具宇宙之视野，怀人类之担当。文章写到这里，我突然觉得现在一般地理课堂上的地图或地球仪已经不够用了，应该制作一种新教具或者玩具，用112块地层板合成一个可以拆分的立体地球仪。上课前给每个学生发一把亮晶晶的金钉子。其中有78颗是深色的，刻上发现序号、国别、地名，用来缝缀已知的地层，而剩下那些浅色的无名的钉子则任你去发挥想象，寻找落点。也许这个地层里有一条恐龙，那个地层里有一个三叶虫，而某个角落层里还会有一个智人。让孩子们亲手来缝缀一颗有46亿年历史的地球，那是多么有趣的事情，它将养成一代新人宽广的胸怀和无限丰富的想象力。而且这其中定会有几个人，就是将来的赵教授。不要着急，那些颜色稍浅一点的钉子，都会慢慢地一颗一颗镀上真金而变成颜色沉稳的金光闪闪的金钉子。

我们要善待手里捧着的这一颗地球。

注释

[1] 这是一次抢救性的采访，文章发表半年后赵元龙教授去世。
曾拟挽联如下以志哀：

你是一枚金钉子，曾凿穿苗岭，叩问地球哪

里来

君已百年成化石，将永生大地，启示生命何

处去

那一片幸存的原始林

　　像一场战争突然结束，2014 年林区宣布了禁伐令。在打扫"战场"时，人们意外地发现了这个角落，还有一片原始林。其令人惊喜不亚于忽然登上一个外星球。

　　2016 年 6 月 30 日我有缘造访了这最后的一片原始林。

　　早晨八时，从黑龙江绥棱县出发，车行两个多小时来到一个叫"五一森林经营所"的地方。你一听这个名字，就知道是红色年代大开发的痕迹。在名为"鸡爪沟"的这一带沟壑中，分布着大大小小的伐木场，大都名"五一""七一""十一"等。当年以政治的名义向自然进军，讨伐森林。而这块林子竟能在锯齿斧刃间留存了下来，真是万幸。

　　我们在这里换上迷彩服、长筒靴，每人一把伞。虽然天正降大雨，我们还是义无反顾地向林地进发。先是沿着一条牛车老路前行，车辙中积了一尺多深的雨水，泥中泡着黑色的牛粪。辙印边长着茂密的车前子，这是一种中药，利水通便，专喜在车轮轧过的地方生长，所以名"车前子"。虽然头上有雨伞挡雨，但路边齐腰深的蒿草挂满水珠，几下就把腰身裤腿刷得湿透。我们踩着稀泥、牛粪，深一脚浅一脚地向黑森林前进，不一会儿就消失在茫茫林海中。

正走着，忽然听见右边不远处有哗哗的流水声。我们收起雨伞，任雨水洗面，踩着朽木、草墩，钻过横七竖八的灌木，忽然眼前一亮，一条溪流从山上奔腾而下。我问这水的名字，说是叫"跳石溪"，这种原汁原味的命名，类似前面说的"鸡爪沟"。就是说水面上满是大大小小的石头，你可以像小鹿一样，一直踏着石头跳到河的源头。

眼前这条溪流没有留下一丝人类活动的痕迹。首先，你不知它来自何方？仰望山顶只见远远近近的山、层层叠叠的树、朦朦胧胧的雨，半山一道歪歪斜斜的水流，跌跌撞撞地碰着那些大大小小、圆圆滚滚的石头，或炸起雪白的浪花，或绕行成一条飘飘的哈达。遇有平缓之处时，就蓄成一汪小潭，碧玉如镜，清澈照人。因为是在峡谷之中，经过千年万年的冲刷，这些石头无论大小，一律呈圆形：滚圆、椭圆、扁圆、平圆。你远远望去，一沟漂亮的弧线，纵横交错，相叠相绕，任是毕加索转世也结构不出这样的图画。我站在"跳石"上，眺望着空蒙中的山、树和水，一时竟不知是穿越到了何处。

虽然有"跳石溪"，但我还是不能跳溪而上，那样将误了水以外的风景。我们退回老林，雨时停时下，云忽开忽合，大家就举着手机、相机抓紧时间照相采景。

人类虽然早已进入现代文明，但是总忘不了找寻原始。这是因为，一来它是大自然的原点，可由此研究自然界的进化，包括人类自己；二来它是人类走出蛮荒的起点，是生命的源头，我们有必要回望一下走过的来路。

判断一个地方是不是够原始，一个简单的办法就是看有没有人的痕迹。从纯自然的角度来说，人的创造是对自然的一种干扰和污染。比如庐山上、西湖边的那许多诗词、题刻，在自然女神看来无异于公园里常见的废纸、烟头。所以探险家总是去寻找那些还没有人文污染过的地方。没有人来过，无路；景色第一次示人，无名；前人没有留下诗文，无文。今天我们进入的正是这种"三无"之境。雨打树叶，空谷鸟鸣，小径明灭，时见草虫。我的心一下落入了一片空灵。

虽是来看原始森林，但先要说一说这里的石头。

石头的年龄自然比树更古老。而且就因为有了这些遍野的石头，才拦住了伐木者的手脚，为我们留下了这片林子。国内最有名的石头景观是云南的石林，那是一片秀气的石柱。还有我写过的贵州天星桥，那是喀斯特地貌特有的精巧。而这里的石头一律是巨大坚硬的花岗岩，浑圆沉稳，高大挺拔，无不迸放着野性。大约亿万年前，这里正是大海之底，所以石的分布无一定规则，或独立威坐，或双门对峙，或三五相聚，或隔岸呼唤，各具其态。外形也或如狮、虎、鹰、犬，各得其妙。好像是在造生物世界之前，上帝先用石头在这里试做了一个草图。

我虽不忍以文字去亵渎自然，但为了叙述的方便，还是不得不给几处奇景暂取一个名字。这一处可名"巨舰出海"，一块酷似军舰的大石，上宽下窄，头尖肚圆，高昂着头，正分开密密的丛林，在绿海中破浪穿行。这巨石睥睨一切，它大声宣布，我就是这里的主人，是这里的保护者。林子之所以还能保持现在这个原始的样子是它们老石家的功劳。

还有一处石景，我叫它"双剑问天"。这是两片薄如一纸，却有一楼之高的巨石，像一副刚出鞘的双剑，不知从何年何月起被弃置于此。你看它立于红松白桦之间，剑头向天，直指苍穹。最奇的是这两把平行的大剑，中间只有一拳之隔，其间蓝天一线，白云飞渡，你不能不叹天工之妙。就算是石器时代的遗物，又是何人能打造这样大、这样尖、这样薄、这样成双成对的利剑？又是什么力量能将它直立于此？

　　看着这道细缝，你会想起"白驹过隙"这个成语，时间的流逝就像一匹白马从一道缝隙间一跃而过。李白说："光阴者，百代之过客。"我拍剑问天，林间何时初有剑，石剑何时共树生？这石缝中不知流走了尘世间的多少光阴。林外岁月林中剑，人自匆匆剑无声。山门外曾有多少次的改朝换代、你夺我争、硝烟战火，还有那响彻云天的伐木声，都被这无声的双剑挡在了门外。

　　现在要说一说这些在乱石之间争荣竞秀的草木了。在山口处，我看见一棵被放倒的红松，有两抱之粗，应是当年试伐的痕迹。它横躺在地上整整地压住了一面坡，倒在这里至少也有十年了。这个林业局是1948年成立的，比新中国成立还要早。长期砍伐，到上世纪90年代林场就开始资源枯竭，水土流失。只有这片林子是个例外，人们叩不动这个山门。红松、冷杉、大青杨、水曲柳、胡桃楸、黄菠萝等参天大树遮蔽着头上的天空，而榛子、山葡萄、山丁子、稠李子、蓝莓等杂灌草盖沟压坡，如毡如毯，人行林中如在科幻影片中。

　　脚下最值得一说的是蕨类、苔藓这些地被植物，这是整个林区的地毯，是森林里所有生命湿润的温床。蕨草每一枝都长着七八片叶，而每个叶片都像剪纸或者木刻，不求线条的流动，却有刀刻石印般的凝重。况且它与恐龙同一个时代，在这林子里资格最老。这样老的物种却有鲜嫩碧绿的色彩，在幽暗的老林中如一束发光的宝石花。

　　说到苔藓，我小时不知见过多少，不过就是雨后地上的一层绿毛。后来在南方热带雨林中见过更浓密、更鲜艳的，将石头裹成一块碧玉。在内蒙古林区见过大团生长的、颜色发暗的苔藓，那是驯鹿特有的饲料。而这里的苔藓因环境潮湿、土壤肥沃，却长成了根根细草，又织成密密一片，他们就叫它"苔草"。

它生在地上、树上、石上，绿染着整个世界，不留一点空白。最让人感动的是它的慈祥，它小心地包裹着每一根已失去生命的枯木。那些直立的、斜倚的、平躺于地的大小树干，虽然内里已经空朽，但经它一打扮，都仍保持着生命尊严。绿苔与枯树正在悄然做着生命的转换。而巨石的最高处有一种特别的苔草，据说口含一根即可治愈男人最怕的前列腺炎。而榛子、蓝莓、蘑菇、野葡萄等拥着树根，挂满树枝，伸手可及，你正走在一个童话世界中。

老林子中最美的还是大树，特别是那些与石共生的大树。有一棵树，我叫它"一木穿石"。我们平常说"水滴石穿"，可是有谁真的见过一滴水穿透了一块石头？现在，我却见到了一棵树，一棵活着的树，硬是生插在一块整石之上，像一颗刚射入石中的炮弹，光光溜溜的还没有爆炸；又像一枚仰面向天正待发射的火箭，膀粗腰圆，霸气十足。我只看了一眼就被惊呆了，拔不开脚步，时空骤然凝固。

这是一棵红松，当初也许是一粒种子，落在石板上，靠着老林中的湿气慢慢地发芽。但它时运不济，一出生就躺在这个光溜溜的石床上。它的须根向四周摸索，拳握住一点点泥尘，然后蛰伏在石面的稍凹处，聚积水分，酝酿能量。松树有这个本事，它的根能分泌一种酸液，一点一点地润湿和软化石块。成语"相濡以沫"是说两条鱼，以沫相濡，求生命的延续。而这棵红松种子却是以它生命的汁液，去濡润一块没有生命的石头，终于感动了顽石，让出了一个小小的空间。它赶紧扎下了一条须根，然后继续濡石、挖洞、找缝，周而复始，终于在顽石上树起了一面生命的大纛。现在这棵红松的胸径有四十厘米，一个小脸盆那么大，不算很粗。但是专家说，它已经有九十年以上的树龄。要是用一个高速摄影机把这首生命进行曲拍下来，再用慢速回放，那将是怎样地震撼人心。

如果说刚才的那棵树有男性的阳刚之烈，那么下面这棵便有女性的阴柔之美。它生在一块窄长的条石上，两条主根只能紧抓着条石的边缘向左右延伸，然后托起中间的树身，全树就成了一个丁字形，一个标准的体操动作"一字马"。远远看去它就像一个女子，正在腾空飞杠或者在平地上放叉。那两条主根是她修长的双腿，树干是她曼妙的身躯，她挺胸拔背，平视前方。这是我第一次看到一棵树的根与身子长得一般粗细、一样匀称、一样美丽。我在南方热带雨林中见过如乱麻般的气根，在华北平原上见过老槐树下块状的疙瘩根，却还从来没有见过这样决绝而又从容地在条石上匍匐而行的苗条的松树根。已分不清它是树贴在石上的根，还是石上鼓起的一道棱。我怀疑它们的分子早已相互渗透，相混相融。这树身里分明已经注入石质的坚硬，却又画出这样柔美的弧线，好一个"悠谷美人"。

有一棵合抱之树，我暂名为"长龙过峡"。两块巨石相距十多米远，不知为什么它先以根抓住右边之石，然后腾空一跃，又搭在左边的石头上，再仰头一声长啸，直冲向蓝天。在这片原始森林中，几乎每一棵参天巨木都是这样惊心动魄、有声有色，又悄然不惊地活着。它们或抓住一块圆石，如老鹰抓小鸡一般，用利爪紧紧地箍住它；或用大片的根包紧一块方石，就像用包袱皮裹东西一样整整齐齐。有时还会故意露出一小块石面，像是开了一扇小窗户。总之，树先用根俘获一块石，然后脚踏实地，顽强地生长。在原始林中看树，绝不会有人工林的单调，因为有太多的天然元素让它可以做出无尽的排列组合，向人们贡献出任何艺术家都不可能完成的天工之美。这些树到底在做着什么样的追求？达尔文说："生物有一种内在的倾向，它在朝着进步和更完善的方向发展。"生命这个东西总是在拼搏、砥砺、奋斗中才能擦出火花，才能体现它的价值。其实我们人类，也在时时追求这种完善。

在林中穿行了约三个小时，雨停了，阳光穿过红松、冷杉和大青杨的枝条，洒在湿漉漉的草地上，幻化出奇幻无穷的美。我们就这样在绿色的时间隧道里穿行，见证了大自然怎样在一片顽石上孕育了生命。它先以苔草、蕨类铺床，再以灌木蓄水遮风，孵化出高大的乔木林，就成了动物直至我们人类的摇篮。这时再回看那艘石头巨舰，是泰坦尼克号？是哥伦布的船？还是郑和下西洋时的遗物？都不是，它是《圣经》上说的方舟，是佛经上说的前世。它沉静地停在这里，是特别要告诉我们，假如没有人的干扰地球是什么样子，大自然是什么样子，我们曾经的家是什么样子。

恩格斯说，人类对自然的每一次胜利，都会得到报复。正好相反，当年我们屈从了这片原始林，现在它给我们友好的回报，留下了一面大镜子，照出了人类文明的进程。以铜为镜，可正衣冠；以史为镜，可知朝代之兴替；以这片原始林为镜，可知生命、人类和地球的兴替。现在我们有了海洋考古，如果发现了一点沉船上的瓷片、铜钱，就惊为奇宝。怎么就没有想到来这林中考一考未有人之前的洪荒大地呢？这至少会让我们减少对地球这条小船的折腾，减缓它的下沉。

我下山时，看见沿途正在修复早年林区运木材的小火车路，不为伐木，是准备开发原始森林游。

《人民日报》2016 年 10 月 12 日

坐标之城三门峡

水不在深，有龙则灵；城不在大，有个性则名。如果它的某些个性能成为中国历史和国土上的坐标点，这个城市就更令人刮目相看了。

近日在三门峡参加了一个生态文学会。会场就设在三门峡水库上游的黄河边上。让人吃惊的是，浊浪滚滚的黄河在这里竟出现了季节性的清凌凌的碧波。这得力于新中国成立 70 多年来锲而不舍地治黄。主人说再过一个月将在这里举办数千人的横渡黄河比赛，一场壮观的水上马拉松。黄河是中华民族的母亲河，但历史上屡屡泛滥，桀骜不驯，也成了我们民族的一块心病。看着眼前这平静的河面，不禁想起著名民主人士、曾任全国政协委员的张钫先生所述关于民国时黄河发大水抢时急报的情景："黄河上游涨水，须通知下游赶快设防，由潼关起到开封（河务总督驻地）止 1 200 里路，要一天半将信送到。沿途十几县驿站要准备快马多匹，专为水报之用。……水报马进城时，县衙门高鸣云板，县官立刻升坐大堂，驿马到大堂后，县官当堂在水报上写好时刻，立刻交付马排子缚好，送之上马。衙役高声传呼市上开道让路。马排子在街上也是飞驰而过，踏死撞伤人盖无罪过。沿途经过，县县如此，一直到开封府河道总督衙门。在飞送到开封时，可以赢得比黄河水流快三天的时间。"这就是当年河汛逼人的情境，可见人们是怎样地提心吊胆，而飞马通过的正是现在我们脚下的三门峡这一段路程。黄河真正开始根治，是修建三门峡大坝，这是新中国的第一个大型水利工程，其时挟开国之威，"展我治黄万里图，先扎黄河腰中带"。因为是第一次，我们也吃过亏，交了学费，得了教训。但正是因为前有黄河三门峡的"坝前大辩论"才后有毛泽东主持的关于长江三峡大坝的"大辩论"，才有了对长江三峡大坝长时间的审慎论证。因为有了三门峡大坝这一块"摸着石头过河"的"石头"，才继而有了黄河上的刘家峡、李家峡、龙羊峡、小浪底；又有了长江上的葛洲坝、三峡坝、向家坝、白鹤滩等水库。峡峡出平湖，坝坝涌清波。从这个意义上讲，是先有此三峡后有彼三峡。三门峡水库是新中国治水人吃的第一只螃蟹，三门峡市也成了新中国水利史和治黄史上的一个大坐标。此是其一。

中国的省份，山东山西皆有据，河南河北都有因，而绝大部分人不知道陕西的"陕"在哪里？原来当年周朝立国后，两个辅政大臣周公、召公就在今三门峡的"陕塬"上立石为界，两人分治东西之地，陕塬之西是为陕西，沿用至今。这块"分陕石"现还存在博物馆里。当年周、召二公绝没有想到这块石头不但分出了一时的行政版图，还分出了以后数千年西北与中原的人文版图。黄河造就了中华文明，而三门峡正当黄河上下游的拐点，东西部文化由是而分，灿烂的古代文化就在其两边跳跃闪烁。西安、洛阳都号称是十朝左右的古都，一部盛唐史几乎就在这两个城市间来回搬演。人们记住了这两大名城，却忽视了东西长150公里的三门峡正是挑着这两大文化名城的一根扁担。它地分东西，域接晋、豫、陕三省，是史海中的一根定海神针。前些年发掘的三门峡古驿道，车辙半尺深，芳草连天去。李格非写过一篇《〈洛阳名园记〉后》，哀叹长安的官宦怎样一窝蜂地到洛阳来造私家园林，又怎样一个一个衰败而去。安史之乱让大唐盛极而衰，直到民国、抗战时期，这里一直烽烟不绝。就在这条路上，杜甫写出"三吏""三别"，现在还存有一个石壕村；鲁迅过此到西安去讲学；国共在此合作携手抗日；刘少奇来这里开辟根据地，写出著名的《论共产党员的修养》。

如果我们站在三门峡遥望远古，会发现中国新石器时代的坐标点竟也在这里。国人大都知道湖南有一座韶山，而不知这里也有一座同名的韶山。约一百年前的 1921 年，受聘于北洋政府的瑞典地质学家安特生，在韶山下的仰韶村见到一些远古文化遗存的碎片，便带领中国同行开始了连续挖掘，不想竟挖出了一个大宝贝——中国的新石器时期就此浮现，遂有"仰韶文化"，由于出土了彩陶器皿又名为"彩陶文化"。要知道在这以前，西方一直认为中国没有彩陶，那是由西域诸国传播而来的。这个发现也是中国田野考古事业的起点，前年举办了中国考古百年庆典。前几年我来过挖掘现场，曾感慨"仰望仰韶，躬耕未来"，这次又去参观三门峡庙底沟的"彩陶博物馆"，那些出土彩陶美得让你不敢喘气。其实 7 000 年前的生产力还很低下，石器时代嘛，就是只能用石头、石片打猎或者简单地农作，果腹御寒而已，但这毫不影响先人对美的追求。陶器上的彩绘几乎涵盖了目之所及的物什，它们被抽象成了鱼纹、鸟纹、绳纹、眼纹等各种图案。原来，与生产力发展并行的还有一条审美的延长线，我们在这头，而制作彩陶的先祖艺术家们在那头。三门峡实在是一条历史的坐标轴，是一扇直通远古的大门。"望三门，三门开"，历史长河滚滚来。此为坐标之二。

一般在大宾馆开会时的茶歇，是众人优雅地端一杯茶或咖啡闲谈，而我们这个会的茶歇竟是在黄河边的绿荫下散步，欣赏水中的天鹅。中国人对天鹅的印象来自儿时的启蒙诗："鹅鹅鹅，曲项向天歌。白毛浮绿水，红掌拨清波。"稍有书卷气的文人还知道王羲之养鹅学书。其实那不是天鹅，是不会高飞的乡土之鹅。眼前的天鹅是从西伯利亚飞来的，这是我第一次近距离地看天鹅，其翼展可达两米多，伸长脖子有半人高。也不是"红掌"，而是一双黑色的"铁拳"，浮在水上时藏在白羽之下。只有这身好筋骨，才可能像一架小飞机一样，背负青天千万里，往返半个地球。天鹅对越冬地的生态环境要求很高，温度要不冷不热，草要嫩，鱼要鲜，它就是一个流动的环球生态检测仪。现在三门峡湿地公园已经是中国最大的天鹅越冬基地，在全球范围内也是屈指可数的。就是说我们转动地球仪，三门峡在全球也是一个生态的坐标点。此是其三。

当然，我们还可以再数出几个坐标点，但这就足够了。一个小城市能首开中国大江大河的工程治理，能遥望远古而丈量历史，能俯瞰全球而感知生态，还有比这更让人自豪的吗？

三门峡，中国版图上的一个坐标性城市。

《光明日报》2023 年 5 月 29 日，有改动

城中草原畅想

物以稀为贵，景以奇为绝。想不到一个平常的日子，我在内蒙古包头市遇到了一个极不平常的奇绝之景。

包头因为在新中国成立初期建成包钢而号称"钢城"，一个有着近 300 万人口的重工业城市，居然在市中心留有一块约 10 680 亩的原始草原。请注意，是城中间的一块草原。我估计这在全国再也找不到第二个了，就是在全世界恐怕也是罕见的奇观。凡物之反差都可能产生奇幻之美。当年我听说德国柏林的城中有一大片森林，不敢相信。当飞机落地，乘车进入市区后，真的是在森林中穿行。这是冰冷的水泥与绿色生命的反差。贵州是典型的喀斯特地貌，存不住半点雨水，被称为"石漠化"。但是，当地人说在普定县有一个万亩大草原，我不敢相信。我驱车从县城出发，绕过一座座灰色的寸草不生的喀斯特地貌小山，当盘上海拔 1 600 米的猴场乡时，我惊呆了，眼前出现了一望无际的大草原，草深齐腰，绿浪翻滚。他们骄傲地称之为"云中草原"。这是死亡之石灰岩与生命之绿草的反差。如果不是偶然的相遇，到哪里去寻找这种让人惊异的美呢？

凡奇迹的形成总有偶然因素。贵州的喀斯特草原是大自然的偶然，那里山高人稀，没有人为的破坏。长年累月，大风吹尘为土，飞鸟落籽生草，渐成草原。而包头的城中草原则是人为的偶然。新中国成立之初，请苏联专家为我们设计这座城市，不知出于什么考虑，三个城区遥相呼应却互不相连，中间空出了一片茫茫的荒原，这让当年的人们工作生活很不方便。但后来随着人口的增加，环境的恶化，这些荒地倒成了舒缓城市危机的清凉剂。感谢历任的地方官员心有定力，思有远见，没有见财起意，去卖地求富，也没有好大喜功，去贪阔求洋。他们抓住当年偶然留下的这个"尾巴"，顺应时势巧发展，锲而不舍地做文章。俗话说"天上掉馅饼"，若非天意，怎么会有这一万亩肥嫩的草地"掉"在这一堆钢铁厂、水泥楼和嘈杂的人群中间呢？他们敬畏这个上天的赐予，以对社会和自然规律的尊重，看懂了这块草原的价值，冷静地维护着她的尊严。这期间有各种冲击和诱惑，但任凭东西南北风，这些西北汉子敞开身上的老羊皮袄把这一片软软的草原搂在怀里。这是一块下和之玉啊，既不敢切割，更不能轻抛，耐心等待，总会有一天大放异彩。这是一场马拉松式的保卫战。暗中角力，目标不变，一步一步连续奋斗了40年。1985年、1994年，市政府两次通过决议保留绿地，到2014年更是上升到地方人大立法，正式提出"城中草原"这个新概念，并通过保护条例。

恩格斯曾警告人类："我们不要过分陶醉于我们对自然界的胜利。对于每一次这样的胜利，自然界都报复了我们。"今天在包头，我们则看到：当我们恭敬地向自然作出让步时，大自然就慷慨地回赠了我们一万亩草原！在寸土寸金的市区，在机声隆隆的"钢城"，这是难以形容的无价之宝。

站在观景台上，我遥望这万亩草原：一汪绿海，风过草面，层层起浪；杂花生树，水流潺潺。而绿海之岸则是鳞次栉比的楼房。住户推开窗户或步入阳台就可以看到茫茫的草原，这是在呼伦贝尔、锡林郭勒，或者在新疆的天山牧场才能看到的宏阔场景啊！陈毅曾说："愿做桂林人，不愿做神仙。"今我借其言："愿做包头人，不愿做神仙。"如今，每逢节假日，许多地方人头攒动，人们都不知道该前往何处。现在我要大声地告诉朋友们：来这里吧，这里有一块净土，有一片城中草原，一块离城市、离铁路干线最近的诗意的远方。

但爱之愈深，求之愈严。现在的人们已不是50年前的人们，现在的草原也不是50年前的草原。旅游、观赏、休闲、放飞心情的意义早已大过放马、牧羊。这块卞和之玉还有待细细加工雕琢。草种尚需改良，要有齐腰之深，风吹草低见牛羊；水系尚待完善，要湿地见水，旱地见干；要引来几匹"汗血宝马"，"鬃红风吹火，蹄轻翻细尘"；要有羊群，引进澳洲良种，像草地滚过雪白的毛团；还要有野生动物，草原兔、草原狐、梅花鹿；要有白色的蒙古包、淡淡的炊烟和反复播放的牧歌、蒙古长调；要有半个世纪前的美景，"晨风吹动着草浪，羊儿低吻着草香"。这么说着我自己倒先醉了，那时我正在这一带工作，初入社会，生活虽苦，却是一个活在美丽风光中的神仙。当然还要现代一些、人性化一些。草原上可以星星点点地布置一些穹庐式的不许使用明火的酒吧、奶茶店、多功能厅。要修上木栈道，不得直接践踏草场。我们不是常羡慕人家维也纳的森林音乐会吗？也请外国人来这里欣赏草原音乐会，让蒙古长调带着草香飘上夜空，飞到天外。如逢节日之夜，环草海之岸的城市阳台上都亮起蜡烛，万人合唱一首《天边》，那是怎样的浪漫？我在羊城广州的五羊公园里造访过花城杂志社竹影摇曳的茶室，居然有外国领事馆去预约，举办洽谈会、生日宴。可见景虽天成，却也事在人为。包头向称"鹿城"，"包头"是蒙古语"包克图"的谐音，意为"有鹿的地方"。我向主人自告奋勇南北牵线，到时南有羊城，北有鹿城，南北呼应，其乐融融。主人答："诚美好之愿景，留得草原在，不怕事不成！"

那天，主客在城中草原边流连了一个多小时，直到月出于"钢城"之上，徘徊于草海之边，夜色中草海成了一座美丽的港湾，早分不清是天上还是地上，是星光还是灯光。我突然想起那首经典老歌《草原夜色美》，更何况这是身处城中、被百万人所环绕的夜色中的草原！我依依不舍地离开她，如曹植之告别洛神，"足往神留"。

回到住地仍不能释怀，又在灯下涂了一首小诗：

从来城市满为患，车马往来闹声喧。

忽有草原城中降，绿浪涌过人心宽。

《光明日报》2023 年 11 月 6 日

沙堆里的城隍

在西方的神话中都是些离人很远的女神、酒神、爱神等。哪怕帮人找个对象，也是派个天使躲在暗处远远地射上一箭，类似现在动物学家在密林深处用枪向老虎或梅花鹿射去一支麻醉针，它就软软地倒下。而在中国的神话里，神总是在人的身旁，如影随形，朝暮不离，无时不在护佑着你。你需要谈情说爱，就出现一个月老来牵一根红线；你要做生意，就有一个财神爷站在商店门口；你要做饭，灶王爷就贴在锅台上；当天黑了你要睡觉，门口就有两位门神站岗。人也舒心，神也温馨。

而让我没想到的是在遥远的长城脚下，大漠之边，也有一个神与人同在。2021年9月，我到陕北采风，听说靖边县正在发掘一座城隍庙，便立马赶到现场。全世界闻名的万里长城在榆林一带被当地人轻松地叫作"边墙"，听起来就像一堵与邻家一墙之隔的短"墙"。沿长城的县镇许多被冠以"边"字：靖边、安边、定边。远在天边有人家，墙里墙外胡汉两大家。从秦汉至明朝这边墙内外就故事连连。有时狼烟滚滚，烽火千里；有时又开关互市，交易粮食、茶叶、皮毛、牛马。因为不管胡人汉人，总得居家过日子。于是这边墙就有了两个功能，战时为军事工程，平时为通商口岸，类似现在的海关。亦军亦民，忽战忽和，千百年来恩恩怨怨，可谓一道奇异的风景。为适应这种状况，明代沿榆林一线的边墙修了36个"堡子"，这既是藏兵御敌的工事，又是开关互市的场子。慢慢堡子里聚集了人口就变成了一个小城镇。有人就有了信仰这个幽灵，有信仰就要请一尊神来主事，最实用的神就是城隍。城隍非关发财，也不管谈情说爱，是个最基层的综合之神。说小点是个虚拟的村长，说大点是个虚拟的区长、市长。它在乡下的办公处叫"土地庙"，在城镇叫"城隍庙"。现在正挖掘的这个堡子名"清平堡"，始建于明成化年间，周长不到两公里，里面也设了个城隍。随着历史的变迁，整个堡子渐为风沙所埋，现沙面上已固化为耕地、草坡、灌木林，间有大树，城隍爷就埋在下面。我估计这是中国最北的城隍了，因为再往前走一步就踏出墙外，一片茫茫的草原，无城当然也无"隍"了。

　　一般古墓、古城的挖掘是平地挖坑，考古人员要十分小心地沿台阶层层下探。遇有重要处，为防踏毁文物，还要搭吊板俯身悬空作业。这次却难得有一次地面作业，只需将沙堆层层剥开，就渐渐露出了庙墙、院落、廊房、殿宇。就像意大利从火山灰中挖出了一个庞贝古城。我们从容地迈步进院，穿堂入室。最可看的是北边的正殿，城隍爷端坐高台之上，文人而一身戎装，双耳垂肩，白脸红唇，身威而面慈。他宽袍大袖，右手握拳支膝，左手微张成接物状，目视前方。廊下的武士则高鼻深目，昂然挺身，一看就是胡人，作狰狞状以驱恶鬼。武士双手虚握，估计手中原有兵器，年深日久已经朽去，却仍不减威风。这些塑像，或坐或立，并没有全部露出沙外，考古人员只是大概地清扫出它们的轮廓，为防风化正准备以塑料蒙面处理。我们正赶上将蒙未蒙之时，难得一见的佛光乍现的这一刻。城隍爷和众文武的红袍、黑靴、蓝袖口，甚至金腰带上的云纹都历历在目。只是犹裹沙土半遮面，有的刚露出一个头，下身还是一个大土堆，有如埃及沙漠里的狮身人面像；有的半边身子钻出土外，目光炯炯，刚从古代穿越而来。总之，甩脱了五百多年的风沙，都掩不住重见天日的喜悦。我也如见故人，想不到从小遍读史书、神话，今日里与诸神相见却是在这蓬蒿、沙柳丛生的长城脚下。艺术这种东西很神奇，能架起时空的桥梁，也能拉近人与神的距离。

中国土地辽阔，各地风俗信仰不同，但城隍无分南北，是一个普遍之神。县官不如现管，他最大的特点就是按辖区工作，保佑百姓平安，类似现在的网格化管理。凡神都是人造的，因此习惯上总要拿一个现实的人来做躯壳，就像写小说要有个原型。比如关公就被推举来作财神；秦琼、尉迟恭就被选来作门神。至于城隍的替身并无统一规定，而是由当地百姓自己选举产生。我在百度上查了一下，一般都是选品学兼优、政绩卓著、可以信赖的人物。比如杭州曾是南宋都城，它的城隍就是宋代的民族英雄文天祥，其天地正气足以保民永远平安。那么，这座长城脚下的明代小城堡，该选谁来任城隍呢？这一线史上最出名的人物要数范仲淹了。北宋与长城外的西夏长年对峙，屡遭败绩，守边武将已畏敌如虎。皇帝就把文臣范仲淹派去带兵。范保家卫国真是赤子忠心，他带着自己十六岁的长子，亲自上阵，一夜之间筑起了一座土城。又大刀阔斧地改革兵役制度，重用本土将领，连打了几个胜仗，终于使边防巩固，人民安居。宋仁宗说，有范仲淹在前线我可以睡一个安稳觉了。范长年在这里风餐露宿，枕戈待旦，有他那首著名的《渔家傲》为证："塞下秋来风景异，衡阳雁去无留意。四面边声连角起，千嶂里，长烟落日孤城闭。浊酒一杯家万里，燕然未勒归无计。羌管悠悠霜满地，人不寐，将军白发征夫泪。"他彻底实践了自己"先忧后乐"的思想，至今还坐在这个北方最前沿的小庙里。我仔细端详着眼前的这尊城隍，他方脸圆腮，一个冬瓜式的面型，还真像史上留下的范公画像。说来有趣，范仲淹这一族，至今家谱不绝，还有一个范氏宗亲会每年都有活动，我因学术故忝列为顾问。每逢聚会，我就奇怪范家的基因怎么这样强大，虽时过千年一个个仍阔脸大耳，酷似先祖。今天见到的这个城隍也正是此貌，难怪一进门就似曾相识，如遇故人。五百多年来范公一定曾多次显灵，保境安民。

我仔细研读出土的碑文，它先交代城隍的设置："城隍有祠，遍于环宇，非只大都巨邑而也。虽一村一井，莫不图像而禋祀之。"古之帝王"张刑罚以禁民之恶，立天地百神之祀，使民不教而自劝，不禁而自惩"。又说明城隍的作用："设官，以治于治之所及；设神，以治于治之所不及。上天为民虑者深且切也！"原来古代的政治家早就看穿了单纯的行政管理并不能解决所有的问题，物质归物质，精神归精神。既要依法治国，也要依德治民。"治之所及"是什么呢？政治、经济、社会、生活等现实的方方面面。"治之所不及"是什么呢？就是各人的心中所想，他们的信仰、世界观。这才是一块无边的天地，一股巨大的潜在力量。一念之善，春风化雨；一念之恶，翻江倒海。所以康德说有两种东西，总是让人敬畏，这就是头上的星空和心中的道德。而在中国遍布于城乡的城隍，就是这种道德普及的最后一公里。你不能不说这是古人的伟大发明，且能寓教于美，托人塑形，以艺术的方式呈现于民，流传于后。你看那些泥塑人物多么生动，虽五百多年仍衣带如水，神清目明。城隍不只是劝人行善，还导人审美，亦是一尊美神。

在中华五千年文明史上，明清以来的一个小城堡算不上多老；在陕西这个拥有汉陵、唐都的文物大省里，一个城隍庙也排不上号。但是庙不在大，有神则灵；城不在老，有事则魂。清平堡正因为它的平常、普通才典型地代表了那一段历史，勾勒出了这一带河山的变迁。共性寓于个性，当我们立于这土堆之中时看到了一个历史的活标本。你看那城墙、城门，特别是专门用于伏兵杀敌的"瓮城"，仿佛重现了当年城头的呐喊和刀光剑影。我不禁想起那篇著名的《吊古战场文》："浩浩乎，平沙无垠，夐（xiòng）不见人。河水萦带，群山纠纷。黯兮惨悴，风悲日曛。蓬断草枯，凛若霜晨。鸟飞不下，兽铤亡群。亭长告余曰：此古战场也，常覆三军。往往鬼哭，天阴则闻。"长城这个中国最大、最老的战争工事从秦汉一直修到明代从没有消停。直到清代出了一个康熙皇帝才宣布永不修长城。他说："秦筑长城以来，汉、唐、宋亦常修理，其时岂无边患？明末我太祖统大兵长驱直入，诸路瓦解，皆莫能当。可见守国之道，惟在修得民心。民心悦则邦本得，而边境自固，所谓'众志成城'者是也。"他不但弃修长城，还开边利民。清王朝开国初期为避免蒙汉矛盾，曾将长城内外划出五十里宽、一千里长的缓冲地带，俗称"皇禁地"。康熙下令开放，并以儒家经典的"仁、义、礼、智、信"五字命名，设了五个城寨，这可以看作最早的"经济开发区"，从此开始了"走西口"的民族大融合，也为后来发展成多民族的国家奠定了基础。他懂得不靠砖石长城而靠民心"以治于治之所不及"。于是由战争而和平，由军事而经济，清平堡从此永远清平，城隍作证。

在中国 960 万平方公里的土地上，这个周长不到两公里的堡子只是小小的一个点。但它却交集了长城、塞外、沙漠，代表着一种地貌，一种气候，一段自然生态的轮回。你只要看看脚下被深埋着的这一座城、一座庙、一个神，就知道这里曾经是怎样的沙尘肆虐。当地传统说书中有一个代表作《刮大风》："风婆娘娘放出一股风，刮得天昏地暗怕死个人。刮得那个大山没顶顶，刮得那个小山平又平。千年的大树连根拔，万年的顽石乱翻滚。刮得碾盘掼烧饼，刮得那个碾轱辘滚流星，哎呀呀好大的风。"远的不说，我 40 年前在这一带工作时，一夜醒来，风刮沙壅都推不开门。下乡采访，起风时一片昏暗要开车灯。可是现在呢？高处一望，绿满天涯，蓝天如镜。新华社去年发文，宣布横跨长城内外的毛乌素沙漠已经消失。

来前，我曾拜访过已七十多岁的治沙英雄牛玉琴。她一嫁到这沙窝深处，便开始在家门口一棵棵地栽树，直到栽出一片绿洲，因此被请去联合国做报告。当地人戏称她"种树种到联合国"。这样的治沙人，一代一代数不清有多少老愚公。五百多年啊，城隍在深深的沙土下做了好大一个梦，直到有一天考古队员把他轻轻推醒，他朦胧中看星汉摇落，旭日东升，浩浩乎绿海无垠。

走出开挖现场，我有了一个小小的遗憾。土坑旁堆着一大堆刚挖出的老树根，虬曲缠绕，须乱如麻，根部已有一抱之粗。原来这城隍庙里与正殿相对着还有一个戏台，这些树就长在戏台上的沙土里。它顽强地与风沙搏斗，沙埋一分，树长一寸。就这样屡埋屡长，终于没有被窒息，没有被埋死。清理遗址时工人嫌它们碍手碍脚，就统统锯断挖去。噫，本是同庙生，相弃何太急？这老树未死于五百多年的风沙，却刹那间魂断在明晃晃的斧锯之下。我扼腕顿足，大呼可惜。古庙是古，古树也是古啊，它们同是我们民族的记忆，更是一段乡愁！试想，当年这边塞荒僻之地，常年草盛人稀，鸟飞兽亡，军民无以为乐，只有逢年过节时庙里才可能给城隍爷唱一回戏，胡汉交易，人神共乐，喧声满院。这些老树也于黄沙中吐出绿叶，抚慰着守边人苦寂的心。何不留下这些古树，把整座庙宇开辟成一个旅游场所，城隍归座，武士扬眉，绿树遮阴？让外来的游人在土堆上吼一阵信天游，再邀城隍爷同坐喝一壶马奶酒，唱一首《出塞曲》，看一出五百多年前的地方戏，那该多有味道！

《光明日报》2022 年 1 月 14 日

万 鞋 墙

履 痕 处 处

陕北多山，千山万壑。有村名"赤牛洼"，世代农耕，名不见经传。近年有退休回村的干部老高，下决心搜集本地藏品，建起一农耕博物馆。我前去参观，不外锄、犁、耧、耙、车、斗、磨、碾之类，也未有见奇。当转入一巨大窑洞时，迎面一堵高墙，齐齐地码着穿旧了、遗弃了的布鞋，足有两人之高，数丈之长。我问："有多少双？"答道："一万三千双。"我脱口而出："好一堵万鞋墙！"

这鞋平常是踩在脚底下的，与汗臭为伴，与尘土、泥水厮磨，是最脏最贱之物，穿之不觉，弃之不惜，几乎感觉不到它的存在。今天忽然集合在一起，被请到墙上，就像一支浩浩荡荡的翻身奴隶大军，顿时感到它的伟大。鞋有各种大小、各种颜色，这是乡下人的身份证，代表着男人、女人、大人、孩子。但不管什么鞋，都已经磨得穿帮破底、绽开线头，鞋底也磨成了薄片。仔细看，还能依稀辨出原来的形状、针脚、颜色。每一双鞋的后面都有一个故事，从女人做鞋到男人穿它去种田、赶脚、打工等，一个长长的故事。我们这一代人都是穿着母亲亲手做的布鞋长大的，又穿着布鞋从乡下走进城市，每一双鞋都能勾起心底一段甜蜜或辛酸的回忆。

这鞋墙就像是一堵磁墙，又像是一个黑洞，我伫立良久，一时无语，半天，眼眶里竟有点潮湿。同行的几个人也突然不说话了，像同时被击中了某个痛点，被点了哑穴。大家只是仰着头细细地看，像是在寻找自己曾穿过的那一双鞋。半天，陪同来的辛书记才冒出一句："老高，你怎么想出这么个主意，怎么想出这么个主意？"

鞋墙下面还有鞋展柜，展示着山里鞋的前世今生。有一双"三寸金莲"，那是旧社会妇女裹脚时的遗物，现在的女孩子绝对想不到，妙龄少女还曾以美的名义受过那样的酷刑。有一双特大号的布鞋，是本村一个大汉穿过的，足有一尺长。据说当年他的母亲很为做鞋犯愁。有一双新鞋底上纳着两个"念"字，这种鞋是男女的信物，一般舍不得沾地。有名"踢倒山"的牛鼻子鞋，有轻软华丽的绣花鞋，有雪地里穿的毡窝子鞋，也有黄河边纤夫拉纤穿的草鞋，等等，不一而足。这是山里人的才艺展示，也是他们的人生速写。

在回县里的车上，大家还在说鞋。想不到这个最普通的穿戴之物，经今天这样一上墙，竟牵动了每一个人的神经。一种鞋就是一个时代的标志。中国革命是穿着草鞋和布鞋走过来的。新中国成立初，我们建第一个驻外使馆，大使临行前才发现脚上还穿着延安的布鞋，匆忙到委托店里买了一双旧皮鞋上路。

大约在20世纪60年代以前，北方农村的人一律穿自家做的布鞋。小时穿妈妈做的鞋，成家后穿老婆（陕北人叫婆姨）做的鞋。马克思说："人和人之间的直接的、自然的、必然的关系是男女之间的关系。"布鞋是维系农耕社会中男女关系和农民与土地关系的一根纽带。做鞋也成了农村妇女生命的一部分，从少女时学纳鞋底开始，一直到为妇为母，满头白发，满脸皱纹，她们一针一线地纳着青春，纳着生命。遇有孩子多的人家，做鞋成了女人的沉重负担。

男人们很珍惜这一双鞋，夏天干活则尽量打赤脚，出门时穿上鞋，到地头就脱下来，两鞋相扣小心地放在田垄上，收工时再穿回来。每年农历正月穿新鞋是孩子们永远的企盼，也是母亲笑容最灿烂的时刻。要说乡愁、亲情、家，布鞋是最好的标志。

在大家的议论声中，我提了一个问题，请说出自己关于鞋的最深刻的记忆。同车的老安，一个退休多年的老干部，他说："我记忆最深的是小时候的一年正月，刚换上新鞋，几步就奔到大门外，不想一脚踏到冰窟窿里，新鞋成了两团泥。回家后，我妈气得手提笤帚疙瘩，一直把我追到窑畔上。"一车人发出哄然的笑声，每个人的心底都美美地藏着这样一个又甜又酸的故事。

鞋不但是人情关系的标识，还是社会进步的符号。有人说，看一个人富不富，就看他家里地上摆的鞋。我是 1963 年进大学的，同班有一位从湘西大山里考来的同学，赤着脚上课。老师问，为什么不穿鞋？他说长这么大，就没有穿过鞋。

1968 年大学毕业，按那时的规矩，我到内蒙古农村当农民劳动一年。生产队饲养院的热炕，是冬季的晚上村民们聚会、抽烟、说事的热闹地方。腾腾的烟雾和昏暗的灯光中，炕沿下总是一大堆七扭八歪、又脏又瘪的鞋。其中有一双就是我从北京穿来的，上面已补了十三个补丁。就是后来当了记者，走遍黄土高原的沟沟壑壑，我也还是一双布鞋。遇到下雨，照样蹚泥水，一步一响声。采访后回到住地的第一件事，就是到伙房里烤鞋。90 年代我已在北京中央国家机关工作，那时的会议通知常会附一句话：请着正装。"正装"是什么意思？就是要穿皮鞋。

那几天在县里采访，虽还有许多其他内容，但是脑子里总是转着那些鞋。立一堵墙以为纪念，是人们常用的方法，最著名的如巴黎公社墙、犹太人的哭墙，还有国内外经常看到的烈士人名墙。但集鞋为墙，还是第一次见到。鞋虽踩在脚下，不像帽子风光，却要承一身之重，走一生之路，最是苦重，也最易被人忘记。

我们常说"慈母手中线，游子身上衣"，却很少人说到"游子脚下鞋"。做鞋，首要是结实。先要用布浆成"衬"，裁成帮，裹成底。将麻搓成绳，锥一下，纳一针。记得幼时，深夜油灯下，我躺在母亲身旁，是听着纳鞋底的喇喇声入睡的。现在市面上已找不到人工布鞋了，那天我在县里托人找了一双，不为穿，是想数一下一双鞋底要纳多少针。你猜多少？两千五百针。那堵鞋墙共有一万三千双鞋，你算一下总共要多少针呀！每一个人都说自己的事业轰轰烈烈，走过的道路艰苦曲折，又有谁想到脚下千针万线的慈母鞋呢？

鞋墙不朽。

《光明日报》2016 年 11 月 4 日

重阳

何处是乡愁

　　"乡愁"，这个词有几分凄美。原先我不懂，故乡或儿时的事很多，可喜可乐的也不少，为什么不说乡喜乡乐，而说乡愁呢？最近回了一趟阔别 60 年的故乡，才解开这个人生之谜。

　　故乡在霍山脚下。一个古老美丽的小山村，水多，树多。村中两庙、一阁、一塔，有很深的文化积淀。我家院子里长着两棵大树。一棵是核桃，一棵是香椿，直翻到窑顶上遮住了半个院子。核桃，不用说了，收获时，挂满一树翠绿滚圆的小球。大人站到窑顶上用木杆子打，孩子们就在树下冒着"枪林弹雨"去拾，虽然头上砸出几个包也喜滋滋的，此中乐趣无法为外人道。香椿炒鸡蛋是一道最普通的家常菜，但我吃的那道不普通。老香椿树的根不知何时，从地下钻到我家的窑洞里，又从炕边的砖缝里伸出几枝嫩芽。我们就这样无心去栽花，终日伴香眠。每当我有小病，或有什么不快要发一下小脾气时，母亲安慰的办法是，到外面鸡窝里收一颗还发热的鸡蛋，回来在炕沿边掐几根香椿芽，咫尺之近，就在锅台上翻手做一个香椿炒鸡蛋。那种清香，那种童话式、魔术般的乐趣，永生难忘。当然炕头上的记忆还有很多，如在油灯下，枕着母亲的膝盖，看纺车的转动，听远处深巷里的狗吠和小河流水的叮咚。这次回村，我站在老炕前叙说往事，直惊得随行的人张大嘴合不拢。而村里的侄孙辈也如听古。因为那两棵大树早已被砍掉，河已不再，只有旧窑在，寂寞忆香椿。

出了院子，大门外还有两棵树，一棵是槐树，另一棵也是槐树。大的那棵特别大，五六个人也搂不住，在孩子们眼中就是一座绿山，一座树塔。长记小树下总是拴着一头牛或一匹马。主干以上枝叶重重叠叠，浓得化不开。上面有鸟窝、蛇洞，还寄生有其他的小树、枯藤，像一座古旧的王宫。而爬小槐树，则是我们每天必修的功课。隐身于树顶的浓荫中，捉着空中迷藏。槐树枝极有韧性，遇热则会变形。秋天大人们会在树下生一堆火，砍下适用的枝条，在火堆里煨烤，制作扁担、镰把、担钩、木杈等农具，而孩子们则兴奋地挤在火堆旁，求做一副精巧的弹弓架或一个小镰把。有树必有动物。现在，野生动物事业，就归林业部来管。村里的野物当然也不离古树。各种鸟就不用说了，松鼠、黄鼠狼、獾子、狐狸的造访是家常便饭。夏天的一个中午，正日长人欲眠，突然老槐树上掉下一条蛇，足有五尺多长，直挺挺地躺在树荫中。一群鸡，虽以食虫为天职，但还从未见过这么大的虫子，一时惊得没有了主意，就分列于蛇的两旁，圆瞪鸡眼，死死地盯着它。双方相持了足有半个时辰。这时有人吃完饭在河边洗碗，就随手将半碗水泼向蛇身。那蛇一惊，嗖的一下蹿入草丛，蛇鸡对阵才算收场。现在，就是到动物园里，也看不到这样的好戏。

还有一天的晚上，我一个叔叔串门回来，见树下卧着一个黑影，便上去踢了一脚，说："这狗，怎么卧在当道上?!"不想那"狗"嗖地翻身逃去，星光下分明是一只狼。大约是来河边喝水，顺便在树下小憩片刻。第二天听了这故事，很令人神往，我们决心去找这只狼。长期在农村，早得了关于狼知识的秘传：铜头、铁身、麻秆腿。腿是它的最弱项。傍晚时分，四五个孩子结伴向村外走去。随身带上镰刀、斧头、绳子，这都是平时帮大人打柴的家什。大家七嘴八舌，说见了狼，我先用镰刀搂腿，你用斧砍，他用绳捆。正说得热闹，碰见一个大人，问去干什么？答，去找狼。大人厉声训斥道："天快黑了，你们还不都喂了狼？给我回去！"我们永远怀念那次未遂的捕狼壮举。

出大门外几十步即一条小河。流水潺潺，不舍昼夜。河边最热闹的场景是洗衣。在没有自来水和洗衣机之前，这是北方农村一道最美丽的风景。洗衣是家务劳动，也是社交活动，还是一种行为艺术。女人和孩子们是主角，欢声笑语，热闹非凡。许多著名的文艺作品都喜欢借用洗衣这个题材，如藏族舞蹈《洗衣歌》、歌剧《小二黑结婚》等。我们山西还有一首原汁原味的民歌就叫《亲圪蛋下河洗衣裳》。印象最深的是河边的洗衣石，有黑、红、青各色，大如案板，溜光圆润。这是多少女子柔嫩白净的双手，蘸着清清的河水，经多少代的打磨而成的呀！河边总是笑声、歌声、捶衣声，声声入耳。偶尔有一两个来担水的男子，便成了女人们围攻的目标。现在想来，那洗衣阵中肯定有小二黑、小青、亲疙蛋等。洗好的衣服就晒在岸边的草地上，五颜六色，天然图画。

我们常在河边的青草窝里放羊，高兴时就推开羊羔，钻到羊肚子下吸几口鲜奶，很是享受。那时也不懂什么过滤、消毒。清明前后，暖风吹软了柳枝，可褪下一截完整树皮管，做成柳笛，呜哇呜哇地乱吹。大人不洗衣时我们就在这洗衣石上玩泥，或坐上去感受它的光润。那时洗衣用皂角，村里一棵硕大的皂角树，一季收获，够全村人用上一年。皂角在洗衣石上捶碎后，它的种子会随河水漂落到岸边的泥土里，春天就长出新的皂角苗。小村庄，大自然，草木之命生生不息，孩子们的心里阳光满地。大家比赛，看谁发现了一株最大的皂角苗，然后连泥捧起种到自家的院子里。可惜，这情景永不会再有了，前几年开煤矿破坏了地下水，村里的三条河全部干涸，连河床都已荡平，树也没了踪影。洗衣歌、柳笛声都已成了历史的回声。

忆童年，最忆是黄土。我的老乡，前辈诗人牛汉，就曾以敬畏的心情写过一篇散文《绵绵土》。村里人土炕上生，土窑里长，土堆里爬。家家院里有一个神龛供着土地爷。我能认字时就记住了这副对联"土能生万物，地可载山川"。黄土是我的襁褓，我的摇篮。农村孩子穿开裆裤时，就会撒尿和泥。这几年城里因为环保，不许放鞭炮，遇有喜事就踩气球，都市式的浪费。且看当年我们怎样制造声响。一群孩子，将胶泥揉匀，捏成窝头状，窝要深，皮要薄。口朝下，猛地往石上一摔，泥点飞溅，声震四野，名"摔响窝"。以声响大小定输赢，以炸洞的大小要补偿。输者就补对方一块泥，就像战败国割让土地，直到把手中的泥土输光，俯首称臣。这大概源于古老的战争，是对土地的争夺。孩子们虽个个溅成了泥花脸，仍乐此不疲。这场景现在也没有了，村子成了空壳村，新盖的小学都没有了学生。空空新教室，来回燕穿梭。村庄没有了孩子，就没有了笑声，也没有人再会去让泥巴炸出声了。

农家的孩子没有城里人吃的点心，但他们有自己的土饼干。不是"洋"与"土"的土，是黄土地的"土"。在半山处取净土一筐，砸碎，细筛，炒热。将发好的面拌入茴香、芝麻，切成条节状，与土混在一起，上火慢炒至熟，名"炒节子"。然后再筛去细土，挂于篮中，随时食用。这在城里人看来，未免有点脏，怎么能吃土呢？但我们就是吃这种零食长大的。一种淡淡的土味裹着清纯的麦香，香脆可口。天人合一，五行对五脏，土配脾，可健脾养胃，这是村里世代相传的育儿秘方。

从春到夏，蝉儿叫了，山坡上的杏子熟了，嫩绿的麦苗已长成金色的麦穗，该打场了。场，就是一块被碾得瓷实平整、圆形的土地。打场是粮食从地里收到家里的最后一道程序，再往下就该磨成面，吃到嘴里了。割倒的麦子被车拉人挑，铺到场上，像一层厚厚的棉被，用牲口拉着碌碡，一圈一圈地碾压。孩子们终于盼到一年最高兴的游戏季，跟在碌碡后面，一圈一圈地翻跟斗。我们贪婪地亲吻着土地，享受着燥热空气中新麦的甜香。一次我不小心，一个跟斗翻在场边的铁耙子上，耙齿刺破小腿，鲜血直流。大人说："不碍，不碍。"顺手抓起一把黄土按在伤口上，就算是止血了。至今还有一块疤痕，留作了永久的纪念。也许就是这次与土地最亲密的接触，土分子进入了我的血液，一生不管走到哪里，总忘不了北方的黄土。现在机器收割，场是彻底没有了，牲口也几乎不见了，碌碡被可怜地遗弃在路旁或沟渠里。有点"九里山前古战场，牧童拾得旧刀枪"的凄凉。

没有了，没有了。凡值得凭吊的美好记忆都没有了。只能到梦中去吃一次香椿炒鸡蛋，去摔一回泥巴、翻一回跟斗了。我问自己，既知消失何必来寻呢？这就是矛盾，矛盾于心成乡愁。去了旧事，添了新愁。历史总在前进，失去的不一定是坏事。但上天偏教这物的逝去与情的割舍，同时作用在一个人身上，搅动你心底深处自以为已经忘掉了的秘密。于是岁月的双手，就当着你的面将最美丽的东西撕裂。这就有了几分悲剧的凄美。但它还不是大悲、大恸，还不至于呼天抢地，只是一种温馨的淡淡的哀伤，是在古老悠长的雨巷里"逢着一个丁香一样地结着愁怨的姑娘"。乡愁是留不住的回声，是捕捉不到的美丽。

那天回到县里，主人问此行的感想。我随手写了四句小诗：

> 何处是乡愁，云在霍山头。
>
> 儿时常入梦，杏黄麦子熟。

南潭泉记

霍州之下马洼村，因唐李世民过此下马而得名。儿时记忆中是
一个极美丽的山村。两山一沟，东西走向。窑洞顺北坡而下，高低
错落，掩映于黄土绿树之间。鸡犬相闻，炊烟袅袅，有如仙境。南
山为翠柏所覆，村民推窗见绿，天生画屏。沟里有三条小河穿村而
过。我家院子临近沟底，前后各有一河，朝洗青菜门前溪，夜闻窑
后水淙淙。南山之顶不知何年修了文昌阁、文笔塔各一座，倒映于
山下池中，取"巨笔砚影"之意。而沟底的杨、柳、椿、槐，为追
探阳光，与两山比高，千树如帆，一沟绿风，为远近闻名之奇景。

村中多泉，大小十余处，最美数南潭泉。泉贴南山之根，有一
老杏树护于泉上，青枝绿叶，如华盖之张。环泉一片杏林，杏林之
上是连绵的古柏，堆绿叠翠，直上蓝天。泉不大，仅一席之地，甘
洌沁脾，无论雨旱，涌流如常。水极清，沙粒颗颗、鱼虾往来，清
晰可见。杏叶筛落一池阳光，水波陆离万变，宛若龙宫之穴。水极
静，从沙中轻轻泛出，如鱼吐泡，细流漫淌，汇于数十步外的一个
池塘中，蓄以灌田。池上一大沙果树，偶有鸟啄果落，叮咚有声。
杏熟时，孩童攀缘于树，如猿之影。

南潭泉在村人心中是神泉、药泉，可去灾、可保命。天有大旱，于此求雨，屡屡有应。人有病，来提水一罐，涤肠洗心。家父三十一岁时得大病，一年不起，高烧不退，渐至垂危。有老者说，人临走也须还一个清凉。遂到南潭取水一罐，缓缓灌下，未想竟起死回生。遇有山洪暴发，数日内河水不清，而密林中的南潭泉则神清气定，清澈如镜，为全村最后之备用水源。每到夏日，割麦打场，酷日当头。人嗓子里冒烟，牲畜顺毛流汗。大人抢夏，孩子们的任务就是到南潭提水。人喝畜饮，暑气顿消。取水多用孩子，合童贞之纯；必用瓷罐，表质朴之心。不怕头上三尺火，一片冰心在罐中。南潭泉永是村人心中一道清凉的风景。

我是上世纪 50 年代离开故乡的，南潭美景时在梦中。本世纪初某日，有村干部来京，说因开煤矿，全村已河断泉枯，水声不再，杏林不存。我心中怅然有失，断了相思，碎了旧梦。2017 年春节回乡，忽闻喜讯，县里发展旅游，将重修南潭泉，追回旧时景。

凡村不可无水，或河或井，最好有泉。才从地心来，又在人心上流。顾盼其影，潺潺其声，流过百年，一村之魂。我八岁离乡七十回，真正够得上少小离家老大还了，故乡已几经沧桑。六十年一甲子，风水今又转了回来。

南潭归来，山水之幸，吾乡之幸。

《人民日报》2017 年 3 月 29 日，标题有改动

这里有一座古树养老院

万物平等，物竞天择。树有生的权利，也有生存的能力。只要
有土、有水、有阳光，树木就生长，就繁衍。专家说每一平方米土
壤中就有上万粒植物的种子，每一棵树下能共生一百五十种植物。
它们为大地所厚爱，为雨露所滋润，在阳光下成长。

但是树却常为人所抛弃。本来人类是从森林中走来，森林是人
的家。遗憾的是，正如社会上有对老人的虐待，也有对老树、古树
的遗弃。所幸，爱心不绝，在我对古树的探访中，竟意外地发现了
一处古树养老院。园子的主人叫"王相泽"，是烟台市莱山区的一名
企业家。他生在农村，小时家有大树，粗如圆桌，绿荫满院。那是
童年最美好的记忆，也种下了永远的爱树情结。他大慈大悲，爱吾
老以及树之老，企业稍有余钱便开始收养古树。

那天在园子里，我边走边听他讲救死扶伤收养古树的故事。十
八年前的一天，他到外地出差，车子在公路上走，远处正在开山取
石，山上隐隐有树。他就绕路来到山下，一棵从未见过的大树有合
抱之粗，满树白花，灿若霜雪，屹立于石崖之畔。那粗壮的老根如
老人青筋暴突的手指，正顽强地插入石缝，抓住每一处可借力存身

的石块。但是脚下炮声隆隆，烟尘已经淹上树身，窒息着它的绿叶白花。眼看就要地动山摇，扑身倒地。此地名"黄巢关"，据传当年黄巢起义曾驻兵于此，还在树上拴过马。王相泽上去说："反正你们要开山，这棵树也存不住了，不如卖给我。"结果他花了六千元把树带回了家。后来一查，是棵毛梾树，山茱萸科，果可榨油，木质极硬，传说孔子周游列国时就用这树做车梁，所以又名"车梁木"。现在这棵老树就舒舒服服地挺立在园中的一个小坡上，正时交六月，序属初夏，满树白花笑得十分灿烂。老王收树有几条规矩。一不收山上野生的大树，二不收正常生长的树，三不收小树。反正一个原则：不干预树的正常生活。他只扶孤助老，做绿色慈善。

人总是看重现实的物质利益，而树却不同，它除了供人物质享受外，还帮人记录历史、寄托精神。可惜我们眼光太浅，只讲实用，对树用之则植，不用则弃。园中有一棵柿子树十分惹眼，浑身堆满大大小小的疙瘩，像一个长满老年斑的老人。它来自陕西，树上的瘤体是一种病，主人早已将它遗弃。老王收来后仔细调理，现在树头已发出五尺长的新枝，去年又重新结果，挂满了一树的红灯笼。疙瘩树身倒显得更加古拙可爱。在园子里我看到一棵刚移来的老槐，根下一抔新土，通身还缠着保湿的薄膜，但是树顶已绽出嫩绿的新枝。老王说："附近有个社区正在改造，我四年前就盯上这棵树了，十五米高，通体溜直，这在刺槐中实在少见。你看，刚到，还没挂牌呢。"这园中的每一棵树都有一块身份牌，注明树名、科属、树龄、何年何月移自何处。

王相泽的爱树之心早已超出市界、省界，名声在外，于是常有热心人来给他通报树情。一次某司机告诉他某村有遗弃之树，他急去察访。只见一处院内有两棵三百年的老紫薇，墙颓草长，满目荒凉。一棵已经枯死，还有一棵也被垃圾埋到半腰，奄奄一息。经辨认树下废弃的井台和井石上的刻字，知道这是一处高家的旧祠堂。

但现在村里已无一人姓高，高家祖上早不知迁居何处。他找到村委会，谈好三千元的价格。他人和树还未离村，就听见村主任在大喇叭上喊话："各家派人到村委会来领钱，每户十元。"这真是物有其值，所见不同。紫薇，又名"百日红"，干粉白，叶翠绿，花朵繁密，娇红明艳，百日不谢，向为名花奇树。现在这棵紫薇成了老王的镇园之宝。每有客来必领至树下，奇树共欣赏，花好相与析。

在园中看树是一道风景，听老王讲育树经更是一种享受。他说移树最怕露根透气，所以每移之时必先将树根蘸满泥沙各半的糊浆，再小心培土。对有的树则要在外围斩根一次，如是三年，为的是刺激新根的生长。别人移大树要剃树冠，他却尽量不剃，免伤元气。他指给我看两行对比的樱花树，那剃过头的竟十年不长，愈来愈瘦。但柳树移栽时则必须剃头。那年他从福建漳州买得两棵大榕树，时已入冬，车进山东界已飘起小雪。到家后他急挖一暖窖暂埋，唯留少许枝叶透气，又放进一个电热器加热。一过年就为它建了个二十米高的保温大棚。现在这榕树气根如林，枝繁叶茂，一派南国风光。

我一生不知看过多少天然林、人工林、植物园，但还从未见过这样一座古树养老院。园内约有五百多棵古树，有来自河南的乌桕、安徽的黄连、山西的皂角、陕西的苦楝、山东的木瓜……每棵树都是一本大书，在诉说着不同的经历。

有一棵古槐，交了钱正要拉树走人，老太太追了出来，说当年孙女有病，是在这树下烧香救命的，死活不放树走。有一棵树运来时在半路上受到刁难，他去找当地领导说情，这位领导反大受教育，下令加速绿化，保护古树，老树再不得出境。凡来到这里的树或因修路，或因城建，或因兄弟分家，或因迁坟，各有各的故事。它们虽然都是被逼无奈，远走他乡，但来时都不忘随身带了自己的身份证——年轮，这是数百年来的活记录啊，是一部中国生态史、文化史。老王爱树，但并不小气。区里要建一座三千亩的大植物园，老王说，没有古树算什么植物园，顶多是个大苗圃，他张口就捐出了一百零八棵古树。他爱吾园以及人之园，要让树文化普及，让更多的人爱树。

这个园子，我头天去了一次没有看够。第二天又去了一次，用手摸，用身子抱，用脸贴。我想如果黄巢地下有知，那迁居远走的高家有知，那些分家卖树的弟兄有悟，那些扩城砍树的主政者们醒来，都能到这个园子里来走一走，他们一定会感恩老王在遥远的地方为他们本乡本族存了绵绵一脉。我能体会到老王对树的那一种爱。

《人民日报》2013 年 6 月 26 日

瓜果飘香的宾川[1]

　　按地理常识，如果在中国找一个县，既生长四方花木，又能产南北水果，好像不大可能。但这个悖论却在云南宾川被打破。宾川者，36万多人口的小县，名不见传，史难留痕，南接大理，北连丽江，被挤压在这两个旅游大户人家的屋檐下，很少发声。但它小康自足，不求闻达，尽享天时地利，正在偷偷地乐。

　　到宾川县要借道大理，飞机落地，40分钟车程即到县城。海拔一下由2 100米降至1 400米。万顷波涛的大理洱海，正是宾川头上的一盆水。奈何一山相隔，宾川地世代缺水，为干热谷地带，年降雨量仅400毫米，比北京还少200。清代时即有人提出凿山开渠，未果；民国时又有动议，未果；直到1994年才凿穿大山，修渠48公里，引来洱海之水。这个大落差的热谷之地一有了水，就变化出一个奇迹，水果更多更奇、好看好吃，竟成了一道特殊的风景线。

　　宾川处北纬25度，在滇西北，比海南靠北了差不多5个纬度。但我一进县境，竟如同行走在海口、三亚。满街的榕树，还有阳桃，五棱两尖，明如翡翠，40年前我初到广东，第一眼就记住了这种水果，今天他乡遇故旧，深情款款在枝头。又有莲雾、杧果、木瓜、柠檬、荔枝、芭蕉，这里的每一条街就拿一种水果来作行道树，满城绿色，一街果香。人家桌上当仙果，此处街头当伞用，竟奢侈到这样的程度。徐霞客是江苏人，他当年游到此地也大吃一惊："大抵迤西（滇西）果品，吾地所有者皆有。"树上常挂有这一类的牌子：请把杧果留枝头，让美丽在心头。劝人行善，物我两利。把这里算作南方吧，北方的梨子、苹果、葡萄、杏、桃、柿子也一样不少。而现在秋尽冬来，正是水果淡季，当地的冬桃、石榴却又洋洋登场。

　　到达的当天，普通的饭后水果就先让我吃了一惊。一个大盘子内姹紫嫣红，层层叠叠，晶莹有如鱼子，却甘甜如蜜。猜是石榴，却软绵无籽。主人说这是突尼斯石榴，籽很软，可连籽一起吃，是几十年前外宾赠送周恩来总理的，曾长期在全国多地试验驯化，最后才找到了宾川这处最合适的归宿。他们的石榴已经打进上海的国际博览会，一个就 200 元。我问什么牌子？答曰："心太软。"满座大笑。原来是借用了一首流行歌曲的名字。石榴好吃，种石榴的人也竟这样幽默。

　　到了宾川，话题一定少不了葡萄。宾川葡萄品种之多，面积之大，产量之高，堪称云南之最，在全国也是闻名遐迩。在云南，一提起宾川，人们就想到葡萄；正如一说葡萄，人们首先想起宾川。

　　提子是葡萄的一类，宾川引种的提子，大约有十几个品种，其中几个最负盛名。黑提，早成熟，色墨黑，味道幽香；青提无核，色青绿，甜中带酸，正好解人初夏之困。最好吃的要数晚熟克伦森了，脆甜可口，回味无穷，且可留树保鲜到 11 月份，色泽晶莹剔透，酷似鸡血灌注，人皆呼之为"鸡血红"。

　　宾川葡萄出名，得益于这里的天时、地利、人和。此地为干热河谷，天然温室，有些品种的鲜果可比外地早上市 50 天，是为天时。这里土壤多为棕壤、红壤、黑鸡粪壤，是为地利。还有一样"人和"——水果专业生产合作社。县里请来国内外的专家，运用以色列灌溉技术，电商销售。蔡甸村村民杨林勇2017年底才将自己的9亩地入了水果合作社，2018年就分红17.8万。全社18户，当年分红100多万，还比分散经营节约成本48万。能不偷着乐？宾川更是全国率先上网去卖鲜果的。新来的李副县长观察到一个现象，每当水果旺季一过，街上就新增一批私人小轿车。水果一年飘香后，新房前面新车走。

草木不分南北，瓜果没有四季，在这里，自然界的时钟好像已经停摆，走在街上，让你心里惊奇得有点发慌！据我的浮浅经验，南国草木，大都开红艳之花，如印度、新加坡、南美洲，还有我国的海南，常见的有木棉花、火焰花、朱蕉花、三角梅、芭蕉花，都火热逼人，可能是地近赤道太阳直射之故。北方的草木本就花少，开时也多色浅偏白，如槐花、梨花、桐花、苹果花、玉兰花及少见的毛梾、流苏树等，虽有花而偏冷色，大约是因太阳平射，日照时间短晒不红它。而宾川的花却火红。我走在街上，那些不结果子而专给人闻香悦目的石楠、桂花、澳洲桉、云南松、柠檬、木棉、火焰树等比比皆是。县政府没有院子，就是一个不设墙的街心花园。绿树下开会，红花旁走路，官民不扰。你树下办你的公，我花前跳我的舞，树影婆娑，共享果香。那天我事毕从办公楼出来，一树红花遮住了半边院子。天啊，这种红花压城城欲摧的场面，我只在印度见过，真是美得让人心惊。过一处小吃店时，门口的一株异木吸引了我。其枝、其叶都酷似夹竹桃，但果实类似栾树，有乒乓球大，是个淡黄轻软的虚泡。说叫"果实"，其实应叫"果泡"。泡的表面细毛如钉，成纹成路，阳光下像一树挂满的小灯泡。主人见我们好奇，就主动出来招呼。他说这叫"百钉果"，是从不远处的山上移来的，为装点饭店，招徕食客。在一座老院子里，我见到了传说中的曼陀罗，当年华佗就是用它来提取麻药，给人做开颅手术。此时，花正盛开，奇大，喇叭状，有碗口之阔，一尺之长，白中透红，花蕊颀长如鞭，款款下垂。

第二天下午去看乌龙卫村。在云贵，凡带"卫"的地名，多半是明代的驻兵之地，是朱元璋统一西南留下的历史符号。此村以黄连树闻名。黄连木属稀有树种，我走遍全国访树，也只在湖北的武陵山中见过一棵手腕粗的。而这个乌龙卫村竟有129棵百年以上老黄连，大都要两三人合抱。村中心还有一棵老榕树，占地有一个篮球场大，8年前树枝伸延顶住了场边的村文化活动室，村委会就乖乖地后退了10米，现在老树又追到了新房前。过一家农户，门前随便长着一棵木瓜，已有一房多高，上面六七十颗金黄的木瓜果，推推搡搡，就像一群正挤在母猪肚皮下吃奶的小猪娃。树叶形如龟背，像一把把大蒲扇，正慈祥地为这些木瓜蛋子遮着荫凉。我说这树该有十几年了吧？村长说，哪里？它一年就长这么大，结这么多果。

那天按事先日程有个报告会，但我万没有想到，会场是在一个幼儿园里。原来这个小县竟有一个全省最大的幼儿园，占地48亩，有孩子1 200人，园内有全县最大的礼堂。为节省资源，"街心花园"的县政府就不再盖什么礼堂了。不用说县里开会，就是市里有什么大的活动，也要先问一下孩子们方便不方便，然后再来蹭个会场。我们一进院子，路旁、窗下、球场边全是各色花树，柠檬果绿，柚子橙黄，芭蕉倒挂，桂花飘香，孩子们的笑声如空谷中传来的铃铛。我想，什么叫美好生活，什么叫回归自然，什么叫阳光雨露，什么是花儿与少年，看看这些幸福的孩子吧，从小就在绿色的襁褓里。

会后，我们去吃饭。云南菜最大的特点是山野味十足。餐桌上一个大火锅，十几样菌子轮流往里倒。反正我一样也不认识，过去统统称之为"蘑菇"，其实菌是菌，菇是菇。全球已知菌类已有10万多种。席间不知怎么说到做菜，大家就争着亮自己的手艺，人人都说比饭店做得还好吃，个个是天厨下凡。有一位也报出了一道自创的私家菜，语惊四座。主食材是松露。这里先要说一下什么叫松露。它是附生在松根下的一种菌子，色如灵芝，味如果香，而且极为名贵，并不是有松即生。那些黄山迎客松、长白美人松、东北樟子松，贵如故宫皇室里的雪松、罗汉松，我未闻其有过什么松露示人。如今却有宾川某乡某村之松，天降尤物，专生此露，可遇不可求。单说采集就很有故事，它虽附生树根，却埋于土下，眼不得见，人不能识。但有一妙法，原来当地猪对此菌的气味特别敏感，会自动拱食。于是人采菌之时，就借八戒之力。所以这菌在大名之外，又有一个小名叫"猪拱菌"。接着听这位"大厨"说菜谱。取松露四两，洗净切好备用。再取半斤面粉加黄油炒香，暂搁一旁。将牛奶倒入松露，用粉碎机打碎搅匀，倒出，加鸡汤、黄油炒面、胡椒、盐，慢煮 30 分钟。收火起锅，倒入碗盘，端上桌来，香倒八仙。满座听得屏气凝神，频咽口水。我们觉得这样很奢侈，这位美食客却只轻松说了一句，咱们这里，靠山吃山，不算稀奇。

云南虽地处边陲，却史连国脉，文通世界。宾川城小，竟是一个中西交流的重要坐标。车子在全县穿行，一抬头总能看到北山最高峰上那座耀眼的白塔。那是抗战时为著名的陈纳德援华航空飞虎队指路的航标。而在航线下的深山密林里，当年马帮穿行的茶马古道旁却咖啡飘香。这里还有一个故事。远在陈纳德之前，还有一个外国人，法国传教士田德能来宾川传教。山水阻隔，他想念家乡的咖啡。实在难忍，便千里迢迢，山间铃响马帮来，引进一株咖啡苗。不想至今已繁衍成百多株的咖啡林。据考证，这是中国最早引进的小粒咖啡。而现在这咖啡因品质优良，又乘着新开的中欧专列，返销法国。岁月蹉跎，风能化人，俗可成习。当地农民也早已咖啡成瘾，至今，山柴铁锅煮咖啡，粗碗对饮话桑麻。

那天过咖啡园，正是城里人的下午茶光景，我们就随意在一个茅店里休息喝杯咖啡。伙计上来问，是要大粒？小粒？冲泡？现煮？

还是冰咖啡？我因睡眠不好，向来不敢沾咖啡，一时茫然无对，显得很是无知。幸亏主人解围，说要冰的，这是他们的品牌。此冰咖啡可不是冰块加咖啡，而是当咖啡还未成杯中物时，在原粒状态就入箱冰冻，多重处理，然后再来到杯中，类似冰葡萄酒的制作。我们落座于桌旁，原木粗桌面上摆着一只彩陶花瓶，瓶里插着一束刚从路边采来的野菊花。原木、粗陶、野花，小桥流水人家。我顿时心境大好。几米之外就是一层层的咖啡田，很像江浙一带的茶山。远远望去咖啡树的叶面上泛着一层轻黄嫩绿的波光，让人想起茉莉或者丁香。因为我没有见过长在树上的咖啡豆是什么样子，店里的小伙子就跑出去折了一枝。咖啡豆大小如黄豆，晶莹剔透，未熟时为青绿，熟后鲜红如血，极像我在新加坡见过的红豆。我一下就想起了王维的诗句："红豆生南国，春来发几枝。"我当然知道诗中所言并非咖啡，只是觉得南国遥遥，红豆相思，茅店咖啡总是与之有一点什么关联，而采菊供桌上，悠然品咖啡，这是一种什么样的意境呢？一时又想不明白，是一首李商隐的《无题》。想想在大都市的咖啡屋里，咖啡客们可曾知道这大山深处还另有一种晚霞夕照，野菊加咖啡的美丽？

记得那一年，1988 年吧，有一个香港出版代表团到内地访问后，我送他们从广州出境。那时白天鹅宾馆刚刚落成，我也是因工作第一次入住这等豪华的地方。吃一顿饭价格奇贵，我就心痛。当地搞交流的朋友就半玩笑、半教训我说："你还以为来这里就是吃一碗饭吗？你在吃墙上的书画，在吃小姐的微笑，在吃这只白天鹅。"这话很有禅味，说得我醍醐灌顶，才知道吃饭并不就是吃饭。人常说，三十年河东，三十年河西，山不转人转。1988 年到 2018 年，正好三十年，现在轮到城里人来品味乡风了。这里离县城不远，常有人借喝咖啡之名到这个路边小店里发呆，清风明月本无价，看不够的野花、翠竹、山茶。

喝着咖啡，主客说着闲话。是夜回到住地作打油诗一首记之：

路边茅店窗几明，一枝野花插净瓶。

向晚能喝一杯无，新焙咖啡味正浓。

《人民日报》2019 年 2 月 5 日

注释

[1] 此文部分内容被用于 2019 年全国高考地理试卷。

明月出天山

新疆人民出版社要出版我的一个集子，定名为《明月出天山》，并命在书前精心写几句。

月亮给人的一般印象是温柔、朦胧、美丽，但它也有雄浑、苍凉、悲壮的一面。记得小时候读的第一首写月亮的诗就是李白的《关山月》："明月出天山，苍茫云海间。"李白眼中的月亮是苍茫、雄浑、伤感的。

原来月亮之美也是有婉约和豪放之分的。有人花前月下，卿卿我我；有人望月问天，拍遍栏杆。李白不愧为一个伟大的诗人，他第一个将雄伟壮阔的天山和光明浩荡的月亮连接起来，展开了一个宏大的场景，从而也打开了我们心境的另一扇窗户。我喜欢这个意境，这和我的阅历有关。大学一毕业就被发配到西北，那时"文革"还未结束，工作不定，常一个人在黄河边，看月涌大河流，不知人往何处去。

我曾在一首诗里说道："从来豪气看西北，涛声依旧五千年。"虽然同是一个月亮，但我总觉得西北的月亮比江南的圆，圆得结实、明朗、直爽，不朦胧，不矫情。古来西北多为征战、流放之地，又加上自然条件的辽阔苍茫，人生存之艰难，所以在西北看月与在江南不一样。豪放多于婉约，家国情怀多于儿女情长，自有几分悲壮与苍凉。

名句如卢纶的"月黑雁飞高，单于夜遁逃。欲将轻骑逐，大雪满弓刀"，如白居易的"万里清光不可思，添愁益恨绕天涯。谁人陇外久征戍，何处庭前新别离？"。"戊戌变法"六君子之一的谭嗣同曾仗剑游西北，有诗云："我愿将身化明月，照君车马渡关河。"林则徐是福建水乡之人，曾是惯看清风明月、渔歌互答的。但他一踏上被发配新疆的漫漫长途就悲从中来，豪气溢胸，眼中的月色也为之一变。他在伊犁过中秋时有诗："雪月天山皎月光，边声惯唱听伊凉。孤村白酒愁无奈，隔院红裙乐未央。"他出嘉峪关时感慨："长城饮马寒宵月，古戍盘雕大漠风。"毛泽东很喜欢这首诗，曾抄写，现还挂在人民大会堂的甘肃厅。就是毛一到西部，其诗也有"长空雁叫霜晨月"式的悲凉。

西北我去过多次，西北月给我留下难以磨灭的印象。上世纪80年代初石河子是一片刚开发的绿洲，全市人口平均年龄才二十多岁，充满朝气。我在那里采访并过中秋，月光中的农垦新城像一位熟睡的少女。90年代访伊犁，夜色中庄严的林则徐纪念馆就是一座沐浴着月光的历史丰碑。前几年还去过一次帕米尔高原，群山起伏，明月朗照，我已分不清这是地上的山还是月亮中的山。

其实月亮还是那个月亮，就是因为它照到了西北，照进了我的心房。不管走到哪里，当我抬头望月时，总会想起西北那雄浑的大漠，那连绵的天山，那一代一代的拓荒者、西北人，还有那里的葡萄、歌舞和馕。

明月出天山，天山的月亮最圆、最纯、最明亮。

2016年2月《明月出天山》序

江南的春天

今年春节时正在江西上饶，信江浩浩荡荡，穿城而过。晨起无事信步江畔。

气象信息报告，北京今天的最高温度只有零下二度，北方应该是冰雪茫茫、草木枯黄的吧，而这里却是一片绿色。石缝里钻出一枝不知名的草，开着一朵淡黄色的花。想北京，玉兰花是每年春回大地时较明显的标志吧，印象最深的是每年三月"两会"召开的时节，中南海红墙外的玉兰树才努力鼓出一些花蕾，也偶尔会绽开几朵。算一下日子，今天才是二月五日，整整还差一个月呢，这路边玉兰树上的花苞已经鼓得快撑不住了，有几朵已在枝头怒放，如翩翩起舞的蝴蝶。远处有一团迷迷蒙蒙的红雾，走近一看，是一株山桃，已绽开细碎的花瓣，正乱红无数落满地。

最有趣的是江边的柳树，细长的枝条上，还挂着去冬没有落尽的叶子，只是略微有一点发黄，而褪去叶子的枝梢处却鼓出了今年的新芽，有那性急的还绽开了嫩叶。不由想起清人张维屏的两句诗："造物无言却有情，每于寒尽觉春生。"寒尽春生，多么有趣的现象，令我陷入了沉思，不由吟哦出一首小诗《江南春柳》：

去冬残叶仍缀枝，

　　今春新芽又鼓蕾。

　　时光不觉暗中渡，

　　生命悄悄在轮回。

　　穿过几行柳树，闪出一团耀眼的金黄，我想那大概是北方每年最早开的迎春花吧。走近一看，却是一丛腊梅。这是比迎春还早的花儿，不必等到春天，在腊月里就能开放。但为了抵御风寒，她的花朵表面天生有一层蜡质，这也难免遮掩了她的容颜，所以又叫"蜡梅"。而我今天看到的腊梅却褪去了蜡衣，水灵灵的，一串儿笑声在枝头。

　　还有，北方春色最典型的镜头是飞雪飘飘和在一片枯黄中悄悄露出草芽。韩愈诗："新年都未有芳华，二月初惊见草芽。白雪却嫌春色晚，故穿庭树作飞花。"韩愈说的是中原，如果再往西北呢？像我当年生活过的内蒙古西部，"千里黄云白日曛"，这些年由于三北绿化造林，虽说生态大有好转，但枯黄寒冷的底色是不会变的。而这里，涌动着的春色却是在一个大红大绿的深色背景中悄悄搬演。

　　江南的树叶一律比北方的阔大、宽厚，绿得发黑。在江边的马路旁，在小区的院子里，这个时节还不开花的乔木香樟、广玉兰、桂花、含笑、梓树，还有较矮的绿篱植物石楠、夹竹桃、八爪金盘都黛绿油亮。然后，那一行行如仪仗队的茶花树，在浓密厚重的绿叶间怒放着艳红的花朵，有男人的拳头那么大。这花红得像谁在绿丛间泼了一团红墨，浓得化不开。以至于我几次想照一张花朵的特写，在镜头里却总难分清花瓣的纹路和层次。

　　比茶花更人高马大的，是一行行的柚子树，自然也是稠密厚重的枝叶。不过，在密叶深处却高悬着几颗去秋还未摘去的黄柚。如果把这一望浓重的黛绿比作深邃的夜空，那么这穿越去冬而来的柚子，就是来自遥远夜空明亮的星星。它们在春的门槛上，隆重地目送着过去的岁月，并迎接春的到来。

南北之春，除了生命的涌动及其背景的不同，便是空气湿度了。我住到这里已经一月了，能记得起的见到太阳的日子也就三五天吧，整个世界就这样沐浴在绵绵细雨中。唐朝诗人杜牧有名句："南朝四百八十寺，多少楼台烟雨中。"辛弃疾的后半生在上饶度过，他也有词写上饶之春："东风吹雨细于尘。"雨，比尘还细，如烟一样的轻软缥缈，罩着人间，当然也罩着所有的树木花草。

我记得在北京时，林业界的朋友说，北方的树其实不是被冻死的，主要是被春天的干风抽死的。你仔细观察，春天的树梢头一般都会被抽干了三五寸，而这里却急着要发芽。北方，春雨贵如油；这里，则漫天而降，如烟如织。那些绿色的生命，岂止是只靠根部来吸收水分？它浑身的每一个细胞，都在呼吸着天地间的湿润。怎么能不叶绿花红呢？

我舒坦地伸开双臂拥抱天地，正无边喜雨潇潇下，一江春水向东流。

不如静对一院秋

我从不喝酒，却年年为秋色所醉。进入十一月，院子里的树木花草绚烂迷离，早让人醉得一塌糊涂。

那天在楼下散步，本来是艳艳蓝天，静静的小区，忽起了一阵秋风，所有的树木便发疯地摇摆，比赛着抖落身上的叶子，于是红的、黄的、绿的、橙色的、绛色的，枫树、银杏、柿树、梧桐等树叶瞬间就搅成一场五彩的花雨，从天而降。正在散步和晒太阳的人们一时都被惊呆了。等到回过神来，再掏出手机去拍照时，却又恢复了平静。秋阳艳艳，澄明如水，只是地上多了一块厚厚的地毯，镶嵌着数不清的色块、线条，还散发着落叶的清香。人们一时晕了神，都不忍心去踩。秋天就是这样突然降临的吗？如饮美酒，让人心醉。

红色是喜庆之色。人有喜事喝了酒，脸色发红，会有一种按捺不住的激动。现在的院子正是这种气氛。柿子树的叶片本就厚实，这时红得像浸过红颜料的布头，裹着黄柿子，露出一脸的憨厚。枫树，正庆幸这是它们一年中最露脸的时刻，不管是元宝枫还是鸡爪枫，都尽力伸展开它们的尖叶，鲜红欲滴，如少女的口红。

而平时最不注意的爬山虎，学名叫"地锦"的，本是怯怯地匍匐在墙角、墙头，用它的墨绿去勾线填缝，这时却喷出耀眼的红光，一时墙头便舞着蜿蜒的红飘带，墙角则像是谁刚泼了一桶红油漆，而高楼整面的山墙，则像一面鲜艳的红旗，火辣辣地呼喊着大地的浪漫。

我们常说秋天是金色的季节。这院子里虽不像丰收的田野有玉米、南瓜的金黄，却也给金色留下了足够的舞台。阴差阳错，当初设计者在院子的中轴大道旁全部栽上了银杏。它们干直冲天，枝柔拖地，枝条上互生着一束束嫩叶，五叶一束，叶开如扇。春夏时绿风荡漾还不觉有奇，而这时清一色地转黄，挺立路旁，就成了两堵"黄金海岸"。人们走在路上，有如登上金銮宝殿，脚踏软软的金丝地毯，遥望两条黄线射向蓝天，不知身在何处。本来工人还是每天照样清扫落叶，后来居民强烈呼吁停扫一周，好留住这些金黄！现在，连环卫工人也偶尔抱着扫帚坐在路边的长椅上，享受上天恩赐的这一年一次的黄金假期。仿佛大家都到了另一个世界。

当然还有不变的绿，那是松柏、翠竹、没来得及落叶的杨柳和地上绿油油的草坪。它们都做了秋的深色背景。当然，也有许多中间的过渡，马褂木因为硕大的叶片特别像古人穿的马褂而得名，这时呈现出深褐色，而白蜡树则刚刚染上一点淡黄。更有那玉兰，白绒绒的花苞，已经准备好了来年春天的绽放。地上的落叶，因时间的先后分出了水分的干湿和颜色的浓淡。

墙是一色的青灰，偶有一串红叶单挂在上，就像暗夜里的灯笼。一片鲜红的新叶正被风吹到枯叶堆上，像是正要去点燃它的火苗。阳光从树上未落的绿叶上反射着粼粼的光，秋风还是突然地来去，搅动一团色彩，扬起又落下。这时我就痴痴地坐在长椅上，透过漫天的彩叶，享受着胜似春光的秋色。难得，天地换装一瞬间，五颜六色齐抖擞。看尽南北四时花，不如静对一院秋。

高山韭菜坪

　　贵州之乌蒙山，穿云披雾，绵延千里，人多知其险而少知其美。
最美的是山顶十万亩花海，曰"韭菜坪"。为全国之仅有，世界之
未闻。

　　韭菜，本为农家常种之蔬，食客盘里常有之菜，忽一日于高山
之上，成一十万亩之大盘，每年百万游客共进秀色之大餐，蔚为壮
观。一般的韭菜，叶细长，长不盈尺；开白花，花不引人。而这里
的韭菜，宽若一指，长可过人。最奇的是，韭在山下开白花，上到
山上变紫红。每一朵花，未开之时拳为花苞，紧裹花蕊，如新娘披
纱，娇羞待嫁；初开之时如礼花，每一苞都直挺出五六十个紫色花
棒，欲辐射四周，划破夜空；盛开之时如绣球，每根花棒又二次炸
裂，翻出粉色细丝，拳拳曲曲，跃跃草丛。到花尽之时则满山彩线
飘舞，丝丝缕缕惹相思，缠梗挂叶不忍去。整个山顶，花期长达一
月有余，你方含苞我盛开，万紫千红斗未艾。这时遥望天边，花海
共云影而徘徊，绿草托群芳而争艳。时逢九月，正值中秋，举国同
欢，万家团圆，好花知时节，天高万里秋。

　　天下何处无花？但山顶十万亩不易。谁人没有见过韭菜？但白

花变紫未有。于是，紫花大韭被人们惊为稀世之宝，曾穷各方之力，欲引种下山，但她宁餐风沐雨，不食人间烟火，一到山下又恢复白弱之态。这门槛就是一条 2 500 米的高山海拔线。橘生淮南则为橘，韭生山上花变紫。管山者言，且不说让她下山，山门离花区只有 100 米，为填此空白，多次引种，却无一朵肯来。

　　自然与人，寸步不让。

摘自《天边物语》2021 年 12 月第一版

履
痕
处
处

储存时间的溶洞

诗曰：

竹笋一夜三尺新，石笋三尺万年生。

龟兔何必去赛跑，世间最难是慢功。

贵州号称世界溶洞博物馆，其中最有名的是织金洞，这里兼有各种造型的钟乳石，千奇百怪，美不胜收。本是要作一次浪漫的赏美之旅，但走着走着倒陷入了对时间的沉思。

时间从哪里来又到哪里去了？这是哲学家、物理学家考虑的问题。它实在是太浩渺了，让常人难以捉摸，甚至从来不去想它。古人发现四季轮回，就把它叫作"年"；又发现月亮缺而又圆，就把它叫作"月"；再看到日升又落，就把它叫作"日"。为了更实用一些，就借助太阳影子的移动发明了计时的"日晷"，借助容器滴水发明了计时的"滴漏"，即古诗里说的"漏声迢递"。再往后有了钟表。但所有这些都是你眼睁睁看到的正在走着的时间，那么过去的时间去了哪里？

原来它藏在地下的溶洞里。

在湘、鄂、黔相连的武陵山区遍布溶洞，我曾进过一个特大的洞，里面可以开进一架飞机。现在织金洞已探明的也有 12 公里长，上下 4 层，47 个大厅，最高者 150 米，有 50 层楼房那么高。都说水滴石穿，看看大自然有多么大的耐心啊，能穿出这么大的一个石洞。水穿成洞后还不算完，它还要在洞里造石笋、石柱、石崖、石山。穿洞是用减法，洗去石头里的钙质；造石是用加法，水滴石上，留下一层薄薄的钙质，层层相加，要数十万年才长几毫米。而现在眼前的钟乳石如山如峦啊，这要滴答多少年。有一根石柱只有合抱之粗，却有百米之高，一直顶到溶洞的天花板。这要是林中的一棵大树，我们会去测算它的年轮，而现在只能推想它的"年层"，那是肉眼无法看到、显微镜无法捕捉，只能靠理论推算的"年层"啊！在没有钟表之前古人曾点香计时，石柱就是未有人类之前造物者留在这里的一炷香，慢慢地燃去水分，留下香灰，留给将要出现的人类。可以想见这项工程的难度，要亿万年间洞顶上的那个漏水点与地面垂直不变，石柱才不会歪斜；要亿万年间头上的水量匀速下滴，石柱才粗细均匀；要亿万年间没有地震等地壳变动，石柱才不会断裂……这是一场多么耗时、耗心又多么精准的实验啊！当年卢瑟夫研究原子结构，八千次实验才成功一次。想造物者在这漆黑的大溶洞里默默地用功，其耐心更远在八千倍之上。神呼其技，伟哉自然！人类是绝对无法完成的，因为他没有足够的时间。

　　我在溶洞里徜徉，讲解员在耳边说着钟乳石的美丽，什么倒挂琵琶，什么霸王的盔甲，我全然没有听进去，只想着在地球上还没有树木之前怎么就像树一样地长起这些石柱。这时路过一根石笋，只有齐腰之高，因为在路边，被游人摸得溜光。我忽然想起那年走在江西的竹林里，路边也是这样高的一根竹笋，嫩绿滴翠，像一个翩翩少年，我曾忍不住扶笋留影一张。主人说那笋子昨天还没有冒芽，一夜间就蹿了这么高。而眼前这个石笋呢？讲解员说已有 40 万年。啊，小学学历史时就记住了距今 70 万年至 20 万年前才有了北

履痕处处

257

京猿人。石笋一节,从猿到人啊!想一千多年前温庭筠在月光下从容地咏着他的词"柳丝长,春雨细,花外漏声迢递",而地球也在它自己的漏声中不紧不慢地走了过来。

江西竹林中的竹笋(左)与贵州溶洞中的石笋(右)

朱自清在他的散文《匆匆》里感叹时间的流逝:"是有人偷了他们罢:那是谁?又藏在何处呢?是他们自己逃走了罢:现在又到了哪里呢?"原来他们跑到了地下,跑到了这织金洞里。按照爱因斯坦的相对论,空间可以弯曲,时间可以追回。那么时间也是一种矿藏。我的想法滴在时间的流里,没有声音也没有影子,我不禁觉得自己也被溶进了这个溶洞。我参观过世界闻名的南非金矿,乘电梯下去,深不见底。我想也许有一天织金洞洞口会挂上一块牌子"织金时间开发公司",在这洞里像开发金子一样地开发时间。那将是世界上第一座时间矿洞。

古人说一寸光阴一寸金,难怪这个洞名叫"织金洞"呢?

《人民日报》2021 年 12 月 8 日,有改动

青檀树铭

山东枣庄之峄县有青檀沟，以其内遍布青檀树而得名。沟深二里，两岸全为一色的青石，石上丛生青檀树千余株。

青檀名檀却属榆科。其叶如榆，其子如榆钱。其幼时枝细而柔，中年时皮光而滑，青绿有纹，树叶婆娑，亭亭如盖，诚树中之美人也。其立于道旁自带三分静气，不威自重，无风也凉。盛夏时节，无论何人只要往树下一站，隐隐如有冰雪之感。传当年岳飞军务劳顿染目疾，来此小住，数日即目光炯炯。

青檀最可看的是老树。皮也裂，干也枯，枝也虬，根也露，与青壮之树相比仿佛换了一个树种。青檀沟里共有36株千年以上的老树，当沟口一株就名"千年青檀"，守门把关，如天王立殿。沟内有迎客檀、虎檀、鹿檀、梅檀、龙字檀、槐抱檀等等，直至送客檀。千奇百怪，神形怪影，牵人衣袖，惊心动魄。

这条沟记录着树与石的对话。青檀抱着光秃秃的青石，大小粗细之根钻洞觅缝，直撑得顽石横开竖裂，子孙繁衍，满山青绿。600年的毅力，千年的意志，就这样与石头相拥，与时间共勉。史上曾有一次大旱，众松柏生于崖，渴而死；而青檀暴于石，挺而立，更见绿。世间无论何树总是求土以固其根，求水以润其脉，唯青檀却借石来养其魂，坚如石，危如岩，立如岸。魂存则命不死，静待天雨来，勃勃焕生机。世人皆知莲出淤泥而不染，而少知檀生顽石而愈绿。

我初识青檀并不是在山野，而是在都市的家具店里。檀属榆科，本贫贱出身，而青檀家具却与紫檀、花梨等一类的高档红木家具摆在一起。但它没有红木的那种傲气和珠光宝气，也不顾影自怜，喧闹嗦瑟。我当时见到的是一套圈椅茶几，漂亮的弧线、沉沉的墨绿透出隐隐的花纹；静中有声，暗中有明，一直幽远到无形。我即联想到国画中的青绿山水、京剧舞台上的老生、名曲《二泉映月》和穿着布衣的民国学者。它不卑不亢，气度自在，魅力袭人。就连最阔气的家具城也不敢把它当榆木看待，而要请它与红木为伍，镇店守城。青檀树皮还是制造中国宣纸的基本材料，纸寿千年，水墨人间，全赖青檀。

伟哉青檀，青青不老。

2012 年 1 月 2 日记于枣庄，2022 年整理

《北京晚报》2022 年 10 月 22 日

老　墙

在婺源农村小住几天，每天出出进进，这墙就是一页读不完的书，一幅看不完的画。

当初一个泥瓦匠完成一座新房或一堵新墙时，断没有想到他却为大自然提供了一张作画的温床。岁月之笔先用细雨在墙上一遍一遍地刷洗，再用湿雾一层一层地洇染，白墙上就显出纵横交错的线条和大大小小的斑点。论层次，这里有美术课上讲的黑、白、灰的过渡；论形状，则云海波涛、春风杨柳、山石嶙峋，胜过一本《芥子园画谱》。但大自然并不满足于平面的艺术。风雨如刀，岁月如锥，白墙就这里被铲去一块皮，那里被刻出一道沟，有时还被随意抽去一块砖，甚至推倒半堵墙。然后，再借来四面八方的种子，乘着风和雨，漫天摇落在墙头。

村里古祠堂有一面大墙，上面爬满了积年生的薜荔果，这真是一面可看、可吃、可用的墙。我借手机上的软件，一个一个地认识墙上的花草。有名"窃衣"的，开着白色的小花，籽带绒毛，总能偷偷粘在衣服上跟你回家，落户墙角；有名"猪殃殃"的，人可食、可药，活血止痛，但猪一吃就要遭殃；有接骨草，可接骨，凡猪狗鸡鸭腿折骨断，捣烂敷之即好；有一种野草莓，酸酸甜甜，名"蓬蘽"，唐人贾岛的诗里居然写到它，"别后解餐蓬蘽子，向前未识牡丹花"。还有更怪的名字"阿拉伯婆婆纳"，是从阿拉伯传来的物种。但民间不这么说，说是一个叫"阿拉"的老伯，躺在草地上想老婆，见小草玲珑可爱就取名"婆婆纳"。文化这个东西无时无地不在兼容变异。

村西有一堵老墙，曾是一座三层楼高的民居，已三面坍塌，唯留下一个楼的直角兀立在窄巷之上。直角往南的一面墙还比较完整，而靠北的那段已经塌得只剩下一条棱线，清晰地露出墙的筋骨结构。只见碎砖破瓦如瀑布一样倾泻下来，犬牙交错的砖块间露出当年填充的红土。像大战后一个受伤的壮士正挂着枪托站立在战壕旁。唯有那个高高的楼角还十分完整，在蓝天的背景下画出一个标准的直角图形，几根废弃的电线如一缕柔发掠过她的额头，头顶上白云来去，一只孤雁在天际盘旋，风在轻轻地打着口哨。这时晚霞烧红了天边，风雨楼台，残阳如血。我一时惊呆了，如果要给眼前的这幅画起个名字，就叫《岁月》。我知道严田这个村子是有来头的，历史上一村就出了 27 个进士。而今还处处显示着她曾经是个"大户人家"，你看脚下的石板路与河边的洗衣石，一低头就是一块废弃的古碑。

有谁能解这老墙里的密码？谁又能读得懂这幅风雨斑斑却又四季变换的青绿山水画？

《人民日报》2021 年 9 月 4 日，有改动

歪房子记

我们只见过年久失修而歪斜的老房子，哪有人专门去建一座倾斜欲倒的新房子呢？但还真有这样一件奇事。婺源严田村就建了一座精心设计、结构复杂、外斜内平的徽式新房。

婺源向以山清水秀的风景和白墙黛瓦的民居闻名。近年除吸引了不少走马观花的游客外，还有一批艺术家、作家、学者长期留住，将整个身心融入山水田园。同时，他们又按照自己的理念解读生活。文化，从来都是在传统与变异中前行。于是，这座歪房子就成了老树上的一朵新花，忽放异彩，蜚声四野。而每当一个具有丰富内涵的意象出现时，总会有无穷个不同的解读，斯为艺术。

世界万物没有一个绝对的平衡，而总是在倾斜与校正中来回摆动。这座歪房子不过是将这种意识具象化，让人可看、可摸、可住、可思，去理解人生。其实，以"斜"警世古已有之。中国古代有一种叫"欹"（qī）的器皿。在一根横木上挂一陶罐，当空着时，罐身半斜；加水一半，罐身正；加满水，罐子立刻倾翻。孔子见而感叹道："吁，恶有满而不覆者哉！"这是让人警惕不要自满。名"宥坐之器"，宥同右，意即座右铭，是在以斜警正。著名的国宝山西永乐宫壁画里有众多人物故事，其中没忘了画一个细节。一个童子，正在用一块木片去垫支一个桌腿。别小看这块斜木片，明末清初学者李渔的《闲情偶记》里有详细记录。宋代学者刘子翚，朱熹的老师，曾有一首咏物诗专说它："匠余留片木，楂（zhī）案定攲倾。不是乖绳墨，人间地少平。"这也是以斜示正。清代诗人龚自珍有一名篇《病梅馆记》，他说梅花本来长得好好的，有人偏要用绳子把它绑得东扭西歪，以曲为美，这是病态。他同情被扭曲之梅，就买了300盆全部松绑，并且发豪言要将天下病梅全部解放。这也是以斜说正。佛说一物一世界，看来无论一个小木片、一个小陶罐、一枝梅都含有辩证法，都可借物警世。以上所举三件都可为手中把玩之小物件，而现忽有庞然如一所房子者矗立眼前，人可绕其外，入其内，效果又当如何？这正是现代艺术与传统之所别吧。逐有感而作《歪房子铭》：

人居地球而不知在头朝下行走；居平常之屋而不知有反常之事，正所谓习以为常，歪以为正，非以为是。

居都市者，吸汽车尾气而不觉；吃农药残留之粮菜而不觉；夜不见星光之灿烂而不觉；日不闻鸟语之欢鸣而不觉；身处喧闹纷扰之市而不觉；心陷案牍之劳、商利之争、官场之累而不觉。疲于奔命，忙如蜂蚁，自以为得意。

有某君一日行至婺源严田古村，见山青水绿，天朗气清，惊为桃源。随造屋数间以引知音，又筑歪房一座以警人心。房外观之，为将倾欲倒之状，入内则敞亮平稳。目眺远山天际绿，耳听鸣泉心上流。坐饮清茶一杯，顿悟今是而昨非，尽洗半生红尘。

古人云，以铜为镜可正衣冠，以人为镜可明得失。今以歪房为镜，可明居世之道。陡然一倾，震悟人生。

2021 年 5 月 5 日

今人设计的奇
妙的歪房子

古人警世正己
的"宥坐之器"

永乐宫纯阳殿
壁画《道观斋
供图》(局部)

辛弃疾的一瓢水流过千年

　　江西上饶市铅山县有个稼轩乡，就是南宋词人辛弃疾号稼轩的那个"稼轩"。辛弃疾当初起这个号，就是准备到农村去种地的。他"尝谓人生在勤，当以力田为先"。但是生于乱世，他先以救国为重，拼搏了前半生后，不受朝廷重用，便带着满腹的郁闷、惆怅，到铅山来过农家日子。他喝酒、交友、访山林。一日访得一处泉水，不大（还没有半个网球场大），形如一个水瓢，就给它取名"瓢泉"。他在这瓢泉边一徘徊蹉跎就是十多年，真是岁月磨尽英雄老，一个把栏杆拍遍的壮士，就这样终老山林。他一生有词作六百多首，而"瓢泉之作"竟占了两百二十五首。其中有一首《洞仙歌》，以无比欣喜之情记叙了这个泉的发现：

　　　　飞流万壑，共千岩争秀。孤负平生弄泉手。叹轻衫短帽，几许红尘。还自喜，濯发沧浪依旧。

　　　　人生行乐耳，身后虚名，何似生前一杯酒。便此地，结吾庐。待学渊明，更手种，门前五柳。且归去，父老约重来，问如此青山，定重来否？

　　瓢泉的发现还真成了辛弃疾生活的一个转折点。两年后，他从福建任上再次被撤职，就干脆在泉边起房架屋，把家搬到这里，从此再没有离开过。

那天我去采访时，乡党委书记自豪地说，我这里是中国第一词乡。我说历史上词人的家乡多啊，何见得你就是第一？他说有四条理由，没有人敢比。第一，乡政府以词人之名命名；第二，在本乡八十平方公里范围内竟留下辛词两百多首，占词人全作的三分之一；第三，我们继承这份遗产的力度最大。

我说，前两条是硬件，全国确实没有第二家可比，唯这第三条值得商榷。书记不急，领我看他的乡政府办公小院，从院墙再到一楼、二楼、三楼，粉墙上浓墨重彩，不是辛词便是辛词的画意。等到落座，他竟将辛南渡后的每一个节点、每一首词的创作时间讲得清清楚楚，当说到某首词时脱口而出。真让我们这些自命为文人的人汗颜。我说你是个"真辛粉"。他说，在稼轩乡随便摸个人头都是辛粉。今年春节，乡机关并家属举办本乡的春晚，有一节目是比赛背辛词。一口气背三首者小奖，十首者中奖，一百首者大奖，奖品是笔记本电脑。还真有人抱走了电脑。我说还有第四条呢？

他领我穿村走巷，穿过一片辛词的海洋，来到村外的"瓢泉"旁。他说第四条就是这"瓢泉"，是硬件里的硬件。一个词人在近千年前发现、流连、吟咏、居住过的一处泉水，能不断线地一直流淌到今天，默默地滋润以他名字命名的稼轩乡，这确是一个奇迹，一个全国的唯一。大家还记得我们在中学课本里学过那个柳宗元的"小石潭"吧，那年我专门由湖南过广西去寻访，早已无踪无影。小时我故乡的村庄里有十几处泉水，前些年回去时，一泉不存，地干裂得耕地能掉进牛腿。

水这个东西，受地质、气候、战争、开矿等因素的影响，是最不稳定的。连黄河都曾有过改道和断流。难得这一瓢之泉，竟如稼轩词一样叮叮淙淙、不紧不慢地流过了千年。瓢泉，是在一整块石头上泛出的一处小水，积为一汪，清澈见底。当年朝廷不听辛弃疾这个主战派的建议，对之屡召屡弃，他心酸无比，自嘲自己的姓氏："艰辛做就，悲辛滋味，总是辛酸辛苦。更十分，向人辛辣，椒桂捣残堪吐。世间应有，芳甘浓美，不到吾家门户。"既然好事不到吾家门户，那就把吾家搬到这个好风景处。这一瓢秀丽的小泉给了词人莫大的慰藉。朝中的事管不了，他在这里"管竹管山管水""宜醉宜游宜睡""记得瓢泉快活时，长年耽酒更吟诗"。

这里本来游人就少，泉边小树上挂了一个水瓢，是专门给辛词的知音们准备的，好隔时空遥对，同饮一泉水。我摘瓢在手，躬身舀水，举瓢齐眉如举杯，天光云影，与辛公，醉一回！饮罢，击瓢而歌曰：

　　　君在泉之头，
　　　我在泉之尾。
　　　泉水淙淙流千年，
　　　郁孤台下清江水。

　　　君弃宦海去，
　　　来寻甘泉美。
　　　管山管竹又管水，
　　　山水看你也妩媚。

　　　君词书墙头，
　　　君词写巷尾。
　　　稻花香里说丰年，
　　　千年以后君又回。

《作家文摘》2020 年 9 月 1 日

都市野趣

我住北京已有多年。眼见楼愈高，路愈阔，人愈多，车愈闹，烦不胜烦。便常思小时乡间泥土之乐。

我所在的大院有楼数十座，柏油路纵横其间。早晨的锻炼方式就是绕楼跑步。然跑完之后又觉缺点什么。虽路旁有标配的健身器材，但乃冰冷之物，不想去摸。两侧有银杏树，叶如小扇，楚楚可人；初秋杏果累累，堪比吐鲁番的葡萄。日过其下，相看不厌，顿生爬树之念，这本是小时常做的功课。于是，晨练之后返家之前，先环视四周无人，便纵身一跃，双手抓住低处的树杈，再以脚蹬树，弓腰虫行而上。跑步练腿，爬树练臂。如是者多年。有一日当我前后扫视，确信无人之时，忽一熟人从墙角转过，惊呼："梁总还会爬树！"此事遂传回单位，成为顽童之谈。

又大院中遍植花木，有一种名"碧桃"者，专为看花，春三月，还未吐叶时先绽出鲜红的花朵，艳艳照人。到立秋过后就挂满核桃大小的果子。只是人们都以为它生来就是中看不中吃的，花开过，果自落，谁也不去理会。一日我在树下端详，所有熟透的果子上都有虫吃的痕迹。天下名山佛占尽，世上好果虫吃完。这果子一定好吃！我小心掰开，用舌尖一舔，一股以甜为本兼有些酸，又有一点微苦的味道，直透心田。关键还不是舌尖上的享受，它如一道闪电击穿岁月数十年，撕开了我尘封许久的童年记忆。那时在山上打柴，最大的享受就是采食野果。野果之味，不要那么甜，正好留着这一丝的酸和苦才提神解渴。当疲倦之时，食之精神会为之一振。我自以为牧童发现了断臂的维纳斯，每于晨练之后，汗未落时，优游于桃林之中，捡漏寻宝。虽是三五棵树，然隐身于枝叶间，若茫茫桃林，仿佛声闻幼时伙伴的呼唤。《浮生六记》的作者写其小时于园中蹲看草间小虫的爬行如林中巨兽往来，大约就是这个意境。我渐渐摸出规律，桃果初成，绿而硬，不能食，虫不来。到色微黄，特别是边棱处现出一条若有若无的红晕带时，便可吃了，虫子也不期而至。能于此时找到一粒微软、酸甜、无虫之果，便是意外的惊喜。人虫相争抢得先机也就是半日之间。我将这个秘密告诉院里的朋友，他们的第一反应是："咦！你还吃野果？"仿佛原来交往的是一个野人。

其实人类从森林中走来，从猿人到现在的几十万年，也就近五六千年才不全赖野果为生。作为个体，现在不少的人还有过与野果厮磨的童年，怎么就这样健忘呢？忽然想起鲁迅先生的《从百草园到三味书屋》，人人都有一个童年，但未必人人都有一颗童心。

《光明日报》2020 年 9 月 11 日，标题有改动

登珠峰女记

2019 年九月里到贵州参加一个关于王阳明心学研究的学术活动。与会者多为各院校老教授和媒体记者。却有一女子，跟随在队伍中。腰身苗条，肤色略深，明眸皓齿，引人注意。最奇的是，满头细长的辫子翻于脑后，如瀑布般披于肩上，又随意绊连，络绎珠缨。而辫根翻起时在额头上留下了一条天际线，隐若长城垛口之起伏，轮廓线下显出朴实秀美的脸庞，有高原风或非洲味，常为众目之所注。主人在介绍别人时常用某教授、专家之类的头衔，于她则无职无衔，只说这是本省登上珠穆朗玛峰的第一女子，也是彼时登上珠峰最年轻者。

一二日后渐熟，与之接谈。问，供职于何单位？答，无单位。问，什么学校毕业？沉默片刻，答高中未读完而辍学。问，家中可有兄弟姐妹？答，上有三兄皆夭折。我明白了，一定是有一个心酸的背景，便不再多问。

但我仍是好奇，一日终于有机会问到登山之事。她本无业，于网上写作，渐有粉丝，而成网红。便有登山赞助组织找来，问是否愿意参加，是欲借其名，而火登山事。以一农村女孩，从小生活在山区，并不知专业登山为何事。即去参加，竟登上了珠峰。咦，登山缘起网红，网红因登山更红，遂成名人。于是求代言者盈门，所以连今天这一类的学术活动也被邀来助阵。一个人，在许多时候并不知道自己的价值。若无缘试跑，千里马也不知道自己能跑千里。

问及登山的初心。她说父母连失三个男孩，十分伤心，她必须证明自己虽女子，但无事不可成，以慰父母之心。父亲将丧子之痛深埋心中，从不言及。唯在她登上珠峰之后，在医院里见面，才抱头痛哭，说出多年的心病。她亦觉焕然成人。

她的满头小辫仍是我们这个临时团队的话题。一日饭后闲坐，一位大姐抚其辫，问其故，她才说这不是为好看，而是登山时的专业发型。山上有狂风，长发飞舞随时可能钩挂设备，酿成大祸。又山中条件所限，十天半月无法洗理，结辫亦为整洁。这一头小辫，共八十根，要三个专业人员编五个小时才能完成。成型之后，可任意运动、训练、登山，平时洗澡、洗头都无所碍，可保持三月。因编辫之难，所以一般不轻易散去，这次亦带辫赴会。真是辫者无心，观者有意，反成风景，如奇峰在山美不自知。

问及平时的训练，答，知道北京的香山吗？要一口气上下跑十个来回。进入登山准备期，要一次跑完一百公里，听者直咋舌。问苦不苦？答很快乐，现已登过全球二十五座著名山峰，并已拥有自己的一个户外探险公司。她身段姣好，如街头相遇，没有人想到她是登山人。我问，怎么不见肌肉？她说正在休闲调理期。如到登山时，我会比现在增加三十斤。你看我那些男队友，登山时一身肉，啤酒肚，下山时肚子就凹成一口锅，拼的就是消耗。珠峰回来我头发都会变白，再慢慢恢复。但这大起大落让我重生，让我坚强。我会活到一百岁的。那天学术活动结束，各位教授发言，都很高深。她只说了一个心字，专心，什么也不想，想多了会缺氧。活得好简单！大约这就是王阳明心学的定力。

散会时我先走，未及见面。两天后她发来微信照片，正在贵州最高之山韭菜坪上训练。天已经擦黑，走累了，就躺在野花丛中小睡。头上还戴着一盏夜行的灯。

人类本从山野走来，但一入围城就不愿退出半步，只有极少数人愿意重归户外，享受大自然的宁静。

《当代贵州》2020 年第 12 期

优待之忧

我长期在基层当记者，是吃过一些苦，但也常常受到特殊优待。基层的干部很热情，总是尽其所有，给记者创造最好的条件。这种优待有时适得其反，让你哭笑不得。一年冬天我到山西汾西县采访，县委招待所让出一间最好的窑洞给我住。但正因窑洞"高级"平时很少住人，冷炕冷窑，如在冰窖。服务员连忙生火，火口在窗外，热气要通过地下慢慢烘热全屋。我冻了一晚上，直到早晨才开始有一点温热。可我又要转移到他县去采访了。但他们觉得总算为客人尽了心，我也连连感谢。还有一次在吕梁山区的永和县，也是个偏僻小县，平地很少，县委招待所是沿沟挖的几排窑洞。而最好的几孔窑洞藏在一个沟岔里，平时也极少人住。晚上我一人到院子里散步，月明如水，秋风习习，我抬头看崖畔上树影婆娑，远处岗峦起伏，院心空明，如苏东坡夜游承天寺之意境。我正待作一点王维、陶渊明式的抒情，突然窑顶上蹿下一条黑影，直扑我脚下。幸亏离门不远，我翻身进屋，关门，想山野之地，遇上恶狼了，心跳怦怦不已。这间高级窑洞离招待所的大众客房很远，真是呼天天不应。惊魂初定，听到外面"汪汪"之声，才知是一条狗。但这狗却再不肯离去，月明之夜，一直对门狂吠到天明，大约它也不明白这里为什么今天住进了人。第二天主人问我睡得可好，我说很好。心中却吟着："断续狗吠断续风，明月一夜对孤灯。客身难言心中苦，正是主人优待情。"还有更难堪的，到比县高一级的小市（不是省会或大都市），当地也会留出一套"准总统"套，极大且阴，而且会炫耀说某中央领导曾住过此房。我也有幸借光。因那豪房平时不肯轻易屈身就客，就冷清无比，入睡后常有夜鼠光临，聊以为伴。还有一次在晋城，一间房占了整个顶楼一层，面积有网球场之大，大概是学上海锦江饭店的楼顶总统套。"套间深深，深几许。"害得主人来看我，我竟听不到敲门声。我想起季羡林先生对我讲过他到印度访问，一人住的一间大房，就像睡在打麦场上。

吃住之"优"还好忍耐，最怕的是人情之优、礼节之优，那真叫我忧心如焚了。我生性随便，最怕客套。但是接待单位觉得不客套便是不敬，主客间便作着这种对谁都无益的消耗战。

客套之一是陪客，尤其是在一地当记者时间长了，有了一点小名，就更常在网中，像一头被套住的小鹿，掉进了猎人下的套子里休想挣脱。到某县，一下车就进客房、进餐厅，饭后又闲聊，直到快熄灯才走，将你的时间剥夺殆尽。所以后来我总结经验，进县城前先停车解手，敞对黄土高原、蓝天白云，享受这一刻的"方便"，否则你一入县城就为主人所俘，连"如厕"的时间也不给了。早晨起床后赶快写稿，否则一会儿领导来陪吃早饭，你就再无自由。至于有的领导还会提出陪同下乡采访，则坚决谢绝。徐志摩说："'单独'是一个耐寻味的现象，我有时想它是任何发现的第一条件。"这样哪怕驳了主人的面子，还是要创造"单独"的机会，才便于工作。采访一定要轻车简从，一般我只带一个当地通讯员领路。当被采访者单独面对你时，才可能谈出心底的事。至于几家报社、一群记者的"集体采访"，还有作家们的"组团采风"只能应个景，我一般都不凑这个热闹。

履痕处处

275

摘自《记者札记：没有新闻的角落》2018年10月第一版，有改动

丑 碑 记

　　一般刻石立碑不外乎两个目的，一是记重大事件，二是为某人歌功。但也有例外，专门立一块碑去记丑人、丑事，供后人深省，又资笑谈。只是这种碑极少，我有幸碰到几块，不敢私藏。

　　2003 年到桂林看灵渠，这是一项与都江堰齐名的秦代水利工程，已造福中华民族两千年，渠边专门修有"四贤祠"，奉祀两千年来与灵渠有关的四个功臣贤人。想不到就像中学语文课上教你认"反义词"一样，四贤祠的碑廊里又立有一块贪官碑，两相对比，黑白分明。碑文只有一句："浮加赋税，冒功累民，兴安知事吕德慎之纪念碑。"原来，民国五年（1916 年）广西兴安县知事吕德慎搜括百姓，引起公愤，当地乡绅带领民众拦轿告状，终于免掉了他的官职，并立此碑以纪念。

　　如果上面这块碑是怒骂贪官，下面这块则是连骂带挖苦了。

　　2017 年过河南南乐县，拜谒仓颉陵。仓颉为传说中的造字圣人，全国有多处陵、庙纪念。明朝天启年间，内阁大学士魏广微等四个南乐籍的大臣奉旨在仓颉陵旁修建仓颉庙。竣工时立大方碑两通以记其盛，当时大名府知府向胤贤命南乐知县叶廷秀负责此事。因南乐县小无钱，知府向胤贤就号召各县捐资，并带头许诺捐银十两，各县知县也许诺各捐银五两。叶廷秀见钱有着落，即迅速办成了此事。碑共左右两通，左碑刻"三教之祖"，右碑刻"三教之宗"，各四个大字。左碑后刻了捐款人名单并捐献银数。

方碑立毕，叶廷秀向各位收银，不料知府却赖账分文不出，各知县同僚碍于叶廷秀的面子只肯出一两银子，但方碑上的名字和捐献银数都已事先刻好。叶廷秀生性耿直，他发话说："你们让我为难一时，我让你们丢人万世。"于是他命人在知府向胤贤"捐银十两"之后加刻两个字"未给"，其他知县"捐银五两"后面都加刻"止给一两"，而在自己的名字后面加刻上"足数色"三个字。就是说只有他一人在银子的数量和成色方面都是给足了的。知府与各位知县只好喝下这杯苦酒。这通大方碑仍立到今日，十分完好，真的是"贪银一时，丢人万世"了。

以上两碑虽是记丑，但都是他人愤而立碑，还算正常。下面更好笑的是自己立碑自己砸，徒留笑柄。

2002年河北正定县修公路时出土一块巨大石碑，只碑座就有一辆小汽车大。奇怪的是，虽经千年，字迹仍十分清晰，这显然是刚立不久便人为砸碎掩埋的。在盛唐之后，中国历史进入动乱的五代时期，梁、唐、晋、汉、周，大约每十年就换一个小王朝。军阀混战，有兵就有权，人人梦想当皇帝。经考，晋代时驻军河北的一个小军阀，也准备起事夺权登基。他事先为自己刻好了一块颂德碑，梦想如历史上许多皇帝登基留碑一样。这有点像袁世凯要做皇帝事先准备好了龙袍。不想事不机密，漏了消息。仓促间他慌忙毁灭罪证，自己砸碑埋石。但也没有免祸，还是被处死了。偷鸡不成蚀把米，这成了一块野心未遂者的耻辱碑。

以上都是过去了的历史。不要以为现代人进入文明社会，已经再不干这种蠢事了。我亲见的又有两块，而且都发生在陕北，咦！

陕人如此好名乎？

2005年我到陕北佳县采访。当年毛泽东转战陕北一年，有一百天工作在佳县，留下许多故事。你看，下面是一个省级干部随便拣了一个小故事，便借机把自己的大名留在碑上了。

碑文如下：

九六年五月八日，我偕同仁游白云观。

道长介绍：四七年九九重阳，毛泽东主席由当时佳县县委书记张俊贤陪同，与四乡群众一起观看佳县群众剧团演出的晋剧《反徐州》。毛主席站在戏台前左侧，道长请主席在中间就座，主席说，我个子高，把后面的老乡挡住看不好。

我很感动：毛泽东主席看戏都想到群众。毛主席注定要得天下！得民心者得天下，这是一条政治规律，一切国家，一切朝代，一切政党都无法摆脱这个规律。对县委书记许浚讲，在此立碑，教育后人。

×××敬撰
一九九七年九月九日

这是一块典型的"盗名碑"。我当时看后觉得十分好笑，半个世纪前毛泽东看戏，与你何干？你又不是毛的随同，曾亲历此事。这碑，就是轮到那个白云观的道长去立，也轮不到你呀？而且还"我很感动"，指示县委书记去立碑，教育后人。生怕人不知道"我"是比县领导还大的省级官员。怎么"教育后人"，看来只能反面教育了。当年毛泽东等在此浴血奋斗，然后过黄河到西柏坡，召开了党的七届二中全会，特别通过了一个要戒骄戒躁的决议，规定少拍巴掌，少敬酒，不以个人名字命名。未想此地倒出了个反其道，直怕不能出名的人。

当时我很为我们的高干队伍中有这样一员而害羞，建议将此碑挪走，或覆盖。但事涉高官，地方上不愿惹麻烦。人人都在议论皇帝的新衣，但谁也不敢上去给裸身的皇帝披上一块遮羞布。时间一晃十年，2015 年我有事又过佳县白云观，这块碑还立在原地。从立碑之时算到今年已经过了二十二年了。看来又要像前几块丑碑一样载入史册了。

发生在陕北的第二件丑碑之事，是在离佳县不远的绥德县。时在 2004 年。这个县委书记倒也能干，修桥补路，干了不少好事。但有一个毛病，每干一事毕，要立一块碑，而且自拟碑文，文中必有自己，不知是想要记事还是颂己。群众议论纷纷，当地报纸说不到十里路立了八块碑，还画了示意图，成一丑闻。《人民日报》记者也报道了此事。当时我在夜班还配了一篇评论《碑不自立，名由人传》。

这只是我看到的几块丑碑，为人不知的一定还会有。但有一条，这几块碑，丑则丑矣，倒都是真实的。而那千千万万的歌功颂德碑中又有多少是真的呢？

碑在人心，人心如镜，无形之碑，更胜有形。

《北京晚报》2019 年 3 月 27 日

高 官 行

重
阳

280

报载，中国向联合国申报的丹霞地貌世界自然遗产通过，媒体一片欢呼。广东丹霞山管理局的老总给我打电话说："邀请你来丹霞山一行，好好地为我们写一篇文章，扩大宣传。"我接完电话却神情黯然，怎么也高兴不起来。此时我心里挥之不去的却是另一份遗产，一份沉重得让人喘不过气来的遗产。

丹霞山处于广东与湖南的交界处，在韶关市郊，名声在外已有些年。我与丹霞山失之交臂有两次。第一次是近五十年前的1966年10月，那时还是学生，乘火车南下，在韶关车站小停，仰望山顶，很奇怪那整座山体的火红。又传说山顶有太平天国时洪秀全的妹妹率女兵营驻扎的遗址，很想一游，这一念竟在心中埋藏了近五十年。

今年我参加了全国人大的一个检查团到广东，听说此行要到粤北韶关，心中暗暗高兴，想或许可以了却这个夙愿。一下车，省人大工作人员中有一位老张主动和我拉呱说，他是中学语文教师出身，曾在课堂上教过我的课文《晋祠》，又说此行日程中有韶关，可顺便看看刚申遗成功的丹霞山，一定要为当地留一篇文章。我说，已多年不写山水题材了，怕写不出。话虽这么说，心里却痒痒，便留心收集资料。正好我们用的车是从旅游局租来的，车上有一本介绍韶关丹霞地貌的大画册，十分详细。长途行车无事，别人闲聊或打瞌睡时，我就细读画册，并做了摘记，甚至还画了几张草图。山区公路颠簸，我本子上的字和图就成了蝌蚪文，老张坐在我的侧后，高兴地说："看来这次梁总是一定要写了。"我却还是不敢应承，只说："长途无事，顺便翻翻这本资料。"他说："明天是此行的最后一天，公务一结束，就安排上山。"我想这回真要了却五十年前的心愿了，这么想着心里倒有一丝的甜意。

第二天上午，检查工作结束，大家都觉得下午要去看丹霞山了。但下午车队一出城却兵分两路。团长，连其家属、秘书、警卫一行，去丹霞景区，其余的人被随便安排去看一个普通山洞。问之原因，说是为了首长的安全。天啊，这个检查团，团长是副国级，主要团员是副部级以上，会有碍团长的安全，有碍她的方便？况且全团出京已走了两个省，工作半个月，朝夕相处，开会、座谈、看点，前呼后拥，怎么不觉得有碍？今日倒突然生分起来？车出城后，两队各自东西，我忽想起曹植的《七步诗》，但默念时却是这样的句子："本是一个团，参观各东西。行旅未结束，相分何太急？"

这里特别有讽刺意味的是：这是一个人大工作团，大家在身份上都是平等的人大代表，如果从社会知名度上讲，可能有的还高于团长。这几个人都不得接近首长，那普通工人、农民又将如何？这几个人都要回避，整个景区清场，当然更是"自然"的事。这样，还一路侈谈什么实践民主，做人民的公仆。但是，接待者只认级别，拍好首长的马屁是唯一的原则。我们几个人一时无言，车里一阵沉闷。我不知道那个车上的人此时怎么想。五十年后我又一次与丹霞山失之交臂，心里一阵隐隐作痛。那一次没能上山，是因为还是个穷学生；这一次是因为首长在此，请勿靠近。

晚上，老张专门到我的房间说："很对不住，没能去看丹霞遗产。以后一定专门请你一次，还由我们接待。"我知道他一个普通工作人员的无奈，便说："请转告你们领导，这样的安排有损你们的'省格'。这次我没能看成丹霞遗产不是我的损失，恐怕是你们的损失。你们失去了一次向外宣传、推介景区的机会。更可怕的是让人看到了一种弯腰示上、奴颜屈膝的人性在我们的官场涌动。这正是当年鲁迅奋力扫荡的中国人的奴性。这才是你们真正继承了的'最好遗产'，怎么没有拿到联合国去申遗?"

《北京杂文》2015 年第 4 期

大情大理

将军几死却永生

　　今年是新中国成立七十周年，共和国有多块奠基石，其中之一就是抗日战争的胜利。诚如天安门广场上人民英雄纪念碑的碑文所说："三年以来，在人民解放战争和人民革命中牺牲的人民英雄们永垂不朽。三十年以来，在人民解放战争和人民革命中牺牲的人民英雄们永垂不朽。由此上溯到一千八百四十年，从那时起，为了反对内外敌人，争取民族独立和人民自由幸福，在历次斗争中牺牲的人民英雄们永垂不朽。"抗日战争中，国共两党团结御敌，同仇敌忾。国民党军方面牺牲之最高将领为张自忠将军，八路军方面为副参谋长左权将军。他们所代表的无数先烈用热血凝铸了共和国的基石。

　　但是，张自忠将军受国人的尊重和纪念还有更深的一层背景。他是一个人格受辱，曾被误为汉奸，几乎被舆论的唾沫星子淹没的人。然而他决然以死洗身，来证明自己的清白。

　　我第一次知道张自忠将军这个名字，是五十六年前考入北京的中国人民大学，学校就坐落在张自忠路上。想不到五十多年后我有事过湖北宜城，这里竟是他 1940 年的战死之地。2015 年 9 月，世界反法西斯胜利七十周年，宜城在当年的旧战场处修了巨大的纪念碑，从山脚至山顶铺一千两百余级步道。步道中段留出一段原始地貌，约三十平米，为将军牺牲之地。内有七块坚石，一片绿草，一丛怒放之杜鹃花。激战之后在这里发现了他的遗体，时将军身受八处伤，有枪伤、炮弹炸伤、刺刀伤，可见搏斗之惨烈。一上将级战地最高指挥官这样慷慨赴死于刀丛弹雨之中，实为现代战争中所罕见。将军的热血浸透了身下的土地。后来这个地方就名"血窝"，作特别保留。现在每一个从血窝旁走过的人都会驻足致敬，流下热泪。

将军出身行伍，其成名是在1933年长城抗战，以大刀杀敌。其时中日之国力、军力甚为悬殊。我军还使用冷兵器，每人背大刀一把，只能靠夜战、近战，摸入敌营。一曲大刀进行曲响彻长城内外。

1937年七七事变后，在和战两难、进退维谷的状态下，上面命他留在北平，任北平市市长与敌虚与委蛇。他明知这是一件要背黑锅的事，为挽大局只好委曲受命。他给南撤的战友送行时说，以后诸君是民族英雄，我怕要被骂为汉奸了。果然民情汹汹，一片喊骂。后日寇野心膨胀，残局已无法维持，他逃出北平，过济南，群众在站台上围攻喊骂，高呼打倒汉奸，他都无法下车。后转道青岛，到南京述职，反接到蒋介石的一纸处分令，这更坐实了他应对平津败局负责。

其实，抗战初期我方研判失误，一不战而失东北，二稍战即退出平津热河。国土沦丧，这本是应由最高当局负责的，而骂名却不公正地落在了他的头上。敌犯土失，官责民斥，有口莫辩，其内心之煎熬可想而知。他明白，如不能洗污，将成秦桧，就誓以死明志。

将军以民族大义为重，团结抗敌，处事有节。国共合作，常有摩擦，张部却从未有此事。1939年1月上面下达《限制异党活动办法》，时两名红色女记者安娥、史沫特莱正在他的防区采访。将军毫不刁难，立派人将她们送至新四军李先念防区。他的干训团有进步教员讲社会发展史，团长说是通共，将人捆绑，他立令释放。西北军另一悍将庞炳勋与张同是冯玉祥的部下，兄弟多年，但中原大战庞叛冯投蒋，并突袭张的师部，欲置其死，张逃得一命。从此两人结下怨仇。

抗战中，冤家路窄，张、庞又同在五战区。临沂战事，庞被日军围困，危在旦夕。当时李宗仁帐下无人，急召张自忠说："我知你们有旧怨，但那是打内战时的私仇。今庞在前方浴血，是为国难。望你受点委曲，捐弃前嫌，急救之。"张二话没说，带队驰援。出入生死，如赵子龙七进七出，两救庞于临沂，击败号称铁军的日板垣师团，板垣羞极，几欲自杀。张部也因此损失五千多人。蒋介石大受感动，亲致电嘉勉，并撤销了对他因七七事变失守北平的处分。

将军一向治军极严。临沂之战最激烈时，一营长逃阵，立即枪毙；一旅长进攻不力，阵前撤职。他有这样一个绰号："扒皮将军"。他经常训诫部下要遵守军纪，爱护百姓。常挂在嘴边的一句话是："看我不扒了你的皮！"这让我想起三十多年前看到的一则旧事。张带军驻扎某地，借宿民房。一军官强奸民女，第二天被指认出来，立判枪毙。此人是一员猛将，战功无数，对此事也供认不讳，只求暂留一命，让他明天死在杀敌的战场上。众将也为之求情。张不许，只是吩咐去买一副好棺材。事有蹊跷，这个跟随他多年的老部下被枪决后入棺，因未至要害，人醒过来后又翻棺而出，不但没有逃走反回来向他报到，并要求杀敌而后死。张仍不许，二次枪毙。

在襄阳我还听到另一故事，上世纪70年代有一跟随张的抗日老兵退伍在襄。一日，被驻军请去干活，正遇上新兵训练。此老兵不由梦回沙场，上前接枪示范，白发皓眉，雄姿勃发，吼声震天。全场为之震惊。可见张将军的治军之风。

将军待民以亲，待下以慈，持己则严。虽是战时，仍不忘民生。襄阳著名的秦代水利工程白起渠年久失修，他就向当时已流亡到恩施的湖北省政府打报告，倡议修复，并亲率士兵挖渠。他常说军队离不开老百姓，抗战胜利全赖民资助，每驻一地，即筹划生产，公平贸易。这一点很像左宗棠，虽在行伍，却有政经胸怀。

他的部队开饭前先唱《吃饭歌》，歌词大意是："这些饭食人民给，救国救民我天职。"逢节日时常有座谈联欢，对六十岁以上的老人亲送礼品一件。一次宿劫后山村，见百姓极苦，就吩咐军需官每户发洋十元。一老妪感激下跪，他急挽起说："是该我们当兵的给您下跪，我们没有保护好老百姓。"

他爱兵如子。每宿营，兵无食，他必不食。伤员出院归队，必亲自一一验伤，凡子弹从身前穿入者，即大声点名，让其站前排，彰其英勇。伤者无不感无上光荣，人人争先恐后。临沂战役，跟随他多年的冉营长负重伤，自知难保，留下遗言。一是望司令见其遗体一面，二是勿告家属，三是墓上立一小碑。张抱尸痛哭，亲写碑文，后将遗属接到部队说："冉营长为国牺牲，死得有价值。今天我张自忠还在，说不定哪一天也会死在抗日战场上。这是一个军人在国难当头时的责任。今后，有我张自忠的一天，就有你们母子的一天。两个孩子的教育费由我负责。以后我的家属在哪里，就送你们去哪里，与我的家眷在一块。"而他严于律己，为当时高官所罕见。一次指挥部转移新地，荒村破舍。副官调几名战士打扫卫生，他批评说："士兵是国家的士兵，不是我张自忠的奴仆。他们保卫国家，战死沙场是本分，但没有给我打扫卫生的义务。弟兄们行军已走得很累，你让他们累上加累，很不应该。"

他历充要职，却持身极俭。他的参谋长张克侠（共产党员）回忆他："如偶有过人享受，辄有不安之意……公殁后，余回部，过其所居，见报纸糊壁，敝席悬门，其刻苦奉公之状如在目前，不禁泣下。"1940年3月文人梁实秋到前线慰问，遍访九个战区，张的司令部最为简陋。他留下这样一段文字："张将军的司令部固然简单，张将军本人却更简单。……穿普通的灰布棉军服，没有任何官阶标识。

他不健谈，更不善应酬。……他见了我们只是闲道家常，对于政治军事一字不提。他招待我们一餐永不能忘的饭食，四碗菜，一只火锅。四碗菜是以青菜豆腐为主，一只火锅是以豆腐青菜为主。……我看得出这是他在司令部里最大的排场。……大概高级将领之能刻苦自律如张自忠将军者实不多觏。"长官如师如父，可见一支军队之炼成，首先是长官人格意志之造就。张自忠将军带出来的这支军队，后来在淮海战场上由张克侠、何基沣两将军带领起义，投向人民的怀抱。

自从大刀抗战之后，将军又有几次痛快地杀敌。1937 年底他辗转回到自己的部队，失声痛哭，言今日回来乃为杀敌报国，共寻死所，部下皆泣不成声，誓死赴难。他重新出山后一战淝水，二战临沂，皆建奇功。不到一年，除撤销处分外，连获晋升。由军长而军团长、集团军总司令、战区右翼兵团总司令。他说别人都可以打败仗，唯有我张自忠不能打败仗。

1939 年 5 月日寇进犯襄阳，张率部在襄河东岸指挥了一场漂亮的伏击，毙伤敌九百余，更重要的是缴获了敌人准备大规模渡河的舟船辎重。其中竟有张学良放弃东北，日军借其兵工厂生产的折叠船。可见当年不放一弹而失东北之恶果。张立令全部烧毁。此役虽小却粉碎了敌突破汉水，攻占襄阳、宜城之企图。其时将军拔剑独立汉、襄两水之间，一如当年屹立长城。

岳飞有名言，只要武官不怕死，文官不爱钱，国就不会亡。文天祥在《指南录》中谈到他于国难中不知几死。纵观张自忠将军之精神，就是抱定武人必为国赴死的信念。自敌寇压境，他经常挂在嘴边的一个字就是："死"。一个人只要拼得一死，总能干成一件事，一件轰轰烈烈的大事。

他每见长官必言死，战前他致电蒋介石："职现亲率两团渡河，攻击北窜之敌，如任务不能达到，决一死以报钧座。"他去重庆述职，行前别老上司冯玉祥，突然下跪。冯忙拉住说："这是干什么？"他答："蒙先生栽培，终生难忘。此去我死也死个样子，决不给先生丢脸！"冯一时语塞，不知该如何劝慰。

他给部下训话，常说的是："不惜一切牺牲，阵地就是棺材！"他给亲人（弟弟）写信："吾自南下作战，濒死者屡矣。濒死而不死，是天留吾身以报国耳。……吾一日不死，必尽吾一日杀敌之责；敌一日不去，吾必以忠贞，死而已。"他答记者问："现在的军人，很简单地讲句话，就是怎样找个机会去死。因为中国所以闹到这个地步，可以说是军人的罪恶。十几年来，要是军人认清国家的危机，团结御敌，敌寇决不会来犯。我们军人要想洗刷他的罪恶，完成对于国家的义务，也只有一条路——去死，光荣地死！"这是他由一个旧军阀部队的将领在国难当头时自觉转化为一个爱国将领的心声。他到日本考察，日本人说你们中国有文德而无武德，女人死节者多，男子捐躯者少，很刺他的心。他说这一回，我一定要给日本人看一看。每有大战，他即将军务推给副司令，亲上前线督战。正如他言，"濒死者屡矣"。

1940 年 5 月，敌再犯襄阳。他又如以往，从容作好以死报国的准备。会战刚开始，5 月 1 日他即致信五十九军团以上将校，表示共赴国难：

> 看最近之情况，敌人或要再来碰一下钉子。只要敌来犯，兄即到河东与弟等共同去牺牲。国家到了如此地步，除我等为其死，毫无其他办法。更相信只要我等能本此决心，我们的国家及我五千年历史之民族，决不致亡于区区三岛倭奴之手。为国家民族死之决心，海不清，石不烂，决不半点改变。愿与诸弟共勉之。
>
> 小兄 张自忠手启

5 月 4 日又给副司令留下遗书："已决定于今晚往襄河东岸进

发，……奔着我们最终之目标（死）往北迈进。无论作好作坏，一定求良心得到安慰。以后公私，均得请我弟负责。"开作战会议时，他见一团长未佩手枪，便说：长官上前线一定要带手枪，一为自卫；二为必要时杀身成仁。大家预感不妙，劝他说主将不应冒险到前线去拼命。他说："不是日本人不怕死，而是中国人当大官的太怕死了。"5月16日遭敌最后包围，他说："你们每个人都可以走，唯有我张自忠不可以走。"遂从容指挥，将苏联顾问、文职、后勤、伤员等一一安排护送走。然后带少数警卫与敌激战，先是左臂被子弹打穿，后弹片划伤肩、胸、肋多处，此时敌已近身，将军昂然而立，怒目逼视，大呼杀敌，又遭枪击、刀刺，终于殉职。

张自忠将军的牺牲震动国共两党。其遗体被我军拼死抢回，前线将领抚其伤口，放声大哭，十天前将军的遗言犹在耳旁。部下瞻仰遗容，皆泣不成声。前线总部作简单吊唁后入殓，楠木棺内置《孟子》一本，彰其为富贵不淫、贫贱不移、威武不屈的大丈夫；又置《三民主义》一本，"三民"之第一义即求民族独立，彰其为争民族独立之英雄。

灵柩过宜昌，十万人送行，敌机在头顶盘旋，无一慌乱。抵达重庆后，蒋介石以下军政要员在码头迎灵。国民政府先后宣布为其国葬，入祀忠烈祠，改宜城县为自忠县。8月15日，延安各界举行追悼大会。1943年将军牺牲三周年之际，周恩来又亲在《新华日报》著文，说每读"将军的两封遗书，深觉其忠义之志，壮烈之气，直可为我国抗战军人之魂！"1945年10月毛泽东赴重庆谈判，专门去拜望将军在世的老母，表达崇敬之情。

新中国一成立，张即被颁布为烈士，北京、天津、武汉等地设张自忠路。2009年，新中国成立六十周年，又被评为"100位为新中国成立作出突出贡献的英雄模范人物"。2015年纪念世界反法西斯战争胜利七十周年，又为之重立丰碑。

死生，人之大节也。将军在世时，不知曾经几死；其死后实又每日犹生，与国同在。痛哉！天不留其身，然其忠魂长在，壮我华夏。他如岳飞、如文天祥，是一位永垂青史的民族英雄。

2019 年 4 月 18 日采访于湖北宜城

《北京文学》2019 年第 9 期

戈壁深处夫妻树

一

树不在高，有故事则名。想不到戈壁滩上一棵普通的榆树却出了大名。我正苦于在边疆地区找不到有故事的人文古树，新疆的一位朋友突然来电话说，他们那里有一棵老榆树，与我国的第一颗原子弹爆炸试验有关，被当年领导核试验工程的张爱萍将军命名为"夫妻树"。我听后大喜，放下电话，稍加准备便飞往现场，这次找树真可以说是不远万里了。

到达马兰的当天下午，我就迫不及待地去拜访这棵夫妻树。天佑中华，除明山秀水外，又专门给我们留下了这块可以升起蘑菇云的无人区。1958年，测量部队在这里打下第一根界桩，惊天动地的事业就此拉开序幕。

车在荒原上颠簸前行，路边是西北荒漠中常见的沙蒿、红柳、骆驼刺、芨芨草，都被风吹得东倒西歪。虽是七月天，仍然见不到多少绿色。终于进入一条宽阔的滩地，眼前出现了三三两两的榆树。在西北，雨季的洪水就是一架巨大的推土机，常把地面推出各种沟槽，土下面存了一点水，就能养活几棵树。同时，水过地平，人又借以为路。因此，在荒原上水、树、路，总是天然地共生在一起。旅行者只要望见一线绿色，那里便有生命、有人迹了。不同的是，晋陕一带的黄土高原，土质松软，水将土地切割成深深的沟壑；而在新疆坚硬的戈壁滩上，水只能冲出一条浅阔散漫的沟滩。

渐渐前面显出一团团的绿色，树多了起来，沟里也有了一点生气。突然出现一峰骆驼，挡在车前，瞪大眼睛看着我们坐的这个铁怪物，远处更多的骆驼在树荫下观望。但树，却只有一色的榆树。在戈壁这种"夏日如烧，冬风如刀"的大环境下，能够存活的大乔木只有榆树。这时连大名鼎鼎的胡杨也不见了踪影，更不用说所谓"岁寒而后凋"的松柏了。大漠最可怕的不是寒，而是干。要窒息生命，干涸比寒冷更彻底。我们顾不及眼前的景色，飞车掠过两边的山、石、树、驼，直奔那棵夫妻树去。

"风打沙埋流云过，独向苍天不问年。闲看天边蘑菇云，静听落叶打脚面。"这是一棵很老、很有资格的老榆树，它独立在宽阔的河滩上，背景是远山的红色岩石，脚下是灰色的戈壁砂粒，不远处几只悠闲的骆驼在吃草。老榆树的根怎么扎进这铁硬的地面，我们不得而知，只知道它一出土就是这样悲壮、苍凉。树分两股，一股粗壮高大，顶天立地。另一股也是同样粗壮，但长到一半时突然停止，便依偎在这高股之旁，成连理之状。又有更小的一枝，修长可爱，藏于两股之后。它们相互搀扶提携，像一个温馨的三口之家。

来时，我已经注意到了，戈壁榆多是二三枝连体，相濡以沫，大约是为了互借阴凉，抵御风沙。这株夫妻树浑身的树皮已龟裂成手掌大的碎片，贴着树身拼接成不规则的网状。每块裂片就像春天犁沟里翻起而又被晒干的泥巴，乍尾翘角，七棱八瓣，摸上去生硬刺手。而树纹也如犁沟之深，我的小臂可以轻松地嵌入。常见有表皮龟裂的树，顶多皮厚如铜钱，纹宽若小指。这戈壁空间之大，竟连树纹也这样地放大了。我知道这是一种适者生存的自我保护。当夏季洪水来时，它就狂喝猛长；雨季过后，风吹日晒，它就炸裂表皮，切断毛细管道，减少蒸发。在这亘古荒原上，它日开夜合，寒凝暑发，生而裂，裂而生，年年月月，竟修炼出这副铁打的铠甲，甲内静静地裹着一位大漠戈壁的守望者。

老榆树头顶上的枝极细，叶极小，灰绿色，经风吹沙打早已锈成一团乱麻。细如钢丝的经年枯枝穿插其间，那是它的白发。

二

一棵树怎么会和原子弹有关？又为什么被命名为"夫妻树"？

原来，原子弹爆炸，首先要找一块没有人烟的地方做试验场，还要有一批愿意隐姓埋名的人去干活。保密，成了试验工作的第一条铁律。当时调干部谈话，第一句话就是："你愿不愿意隐姓埋名？"后来形成了一个口号："干惊天动地事，做隐姓埋名人。"我们许多科学家、将军，甚至一个单位、一支部队，突然就从正常生活中消失了。每个人对自己干的事，上不告父母，下不告妻儿。

1963 年，即原子弹爆炸的前一年，北京某部一位女科技干部被通知去罗布泊参加试验。她兴奋得一晚没有睡着觉，但是第二天只对丈夫淡淡地说了一句："我要到外地出趟差。"对方也随便回了一句："好啊。"两人就这样平静地告别。妻子一进基地就是几个月。离基地不远处有一条季节性洪水沟，长满榆树。一条简易公路从沟里穿过。一天她正在树下等车，望见远处一个军人扛着箱子向这边走来，身形很像自己的丈夫。她瞪大眼睛，等到走近，果然是他！原来那天离家时她丈夫也接到了出差通知，但他们都严守保密规定，相互不多问一句。今天树下相见，才知干的是同一件工作。一个多月以来两人近在咫尺，说不定传送的样品、文件上都有对方的指纹，却不知心爱的人就并肩战斗在身旁。这是一个爱情故事，但远远超出了《槐荫记》之类的树为媒，而是"树为题"，是上天来借题点破天机。张爱萍将军听到这件事后感动地说，真是一双中华好儿女，这树就叫"夫妻树"吧。

原子弹试验，无论在哪个国家都是头等大事，都会以各种方式写入历史。但是谁能想到中国的原子弹试验，却是用一棵老榆树来记录其中一个最感人的侧面。而这棵"夫妻树"在四十四年后的2008年，被评为马兰基地二十个纪念标识物之首（其余还有将军楼、气象站等）。

三

看完夫妻树，我们继续沿着这条沟慢慢前行。漫散在戈壁滩里的老榆树，或扎根石缝，缘山而生；或俯身石滩，如老龙卧地；或挺身谷口，壮士当关。虽姿态各异，都在对天发浩歌。面对寂寞在戈壁，它们要说点什么。

二十世纪五六十年代，无数的科学家、将军、青年知识分子，告别条件优越的大城市，告别在国外的优厚待遇，来到这个叫作"马兰"的戈壁深处，其势很像三四十年代国统区的青年奔赴延安。但除了没有战争，大戈壁的生存条件还远不如当年的延安，要饱受寒暑之苦、风沙之苦、干渴之苦，还有三年困难时期带来的饥饿之苦。不过最难熬的还是与家人隔绝的寂寞之苦。

原子弹试验严格保密是各国的通例，但是，还没有哪一个国家在核试验起步时像中国这样穷。他们都有优厚的物质条件来为保密工作补偿和润色，来还这一笔人情债。美国是第一个搞原子弹的国家，可以动用一个空降师到敌国去偷回一个科学家。可以在荒漠上建起一座科学城，有自己独立的户籍、邮政、交通和生活供应系统。

科学家不必"上瞒父母，下瞒妻儿"，而是把全家搬到城里来"伴研"。而我们却有多少个家庭十年、几十年地在保密、无告、猜想、恐慌中苦熬、苦等。离家工作的人也在两难中纠心。观看当年的纪录片，猎猎漠风中，马兰基地某单位的门柱上大书着这样一副对联："举杯邀月，恕儿郎无情无义无孝；献身科研，为祖国尽职尽责尽心。"横批："忠孝难两全。"忠孝难两全，舍家是为国。戈壁大漠里的秦时明月，见过马革裹尸、勒功楼兰的将军，但没有见过这样不求一名的团体。

那对科技干部夫妻还算是幸运的一对，他们虽在京城离别时打哑谜，却又在老榆树下鹊桥会，他们的故事已与原子弹试验同垂青史。老榆树下还有为这个故事立的碑。后来，我翻看相关资料，同屋不知情、同锅不知事、同衾不问业的保密夫妻不知有多少。两弹一星元勋邓稼先，小夫妻俩本在国外过着衣食无忧、两诚无猜、功业圆满的好日子。新中国成立，毅然来归。钱三强找到邓稼先说："国家要放一个'大炮仗'，你是否愿参加？但这工作要严格保密。"邓一口答应，他只对妻子说了一句："我可能要出个远门。"妻子也再不多问一句。可这一出远门就是二十八年。1964 年 10 月 16 日原子弹爆炸，他的岳父许德珩（时任全国政协常委）拿着一张《人民日报》号外问严济慈（物理学家）："谁有这么大的本事，能造出原子弹？"严说："你回家去问问你的女婿吧。"许一头雾水。

原子弹的关键部件是铀球。为求能精确加工，核基地工厂在全国举行了一场"比武招亲"，上海市年仅二十多岁的六级车工原公浦被招上了。他与集万千宠爱在一身的"原子公主"结了亲，却要远离自己新婚不久的妻子和怀中的婴儿。临出门时他拥抱了一下妻子郭福妹，只轻声说了一句话："我上班去了，你要把孩子带大。"这话有点秋风易水寒，壮士西去不复还的味道。当时铀的国际价格是每克四千美元，但就是这么贵也买不到，西方封锁我们，东方老大哥也封锁我们。于是，我们举全国之力，土法炼铀，日积月累，终于为原公浦凑够了鸵鸟蛋大小的一块铀原料。这可是全党、全军、全民的心肝宝贝。

原公浦一肩担国家，万里赴戎机。为不负重任，他和团队封闭训练了半年多，体重减了四分之一。最终他只用三刀就切出了合格的铀球。胜利那一刻，他一屁股瘫坐在地板上。为此，周恩来特批给基地每人二斤猪肉，原公浦只不过比别人多了十元奖金，还有一个绰号"原三刀"。中国古典诗词中有不少写闺中少妇思念戍边丈夫的句子。"打起黄莺儿，莫教枝上啼。啼时惊妾梦，不得到辽西。"这时在上海的妻子郭福妹无论怎样地设想、思念、做梦，也梦不到丈夫在西北干着这样一件天大的事。

生者长缄缄，逝者恒已已。最可爱的是那些基层的战士、职工。他们不知道自己在干什么，却知道这件事最神圣。战士刘春光牺牲在工地上，司令员抱着他的遗体，含着泪花大声喊道："导弹，知道吗？小刘，咱们是搞导弹的！"多少年后，当两弹一星已成为中国人骄傲的里程碑，某基地在梳理这一段奋斗史时，登报寻找本单位的无名英雄，四川的一位老妇人拿着报纸，对着墙上自己老伴的遗照喃喃地说："老伴啊老伴，你干了这么大一件事，到走也没有跟我说一声呀！"天将降大器于斯民也，必将凝其志、一其心、守其拙，然后方成正果。春雷一声，原子弹爆炸成功了，中华民族终于有了国之最大、最重之器。

四

现在的马兰基地大不一样了。经多年建设，这里宛然已是一座绿色科学城。城中的树种，仍以榆树为主，只不过因为有水源保证，又经人工的修剪、嫁接，这"榆"家大院人丁兴旺，蔚为壮观。有任性生长的原生榆，与白杨比肩，同向蓝天；有修剪成圆球形，约一房高的馒头榆；有喷泉一样冲到空中，又缓缓垂下柔枝的龙爪榆。最奇怪的是主干道边的绿化榆，是我从来没有见过，也绝对想象不出来的"燕尾榆"。我见过的嫁接榆树，只是在树形、颜色方面有变，而叶片的形状、大小是始终不变的，如近年来城市里出现的金叶榆，灿若黄金，但也还不脱其形。而现在路边的这种榆，在离地一人多高处植入接穗，其枝便一发不可收地喷向天空，在行人的头上搭起一道绿色天棚。它的叶片异常巨大，我伸手采了一片，比一个男人的手掌还要大，是普通榆叶的七八倍。叶形也不是一般的鱼尾状，而呈宽阔的纺锤形，快要收尾时又探出两个尖尖的尾巴。可见榆树这种树基因极好，它在苦水里泡大，浓缩了生命，稍微改善条件，便爆发出无穷的活力。

榆树是个大树种，它所在的科、属、种三级都以"榆"命名，它是一个集团军的司令，或者一个舰队的旗舰。榆家军有多少兵种，实在说不清。

我对榆树的印象是它的生命力无处不在，自生自长，从不有求于人。少时在北方的农村里随大人栽树，栽桃、李、枣、杏，栽杨、柳、槐等，但从来没有听说过专门栽榆树的。每年四五月间春风一起，满天都是翩翩起舞的榆钱，那就是它的种子。在河边、路旁、墙根、院角，甚至房顶上的砖缝瓦沟里，一场新雨过后都能长出一窝一窝的榆苗。对榆树来说，春天里要做的一件事不是"栽"而是"拔"，你若不随时拔掉它，它的根就会穿透你的房顶，撑裂你的院墙。

我看到过从南京明城墙上取下来的一株小榆树，其根伸进墙缝，竟清晰地拓印出当年烧砖工匠的名字。它有穿越时空、探囊取物、铸印历史的本事。我也亲历过与小榆苗的较量，这可不是一般的拔草、间苗，而像是从混凝土墙里往外抽一根废钢筋。榆苗未曾出土先有"韧"，长到一尺成钢丝，不管你怎么使劲，哪怕将脱它的绿皮，只剩一根白色的筋条，它还是不肯投降。而这时你的手指反倒被它勒出了血。世上大概再没有这么顽强的树种了。

就因它的韧性，榆条常用来当绳子捆扎柴草；榆皮被孩子们拧成"皮鞭"，甩得震天响；榆皮面则被农家的主妇们调和其他杂粮去下锅；榆木一般会被派去做车轴或者油坊里榨油用的"油梁"，总之是在干最重、最苦的活。如要形容人之老实、坚守，则曰"榆木疙瘩"。遇有荒年，榆树首先挺身而出，舍己活人。当年在马兰基地，部队断炊，许多人缺乏营养得了夜盲症，就是靠吃榆树皮挺过来的。所以马兰人称它为"功勋树"。

榆树性格坚韧、无私、无求的一面我是早就知道的，这次来到大戈壁，又发现了它沉默、忍耐和坚守的一面。这株夫妻榆在荒凉的戈壁滩上一直坚守着等待什么？它终于等来了一群中华民族的优秀子孙，等来了共和国的天空升起了蘑菇云。就像原子这个东西，自有宇宙便有它，它一直等待着，终于等来了卢瑟福、爱因斯坦这些物理学家去发现它，打碎原子壳解放它，释放出了惊人的能量。榆树长在西北，蘑菇云就升起在西北，冥冥中有什么缘分吧。

美哉大榆，天假其威，地予其强；能屈能伸，能收能藏；生性最韧，生命最坚。大哉戈壁，天高地广，亘古茫荒；原子裂变，宇空吸张。春雷一声，国运翻转。

让一株西北的老榆树来为原子弹试验的成功写照，正是情理之中。

《新华每日电讯》2019 年 8 月 23 日

方志敏生命的最后七个月

今年是红军长征胜利八十周年。纪念胜利，我们不应该忘记那些留在苏区未能长征，或虽已踏上征途却未能走到陕北的先烈。这其中最让我难忘的是中共早期领袖瞿秋白和方志敏。红军长征胜利八十周年，也是他们牺牲八十一周年。长征的队伍一走，他们即死于敌人的屠刀下。他们是同年生，同年死，又是在同样的背景下死去，死时都才只有三十六岁。

在八十周年这个特殊的日子里，我有缘采访了方志敏当年战斗过的地方，江西的上饶、弋阳、横峰。又重读了《方志敏全集》，特别是他狱中的文稿，感触最深的是他在生命的最后时刻怎样对待生与死。

一

方志敏是一个有思想、有能力的领袖。他独自创立了一支红军，一块有五十个县、一百万人口的赣东北根据地，被中央称为"模范根据地"，并授予他红旗勋章一枚。根据地内经济繁荣，教育免费，"隔日有肉吃"，还发行了股票。但是，由于当时中央方针的错误，第五次反"围剿"失败，红军厄运降临。中央红军西去前，他奉命率孤军北上，调虎离山，全军覆亡已成定势。

兵败后，他本来是可以不死的。1935年1月15日，他已与参谋长粟裕带八百人冲出重围。但他说，作为领导人，我不能丢下后面的部队，便又返身回去。后队被敌打散后他又有一次生机，"本来我是可以到白区去暂避一下，但念着已有一部分队伍回赣东北，中央给我们的任务又刻不容缓地要执行，所以决心冒险很快转回赣东北，一方面接受中央的批评和处分，开会总结皖南行动，作出结论，同时，整顿队伍，准备再出"。这样，他终于被捕。他知必死，为免与敌啰唆，随索一纸，写下："革命必能取得最后的胜利，我愿牺牲一切，贡献于苏维埃和革命！"便再不多言。敌人押他到上饶、南昌等地示众，他戴镣铐，昂首立于台上，凛然不可撼。当时一美国记者报道："（在场的人）个个沉默不语，连蒋介石总部的军官也如此。这种沉默表示了对昂首挺立于高台之上的毫无畏惧神色的人的尊敬和同情。"

方志敏自1935年1月29日被捕，到8月6日就义，在狱中不到七个月。开始，他只求速死，但敌想以高官厚禄诱降他，就将他移至优待牢房。于是他便改变主意，尽量拖延时间。做两件事：一是争取越狱；二是以笔代枪，写文章。越狱需要外应，而极左路线不但毁了红军，也毁了地下党，一时与外面接不上头。他长叹，难道南昌城里连一个地下党也没有吗？眼见，每天都有一批批的战友被拉出去枪毙，他由孤军更又变成了孤身。他只好一人背水作战，去做狱吏和高级囚犯中国民党人的工作，居然小有成功。虽不能越狱，但这些人帮他传送出了珍贵的手稿。他在狱中写了《可爱的中国》《狱中纪实》等十二篇文章、著述，共十三万多字。

我们可以算一下，他1月29日（长征中，前不久召开遵义会议）被捕，先是被来回转移示众，3月中旬才相对安定下来，到8

月6日（长征中，一、四方面军已经会师，这天正召开沙窝会议）就义，大约一百三十天。这期间仍要不断应付敌人的提审，要做团结动员难友的工作，做争取狱吏的工作。他无任何资料，又要防敌突然搜查（有几篇还化为小说，他化名祥松）。他戴着脚镣，又有十多年的痔疮，流血化脓，不能平坐。每天平均要完成一千多字，这是何等的意志力？这种精神和人格上的贡献，已远超出他具体领导的军事斗争，是红军精神、长征财富的另一个重要组成部分。

二

这些手稿到他死后五年才辗转送到党在重庆的机关，叶剑英含泪读罢即赋诗道："血染东南半壁红，忍将奇迹作奇功。文山去后南朝月，又照秦淮一叶枫。"文山是文天祥的号，叶帅将方比之文天祥，实为不过。

现在我们重读他的狱中文稿，提到最多的是"死"，随时准备死，怎样死，死前再抓紧为革命做点什么。当然，和死相对应的还有"生"，为谁而活，怎样活。这是抢分夺秒，在敌人的屠刀下书写的一部生死书，一篇人生解读录。

读狱中稿，我们首先看到的是他坦然面对死亡。同室中还有独臂将军刘畴西等三个红军高级干部，他们吃饭、下棋、谈天、写文章。"我们为革命而生，更愿为革命而死！……砰的一枪，或咔的一刀，就完了，就什么都不知道了！我们常是这样笑说着。"他们准备好了临刑前呼的口号，每天牢门一响，就准备敌人上来打开脚镣，拉去枪毙。但是，他们没有想到敌人更残忍，居然懒得开脚镣，推出枪毙后连镣同埋。多年后，人们就是凭着脚镣上的号记，才确认了烈士的身份。

读狱中稿，我们明白了他在死亡面前，为什么这样从容。原来他是在为民族赎难，明知是死，也要飞蛾扑火，以身殉国。文稿中有一大部分是分析当时中国社会的矛盾，揭示民族的苦难。"佃户向地主租田种，一般都四六分，……地主坐得六成"。"土地日益集中于少数地主的手里……工农群众的生活水平日益下降，以至于受饥挨冻，甚至不能生存。最苦的，就是每年一度的旧历年关，地主债主们很凶恶地向穷人逼租逼债，逼到无法可想的时候，卖妻鬻子，吊颈投水一类的悲惨事情，是不断发生"。

他以自己出生的村子为例："共有八十余户，其中欠债欠租，朝夕不能自给的，就有七十余户；……比较富有的只有两户。"他家是一个中农，还要租种地主的地才能维持生活，男孩子只能勉强读个私塾，他少年时印象最深的是父母为他读书举债的愁容。"中国农村的衰败、黑暗、污秽，到了惊人的地步"，所以农民造反是必然的，到年关时，常主动催促地下党举行暴动。读着这些文字，我们很容易联想到林觉民在《与妻书》里说的"遍地腥云，满街狼犬"，"以天下人为念，当亦乐牺牲吾身与汝身之福利，为天下人谋永福也"。这是共产党及它之前的一切革命党共同的抱负。

读狱中稿，我们还看到了他身处党内斗争夹缝中的痛苦。他在狱中痛定思痛，细理根据地建设的经验教训。这次所以大败，一方面是上面右倾，不敢放手扩大红军、扩大根据地，不敢放手做白区工作、敌军工作，"错失了许多有利发展的机会"。另一方面则是极左，残酷斗争。"肃反的错误，会造成群众间的恐慌与干部的消极和不安。""党的主要负责同志，个人独裁欲和领袖欲太重，不容易接受同志们的意见"。他的战友、红十军代政委吴先民在肃反中被错杀，他因提意见反而受到处分（1945年七大，中央已为吴平反）。

现在，黑暗的监狱反而成了他冷静思考问题的地方。"这次因为我们政治领导的错误和军事指挥的无能（客观的困难是有的，但都可以设法克服的）致红十军遭受怀玉山的失败，我亦因之被俘，囚禁于法西斯蒂的军法处，历时已五个来月了。何时枪毙——明天或后天，上午或下午，全不知道，也不必去管。在没有枪毙以前，我应将赣东北苏维埃的建设，写一整篇出来。我在这炎暑天气下，汗流如雨，手执着笔，一面构思在写，一面却要防备敌人进房来。我下了决心，要在一个月内，写好这篇文字。"他在临死前两个月写成了一万五千字的《赣东北苏维埃创立的历史》，为党史研究留下了珍贵的资料。

读狱中稿最让人落泪的地方，是他自知生之无望，但对事业仍不改初心。他在《在狱致全体同志书》中自叹再也不能为党工作，沉痛自责。"我们虽因囚狱中，……总祈祷着你们的胜利和成功！"在《我从事革命斗争的略述》中，他说："（最后一战）没有下最大决心，硬冲过去。……这就算是决定了我们的死命！"在《可爱的中国》一文的结尾，他甚至用诗一般的语言来写自己的身后事，充满了浪漫、憧憬，而无一丝的悲哀："假如我不能生存——死了，我流血的地方，或者我瘗骨的地方，或许会长出一朵可爱的花来，这朵花你们就看作是我的精诚的寄托吧！在微风的吹拂中，如果那朵花是上下点头，那就可视为我对于为中国民族解放奋斗的爱国志士们在致以热诚的敬礼；如果那朵花是左右摇摆，那就可视为我在提劲儿唱着革命之歌，鼓励战士们前进啦！"他写这一段话的时间是1935年5月2日，是时红军即将抢渡金沙江。

三

凡革命都是拼命，都是因活不下去才铤而走险的。陈胜、吴广之谓："今亡亦死，举大计亦死。"而革命运动的领导者，这些知识精英们大多不是因个人之苦，而是为阶级献身。林觉民所谓："当亦乐牺牲吾身与汝身之福利，为天下人谋永福也"。马克思则提炼为，无产阶级只有解放全人类，才能最后解放自己。所以革命时期，共产党员的死是很正常的。毛泽东说"要奋斗就会有牺牲"，他一家就为革命献出了六个亲人。贺龙一家牺牲了一百多人，加上远亲家族达上千人。聂荣臻回忆，红军打仗，打的是党团员，打的是干部。一仗下来，党团员伤亡四分之一，甚至二分之一。一面红旗万滴血，我们今天纪念某某胜利，最不该忘记的是那些没有等到胜利这一天的烈士。

说到烈士，我们常概念化为"抛头颅，洒热血"。其实，还有那些敢为信仰而死的第一代领袖们，他们是又一类烈士。他们都是些知识精英，有情有义，有才有貌，既不缺智商，也不缺情商，如果任选一行，都能业有大成。只是为了革命，为了民族解放，他们甘愿牺牲。我们看四十多万字的《方志敏全集》，诗、文、小说、剧本、公文、信札，文采飞扬。

方幼时即聪慧，父母才咬牙借贷让他多读了几年书。他十六岁时就发豪言："心有三爱，奇书、骏马、佳山水；园栽四物，青松、翠竹、白梅兰。"他愤于上海租界公园的牌子"华人与狗不得入内"，一创立根据地就为农民修了一个公园，内有游泳池，每年还举办运动会。在公园内他亲植一株梭椤树（传说，这就是月亮里吴刚永远砍不倒的桂花树），现已有两抱之粗。树旁有一六角亭。闲时，方就在亭子里看书。他才华横溢，仪表堂堂，常有女性暗恋之，无以表达，就偷偷往其身后放一双亲手做的布鞋。据说，看一上午书走后，工作人员能收好几双鞋。这事我有点半信半疑，但县里的人说确有其事，他们还能讲出许多类似的故事。

那天擦黑时，我们去看苏区政府旧址，一老人听说是采访方志敏，主动上来搭话，又返身回家捧了几个红薯一定要塞到我们怀里。我们婉言谢绝，直到走出七八步后，他在后面说了一句："我们家有三个烈士。"我们都为之一怔，顿脚回首，一时不知该说什么。心事浩茫，繁星在天，这大山深处不知藏着多少红色情结。陪同的人说，现在还有一位活着的曾在方身边工作过的老人。已经晚上十点了，我们摸黑找到枫林村的一座寺庙，见到了九十七岁的周桂兰。

这是一座不大不小的佛寺，沉沉的夜色中，空寂苍凉。老人已出家五十年，平时有一个徒弟陪伴，今恰有事外出，就她一人独守孤庙。我们就在佛殿前的台阶上摆了几个小凳，听她谈八十年前的往事。她印象最深的是方志敏的和蔼可亲，发动妇女剪发、放开裹脚、扫盲识字。还有他对肃反的不满和无奈，常独自感叹。我说："你现在怎么还记得这些事?"她说："好人啊!我现在还供着他的灵位呢，每天还给他念经上香。"这一句话把我们六七个人都惊呆了，不敢相信自己的耳朵。我抬头扫一眼堂上的佛祖和沉沉的夜色，大家都不说话，空气凝固了几秒钟。座中有女士轻轻地问："在哪里? 能看一下吗?""在三楼上。"于是我们扶着这个近百岁的老人，打着手电，颤颤巍巍地爬上三层楼。

这是一个专给人做佛事超度亡灵的小佛堂，墙上供着超度人的名单。但在三排名单之上单用稍大一点的字写着一个名字：方志敏。她每天念经超度，已五十年。她说："好人啊，死得太惨! 我一闭眼，就见他戴着脚镣，浑身是血的样子。"原来，她认为方死于非命，魂游他乡，一直在为他招魂。八十年了，也许在喧闹的都市里，在匆忙的官场上，人们早已淡忘了一个叫方志敏的人。但是在赣东北的青山绿水间，在老区人民的心里，甚至在这座乡间古寺里，还有人没有忘记他。天黑得更沉了，我们都没有说话，默默地赶回住地。

四

方志敏确实是大志未展，大业未成，死不瞑目。他的英魂还一直在身后留下的文稿中游走，壮志未遂，憾悔难平。

读方志敏的文稿，让人联想起许多狱中文章，这是在特殊年代、特定背景下的作品，是时代、人格、事业、生命相撞击的火花，它已远超出党派、意识形态而成为人格的宣言。中国史上最有名的狱中文章是文天祥的《正气歌》。共产党领袖中，有瞿秋白狱中《多余的话》，胸怀坦荡，明月清风；有张闻天"文革"羁押于肇庆期间的《肇庆文稿》，明经析理，忧国忧民；有彭德怀在"文革"关押中，形成的《我的自述》，堂堂正正，掷地有声（张、彭都是经过长征的）。

这些文字，不但内容高洁，就是成稿过程之艰难曲折，也足成一部传奇。其时他们都是以命相押，以死相抵，只愿留下事实，留下思想，"留取丹心照汗青"的。这意义远超于我们纪念某一个具体的事件。因为一个人总会死去，一些事总会过去。就是当年对立的国共两党，也已经几分几合。而现在我们读史，看到的只是各种不同的灵魂，只有人格和精神不死。

人类永在进行寻找文明的新长征，这些文稿是征途上一盏永不熄灭的灯。

沈公榕， 眺望大海150年

世人多知左公柳，而很少有人知道"沈公榕"。

历史竟是这样的浪漫，在祖国的西北大漠和东南沿海，各用两棵树来标志中国近代史的进程。左公柳见证了新疆的收复，沈公榕却见证了中国近代海军的诞生。

栽树明志，从一篑之土筑新基

2016年与2017年的岁尾年初，"辽宁"舰穿过宫古海峡进入西太平洋。中国航母编队的首次远航虽然刚跨过第一个年头，但中国海军却已整整走过了一百五十年。一百五十年了，中国海军才迈出家门口走向深蓝，这个时刻我们不应该忘记一个人。

1866年12月23日，福州马尾船厂破土动工，中国人要建造军舰。近日，马尾船厂正在筹备大庆，有一个熟人知道我在全国到处找有人文价值的古树，就来电话说："马尾有船政大臣沈葆桢手植的一棵古榕树，见证了中国海军史，你不来看一看？而且，船厂马上要乔迁新址，将来这树被丢那里，还不知会是什么样子。"我连忙于19日赶到马尾。

马尾船厂是 1866 年 12 月开工的。当时请法国人日意格任总监督，一切管理遵从法式。我走在旧厂的大院里，像是回到了 19 世纪的法国。西边是一座法式的红砖办公楼和一个现存的中国最古老的车间——船政轮机厂。南边是当年的"绘事院"，即绘图设计室。东边是一座五层的尖顶法式钟楼。当年拖着长辫子的中国员工，就是在这钟声中上下班的。他们好奇地听金发碧眼、高鼻梁的洋师傅讲蒸汽原理，学车、铆、电焊。

我要找的沈公榕就在钟楼的侧前方。一百五十年了，它已是一棵参天巨木，浓荫覆地，大约有多半个篮球场那么大，郁郁乎如一座绿城。树根处立有一块石头，被绿苔紧紧包裹。我贴近树身，蹲下身子，用一根细树枝一点一点地小心清理，渐渐露出了"沈公榕"三个大字。这榕一出土就分为三股，现已各有牛腰之粗。一枝向左，浓荫遮住了厂区的大路；一枝向后，如一扇大屏风贴在一座四层小楼上；还有一枝往右探向钟楼。可是，正当它伸到一半时却在空中齐齐折断，突兀地停在半空，枝上垂挂的气根随风舞动，像是一个长须老人在向钟楼隔空呼唤。我一时被这个场面惊呆，有一种莫名的惆怅，静静地仰望着这一百五十年前的历史天空。

别看我现在脚下的这一小块土地，它是中国近代最早的舰船基地，中国制造业的发端处，中国飞机制造的发祥地，中国海军的摇篮，中国近代教育的第一个学堂，中西文化大交流的第一个平台。学者研究，这里竟创造了十多个中国第一。现在我们来凭吊它，就只有这几座红砖房子、一座钟楼和一棵古榕了。

鸦片战争后，清帝国被列强敲开了国门，国势日弱。老祖宗传下来的大刀长矛，在洋枪、洋炮面前是那样无奈。镇压太平军起家的湘军名将彭玉麟，看到江面上飞驰的洋人炮艇，被惊得目瞪口呆，大呼："将来亡我者洋人也。"说罢口吐鲜血而死。洋务派深切地感到必须学习西方先进技术，"师夷制夷"。

1866 年 6 月左宗棠上书，请在福建马尾开办船厂，立被批准。但 10 月西北烽烟突起，左宗棠被任命为陕甘总督，西去平定叛乱，收复新疆。他不放心刚起步的船政大事，遍选接替之人，最后力保时任江西巡抚，正因母丧在福州家中守孝的沈葆桢出任船政大臣。历史有时是这样匆忙。沈守孝在家，被逼上任，而当大任。当年曾国藩也是守孝在家，太平军起，政府命他就地组建湘军，而成为晚清名臣。天将降大任于斯人也，与你没商量。

沈葆桢是林则徐的女婿，从小受过严格的儒家思想教育，忠君报国，一身正气。但他也看到了世界潮流，力主"师夷制夷"，变革图强。在晚清睁眼看世界的先进分子中，他是晚于林则徐、魏源，早于康有为、梁启超的过渡人物。当时政局，一团乱麻。帝国主义势力插手中国，多国角逐，朝野保守与开放的思想激烈冲突。经镇压太平军、捻军而兴起的湘军、淮军等地方实力派，各封疆大吏互相掣肘。在这一团乱麻中要理出个头绪，师夷制夷，造船强军，谈何容易。况且在家乡事，关系更复杂。本来，沈葆桢是不想接这个摊子的，但左宗棠三顾茅庐力请出山，并亲自为他配好各种助手，请"红顶商人"胡雪岩帮他筹钱，又一再上书朝廷，催其就职。忠孝不能两全，孝期未满的沈葆桢就走马上任了。

马尾，地处闽江入海口，形同马的尾巴，地低而土软，要建厂就得清理地基，类似现在的"三通一平"。他们先打入五千根木桩，加固岸基，填高近两米的土层，然后遍植榕树以固定厂房、船坞的周边。沈葆桢带头栽下了第一棵榕树，然后挥笔写下一副对联，悬于船政衙门的大柱上：

> 以一篑为始基，自古天下无难事
> 致九译之新法，于今中国有圣人

他要引进新法，以精卫精神，一筐一筐地填海筑基，开创近代中国的造船大业，不信事情办不成。

"权自我操"，逆流而上，沈葆桢快刀斩乱麻

沈葆桢坐在船政衙门的大堂上，看着外面熙熙攘攘的工地、堆积如山的物资，特别是门外榕树上那些七长八短、随风舞动的气根，心乱如麻。

"船政"是一个洋务新词，是指海防及与船舰有关的一切事务，包括建厂、造船、办船校、买船、延请外国专家、制定相关政策、办理对外交涉等等。总之，都是过去没有过的新事，所以专设一个"船政衙门"，直属中央，类似我们改革开放初的"改革办""特区办"。

1866 年的世界，西方工业革命已经走过了一百年。西班牙、荷兰、英国、法国都有了横行世界的蒸汽机舰队，而中国还在海上摇橹划桨或借风行船。思想开放的左宗棠，曾在杭州西湖里仿造了一条小洋船，但行之无力，遂决定引进洋技师、洋工匠开船厂、办船校。

新事物一开始就遇到保守势力的顽强阻挠，还没有造船，就先是一场思想大论战，这很有点像中国改革开放初的"真理大讨论"。许多朝中和地方的大员说，只要"以忠信为甲胄，礼义为干橹"就能战无不胜，"何必师事夷人"。左宗棠痛斥这帮迂腐之臣，他上书说："臣愚以为，欲防海之害而收其利，非整理水师不可。泰西巧，而中国不必安于拙也；泰西有，而中国不能傲以无也。""安于拙、傲以无"，左宗棠尖锐地画出了保守的当权者的嘴脸。

当时的福建地方官吴棠愚顽不化，沈葆桢来马尾办船政，他在经费、人力、材料、土地等方面，事事发难，处处拆台，几乎是"逢沈必反"。此人有一个特殊的背景，他早先在苏北运河边任一小知县。某日，一位曾有恩于他的官员扶柩南下，停于河上，吴遣差人送去银子三百两。正巧，有一位在旗少女扶父亲的灵柩北上，也

停于河边。阴差阳错，差人将银子误投到旗女的船上。吴明知投错，也不好追回。谁知，这位少女就是后来的慈禧太后。天上掉馅饼，吴后半生有了一个大靠山，不断被提拔，处处受保护。现在他与沈不合，上面虽知船政重要，但总是和稀泥，劝沈与他和衷共济。有时一个重大历史的结点，就"结"在一个人身上，一个人可以绑架历史，影响国运。沈愤怒地上书："船政之事，非诸臣之事，国家之事也"，"非不知和衷共济"，而"大局攸关，安忍顾虑瞻徇，负朝廷委任"，表示"惟有毁誉听之人，祸福听之天，竭尽愚诚"。

沈葆桢是本地人，工厂一开工，亲朋故旧都上门来找饭碗。他平生最恨劣幕奸胥，裙带相缠。为洗刷旧衙陈腐之风，他以法治厂，半军事化管理，甚至不惜开杀戒。一官员买铜不报，他批"阻挠国是，侮慢大臣"，就地立斩。他有一姻亲，触犯厂规，批军法从事，杀！布政使知是沈家亲戚，请求缓办，他坚持立即开堂问审。这时他父亲送来一信，他知必是求情，便说："家父的信是私事，等我办完公事再拆不迟。"喝令立斩。然后拆阅，果然是求情信，但已无用。一些劣绅还借助迷信煽动地痞与不明真相的群众闹事，阻挠开工。他一边做说服工作，一边捕杀两个为首之徒，事态当即平息。

开山用大斧，乱世用重典。向来成大事者必用铁手腕。沈葆桢、左宗棠、曾国藩，这一帮晚清名臣，本都是手无缚鸡之力的读书人，但他们都遇事不乱，刚毅过人，竟也杀人如麻。曾国藩的外号就是"曾剃头"。晚清的回光返照，全赖他们支撑。马尾船厂，这个中国近代工业的序幕，终于经沈葆桢的铁手腕轻轻拉开。

办洋务，最难把握的是与洋人的关系。沈的原则是："优赏洋员，权自我操。"经济上给予高酬重奖，政治上一寸不让。船政是个复杂的联合体，其所属的工厂、学校、设计、绘图、管理等部门，经常保持有洋人技师、领班、教师、工匠、翻译、医生等六七十人。所以，船政衙门，也可以说是中国最早的"外国专家局"。沈给他们高薪，十年下来，雇用洋人共用银九十三万两，占船厂支出的百分之十八。法国人日意格为总监督，从头到尾参与了船政活动，尽职尽责，起了极大的作用。沈给他月薪一千两，而他自己的月薪才六百两。洋技师月薪二百两至二百五十两，而中国工人的月工资最低四两，最高二十一两。这样的高薪买技术，沈认为值得。

但是在管理权上，沈葆桢绝不松手。当时清政府与列强定有屈辱的领事公约，通商中凡涉洋人之事由领事馆裁决，即所谓"领事裁判权"。福州不是通商口岸，也未设领事馆，但法国驻宁波的领事却老远跑到福州来干涉船政。沈义正词严地说："根据万国外交惯例，领事是为通商而设。船厂非商务机构，与贵领事何干？"左宗棠还逼法外交部正式表态，再不干预中国的船政。

沈与洋人订有严格、细密的合同，最终目标是对方必须教会中国人自主造船。前三年，洋人手把手地教。后两年只在一旁指导，让中国工人自己动手干。直到造出船，又能驾船出海，这样才算履行了合同，可兑现薪酬。对不遵厂规、不听指挥、不尽职守者，开除、解聘。1869 年，新造的第一艘轮船下水，总监工达士博要求用洋人引港。沈说，在中国的闽江口试航，我们熟悉水道，为什么一定要用洋人？不能开此先例。达士博以总监工身份相要挟，不答应就不上船，还煽动工人怠工。沈再三相劝，并因之推迟试航日期，博仍不让步，沈当即将其开除。而对尽职尽责的总监督日意格，沈除给予他重奖外，还奏请朝廷赏加提督衔并顶戴花翎，这是洋人在华获得的最高荣誉。正是有了高薪和沈的灵活把握，总体上中外合作是愉快的。

那天采访船政旧址时，我意外地碰到一个正在为日意格筹备的个人回顾展，这是船政纪念活动的一部分。一位法国友人提供了日意格在华工作时的一百多幅照片，还有他在法国工程师协会介绍中国船政的一个法文讲稿，这是一批极珍贵的航政资料。

日意格是这样来评价他的两个中国合作者的。关于左宗棠，他说："因循守旧的北京政府，仅知道满足于在别人呈递的奏折上批文签字，左宗棠不得不为此计划独自担负全责。此项创举若是失败，他在中国官僚机构中所能达到的最为辉煌的职业生涯将毁于一旦。左宗棠决心无论如何要孤注一掷了，他不再听任其他官员对他将要进行的大业指手画脚，他的眼中只有一件事，就是迅速地将中国推上发展道路。他知道要迈出这至关重要的第一步需要有人勇挑重担。我真希望手边拥有这份左宗棠呈送皇帝的理由充分、勇气十足的奏折，你们若是读了这份奏折，一定会惊叹于他的观点。你们将会看到这些通常被我们认为滑稽可笑的人，品德是多么高尚，见识是多么深远。"他评价沈葆桢："中国政府特派一名钦差大臣来到此地担任总理船政大臣，这位官员名字叫沈葆桢，是一位出类拔萃、精明强干、意志坚定、善于指挥的将才。"

到 1874 年，福州船政共完成十五艘轮船，包括十一艘军舰。左宗棠的计划，在沈葆桢手上已全部实现。近代中国的造船工业跻身世界十强，技术水平与西方国家已相当接近，福州船政首批自制舰艇中最大的"扬武"号已相当于国际上的二等巡洋舰。

洋为中用，落地生根，开放接纳促变革

沈葆桢栽榕时，也许没有想到他的洋务事业如这榕树一样，枝垂气根，根又生树，蔚然成林。

榕树生长于热带、亚热带，树形特别庞大。它有一个特殊功能，就是可以从枝上垂下细如毛发的丝缕，密密麻麻如帘如幕。当这细丝飘在空中时有如一团乱麻，随风来去，看不出有什么用途。但是，它有点像希腊神话里的安泰，只要柔软的须尖一接到地面，就见土生根，再难撼动，根又成树，树又吐根，就这样连绵不断地延展开

去，一树成林。国内最大的榕树家族有梁启超的家乡——广东新会的"小鸟天堂"，一树成林占地六亩。我见过海南昌江县的一棵榕树成林，占地竟达九亩。福建是盛产榕树的地方，福州就别称榕城。马尾建厂之时，沈葆桢带头植榕，一时闽江口内外郁郁葱葱，蔚为壮观。每当沈葆桢坐在船政衙门大堂上办公，看着窗外日渐繁茂、已覆盖了山脚海滩的榕树林，特别是那些气根落地又生出的第二代、第三代榕树时，心里就有了一些宽慰。

办厂之初，最缺的是人才。中国从汉到清独尊儒学，以文章选人立国。好的一面是礼义廉耻，修炼人的品德；琴棋书画，修养人的心性。不好的一面是重文、轻工、轻商，更不研究自然之理。在唯心和自我陶醉中生活，个人自我感觉顶天立地，国家自封为天朝，闭关锁国。1866年左宗棠上书办船厂，其时上溯两百年，即1666年，牛顿已经发现万有引力，而中国却还没有"物理学"这个词；上溯一百年，即1765年瓦特已发明了蒸汽机，而中国的主要动力还是人力、畜力。在中国的教育体系里只有文科，没有工科。知识体系里只有经、史、子、集，没有自然科学知识。古人说"半部《论语》治天下"，《论语》里只有礼义廉耻，而没有物理化学。"安于拙、傲以无"，盲人骑瞎马，用人类的一半知识来治国，这怎么能立于世界民族之林呢？

在这种教育和选官体制中，左宗棠屡试不第，他就愤而不再应试，在家里自学农桑、水利、地理等有用之学。沈葆桢倒是按科举制度中了进士，点了翰林，走入仕途。但是他一与西方人打交道，发现自己简直就是一个文盲。他痛感一个国家的落后是文化落后、人才落后。现在要造船，牵一发而动全身、动全国，动了老祖宗，首先动到了中国的教育体系，千百年来科举制培养的秀才、举人、进士，一个也用不上。他们决定边办船厂，边办学校。从西方引进造船业就像栽下了一棵大榕树，但这树如果只有树干，而没有"气根",永远只是一棵树,不能繁衍,不能成林。

左宗棠上书说,花上几百万两银子,只造出十几条船,这不是目的,最终是要培养出自己的人才,能造船,会开船。他请办一座"求是堂艺局",让洋人给他下仔。一听这个学校的名字就很有意思,既不是传统的"书院",也不是后来叫的"学堂""大学",而取名"局",在"局"中求自然之"是"(规律),学习具体的技艺。"艺"是从传统的六艺而来,中国还没有"技术"这个词语。它生动地反映了中国教育机构的进化过程,就像一条进化中的美人鱼,已有人头,却还留着鱼身。

沈葆桢决心要在洋务这棵大榕树上多生下一点气根,接入中国的土壤,完成由洋到土的转化。船厂一开办,他就同时办了两所学堂——前学堂与后学堂。前学堂用法文授课,教造船,培养技工;后学堂用英文授课,教驾船,培养海员。沈亲自出题,招考最优秀的学生。学校实行最严格的"宽进严出"制度。每两个月考试一次,依考分划为三等。一等赏银十元,如三次一等,另赏衣料;如三次三等则除名。开办之初共收生三百余人,只有一多半的人读到了毕业。现在看当时的办学章程,实为在中国近代教育史上打下的第一根界桩,兹录如下:

求是堂艺局章程

第一条 各子弟到局学习后,每逢端午、中秋给假三日,度岁时于封印日回家,开印日到局。凡遇外国礼拜日,亦下给假。每日晨起、夜眠,听教习、洋员训课,不准在外嬉游,致荒学业;不准侮慢教师,欺凌同学。

第二条 各子弟到局后,饮食及患病医药之费,均由局中给发。患病较重者,监督验其病果沉重,送回本家调理,病痊后即行销假。

第三条 各子弟饮食既由艺局供给,仍每名月给银四两，俾赡其家，以昭体恤。

第四条　开艺局之日起，每三个月考试一次，由教习、洋员分别等第。其学有进境考列一等者，赏洋银十元，二等者无赏无罚，三等者记惰一次，两次连考三等者戒责，三次连考三等者斥出。其三次连考一等者，于照章奖赏外，另赏衣料，以示鼓舞。

第五条　子弟入局肄习，总以五年为限。于入局时，取具其父兄及本人甘结，限内不得告请长假，不得改习别业，以取专精。

第六条　艺局内宜拣派明干正绅，常川住局，稽察师徒勤惰，亦便剽学艺事，以扩见闻。其委绅等应由总理船政大臣遴选给委。

第七条　各子弟学成后，准以水师员弁擢用。惟学习监工、船主等事，非资性颖敏人不能。其有由文职、文生入局者，亦未便概保武职，应准照军功人员例议奖。

第八条　各子弟之学成监造者、学成船主者，即令作监工、作船主，每月薪水照外国监工、船主辛工银数发给，仍特加优擢，以奖异能。

沈葆桢是为了造船才同时培养人才的，无意中他成了中国工科教育和职业教育第一人。中国的第一所工业专科学校，也是中国的第一所职业教育学校诞生了，这是一个伟大的创举、一块历史的里程碑。

过去儒家教育强调义理一面，遇强敌入侵幻想"忠信为甲胄"，这种唯心论有如义和团"刀枪不入"的魔咒，结果无论疆土还是肉体都被洋炮炸得粉碎，可见唯心论之所以存在是因为不了解自然科学。沈开办船政学堂之初，中国的孩子还没有一点科学基础。他只能选品德好、性聪明的少年重新打造。他先以儒家观点考其品学，为首期考生出的题目是"大孝终生慕父母"，考得第一名的是后来的大思想家严复。

但学生一入学，就再不要这块敲门砖，金蝉脱壳，甩掉"之乎者也"，立即钻进科技书堆中。沈自己也恶补科学。学堂开的课有代数、几何、物理、微积分、机械，还有船体制造和蒸汽机制造两门实习课。他又选十五岁至十八岁，力大、聪明的孩子办了一个"艺徒班"，这是中国最早的技工学校。他又发现，只跟着师傅照葫芦画瓢学造船还不行，还要能自己画图设计，于是又开设了"绘事院"，这又是中国最早的工业设计院。总之，沈葆桢借船政，牵一发而动全身，牵出了近代教育，催生了近代先进思想和科学技术人才，牵动了历史，这也是他始料不及的。

中国的文化人大致有五个阶段。一是古代传统文化人物，读经书，过科举，守儒教；二是近代文化人物，虽出身科举，但开始吸收西学，从张之洞到梁启超；三是现代文化人物，上过私塾，但已废科举，后又上了西式新学堂，如鲁迅、胡适；四是有旧学底子，后又接受马克思主义，如陈独秀、毛泽东；五是当代文化人，在新中国成长起来，先接受马克思主义教育，改革开放后又再次学习西方文化。

在这个文化传承的链条中，船政学校正当古代文化到近代文化的过渡，是第一类文化人向第二类文化人转变的桥梁，是一次文化大变革。它培养的人才，填补了从旧式经学到新式实用科技的空缺。而且第二类文化人在接触西方科技的同时，又必然接触西方的思想文化，于是这批人又成了东西方文化的桥梁。他们中间出了翻译《天演论》的严复，翻译《茶花女》的林纾，修了中国第一条铁路的詹天佑，而船校几乎培养了中国海军的全部骨干。

1871 年，三十余名船校学生，驾船进行了第一次航海训练。南至新加坡，北至辽东湾，这是中国近代海军的第一次远航。而在二十多年后的甲午海战中，中方参战的十二艘舰的舰长（管带）十四人，有十人是马尾船校第一期的同班同学。其中四人阵亡，三人战败后愤而自杀。美籍华裔历史学家唐德刚在《晚清七十年》一书中说，这是"一校一级之生而对一国"之大战。辛亥革命后，孙中山即到马尾视察，他说："到马江船政局，……乃知从前船政缔造之艰、经营之善，成船不少，足为海军根基。"民国时期的海军军官，绝大多数是马尾船校出身。新中国成立前夕，张爱萍受命初创海军，他一个一个上门拜访的海军宿将，还是马尾旧人。1949 年 8 月 28 日，毛泽东接见国民党海军起义将领时说："一八六六年马尾船政学堂开办起来，中国算是有了近代海军、现代海军。"民国海军部总长萨镇冰活了九十四岁，见证了三个时代的海军事业。

在马尾闽江口，沈葆桢亲手栽下的这棵巨榕，绵延海疆八千里，荫蔽华夏百余年。要论其大，远超新会和海南的大榕。沈公榕的生命力极强。我们在老厂区采访时，随便在办公楼的走廊上、窗户下，都能看到墙缝里钻出的榕树苗。而院子里，更是大榕蔽日。福州身为榕城，以榕树为骄傲，现从马江口到罗星塔顶，建成了一座大型榕树公园。满山的榕树攀山附石，层层叠叠，绿云压城。气根从天而降，密如天幕，有的竟穿透石块，石上生根，直如弦，挺如柱，它们都是沈公榕的后代。而路旁、草地上的树下，因地取势，遍立了严复、詹天佑、林纾、邓世昌等几十个船政人物的雕像，他们都是沈葆桢的学生，都或坐或立，仰望大海，还在关心着中国的海疆，中国的命运。

最遗憾，未能狠揍日人一棒，历史遂成糜烂之局一百年

正当沈葆桢全力以赴造船强军，希冀为病弱的大清帝国快快生肌长肉、补气壮骨之时，列强也加快了对中国的挑衅蚕食。

与马尾一水之隔的台湾，历经荷兰人侵占、郑成功收复，后又回归中央管辖。岛上只有薄弱的清兵守备，管理松散。日本早就对台湾垂涎三尺，其是一个岛国，传统文化中的海盗基因、扩张本性难改，无时不在寻机挑衅，总想咬邻居一口。

1871 年冬，时属中国藩国的琉球派六十九人往广东中山府纳贡，返途遇风暴漂至台湾，淹死三人，余六十六人误入当地高山族的一支"牡丹社"住地。时高山族还未开化，有杀人取头之习，多者愈受尊敬，推为酋长。五十四名琉球人被杀，余十二人被知县保护，送至省城福州。休养一段时间后，送回琉球。此事本与日本毫无干系，1873 年日派员到华交换通商条约，借机质询两年前的杀人之事。中方答："台、琉二岛皆属我土。杀人之事，裁决在我，与贵国何干？"但日人已铁心要侵台，继续在做文章。1874 年 3 月，日照会清政府："前年冬，我国人漂流其地，被杀戮者数十名，我政府将出师问罪。"这种强找借口，占你一地，甚至灭你一国，向来是帝国主义的本性。就像一条狼对一只羊说："你的邻居吃了我窝边的一棵草，所以我要吃掉你。"即使没有借口，它也可以随便制造一个。1937 年的卢沟桥事变，就是日军假说它在训练中走失一个士兵，要强入宛平城寻人，接着就开枪开炮，占北京，占华北。

1874 年 4 月，日本判断清政府不敢抵抗，正式宣布组织远征军侵台。5 月 10 日，日军三千五百人在台湾南部登陆。清政府反应迟钝，到 5 月底才连忙下旨："沈葆桢著授为钦差，办理台湾等处海防兼理各国事务大臣。"沈接任后提出：一边办外交，以理屈敌；一边"储利器"，积极备战。要求速购两艘铁甲舰，并召回马尾船厂经年所造的，已在天津、山东、浙江、广东等沿海服役的各舰备用。又建议速铺厦门到台湾的海底电缆，以通军情。他摆出决战之势，以震慑日本之野心。随后沈于 6 月中到达台湾，坐镇指挥。而这时日军已控制了台南的地盘，所到之处一如后来侵华时的"三光"政策，到处奸淫烧杀。日人之本性原本如此，国策以侵略为本，治军以兽性为纲，育人用武士道精神。我高山族同胞一面以原始刀矛奋起抵抗，一面请求沈葆桢保护，愿协同官军一致抗日。

沈一面备战，一面抚民、修路、练兵。"结民心，通番情，审地利"，"全台屹著长城"。他始终以软硬两手对敌，先派人谈判，以理屈兵。他在照会中说："琉球虽弱，亦俨然一国，尽可自鸣不平"，"即贵国专意恤怜，亦何妨照会总理衙门商办"，为何要出兵？再说，当时只"牡丹社"一社杀人，而今天日军报复，却在整个台湾南部杀人掠土，波及无辜。严正声明"无论中国版图，尺寸不敢与人"，并指出你军后勤补给已出现困难，粮运已为我控制，就不想想后路？"本大臣心有所危，何敢不开诚布公，以效愚者之一得"，我真替你捏一把汗呀。这义正词严、软中带硬的照会，使敌一时不敢妄动。

他深知日本人是在讹诈，一再吁请朝廷切不可退让。他说："倭奴虽有悔心，然窥我军械之不精，营头之不厚，贪鸷之心，积久难消。退后不甘，因求贴费，贴费不允，必求通商。此皆不可开之端，且有不可胜穷之弊。非益严儆备，断难望转圜。"

他积极调兵，又请日意格雇来洋匠在台湾安平修筑了巨大炮台，基隆、澎湖等地也加筑炮台。马尾船厂这几年建造的"扬武""飞云""万年清"等十多艘兵舰全部调来台海。还请日意格出面租借外轮，从大陆运来当时中国最精锐的陆军——淮军，清军渐成绝对优势。而这时日军后勤补给困难，师老兵疲，士兵思乡厌战。到7月疾病开始流行，每天运来之兵不抵送回之病号。侵台高峰时士兵、民夫四千六百人，病死者达五百六十人。随着时间的推移，对日方愈加不利。沈又托日意格物色到一艘丹麦铁甲船，并交了定金，清军更如虎添翼。

当时中日的军力对比，日并不比我强多少。日本是1868年开始明治维新的，到1877年内战结束，前后十年才正式完成。它也曾经历了闭关锁国，被西方欺侮，订立不平等条约等和中国一样的过程。而这十年也正是中国觉醒，大办洋务自强的十年。历史巧合，1868年日本颁布维新令，1866年底中国马尾船厂开工、洋学堂开学。中日两国几乎同时睁开眼向西方学习，在图强路上赛跑。但是，双方文化背景不同：一个是谦谦君子，学习是为了自卫；一个是海盗本性，学习是为了扩张。而明治维新除了发展工业外，在体制上还埋下了天皇制和军国主义的种子。李鸿章评价日人，"其人外貌呴呴恭谨，性情狙诈深险，变幻百端，与西洋人迥异"，"日人情同无赖，武勇自矜，深知中国虚实，乃敢下此险着"。日本看准了中国官场的腐败、偷安、避战，如狼伺羊，不咬一口，总觉吃亏。

这时候沈葆桢的头脑最清醒。他认为，最好的办法是当其未成气候之时，猛击一棒，打断脊梁，灭其野心，一除后患。他的计划是，在台湾一举歼灭侵台日军，然后我舰队在琉球登陆，挥师长崎港，聚歼鹿儿岛舰队，迫敌订城下之盟。一战慑敌，使之数十年之内再不敢妄动。自古凡有战事，总会有投降派跳出来，这时"各路劝勿开仗之信，纷至沓来"。沈一边应付日本人的侵略，一边还得应付国内投降派的掣肘。枪杆子、笔杆子，他一手提枪对日备战，一手握笔与投降派论战。他说，"倭备虽增，倭情渐怯"，"倭营貌为整暇，实有不可终日之势"，"虽勉强支持，决不能久也"，"若欲速了而迁就应之，恐愈迁就愈葛藤矣"，"臣等汲汲于备战，非为台湾一战计，实为海疆全局计。愿国家勿惜目前之巨费，以杜后患于未形"，否则"急欲销兵，转成滋蔓"。正当沈葆桢秣马厉兵，要直捣黄龙之时，北京传来议和消息，清政府赔银五十万两，换取日本撤兵。侵略者未得到惩罚，志得意满，体面收兵。

从1866年沈葆桢接手办船政，到1874年日侵台罢兵。八年间，沈从无到有，打造了一支中国海军，在当时的世界上已进入十强之列。正因为有了这支海军，才镇住了日本的侵台野心。但正当他要挥起这把利剑剁敌魔爪时，清政府议和了。1875 年他遗憾地从台湾返回。

八年洋务，八年蓄势。功亏一篑，一朝放弃。臣子恨，恨难平。

沈葆桢郁郁不乐，回到了他的马尾船政衙门，猛抬头看到了柱子上手书的对联：

以一篑为始基，自古天下无难事

致九译之新法，于今中国有圣人

新法已学到手，圣人却寸步难行。没有技术不行，只靠技术，政治不强也不行。日本是一个搬不走的坏邻居，中国失去了一次震慑恶邻的机会。从此，日本渐渐坐大，野心更加膨胀，日后给中华民族造成的麻烦，如沈所言"愈迁就，愈葛藤""急欲销兵，转成滋蔓"，一直葛藤不断，滋蔓了一百年。先是二十年后，1894 年的甲午海战，中国大败。日本不忘在台败于沈的旧恨，立逼清政府割让台湾。1931 年日又发动"九一八事变"，侵占了大半个中国，我艰苦抗战十四年，牺牲军民三千万。至今日还在东海寻衅、南海挑事，一如当年。这国际关系就和人与人一样，你一回示软，人家欺侮你一百年。

壮士断臂，华丽转身求再生

现在我们再回到文章的开头，当年马尾厂区的那棵老榕树，横空断枝，留下了一个突兀的树身，这断下的一枝哪里去了？

老榕断枝，是马尾厂史上的一件奇事、大事。

到了本世纪初，马尾船厂早已不是一百五十年前跟着洋人学造船，而是订单遍五洲，洋人上门来买大船了。船厂已扩大成集团公司，老厂区再装不下这个大摊子。近年来，他们在海边选址，建起了更大的船坞、码头和办公楼，只等一百五十年庆典一过就搬新家。搬厂房、搬船坞、搬设备，这些都好说。就连那个法式的老钟楼，也都已按原样在新厂区复建了一座。但是，那棵巨大的沈公榕怎么办？它连着马尾人的心，难割舍，却移不走。

还有一年了，搬家工作开始倒计时。正当大家苦无良策，一筹莫展之时，7月的一个晚上雷声大作，风狂雨骤。一道闪电划破夜空，轰隆一声，有如陨石落地，震得厂区都轻轻一动。第二天起来一看，沈公榕之一枝齐齐地断裂于地，青枝绿叶，团团气根，整整盖满了半个院子。而树梢在地上伸展开去，直抚着老钟楼的墙根。雨停了，榕树的叶片被洗得洁净油绿，在橘红色的晨晖中愈发光彩照人。平时如一团乱麻的气根，也被雨水漂洗得干干净净，梳理得齐齐整整，就像船甲板上一盘备用的新缆绳。正是上班时分，人愈聚愈多，大家围过来看着断枝，都不说话，像是在肃穆地行着注目礼。谁都知道沈公榕是马尾厂的魂。当此船厂更新换代之际，老榕有灵，高呼出门。壮士断臂，要华丽转身！

这意外的事件倒给厂领导带来了灵感，虽说榕树靠气根繁殖，我们能不能试一试整枝栽培呢。他们请来园林专家，把这枝合抱粗的断榕小心清理，扶上卡车，护送到新区，一年后居然成活。为我们纪念沈葆桢留下了一件活着的念想之物。

沈葆桢是一位很低调的人物，他的历史贡献与他的知名度很不相称。他从左宗棠手中接办船政，晚年又与李鸿章分管南北洋海军，为朝廷重臣。他一生不忘强军固海，1879年在生命垂危之时，仍口授奏折，要朝廷加强海军，警惕日本，报此旧恨。"倭人夷我属国，虎视眈眈，凡有血气者，咸思灭此朝食。""臣所每饭不忘者，在购办铁甲船一事，……倭人万不可轻视。倘船械未备，……兵势一交，必成不可收拾之势。"可惜天不假命，他只活了六十岁，灭倭而后朝食的壮志未能实现。

沈葆桢是林则徐的外甥兼女婿，很得林的家风。"苟利国家生死以，岂因祸福避趋之"，他只求报国，不求闻达，一生清贫。甚至在世时身为高官，常要借债度日。临终也没有给孩子留下一间房、一亩地，反而留下一份这样的遗嘱："身后，如行状、年谱、墓志铭、神道碑之类，切勿举办。"有点鲁迅说的只求速朽。他本人的著作也不多。只是随着时间的推移，中国海军和造船事业的发展及国际形势似曾相识似的循环归来，人们才又想起这位开拓者、预言者，近年才有了些对他的研究。

2016 年 12 月 20 日，在一百五十年庆典的前三日，我来到马尾船厂新区。沿海边的几个大型船坞里停着十几层楼高的在建大船，岸上滑动的巨型龙门吊，就像一道移动的彩虹。李厂长手指海边，讲解说，那一艘是在建的地质采矿船，可直接从一千五百米的深海下采矿、粉碎、装船。那一艘是科考船的生活船，本身就是一座七层楼的活动大旅店。我们头戴红色安全帽，在机器的轰鸣声中要大声喊话。人行走在这如山的大船旁和悬在半空的龙门吊下，就像几个正在蠕动的小甲虫。

新区已建成了一座十二层高的办公大楼，楼前广场上刻意保留了有当年船政记忆的三件标识物：沈葆桢雕像、沈公榕和法式钟楼。沈的雕像，背靠大楼，面向大门，雄伟高大。雕像高一点八六六米，寓意 1866 年，是船政亦是近代中国海军的开创年份。底座高四点七米，寓意他在四十七岁那年接此重任，揭动了中国近代海军史的历史车轮。雕像的底座上有这样一段铭文：

> 沈葆桢（1820—1879），字翰宇，号幼丹[1]。福建侯官人，清道光二十七年进士。1866 年得闽浙总督左宗棠力荐，出任总理船政钦差大臣。在福州马尾船厂制造轮船，开办新式学堂，不惮艰辛，为国图强。开拓了中国造船工业，并组建我国近代第一支海军舰队。

1874 年临危受命，率船政轮船水师，赴台抗御日军入侵，保卫了宝岛台湾。1875 年调任两江总督，广有惠政业绩。公忠体国，尽瘁于任上。清廷追赠太子太保，入祀贤良祠。

只见他顶戴花翎，身披长袍，手执一卷文书，许是新船的设计图或者是将要上奏的船政方案。海风拂动他的长袍，他挺身眺望着碧浪滔滔的大海。他看见了什么？看见了一百五十年来海面上滚滚不停的巨浪，看到了头上天空诡谲多变的风云。他还在翘首瞭望，他放不下这颗赤子心。而在他的右后方，就是那棵新栽的"壮士断臂榕"，主干有一抱之粗，上面的细枝已吐出翠绿的叶片和团团的气根。正是：

东海波涛涛不平，

英雄抱恨恨难宁。

化作巨榕根千条，

吸尽海水缚苍龙。

整个树形，昂首向东，指向古钟楼，如一匹伏枥的老马，随时准备飞腾上阵。

有趣的是沈葆桢雕像的面部和沈公榕的树梢都还蒙着一块薄薄的红色纱巾，在微风中如一团火苗。厂长说，要等到三天后，大庆正日子的那天早晨，才会在锣鼓和鞭炮声中揭去这块红盖头。为的是要给沈公一个惊喜，让他看看一百五十年后，今天中国的新船政。

《北京文学》2017 年第 6 期

注释

[1] 原雕像文字有误，沈葆桢字幼丹，又字翰宇。

平 凉 赋

中国以平命名的地名何其多也，然甘肃之平凉别有深意。其得名于前秦苻坚在此建郡，欲平定前凉，一统天下。后岁月推移，疆域西展，平凉渐居华夏版图之中心。其接昆仑而下关中，控南北而带东西，崆峒一柱，顶天立地。登高一望，九万里江山来眼底，五千年文明在心头。

平凉之地，苍天厚爱。戈壁西去，独留崆峒一柱绿；漠风北来，化作泾川百里波。冬无严寒，暖风吹得游人醉；夏无酷暑，大树底下故事多。至今，宫庙相望，祭拜不息，多少美丽的传说代代相续。虽神话无凭，却佛道有据。崆峒山上，黄帝东来问大道；大云寺里，佛祖西遗舍利子。神矣，仙矣，佛矣，道矣！平凉，平凉，神仙的家乡，中华民族梦中的摇篮。

然，人非神仙，大业实难；佛道尚空，青史唯艰。平凉地处咽喉，时跨千年，阅尽了多少往事云烟。

周文王伐密，李世民破阵；吴氏抗金，朱元璋分藩。飞将军李广，"不教胡马度阴山"；皇甫谧，在此写就中华针灸奠基篇。落日城头，丝路西去驼影重；笳声呜咽，将军东归车马喧。长路漫漫，大漠孤烟。李商隐怀才不遇，泾州城头，"欲回天地入扁舟"。林则徐禁烟获罪，含恨西行，"楼头倚剑接崆峒"。左宗棠柳湖扎营，平乱抗俄，收复新疆，湖湘子弟满天山；更可贵，其为民生，开国门，中国第一次引进西洋机械开渠在平凉。谭嗣同仗剑北上，"划开天路岭为门"，返身去做变法流血第一人。冯玉祥五原誓师下平凉，新军新学推新政，于城乡遍立民国"为民碑"。天道轮回，人盼和平，开国前夕，彭德怀推兵布阵在平凉，又重演苻坚、左宗棠剑指西北定边陲。

马踏祁连，人唱阳关，大军西行，红旗插遍陕、甘、宁、青、新。美丽河山，破镜又圆，重描仙境在人寰。分矣，合矣，乱矣，治矣！平凉，平凉，新的起点，中华民族翻越文明的一道门槛。

青史不绝，地覆天翻，不废寒来暑往。任朝代更迭，王母宫里香火不断，人民企盼的是四时平安；任将来相去，柳湖畔左公柳常绿如烟，百姓记住的是留给了他们多少阴凉。为政之道，平平常常，国富民安；为官之德，平平淡淡，不躁不贪；治世之方，公平公正，同热同凉。崆峒山高，泾河水长，大道无形，佛法无边。平凉，平凉！天道有常，神人合一，人心是天。天不变，道亦不变。

《光明日报》2014 年 1 月 24 日

命薄原来不如纸

京西宾馆是专门开会议政的地方。会议大厅里挂着一幅大画《万里长城图》，上有张爱萍将军的题字："极目长空万顷波，纵横点染势嵯峨。中华儿女雄今古，万里龙盘壮山河。"画的落款时间为1984年，到今天三十一年。这个宾馆也已经不知经历了多少共和国史上的大事，送走了多少大大小小的人物。画的作者及张将军也都已作古。我每次去开会，都不由得要扫几眼这画。三十一年了，仍然是纸白墨黑，树绿花红，色泽不改。而我却两鬓渐白，抬头有纹。再环顾四周，旧朋渐少，新人如笋，物是人非，逝者如斯。顿觉人的生命原来是这样娇嫩，这样不耐岁月，竟不如墙上的一张纸。其实，这三十一年的宣纸还只能算纸中的婴儿。前些日子，报上说发现一幅晋代的字，距今已一千七百年。人的寿命往长里说，九十年可以了吧，但也只有这张晋代字纸的十九分之一。呜呼，命薄原来不如纸。看来，人如要寿，只有把生命转换成墨痕，渗到纸纹里去。

纸墨之寿，永于金石。

《人民日报》2015 年 10 月 17 日

40 年前开启国门的那一刻

今年是中国改革开放四十年。改革开放，这四个字已成了一个时代的标志，一代人永恒的记忆。

现在的中国人，小学生假期出国游，都已是很平常的事了。但是不可想象，四十年前中国的大部分高干都未曾踏出国门。"文化大革命"已使我们多年隔绝于世。"文革"结束后，1978 年中央决定派人出去看看，由副总理谷牧带队，选了二十多位主管经济的高干，出访西欧五国。行前，邓小平亲自谈话送行，嘱咐好生考察学习。

代表团组成后才发现，二十多人中只有两个人出过国，一个是水利部部长钱正英，也就去过苏联等社会主义国家，还有一个是外交部给配的工作人员。这些高干出国后诸多不习惯。宾馆等场合到处是落地玻璃门，工作人员提醒千万别碰头，但有一次还是碰碎了眼镜。吃冰激凌，有人怕凉，就有人说："可以加热一下嘛。"言谈举止，土里土气，笑话不断。一个十多亿人口的大国，一个联合国的常任理事国，在世界舞台上竟是这样手足无措。

生活不适应还好说，关键是每天都要"脑筋急转弯"。出国前脑子里想的是西方正在腐朽没落，我们要拯救世界上三分之二受苦的人。但眼前看到的富足、繁荣让他们天天感叹，处处吃惊。联邦德国一个露天煤矿，年产煤五千万吨，只有两千名职工，最大的一台挖掘机，一天就产四十万吨。而国内，年产五千万吨煤大约需要十六万名工人，相差八十倍。法国一个钢铁厂年产钢三百五十万吨，职工七千人。而武汉钢铁公司年产钢两百三十万吨，有职工六万七千人。我们与欧洲的差距大体上落后二十年。震惊之下，代表团问我使馆："长期以来，为什么不把实情报告国内？"回答是："不敢讲。"

代表团6月归来，在人民大会堂里向最高层汇报，从下午三点半一直讲到晚上十一点，听者无不动容，大呼"石破天惊"。

1978年11月邓小平又亲自出访当时已是"亚洲四小龙"之一的新加坡，而这之前我们常称人家为"美帝国主义的走狗"。邓对对方的成就深为吃惊，尤其佩服其对外开放和引进外资的政策，便求教于李光耀总理。李直率地说，你要交朋友，要引资，停止他们设在华南的广播电台。邓回国后断然停止"文革"中奉行的"革命输出"，转而大胆引进外资，改革体制，直至提出"一国两制"。邓的虚心和坚决给李光耀留下了深刻的印象，多少年后他回忆说："我从未见过一位共产党领袖，在现实面前愿意放弃自己的一己之见。尽管邓小平当时已七十四岁。"认错是痛苦的，但这更见一个伟人的伟大。

而当时的普通百姓是怎样接触并接受外部世界的呢？1984年，我时任中央某大报驻省记者，应该算是不很闭塞的人了。一次回京，见办公室一群人围着一件东西看，这是报社驻西柏林记者带回的一张绵纸，八寸见方，雪白柔软，上面压印着极精美的花纹。大家就考我，是什么物件。当时中国还没有"纸巾"这个词，也没有"一次性"这个概念，我无论如何答不上来。那位记者说："这是人家公共厕所里的擦手纸。"天啊，我简直要晕了过去，老外这样阔气，又这样浪费呀！我把这张纸带回驻地，给很多人传看，无不惊得合不上嘴。

不久，我第一次出国到欧洲，飞机上喝水用一种硬塑杯，晶莹剔透，比玻璃杯还漂亮，喝完便扔。但我觉得实在是一件艺术品，舍不得扔掉，把玩许久，一直带回国内。喝热茶时每人一套精美的茶具，喝咖啡时又是另一套咖啡具。机上走廊很窄，空嫂来回更换不厌其烦。该送咖啡了，我嫌面前小桌上的杯盘太多，也为空嫂少洗一套杯具着想，便将空的茶杯递了过去。不想这位洋大嫂用吃惊、鄙夷的眼光，深深地瞪了我一眼，那潜台词是："你这个中国土包子！"我一时羞愧难当，永远也忘不了那个抽了我一鞭子似的目光。

这就是当时我们与世界的差距。

当中国长时期冰冻的体制、停滞的生产力受到外来信息的吹拂时，一切守旧的思想开始在春风中慢慢融化。责任制、承包、下海、商品经济等，这些新概念先是如幽灵般地在人们身边徘徊，最后聚成了一个时代大潮，而一批时代的弄潮儿也就出现了。

1980 年春，当时人民公社的体制还未撤销。我到山西五台山下一个小村庄里采访一位奇人。他在"文化大革命"前即考上清华大学，却因出身不好，被退回乡里务农。他躬耕于农事却不改科研的初心，自学两门外语，研究养猪技术。公社猪场连年亏损。改革春风稍一吹动，他便带上自己的一个小存折，推开公社书记办公室的门，说："我愿承包公社猪场，一年翻身。如若不能甘愿受罚。口说无凭，立个军令状，以此相押。"说罢将存折啪的一声，拍在桌子上。书记也豪爽，说："如若有失，你我共担。"结果这个猪场一年翻身，大大盈利。这篇稿子见报后，一个月竟收到五千多封来信。全国各地前来学习的农民络绎不绝，他就借势办起了养猪培训班。当地破格将这个农民转为国家干部，又直接任为科委副主任。科学的春天、政治的春天一起到来了。那篇新闻稿也获得当年全国好新闻。

　　还有更破格的。1981年2月，我去采访一个煤矿，矿长是学采煤专业的大学生，长期在矿上工作。我去时他正戴着安全帽下井。稿子见报不久，他突然被任命为省长。一届任满后又调任煤炭工业部部长。那几年经我报道过的普通人，就有四人当上全国人大代表，甚至人大常委。那时，新人成长、重用，真正用上了那个词："雨后春笋"。恩格斯说："文艺复兴时期是需要巨人，而且产生了巨人的时代。"四十年前的1978年和随后的日子正是一个产生了巨人和奇迹的时代。

　　当时虽然大力起用知识分子，但也只能用一小部分。你想，从错划右派，知识分子下放，到十年内乱再次打压，民间窝了多少人才啊。我们一个小小记者站每天挤满上访的人，有申冤的，有要工作的，还有申报发明的。他们以为报纸可帮他们解决一切问题。于是我突发奇想，提出"像开发矿藏一样开发人才"，组织一个人才开发公司，让他们自己解放自己。省政府大力支持，随即拨款四十万元。这在当时是全国第一家人才公司，消息还上了《人民日报》。

　　那时处在社会最底层的农民在想什么？强烈地想摆脱贫穷，要发财致富。长期穷的原因不是自然条件不好，也不是人懒，是政治上的束缚。本来经济发展就是如河水行地，利益所驱，自通有无。这一招，早在春秋时的政治家管仲治齐就大见灵验，全球资本主义发展也大得其利。而我们搞社会主义，却弃之不用，还避之如瘟疫，防之如猛虎。当时国家供应短缺，农民卖一点自产品却要撵、要抓、要罚，人为地制造穷困。

　　我的家乡出煤，煤矿工人有钱但无肉吃。一日一青年农民就趁天未亮时背上猪肉到矿上去卖。突然有谁喊了一声："来人了！"那青年慌急间剁肉，一刀下去砍在自己的左手上，齐刷刷断了四指。这就是那个春风未绿江南岸的黎明前时刻的悲剧。

随着大气候的变暖，开放集市的呼声愈来愈高。报上只是试探性地登了一条四指宽的"群众来信"《是赶集还是撵集》，当日便报纸脱销，甚至有人上门要加订报纸。农民赶集时将这张报纸挂在扁担上作为护身符。冰冻十年的市场，哗啦一下，春潮澎湃。

晋南平原产芝麻，一个叫"朱勤学"的农民从收音机里听到城里副食店缺芝麻酱，就立即手磨一小罐到北京推销，一下拿到上百吨的订单，还带出了一个靠做芝麻酱致富的"麻酱村"。我采访时他拿出自己订的十几种报刊，大谈如何利用外部的科技信息、商品信息。这在当时是很新鲜的事。我很快在报上发了一个头条《听农民朱勤学谈信息》。

马克思说："人们能够自由地获得世界范围内的最大信息，才能得到完全的精神解放。"古今中外，历来的改革都是先睁开眼睛看世界，从对比中找差距。当俄国农奴制走进死胡同时，彼得大帝发起改革，组织庞大的出访团巡访欧洲，而他自己则化装为一个普通团员随团学习。清末，当中国封建社会已千疮百孔，感到不得不改时，也于 1866 年派出了第一个出国考察团。西方先进文化的信息逐渐吹入国内。然而，近代以来中国对外的大门总是时开时闭，思想也就一放一收。

历史证明，国门打开多大，改革的步子就有多大。五四运动是近代以来最大的一次打开国门，思想解放，直接导致后来新中国的成立；1978 年以后中国人再次睁开眼睛看世界，是又一次思想大解放，直接导致了中国特色社会主义的出现。

《北京日报》2018 年 10 月 8 日

享受岂能是头衔

有一件事想了很久，不吐不快。

常见报刊上或会议上介绍某人时，或在名片上印头衔时称"享受国务院特殊津贴"，甚至追悼会上也不忘加这一条。这个"津贴"首施行于刚打倒"四人帮"后，改革之初。那时知识分子长期受压，待遇很低，生活拮据，于是为一部分精英人才发津贴，有重视知识、重视人才之意，后延续下来。不想这倒使一些人用来做了终身夸耀的资本，动不动就"我享受国务院特殊津贴"（类似提法还有"享受正部级医疗待遇"之类）。事情虽小，却关乎价值导向和社会风气。

津贴是什么？就是生活补助。正常情况下一个有自尊心的人很少要人补助，如果真拿了别人或政府给的补助也会心怀愧疚，低调处事，加倍工作。现在反过来了，把"津贴"挂在嘴边，印之名片，显于报章，足见其浅。

此现象文科多于理科，而犹以书画界为最。媒体也无知，跟着捧。就像某一级首长，在单位吃小灶，出门坐小车，这本是一种生活、工作待遇。如果每开会或印名片，都要称享受小灶、小车者某。这成何体统，他还算个首长吗？

记得前些年，有大学教授写了一书稿，投之某出版社，数月无回音，便写信去催问。内容只一句话："某日寄去某稿，不知下文如何。"下面的落款倒有二十多个头衔，包括"享受津贴"，占了大半页纸。那个编辑也有水平，先用大半页纸照抄了这二十多个头衔，再呼某某先生，正文也只有一句话："水平不够，恕不能用。"想来这编辑回信的当时内心一定荡起一种强烈的厌恶与轻蔑，他指的水平绝不只是文稿的水平。

　　记得当年我在基层当记者，跑乡村学校。那些最基层的乡间知识分子生活困难，县里重才，就特批给一些老教师每逢重大节日可享受二斤猪肉的供应。但我从未听到过哪个教师自我介绍：享受猪肉二斤。居里夫人是唯一得过两次诺贝尔奖的女科学家，但她从不拿这个奖说事，还把金质奖章给小女儿在地上踢着玩。无论大的还是小的知识分子，无论做事还是做学问，一个最基本的素质就是脚踏实地，不欺世盗名。

　　我们常说，知识分子是国家和社会的精英。精英者，思想之精，品德之英，又学有所专，能为社会之脊梁，公民之师范。知识者，先知耻而后知识，耻于沽名，耻于钓誉，不耻下问，沉下心来做事情、做学问。今身为国家级的精英，区区津贴念念不忘，又设法挪作虚名，社会泡沫何其多，国事实堪忧！

　　国要强，先强国民；国民要强，先强精英。我担心，如果有人出国去也印一张"享受"字头的名片，一是外国人看不懂，二是真看懂了就更糟，要大丢人格、国格。我们常批评世风浮躁，怨青年人不成熟、文艺圈太浮浅、干部少学识等等。殊不知精英之浮，才真正是社会的危机。况时过境迁，时下知识层早已无冻馁之虞，那个津贴之法不要也罢，徒乱人心。

《人民日报》2014 年 12 月 8 日

为什么不能用诗作报告

报载某地开人代会，所作的报告却是一首五言长诗，凡 6 000 字，一韵到底，媒体议论纷纷。深究其理，值得玩味。

我们先分析一下"形式"。形式与内容本是对立统一、合作共事的。但是人们常记住了"统一"，忘了"对立"。形式本身有独立存在的价值，比如诗歌这个形式，就有句式、节奏、音韵的美，这是形式的"资本"，所以它时时想逃离内容、闹独立。这就是为什么年年反形式主义却总是反不掉，本性使然，规律所在。

形式爱表现，但它自己不能实现，必须借助于使用形式的人。天下的人可分两类，一类是干实事的，虽也会用到形式，但内容第一，如经商、从政、军事等等。另一类是玩形式的，专门开发形式的审美价值，如音乐、美术、语言等艺术家，形式第一。人各有好，术有专攻，本无可厚非。但最怕的是，乱了阵营。你是要干事还是要从艺，鱼和熊掌不可兼得。比如，宋徽宗、李后主，本是当皇帝的，但坐在龙椅上不办公，一个爱画画，一个爱写词，虽也出了名，但都成了亡国之君，当了俘虏。还有那个爱作曲、会编舞的唐明皇，也招来了天下大乱，自毁江山。

想在工作中创新，无可厚非，但就怕分不清自己的身份和责任，想要两头沾，既当有才的宋徽宗又当有为的唐太宗。无数历史事实证明：于公，这是害国之象；于私，这是身败之征。只有放弃一头，才能保住一头。党的第一代领导人中，有大才艺的人很多，但他们都知道孰轻孰重，毅然割爱才艺，献身革命。陈毅参加革命前先参加了文学研究会，曾与徐志摩论诗；张闻天是第一个发表长文把诗人歌德介绍到中国的人；周恩来的话剧才能更是尽人皆知。但他们都不敢"以才害政"。

再说形式与内容搭档也是有一定之规的，就像穿衣服要讲场合。或可称之为"形式伦理"。如果是纯玩形式，有艺术界的行规；但要做事，特别是政事，就有政界的规矩——以事为主，选取适当形式。什么叫"适当"，突出内容，淡化形式。比如穿"三点式"是健美比赛的形式，为突出肌肉的美；穿古装，是演古装戏的形式，为突出古典氛围。政治报告重在时政阐述，要严肃、鲜明、直白、缜密，用长于浪漫、抒情、吟唱、夸张的诗歌形式去表现，就像参加晚宴时穿着古装或"三点式"，那是怎样一种尴尬。就是单从语言表现来说，诗歌有格律管着也不能尽达政治之意。闻一多说写诗是"戴着镣铐跳舞"，用诗去作政治报告则是镣铐之外又加了一层面具。历史上曾有人以诗写论文，唐代的司空图用四言诗写了一本《二十四诗品》，是学术名著，但也没有超出以诗说诗的范围。现在以诗来写政治报告，确如马克思所说，是"惊险的跳跃"，如果跳跃不成功，那摔坏的一定不是形式，而是形式的拥有者。

形式有逃离内容的本性，其实还是因为背后有一双看不见的腿，有一个不专心正业的人。多一些专业精神，就不会在形式上搞得太离谱。在商界，就没听说用诗歌来签合同的，军界也没有人会用诗歌来下命令，如今在一些地方的政界却出了这样的事，岂不怪哉？

韶山图书馆记

到韶山参加一个纪念毛泽东诞辰一百二十周年的活动，意外地发现在离毛故居不远处的山坡上，有一座毛泽东图书馆。为伟人、名人建纪念图书馆，在国外几成风气，美国每个退休总统都有一座，中国却极少见。关于毛的这座图书馆也未能建在北京等大都市，而是在他家乡的小山冲里。我很好奇，便进去一看。

图书馆不大，使用面积只有六百八十平方米。这里只收三类书：一是毛泽东写的书，各种选集、文集、单行本；二是毛泽东看过和评点过的书；三是写毛泽东的书，即各种研究毛泽东的书。馆的功能以收藏、陈列为主，兼有一点借阅，游人可免费参观。但因知道的人不多，来者寥寥，那天我去时馆内十分清静。

一般无论博物馆、图书馆都有自己的镇馆之宝，我问接待我的刘馆长："能不能看看你们的宝贝？"他自己先戴上一副薄薄的白手套，又递给我一副，然后让管理员捧出一个盒子。打开，是一本蓝皮黄纸的书，小三十二开本，约有一寸之厚，他说："这就是我们的镇馆之宝，是已知的历史上出版的第一本《毛泽东选集》。"1942年延安整风时党中央成立了宣传教育委员会，毛泽东是主任，王稼祥是副主任。整风过后，为了推动干部的学习，晋察冀边区请示中央宣传委员会后决定编一本《毛泽东选集》，这个任务交给了时任《晋察冀日报》社长的邓拓。邓是党内的才子，是一个好学习、好收藏、好研究问题又很有政治眼光的知识分子，他平时犹好收集毛泽东的讲话、文章。边区党委 1944 年 1 月下文件，邓三个月后就编出了这本书。现在我们看到版权页上写着："编印：《晋察冀日报》；发行：晋察冀新华书店；定价：三百元（边币）；一九四四年五月初版。"

我俯下身子仔细观察这件宝物，虽然手上也戴着一双白手套，却不敢去翻它一下，生怕碰碎那已经被岁月浸泡了七十年的薄纸。全书分为五卷，实际上是一本五卷本《毛选》合订本。

新中国成立后正式出版《毛选》合订本是"文化大革命"后期的事，当时是四卷合订。我记得刚看到这种合订装帧时，有一种莫名的兴奋。想不到在抗日的满天烽火中就曾诞生过《毛选》合订本，而且还是五卷。看着这本小书，你会明白什么是思想的力量，什么是领袖的魅力，而书籍就是在收集思想，收藏历史。

以当时的条件，毛泽东的文章不可能收齐，比如《湖南农民运动考察报告》就只收了前两个部分。这本集子主要来源于邓拓个人的剪报资料。当时纸张奇缺，从书的封口上可以看出，纸质和色度都不一致。印装也有失误，如一百二十四页后就找不到一百二十五页。但它却有一个惊人的装帧——蓝色缎面精装。这是从地主老财家找来的缎子被面，用手工制作的，这样的精装本只做了十本。我们现在看到的这个本子是三年前图书馆花了三十万元从河北一个收藏者手里买来的。现在社会上还流传着另一本，品相比这本还好一点，缎面上的一朵暗花正好在封面的中心，拍卖价已经出到一百六十万元，主人还不肯出手。

《毛选》的编辑出版贡献最大者有两人。一个是邓拓，在战火中编了第一本《毛选》；一个是田家英，精心保存了毛的许多手稿，是新中国成立后《毛选》编辑的第一主力。可惜这两人在"文革"中都死于非命。

在珍品室还有这样几件藏品。一件是新中国成立前国统区正申书局出版的小册子，封面书名为《孙中山先生论地方自治》，打开后里面却是毛泽东的文章选编，这是为了躲避国民党的检查。还有一本《六大以前》，落款是"中共中央书记处印，一九四二"。当时为配合整风，中央编了《六大以前》《六大以后》《两条路线》等几本书。因为是作为高干学习之用，印数很少，又赶上胡宗南进攻延安，撤离时大都销毁了，所以流传极少。这本《六大以前》现在全国仅存两本。

馆内收藏的各种毛泽东著作版本约两千多种，1949 年以前的有七百种。其中还有一些珍品，如 1945 年 7 月我江南根据地在芦苇荡里用芦苇制纸印刷出版的《毛选》，有陆定一曾签名收藏的中共晋察冀中央局 1947 年 3 月编的《毛选》一到六卷，等等。

最特别的是一种手抄本《毛选》，抄者大都是书法爱好者，且对毛泽东有特别的敬仰之情，做这件事时怀有一种僧人抄经式的虔诚。一位河北沧州的退休干部用行书在宣纸上手抄了全部《毛选》四卷，每个字如小核桃之大，然后手工装裱成书四十八册，在 1998 年 12 月 26 日毛泽东生日那天他亲自将书送到韶山。还有一个手抄本更为奇特，也是毛笔宣纸手抄四卷本，但一色蝇头小楷，每个字与《毛选》里的铅字一样大，每一页无论页码、标点、版式、字数都与原书相同。抄完后也手工装订成一套《毛选》四卷。这简直是一件巧夺天工、以手工而夺现代印刷机器之工的稀世艺术珍品。这些手抄本都曾有人出天价收藏，但作者只捐赠这里，分文不取。

毛泽东一生酷爱读书，也许是一种巧合，他在中南海办公的地方就名"菊香书屋"。读书是毛泽东生活的一部分，生命的一部分。他平时睡一张大木板床，半张床上却堆满了书。直到去世前几个小时他还在阅读，真正是伴书食，伴书眠，伴书工作，伴书而终。

毛泽东去世后，菊香书屋清出九万多册书。这些书上有他大量的批注手迹，都一起移送中央档案馆了。而那张与书共眠的大木床则被乡亲们运回了韶山，现保存在离图书馆不远的毛泽东遗物馆。毛晚年视力不好，阅读困难，他就用自己的稿费印了一批大字本的书，共一百一十九种。开始用三号、二号字印，后来视力再减退，干脆用标题字来印了。可想他当时想要读书的急迫之情和捧读之苦。

毛的读书习惯是看一遍画一个圈，有的书上竟画了二十四个圈。他一生读过多少书，已经无法统计，从英文版的《共产党宣言》到《红楼梦》，甚至还有《安徒生童话》等，古今中外无所不包。九万多册书啊，这是一个伟人为自己筑起的一座蜿蜒逶迤的知识长城。当然他最喜欢读的还是中国的史书，现馆内收有一套线装本《毛泽东评点二十四史》复制本。

馆藏书中最多的还是第三类，即后人研究毛泽东的书，大约有三万多种。这些书研究他的生平、思想、战例、战法、著作、讲话、家事、家谱、生活习惯等。有身边工作人员的回忆，有长期追随他的将军、书记、部长的追述，有学者的研讨，还有近年兴起的借毛的思想对经商、处世、治学的研究，等等。

毛去世已近四十年，人们对他研究的热情并不稍减。这个研究经历了把他从神坛上请下来，又融入尘俗的微妙过程。真是"才下眉头，又上心头"，没有办法，历史抹不去毛泽东。毛走过了一个时代，创造了一个时代，也代表了一个时代。那个时代的人物事件，边边角角，时时处处，都折射着他的影子。

在书架的长阵间浏览，你会看到许多这样的书名，《毛泽东与周恩来》《毛泽东与蒋介石》《毛泽东与斯大林》，还有《毛泽东与佛教》《毛泽东与戏曲》，直到《毛泽东与南阳》《毛泽东与城南庄》等，从大到小，从近到远，一草一木都无不与之相关。这真是一个毛泽东时代，普天之下的每一根神经都连着这一个中枢。这时你会突然明白什么是领袖。领袖就是他的思想、意志、魅力摆在那里，你不得不随他前行，而他离开这个世界后却仍然定格在历史上。

从图书馆出来我又重游了毛的故居。真不敢想象，就是从这几间小土房子里走出了这样一位巨人。故居旁是毛八岁时开始上的第一个私塾——南岸私塾。他八年换了七个私塾，总是不停地发问。小山冲已经放不下他，他便到长沙求学，到北京大学工作，去见李大钊，见蔡元培。

从南岸私塾到毛泽东图书馆，一个伟人就这样走过了一条读书之路。这两处的空间距离只有一里地，而时间跨度是八十年。八十年的读书、思考、奋斗造就了一个伟人；而八十年的血与火、情与泪、功与过又全部留在他的书里，藏在山坡上的这座图书馆中。

《人民日报》2013 年 12 月 25 日

一片历史的青花

——季羡林先生谈话录

题记： 近日整理笔记，发现这个记录稿。上世纪90年代我在新闻出版署工作，季羡林先生作为专家参与一些出版方面的事，这样我们就认识了。老人可以说是愈老愈红，愈老愈火。国家领导人是年年都要去拜年的，社会上给他各种头衔：学者、专家、作家。但是我总觉得他就是一个农民式的和蔼的老者，还有点倔强。他有许多艰深的专著，也有许多朴实的散文。而对一般人来说，最有价值的是他经历的那个时代和在这个时代背景下他的想法、看法。这里不关学问，也不关文学，只有思想。季先生活了九十八岁。他说，风雨百年，他就是一面时代的镜子。每次去看他都能听到一些有趣的事，原本是想整理一本原汁原味的书，但可惜动手晚了，只留下这些青花瓷式的碎片。亦然是珍贵的，特奉献给读者。对收藏家来说一片元青花就是天价，元朝一朝才九十八年，季先生一人寿比一朝，何况他是经了清、民国、中华人民共和国三朝呢。

2013 年月 5 日

1999 年 12 月作者与季羡林先生在他的寓所前

科学不能解决所有问题

梁：季老，春节到了，给您拜年。您气色真好。

季：就是腿站不起来了。

梁：怎么还在写东西啊？

季：写和谐方面的。现在注意研究天人和谐，人与外部世界和谐，其实还要注意人自己内心的和谐。听说中央有文件还引了我这个观点。

梁：温家宝总理讲话时引用了您的话。

季：人的内心世界比外部世界更复杂。美国人是科学主义，认为科学能解决一切，其实不是。科学对解决人类的内心世界贡献不大。

梁：最近外面正流行梁漱溟的一本书，是他的晚年谈话录。季老，您见到没有？

季：没有。（助手插话：什么书名，我去给季老买一本。）

梁：书名叫《这个世界会好吗》。他说，这个世界上科学只管科学要解决的问题，宗教只管宗教要解决的问题，谁也代替不了谁。

季：要想让科学解决一切问题不可能。科学把世界越分越细，这样分不出个结果。

梁：我知道您曾写过一篇文章，说解决世界上的问题还得回到东方哲学上来。凑巧同时李政道也写了这样一篇文章，发在同一期刊物上。

季：是。

我崇拜梁漱溟、彭德怀

季：梁漱溟这个人不简单。打开《毛泽东文选》（五卷本）第五卷，第一篇文章，你一看就知道，梁漱溟和毛泽东吵架，毛泽东暴跳如雷，梁漱溟坦然应对。他说要看看主席的雅量。

梁：是在1953年讨论总路线的会上，关于对农村政策的一次争论。梁漱溟晚年对这件事也有点后悔，说他是领袖，我太气盛，不给他留面子。他还是很佩服毛泽东。那本书里也说到这件事。

季：我崇拜梁漱溟。他这个人心肠软，骨头硬。他敢于顶毛泽东。在并世的人中我只崇拜两个人，还有一个是彭德怀。他在1959年庐山会议敢说真话，敢顶毛泽东。我和梁漱溟还有一点关系，他是第一任中华文化书院院长，我接他是第二任院长。

梁：您和彭德怀有什么直接关系？

季：没有。他是大元帅，我是一个教师。他是武，我是文。但我佩服他。"文革"中间我俩命运一样，都挨斗了。有一次北京航空学院的"红卫兵"揪斗彭德怀，我就从北大走到北航去看。

梁：在并世之人中您还崇拜谁？

季：没有了。

梁：往后排，第三个、第五个呢？

季：没有了……

学问，不要拿有用无用来衡量

梁：季老，我一直有一个问题想问您，您研究那些很生僻的学问，古代印度，梵文，还有更稀罕的吐火罗文，对现在的世界有什么意义？

季：梵文，在欧洲各国都是一门显学，代表着当时的世界文明。梵文、巴利文、古希腊文这三门语言是比较语言学必修的。所谓比较语言学实际就是印欧语言比较学。梵文是大乘佛教用的文字，主要流行于古代印度；巴利文是小乘佛教用的文字，主要流行于泰国、斯里兰卡和印度南部。

梁：什么是吐火罗文？

季：是古代西域地方的一种文字，分为吐火罗文 A 焉耆语和吐火罗文 B 龟兹语。现在看到的是用它写成的佛经，但都是残卷。只有中国新疆才有。

梁：那您就是对古梵文、巴利文、吐火罗文与古希腊文进行比较研究？

季：不只是这几种文字的比较，还有英、法、德、斯拉夫语等。在比较中看文化的发展与交流。当然吐火罗文的难点首先是考证、辨认。

梁：这种研究对现在有什么用？

季：学问就是学问，不能说有什么用。对大多数人来说外语有什么用？没有用。我当年在德国从耄耋之年的西克教授处学到这种就要失传的文字，也没有想到三十年后又拿起来用。上世纪 70 年代新疆焉耆县断壁残垣中发掘出这种古文字的残卷，我把它译了出来。

梁：这让我想起，梁启超有一篇文章，他说，做学问不要问为什么，不为什么，就是为我的兴趣，为学问而学问。许多诺贝尔奖得主，当被问到为什么搞这项研究时，总是说没有别的原因，就是有兴趣。

季：牛顿当年研究万有引力有什么用？没有用，也没有什么理由，但是以后成为一项伟大的贡献。学问，不能拿有用无用来衡量，只要精深就行。有独到处，有发现就行。如果讲有用，很多学术问题都不用研究，浪费精力。

梁：我想起来了，梁启超的那篇文章叫《学问之趣味》。梁启超这个人真不简单，他半文半白的文字写得好，后来的纯白话文也写得很好。这篇文章很通俗、生动，道理也讲得好，很适合现在的中学生、大学生读。

季：梁启超和胡适都是学术之才，但他们有一个共同点，就是都被政治拖住了，很可惜。

研究工作、搜集资料要竭泽而渔

梁：对一般读者来说，您后来写的回忆录、散文比前期的学术著作影响更大些。

季：这是因为后来年纪大了，住院了，学问做不成了，就只好写回忆。你不知道，做学术研究要用很多很多参考书，不可想象。病了，住在医院里就办不到了。过去，我定下一个研究题目就到北大图书馆，几个楼的书，从头到尾翻一遍，真是竭泽而渔。那时有精力。学问这个东西要心静。我写《糖史》，八十万字，两年，整天在图书馆，真正是风雨无阻。那时眼睛还行，现在戴花镜还看不清，要用放大镜。

梁：我记得有一个细节，您到台湾访问，一见面，主人就问《糖史》带来没有？您研究古印度、佛教、比较语言学，怎么又研究起糖了？

季：糖这个词在英文叫 sugar，法文是 sucre，俄文是 caxap，德文是 zucker，都是从梵文里借过来的。

梁：中文糖的发音和梵文有没有关系？

季：没有。德语、英语、法语、俄语的糖都与梵文中糖的发音相似。梵文音译是"舒而呷拉"，中文的糖与它无关。中国在唐以前就会制糖，但是麦芽糖，不能算糖，甘蔗只能制糖浆。印度当时制蔗糖比中国先进，已会制砂糖。唐太宗派人到摩揭陀国学习制糖技术，中国正史中有记载的。围绕着制糖技术的学习交流，就是一部中印文化交流史，涉及很多方面。糖的传播经历了很多的周折，后来到明朝，中国的技术又超过了印度，会制白砂糖，这技术又传回到印度。阿拉伯人在其中起了中介的作用。

梁：我数了一下，您在《糖史》里，只整理出来的初唐时中印交通年表就用了十页书。

季：学术就是这样，牵一发而动全身。株连枝蔓，愈精愈深，愈深愈多。

第一次谈话　2007 年 2 月 15 日下午　301 医院

1999 年 12 月 26 日作者主持三联书店韬奋图书中心开幕式
（后排话筒左右侧分别为启功先生、季羡林先生）

爱国主义不能一概而论，要加以分析

梁：今天给您带了最近出的一本散文。

季：你的散文很有特点。

梁：这本书是受团中央、教育部委托给大学生编的，叫《爱国的理由》，都是一些著名人物的爱国文章。选文主要有两个标准，一是爱国精神，二是美文，在历史上要有经典作用。当时起书名时，大家在一起讨论，很费了一番功夫。一位教授说，孩子上大学了，回来老跟他辩论：你们老说爱国，我凭什么爱国？我说就叫"爱国的理由"，就是要给人讲清理由。

季：关于爱国主义，我曾在国防大学研究生院作过一次报告。我讲，爱国主义是好还是坏？有人说只要爱国就是好的。我说不一定。日本侵略中国，喊爱国主义比谁的声音都高，你说他们的爱国主义是好东西吗？爱国主义不能一概而论。一个国家不侵略他国，讲爱国主义是真的；你去侵略他国，像日本人鼓吹的爱国主义，其实是害国主义，害了自己的国家，自己的民族。

梁：那是狭隘的爱国。

季：只狭隘还不够，是害国主义。真正爱国是反对侵略，对国家前途和人民的命运负责。爱国主义应当加以分析。像日本国内的反战派，表面上不爱国，其实是真正的爱国主义。如果顺应了反侵略的民心，日本也不至于栽了那么大跟头。

梁：日本战败后，亚洲各国的侨民大撤退，很多人自杀了。一大批人又流亡到世界各地。秘鲁曾有一个叫"藤森"的日本裔总统，就是当时日本侨民的后代。您留德十年，正赶上了德国发动的二次大战。您怎么看德国人的爱国主义？

季：当时我们中国留学生很少接触到德国人。一般而言，德国人是科学头脑一流，政治头脑四流，糊涂。我所知道的，反对希特勒的德国人并不多，也许他们不敢讲。

中国对世界的贡献不限于物质，还有精神的和谐，这是伟大的思想

季：你看现在地球村越来越小，交通越来越发达，但问题却越来越多：战火纷飞，刀光剑影，生态失调。中国人提倡和谐，如果每个国家都能接受的话，全世界就是一个大爱国主义，不侵略别人，当然也不容他人侵略，和谐相处，这个世界还有好日子过。中华民族是一个伟大的民族，过去历史上有很多发明创造，比如造纸、印刷术。如果没有中国四大发明对世界的贡献，人类社会的进步起码还要晚几百年。

梁：我们对世界的贡献还有哪些？

季：中国对世界的贡献不限于物质，还有精神的。和谐，这是伟大的思想。曾借用古人的一句话作为座右铭："为天地立心，为生民立命，为往圣继绝学，为万世开太平。"往圣就是马克思，万世开太平，现在的和谐就是开太平。这种贡献，时间越长，意义就越看得清楚。现在还不行，不到时候。中国人也并不全了解、相信和谐的意义。整个人类有待于发展，向好的方向发展。

梁：您在谈到中西文化交流时曾说过，总有一天会实现世界大同。

季：要很长时间，不是一百年二百年，这是我的想法。有人说共产主义不会实现，为什么呢？共产主义就是共有，一件新的发明只能少数人有，怎能共有呢？这是歪理。真正到了共产主义，物质、精神都是大家的，不是某一个人的。

大同是人类的前途，不能因为现在人类有不良习惯，就失去信心

梁：您怎么看世界大同？

季：大同是人类的前途。现在有两种看法。一是对人类前途抱希望，二是对人类前途不抱希望。我属于抱希望的。不能因为现在人类有不良习惯，就失去信心。要慢慢改，不是一年两年，不要急于求成。我们提出和谐，是给世界人民上大课。但中国人未必都理解和谐的意义。世界地缘政治在变化中，近几百年来，世界的政治、文化、经济中心并不是总在一个地方。比如18世纪，在欧洲大陆；19世纪在英国；到了20世纪又在美国。在21世纪，世界的政治中心总不能老在美国吧？风水轮流转，美国人不知道这个道理，他们以为自己永远是世界的中心。这怎么可能呢？

历史的规律不是我们创造的，是历史告诉我们的

梁：在历史上，作为世界中心的某一个国家，一般能持续多长的时间？

季：大概也就一个世纪。19世纪的英国号称"日不落帝国"，那威风极了，结果也垮了。历史的规律不是我们创造的，是历史告诉我们的。

梁：历史上中国曾是世界的中心吗？

季：有一幅画，叫《清明上河图》。

梁：是宋代张择端的。

季：画的是开封。商铺林立，非常繁华。那时世界上还没有比它大的城市，开封应该是当时世界的中心。

梁：唐代长安算是当时世界的中心吧？

季：应当是。它不仅限于中国，是全世界的大都会。不是我们自吹，当时西方的好多小国，还有罗马都称唐太宗为"天可汗"，就是统治宇宙的可汗。古丝绸之路主要是从中国长安到罗马，这是一条商路，是做生意的，不能小看商人。

梁：您在介绍佛祖释迦牟尼的文章里专门有一节"联络商人"。

季：我还写过一本书——《商人与佛教》，为什么写这本书呢？我看过佛经的"律"，这在过去小和尚都不能看。我看了，觉得非常可笑、非常奇怪。怎么可笑呢？在"律"中对商人特别赞美。为什么呢？当时古代人很少出门，不像我们现在"旅什么游"（笑）。当时出远门的只有两种人：一是商人，"商人重利轻别离"；二是宗教信徒，他们要云游取经布道。天主教徒、佛教徒都一样。一般人是老婆孩子热炕头，不出门。

梁：这两种人中玄奘是最大的旅行者了。

季：玄奘是中国的脊梁，这是鲁迅说的。

宗教和宗教之间没有可比性

梁：传教士对传播文化起过作用。

季：不能说哪个宗教好，哪个宗教坏，宗教和宗教之间没有可比性，没法比。你信的，就是好的；不信的，就是坏的。邪教是另一回事。有一次我给国家宗教局的领导讲，宗教不会消灭。

梁：记得您跟冯定讨论在共产主义社会是否有宗教。

季：我们两人讨论的结果一样，阶级消灭了，宗教还是消灭不了。为什么呢？人的主客观总不能完全一致。人类不可能进步到那个程度，人愿意干什么就干什么，心想事成。

梁：您和冯定的对话很有名，赵朴老在世时曾举过这个例子。

季：我们现在对宗教的态度是正确的。宗教是个人问题。一般说，宗教分为两类：一是光明正大的宗教，比如佛教、道教、基督教、天主教、伊斯兰教等；二是歪门邪道的宗教，像日本的光明圣殿派，提倡集体自杀，这就是邪教。

我研究佛教，但我不信佛

梁：季老，我问您一个幼稚的话题，您研究了一辈子佛教，您到底信不信佛呢？

季：我不信。什么宗教我都不信。但只要光明正大，我就尊敬它。佛教的道理说服不了我。佛教追求涅槃，有一个根本的教义就是轮回、转生，这很讨厌，好生生的来回转干吗？它讲修行，说可以跳出轮回。何必费这么大劲，你不信它，不就可以跳出轮回了吗？（笑）

梁：涅槃是否可以不转生了？

季：涅槃只是停止的意思，并没有不转生的其他含义。

中国人有很大的好处，就是没有宗教狂

季：现在信佛的人，大都想下辈子比今生更快乐、更好、更有钱财。如果猪修行的话，下辈子就会托生为人。中国人有很大的好处，就是没有宗教狂，佛教、道教、基督教、伊斯兰教什么都信，最后是崇拜祖先，这是人民的宗教。

梁：恩格斯讲，宗教是宗教创造者根据群众的宗教需要创造的。老百姓的宗教与创造宗教者的宗教、当政者的宗教有没有区别？

季：老百姓有宗教需要。我也不是宗教创始人，我猜想越是宗教创始人就越不信教。他比别人更知道，这是骗人的。

梁：这么说马克思讲宗教是麻痹人民的鸦片还是对的？

季：宗教也不是鸦片烟，你自己觉得需要，接受了它，心里安静了，就是得到了这个好处。穷人信宗教，是希望下辈子富一些。猪怎么想，我就不知道了。（笑）

梁：高级知识分子中有很多研究佛教、信佛，比如梁漱溟，他

信佛、吃素，甚至年轻时就想出家。还有台湾的南怀瑾，他自己也闭关、打坐。最奇的是李叔同，干脆出家了。您怎么看？

季：李叔同文化造诣很深，他认为信教能得到内心的安静，那就信吧，又不影响别人。我小时候曾见过巫婆，现在没有了。一个平平常常的老太太，进来后一会儿打了个哈欠，说话声音变了，很大的声，信徒还以为是神灵附体。我在一旁觉得可笑，她是个好演员，哪有什么神呢？

中国有个传统，骨头硬，坚持真理宁死不屈

梁：今天还给您带来梁漱溟的一本书。就是上次说到的梁漱溟晚年谈话录。

季：他是很值得钦佩的。

梁：这是他晚年也是九十几岁时，与一个美国学者的谈话。这个美国人曾写过梁漱溟的传记，但一直没有见过他。后来终于有机会到北京了，他们一起交谈。二十年后，他的两个儿子将录音材料整理出书。这里还有一个资料，把梁漱溟的谈话分了类，很清晰，有对马克思主义的看法、对新中国的看法、对毛泽东的看法。

季：梁漱溟谈的？

梁：对。他说，毛泽东是最伟大的中国人物。还谈到1953年他们吵架的事情。身体允许的情况下，您可以看看。您跟梁漱溟接触过吧？

季：接触过。中国文化书院，他是第一任院长，他退休后，我接了他的班。我们在一起开过几次会，他比我长一辈。

梁：您跟他接触并不多，为什么崇拜他？

季：他骨头硬，但骨头硬不能一概而论，他对人民心肠软。中国有个传统，骨头硬，坚持真理宁死不屈。彭德怀也是这样。我崇

拜的人，一个是彭德怀，一个是梁漱溟，就这两个。"文革"初期，我还没有进牛棚，但已开始挨批。听说彭德怀被揪到航空学院批斗，我从北大走到北航去看。

梁：您和他素不相识，您文他武，为什么要大老远地跑去看？

季：因为他在庐山会议上敢说真话，有骨头，很了不起。我知道他的脾气不好，很担心那天他会和"红卫兵"顶起来吃亏。我有这个体会。

梁：结果怎么样？

季：还好，那天他没有发脾气，很从容大度。也许是原谅这些孩子不懂事。

梁：您崇拜的人还有谁？

季：没有了，其他的不如他们突出。马寅初也可以算一个。他的《人口论》不简单。

第二次谈话　2007 年 2 月 28 日下午　301 医院

讲什么国学大师，我连小师都不够
国学只知道一点

梁：季老您好。前几天去了趟贵州，那里风景很好，还给您带来些富硒茶，对老年人很好。

季：那里就是"地无三尺平，天无三日晴，人无三分银"吧？

梁：您的记忆力真好。我和贵州有些特殊关系。我的文章，他们的一家杂志连载了七八年。

季：情有独钟。

梁：还有一个原因。贵州有一个黄果树，旁边六公里处有天星桥，几年前给他们写了篇文章，后来他们把我的文章印了十万张当宣传品，前年又刻在石头上。

季：那里的黄果树瀑布不得了。

梁：今天给您带了湖南的一本杂志，上面登了关于您的一组文章，还有我的一篇《周恩来让座》。还画了您的头像，您能看清吗？

季：马马虎虎。

梁：您的那篇"三辞国学大师桂冠"的文章。

季：社会上都讲过了头，辞掉了。什么话都别讲过头。讲什么国学大师，我连小师都不够，算什么大师？国学只知道一点。（笑）

国学者，一国之学问也

梁：国学的含义是什么？

季：国学者，一国之学问也。中国的国学有两种概念，一讲国学就是以中国人过去的人文学科为主，自然科学为辅。国学大师怎么来的呢？有一次北大开会，《人民日报》的一个记者是北大校友，他当时用了"国学大师"这个词，后来都讲开了。我说哪有什么国学大师？

梁：还记得是哪个记者？

季：姓毕。

梁：噢，是我们文艺部的记者，写散文的，还给您写过传记。现在我们理解国学应包括哪些内容？

季：应该有狭义、广义之分。狭义指人文社会科学，广义包括自然科学在内。其实中国古代的自然科学水平很高，像墨子。一般讲的国学是狭义的人文社会科学，经史子集、四书五经。有的人说，提倡国学就是反对马克思主义，这是胡说八道。讲国学怎么就是反对马克思主义呢？我们是用马克思主义来理解我们的国学。

什么是马克思主义？实事求是，不夸大

梁：这怎么理解呢？

季：什么是马克思主义？实事求是，不夸大。不能把马克思主义曲解成阶级斗争。其实马克思主义是反对独裁的，马克思主义并不提倡独裁。《共产党宣言》里也没有这个。中国的马克思主义道路不是从西方（德国）来的，是十月革命的一声炮响，经过苏联的中介才传到中国的。受苏联的影响很大。

梁：留德十年间看过马克思原著吗？

季：没有。主要学习和研究德文、巴利文和吐火罗文。

我说：我胆子小，怕杀头，但一定会支持你的工作

梁：当时在清华，您的同学胡乔木已经宣传马克思主义了？

季：胡当时在历史系，是地下党。一天夜里他找到我，要我参加组织。我说：我胆子小，怕杀头，但一定会支持你的工作（笑）。后来他让我到工人子弟学校教书，我说一定从命。当时宿舍的脸盆里常常有宣传品，大家心知肚明，知道是从哪里来的，就是胡乔木拿来的，但谁也不说。后来让国民党特务发现了，胡就去杭州了。

革命者得讲究策略，胡也频不讲究策略

梁：您教书的学校是不是类似蔡元培搞的平民夜校？

季：不是那样。那是革命活动的一部分，通过这种教育来团结工人启发工人的觉悟。我教他们认字，当时我的山东口音很重，说话不标准。在那里大约教了两年。后来被国民党发现了，停了。我还有一个老师，是在山东读中学时的老师胡也频，鲁迅在《为了忘却的记念》里提到的。他是我高中的国文教员，也是一个革命者。我想，革命者得讲究策略，但胡就不讲。他上课时就大讲现代文艺的使命是革命，要推翻旧社会。这种赤裸裸的宣传，蒋介石当然不允许，后来他被杀害了。青年革命者锐气强，但也要讲策略。

后来出现了两个乔木——乔冠华和胡乔木

梁：宣传马克思主义方面对您影响较大的人是谁？

季：当胡也频在的时候，老宣传现代文艺，后来又组织了现代文艺学会，我是积极分子，还写了文章谈现代文艺的使命。这是我在山东上中学的时候。

梁：胡乔木呢？

季：关于革命，胡乔木给我写了封信。他说，你还记得当年一个叫"胡鼎新"的同学吗？胡鼎新就是当年他上大学时的名字。后来出现了两个乔木——乔冠华和胡乔木，一个南乔木，一个北乔木。记得大约是解放前，乔冠华说，胡乔木比我官大，这个名字就让给他，我改回乔冠华吧。

梁：乔冠华曾和您一起留过学吧？

季：对。我们是清华同学，他在哲学系，比我高两级。在学校时，他常夹着一本德文版的《黑格尔全集》，旁若无人。那时我们并不熟。后来我们一起坐西伯利亚火车到了柏林，那时天天一起，几乎形影不离，很谈得来。我们都是书呆子，喜欢逛旧书摊。他很有才气，有些古典文学修养。1935 年我到了哥廷根，一待就是十年，他到了图宾根。

哥廷根有一个汉学研究所，对我的影响非常大

梁：为什么选择哥廷根而不是柏林呢？

季：哥廷根有一个汉学研究所，对我以后的影响非常大。我不想待在柏林，那里的中国留学生很多，国民党大官很多，纨绔子弟也很多。我不是搞政治的料子，所以就离开柏林去了哥廷根。在那里的留学生，其中有原清华大学副校长、中国科学院院士张维。

1942 年我去了柏林，那时是想离开德国，可是没走成。那一年汪精卫投靠了日本人。他一投敌，希特勒就承认了汪伪政府，国民党的使馆从柏林撤走，日本走狗汪精卫政府的使馆取而代之。我和张维觉得不能和汉奸合作，就到德国警察局申请无国籍，无国籍的人处境非常危险，因为没有人保护你。但没人保护也不能让汉奸保护，一个有良心的中国人也只能这样去做。张维的夫人是一个飞机设计师的学生。二战结束后，我们一起从瑞士回国。当时交通断了，我们就找所谓军政府，见到了英军上尉沃特金斯，他答应帮忙。一个美国少校，想搭我们的车到瑞士玩一玩，我们坐着一个大吉普车，我、张维一家、刘先志夫妇一起来到了瑞士。因为没有签证，进不去，我们就打电话给中国驻瑞士使馆，把我们接过去了。张维是学工程的，他的专业在瑞士很稀缺，所以就待了一阵，后来才回国。

西克老师说吐火罗语是他一辈子的绝活儿
非要教给我不可，我只好学了

梁：您在《留德十年》里曾提到西克老师。

季：那位老先生像祖父。他是我平生遇到的对我最爱护、感情最深、期望最大的老师。一开始，我并不想学吐火罗语。当时学的语言不少了，脑子有点盛不下了。

梁：您学了几门外语？

季：已经学了六七种。在哥廷根学希腊文、梵文、巴利文。当时西克老师说吐火罗语是他一辈子的绝活儿，非要教给我不可，我只好学了。我曾把他的照片放在桌子上，面对自己。一看到他的相片，心里就有了很大勇气，觉得应该拼命研究下去，不然对不住老师。

梁：后来鉴定新疆考古发现的《弥勒会见记》残卷用上了？

季：那是一个剧本。

梁：也算是佛家的经书？

季：既是一种文艺作品，又算是经书，是用戏剧来宣扬佛教。当时在新疆发现了这个《弥勒会见记》剧本残卷。

吐火罗文是中国的古代语言，属于印欧语系

梁：发现了这个残卷有什么意义呢？

季：吐火罗文，从地理学讲只有中国有，是中国的古代语言，属于印欧语系。后来新疆出土了几十页吐火罗文的《弥勒会见记》剧本残卷。我读通了，寄回新疆博物馆。如果我们中国发现的残卷，自己都读不通，再求别人，脸面不好过。

梁：有什么文艺价值呢？

季：研究中国文学史就知道，中国的戏剧开始比较晚。王国维曾写过《宋元戏剧史》一书。中国的戏剧最早追溯到宋、元。宋朝是宋词，元代是元曲。我认为，中国戏剧源自西方，就来自新疆。比如吐火罗文的《弥勒会见记》剧本就在新疆发现的，中国戏剧从新疆到中原，中间接通的是发现的剧本残卷，梵文也是剧本。

了解中国戏剧史，有王国维的《宋元戏剧史》

梁：除此还有吗？

季：还有，有梵文也有吐火罗文，都是剧本。

梁：年代能推断出来吗？

季：上限不好说。纸张可以看出大致年代，但文字很难准确判断年代。从纸张上看，到不了唐。我们中国出土的文献——《弥勒会见记》剧本，我读通了。我们新疆博物馆出土的文献多极了，最

早没有吐火罗文这方面的专家，所以有些本子是头脚倒着摆放的。

梁：为什么不印刷出来呢？

季：这是个残卷，很不完整。平心而论，从艺术价值上说，我们的这个剧本比易卜生的差远了。它的语言价值极高，而艺术价值极低。古希腊戏剧有一流的剧本。

梁：您对中国戏剧有很深的了解，为什么不写一本关于中国戏剧史的书？

季：了解中国戏剧史，有王国维的《宋元戏剧史》，我只能补充吐火罗文这一部分。

梁：在清华时，他教过您吗？

季：没有。他 1927 年就投湖了，我是 1931 年到的清华。王国维是大家。

世界各民族无论大小强弱，都对世界文化有所贡献

梁：您为什么会研究糖史呢？

季：我主要研究文化交流，从语言对比上研究。民族文化交流除了学术意义，还有政治意义。世界各民族是互相学习、共同前进的。有一句话，可能有些过头。我讲，世界各民族无论大小强弱，都对世界文化有所贡献。但小民族有多少贡献，我也一时说不清，无论大小，都有所贡献，不要挫伤民族的自尊感。

自己的学问，最看重的就是巴利文、吐火罗文

梁：您的学问既精深又渊博。

季：我只是个杂家，兴趣太多。

梁：您认为您的学问最重要的是哪一部分？您怎样看自己的学问？

季：最看重的就是巴利文、吐火罗文。北京语言大学校长、外

研社要出词典全集，供外贸、外交行业用。这是一个冷门，他们当时说准备赔上一千万。他们让我看。我就专挑了一个词——"倚老卖老"，看他们翻译得怎样。这是周总理接待外宾时提的一个问题，当时翻译都翻不出来，周也翻译不出来。我看了他们的词典词条后，觉得翻译得很好。

梁：您还记得他们怎样翻译的吗？

季：记得。（用钢笔在纸上写了起来：To take advantage of his old age。）

一个学生要看 《赵城藏》，他借不出来
我就借出来，陪他看

梁：有一年在人民大会堂开会，任继愈先生曾讲了一个故事。在北图文景阁善本借阅处，您替学生借书，书借出来了，您还在一旁陪着学生阅读抄录。

季：当时一个叫"王邦维"的学生要看《赵城藏》，但善本书是不能随便借阅的，他借不出来，我就借出来，陪他看。

梁：陪他看了多长时间？

季：相当长，大概一个上午。看的时候要戴上手套，看善本书不准用钢笔，只能用铅笔抄录。这是保护古籍，是对的。

第三次谈话　2007 年 3 月 21 日上午　301 医院

西方语言里没有"士"和"孝"这两个词

梁：季老好。我给您带来一本杂志，上面有您的文章。

季：你上次送来的梁漱溟的书我看了，这个人有骨气，这是中国传统的"士"的精神。西方语言里没有"士"这个词。

梁：就是知识分子的硬骨头精神。

季：现在这种精神少了。

梁：季老，我记得您说过西方语言里也没有"孝"这个词。前几年我来看您，说到小学生品德教育，您随手就写了"孝顺父母"。这真是东西方文化的差异。

季：西方人敬上帝，中国人敬祖宗。

梁：您当时写的是四句话："热爱祖国，孝顺父母，尊重师长，同伴和睦。"我拿回去发在 2004 年 4 月 6 日的《人民日报》上。

季：现在眼睛不行了。写字也看不清了。

梁：现在社会上您的书很多。最近几个年轻的出版工作者希望为您编一套《自选集》，普及一点，通俗一点。

季：可以考虑。

梁：书名叫什么好？

季：我这一生风风雨雨，快一百岁了，就叫《风风雨雨一百年》吧。

第四次谈话　2007 年 4 月 30 日　301 医院

第五次谈话　2007 年 11 月 22 日　（略）

中国农民第一是要吃饱肚子

梁：季老，很长时间没有来看您了。

季：不能握手了，医生不让，只能作揖表示了。

梁：今天我带出版公司的人来，给您送书，送稿费。您的《自选集》共 12 本，另一本画传。还有我主编的一套"名家佛性散文选"，是您题的书名，也给您带来了。

季：眼睛不行了，只是个形式了，不能看东西了，只能听他们念一点。（翻书）

梁：（翻到《自选集》最后一页）这里有我为全书写的一篇短

跋，可以让他们给您读一下。

季：你的政治散文还在写吗？

梁：在写。今年是彭德怀诞辰 110 周年，我前后花了七年时间写了一篇《二死其身的彭德怀》，发在《新华文摘》上。

季：武的，我崇拜彭德怀；文的，我崇拜梁漱溟。

梁：今年 10 月我去了一趟山东邹平，参加首届范仲淹节，邹平是范的故乡。无意中我才知道梁漱溟先生的墓在邹平，修得很好，在山上，还专为它修了一条路。县中学里有一个简单的纪念馆。

季：当年梁漱溟在山东邹平做乡村建设实验，晏阳初在河北保定搞实验。

梁：梁在那里搞了七年，简直就是一个新型的社会，直到 1937 年，日本人一来全垮了。看来没有政权，谈不上改革。邹平还存有不少资料。

季：梁漱溟、晏阳初那一套乡村建设不行。中国农民第一是要吃饱肚子。不发展生产，办教育，识字，解决不了问题。中国农村，一两千年都是吃饭问题，有饭吃社会就稳。到共产党才解决这个问题。

梁：现在我们搞新农村建设，中心还是发展生产。全国还有一千四百万农村人口没有脱贫。

季：这是个难题，是个大题目。

梁：那天我在邹平纪念馆里还看到一件过去没有见过的东西。赵朴初写的一封信，手稿。说是在一次会上，梁漱溟讲话时突然说他自己前世是一个菩萨。看口气，赵朴老好像也觉得奇怪，就如实照录，有立此存照之意。

季：梁是居士，他是真信佛的。梁是相信轮回转世的，赵朴老应该也是相信的。

梁：您和赵、梁都有过交往吧？

季：我曾接替梁任中国文化书院的院长。1961 年曾准备接赵朴初任佛教协会的会长，组织不批准，说你是共产党员，不能当群众团体的领导。

周恩来为翻译问题费尽了心

梁：你们那一批的老先生现在还和谁有来往？

季：老了，音讯全无。我现在以医院为家了。当年一起工作的还有雷洁琼、周有光。

梁：那是什么时候？

季：1954 年成立文字改革委员会，大家一起工作。委员有周有光；有老舍，满族，京腔最地道；还有侯宝林，语言丰富生动。当时的想法是改革汉字，拉丁化，取消方块字。毛主席也有这个意思。现在还在世的只有周有光了。

梁：拉丁化是不是世界趋势？

季：大部分都是拉丁化。1954 年周恩来参加日内瓦会议。我们的文字翻译难，见报总比人家慢。1956 年党的八大，邀请世界上很多兄弟党参加。我在大会翻译组工作。同声翻译遇到大问题。中国人发言时，外语翻译跟不上。好多种语言同时翻，不好协调。周恩来想了个办法，给发言席上装一盏红灯。翻译跟不上就按开关，亮一下红灯，提醒发言者慢一点。不想发言人理解错了，见了红灯更紧张，讲得更快。所以当时有个想法改革中国字。但这个办法后来证明行不通。越南文字就是拉丁化了，弄得更复杂，更不方便。

中国文字是上帝对我们的恩赐

梁：汉语最简练。

季：对。当年搞翻译，一句汉语，外文要长出好几倍。

梁：最长的是哪国文字？

季：英语、俄语都长，但最长的是缅甸文。比如时常用的"多、快、好、省"四个字，翻成外文要费很大劲。当时只觉得拼音文字书写印刷快一些。现在科技进步，发现汉语更方便。

梁：现在电脑输入，单位时间汉语的信息量更大。

季：语言是表达思想的，怎么方便就怎么来。古人是文言和口语分开，辜鸿铭是个怪老头，用文言说话，本来是"雇一洋车"，他说"为我市一车"。

梁：你们有接触？

季：他早得多。我还不够资格。

梁：幸亏汉字没有被改革掉，那要丢掉多少宝贵遗产。

季：精练本来是汉语的优势，表达同样的内容，他们用十分钟，我们用五分钟。但是现在有些官员，空话、套话连篇，又哼又哈，讲话和文章越来越长。各国语言都有格言、成语，但中国最多。

梁：文风连着党风，连着世风。

季：连外国人都说，中国文字是上帝对我们的恩赐。我们要好好地保护她，发扬她。

梁：季老，这句话很好，请您给我写下来。

季：眼睛不行了，只能摸着写，靠惯性写。一停就接不上了。

（提笔写字）

第六次谈话　2008 年 12 月 17 日

《北京文学》2013 年第 7 期，有节选

该这样去死吗

生死，人生之大事，生命只有一次，其价值当然处于"价值链"的顶端。

大部分人绝地求生、躲避死亡，这是很正常的。但也有几种情况下不得不死。如为理想、为真理、为情义、为大局。这又分两种，一是有死的风险，冒险而为，有必死之心，但志在求生。其结局也不一定死，如战场上的冲锋，如潜入敌后的工作，如危险的实验（诺贝尔之研究炸药），等等。第二种是时势所逼，已绝无生的可能，坦然去死，杀身成仁。如董存瑞手托炸药炸碉堡，黄继光以身堵枪眼，当时弹扫如雨，分分相逼，他不死就会有更多的战友死。如抗日名将张自忠留下遗书，从容渡河杀敌以身殉国。"文死谏，武死战"，都是死有所值。当死已无回转的余地时，就毅然去死，这都是值得褒扬的。

还有一种虽然也是为了正义、真理、大局，但本可不死却专门去找死，值得商榷。虽也博得光荣，但死不当值。历史名人如书法大家欧、颜、柳、赵之颜真卿。颜为人正直，一门忠烈。他在朝为官屡屡被小人排挤、陷害，他明知自己的处境也知道政敌的阴谋，但从不避锋芒。唐德宗建中三年（782 年）李希烈反叛唐室。宰相卢杞借刀杀人，建议德宗派颜真卿去叛军队伍中说服李投诚（卢杞之奸史上有名，连中兴之臣郭子仪都回避他三分）。以颜之忠义与李之顽逆，上下左右，包括颜自己都知道不可能劝降成功。这是一场"阳谋"。但颜仍以七十六岁高龄，单人独马毅然前往。既是"劝降"就应有一套策略、预案才行，如春秋战国之纵横家，晓以利害，逼其就范。但颜一味破口大骂反贼，终为其所杀。除道德上的胜利，这种死没有任何意义。还有明朱棣起兵反到南京，要明之重臣方孝孺为他起草即位诏书。方不肯归顺，反而嘲弄唾骂。朱大怒，说："你不识好歹，灭你九族。"方说："十族又何妨？"传统上人的血缘关系本无第十族。朱盛怒之下将方的门人、学生、朋友、故旧凑成第十族全部杀掉。行刑之日，将十族绑定过方前，每杀一人告方"后悔还来得及"，方答"不后悔"，仍破口大骂。直到最后剩他被凌迟处死。方的这一句逞嘴上英豪的话，死了多少无辜？不但自取其死，还把十族性命都搭上，有何价值？

重
阳

三木小记

"一花一世界，一叶一菩提。"物人相通，世界是一个有机体。所以才会见物思情，由物及理；才有艺术，才有哲学，才有朱子格物、达摩面壁。其实，我们不一定行万里、读万卷，只要稍微留心身边的一草一木，它就会对你微笑，开示出一点什么道理。

在院里遇见一株桃树

本来，这院里的树都是为美化环境而栽的，有很多碧桃，只为看花，不为结果。但今天路过楼下时竟发现了一株果实累累的桃树，我怀疑是园林人进货时混进了一株真身。它像一匹溜出了马厩的野马，逃脱了平时果园里整形、压枝之类的管束，身心舒畅，红果满枝头。龚自珍在《病梅馆记》里惋惜那些天真烂漫的梅花，被扭曲绑扎成奇形怪状的盆景，大哭三日，发誓要将它们全部松绑，放归大地，正是此意。

昨夜风雨，桃子落了一地，我随便捡起一颗便蜜汁横流，尝了一口，一下勾起小时候的山野记忆。怕有半个多世纪没有邂逅过这种味道了。七分甜，二分酸，还有一分难言说。因为平常吃的桃子都是商店里买来的，多是反季节的温室大桃，就算是应季的桃子，也是未熟时就摘了下来，留出了运输的时间，等到了你的嘴里，白马非马，已不是原来的味道。这桃子经过化肥农药的催熟，加上路途遥远的疲劳，还有冷藏后的冻馁，它在强颜欢笑，以一个疲惫之身来伺候你贪婪的口齿。只不过你没有尝过真正的桃子，以为它本来就是这个样子。而眼前的这一树桃，既不是供人赏花的碧桃，也不是作为商品培养的肥桃。它回归自然，吸取泥土之香，承受日月之华，酿造出了一颗颗真桃、原桃。正当那些桃汁液饱满，薄薄的皮都快要被撑破时，恰好来了一个幸运的我，抬头看到了它们。踏破铁鞋无觅处，得来全不费功夫。

原来世界上的事物，千好万好，自然最好；千变万化，美在一刹。最甜的瓜在地头，最好吃的桃在树下，蓦然回首忽相遇。

抬头看见一丛荆条

这是一个干部大院。我每天散步时要经过一个小坡。坡顶上长满了凌霄、迎春、连翘、樱花、牡丹、玉兰，都是些富贵之木。一年一年，秋有红叶春有花，一团锦绣无尽时。

终于有一天，我猛然发现在坡顶上还有一丛荆条树。它黄褐色的枝干钻出地面，紧紧地抓吸在坡塄上。叶扁而薄，花小而碎，跻身在这些华木荣花之间显得很不协调。唯一让我吃惊的是它的枝条。按常规它应该只有筷子或者手指般粗细，而这时却有一握之粗，十分强壮。大概是它特别能吃苦的山野基因突然遇到了水饱肥足的条件，就发育得格外硕壮。可惜它生错了地方，这个院里几乎没有人认识它。

荆条是一种最普通的野生灌木。八岁以前我生长在农村，放学后的一项任务就是上山割荆条。背回家后连枝带叶弯成手臂粗、半尺长的"荆条把",晒干备用。它枝细叶干,木坚而韧,是引火的好材料。放入炉膛里再加上几铲子煤,投进一根火柴,拉几下风箱,就火苗狂舞,呼呼有声。这时,袅袅炊烟起,饭菜满院香,那是农家最享受的时刻。当然它还有其他用途,就是制作生产工具和生活用品。大到屯粮的粮仓、盖房的篱笆、担土送肥的箩筐,小至孩子们的背篓,直至灶台上插筷子用的插兜。还有一个特殊的用途,就是充当乡村教师手中的教鞭。它挺直细长,无论是敲着黑板认字还是敲哪个顽皮学生的脑壳,都很应手。这都因了它柔韧、刚劲、能伸能屈的个性。

后来,在书里读到了"负荆请罪"这个成语,对荆条又有了新的认识。廉颇持功自傲,与蔺相如争名斗气。而相如则以国事为重,处处屈身相让。这个故事里只有两个人物和一个道具——荆条。一日,廉颇突然觉悟,便背着一把荆条去向蔺相如请罪,本是准备让对方用荆条抽身来解气的,但这荆条并没有派上用场。相如连忙将廉颇扶起,宽容大度地唱了一出将相和。荆条虽没有抽在廉颇的背上,却抽在了千万人的心上,在史书上留下了深深的一痕。从此,"负荆请罪"成了谦诚自责、光明磊落的象征。

我每天还是照旧走过这个斜坡去散步,但是自从发现了头顶上方的这丛荆条,每过其下,总有一种上悬一把达摩克利斯之剑的味道,会仰头向它行一个注目礼,有时还要发一会儿呆。散步的人们仍是围着那些华贵的牡丹、玉兰拍照留念,少有人注意到这丛卑微的荆条,也叫不出它的名字。然而它劲枝挺立,紫花低垂,静静立于华木之中,不以出身山野而自卑,却因曾登临庙堂而益刚,昂首坡上,威仪四方。

由于生产力的进步,农村做饭或者盖房早已不用荆条,它的物质意义近于消失。但是自从司马迁将它引入《史记》,它就永久地留在了宦海中,拷问着官德人品。在它面前,有的人自责清醒而独立,有的人被鞭落于尘埃，落花流水而去。

"晋陶渊明独爱菊。自李唐来，世人甚爱牡丹"，《爱莲说》之后，坊间又多爱莲花。我却独爱这荆条出脊贫而益增其坚，入富贵而不改其韧，柔条绕指可亲可近，长干如鞭威严自重。它来自山野，以布衣之身而执公卿之责；植根青史，铜干铁枝尽显纯朴绵长的古风。

小摊上的实心竹

人之爱竹，爱其有节，操守可持；爱其皮坚，守颜自重；爱其虚心，纳言容人；爱其色翠，永葆青春；爱其身直，刚正不阿。单竹一枝秀春色，一片竹海有涛声。可握管为笛，奏升平之乐；亦可揭竿而起，抗强敌暴政。竹之通人性，盖草木之冠也。历来文人咏竹、赞竹之作，汗牛充栋，难尽其敬畏之心、爱怜之情。

一日逛街，见竹一节，拇指粗细，三寸之长，掂之沉沉，并不空心。问之为何物，曰"实心竹"，不觉大奇。向来说竹，"未出土时先有节，便凌云去也无心"，从未听过有什么实心之竹。后来查资料才知道，有竹之初本来也是实心，在山间与他木竞争，追探阳光，拔身比高，为节省体量，减少自重，渐成空心。为保结实，便每隔尺许生一竹节，遂成现在这个模样。这就是达尔文说的，万物总是向最完善处进化。竹虽进化，但它不忘初心，留下了少许原始的实心之竹，藏在深山人未识。现在随着旅游商品的开发，它逐渐显身于世。竹本有许多可爱之处，现又加一实心之奇，不由人不动心。

现在摊上卖的实心竹是供人把玩的，类似人们手中转的核桃、玉件。但我觉得这节实心竹远比珠宝古玩更珍贵。你想，它为史前的孑遗之物，体积虽小却珍如恐龙。这三寸之物凝聚了一个物种的进化史，包含了竹子的前世今生。我取一根在手，润滑清凉，抚之如玉，嗅之如兰，古意悠远，初心依旧，色泽照人，于是便买了几支，并向摊主建议：你现在卖的只是裸竹，有物无文，可依竹之虚实两性，于其身刻两行字——

虚心待人人人归，

实心做事事事成。

这样游人买去，无论做纪念品还是赠送大小人物、政商民等，皆合口味。一握在手把玩乾坤，滋养精神，定能增价十倍。摊主听了，喜不自禁。

我说待明年再来，买你的有字之竹。

2023 年 7 月 18 日

退休感言

刚才宣布了我的退休决定。相处七年的同事就要分手，我在
《人民日报》的这一段美好时光就将成永忆。

这个消息我是十多天前知道的。这几天恰逢秋冬之交，报社大
院里绿荫渐稀，红叶满地，正是王勃所谓："潦水尽而寒潭清，烟光
凝而暮山紫。"我心里像秋色一样宁静，又有一种交替换季中的欣
喜。虽然我喜欢绿色，常愿北京和我们这座大院四季常绿，但一绿
之静总是不如四季之变。辩证法告诉我们，事物总在运动变化，永
不停止。今天在这个会上，新同志初挑重担，老同志重负即去。这
是辩证法的胜利也是我们事业兴旺发达的表现。

我在这里向新上任的同志表示衷心的祝贺。

感谢编委会对我这几年的工作说了许多溢美之词。我扪心自问，
六年来主要干了两件事。一是主管记者部工作期间，提倡以稿为本，
改善管理。从 2002 年到 2006 年的五年间，基层记者见报稿累计增
加 176.9%。二是主管教科文、群工、国内政治部等几个业务部后，
强调专版也要抓新闻，用基层记者的稿增加了三倍。数字背后，更
重要的是作风的转变和新人的成长。我说这一点，毫无邀功之意。

菩提本无树，功过何挂哉？这里举贤不避，大胆提及，是念及改革如逆水行舟，一个新理念和新制度的形成来之不易。还望继续坚持，当然还要改进。人之将退，其言也善，算是对以后工作的一点小建议。

另外，这五年间，大家相处甚洽，多有建树，但也暴露出我的诸多缺点。最大一点是批评太多，是朱镕基式的"黑脸工作法"，改稿、撤稿、退样、指错，常让人难堪，甚至抹眼泪。特别是我所管国内部、教科文部的四位正副女主任，红颜新秀，常不得不面对一个黑脸判官。现在想来，实在对不起，我在这里向所有挨过批评的同志道歉，好在这些将永成过去。

从今天开始，我将离岗退役。革命先辈瞿秋白曾说过：人生白天工作，晚上睡觉是小休息；一生辛劳，最终离去是大休息。我再加一句，退休离岗，是中休息。事业诚可贵，生命价亦高。在我谨遵天命进入中休之际，愿各位在岗同人多多保重，争取为国家为人民再健康工作十年、二十年、三十年。

是为话别。谢谢！

写于 2006 年 12 月 4 日

修改于 2023 年 5 月 5 日

为
艺
为
文

线条之美[1]

我第一次对线条感兴趣，是有人送我一个细长的瓶子，里面装着一种很名贵的牡丹油。但我"买椟还珠"，目不见油，竟被这个瓶子惊呆了。它的设计非常简洁，并没有常见的鼓肚、细腰、高脚、束口等扭扭捏捏的俗套。如果把瓶盖去掉，就剩下左右两条对称的弧线。但这线条的干净，让你觉得是窗前的月光，空明如水；或是草原深处的歌声，直飘来你的心底。我神魂颠倒了，在手中把玩、摩挲不停。工作时就置于案头，常会忍不住抬头看两眼。家里人说，你晚上干脆就抱着那油瓶睡觉去吧。

初中学几何时就知道，空间中先有一个点；点一动，它的轨迹就生成了一条线。所谓轨迹者，只是我们的想象，或者是一物划过之后，在我们脑海里的视觉驻留。原来这线条的美正在似有似无之间，是自带几分幻美的东西。主客交融，亦幻亦真，天光云影，想象无穷。正是因了它的来无踪，去无影，永不停，却又永无结果，也就永不会让你失望。线条，一种虚幻的、没有穷尽的，可以寄托我们任何理想、情感和审美的美。

点动生线，线动生面，在大千世界里，这线永处于一种过渡之中。当它静卧于纸面时就含而不露，或如枪戟之威，或如少女之娴；而一旦横空出世，就如羽镝之鸣，星过夜空。这线内藏着无尽的势能与动能。所以中国画的白描，不要颜色，也不要西画的透视、光影，只需一根线，就能表现出人物的喜怒哀乐、山水的磅礴雄浑。那线的起落、走势、轻重、弯曲等，居然能分出几十种手法，灵动地捕捉各种美感。叶落霜天，花开早春，大河狂舞，烈马嘶鸣。确实在大自然中，从天边群山的轮廓到眼前的一片树叶、一枚花瓣，都是曲线的杰作。无论平面还是立体的艺术，一线便可定格一个美丽的瞬间，同时也吐纳着作者内心的块垒。曹植的《洛神赋》：翩若惊鸿，婉若游龙。……髣髴兮若轻云之蔽月，飘飖兮若流风之回雪。……秾纤得衷，修短合度。肩若削成，腰如约素。简直是一幅美人线描图。张岱的名篇《湖心亭看雪》，写雪后西湖的风景，"天与云、与山、与水，上下一白。湖上影子，惟长堤一痕，湖心亭一点，与余舟一芥，舟中人两三粒而已！"你看一痕、一点、一芥、两三粒，虽是文字，作者却如画家一般纯熟地运用了点和线的表现手法。

线条既然有这样的魔力，便为所有艺术之不可或缺，或者算是艺术之母了吧。最典型的是书法艺术，洗尽铅华，只剩了白纸上一丝黑线的游走。那飞扬狂舞的草书，漏痕、飞白、悬针、垂露等等，恨不能将人间所有的线条式样收来，再融入作者的情感，飞墨于纸。或如晴空霹雳，或如灯下细语。就这样牵着人的神经，几千年来书不完、变无穷、说不够、赏不尽。其实，它就是一根线，一根用毛笔在宣纸上画出的黑线条。再如舞蹈，一个舞蹈家的表演实际上是无数条曲线在空间做着力与势、虚与实、有与无的曼妙组合，不停地在我们的脑海里形成视觉的叠加。正如纸上绝不会有两幅相同的草书，台上也绝不会有两个相同的舞姿。这永不休止的奇幻变化，怎么能不教你的神经止不住地兴奋呢？至于音乐，那是声音加时间的艺术，是不同声音的线条在不同时间段上的游走，轻轻地按摩着我们的神经，形成听觉上的驻留。所谓余音绕梁，三日不绝。其实那梁上绕着的是些乐谱的彩色线条。

线条魅力的最高体现在于人体。这不但是艺术家之着力研究、创作的对象，就是一般的女孩子甚或广场上跳舞的大妈也在留意三围、身段之类的美感。美容手术中最常见的便是去拉一个双眼皮，让你顿生光彩，信心倍增。而它只不过是在眼睛的上方轻轻地加了一痕。就这一"痕"，画线点睛，鱼跃龙门。而烫发，也不过是让直发变曲，但就这一"曲"，回头一笑百媚生。中国古典小说中凡关于美女的描写，几乎都是线条的展示。静态时嗔鼓粉腮、娇蹙蛾眉；动态时轻移莲步、风摆柳腰。就是一个女子忍不住妒火中烧，骂对方为小妖精、狐媚子时，仍然脱不了借用线条，妖狐其身，泼洒醋情，却又暗认其美。而男子的阳刚、伟岸、英俊，也无不是因为线条的明朗有力。

凡一物都有多宜性，如土地可种田亦可盖房、筑路、造林。人这个万物之灵，除作为生产力的第一要素外，还是世间最高贵的审美对象。世界杯足球赛时，许多女孩子都熬夜看球。我说你们又不踢球，如何这样关心？她们说："你不懂，我们不是看球，而是看人。"确实，那飞身一跃、腾空倒钩、贴地铲球、临门一脚，足以勾起女孩子心里的英雄崇拜。当一个人被用来审美时，其外形能使他人产生妙不可言的愉悦、发自内心的欢喜或一种不能自拔的相思。这都归功于那些活泼流动而绝不重复的线条。莫泊桑说女人的美丽便是她的出身。燕瘦环肥，昭君端庄，貂蝉妖媚，女人身上个性无穷的魔幻之线就是她们的身份证。当一个男子爱美女修长飘逸、婀娜多姿的线条时，也会着意修炼自己虎背熊腰、铁肩铜臂式的线条。郭兰英唱："姑娘好像花儿一样，小伙儿心胸多宽广。"奚秀兰唱："阿里山的姑娘美如水呀，阿里山的少年壮如山。"这些都是在说他们身上阴柔至美或阳刚至强的线条。

马克思说:"人和人之间的直接的、自然的、必然的关系是男女之间的关系。"异性相吸,在很大程度上可以理解为不同线条的互补与重组。所谓相亲,第一眼就是相看对方线条之比例、走向、明暗。天庭饱满,地阁方圆,明眸皓齿,顾盼生辉。所谓一见钟情,就是一下落到了对方用有形、无形的线条织成的网兜里,再也挣逃不脱。人类就是这样以爱的理由在一代一代地相互筛选中,告别猿身猴相,走向完善美丽。于是就专门产生了美术界的人体绘画、摄影、雕塑;舞台上的舞蹈、戏剧、模特;竞技场上的体操、健美、杂技;等等。这些都是人对自身形体线条的欣赏、开发与利用。你看,为了凸显身材的线条,便发明了旗袍、短裙、泳装;恨手臂之线条不长,就发明了水袖,在台上起舞,挥洒人间,好不痛快。

线的魅力又不止于具体的人或物,还常常注入主观精神,可囊括一个时代,代表一个地域,成为一个国家或一段历史的符号。秦篆、汉隶、魏碑、唐楷,还有商代的甲骨文、周代的金文,这每一种字体的线条,就是贴在那个朝代门楣上的标签。同为传统建筑,西方哥特式的教堂多用直线、折线,将人引向上帝的天国;而东方宏大敞亮的庙宇,则多用弧线、飞檐,震悟大千,普度众生,展现佛的救世与慈悲。新中国成立之初,林徽因受命设计国徽与人民英雄纪念碑的浮雕。其时她已重病在身,研究出方案后便让学生去画草图。一周之后交来作业,她只看了一眼,便大声说:"这怎么行?这是康乾线条,你给我到汉唐去找,到霍去病墓上去找。"多年前,当我初读到这段资料时就奇怪,只用铅笔在白纸上勾出的一根细线,就能看出它是康熙、乾隆,还是大汉、盛唐?带着这个疑问,我终于在去年有缘亲到霍去病墓走了一趟。那著名的《马踏匈奴》,还有石牛、石马等作品,线条拙朴、雄浑、苍凉,虽时隔两千年,仍然传递着那个时代的辉煌、开放、不拘一格与国家的强盛。康乾时期中国的封建社会已是强弩之末,线条繁缛奢华,怎能表现当时新中国的如日初升呢?

美哉！博大精深的线条。

《人民日报》2018 年 6 月 23 日

注释

[1] 此文部分内容被用于 2020 年全国高考语文试卷。

为
艺
为
文

谈 意 象

相熟的或不认识的读者提起我的文章，大多要谈到《觅渡，觅渡，渡何处?》。这篇文章被各种刊物、选本选载较多，且已收入中学课本。文章内容暂且不说，其成功很大程度是得力于瞿秋白故居前的那座"觅渡桥"。它正好暗合了秋白一生寻找人生渡口而不得的悲剧，成了本文一个难得的文学"意象"。前面我们谈到文章为思想而写，就是说要有一个好的立意；文章又是为美而写，要有一个好的意境；而能够把文章的思想与美感高度融合在一起的就是意象。

一、什么是意象

在回答这个问题之前我们先来读两首诗词，都是很有名的。正好这两个作者都与常州有关联，算是瞿秋白的老乡。一首是南宋词人蒋捷的词《虞美人·听雨》：

少年听雨歌楼上，红烛昏罗帐。壮年听雨客舟中，江阔云低、断雁叫西风。而今听雨僧庐下，鬓已星星也。悲欢离合总无情，一任阶前、点滴到天明。

这里"听雨"便是意象。

另一首是新诗,余光中的《乡愁》:

> 小时候,乡愁是一枚小小的邮票,我在这头,母亲在那头;长大后,乡愁是一张窄窄的船票,我在这头,新娘在那头;后来啊,乡愁是一方矮矮的坟墓,我在外头,母亲在里头;而现在,乡愁是一湾浅浅的海峡,我在这头,大陆在那头。

这里"邮票""船票"等也是意象。意象可以是一个单一的物,也可以是一个复合的场景。

意象是什么?意象就是最能体现文章思想的形象,是诗化了的典型,是文章思想与美感融合后的定格,是一种图腾,是这篇文章的 logo。

文学是形象艺术,是通过形象给读者传播思想,传递美感的。小说创作必定有一个典型的人物形象、典型的故事,全篇内容都围绕这个典型展开。散文篇幅短小,求精、求美,不能像小说那样虚构、铺排,于是就要寻找一个意象。意象就是散文中被诗化了的典型。这种典型一经诗化,就如窑变后的瓷器,有一种既具体又抽象的说不清、道不明的美,是精神美的定格,是具体的形、事、情、理升华为精神之后,又落地为文还原为一个新的形态。它是原物但已不是原物,是原形但已不是原形,是文章涅槃之后的再涅槃,是高僧留下的舍利子。意象和意境都是由形象而生的美的定格,但各自的来路、出身不同。意象偏重于思想的美,意境偏重于情感的美。

小说家动笔前先找故事,散文家动笔前先找意象。

意象的构成有两部分,形象加思想。它的成立要符合这样几个条件。

1. 是天然存在,只能去发现,不能如小说那样人工塑造。

2. 有"象",是有形之物,能看得见、摸得着。

3. 有"意"，有象征性，如茧中抽丝，作者可以从形象中抽出思想。

4. "象"要小，"意"要大。

5. "象"和"意"之间在表面上相去甚远，反差越大越好。

6. 只能一次性使用，这个"意象"在你之前，别人没有发现和使用过；在你之后，别人亦无法再使用，有专利性。像一颗炸弹，只能爆炸一次。

条件这样多，这样苛刻，可知意象之难求。并不是每一篇文章都能找到意象。

二、意象的使用

下面按照这六个条件，谈谈如何使用。

1. 意象有天然性，可遇不可求。虽然文章为思想而写，但你直说思想就不美，必须去找一个载体。而且，这个载体不能是平面的、静止的，它应该是立体的、发散型的、有动感的，一经开动发条就不停地发散美感。像一块自动发光、发热，又永不停歇的放射物，或者是一个悬在半空的美丽的月亮。这个理想的载体就是意象，是一个复合的、有纵深感的、有魅力的形象。许多时候，作者有一堆材料、一个新鲜的思想但找不到意象，还是写不成文章，只好作罢。我笔记本中的半成品远远多于发表的作品，主要是因为找不到意象。

意象的发现有两种情况。

第一种情况是先"象"后"意"。就是说你为文时原先并没有想到这个立意、这个主题，碰到了一个景、一个物、一件事，脑子里一下子迸发出思想的火花，就产生了一个思想主题。《觅渡，觅渡，渡何处？》一文是一个典型。瞿秋白的故事是我小学时就知道的。半个世纪后，1990年我因公到常州，顺便参观瞿秋白故居纪念馆，他的悲剧让我心痛。我在馆中见到几个"红领巾"在义务劳动，一问是旁边"觅渡桥小学"的。我大奇，怎么会有这样的校名？再问，故居前有一河，河上一桥名"觅渡桥"。秋白一生不是总在寻找一个渡口吗？但终其一生也没有找到。这一刹那，我发现了一个天然的文学意象——觅渡桥。几乎同时头脑里也闪出了文章的标题《觅渡，觅渡，渡何处?》。

　　我第一次到纪念馆是1990年。纪念馆本是一间瞿家的旧祠堂，祠堂前原有一条河，河上有一桥叫"觅渡桥"。一听这名字我就心中一惊，觅渡，觅渡，渡在何处？瞿秋白是以职业革命家自许的，但从这个渡口出发并没有让他走出一条路。"八七会议"他受命于白色恐怖之中，以一副柔弱的书生之肩，挑起了统率全党的重担，发出武装斗争的吼声。但是他随即被王明，被自己的人一巴掌打倒，永不重用。后来在长征时又借口他有病，不带他北上。而比他年纪大身体弱的徐特立、谢觉哉等都安然到达陕北，活到了建国。他其实不是被国民党杀的，是为"左倾"路线所杀。是自己的人按住了他的脖子，好让敌人的屠刀来砍。而他先是仔细地独白，然后就去从容就义。

秋白还没有出生前，就有了这座桥，它见证了秋白一次次地从家门口出发，去寻觅人生渡口。秋白就义（1935年6月18日）后，又过了60年，这桥仍守候在故居门口，它不会说话，等着有人来借它说话，诠释秋白的悲剧人生。60年间它尘封着一个生命的密码，等待有缘人来解。我来了，这是缘分。如果没有这桥，不成文章；有桥不名觅渡，也不成文章；没有碰见觅渡桥小学的孩子，没有这篇文章；碰见，我不问话，也没有这篇文章。这是天意，古人云"文章本天成，妙手偶得之"，就是得于这一瞬间。后来，因为这段缘分，我与常州来往30年，还被聘为觅渡桥小学的名誉校长，又促成了重修觅渡桥，桥上刻了我的一段短文《觅渡半桥记》，记此传奇。

《红毛线，蓝毛线》一文是写中共党史上著名的七届二中全会，共产党将进城了，特别提醒全党还要戒骄戒躁、艰苦奋斗。这样重大的一个主题却用几根毛线来表达。那年，我已在新闻出版署工作，去石家庄主持召开一个全国性的报纸管理工作会议，顺便组织代表们去参观西柏坡纪念馆。参观中讲解员随便说了一句，别看现在这些军用地图上是用红蓝铅笔标识的，其实当时很穷，供不起红蓝铅笔，而是用红毛线、蓝毛线在地图上标明变化着的军情势态。这一句随意的插话如夜空闪电，我脑海里一下就有了这个文学意象，同时也产生了文章的题目《红毛线，蓝毛线》。这几根毛线足以说明当时共产党所处的极窘迫的经济状态和正在上升的政治形势。红毛线、蓝毛线是那个历史转折点的形象标识。

　　这是一间普通的农家房舍，大约不到三十平方米，里面摆着三张大桌子。一张作战科用，一张情报科用，一张资料科用。大屋子里彻夜灯火通明（那时已开始有电灯，但又常离不开油灯）。来自全国各战场的电报汇集到这里，参谋们紧张地分析、研究、报告。讲解员说当时很难买到红蓝铅笔，为了节省使用，参谋们就用红毛线、蓝毛线在地图上标识敌我态势。虽然我们这时已在进行着百万大军的总决战了，但其实还穷得很呢。这时南京国防部大楼里的是呢绒大桌、真皮沙发、咖啡香烟，他们也绝对想不到共产党会这样穷。

　　……据统计，三大战役毛泽东亲手写了一百九十七封电报，电报发出了，作战参谋们就在地图上用红毛线一圈一圈地去拴。先是拴住了沈阳，接着又套住了徐州、淮海，最后红毛线干脆套到了平津的脖子上。三大战役共歼敌一百五十四万。共产党的普通干部们在延安大生产时就学会了纺毛线，想不到今天毛线派上了这么个大用场。黄维在淮海战役被俘，改造出狱后坚持要来西柏坡看一看，当他看到这间简陋的作战室时，感慨唏嘘，连呼："蒋先生当败！蒋先生当败！"

如果没有讲解员的这一句闲话，就没有这篇文章。文章发表后影响很大，陈列柜里反而新增了红毛线、蓝毛线，他们还排演了一个舞蹈，就名《红毛线，蓝毛线》，成了形象地宣传西柏坡精神的重要节目。

第二种情况是先"意"后"象"。即先有一个主题思想在作者脑子里盘旋多时，一直在等待着有一个合适的意象才好下笔，终于有一天这个意象突然从天而降。

《一个大党和一只小船》一文是为庆祝建党 80 周年而作的，但是直到 80 周年临近还是苦于找不到一个意象。这时我从北京到太原出差，在飞机上看到一张报纸，说浙江嘉兴南湖上当年用作中共一大会场的小船已复原并对外开放。我心中一动，从太原回来即南飞杭州，一下飞机，不进省城直奔嘉兴，写成这篇文章。这是在天上南辕北辙得到的一个意象，真是天助。从在南湖上只有 12 人开建党会议的一条小木船说起，全文 2 600 多字 40 处说到舟船，文章从船开头，最后又收尾于载舟覆舟的船水关系：

中国共产党现在是一个拥有 6 500 万党员的大党，是一个掌管着 960 万平方公里国土、12 亿多人口国度的执政党。可是谁能想到，当初她却是诞生在一只小船上。在建党 80 周年之际，我特地赶到嘉兴南湖瞻仰这只小船。这是一只多么小的船啊，要低头弯腰才能进入舱内，刚能容下十几个人促膝侧坐。它被一条细绳系在湖边，随着轻风细浪，慢慢地摇荡。我真不敢想，我们轰轰烈烈、排山倒海的 80

年就是从这条船舱里倾泻出来的吗？

…………

　　南湖边上现在还停着这只小小的木船，烟消雨停，山明水静。游人走过，悄悄地向她行着注目礼。这已经是一种政治的象征和哲学意义的昭示。6 500 万党员的大党就是从这里上岸的啊！从贫无寸土，漂泊水上，到神州万里，江山红遍。党在船上，船行水上，不惧风浪，不忘忧患，顺乎潮流，再登彼岸。

　　意象不同于文章的立意，不是缜思默想、严密推理的产物，是灵光一闪，迅即捕捉到的天外来物，可遇而不可求。法布尔说："机遇只给有准备的头脑。"很多时候意象都是踏破铁鞋无觅处，得来全不费功夫。又有很多时候，虽有强烈的写作冲动但找不到意象，只好作罢。散文之意象犹如小说之故事，小说家虽有了一个好的立意但没有好故事，只能空叹奈何！当年高尔基就曾无奈地给朋友写信说："快寄给我一个故事吧。"

　　2. "象"首先是一个形象，必须是一个实物、实景，不是一个概念。是诗化了的典型，是可以附托灵魂的躯壳，是形象生动的物象。为什么说是"诗化"了的典型呢？它比我们一般说的小说里的人物、故事典型多了两样东西，一是深沉的思想，二是浓浓的情感。用"象"就是用其形，以化解理的枯燥和沉淀情的躁动。

　　比如《百年震柳》就是借一棵震后不死的古柳歌颂生命，反复摹写它的外形，以引申出生命的顽强力：

　　我不知道这株柳，该称它是一棵还是两棵。它同根、同干、同样的树纹，头上还枝叶连理。但地震已经将它从下一撕为二，现两半个树中间可穿行一人。而每一半，也都有合抱之粗了。人老看脸，树老看皮。经过百年岁月的煎熬，这树皮已如老人的皮肤，粗糙、多皱，青筋暴突。

纹路之宽可容进一指，东奔西突，似去又回，一如黄土高原上的千沟万壑。这棵树已经有500年，就是说地震之时它已是400岁的高龄，而大难后至今又过了100岁。

看过树皮，再看树干的开裂部分，真让人心惊肉跳。平常，一根木头的断开是用锯子来锯，无论横、竖、斜，从哪个方向切入，那剖面上的年轮图案都幻化无穷，美不胜收。以至于木纹装饰成了我们生活中不可或缺的风景，木纹之美也成了生命之美的象征。但是现在，面对树心我找不到一丝的年轮。如同五马分尸，地裂闪过，先是将树的老根嘎嘎嘣嘣地扯断，又从下往上扭裂、撕剥树皮，然后再将树心的木质部分撕肝裂肺，横扯竖揪，惨不忍睹。……

但是这棵树并没有死。地震揪断了它的根，却拔不尽它的须；撕裂了它的躯干，却扯不断它的连理枝。灾难过后，它又慢慢地挺了过来。……
…………

我想，那海原大地震，震波绕地球两圈，移山填河，夺去28万人的生命，为什么单单留下这一株裂而不死的古柳？肯定是要对后人说点什么。……这株灾后之柳却不同，它是一个活着的生命，以过来人的身份向我们宣示，战胜灾难唯有坚守。一百年了，它站在这里，敞开胸怀袒露着伤痕；又举起双臂，摇动着青枝。它在说：活着多么美好，这个世界上没有什么能够扼杀生命，地球还照样转动。

这种着意刻摹就是要从形象上升到意象，一方面为记载灾难，一方面是提炼一种抗争精神。这篇文章发表后宁夏已经将"震柳"精神作为他们工作的口号。它和上面举的桥、毛线、小船一样，都是可看、可摸之物，能给人留下深刻印象。

我们平常讲话为了通俗，常打比喻，用一物比一物，而现在却是用一个"意象"来比喻一个"思想"。这就上了一个台阶。不是说文学是生活的倒影吗？它比倒影更抽象、更美丽——是一圈佛光，是包裹着一团红日的朝霞。散文家给出的每一个好意象都是一幅天生的写意画，画家可以直接拿去为文章绘插图的。

3."象"中必须有"意"，这个象里能抽出作者所寄托的思想。

以2017年发表于《北京文学》的《沈公榕，眺望大海150年》为例。这一年正好是中国近代海军创办150年。这么重大的集政治、军事、历史于一体的题材，怎样生动地表达，又避免空泛的说教和抽象的概念，颇费思量。2016年的一天我突然接到一个电话，说150年前的马尾造船厂因为改造升级，要搬家了。1866年12月马尾船厂开工建厂时，创办人沈葆桢亲手栽的一棵榕树，怎么保护？我立即意识到这里有文章，急去采访。"沈公榕"便是一个浓缩了150年中国近代造船史、海军史的意象之物。从那一条条的须根里可以抽出历史的脉络。

我要找的沈公榕就在钟楼的侧前方。一百五十年了，它已是一棵参天巨木，浓荫覆地，大约有多半个篮球场那么大，郁郁乎如一座绿城。树根处立有一块石头，被绿苔紧紧包裹。我贴近树身，蹲下身子，用一根细树枝一点一点地小心清理，渐渐露出了"沈公榕"三个大字。……我一时被这个场面惊呆，有一种莫名的惆怅，静静地仰望着这一百五十年前的历史天空。

别看我现在脚下的这一小块土地，它是中国近代最早的舰船基地，中国制造业的发端处，中国飞机制造的发祥地，中国海军的摇篮，中国近代教育的第一个学堂，中西文化大交流的第一个平台。学者研究，这里竟创造了十多个中国第一。现在我们来凭吊它，就只有这几座红砖房子、一座钟楼和一棵古榕了。

全文一万多字，慢慢地铺叙这 150 年来中国造船业和海军从无到有，几经挫折，清廷收复台湾、与法国人的马尾海战、与日本人的甲午海战、新中国组建海军，直到写稿之时中国的第一艘航母出海。这一切都是在这棵老榕树的眼皮之下发生的，它满身须根，临海而立，是一位须发飘飘的历史老人，是中国近代造船业和海军史的象征。

与这类似的还有一篇《左公柳，西北天际的一抹绿云》，"左公柳"已经成为一个历史的坐标，记录了左宗棠西征收复新疆的伟业。所以我在文中说："人们对他（左宗棠）最没有争议的纪念竟是一种树，并不约而同地呼之为'左公柳'。可见和平重于战争，生态高于政治。环境第一，生存至上。"

一棵树竟能引发我们这许多的思考。

4. "象"要小，"意"要大。以《一个大党和一只小船》为例，一条只能容 12 个人的小船却可以解释 80 年的党史，可以提示出"水可载舟亦可覆舟"的大道理。"这已经是一种政治的象征和哲学意义的昭示。6 500 万党员的大党就是从这里上岸的啊！从贫无寸土，漂泊水上，到神州万里，江山红遍。党在船上，船行水上，不惧风浪，不忘忧患，顺乎潮流，再登彼岸。"而《红毛线，蓝毛线》开头一句就是"政治者，天下之大事"，这么大的政治题材，三大战役、从革命党到执政党的转变，却用两根毛线来解说，这正是"象小意大"的效果。还有写邓小平当年落难的《一座小院和一条小路》，小路虽小，小平正是在这条路上思考出了中国特色社会主义的大道。

5. 意象之间求反差，两者貌似无关却能巧妙相连。意象运用，说到底是比喻。两件相比之物性质相去甚远，表面上毫无联系，而作者却能从中抽出千丝万缕的联系，读者才吃惊、才过瘾。这是艺术的浪漫。共产党是个政治概念，小船是载人之物，二者毫无联系，反差极大，但作者就是要锁定"小船"这件实物，先从南湖船说起，说到毛泽东一大后买船南下，周恩来八一起义后一只小船渡香港，直到长征用木船北渡金沙江、抗战结束后党中央木船东渡黄河、解放战争百万大军帆船过大江，"文革"之乱后邓小平掌舵，大船掉头，终于改革成功。就像在茧壳里抽丝一样，一部党史，多少有经验、有教训，就从一只小船里，慢慢地被抽了出来，这是读者想不到的。其他如觅渡桥与瞿秋白的一生，红蓝毛线与政权更替也都是表面不搭界的事，但都能自圆其说，给读者惊喜。文章本来就是无中生有，别人看不到的意象你能看到，别人想不到的你能想到。就像一个厨师，用一种常见的非菜料（如南瓜花、红薯叶、榆钱）做出了一个可口的好菜。

6. 意象的一次性。法国作家福楼拜说："你要描写一个动作，就要找到那个唯一的动词；你要描写一种形状，就要找到那个唯一的形容词。"意象的运用如字词的选择，好意象是唯一的，在你之前别人没有用过，好像专等你来发现，就如牧童无意间发现了维纳斯。而你使用过后，这意象的魅力已经释放完毕，别人只有欣赏赞叹而无法再用。就像一个美丽的姑娘已经嫁人，你只能看而不能娶她了。比如，再也不会有人用觅渡桥去写瞿秋白、用红毛线去写西柏坡。意象是只能嫁一次的处女，只能看一次的流星，只能放一次的烟花。好意象是一个作者永远的品牌和专利。

三、意象运用的几种形式

毕竟文章是艺术品，不是应用文，阅读是一个审美过程，要有可欣赏玩味之处。为文用意象之法：一是借形象增强印象，让人读之不忘；二是收含蓄之美，曲径通幽而达思想之效。为提供多角度审美，意象也会变化组合，呈现多种形式。

1. 单一型。这是最简单、最常用的，就是取一静物，如前面说的小船、毛线、树等等。但这又是很难寻觅、可遇不可求的。

2. 复合型。由人的动作，或一件事的浓缩，定格成一个标志性的综合形象。如朱自清的《背影》，就是一个复合的意象：

> 我看见他戴着黑布小帽，穿着黑布大马褂，深青布棉袍。蹒跚地走到铁道边，慢慢探身下去，尚不大难。可是他穿过铁道，要爬上那边月台，就不容易了。他用两手攀着上面，两脚再向上缩；他肥胖的身子向左微倾，显出努力的样子。这时我看见他的背影，我的眼泪很快地流下来了。我赶紧拭干了泪，怕他看见，也怕别人看见。

作者从背后观察父亲一系列的动作，抓住父亲苍老的"背影"这个典型情节、典型形象，创造出诗化的意境，将老父为子女的操劳、对子女的爱及子女的愧疚之情集中表现出来。该文也成为长选不衰的名篇。

《把栏杆拍遍》是写爱国词人辛弃疾的，也是一个复合的意象，它来源于辛弃疾的词里自己塑造的形象：

> 他本来是以身许国，准备血洒大漠，马革裹尸的。但是南渡后他被迫脱离战场，再无用武之地。像屈原那样仰问苍天，像共工那样怒撞不周，他临江水，望长安，登危楼，拍栏杆，只能热泪横流。

> 楚天千里清秋，水随天去秋无际。遥岑远目，献愁供恨，玉簪螺髻。落日楼头，断鸿声里，江南游子。把吴钩看了，栏杆拍遍，无人会，登临意。（《水龙吟》）

谁能懂得他这个游子，实际上是亡国浪子的悲愤之心呢？这是他登临建康城赏心亭时所作。此亭遥对古秦淮河，是历代文人墨客赏心雅兴之所，但辛弃疾在这里发出的却是一声悲怆的呼喊。他痛拍栏杆时一定想起过当年的拍刀催马，驰骋沙场，但今天空有一身力、一腔志，又能向何处使呢？

这是辛弃疾的动作、情绪、思想糅合在一起的一个经典形象，正好作文章意象。文章能入选《现代散文鉴赏辞典》、中学课本及各种选本都与这个意象的使用有关。

3. 全篇贯穿型。全文一个意象贯穿到底，所有的思路、叙述、抒情都围绕这个作为意象的形象展开，像一个车轮，所有的辐条都指向车轴。最典型的如《一个大党和一只小船》，全文两千多字，40处说到舟船。在这种情况下，一般意象同时就是文章的标题。如《红毛线，蓝毛线》《把栏杆拍遍》。

4. 局部使用型。在文章中的某一个部分，捕捉到了一个形象，正好可以寄托作者的思想和情绪，形成局部的定格。这个意象虽不足以概括全文，但对文章亦起到重要的升华。如《张闻天，一个尘封垢埋却愈见光辉的灵魂》的结尾，便是用一棵雪中的红灌木"平枝栒子"来做意象：

> 我在院子里徘徊，楼前空地上几棵孤松独起，青枝如臂，正静静地迎着漫天而下的雪花。石阶旁有几株我从未见过的灌木，一米多高，叶柔如柳，枝硬如铁，缀着一串串鲜红的果实，在这白雪世界里如珠似玉，晶莹剔透。我就问送我下山的郑书记（他曾在庐山植物园工作）这是何物？他说："很少见，名字也怪，叫平枝栒子，属蔷薇科。"我大奇，这山上我少说也上来过五六次，怎么却从未见过？是今日，苍天特冥冥有指吧。平者，凭也；栒者，寻之。我忽闻天语解天意，这是叫我来凭吊和寻访英灵的啊。难怪昨夜突降大雪，原来也是要还故居主人一个洁白。我在心底吟哦着这样的句子：

>> 凭子吊子，惆怅我怀。寻子访子，旧居不再。飘

飘洒洒，雪从天来。抚其辱痕，还汝洁白。水打山崖，
风过林海。斯人远去，魂兮归来！

我转身下山一头扑入飞雪的怀抱里，也迈进了 2011 年
的门槛。这一年正是中国共产党建党九十周年，张闻天诞
辰一百一十一年。

四、意象使用的误区

1. 运用意象之法切忌强拉硬凑。当作者想到了一个思想、一种
观点，然后去硬贴一个形象，虽有思想却无美感，甚至破坏了形象
本身的美。这种主题先行，图解思想，读者不能信服。20 世纪六七
十年代曾流行的杨朔散文模式就是每文先有一理，然后必寻一物作
个意象，形成一个"物—人—理"公式。如《茶花赋》中的茶花，
《香山红叶》中的红叶，《泰山极顶》中的泰山观日，等等。这些意
象不是水到渠成、不期而遇的，人为设计、塑造的痕迹很浓。这种
给文章装一条光明的尾巴的做法，曾影响了很多人的写作。

2. 咏物和寓言不是意象。文章写作中还有另外两种笔法——咏
物和寓言，它们三个非常靠近。

咏物是借形说理，在诗歌中常用，较有名的如骆宾王的《在狱
咏蝉》、陆游的《咏梅》。散文也常拿来一物借题发挥。如古文中周
敦颐的《爱莲说》，现代散文中茅盾的《白杨礼赞》。其区别在于，
咏物是单纯的一件物，而意象则必由物及事、及人，推出一种情或
理，是一个复合体。如前面提到的小船、毛线，则与这船和线后面
的人事分不开。所以一般意象的容量比咏物要大。

寓言是借事说理，讲一件事或编一个故事，然后或说理、或抒
情，杂文写作中常用到，如柳宗元的《黔之驴》，毛泽东的《愚公
移山》。这也有意象之效，但按上面六个条件来衡量，严格来讲这不

是意象之法，叫寓言法更妥。其区别在于意象重在象，要真实，强调意蕴的效果，更接近诗歌一路；寓言重在事，可虚构，更接近小说一路。

3. 意象有综合的美感，但毕竟是理性的内核。前面谈到文章形、情、理的三层之美时，就指出不是每一篇文章都能达到理性之美，因此也不是每一篇文章都能找到意象。即使是找到了也有浓淡、轻重之分，有的完全契合，有的兼有其意，文无定法，这些都是可以的。所以不必刻意追求完美，不是每篇文章都有意象。没有意象表达的文章一样可以有思想、有美感。

《北京文学》2022 年第 1 期

说 形 式

一、形式是什么

形式就是外形，就是相对于内容而言的某种样式。凡事物都有内容，即它所含的信息、目的、作用、功能等等，但它也必有一个形式。比如房子能遮风挡雨，是供人住的。但外表会有不同的形式，方的、圆的、红的、白的，有北方的窑洞，有南方的竹楼。馒头是让人充饥的，但北方过年的枣馍能蒸出几十种花样。

形式与内容作了分工，内容管实用，形式管审美。形式不管内容干什么，它只负责好看、好听。汽车、飞机、轮船不管在哪里跑，不管你用什么样的发动机，总得有个外形。无论是伟人还是平民，总得有个长相。形式是内容甩不掉的影子。

明白这一点就知生活中离不开形式，大至国家典礼，小至产品包装，都要用到形式。

二、形式也有内容

形式与内容是一对矛盾。当我们把形式单独拎出来研究时，它又可以再分解成一组矛盾：形式与内容。正如敌我是一对矛盾，但我之内部，或敌之内部又都有各种矛盾。相对内容而言，形式只是包装。但这包装本身又可分出许多内容。衣服是人的包装，它有自己的内容：大小、款式、颜色等等。而颜色又有它的内容：红色喜庆、绿色安静、蓝色深沉等等。"一尺之棰，日取其半，万世不竭。"画家把颜色分成冷暖色，乐曲有欢乐与悲凉。这冷暖与悲欢并不要特别的文字去解释，只通过某种含有内容的形式来表达，变化无穷，高深莫测。于是研究和追求形式就成了一门独立的学问，这就是美学。美学工作者都是形式工作者、美的追求者。

于是形式可以不依靠内容而独立存在，有无标题艺术（绘画、音乐等）、无标题风景等等。正如一个人只靠他的颜值（形式）就能独立存在，一个美女不愁嫁不出去，这是形式资本。又如许多行业就是以形式（颜值）为前提的，如模特、演员、主持人等。秀美的风景区也可以理解为自然的形式（颜值），人们去旅游是因为它的外表（形式），与地下蕴藏的矿藏（内容）无关。无论人还是自然界都有两种形式美：一是天生的美颜、美貌、美景；二是人为创造的，即一切艺术形式。

三、形式伦理——形式与内容的配合

形式虽然可以独立存在，但与内容配合使用时效果更好，于是久而久之就形成了一种约定俗成的表里关系，我把它称为"形式伦理"。凡事物都应当是有内容的，为包装内容就要量体裁衣。运动员为了便于动作发挥，衣服就瘦短紧身；舞蹈演员为展现舞姿的潇洒，衣服就博带长袖。生活中欢庆的典礼多用红色，悲伤的丧礼多用白色、黑色。民间称为"红白事"，用色不可颠倒。正规的会议穿西装，晚宴穿专门的礼服，私下里可穿休闲服，游泳则可穿三点式。

如果有人穿三点式装去大会上作报告，或去赴晚宴，恐怕全场的人都要吓跑。这种形式伦理已赋予了道德方面的意义，像人伦一样不可逾越。

物质方面的形式伦理还好理解，一般人都能做到。一上升到精神层次，夹杂有权力、虚荣等等之后反而会犯糊涂。比如皇帝的内容是管理国家，但中国历史上唐明皇、李后主、宋徽宗、明熹宗，却很乐意以音乐人、词人、画家、木匠的形式出现，乐此不疲。结果不理朝政，甚至亡国。现代一些高级干部也喜欢展示才艺，哗众取宠。权位、虚荣冲昏头脑，乱了形式伦理。所以毛泽东说："卑贱者最聪明，高贵者最愚蠢。"我在报社工作时处理过一个稿件，反映某地一个人大常委会主任连续两年用六百行的五言诗作年度工作报告，舆论哗然，成一大丑闻。

形式伦理一旦错乱，就不只是形式问题。

四、形式与内容不可各走极端

皇帝的女儿不愁嫁，是靠内容；民间的美女也不愁嫁，是靠形式。形式与内容各有自己独立存在的价值，但不可借此而排斥对方。"文革"期间政治极左，把城市美化绿化、妇女烫发化妆、服式多样等都看作资产阶级思想，统统批判、排斥。而现在又走向另一极端，有些城市出现怪异的大型建筑，群众看不惯。但建筑师不以为然，说这在国际上得过什么大奖。事实是很多艺术品，包括小说、散文、诗歌，很多人看不懂，还有许多人是在装懂，更有人为了装懂还写评论、批示捧场。是皇帝的新衣。这个问题怎么解决？官至国家领导人的李瑞环是建筑工人出身，算是毛泽东说的从"卑贱"到"高贵"的人。他说："什么叫美？外行看到说美，内行能说清楚为什么美，才叫真美。"他说清了形式与内容的最佳合作状态，这符合接受美学。又比如一首歌，词与曲都可以独立各呈其美，但是词离开曲，再好也不过就是一首诗，传之不远；曲离开词，再好也只能演奏而不能唱，影响它的影响力。二者结合就会火借风力，风助火威，达到一个最美境界。

2023 年 5 月 5 日

文章的思维模式

我们常说文无定法，但并不是没有规则。正如兵法变化无常，孙子兵法却千年不变。万事都有个规矩，这其中有一个最普遍的规矩就是思维法则。思维是人与动物的区别，是一切思想活动的存在形式，科学、生产、战争、建设、工程、文学、艺术等等一切大小活动，凡要动脑筋处都离不开思维。文章写作也不例外。

文章有两个"基本法"管着：语法管字词间的搭配关系，比如动宾结构不能变成"宾动结构"；逻辑思维管概念间的搭配组合，比如人与人结婚，不能"人与石头结婚"。思维是一个大的体系，我们没有一刻不在使用它却又常不自觉。可惜到现在为止还没有建立起一门独立的学科"思维学"。1984年，钱学森曾主持召开过一个思维科学研讨会，希望建立这个学科。但迄今仍未见哪个院校设立这个专业。"思维学"涉及心理、生理、脑科学、社会、哲学、数学等学科，很难一蹴而就，但部分思维学研究则是早已存在，如逻辑学就已很完善了。

按钱学森的说法，思维形式主要有四种：逻辑思维、形象思维、灵感思维和社会思维。对于文学写作来讲，这四种思维都会用到，只不过轻重多寡不同。其中社会思维涉及社会环境、集体意识，更复杂一些，我们这里只说前三种思维与文章写作的关系。

为了方便对比，特不避重复先把这三种思维的通俗定义并列于前，以便后面慢慢展开：

逻辑思维是以抽象概念为基础单元，经过概念的判断推理，得出新的结论的思维方式。在文章写作中则是开掘新的思想。它是单一方向的线性思维。

形象思维是以具体形象为基础单元，经过形象的筛选、塑造、拼接、组合，创造新形象的思维方式。在文章写作中则是创造新的美感。它是在三维空间内的思维，如绘画、雕塑、戏剧、文学艺术等。

灵感思维是凿通事物间的相似点，跨越时空，另辟一片新天地的思维方式。在文章则是突上一个新境界，更见神奇。它是不受时空限制的四维思维，可以包括其他所有思维方式。

一、逻辑思维给文章以力量

文章可以传递信息（如新闻）、知识（如科普文章）、休闲娱乐（如小说、游记、小品）等。但一篇文章的震撼力、生命力，归根结底要靠两点：思想和美感。

思想是一种力量，在内容上可以是信仰、真理等，但在直接表达上主要靠逻辑思维的判断推理来实现。好比一列满载物资的火车，不管是装着粮食、军火，还是书籍，甚至还坐着人，这无疑是一车满满的"物质力量"和"精神力量"。但是它离不开一个最基本的条件：必须沿着铁轨行走。只要一出轨，这一切"力量"都化为乌有。从这个角度讲，成也铁轨败也铁轨。文章写作就是在逻辑思维轨道上行走火车，成也逻辑败也逻辑。

逻辑思维是以抽象概念为基础，经过判断推理，从而得出理性结论的思维方式。它"一根筋"，线性前进，勇往直前，求真务实，只认一个"死理"，从而保证了客观世界有铁打的秩序。它有一套成熟完整的规则体系，我们平时不管说话还是做事，都在不自觉地使用它。在写作中常用的基本形式有概念、判断和推理，还有其他规则如归纳法、演绎法、类比法、因果、假设、猜测等等。这听起来是很枯燥的一大堆术语，但不管你情愿不情愿，还是离不开它们。用之，则虎虎生威，力透纸背；弃之，则支离破碎，不成文章。

这里最关键的是三个东西：概念、判断和推理。

1. 概念是语言中最基本的东西（常表现为一个词），是事物的抽象的本质属性，是讨论问题的前提，可以看作思维的细胞。为什么强调"抽象"呢？抽象就是提纯，没有杂质，从源头上保证了文章的干净、准确、有力。中国古代著名的"白马非马"论，就是说"马"才是它的本质属性，你加上"白"就是另一个复合概念了。我们去骑马，不一定非得要骑白色的马。概念要求思维的准确。

体现在文字上，概念就是一个词的核心含义和辐射范围，不能超出这个范围，更不能歪曲、篡改。逻辑学上叫概念的内涵与外延。我们可以这样理解，文章好比是一座房子，各种词汇是砖块、瓦片、玻璃等各种材料。它们各有自己的性质和用途，这是概念规定。盖房时准确使用、各得其所，房子才实用好看。你不能把瓦片贴在墙面上，玻璃铺在脚底下，砖块塞到窗户上，这个房子还怎么住？因为一开始你就把材料元件的概念搞错了。改革开放后市场经济发展了，商人、企业家地位提高了，有些官员就去与他们拉关系、套近乎，甚至受贿。有记者写稿说"官员不要依市门"，他本意是想说不要傍大款。殊不知，"依市门"有固定含意，是指妓女站街拉客。错用概念。

下面这个句子是因概念不准闹出的笑话：

李白月下宴桃。

这太离奇了。李白曾有一篇文章《春夜宴诸从弟桃李园序》，是说春天的一个晚上李白请他的族弟们在一个叫"桃李园"的地方吃了一顿饭。"桃李园"是一个地名。作者没有弄懂这个地名概念，就望文生义，说李白在月下请桃子吃饭。按照这个逻辑，"鸿门宴"岂不是项羽、刘邦坐在一起啃食一座大门楼？

2. 判断是对概念及它们之间的关系的一种判定。有直言判断（直接的关系判断），有假言判断（假如什么条件下的关系判断）。判断出错也会造成尴尬。如：

（1）多少情合靠意投。

这是一个直言判断句，是某大报的一首诗的标题。情合意投是两个词义重复的并列词组，如平平稳稳、如饥似渴，这类组合是为了强化词意，并没有谁靠谁的依从关系。这个判断不能成立，就如不能说"多少平平靠稳稳""多少如饥靠似渴"。

（2）为了圆梦安居，创造幸福生活。

这是一条消息的标题，把因果颠倒了。"盖房"和"生活"，谁因谁果呢？显然是解决了住房问题，才能有好生活。现在因果倒置，为了能住上一套房子，先去创造一个幸福的生活，这是个悖论。比如正常我们会说：为了做饭去买菜，为了吃一个苹果去了一趟超市。不能说成：为了买菜我做了一顿饭，为了去一趟超市我吃了一个苹果。

3. 推理就是由一个或几个已知的判断，推出一个新的判断，即新的结论。

推理的前提是所用的概念、判断不能出错，要符合规定的逻辑关系和推理法则。在写作过程中你可以不用逻辑思维，但只要用就不能由着自己的性子乱推理，因为世界上根本就没有你这个理。正如你可以不花钱，但不能使用假币。

请看这个句子：

　　幸福的孩子是相似的，不幸的孩子有爱能成才。

这是一篇谈家庭关怀的文章。是说一个家庭收养了一个孩子，虽非亲生，但过得也幸福。那怎么又扯出"相似""成才"等这些毫不相关的概念呢？前一句不能推出后一句。一篇文章中这样的逻辑错误，只要出现一次，就如气球破了一个洞，足可以泄去整篇文章的力气。

逻辑思维的这种严密性、科学性特别适宜议论文写作，从概念入手，层层推理，水落石出。比如这一篇文章就是通过对概念内涵、外延反复阐述而得出结论：

匠人与大师[1]

　　在社会上常听到叫某人为"大师"，有时是尊敬，有时是吹捧。又常不满于某件作品，说有"匠气"。匠人与大师到底有何区别？大致有三点。

　　【诠释概念】第一，匠人在重复，大师在创造。一个匠人，比如木匠，他总在重复做着一种式样的家具，高下之分只在他的熟练程度和技术精度。比如一般木匠每天做一把椅子，好木匠一天做三把、五把，再加上刨面更光、对缝更严等。但是就算一天做到一百把也还是一个木匠。大师则绝不重复，他设计了一种家具，下一个肯定又是一个新样子。判断他的高下是有没有突破和创新。匠人总在想怎么把手里的玩意儿做得更多、更快、更绝。大师则早就不稀罕这玩意儿，又在构思一件新东西。

　　【诠释概念】第二，匠人在实践层面，大师在理论层面。匠人从事具体操作水平的上限是经验丰富，但还没从经验上升到理论。虽然这些经验体现和验证了规律，但还不是规律本身。大师则站在理论的层面上，靠规律运作。

面对一片瓜地，匠人忙着一个一个去摘瓜，大师只需提起一根瓜藤；面对一大堆数字，匠人满头大汗，一道接一道地去算，大师只需轻轻给出一个公式；匠人在想怎么才能捏好一个泥人，大师则探讨宇宙和人。匠人常自持一技，自炫于一艺，偶有一得，守之为本；大师则鲜花掌声过眼烟云，进取不竭，心忧难宁。所以你就明白为什么居里夫人会把诺贝尔奖奖章给小女儿当玩具，但是接着她又得了一个诺贝尔奖。

【诠释概念】第三，匠人较单一，大师善综合。我们常说一技之长，一招鲜，吃遍天，这是指匠人。大师则不靠这，他纵横捭阖，运筹帷幄，触类旁通，举一反三。因为凡创新、创造，都是在引进、吸收、对比、杂交、重构等大综合之后才出现的。同样是碳元素，软时可为铅笔，硬时可为金刚石，盖因结构之变化。当匠人靠一技之长，享一得之利，拿人一把、压人一筹时，大师则把这一技收来只作恒河一沙，再佐以砖、瓦、土、石、泥，起一座高楼。牛顿、爱因斯坦成为物理大师并不只因物理，还有更重要的数学、哲学等。一个画家，当他成为绘画大师时，他艺术生命中起关键作用的早已不是绘画，而是音乐、文学、科学、政治、哲学等。同理，一个音乐、书法、文学、科学方面的大师也是如此。而一个社会科学方面的大师就要求更高，马恩是一部他们那个时代的百科全书，毛泽东则是当时中国政治、军事、文学的宝典。

这就是大师与匠人的区别。

【判断二者的联系】我们研究这个区别毫无贬损匠人之意，大师是辉煌的里程碑，匠人是可贵的铺路石。世界是五光十色的，需要大师也需要匠人，正如需要将军也需要士兵。但是我们必须承认这个世界有层次之别，必须有起码的识别力，有一个较高的追求目标。拿破仑说不想当将军的士兵不是好士兵，将军总是在优秀的士兵中成长起来的，当他不满足于打枪、投弹的重复，而由单一到综合，由经验到理性，有了战役、战略的水平时他就成了将军。鲁班最初也是一名普通木匠，当他在技术层面已经纯熟，不满足于斧锯的重复，而进军建筑设计、原理构造时，他就成了建筑大师。虽然从匠人而成为大师的总是少数，但这种进取精神是人类进步、社会发展的动力。

【结论】我们可能在实际业绩上达不到大师水平，但至少在思想方法上要循大师的思路，比如力求创新，不要重复，不要窃喜于小巧小技，顾影自怜。对事物要有识别、有目标、有追求。力虽不逮，心向往之。在个人有了这样一种心理，就会有所上进；在民族有了这样一个素质，就是一个生气勃勃的、向上的民族；在社会有了这样一个氛围，就是一个创新的社会。

（《人民日报》2006 年 5 月 19 日）

论说文是靠思想取胜的，要能让思想形成一种势能、动能，凝聚成爆发力、冲击力，这主要靠逻辑思维。但有时叙事、描写、抒情的文章也会引入逻辑思维以强化说服力。因为叙事抒情也要力量，也要遵守事物间的逻辑关系。

一般人一说美就想到形象思维，其实逻辑思维照样可以表现美而且更有说服力，请对比同是写月亮的这两段文字：

月光如流水一般，静静地泻在这一片叶子和花上。薄薄的青雾浮起在荷塘里。叶子和花仿佛在牛乳中洗过一样；又像笼着轻纱的梦。虽然是满月，天上却有一层淡淡的云，所以不能朗照；但我以为这恰是到了好处——酣眠固不可少，小睡也别有风味的。

（朱自清《荷塘月色》）

月光的青，有两点和普通的青不同：第一是光力的弱，换言之，就是比普通的青色多一分暗；第二是其色的淡，换言之，就是略带朦胧感……。这样，月光的青色，一面因为暗把沉静之情加深，一面又因为淡而把实在之性减浅。

（［日］ 高山樗牛作，夏丏尊译《月夜的美感》）

我们可以把它称为"朱自清的月光"和"夏丏尊的月光"，一个是形象思维，一个是逻辑思维，各得其美。

而且更主要的是，逻辑思维可以躲在形象思维后面悄悄地强化文章的力量。它像人体的骨骼、房体内的钢筋，是无名英雄，在暗中发力，却把"美"记在形象思维的功劳簿上。

《夏感》是一篇借夏季歌颂生命力的抒情文章，文中有多处关于夏景的描写已经够浓郁了，但还是在不经意间插进一段逻辑推理，更强化了抒情效果：

【判断】夏天的色彩是金黄的。【大前提】按绘画的观点，这大约有其中的道理。春之色为冷的绿，如碧波，如嫩竹，贮满希望之情；秋之色为热的赤，如夕阳，如红叶，标志着事物的终极。【小前提】夏正当春华秋实之间，自然应了这中性的黄色——收获之已有而希望还未尽，【结论】正是一个承前启后、生命交替的旺季。

这里先从概念上把抽象的"夏"转化为一种具象的有色彩的"黄"，然后用新概念展开判断、推理。于是就美得有力，得力更美。

《说韩愈》是一篇写人叙事的散文，作者借助形象思维列举了韩愈许多刚直不阿、犯颜直谏、为民办事的例子，人物形象已经够丰满了。但是为了把文章的力度往上再推一把，又用了逻辑思维的同一律、归纳法、类比法：

> 人生的逆境大约可分四种。一曰生活之苦，饥寒交迫；二曰心境之苦，怀才不遇；三曰事业受阻，功败垂成；四曰存亡之危，身处绝境。处逆境之心也分四种。一是心灰意冷，逆来顺受；二是怨天尤人，牢骚满腹；三是见心明志，直言疾呼；四是泰然处之，尽力有为。韩愈是处在第二、第三种逆境，而选择了后两种心态，既见心明志，著文倡道，又脚踏实地，尽力去为。只这一点他比屈原、李白就要多一层高明，没有只停留在蜀道叹难、江畔沉吟上。他不辞海隅之小，不求其功之显，只是奉献于民，求成于心。

先将人生的逆境及处世态度归纳成不同的几种，形成一个大的背景坐标，然后在其中找出同类项进行类比。这样韩愈就不是一个孤立的人物，而是历史坐标中的一个闪光点，文章的思想力度骤升。这是逻辑思维的力量，只靠形象思维办不到。

二、形象思维给文章以美感

从宏观方面看，逻辑思维管主题思想的推演，形象思维管意境的创造；从微观方面看，逻辑思维管语言的严谨，形象思维管修辞的灵活。人脑的分工，左脑管语言、概念，善逻辑思维；右脑管图像、造型，善形象思维。逻辑思维靠后天训练，与语言（概念）同步成长；形象思维与生俱来，小孩子就有形象思维。

什么是形象思维？就是用形象说话，通过具体形象的筛选、塑造、组合，来交流信息（如聋哑人的手势交流），在文章写作则是通过形象的拼接来创造美感。形象思维是一种三维空间中的思维，一切艺术创作都离不开它，如绘画的空间布局、戏剧的舞台调动、文章的构思。

这里有三个关键词。一是"形象"，它必须是可摸、可见、可闻的具体形象。二是"组合"，孤立的形象信息量很小，众多形象的组合才能激活、发酵，产生一加一大于二的效果。三是"美感"，诗文中的形象选取、拼接组合是有方向性的，目的是产生美感。黑格尔说："适合于艺术表现的动作毕竟是为数很有限的。因为艺术只用符合理想的那一类动作"。在许多平庸的文章，甚至"粪尿"体诗中，虽然也有形象动作的拼接，但"不适合于艺术表现"，不产生美感，不是艺术。

形象思维与逻辑思维有什么不同？

1. 形象性。

形象思维是借用形象来思考问题，是具体形象的幻化；逻辑思维是借用概念来思考问题，是抽象概念的推演。

我们读诗、词、曲、文章、小说，实际上是在接收、玩味纸上的形象。人的形象思维早于逻辑思维，几乎是天生的，不需要多少特别训练，所以常有天才。莫扎特六岁就能作曲。网上有一个叫"姜二嫚"的小学生写的一首《花纹》诗很有味道：

> 爸爸从凉席上起来
>
> 身上布满了凉席的花纹
>
> 很快那些花纹又回到了
>
> 凉席上
>
> 因为它们不愿流浪

诗里除了孩子眼中的"花纹"形象之美外，有人还解出隐喻：爸爸不愿去打工流浪。到底有没有？你去想吧。估计孩子还没有想到这一层，这就是诗，这就是形象思维。李商隐"春蚕到死丝方尽，蜡炬成灰泪始干"到底在说什么，他只给你"春蚕吐丝""蜡炬成灰"这两个形象，你去想吧。人们想了一千多年，琢磨不尽的美。文无第一，武无第二。逻辑思维是线性的，只有一个标准答案，形象思维下却有无穷的解，一千个读者就有一千个李商隐。

元曲《天净沙》：

> 枯藤老树昏鸦，小桥流水人家，古道西风瘦马。夕阳西下，断肠人在天涯。

这里没有逻辑推理，没有因果关系，甚至没有一个动词。我们看到的只是物与人的形象。从"枯藤"到"断肠人"连用11个"适合表现"的具体形象，如拼图一样拼出一幅天涯旅人图，就产生了震撼人心的美。这是形象思维的力量，逻辑思维办不到。

唐诗、宋词、元曲分别是这几种艺术形式的高峰，实际上是形象运用的高峰，之后就跌落下来了。鲁迅说："我以为一切好诗，到唐代已被做完。"唐之后无好诗，是因为诗中的形象力下降，宋人诗中的形象少得可怜，只剩下说理了，味同嚼蜡。同理，宋之后无好词，元之后无好曲，都是因为形象的流失甚至枯竭。

2. 象征性。

作品中的形象虽然是具体的，但它已不是自己而有了另外的象征。枯藤也早不是那个枯藤，昏鸦也早不是那个昏鸦，而是它们象征的情绪。黑格尔说："在艺术里，这些感性的形状和声音之所以呈现出来，并不只是为着它们本身或是它们直接现于感官的那种模样、形状，而为着用那种模样去满足更高的心灵的旨趣，因为它们有力量从人的心灵深处唤起反应和回响。"他还说艺术家给你画一个动物并不是让你去吃的，而是这画后面的美感。

人除了个体的思维还会参与群体思维，互相交流磨合，钱学森称之为"社会思维"。人们在长期的共同生活中形成了许多约定俗成的"形象模块"，一一对应于内心的某种情绪。比如绘画中蓝色为冷，红色为热，黄色为暖。生活中东风表欢悦，西风代悲愁。作者在抒情时不直接说出那个"情"字，而取一个形象来指代，美就产生了。

辛弃疾本来要说愁，但说出口的却是："天凉好个秋"。孟郊本来要说中榜后的狂喜，说出口的则是："春风得意马蹄疾，一日看尽长安花。"都是用相应的形象来作象征比喻。所以王国维说："一切景语皆情语。"诗人还常精选形象来压轴收尾，叫"结情于景"，余音绕梁，三日不绝。辛弃疾失意落魄，夜宿古寺忽被钟声惊醒。"老僧夜半误鸣钟，惊起西窗眠不得，卷地西风。"他不说心中的凄凉，却说"卷地西风"。蒋捷的《一剪梅》写乡愁，写时光流逝的无奈，结句却是"红了樱桃，绿了芭蕉"。这都成了传颂不衰的名句。

下面几篇写历史人物的文章，当然都是对主人的解析、褒奖和崇敬。但收尾时却无一字言情说理，而只取一形：

当我们偶然再回望一下千年前的风雨时，总能看见那个立于秋风黄花中的寻寻觅觅的美神。

[《乱世中的美神》（李清照）]

我在祠中盘桓半日，临别时又在武侯像前伫立一会儿，他还是那样，目光如泉水般的明净，手中的羽扇轻轻抬起，一动也不动。

[《武侯祠，1700 年的深思》（诸葛亮）]

那天，我到柳湖去，想穿越时空一会左公的音容。只见湖边星星点点，隔不远处就会现出几株古柳，躯干总是昂然向上的，但树身实在是老了，表皮皴裂着满是纵横的纹路，如布满山川戈壁的西北地图；齐腰处敞开黑黑的树洞，像是在撕胸裂肺地呼喊；而它的根，有的悄无声息地抓地入土，吸吮着岸边的湖水，有的则青筋暴突抱定青石，如西北风霜中老人的手臂。但不管哪一棵，一律于枝端发出翠绿的新枝，密浓如发，披拂若裾，在秋日的暖阳中绽出恬静的微笑。

……我以手抚树，读着左公柳这本岁月的天书，端详着这座生命的雕塑。古往今来于战火中不忘栽树且卓有建树的将军恐怕只有左宗棠一人了。

[《左公柳，西北天际的一抹绿云》（左宗棠）]

注意以上结尾，不但用了三个人的"大形象"，又在大形象中分别添加了只属于他们个人标配的"小形象"来强化人物个性：黄花（李清照）、羽扇（诸葛亮）、西北戈壁（左宗棠）。这细微的标识像重要场合男士的领带或女士的胸花。这就是形象思维的象征性，一形胜千言。逻辑思维没有这个隐喻效果，它必追求概念清楚，前因后果，层层入理，水落石出，是一种线性式的推进。形象思维有外溢的美，逻辑思维却谨守规矩，只看脚下的路。

3. 变幻性。

五彩成锦绣，变化才有美。形象思维把许多形象的模块有机地组合在一起，不分先后，没有因果，相互融合，浑然一体，我中有你，你中有我，最后连模块本身也找不见了，只是一团美感。就像制酒，酒成后只闻酒香，不见高粱。这种随机组合，依据背景、语境的不同，可以变幻无穷。同是面对秋天的树林，杜牧"停车坐爱枫林晚，霜叶红于二月花"，是积极兴奋的；《西厢记》"晓来谁染霜林醉？总是离人泪"，是消极愁怨的。有时还物人相借，如中国古代山水画于深山古寺、茂林修竹间点上几个小人儿。李渔有一段写芭蕉的小品："蕉之易栽，十倍于竹，一二月即可成荫。坐其下者，男女皆入画图。"明明是写蕉，却突然插入人的形象，让人坐在蕉叶下，人的灵魂转附于蕉叶之上，顿时满纸生辉。这就是变幻，形象思维之美。

李白的"白发三千丈"，李清照与天帝的对话"我报路长嗟日暮，学诗谩有惊人句"，还有民歌里唱的"想妹妹想得我泪蛋蛋掉，和上泥能盖它一座庙"，这在逻辑思维框架下都不合理，但在形象思维框架下不但合理而且美丽，是为浪漫。这种形象的变幻像瓷器的窑变一样，不可预知、永不重复，有时连作者都惊讶于手中的笔怎么会游走到这一步。

形象思维是画家手里的一个调色盘，可以随意蘸取颜色，调整明暗冷暖，掌控画面的情绪。下面这一段是我写长城边一群志愿者的野外生活，也是参考《天净沙》纯用形象，但置换了形象模块，拼出另一种情绪：

> 长城古寺戍楼，蓝天绿野羊牛，栽树种瓜种豆。红柳树下，有缘人来聚首。

（《万里长城一红柳》）

我的《风沙行》主要写风沙的肆虐和沙漠生活的艰苦，但这类文字往往沉重，人读时有压抑感。这时就要扳回一点，拼入几个清新可爱的形象，在冷画面上加一点暖色：

> 沙地的可咏可叹之物还有许多。有一种红柳，生长很慢，极耐旱，枝通红，细枝可用来编筐子。我刚住下时房东送来一只新的红柳箩筐，横纹竖线，细编密织，就像是一只大红灯笼，红艳照人。放于墙角顿觉陋室生辉，寒窑生暖。……
>
> ……………
>
> ……别看风沙脾气大，平歇下来也温柔可人。仲夏的夜晚，你一觉醒来正凉风过野，细沙打在窗纸上，簌簌唰唰，如春雨入梦，窗外月明如霜，沙枣花暗香浮动。这时忆亲人，怀远方，心也温暖，情也安宁。

（《风沙行》）

文章是靠形象的形状、颜色、声音、寓意等来创造和平衡美感的。

三、灵感思维让文章别开生面

逻辑思维是以概念的判断推理为基础，得出新结论；形象思维是以形象的筛选塑造为基础，创造美感；灵感思维是以作者头脑中全部的逻辑思维、形象思维的成果为基础，实现关键突破，别开生面。

在文章写作上，灵感思维负责打开缺口，实行战略突破，开辟新局面。它不管概念、形象这些具体、琐碎的模块，只着眼于大局、全局的判定；它不管论证、描述的过程，只负责寻找突破点。一出手就是方向所指，乾坤之变，底定大局。而在行文过程中，又会利用灵感进行出其不意的穿插，邓艾缒兵，暗度陈仓，常有惊喜，而收灵秀、奇幻之效。

钱学森提出应当建立一门灵感学："我认为，就是现在也不能以为思维就只有逻辑思维和形象思维这两类，还有一类可称为灵感，也就是人在科学或文艺创作中的高潮，突然出现的、瞬息即逝的短暂思维过程。它不是逻辑思维，也不是形象思维，这后两种思维持续时间都很长，以至人说废寝忘食，而灵感却为时极短，几秒钟，一秒钟而已。那灵感是不是可控的呢？一点是肯定的，人不求灵感，灵感也不会来，得灵感的人总是要经过一长段其他两种思维的苦苦思索来作其准备的。所以灵感还是人自己可以控制的大脑活动，是一种思维。有没有规律？刚生下来的娃娃不会有灵感。所以灵感是人社会实践的结果，不是神授，既是社会实践的结果也是经验的总结，应该有规律。总而言之，灵感是又一种人可以控制的大脑活动，又一种思维，也是有规律的。我们也要研究它，要创立一门'灵感学'"。

灵感思维不像逻辑思维那样偏重科学，也不像形象思维那样偏重艺术。它是两者通吃，用于形象则更见其美，用于逻辑则更显其理。它无处不用，无时不用，而且总是在关键的地方、关键的时刻出现。如果说文章是一支部队，那么灵感思维既可以是参谋长，又可以是尖兵、突击队，上得厅堂，下得厨房。

科学史上关于灵感思维的著名例证如牛顿躺于树下，见苹果落地而发现万有引力；阿基米德在洗澡时，因盆水外溢而发现浮力定理。人民大会堂是一座万人会堂，施工时碰到一个难题：巨大的天花板，会对会场中的人造成一种压抑感。但是人们站在海边，仰望浩渺的天空为什么不感到压抑呢？关键在于天与海的连接过渡。经反复研究，最后从王勃的"秋水共长天一色"中找到灵感，设计成穹庐形天体顶，灯光一开，满天星斗，就变压抑为舒心了。

灵感思维是关键时刻捅破窗户纸的那个小指头，是压断骆驼腰的最后一根稻草。又好比电线都已架好，一合上开关，大放光明；好比从两头施工的隧道即将会师，打完最后一钻，忽然贯通。所以灵感思维可以称之为"开关思维""钻头思维"。在写作上就是笔锋一转，别有洞天，柳暗花明。

灵感思维的实现有两个条件，一是必得有长期的积累。法国生物学家法布尔说，机遇只给有准备的头脑。二是必须得有一个契机，有一个导火索。检讨我的一些有影响的文章，无不是这两个条件下的灵感所得。

瞿秋白是中共早期的重要领导人，又是一个大文化人，但死后评价几起几落，是一个悲剧人物。我在当小学生时就读过有关他的小册子，"文革"时亲见他的墓碑被砸，"文革"后第一次见到为他鸣不平的是香港报纸上的一篇文章。这个人物在我的头脑里已转了几十年，但导火索的出现，则是一次偶然的出差，在常州看到他的故居。

我第一次到纪念馆是 1990 年。纪念馆本是一间瞿家的

旧祠堂，祠堂前原有一条河，河上有一桥叫"觅渡桥"。一听这名字我就心中一惊，觅渡，觅渡，渡在何处？瞿秋白是以职业革命家自许的，但从这个渡口出发并没有让他走出一条路。

从一座名"觅渡"的古石桥，灵感一闪，联想到主人的觅渡人生，瞬间便产生了一个题目《觅渡，觅渡，渡何处?》。文章一改从政治角度写领袖人物，而是从剖析人性入手写出了瞿坦白诚实的人格。一经发表即入选中学课本，并被刻碑立在了瞿秋白纪念馆。

毛泽东前期建党、建军、建国，功高盖世，但晚年发动"文革"又把国家民族带入深渊，官方早有定论并形成决议。但是怎么用一篇富有感染力的文学作品，特别是一篇散文来评析他的功过呢？这是个难题，几乎没有人敢去碰。从积累角度讲，我亲历了解放后的历次重大政治事件，学了几十年党史，在政坛多年，资料已烂熟于心，立意也"众里寻他千百度"，但一直不知如何下手。一次阅读内部文件，看到一则信息，早在"文革"前，毛就四次提出要骑马走一次黄河、长江，用四五年时间亲身搞一次社会调查，并且已经开始了骑马训练。这个"导火索"一下触动了我的灵感，立即写成了《假如毛泽东去骑马》这篇万字长文，发表后立即被《新华文摘》等报刊多方转载。如此重大的复杂的题材，只有在依据历史走势的"假如"的虚拟框架内才可以从容完成。但这个"假如"的灵感来源于几十年的积累和"骑马"文件这个"导火索"的点燃。我让毛实现他曾计划的大调查，深入基层看故地，会旧友，察民情，反思错误，也带领读者一块儿去反思历史。文章洋洋洒洒用了大量的逻辑推理和形象描写，甚至还替主人设计了会议、拟了诗篇，最后感叹：

如果斗柄能够倒转，如果历史能够重写，如果那次骑马走两河能够成行，如果毛泽东在 60 年代能反思自己的错误，晚年不犯或少犯错误，这该多好。这一切当然都不可能，我们也知道这永不可能。但是后人想一想还不行吗？这样的假想，是对历史的复盘，也是对再后之人的提醒。

历史不能重复，但是可以思考，在思考中寻找教训，捕捉规律，再创造新的历史。

以上两篇文章正是因特殊的角度、特别的切入点，奠定了文章的思想高度和审美品位，这要归功于灵感思维。当然，具体文字还是靠逻辑思维和形象思维去完成的，但揭开面纱的第一步，却是灵感思维的功劳。这时灵感是将军，逻辑、形象为兵卒。

灵感思维不但在构思阶段决定文章的开局、站位，还会在写作阶段再获灵感，擦出火花。文章一旦开局，灵感思维就走下参谋长的位置，而成了深入敌后的尖兵，它机动灵活，触觉四伸，随时捕捉战机。如：

> 瞿秋白以文人为政，又因政事之败而反观人生。如果他只是慷慨就义再不说什么，也许他早已没入历史的年轮。但是他又说了一些看似多余的话，他觉得探索比到达更可贵。当年项羽兵败，虽前有渡船，却拒不渡河。项羽如果为刘邦所杀，或者他失败后再渡乌江，都不如临江自刎这样留给历史永远的回味。项羽面对生的希望却举起了一把自刎的剑，秋白在将要英名流芳时却举起了一把解剖刀，他们都把行将定格的生命的价值又推上了一层。

（《觅渡，觅渡，渡何处？》）

从瞿秋白临死前的多余书写想到项羽临死前的自刎，就是行文中自然产生的灵感。

灵感思维除了两个条件外，还有两个特点。

一是相似思维，它总能抓住事物间的相似点，迅速凿穿这个点而进入一个新的领域。就如两圆相切，从切点滑入另一个圆。如牛顿眼里苹果与月亮的相似,阿基米德眼里人入水与物体入水的相似,上面例文中"觅渡"石桥与瞿秋白觅渡人生的相似,等等。相似点就是导火索,就是灵感思维的突破点。

二是跳跃思维。逻辑思维是线性的,形象思维是三维的,灵感思维是四维的。它不受时空限制,可以让时光倒流,乾坤翻转,是一种大跨度思维。

如《张闻天,一个尘封垢埋却愈见光辉的灵魂》一文的结尾,就是由路边的一棵小灌木引发的灵感,"乾坤翻转",而将行将结束的文章又推向一个理性高度:

第二天一觉醒来,好一场大雪,一夜无声,满山皆白。要下山了,我想再最后看一眼一七七号别墅。

我在院子里徘徊,楼前空地上几棵孤松独起,青枝如臂,正静静地迎着漫天而下的雪花。石阶旁有几株我从未见过的灌木,一米多高,叶柔如柳,枝硬如铁,缀着一串串鲜红的果实,在这白雪世界里如珠似玉,晶莹剔透。我就问送我下山的郑书记(他曾在庐山植物园工作)这是何物?他说:"很少见,名字也怪,叫平枝枸子,属蔷薇科。"我大奇,这山上我少说也上来过五六次,怎么却从未见过?是今日,苍天特冥冥有指吧。平者,凭也;枸者,寻之。我忽闻天语解天意,这是叫我来凭吊和寻访英灵的啊。难怪昨夜突降大雪,原来也是要还故居主人一个洁白。我在心底吟哦着这样的句子:

凭子吊子,惆怅我怀。寻子访子,旧居不再。飘飘洒洒,雪从天来。抚其辱痕,还汝洁白。水打山崖,风过林海。斯人远去,魂兮归来!

我转身下山一头扑入飞雪的怀抱里,也迈进了 2011 年的门槛。这一年正是中国共产党建党九十周年,张闻天诞辰一百一十一年。

正是因为有了"平枝枸子"与"凭子吊子"这个发音的相似点，才可能"跳跃思维"由形象跨入哲理。

一般来讲，灵感思维都是从小到大、从浅到深、从旧到新，跳到更高更广阔的新天地。比如日常生活中的一件小事，桌案不稳时用一个小木片去支脚垫腿。朱熹的老师刘子翚却见此有一首诗："匠余留片木，楷案定敧倾。不是乖绳墨，人间地少平。"你看，这灵感像孙悟空的跟斗，一下从"木片支桌"的小事翻到了"人间不平"的大意境。如果说逻辑思维是在"讲理"（如"匠人与大师"），形象思维则是"不讲理"（如"白发三千丈"），灵感思维就是"出轨"（如"人间地少平"）。这个出轨是逃离旧轨而进入另一个新轨道、一片新天地。就像航天飞行器的变轨，从绕地飞行变轨为绕月飞行。

据说道家功夫深时全身的每一个毛孔都会呼吸。一个成熟的作家进入写作状态后全身的每一个毛孔都会张开，随时准备接受任何方向来的信息，触发灵感，及时变轨。这个瞬间，钱学森说大概只有一秒钟，古人说"作诗火急追亡逋，清景一失后难摹"。

黑格尔说，所谓天才，就是"有这种才能的人一遇到心中有什么观念，有什么在感发他，鼓动他，他就会马上把它化为一个形象、一幅素描、一曲乐调或是一首诗"。刘勰说："目既往还，心亦吐纳"，"情往似赠，兴来如答"。天才比常人多了点什么？多半是多了一些灵感思维。

注释

[1] 本文举例凡未注明作者的皆引自本书作者的文章。

语言是文章的衣裳

语言是文章的衣裳，人靠衣裳马靠鞍，文章漂亮靠语言。一件好的衣裳由面料和裁缝的手艺构成，而词汇和句子就是文章的"面料"。

文章的语言有三个标准：准确、鲜明、生动。

法国作家福楼拜有一句名言："你要描写一个动作，就要找到那个唯一的动词；你要描写一种形状，就要找到那个唯一的形容词。"文章为思想和美而写，只有准确的词汇才能表达准确的思想和美感。美的前提是"真"，月亮有朦胧美，首先是因为它是一个真实的月亮。无论从达意还是从审美角度来说，写文章先得从准确地掌握词汇开始。

准确运用名词、动词、形容词，是写好文章的基础。

我们先来谈动词的使用。文章中的词分实词和虚词，实词主要是名词、动词和形容词。而文章是否生动，最重要的是看能不能用好动词。

动词是描述动作的。事物总是动比静复杂，相应的词汇自然也就更多。一篇文章的句子，主要是动宾结构，所以准确使用动词非常重要。比如，要把一件物体分开，可以有切、砍、劈、掰、撕、铡、剪等多种动作，分别对应的是切肉、砍树、劈柴、掰玉米、撕布条、铡草、剪纸等。运用动词时，要看动作的对象，即它后面的宾语是什么；要看主语，即动作的主体是谁；又要看现场、背景、气氛；还要看作者想追求一种什么样的效果；等等。

比如你帮一个人上楼梯，可以用"扶"或"搀"这两个动词，但二者也有细微区别。"扶"是你用三四分力，他用六七分力，以他为主；"搀"是你用六七分力，他用三四分力，以你为主。动词和其他词连用时也有分寸。大致说来，动词在文中用得是否准确，要看三个方面：对象、主体、背景。

文章是一个有机的整体，牵一"词"而动全身。一个动词在文章中运用得好，整篇文章就生彩。这在古典诗词中体现得更为严格，是牵一"字"而动全身。古代诗人的一项基本功就是"炼"字，所以有韩愈和贾岛"推敲"的故事。诗人贾岛作了一首诗，其中有一句："鸟宿池边树，僧敲月下门。"他不确定是用"敲"好，还是用"推"好，一边骑着驴在路上走一边思考，结果撞到了韩愈的轿子。韩愈没有怪罪他，反而下轿和他一起琢磨，最后决定还是用"敲"字比较好。这就是著名的"推敲"的故事。

唐代诗人卢延让说"吟安一个字，捻断数茎须"，为把一个字用得准确，诗人把好几根胡子都捻断了。古人常有"一字师"的故事。现在我们写文章可以不用这样严格，但是，即使不"炼"字，也要"炼"词。

动词用得好，文章就会生动、形象、有力，或庄或谐，或雅或俗，都有奇效。下面看《红楼梦》里面的一段：

> 若问我的膏药，……内则调元补气，开胃口，养荣卫，宁神定魄，去寒去暑，化食化痰；外则和血脉，舒筋络，去死生新，去风散毒。其效如神，贴过便知。

这是《红楼梦》中王道士吹嘘自己膏药的一段话，全是动宾结构，而且动词与宾语的比例几乎达到一比一，生动、诙谐感扑面而来。

下面讲讲形容词的运用。

文章像画一样，有黑白和彩色之分。公文、法律文件这种使用严肃修辞的文字，好比是黑白的画，而文学作品是彩色的画。文章之所以多彩，关键在于形容词的使用。

形容词常和名词、动词连用。简单的动宾结构已经能说明一个事物，如果再加上形容词就更加魅力无穷，更好看，更生动，内涵更加丰富。比如说，"他走在路上"，这话已经说清楚了；"他愉快地走在路上"，更生动。"她笑了"，可以；"她笑得像一朵花一样"，就会更生动。显然，稍加形容就立见光彩。

无论是客观形态，还是人的心理，都是非常复杂的。比如"笑"，有微笑、大笑、苦笑、窃笑、嬉笑等；"怒"，有大怒、震怒、恼怒、愠怒等。形容词的作用与名词、动词不同，它更强调主观色彩。作者想让你注意哪里，他就把哪里单拎出来特别形容一下。所以，形容词最能体现作者的心理，也最能搅动读者的情绪。

一篇文章全用名词是写不出来的，只用名词和动词勉强可以，但不可能生动，也不美，特别是少了情感的美。只有名词、动词、形容词三者结合才能让文章动起来、美起来，才能达到作者与读者的交流共鸣。

文章的语言是一门博大精深的学问。我们这里只就词汇而言，因为这是最基本的。其他还有修辞、句式、风格等，还是要靠多读、多背、多写，才能掌握文章语言的艺术，写出好文章。

为
艺
为
文

427

艺术随感录

两类艺术与两类艺术人

有一类艺术是纯艺术，好比单纯的化学元素；有一类是复合艺术，好比化学中的化合物。

凡艺术都是形式，都必得通过某种形式才能呈现出来。形式与内容是一对矛盾。形式可以有内容，也可以不要内容。正如衣服可以穿在人身上，但它单挂在衣架上也是衣服，而且仍然不失其漂亮，商店里的时装不都是这样？于是就有了两种艺术：没有内容的艺术与有内容的艺术；或者纯粹的、独立的艺术与不纯粹的、非独立的艺术。形式艺术是单一艺术，有形式但必须借助内容而存在的是复合艺术。

没有内容的、纯粹的、独立的、单一的艺术如音乐、舞蹈、绘画、人体、杂技、模特等等，都可以是无标题作品。

有内容的、不纯粹的、非独立的、复合的艺术如文章、小说、散文、诗歌、剧本、电影等等，其本身也有形式，但并不以纯形式存在，而必须依附于内容，就如一个人灵魂与躯壳不能分离。如我们写一篇文章要用到词句、节奏、音韵等形式，但这构不成文章，必须加进内容如人物、事件、场景、思想等等，这才构成一篇文章。许多"绕口令"一类的文字是纯形式的，并不是文章。语言艺术（单一）和文章艺术（复合）的区别，一个是纯艺术，一个是复合艺术。当我们欣赏复合艺术的美的时候，一定是把内容与形式合并考虑的。一篇文章是形式美与内容美的总和。

而独立的纯艺术可以不要内容。一首无标题音乐，一幅风景画，一处自然山水，自身就有审美价值。诗词的平仄、押韵、调式、格律自带一种音乐美。专业艺术家是专门钻牛角尖，钻研形式美的。可惜一般人离不开实际生活，所以常不能理解艺术家的行为。这样社会就分成两类人：一是多数的从事有实际内容活动的如社会生产、科学实验、政治活动的普通人；二是少数的从事无内容的纯形式的艺术活动的特殊人。极端的艺术人常说一句话："凡普通人能看懂的都不是艺术。"普通人则说："凡艺术家都有点神经病。"因为艺术家不要内容，甚至不要正常的生活内容，衣常人之所不衣，住常人之所不住，行常人之所不行，为常人之所不为。像凡·高、徐渭那样自己割掉耳朵；像米芾那样给石头下拜；像王羲之那样为学书养一群鹅；像徐悲鸿那样为画画在美院门口拴一匹马。水至清则无鱼，艺术家纯到纯而又纯时，已接近不食人间烟火，蓬头垢面，不论饥饱，常生活在幻想中。

我们这样抽象地来分析两种艺术、两种人，只是为了研究方便。正如我们常在实验室单独分析某种化学元素，而在自然中这些元素却常常是以化合物状态存在的，你伸手摸不到氢和氧，但可以双手捧起一捧水。

2021 年 12 月 17 日

勿借口人性说艺术

文艺家在写黄色、凶杀、暴力、丑陋等题材时总爱找个托词说是在写人性。这些确实是人性的一面，但却是人性中动物性的残留，人性还有另一面，即精神意识的一面。人是由动物变来的，但他已是社会动物，比自然动物多了社会性。马克思说："动物不把自己同自己的生命活动区别开来。它就是自己的生命活动。人则使自己的生命活动本身变成自己意志的和自己意识的对象。他具有有意识的生命活动。"比如曾经很轰动的某"屎尿体"诗人，以欣赏的眼光写：一个孩子手里捏着一块屎。这就让人恶心。如果是一只狗抓着一块屎，虽不雅，但还能勉强看下去。就是马克思说的，动物"它就是自己的生命活动"，人"具有有意识的生命活动"。人能反观自己的行为，有意志、意识、羞耻感、美丑观念等，已脱离动物性而有了社会性，有了完整的人性。

为了满足精神需要，一个正常的人的阅读需求从低到高有六个层次：寻求刺激、获取信息、休闲娱乐、吸收知识、增进思想和提高审美，即刺激、信息、休闲、知识、思想和审美。我们可以看出，只有第一个，即最低的"刺激"层次是与动物重合的，是残留的动物性。他们借口表现的人性实际上是原始、野蛮的动物性。黑格尔讲，艺术的使命恰恰是用它慈祥的手去把人从野蛮中拯救出来。所以如有条件，家家都愿意给孩子报音乐、舞蹈、美术辅导班，让孩子知道什么是美。这就是用艺术拯救孩子的心灵。而屎尿、黄色、凶杀等题材的作品是引导人重回野蛮。艺术表现人性不能只停留在"兽性残留"这个层次，还有更高的层次、更大的空间需要表现。

音乐能瞬间点燃人的情绪

看到中央台九十岁老词人庄奴（邓丽君歌曲词作者）登台唱歌很是感人，歌声是不会老的。

在一切艺术形式中，唯有音乐能瞬间点燃最大多数人的情绪，且如火燎原，最易普及。这是因为它直接作用于人的神经。不需要经形象思维、逻辑思维的转换，它用灵感思维直接点燃人心灵深处的火苗，又如无数条地下暗河直达人的神经末梢。而文字艺术则必须通过多种思维的复杂转换，山重水复，才能柳暗花明。一首好曲子远比一篇好文章能更快地让人激动。作曲家、歌者就是西方神话里的爱神，拿着一支弓箭，在暗地里偷偷瞄着你，总能射中你的一段神经。黑格尔说，什么是天才，他只需随便看到一件事、一个景，就能变成一首歌、一首诗、一幅画。李商隐说"心有灵犀一点通"。而一首歌就是一根点燃灵犀的导火索。相比其他艺术音乐更需要天才。

2022 年 1 月 3 日

音乐遵循着流体力学的原理，随物赋形，没有指向

我为收集有关《二泉映月》的资料，两次去无锡探访作者阿炳的故地。阿炳两根琴弦上的一支曲子本来已经淹没在历史的尘埃中，却又偶然传到音乐史专家杨荫浏先生的耳朵中，才得以被抢救录音，又被世界级的指挥大师小泽征尔偶然听到而推广到全世界。它像一条小溪，淙淙地流淌，一直奔向大海。这种方式只有水能做到，石头或沙子等固体物都做不到。音乐如水，随物赋形，见缝插针。

音乐是遵循流体力学的原理，如水、如雾、如气、如味，能够渗到人身体内的每一根神经。而绘画、雕塑、文字、舞蹈、戏剧等是遵从固体力学原理。它们是固体，有体积感，用线条、色彩、平面、体积这种"块"的力量来冲击人的感官。音乐没有"块"的体积感，没有棱角，没有线条，只有"无形"，如水银泻地，无缝不进。

音乐是没有指向性的。绘画、雕塑、舞蹈，更不用说文章、戏剧、电影，这些都有明确的指向性，都有要表达的主题，直接体现作者的意志。它们可以引起观者的共鸣，但也可能引起抗拒。而音

乐则不会引起抗拒，它与人包容、亲和，像母爱一样没有功利，不要回报，大爱无疆，也就大美无边。歌声无论在何时何地都能吹开人的心房。

《歌唱二郎山》也是一首名曲。2004 年我为了寻找《康定情歌》的作者吴文季的旧事，来到四川泸定，却意外地发现过去歌唱的二郎山也在这里。上世纪 50 年代初翻越二郎山要七八天，现在打通了隧道，几十分钟就过去了。隧道口一块巨石上刻着这首歌的曲谱。我回京后立即去看望已经九十多岁的曲作者全国音协副主席时乐濛先生，向他报告这个好消息。他坐在轮椅里给我讲了一个故事。这首歌是当年为参加全军文艺汇演临时创作的。当时他随二野在西南修路，二野是一支从大别山走出来的部队。他就用自己熟悉的大别山音乐元素写成了这首曲子，一唱红遍全国。后来又去慰问志愿军，唱遍朝鲜。60 年代我们一个文化代表团到英国演出，突然一个老人走到台口说："你们能不能演唱一首《歌唱二郎山》?"人们大奇。一问才知道这位老人是当年朝鲜战场上被我们俘虏的老兵。他在俘虏营里听过这首歌，终生难忘。从大别山到西南、到朝鲜、到英国，音乐没有取向，没有功利，是观音菩萨净瓶里普度众生的甘露，洒向人间都是美。

2022 年 7 月 20 日

字音的魅力

网上流行两个段子。

段子一：有人作了个社会调查，英语 China（中国）究竟该怎么念？结果出乎想象。穷人读：钱哪；医生读：切哪；官员读：权哪；光棍读：妻哪；有钱人读：妾哪；恋人读：亲哪；强盗读：抢哪；地产商读：圈哪；贫民读：迁哪；政府读：拆哪；城管读：踹哪。

到底谁最标准？中纪委表态：查哪！再继续做问卷下去还不知会有多少个版本。

段子二：单位路由器坏了，有人在小黑板上写道："陆游气坏了！"过一会儿看到下面多写了一行字："找欧阳修！"过了一会儿又多了一行字："欧阳要是修不好，那就找王之换！"又过了一会儿再多了一行字："王之换不了，找蔡元赔。"

与这个相类似的例子是著名语言学家赵元任的《施氏食狮史》：

> 石室诗士施氏，嗜狮，誓食十狮。氏时时适市视狮。十时，适十狮适市。是时，适施氏适市。氏视是十狮，恃失势，使是十狮逝世。氏拾是十狮尸，适石室。石室湿，氏使侍拭石室。石室拭，氏始试食是十狮尸。食时，始识是十狮尸，实十石狮尸。试释是事。

中小学课堂上训练学生找近义词，却没有训练找"近音词""同音词"。汉字是由形、声、义组成的，音的作用也是文章表现力的一部分，特别是在曲艺作品中更显重要。

2022 年 9 月 10 日

《随笔》2024 年第 1 期，有节选

我们为什么要阅读

我们为什么要阅读？

先讲一个真实的故事。周日无事，一个大人带着十多岁的男孩在宿舍大院里散步。看到一个迎亲的车队，一群人围在接新娘的头车前急得团团转。上前一看，一个轮胎瘪了。新娘马上就要下楼，宝马失前蹄，要误大事。正当大人无解时，这个孩子上前说："没事，你们使劲用脚踹轮胎。"司机半信半疑，大家顾不了许多，一顿乱脚。奇迹出现，轮胎渐渐饱满。人们齐问："这是怎么回事？"这个神童慢慢道来："这款车名'兰博基尼'，车胎被扎后有自充气功能，只要用脚踹踹就行，还能再行驶很多公里。"父亲大奇："你怎么知道？""家里不是有一本汽车杂志吗？没事闲看来的。"这就是阅读的作用。阅读让你长知识，让你聪明。

其实，要问我们为什么阅读，不如先问一下为什么要吃饭。人是由物质和精神组成的。不吃饭不能长身体，会肉体死亡；不阅读不会有思想，要精神死亡。正如营养不良会造成身体发育的缺陷，如面黄肌瘦、腿细脖长、鸡胸龟背等等，不读书也会造成精神方面的缺陷，如自私、狭隘、孤独、浮躁、虚荣、骄傲、多疑、胆怯等等，生活得不阳光、不自信、不幸福。有什么样的阅读，就有什么样的收获。它决定着人的知识、思想、意志、审美、情趣。这是从人的自我丰富的一面来说。

如果你不只是为"美食"，又从阅读进入了创造，比如写作，就更应该知道阅读的重要了。熟读唐诗三百首，不会写诗也会"偷"。背得美文两百篇，不会作文也会"搬"。偷什么？从经典中偷来火种，点亮自己。搬什么？搬来救兵，充实自己的文章。偷得仙桃能成仙，搬来救兵也称王。古人有集句写诗之法，全用别人旧句。那是一种在阅读基础上的积木式训练，常有好作。作文虽不能全篇集句，但借词、借句、借典、借气、借方法，还是需要的。这一切都要通过阅读来解决。当你超越阅读而进入写作，发表了作品时，别人又开始了对你作品的阅读。人类精神产品的生产就是这样螺旋式前进。

当然，这只是以写作为例。三百六十行，不管干哪一行也得先从阅读入手。因为阅读是启蒙，是积累，是钥匙，是开关。那个十多岁的男孩如果对汽车一直阅读研究下去，也许会成为汽车发明家、汽车大王，正如伽利略、达尔文、歌德小时就开始对物理、生物、文学的阅读。如果你说老了，已胸无大志，那么，阅读至少可以疏通头脑，不至于让你提前痴呆，输在了终点线上。再者就算你无所谓了，也该为下一代装出一个阅读的样子，别让他们输在起跑线上。

我们为什么要阅读？为了精神生活，为了健康那一半的生命。

《人民日报》2017 年 4 月 7 日

我的阅读经历

一个作家的写作是由两大背景决定的，一是他的生活，二是他的阅读。

经常有人问我，你读过些什么书，能不能向年轻人推荐一些，我就面有窘色，一时答不上来。一般作家谈阅读时都能很潇洒地说出那些大部头，读过多少外国名著。我却不能，就算读过几本，也早已忘掉了。我不是小说作家，是写文章的，正业曾是新闻写作、公文写作，业余是散文写作。这些都强烈地针对现实，不容虚构情节、回避问题，否则写出的文章就没有人看。所以，从作家角度来说，我的阅读是一种另类阅读，是"撒大网、采花蜜"式的阅读。从一个普通知识分子来说，这是人人经历过的最普遍的阅读方式，只不过我可能更认真些并且与写作联系起来了。这种方式对学生、记者、公务员和业余写作爱好者可能更合适一些，我也都曾有过这些身份。下面是我阅读和写作的简要经历。

一、关于诗歌的阅读

人生不能无诗，童年更不能无诗。条件好一点的家庭注重对孩子专门的选读和辅导，差一点的也会教一些俚语儿歌。这是一种审美启蒙、情感培养和音乐训练。

我大约在小学三年级时开始背古诗，中学开始读词。除了语文课本里有限的几首外，在父亲的指导下开始课外阅读。最早的读本是《千家诗》，后来有各种普及读本《唐诗一百首》《宋诗一百首》及《唐诗选》《唐诗三百首》，还有以作家分类的选本如李白、杜甫、白居易等。

这里顺便说一下，我赶上了一个好时代，中学时正是"文革"前中国社会相对稳定、重视文化传承的时期，国家组织出版了一大批古典文化普及读物。由最好的文史专家主持编写，价格却十分低廉，如吴晗主编的"中国历史小丛书"，几角钱一本；中华书局的《中华活页文选》，几分钱一张。不要小看这些不值钱的小书、单页，文化含金量却很高，润物无声，一点一滴给青少年"滴灌"着传统文化，培养着文化基因。这是我到了后来才回头感知到的。说到阅读，我是吃着普及读物的奶水长大的。

和一般小孩子一样，我最先接触的古典诗人是李白，"床前明月光，疑是地上霜"，诗中总有一些奇绝的句子和意境（"意境"这个词也是后来才知道的），觉得很兴奋，就像读小说读到了武侠。如："日照香炉生紫烟，遥看瀑布挂前川。飞流直下三千尺，疑是银河落九天。""一为迁客去长沙，西望长安不见家。黄鹤楼中吹玉笛，江城五月落梅花。"并不懂这是浪漫，只觉得美。后来读到白居易《卖炭翁》《琵琶行》，"浔阳江头夜送客，枫叶荻花秋瑟瑟"，又觉得这个好，是在歌唱中讲故事，也不懂这是叙述的美，现实主义风格。总之是在朦胧中接受美的训练，就像现在的孩子学钢琴、学跳舞。后来读元曲，马致远《天净沙》："枯藤老树昏鸦，小桥流水人家，古道西风瘦马。夕阳西下，断肠人在天涯。"他不说人、不说事，只说景，推出九个镜头，就制造了一种说不出的味道。这就是王国维讲的"一切景语皆情语"。当然这也是后来才知道的。但要想后来能够领悟，就要预先播下一些种子，这就是小时候的阅读。

一说到古诗词，人们可能就想到深奥难懂。其实古人的好作品恰恰是最通俗易懂的。如李白的"举杯邀明月，对影成三人"，杜甫的"两个黄鹂鸣翠柳，一行白鹭上青天"，李清照的"花自飘零水自流，一种相思，两处闲愁"，都明白如话，但又不只是"白话"，这里面又有音乐、有图画。因为诗的功能是审美，并不是难为人，好诗人是在美感上争风流的。倒是今人学诗、作赋，食古不化，以僻为荣，不美反涩。

古诗词的阅读价值至少有三个方面：一是思想内容，二是意境的美，三是音韵的美。后两个都是审美训练，这是每个人的写作都要用到的。我们常说，文章美得像诗一样，就是指文章的意境和韵味。在所有文字写作中，只有诗词，特别是古典诗词是专门来表现意境和韵律的美感的。为什么强调背诗词，就是让这种美感一遍又一遍地濡染自己的心灵，浸透到血液里，到后来提笔写作时就会自然地涌流出来。现在一般人家节衣缩食给孩子买钢琴，倒不如备一本精选的古诗词。因为成人后，一万个孩子也不一定能出一个钢琴家，倒是有一千个要写文案，一百个会当作家，而且在成人前每个人都得先当学生，人人都要写作文。

诗歌阅读对我后来写散文帮助很大。当碰到某个感觉、某种心情无法用具象的手法和散体的句式来准确表达时，就要向诗借他山之石，以造成一种意境、节奏和韵律的美感。所谓模糊比准确更准确，绘画比摄影更真实。

新中国成立六十周年时我发表的《假如毛泽东去骑马》，是顺着毛泽东自己曾五次提出要骑马走江河的思路，假设他在"文革"前的 1965 年到全国去考察（当时中央已列入计划），沿途对一些人事的重新认识，是对毛泽东后期错误的反思，是对"文革"教训的沉痛思考和历史的复盘。通篇表现出一种反思、悔恨、无奈的惋惜之情。有许多地方一言难尽，只有借诗意笔法。

设想毛泽东在三线与被贬到这里的彭德怀见面："未想，两位生死之交的战友，庐山翻脸，北京一别，今日却相会在金沙江畔，在这个三十年前长征经过的地方，多少话真不知从何说起。明月夜，青灯旁，白头搔更短，往事情却长。"这里借了苏东坡词《江城子》与杜甫诗《春望》的意境。而写毛再登庐山想起 1959 年庐山会议批彭的失误，写道："现在人去楼空，唯余这些石头房子，门窗紧闭，苔痕满墙，好一种历史的空茫。……他沉思片刻口中轻轻吟道：安得倚天转斗柄，挽回银河洗旧怨。二十年来是与非，重来笔底化新篇。"在诗意的写景后又代主人拟了一首诗。毛本来就是诗人，其胸怀非诗难以表达。

《一座小院和一条小路》写邓小平"文革"中被贬到江西强制劳动。"他每天循环往复地走在这条远离京城的小路上，来时二十分钟，去时还是二十分钟，秋风乍起，衰草连天，田园将芜。"这里借秋景来营造一个意境，抒写他忧郁的心情，都是古诗里的句子。

回忆季羡林先生的文章《百年明镜季羡老》中有这样一段："先生原住在北大，房子虽旧，环境却好。门口有一水塘，夏天开满荷花。是他的学生从南方带了一把莲子，他随手扬入池中，一年、两年、三年就渐渐荷叶连连，红花映日，他有一文专记此事。于是，北大这处荷花水景就叫'季荷'。但 2003 年，就是中国大地'非典'流行那一年，先生病了，年初住进了三〇一医院，开始治疗一段时间还回家去住一两次，后来就只好以院为家了。'留得枯荷听雨声'，季荷再也没见到它的主人。"花盛花枯，前后不同的诗意。

有时文章到了结尾处情绪激昂无以言表，只好用诗了，如《梁思成落户大同》一文的结尾："我手抚这似古而新的城墙垛口，远眺古城内外，在心中吟哦着这样的句子：大同之城，世界大同。哲人之爱，无复西东。古城巍巍，朔风阵阵。先生安矣！在天之魂。"这种效果有如"曲终收拨当心画，四弦一声如裂帛"，非诗不能表达。

我在中学时开始读新诗，断断续续订阅《诗刊》直到工作后许多年。新诗给我的影响主要不是审美，而是激情，虽然我后来几乎不写诗，但这种激情一直贯穿到我的散文写作、新闻采写和其他工作中。我们这一代人的诗人偶像是贺敬之、郭小川。他们的诗我都抄过、背过。《回延安》《雷锋之歌》《向困难进军》《祝酒歌》等就像现在的流行歌曲一样响彻各种场合。他们的诗挟裹着时代的风雷，有万钧之力，是那个时代的进行曲，能让人血液沸腾。它的主要作用不是艺术，而是号角。

如郭小川的诗句："我要号召你们，凭着一个普通战士的良心。以百倍的勇气和毅力，向困难进军！"毛泽东说："郭小川的《将军三部曲》《致青年公民》我都看了，诗并不能打动我，但能打动青年。……他竟敢说'我号召'，我暗自好笑，我毛泽东也没有写过'我号召'！"那是一个特定的年代，现在做不到了。现在思想多元化，诗歌当不了号角，不能再起动员作用，它又回归到审美，但却是小众的孱弱的美。那时还出版过一本《朗诵诗选》，尽选名家诗作，还有《革命烈士诗抄》，都对我影响很大。我现在还保存有几本当年抄诗的笔记本，里面有许多抄自书报刊的无名好诗。

1968 年 12 月，我大学毕业分配到内蒙古，先要在农村劳动一年。村里没有什么书可读，塞外的数九寒冬四个大学生挤在一盘火炕上念诗，互相回忆过去读过的好诗。从北京带去的《朗诵诗选》帮我们度过了那个寒冬之夜。现在想来是有点幼稚，但却留住了一点激情的火苗，受用一生。我见到好诗就抄就背，这种爱好持续到四十岁左右。

后来我在新闻出版署工作，见到新华社老记者张万舒，我说我背过你的《日出》《黄山松》，"九万里雷霆，八千里风暴，劈不歪，砍不动，轰不倒!"一次全国作协开会，我与诗人严阵坐在一起，我说，我现在还保存有你的诗集《竹矛》。他们没想到在二三十年前还有我这样一个"粉丝"，大家都很激动，谈起那个诗的时代，"老夫聊发少年狂"。

我在《人民日报》工作，都快要退休了，带着采访组到贵州采访。路上，贵州山水如诗如画，我想起了贵州老诗人廖公弦的一首诗，背出了第一段："雨不大，细如麻，断断续续随风刮。东飘，西洒，才见住了又说还下。莽莽苍苍，山寨一派淡墨画。"同行的年轻人都很惊奇，他们不知道当地还有这样一个诗人，可惜诗人已经过世。这是我高二时在中学简陋的阅览室里读到的，发在《人民文学》的封底上，印象很深。少年时的记忆真是宝贵。那时阅览室里杂志不多，怕人拿走，每个刊物都用一根粗白线拴在桌子上。

我不但背诗，也写诗。二十多岁时在河套平原劳动，一年后又当记者，夏收季节八百里河套金黄的麦浪一直涌到天边，十分壮观，就不自量力写了一首几百行的长诗《麦浪滚滚》，那时"文革"还没结束，当然也没有刊物可发。我第一次得到的稿费不是因为散文，而是诗歌。1975年我调回山西，到大寨下乡，写了一首诗，发在《北京文学》上，稿费十四元。当时大学毕业生的月工资四十六元，稿费单插在省委传达室的窗户上，让很多人眼红，我也自豪了一阵子。1988年我将自己多年读、背、抄的诗选了五十六首，按内容和体例分为写人、写景、抒情、词曲体、古风体、短句体、长句体等十一类，加了四十条点评，出版了一本小册子《新诗五十六首点评》。但我终究没有成为诗人。

新诗阅读对我写作的影响主要是两点，一是激情，二是炼字。

旧诗给人意境，新诗直接点燃人的是激情。在各种文体中，诗歌的分工主要是抒情。散文抒情不如诗歌，叙事不如小说，说理不如论文，但它的长处是综合。如果能将每种文体之长都拿来嫁接在散文中，这就出新了。我后来总结"文章五诀"：形、事、情、理、典。这个"情"字就要靠读诗来培养。

诗陶冶人性，让人变得热情，可以改变你的性格、你的人生态度。我后来当记者，直至退休多年，每见一新事，就想动笔，甚至一人看电视看到好的节目，听到一首好曲子都会流泪，与读诗有关。当你胸中鼓荡、翻腾，如风如火，如潮如浪，想喊想叫时，这就是诗的感觉，但是不去写诗，移来为文，就是好文章。我曾经写过一篇文章《为文第一要激动》，谈的就是这个体会。

青年时期关于诗的训练并不吃亏，都无形地融入了文章中。1984 年我写了一篇散文《夏感》，选入中学课本，使用至今。全文只有 666 个字，歌颂生命，抒发一种激昂向上、拼搏奋斗的情绪。其实这就是十年前那首数百行长诗的转世。那首诗我现在连一个完整句子也想不出来了，但那种情绪总在心中鼓荡。诗歌所给予的感情上的律动在我后来的散文中都能找见。阅读诗，但写出来的是散文，正如鲁迅说的，吃进去的是草，挤出来的是牛奶。

读诗对写作的另一帮助是炼字、炼句。诗要押韵，就逼得你选字，本来中国字很多，但这时只许你使用一小部分。如果碰上窄韵字更是走钢丝，冒风险。李清照所谓的"险韵诗成，扶头酒醒，别是闲滋味"。经过这种训练后再去写文章，就像会走钢丝的人走平地，可以从容应对了。下笔时经常一处换三四个甚至七八个字，这就是诗的推敲功夫。从字义、字音、字数上推敲。

比如，我在《秋风桐槐说项羽》中说到项羽故里的一棵梧桐和一棵古槐，人们在树下"轻手轻脚，给围栏系上一条条红色的绸带，表达对项王的敬仰并为自己祈福。于是这两个红色的围栏便成了园子里最显眼的，在绿地上与楼阁殿宇间飘动着的方舟。秋风乍起，红色的方舟上托着两棵苍翠的古树"。

这里是该用"布带""丝带"还是"绸带"？现场实际情况是什

么都有，但文学创作，特别是散文要找意境效果。"丝"的质感华贵纤细，与项羽扛鼎拔山的形象不合；"布"更接近项羽朴实的气质，但飘动感不如"绸"。因为文近尾声，这里强调的是"在绿地上与楼阁殿宇间飘动着的方舟"，隐喻两千年来在历史的天空、在人们的心头飘动着的一种思绪，所以还是选"绸带"好一些。

还有，诗歌常用叠字，特别是民歌。如李季的《王贵与李香香》中"山丹丹""背洼洼""半炕炕"等，自带三分乡土味。我在《假如毛泽东去骑马》中，写到毛泽东回到陕北，就是用的当地的这种民歌口语："他立马河边，面对滔滔黄水，透过阵阵风沙，看远处那沟沟坡坡、梁梁峁峁、塄塄畔畔上俯身拉犁、弯腰点豆、背柴放羊、原始耕作的农民，不禁有一点心酸。"而写到他内心的自责时，则用古典体："现在定都北京已十多年了，手握政权，却还不能一扫穷和困，给民饱与暖。可怜二十年前边区月，仍照今时放羊人。"借了唐诗"可怜无定河边骨，犹是春闺梦里人"之意。

诗歌因为与音乐相连，所以最讲节奏。节奏感主要由句式、章节、平仄构成。我在《新诗五十六首点评》的研究中专门分了长句类、短句类，指出："短句体借鉴词曲手法和口语句式，节奏强烈，如鼓点，如短笛，如竹筒倒豆。出语就打在你的心上，不另求弦外之音。"如郭小川的《祝酒歌》："斟满酒，高举杯！一杯酒，开心扉；豪情，美酒，自古长相随。"我读过的印象最深的短句诗是一首《同志墓前》，作者叫丹正贡布，并不出名，注明1963年创作于阿米欧拉山下。当时我手抄在一个本子上，第一节是这样的：

五里外，

滚滚黄河，

高唱着

不回头的歌，

五步内，

三尺土下，

炽燃着

不息的火。

朝朝暮暮，

悼念苦我心，

走近墓前，

泪往草上落……

　　"五里外""五步内""三尺土下"锤锤落地，寸寸剁下。最后的"落"字又落在一个仄声上，节奏更短促急迫。

　　在散文中，当有需要强调的地方我就多用短句，如敲鼓、钉钉。如在《把栏杆拍遍》中写辛弃疾："对国家民族他有一颗放不下、关不住、比天大、比火热的心；他有一身早炼就、憋不住、使不完的劲。"

　　而长句体"它不是打击乐，不求鼓点式的节奏，而是管弦乐曲，收悠长、浑厚、深沉之美"。还以郭小川为例，他的《团泊洼的秋天》："秋风像一把柔韧的梳子，梳理着静静的团泊洼；秋光如同发亮的汗珠，飘飘扬扬地在平滩上挥洒。"这是长句，适宜舒缓的描述。我在《草原八月末》中写对草原的感受就是用的长句："看着这无垠的草原和无穷的蓝天，你突然会感到自己身体的四壁已豁然散开，所有的烦恼连同所有的雄心、理想都一下逸散得无影无踪。你已经被融化在这透明的天地间。"而有时又要长短结合。如《红毛线，蓝毛线》中："红毛线，蓝毛线，二尺小桌，石头会场，小石磨、旧伙房，谁能想到在两个政权最后大决战的时刻，共产党就是祭起这些法宝，横扫江北，问鼎北平的。"

二、关于散文的阅读

　　读散文少不了古典散文，这类似现在搞流行音乐的人，也少不了要知道一点古典音乐。对我影响最大的古文家有司马迁、韩愈、柳宗元、苏轼、范仲淹等。对一般人来说，只要不搞专业，用不着去找他们的原著，古籍浩如烟海，又艰涩难懂，是读不过来的。好在中国文学有个好传统，一代代精选前作，把最优秀的挑出来，只读这些就够了。关键是精读，最好能背，取其精，得其神。

我的古文阅读分三个层次。一是最基本的，课堂上的学习。中学时我是语文课代表，书中的每一篇古文都是熟背过的，并且要帮老师考同学背书。

二是扩充阅读。读一些社会上流行的综合选本。最有名的是《古文观止》，但那毕竟是古人编写，离我们还是远了一点。我用得最顺手的本子是中国青年出版社1963年版的《历代文选》，共选了一百五十篇，基本上囊括了历代名文，注释浅近易懂。编者之一的芦荻，后来一度是毛泽东的古文陪读，最近才去世。它成了我的工具书，平时放在案头，下乡采访时背在包里，早晨起来背诵一篇，那时我已过四十岁了。

三是选更精一点的普及本，经常查阅、体味。如前面提到的《中华活页文选》，还有上海古籍出版社1963年出的一套古典文学普及丛书，每本只有几角钱。如《宋代散文》两角八分，现在插在我的书架上，还没有退役。从司马迁到韩愈、柳宗元、范仲淹，一路而下到清与民国之交，梁启超是一座高峰。

梁继承了中华古文中阳刚的一脉，并将雄壮的文风带入了民国。你看他的《少年中国说》，讲少年与老年的不同，连用十四个排比，那气势真如长江黄河顺流而下，摧枯拉朽，为古文标上了一个强烈的休止符。下面该民国和新中国的文章家登场了。

中国古代散文家还有一个好传统，就是和政治结合，除少数专业作家外，好的文章家都是政治家、思想家。我把这个阅读成果编成一本书《影响中国历史的十篇政治美文》，2012年由中国人民大学出版社出版，已多次重印。十篇文章都要符合两个标准：一是它当时提出了一个思想，并且现在还在使用；二是文中的词汇或句子是首创，并进入汉语词典、语典，现在也还在使用。这个标准是很苛刻的，就是说无论思想还是语言，都必须是独家首创，虽过了千百年仍有生命力。这就是经典，可以做范本。这十篇是司马迁的《报任安书》、贾谊的《过秦论》、诸葛亮的《出师表》、陶渊明的《桃花源记》、魏征的《谏太宗十思疏》、范仲淹的《岳阳楼记》、文天祥的《正气歌序》、林觉民的《与妻书》、梁启超的《少年中国说》和毛泽东的《为人民服务》。这是中国文章的脊梁骨。这些文章都是用血和泪写成的。不知多少改朝换代、人事兴替、血流成河、硝烟战火、经验教训才凝成一篇文章。"一将功成万骨枯"，一篇能载入史册的名文背后是几代人的心血。

古典散文中除司马迁、唐宋八大家这两个高峰外，还有一头一尾。一是汉赋，一是明清笔记小品。

汉赋，离我们远了一点，词汇可能生僻些。但它从诗歌中脱胎出来，有诗的气质、韵味，语言极度豪华。学习炼字造句不可不看，但也不必去写，毕竟时代不同了。我常看的一个本子是《历代赋译释》，黑龙江人民出版社，1984 年版。我把赋的意境运用到散文中，主要是取它一唱三叹、流连往复的效果。其中枚乘的《七发》较为有名，这与毛泽东在庐山会议上曾引用它有关。我写《觅渡，觅渡，渡何处？》一文时，说到瞿秋白"是一座下临深谷的高峰"，就是从《七发》中"龙门之桐，高百尺而无枝。……上有千仞之峰，下临百丈之溪"而化来的。

明清笔记小品的长处是比唐宋古文有了平易而精致的叙述，在叙述中抒情、说理。如张岱的《湖心亭看雪》，景中有事，事中有情。纪晓岚的《阅微草堂笔记》在讲故事中说理，他的《狐友幻形》讲一文人有一个隐身的狐狸朋友，会变成各种人，变老、变小、变男、变女，有朋友聚会时就变来为大家助兴，但只闻声不见形。众人就说，为什么不现出你的真形。狐狸说："天下之大，谁也不肯露出自己的真实面目，为什么要强求我一人现真形呢？"说罢，大笑而去。辛辣、幽默、深刻。与司马迁、唐宋八大家正襟危坐、洪钟大吕式的文章相比，又是一种迥然不同的风格。

明清散文我还特别喜欢清代沈复的《浮生六记》。这是一本笔记体散文，因是叙述自己的生活际遇，作者原也不准备发表，所以十分真实感人。文字清新流畅，简洁明亮。我是 1983 年左右看到这本书的，一看即爱不释手，深深地为作者高超的文字功力所折服。读这本书不是汲取什么思想，主要是学语言。比如，他写与自己妻子第一次见面时的印象只八个字"额之以首，笑之以目"，一个淑女形象跃然纸上。本书最先由人民文学出版社 1983 年出版，后来不少社又争相出版，有白话本、插图本等各种版本。我到处给人推荐，大约买了六七本送人。它实在是我国散文发展到古代社会末期的又一变格，又一个新的高峰。杨绛老先生还仿其格写了一本《干校六记》，可见它在学人心中的地位。

正如古典诗词对我写作的帮助是意境，古典散文对我的帮助是气势。文章是要讲势的，所谓文势。"文势"是中国古典写作理论中珍贵的遗产，这一点现代散文比较弱。

苏东坡讲："吾文如万斛泉源，不择地而出。在平地，滔滔汩汩，虽一日千里无难。及其与山石曲折，随物赋形，而不可知也。所可知者，常行于所当行，常止于不可不止，如是而已矣！其他，虽吾亦不能知也。"毛泽东说："文章须蓄势。河出龙门，一泻至潼关。东屈，又一泻至铜瓦。再东北屈，一泻斯入海。……行文亦然。"古文中的好文章大多有气势。往往一开头就泰山盖顶，雷霆万钧，先声夺人。

我上中学时，语文课上老师讲的一段话，让我终生难忘。他说韩愈每写一文时，总要重读一遍司马迁的文章，为的是借太史公的一口气。到后来我开始作文时也深切感到要从经典借气，为文时经常要重读名文，或者曾背过的经典文章会不自觉地跑出来助势。如《红毛线，蓝毛线》的开头："政治者，天下之大事，人心之向背也。"《张闻天：一个尘封垢埋却愈见光辉的灵魂》的开头："从来的纪念都是史实的盘点与灵魂的再现。"就是借的《谏太宗十思疏》《过秦论》这类文章的势。

其实不只是文章讲势，长篇小说的开头也讲势，中国四大古典小说中《三国演义》的开头最有势："话说天下大势，分久必合，合久必分。"外国名著《安娜·卡列尼娜》的开头："幸福的家庭都是相似的，不幸的家庭各有各的不幸。"这都是"文章五诀"中的"理"字诀开头。我在《二死其身的彭德怀》中有一大段叙述："彭德怀行伍出身，自平江起义，苏区反'围剿'，长征、抗日、解放战争、抗美，与死神擦边更是千回百次。井冈山失守，'石子要过刀，茅草要过火'，未死；长征始发，彭殿后，血染湘江，八万红军，死伤五万，未死；抗日，鬼子扫荡，围八路军总部，副参谋长左权牺牲，彭奋力突围，未死；转战陕北，彭身为一线指挥，以两万兵敌胡宗南二十八万，几临险境，未死；朝鲜战争，敌机空袭，大火吞噬志愿军指挥部，参谋毛岸英等遇难，彭未死。"是借自文天祥的《〈指南录〉后序》。而入选中学课本的《晋祠》则有《小石潭记》的影子。这都是站在巨人的肩膀上借势发力。

阅读现代散文，我是从读报刊文章入手的。我上初中时，家里订有一份《人民日报》，大人看正刊，我看副刊。那时报上的名家有秦牧、杨朔、刘白羽、方纪、魏巍等。当时《人民日报》开了"笔谈散文"栏目，一直到现在还流行的"形散神不散"就是那时提出来的。但我一直觉得这个观点是个伪命题，是自搭台子自唱戏，抓住一个"散"字自以为很妙，就衍生开来做文章。其实散文相对于韵文当然是散的，莫非还要去做"新八股"？而"神"则从来也没有人说可以散。

后来我在山西省委宣传部新闻处工作，订各省的报纸，我就每天把副刊扫一遍，阅读量很大。报刊文章的特点是与时代贴近，你不会陷入古籍或自我沉醉，陷入迂腐。缺点是水平不齐，一般来说浮浅的较多，多少天才眼睛一亮，遇到一篇好文章。但这正可训练你的鉴别能力，时间长了自然也会打捞到一些好东西。如我数十年前在《人民日报》副刊上读的《笑谈真理又何妨》，还有一篇小品，以推磨磨面，比喻人才的使用"只要心中正，何愁眼下迟。得人轻着力，便是转身时"，至今仍历历在目。

对报刊的阅读随时代的发展又增加了网络阅读，更加快捷，信息也更多。如党的十八大前，我们对内官僚腐败、对外示弱，舆论很不满，我在网上看到普京对内低调、对日强硬的几条新闻，随即写成短文《普京独行在空旷的大街上》（《人民日报》2013 年 8 月18 日）。还有在网上看到某地方人民代表大会的工作报告，竟是一首六千字的五言长诗，正值春节，大年初一无事，便写了一篇《为什么不能用诗作报告》（《人民日报》2015 年 2 月 26 日），瞬间即点读数十万次，新媒体为我们提供了更大的阅读空间。其实，阅读与写作是一个连续不断的因果关系，你阅读了别人的东西，又转化为作品服务他人。阅读是面，写作是点；阅读是吃进草，写作是挤出奶。在报刊、网络上的阅读是撒大网，如羊在草原上吃草，大面积地吃，夏牧场不够吃又转到冬牧场吃，一般约十亩草场地才能养活一只羊，我就是一只阅读散养的羊。

20 世纪 30 年代中国现代散文出现了一个高峰。从中学到参加工作，这一段时间一直读的是"革命散文"，虽也有艺术性好一点的，但总不脱解说政治的套子。直到"文革"结束，我读到了 1980 年上海文艺出版社的《现代散文选》，比较集中地读到了 30 年代鲁迅、朱自清、徐志摩的作品，让我知道了文学，特别是散文第一要"真"，要有真情实感。

文学作为一种艺术，并不是必须担负说教任务，审美才是它的本行。朱自清的《瑞士游记》："瑞士的湖水一例是淡蓝的，真平得像镜子一样。太阳照着的时候，那水在微风里摇晃着，宛然是西方小姑娘的眼。"徐志摩《我所知道的康桥》："这岸边的草坪又是我的爱宠，在清明，在傍晚，我常去这天然的织锦上坐地，有时读书，有时看水，有时仰卧着看天空的行云，有时反仆着搂抱大地的温软。"这些都深深地打动了我，并永远不忘。他们对情和景的解读方式几近完美，这对读了多少年"革命散文"的我无异于一种文学回归，是我的"文艺复兴"。

30 年代散文中还有一篇对我影响很大的，是散文家夏丏尊翻译的一篇散文《月夜的美感》。这篇文章是我读陈望道先生所著的《修辞学发凡》时读到的，他在书中作为例文使用。我却如获至宝，作为范文研读（可惜 1980 年再版的《陈望道文集》中此篇被换掉了）。这是一篇少见的推理散文，而且以后我再也没有见过这种写法的文字。我特别写了一篇推荐文章给《名作欣赏》杂志。文章发出后有热心的同好者来信告知作者是日本作家高山樗牛。而且陈版所引文字不全，还缺另外五个小节，《名作欣赏》杂志又将全文补齐重发了一遍，这实是一段文学佳话。

中文、日文的表达方式肯定有所不同，这篇散文的文字魅力应该得力于夏丏尊的翻译，但文中独创的推理表达则是日本作家的发明。作者好像决心不让你先去感觉，而是让你来理解月色的美，在理解中再慢慢地加深感受。一般文人最不敢使用的逻辑思维方式，倒成了作者最得心应手的武器。我们平时说月色的美丽，一般总脱不了朦胧、温柔、恬淡等意。这里，作者不想再唱这个很烂的调子了，而是像做一道证明题一样来推论为什么会这样朦胧、温柔、恬淡。你看他的步骤：先证明月色的青，再证明青在色彩上力量的弱，于是便有"柔"感，生出平和、慰藉之效；青的光不鲜明，于是有神秘、无限之感；便若有若无，这就是朦胧、缥缈之美。这种用推理、用逻辑思维来写风景真是太大胆了。我后来入选中学课本的《夏感》，还有刻在黄果树景区的《桥那边有一个美丽的地方》等散文，都是得力于这个启示。

从此我开始了山水散文写作，追求清新、纯美的风格。现代散文，我认为写得最好的是朱自清。朱之前我很崇拜杨朔，他的许多篇章我都背过，但后来很快就放弃了这种模式。我小学时用自己攒的零花钱买的第一本散文集，是秦牧的《艺海拾贝》，他的《社稷坛抒情》，还有魏巍的《依依惜别的深情》，都是几千字的长文，也都曾背过。1988 年，我根据长期阅读散文的体会编辑出版了《古文选评》《现代散文赏析》，与《新诗五十六首点评》合为一套"学文必背丛书"。这是强调读而后背的，广读精背，这是一个笨办法。

有阅读就有思考。作品是思想和艺术的载体，读多了就会分出好坏、深浅，并发现其中的规律。在对大量古今散文作品阅读后，我思考了三个问题。

一为什么是散文的真实？第一，散文是表现一个真实的"我"，必须是真人、真事、真情。不是小说，不能随心所欲编故事。第二，散文有它独立的美学价值，不能注解政治，套政治之壳。虽然由于那个时期特殊的政治环境，一切艺术，文学、绘画、音乐等都曾背过政治的包袱，但散文在这方面陷得更深一些。关于散文的文艺批评尽管有许多眼花缭乱的理论，却很少触及这两个最普通的大白话式的原理，或者是碍着名家的面子，不愿去说。例如何为的《第二次考试》明明是小说，长期以来被当成样板散文编入课本，收入各种选本。杨朔的散文影响更大，被收入大学、中学课本，不管写景、写人都要贴上政治标签，几成一个写作定式。

1982 年我在《光明日报》上发表了《当前散文创作的几个问题》，第一次提出对杨朔散文模式的批评。十多年后，在中国作协为我组织的作品研讨会上，作协副主席冯牧老先生说："真实是散文的生命。这次看梁衡同志的这本书，有文章专谈这个问题，我们不谋而合。""他在散文理论上还有一个值得重视的贡献，就是最早提出对杨朔散文模式的批评，这种缺点不光是杨朔一个人有，这是历史的局限造成的。"为了验证我自己的这种理论，我 1982 年创作了《晋祠》，并于当年入选中学课本。

二为怎样突破平庸？毋庸讳言，我们平常在报刊上见到的作品，平庸的占多数。这是一个社会现实。某次，一位文学编辑对我说："我终年伏案看稿，就像被埋在垃圾堆中，心情十分压抑。"改革开放以来，散文在跳出庸俗地服务政治之后，又胆怯地回避政治，大散文不多。也正如冯牧先生说的："我不喜欢一些'心灵探险式'的散文。杯水波澜，针眼窥天，无病呻吟。这些散文不关心现实，只关心自己的情趣，这不应该是我们散文写作发展的总体趋势。"1998 年 7 月我在《人民日报》上发表了《提倡写大事、大情、大理》。以这一年为转折，我的散文写作由山水题材转入政治题材。以1996 年发表《觅渡，觅渡，渡何处?》为转折，这篇文章也入选了中学课本。

三为什么是散文的美，怎样做到美？我提出散文的"三层五诀"论。"三层"是描写叙述的美、抒情的美与哲理的美，即形美、情美、理美；"五诀"是形、事、情、理、典，五种表现手法。这是一个长期阅读思考的过程。1988 年发表《散文美的三个层次》，2001 年 7 月，在鲁迅文学院讲《文章五诀》，2003 年发表于《人民日报》。我用这个理论分析了大量散文名篇，2009 年 7 月在中央"部级领导干部历史文化讲座"上，以范仲淹的《岳阳楼记》为例进行讲解，随后出版了《影响中国历史的十篇政治美文》（中国人民大学出版社)。

在散文领域我是两条腿走路,一方面是通过大量的阅读思考散文理论,一方面是创作实践。我的散文创作可分为前后两期。前期是山水散文,以《晋祠》为代表;后期是政治散文或称人物散文(其实仍是政治人物较多),以《大无大有周恩来》《觅渡,觅渡,渡何处?》为代表。

三、关于科学知识的阅读

恩格斯说,一个苹果切掉一半就不再是苹果。一个记者、作家只读社会科学不读自然科学,他眼里的世界就不是一个完整的世界。

我是学文科的,后来的工作也不是科技领域。但是误打误撞,进入了科普写作。经过十年"文革",1978年全国科学大会之后科学的春天来到了,报刊上沉寂了十年的科普文字如雨后春笋。被耽误了的一代,有的恶补文学知识,搞创作;有的恶补科学知识,准备升学或搞科研。我出于好奇,也开始浏览一些科学故事。

那时我在《光明日报》当记者,跑科学口和教育口。科技工作者思维活跃,读书多,常讲一些我所不知的他们学科领域的故事,很吸引人,科学并不枯燥。我也常采访学校,看到学生读书很苦,而且不少人对数理化有畏难情绪,心里烦躁。我发现这原因不在学生,而在我们的教学不得法。科学和教育没有沟通。小孩子先有形象思维,数理是逻辑思维,很多学生一下子不适应。为提高学生的学习兴趣,我想能不能转换思维,把课本里公式、定理的发现过程及人物故事写出来,让学生像读小说一样学数理化。我决定尝试一下。

第一步是找故事。读所有能看到的科普报刊,按照中学课本里的内容寻找公式、定理背后的故事。大量剪报,分类剪贴了数学、物理、化学、生物等几大本。除了剪报还摘卡片。那时还没有电脑，更没有百度等搜索工具，大学一入学的训练就是手抄卡片。我专门做了一个半人高的卡片柜，像中药店的药柜。只读报刊当然不够用，又读科学家传记，如《伽利略传》《居里夫人传》《达尔文传》等。读单本书不行，还得宏观把握科技进步的过程，又读科学史、工具书，如李约瑟的《中国科技史》《自然科学大事年表》之类。有事实和故事仍然不够，还得恶补科学知识和科学方法论。现在还留有印象的如恩格斯的《自然辩证法》，英国科学家贝弗里奇的《科学研究的艺术》，俄裔美国著名科学家阿西莫夫的科普系列，中国数学家王梓坤的《科学发现纵横谈》等。我走的还是经典加普及的路线，读那些大家的最好的经典普及本。如爱因斯坦的《狭义与广义相对论浅说》，1964年版，一百多页，才三角七分钱一本。

我写的第一个故事是数学方面的。我们在初中就学过什么是"无理数"，这是个抽象概念，怎么还原成形象？古希腊有个数学家叫"毕达哥拉斯"，他死后几个学生在争论老师的学问。一个叫"西帕索斯"的说，他发现了一种老师没有发现的数，比如用等腰直角三角形的直角边去除斜边，就永远除不尽。别的学生说，不可能，老师没有说过的就是没有，你这是对师长的不敬。当时大家正在船上，争到激动时不能控制情绪，几个人便把西帕索斯举起来扔到海里淹死了。事件过后，他们反复演算，确实有这么一种数，比如圆周率，小数点后永远数不完。于是就把已有的，如整数、循环小数等叫作"有理数"，这个新数叫作"无理数"。这就是我小说里的第二章"聪明人喜谈发现，蛮横者无理杀人——无理数的发现"。

这个故事，教师在课堂上三分钟就可讲完，但学生一生不会忘。我把这故事发在刊物《科学之友》上，大受欢迎，编辑部要求接着写，结果骑虎难下，每月一期，连载了四年，1985年结集出版了《数理化通俗演义》第一册，1988年三册全部出齐。有一次汪曾祺先生与我同在一个书店签名售书，他高兴地为这本书题词："数理化写演义堪称一绝。"这本书先后出了香港版、台湾版、维吾尔文版，重印三十多次，不知帮助了多少已对数理化失去信心的孩子，很受学生和家长的欢迎。中国科学院院长白春礼、科普老前辈叶至善都曾为此书作序。这是一部无法归类的怪书。它的起因，一开始就不是创作小说的文学冲动，也不是科普创作的知识冲动，而是一个记者社会责任的延伸。

科学阅读的另一个间接的成果是充实了我的散文创作。我们常说，用世界的眼光看中国，就是说由宏观看局部更清楚，如果能用科学的眼光看文学，至少写作时腾挪的空间会更大。比如，我在《大无大有周恩来》一文的结尾处，谈到伟人人格的魅力，谈到为什么他们虽已故去多年又让人觉得如在眼前，我借用了"相对论"的时空观："爱因斯坦先生将一座物理大山凿穿而得出一个哲学结论：当速度等于光速时，时间就停止；当质量足够大时它周围的空间就弯曲。那么，我们为什么不可以再提出一个'人格相对论'呢？当人格的力量达到一定强度时，它就会迅如光速而追附万物，穹庐空间而护佑生灵。我们与伟人当然就既无时间之差又无空间之别了。这就是生命的哲学。"

在《最后一位戴罪的功臣》一文中，说到林则徐被发配到新疆，边服罪边工作，测绘耕地，"整整一年，他为清政府新增六十九万亩耕地，极大地丰盈了府库，巩固了边防。林则徐真是干了一场'非分'之举。他以罪臣之分，而行忠臣之事。而历史与现实中也常有人干着另一种'非分'的事，即凭着合法的职位，用国家赋予的权力去贪赃营私，以合法的名分而行分外之奸、分外之贪、分外之私。可知世上之事，相差之远者莫如人格之分了。确实，'分'这个界限就是'人'这个原子的外壳，一旦外壳破而裂变，无论好坏，其力量都特别地大"。这里借用了物理学上的原子裂变，即原子弹爆炸的原理，来喻人格"裂变"的能量。

在《在蒋巷村的共产主义猜想》一文中，写到蒋巷村这个富裕村的陈列室里张贴有八百年前辛弃疾描写江南生活美景的词，又写到他们现在公共福利的分配方式，就用科学术语来解释：

> 基因学有一个术语："基因漂流"。自然物种在进化中，总有某种基因会飘落某处与其他基因结合成新的物种。共产主义理论一产生就是一个在欧洲大陆上"游荡的幽灵"，一个漂流的理论基因、科学基因。一百六十多年后，它漂到中国的江南水乡，与这里从八百年前漂过来的，辛弃疾词里所表达的那个天人合一、老少同乐、物我一体的乡土基因相结合，成了现在的这个新版本——蒋巷村版（现代中国还有其他版本，如华西村版、南街村版、大寨村版，含意各有不同）。

修辞上有一种格叫"拈连"，把本是用于描述甲事物的词汇移来说乙。如"相对论""裂变""基因"都是专用的物理、生物词汇，却用来说人和事。把科学思维、科学术语用于文学，正是一种跨界大拈连。拈连实际上也是一种比喻，是隐喻。而比喻中甲乙两物相距愈远，性质差别愈大，所产生的比喻效果就愈强烈。

因为阅读科普作品，同时又采访科技界，我有机会参加有关学术活动。1984 年 8 月在北京召开全国第一次思维科学讨论会，筹备成立思维科学研究会，我有幸参加。这种综合学科的研讨与文学界开会有很大不同。会议人数不多，一共才五十九人，但名家不少。我的偶像如钱学森、吴运铎、高士其等都出席了，还有心理学教授胡寄南、美学家李泽厚等。

钱学森用一整天的时间做开场报告，后几天就坐在台下仔细听。大家自由争论最前沿的知识，主要是讨论思维规律，逻辑思维与形象思维的不同及联系。就在这次会上钱学森提出四种思维方式：形象思维、逻辑思维、灵感思维和社会思维。他又谨慎地指出可能还有"特异思维"。耳听笔记，这是一种近距离的阅读，让我的思维方式有了一个大扩张、大转换。自从增加了科学方面的阅读，我才知道世界原来有这么大，思维方式可以有这么多种。自觉头脑比原先灵活聪明了许多。后来我与人合作写了一篇谈思维科学的文章，经钱学森先生审定发表在《光明日报》上。

四、关于理论和学术经典的阅读

我在《文章五诀》中提出形、事、情、理、典。这个"典"是指经典、典故，特别是理论经典。什么是经典？常说为经，常念为典。经典标准有三：一是达到了空前绝后的高度；二是上升到了理性，有长远的指导意义；三是经得起重复引用，能不断释放能量。由于长期的文化积累与筛选，每个领域都有各自的经典。而更高层次的是理论和学术经典，特别是政治与哲学方面的经典。

一般人，特别是文学爱好者常误认为理论枯燥乏味，干瘪空洞，不如文学那样水灵、煽情。这是因为文学与理论属不同的思维体系，一个是形象思维，一个是逻辑思维。人们虽感觉到了这个不同，但不知道作为形象思维的文学只有借助理性的逻辑思维才会更深刻，从而更形象、更生动。就如我们常说的，只有理解了的东西才能更好地记忆。这中间有一道门槛，跨过之后，就是一片高地。

我们这一代人赶上"学习毛泽东著作"高潮。这是一个半被动、半主动的经典学习运动。说它被动，是因为那是一个特殊时期，一场运动，人人学，天天读，你不得不学；说它主动，是因为毛泽东的文章确实写得好，道理深刻，文采飞扬，只要一读开，就能吸引你自觉地读下去。

我第一次接触毛泽东的文章，是在中学的历史课堂上，不认真听课，却去翻书上的插图。有一张《新民主主义论》的影印件，如蚂蚁那么小的字，我一下子就被开头几句吸引：

> 抗战以来，全国人民有一种欣欣向荣的气象，大家以为有了出路，愁眉锁眼的姿态为之一扫。但是近来的妥协空气，反共声浪，忽又甚嚣尘上，又把全国人民打入闷葫芦里了。

"欣欣向荣、愁眉锁眼、甚嚣尘上、打入闷葫芦"这么多新鲜词，我不觉眼前一亮，有一种莫名的兴奋。这是一种从未见过的文字，说不清是雅，是俗，只是觉得新鲜，很美。放学后，我就回家找来大人的《毛泽东选集》读。我就是这样开始读毛文的，并不为学政治，是为学语言，学文章。后来我逐渐通读了《毛选》四卷，还精读了不少篇章。之所以能学下来，政治压力是有的，但主要还是文章本身的魅力。要不，毛之后其他领导人的文章也曾大量公款派送、组织学习，怎么就是学不起来呢？

我对马恩著作的阅读也是半主动、半被动的，可分两个阶段。第一阶段是"文革"以前，囫囵吞枣，如私塾背书一样，只是储存了下来；第二阶段是改革开放之后，结合形势重新验证马恩的观点，又去主动温习。

因为我是学文科的，后来又做新闻，一方面是专业要求，一方面是工作需要，所以读了不少也忘了不少，留下印象的有《共产党宣言》《自然辩证法》《家庭、私有制和国家的起源》《在马克思墓前的讲话》等，一些原理是刻骨铭心的。比如，"环保"这个概念是近二三十年的事，可是恩格斯在一百多年前就发出警告："我们不要过分陶醉于我们对自然界的胜利。对于每一次这样的胜利，自然界都报复了我们。每一次胜利，在第一步都确实取得了我们预期的结果，但是在第二步和第三步却有了完全不同的、出乎预料的影响，常常把第一个结果又取消了。"（《自然辩证法》）这种深刻、彻底，你不得不佩服。特别是经历了"文革"大失败后重新发现马恩，你不得不承认他们说得对，是我们过去念歪了经。如："人们为之奋斗的一切，都同他们的利益有关"[《第六届莱茵省议会的辩论（第一篇论文)》]，"'思想'一旦离开'利益'，就一定会使自己出丑"（《神圣家族》）。多么朴素的真理！一部经典不可能全部背下来，只要做到读懂原理，知道观点，记住一些警句，要用时能很快查找出来就够了。

我们不是常说文学是人学，是社会学吗？不是常说爱和死是文学永恒的主题吗？你看马克思怎么说："人和人之间的直接的、自然的、必然的关系是男女之间的关系。""你就只能用爱来交换爱，……如果你在恋爱，但没有引起对方的反应，也就是说，如果你的爱作为爱没有引起对方的爱，如果你作为恋爱者通过你的生命表现没有使你成为被爱的人，那么你的爱就是无力的，就是不幸。"（《1844年经济学哲学手稿》）

对毛泽东著作的阅读，最有用的是他的两本哲学书《实践论》《矛盾论》，还有可以作为写作示范的一批很漂亮的论文、讲话，如延安整风时期的《反对党八股》等，在1949年解放战争后期代新华社起草的《别了，司徒雷登》《将革命进行到底》等一批社论、时评，集中展示了他的政治才华与文学才华。这种阅读对我来说已是三分政治七分文学了。后来2013年毛泽东诞辰一百二十周年时，我将这个多年来的阅读体会写成了一篇文章《文章大家毛泽东》，《人民日报》整版刊登。此文与另一篇在周恩来诞辰一百周年时发表的《大无大有周恩来》，可以说是我对毛、周两个伟人的阅读笔记。

对经典，你读不读、喜欢不喜欢是一回事，它客观存在、确实有用是另一回事。如果你没有读，其实是吃了暗亏。就好像说一种好食物，你不知道，没有吃过，但它确实好吃。

马恩对未来社会的猜想，也许不能实现，就像天文学家关于宇

为
艺
为
文

459

宙大爆炸的猜想，现在也还没有得到验证。但你不得不承认这种理论的伟大和思维方法的科学，要不它怎么能造就一百多年的科学社会主义运动？同理，虽然毛泽东后期有重大错误，但在他领导下确实改变了旧中国，建立了一个新中国，另外，还有他的个人才华和魅力。

经典不是一份名人豆腐账，不必拘泥于马恩哪一年到伦敦、到巴黎，与费尔巴哈、黑格尔、杜林什么关系，也不必拘泥于毛泽东当年到哪里，说了什么话。理论经典让人敬而远之的一个原因是后人的刻舟求剑，过度解读，故意神化、僵化，拉大旗当虎皮。就像儒家经典一样，马恩经典也一遍又一遍地被人涂抹、改塑。随着历史潮水的退去，经典凸显的只是原理，其他都已不重要。

邓小平说："学马列要精，要管用的。长篇的东西是少数搞专业的人读的，群众怎么读？要求都读大本子，那是形式主义的，办不到。"

经典的阅读与出版始终有两条路线。一是真正的学术大家、出版家，为读者着想，筛选出最基本、最精华的东西，做成最便宜的普及本，书愈做愈薄，人愈读愈有味；二是拉经典扯大旗，靠经典吃经典，为出书而出书，不停地注释、索引、解读，书愈做愈厚，让人愈读愈烦，而公款出版又加剧了这个恶性循环。经典要转化为有效阅读必须有负责任的、高水平的、联系实际的、深入浅出的普及环节。可惜政治经典的普及做得很不好，远不如文学经典。我印象深的好的普及本仍然是艾思奇的《大众哲学》，后来我常用的一个本子是《马克思恩格斯要论精选》（中央编译出版社 2000 年 4 月第一版）。

另外，从马克思到毛泽东也不是一般人想象的那样艰深、枯燥、可怕，他们并不缺少文采。如马克思谈资本与劳动力的关系："原来的货币占有者作为资本家，昂首前行；劳动力占有者作为他的工人，尾随于后。一个笑容满面，雄心勃勃；一个战战兢兢，畏缩不前，像在市场上出卖了自己的皮一样，只有一个前途——让人家来鞣。"（《资本论》）

他还这样来挖苦书报检查制度："你们赞美大自然悦人心目的千变万化和无穷无尽的丰富宝藏，你们并不要求玫瑰花和紫罗兰散发出同样的芳香，但你们为什么却要求世界上最丰富的东西——精神只能有一种存在形式呢？"（《评普鲁士最近的书报检查令》）毛泽东谈政治与经济的关系："搞社会主义，不能使羊肉不好吃，也不能使南京板鸭、云南火腿不好吃，（现在云南没有火腿了吗？）不能使物质的花样少了，布匹少了，羊肉不一定照马克思主义做，在社会主义社会里，羊肉、鸭子应该更好吃，更进步，这才体现出社会主义比资本主义进步，否则我们在羊肉面前就没有威信了。社会主义一定要比资本主义还要好，还要进步。"（《在知识分子问题会议上的讲话》）这种机智、幽默，现在的政治家、文人都是很难企及的。

政治理论经典对我写作的帮助是学会直取问题要害，找到打开读者思想大门的钥匙，登上可以俯视山下的制高点，也就是找到文章的"文眼"。前面说过韩愈为文时要向司马迁"借气"，我则常向马、恩、毛"借力"，借政治之力。在文章看似山穷水尽时，又翻上一层，极目千里，借助政治的高度，是为政治散文。

比如，改革开放后农村富了，有钱怎么花，怎么建设新农村？有各种典型，但都摆不脱好吃、好住、高消费。我在江苏看到这样一个典型，他们一切以人为中心，追求人的生活自由、劳动自由、精神自由。村里办有多种企业，早已做到充分就业，但每家还留了几分地，为的是留住乡愁，享受田园生活的自由。连敬老院也分几种类型，养老方式自由选择。这不就是《共产党宣言》里讲的共产主义，就是自由人的联合体吗？就是恩格斯讲的："我们的目的是要建立社会主义制度，这种制度将给所有的人提供健康而有益的工作，给所有的人提供充裕的物质生活和闲暇时间，给所有的人提供真正的充分的自由。"于是我写了《在蒋巷村的共产主义猜想》。摘要如下：

共产主义是什么样子？谁也没有见过，到现在还是想象中的事情，十分遥远和渺茫。于是共产主义就有了各种各样的版本。

我的所经所见大约有两种。一是解放前后"点灯不用油，耕地不用牛"最初级的"解放版"。二是"人民公社"版，一场黄粱梦。而这次我却看到了一个与前两个不同的比较接近马克思想法的版本，我把它叫作"中国乡村版"的共产主义猜想。

蒋巷村不大，一百八十六户，一千七百亩地，八百口人。四十年前曾是一块低洼闭塞的蛮荒之地。村展览室的墙上张贴着一首辛弃疾八百年前描写江南农村生活的词《清平乐》："茅檐低小，溪上青青草。醉里吴音相媚好，白发谁家翁媪。大儿锄豆溪东，中儿正织鸡笼；最喜小儿无赖，溪头卧剥莲蓬。"这是中国农民几千年来的理想追求。现全村已人均年收入两万多，学生上学全免费。老人，五十五岁开始每月补三百到六百元，如身患重病者，月补四百元。他们说这是"按劳分配加按老分配"。

按照恩格斯说的那三条，最难的是第三条，"给所有的人提供真正的充分的自由"。工作自由已不必说，而养老一项，难在怎样保证老人既生活舒服，又精神自由，还能减轻年轻人的负担。蒋巷村却有办法。全村五十五岁以上老人两百个，按说各家都有别墅小楼，住房宽裕，三世同堂，足可养老。但村里又另盖两百套老人公寓。平房庭院式，花木葱茏，阳光明媚。分单身居和夫妻居两种，面积不同。室内厨、卫、寝、厅，一应俱全。老人如愿与子女合住，则住，不愿即可搬来公寓自住。免去了许多因"代沟"所引起的习惯不合与情感摩擦。分而不裂，和而不同，亲情不减。"每个人的自由都是对方自由的条件"。

蒋巷村的现状当然不是共产主义，但它肯定是人们追求理想征途上的一小步。共产主义理论一产生就是一个在欧洲大陆上"游荡的幽灵"。一百六十多年后，它漂到中国的江南水乡，与这里从八百年前漂过来的，辛弃疾词里所表达的那个天人合一、老少同乐、物我一体的乡土基因相结合，成了现在的这个新版本——蒋巷村版（现代中国还有其他版本，如华西村版、南街村版、大寨村版，含意各有不同）。

在蒋巷村我又重读了一遍共产主义的猜想，也读出了一点哲学和科学社会主义的意义。

蒋巷村，本是一个普通的江南水乡的富裕典型，可以写成一般的新闻通讯、游记散文，但是我这里调动了过去对马恩经典的阅读，将江南美景、新村变化、数字事实和传统的小康观念，用"共产主义猜想"这个主题来统领，开辟了一个新的理性高度和审美角度。

"典"当然主要是指经典的原理。但是典型的人和事，甚至经典的句式都可以拿来引用、翻用，以增加文章的力度和情趣。比如我们年年喊反形式主义，就是反不掉。某地开人大会，领导炫才，工作报告居然是一首六千字的五言诗。我写了一篇评论《为什么不能用诗作报告》，结尾时说："确如马克思所说，是'惊险的跳跃'，如果跳跃不成功，那摔坏的一定不是形式，而是形式的拥有者。"马克思的原意是，从商品到货币的过程是"惊险的跳跃"，这个跳跃如果不成功，摔坏的不是商品而是商品所有者。

顺便再说一下对其他经典的阅读使用。前面讲过经典的作用是它上升到了理论的高度，可以指导工作。我在阅读中，总注意寻找那些可以指导写作的理论依据，这里举两个例子。

在 1983 年前后因对杨朔散文的阅读，产生了疑问，这涉及形式美的问题，便去读美学方面的文字，最主要的有黑格尔的《美学》，并做了详细笔记。那真是一本很难啃的书，我从中只学到一点精髓，就是把握好三个关系：

第一，人与审美对象的关系。黑格尔把人与外部世界的关系概括为三种：一是消耗、破坏它，换取自身的生存，是消费关系；二是研究它，并不破坏，是思考关系；三是欣赏它，保持距离，是审美关系。就是说，你把对象破坏了不美，研究得很透了也不美，有距离才美。

第二，把握事物内容与形式的关系。形式有独立存在的价值，即审美价值。既不能让形式妨害内容，也不能降低审美价值，"把它降为一种仅供娱乐的单纯的游戏"。

第三，把握审美的作用，即艺术对人的作用。人是由动物进化来的，难免有动物性的粗俗的一面。黑格尔的原话是："人们常爱说：人应与自然契合成为一体。但是就它的抽象意义来说，这种契合一体只是粗野性和野蛮性，而艺术替人把这契合一体拆开，这样，它就用慈祥的手替人解去自然的束缚。"就是说艺术创作不能粗制滥造，不能媚俗，而承担着净化人的心灵的责任。

这是一个很基本的审美原理，就像自然科学中的牛顿力学原理，用它可以解答艺术、创作、欣赏、文艺批评等中一些常见的疑问。比如经常困扰我们的，引起读者不满、家长担忧的作品低俗的问题。2010 年媒体开展这方面的讨论，我曾写了一文《怎样区分低俗、通俗和高雅》：

就是说人面对一物会有三念：占有的欲望、冷静的思考和愉悦的欣赏，就看你选择哪一种。这三种念头第一种源于人的动物性、物质性，可称为"俗"；第三种体现人的精神存在，可称为"雅"。俗与雅之间还有一个过渡地带，这就是"通俗"。

小说、影视作品中最难处理的"性题材"问题，根子也在这里。作者的着眼点，是刺激读者的动物性的原始性欲，还是启发他的审美，这也是《金瓶梅》与《红楼梦》的区别。一个美女在色狼眼里是满足性欲的消费对象，在医生眼里是救治的对象，在画家眼里是线条、韵律的美感。人身上动物性与人性共存，就如人体内癌细胞与好细胞的共存。同样是一张裸体画，在一流画家手里是高雅的美，在三流画家手里是放荡和粗俗。人的阅读需求从低到高、从物质到精神层面共有六种，分别是刺激、信息、休闲、知识、思想和审美的阅读需求。这就看作家、艺术家怎样去激发读者的不同需求，是用"慈祥的手"替人拆开"契合一体"的"粗野性和野蛮性"，还是用"罪恶的手"诱导他回归动物性。反映在作品上的不同就是高雅、低俗和通俗。

经典作品里总是有原理体现。马恩作品里有一般社会原理、哲学原理；毛泽东作品里有中国社会的政治原理；黑格尔作品里有美学原理。哪怕一个小的学术分支，只要它够得上经典，就必然会揭示出某一部分的原理，或者可以说，只有含有一定原理的作品才能够称得上是经典作品。这也反过来说明，阅读，不管读哪一类作品，一定要读经典，这样你收获的就不只是粮食，还有种子；不只是几条鱼，还有渔具、渔法。当然再经典的作品也只能作为客观的阅读对象而存在，要收到好的阅读效果，还得发挥阅读者的主观能动性，利用这颗种子，种出一棵属于自己的树。

修辞学是一个很小的、专业的学术分支，但是写文章的人不可不读。1968年，我大学毕业后有一年的时间在内蒙古农村劳动锻炼。正苦于无书可读时，在灶台上见到一本已经撕破书皮的陈望道先生著的《修辞学发凡》。

陈是个老革命家，中国第一本《共产党宣言》的翻译者，当年与陈独秀一起做建党工作，脾气不合，就去做学问，又成了中国研究修辞第一人。修辞学很专，我也无心专攻这一行，但我读后从中悟出了一个结论，就是新闻与文学的区别，这再次说明经典的理性光芒。

其实我读这本书时还没有做新闻工作，这本书里也没有"新闻"二字。等到我后来当记者，再后来到新闻出版署从事管理工作，新闻界总有一个摆不脱的阴影，就是有人建议"消息散文化"，一时在新闻界形成潮流，好像这是写好新闻稿的出路。为此《新闻出版报》开展了半年的讨论，多数来稿居然也同意这个观点。讨论结束时报社请我写一篇文章，虽然我是散文作家，但我明确表示消息不能散文化。理由当然有很多条，其中一条是按《修辞学发凡》给出的原理，修辞分两大类：消极修辞与积极修辞。

消极修辞主要用在应用、实用类文体，如文件、通告、科学著作、教科书等，典型代表是法律文件、行政公文，要极其客观准确；积极修辞用于文学写作，小说、散文、戏剧，典型代表是诗歌，可以任意想象、浪漫挥洒。消极修辞，注重表达事实，以让人"明白、了解"为目的；积极修辞，注重表达情感，以让人"感染、激动"为目的。消极修辞不是内容表达的消极，而是语言风格的消极，不张扬、不夸张，恰恰是为内容的积极让位，尽量把形式对内容的干扰降低到最小。

根据这个原理，我们可以给文字大家族排出如下序列：法律—文件—教材—各种应用文—新闻（以上消极）—（以下积极）报告文学—散文—小说—戏剧—诗歌。可以看出，在这个大序列表中新闻处于消极修辞的末端，靠近积极修辞处，但从性质上讲，它还是属于消极修辞。有了这个序列表，就像有了一张旅店客房指南，或者是化学研究中的元素周期表，物理研究中的光谱图，对号入座一目了然。

假如我们允许"消息散文化"，那么新闻与文学将没有边界，直接的恶果是假新闻的合法化，是记者天马行空地胡说、煽情。

这样用修辞学原理就轻松解开了新闻界这个争论已久的难题。这是理论的力量，经典的力量。

五、有阅读，人不老

在三十多年前，1984 年，我的人生有一个小挫折。也许是境由心生，我注意到当时的一个社会现象。当年被打成"右派"的知识分子虽都落实政策回城安排工作，但结果却大不相同。很多人身体垮了，学业荒了，不能再重整旗鼓，只有坐家养老，等待物质生命的终了。有一部分"右派"却神奇般地事业复起，演戏、写书、搞研究等，又成果累累，身体也好了，精神变物质。这其中有一个原因就是在最困难的时候他们没有停止读书，反而趁机补充了知识，补充了生活。我当时有感写了一首小诗以自勉："能工作时就工作，不能工作时就写作。二者皆不能，读书、积累、思索。"也就是这两年，我完成了四十多万字的《数理化通俗演义》和重读了一些理论经典。我的一位官场朋友，受挫折后就去读书，他说读书可以疗伤，后来很有学术成就。"文革"中很多学者都是靠读书挺了过来，并留下了著作。毛泽东在去世前的几个小时还在阅读。只要有阅读，人就不会倒，不会老。

什么是阅读？阅读就是思考。阅者，看也。但是比看要深一些，它不是随意地、可有可无地观看，是有目的地带着问题观看，是一个思维过程，边看边想。比如我们说"阅兵""阅卷""阅人""阅尽人间春色"，就不说"看兵""看卷""看人""看尽人间春色"。

而对不需太动脑子的、浅一点的东西，消遣、娱乐的，则说"看"，不说"阅"。如"看电影""看风景""看热闹""看耍猴"，不说"阅电影""阅风景""阅热闹""阅耍猴"。所以当我们说阅读的时候，心境是平静的、严肃的，也是美好的、让人向往的。

广义来说，人有六个阅读层次：前三个——刺激、信息、休闲，是维持人的初级的、浅层的精神需求，可以用"看"来解决；后三个——知识、思想、审美，是维持人的高级的、深层的精神需求，只看不行，还要想，这才是真正的阅读，可称为"狭义的阅读"。

现在电子读物盛行，主要承担提供刺激、信息和休闲的任务。它的特点是快捷、方便、形象，但也带来另一个问题，浅显、浮躁，形象思维多，逻辑思维少。这有点像计算器的普及，很多人不需再费力心算。德国有一个街头测试，多数人不能背九九表。计算器的使用对于生活实用来说可以，但对于人的思维训练、生命进化，却是一大缺陷。

钱学森年轻时在美国读书，几个好朋友相约，大家都不看电视。他到晚年还自己剪贴报纸。文字有一种神奇的诱导人思考、丰富人精神的功能。我注意观察，很多干部家里没有书架，这是一种精神缺失。一次给干部讲读书，我说阅读是为了精神生命的成长和延长，特别是小孩子，不可少了阅读。就算你自己实在不爱看书，为了后代，在家里也要装出爱读书的样子。散场时，有人边走边说："今天回家后，不读书也要装装样子了。"一说到后代，这个道理一下就明白了。

《名作欣赏》2015 年第 5、6、7 期；《北京文学》2015 年第 6、7 期

我的阅读三字经

每个人的经历、生活环境、工作目的不同，决定了他的读书习惯不同。一个人就是不读书也很正常，我注意过很多人家，包括有的高级干部家也没有一个书架。有的人，他的家就是一座书库。我去拜访季羡林先生时，要从书架间侧身而过，才能到达他的小书桌前。我一生大半从事新闻工作，行无定所，写无定题，读无定书，多是跑马观花、浮光掠影、海边拾贝。阅读特点大概是三个字：杂、精、用。

先说"杂"。人们读书大约可分为两类：一是读闲书，并无什么目的，就如下棋、打扑克，休闲而已；一是为某种工作和学术目的去有选择地阅读。我两类都有，这就有点杂，而且书、报、刊都读，报刊多于书籍，就更显其杂。我最初的课外阅读是从报纸副刊开始的。读初中时家里订有一份日报，只有四个版，大人读正刊，我读第四版的副刊，文艺爱好由此启蒙。后来在宣传部新闻处工作，全国各省每天来的报刊足有二尺多厚，都要翻一遍。"文革"期间，好文章极少，但这正练就了我海里捞针、沙里淘金的习惯。书籍则是依自己的爱好，文学、历史、政治、人物类读得较多。我后来当记者，这又是一个被称为"杂家"的行当，更逼得我杂读百书。

杂，实际上是多。要成事，多读书。除开新闻和理论写作，我的散文创作有三次转型：山水、人物、人文森林、笔记随笔。因此案头和枕边的书也随时在换，觥筹交错，各色杂陈。书读多了才能融会贯通、随机而用。被称为世界上最会赚钱的投资搭档查理·芒格和巴菲特每天要阅读一到六个小时，比尔·盖茨每天读书150页。

再说"精"，这一点是最重要的，是阅读之核心。人生苦短，不可能穷尽所有典籍，东海之大我只取一勺。可见古人选语录，今人摘金句是有一定的道理。一本书中对你最有用的可能就是一两句话，但可受用一生。搞文学的人没有不读《文心雕龙》的，这本书时代久远，又掉书袋，并不好读。但有一句话我视为经典："目既往还，心亦吐纳。"就是说作家的创作是由形及情、及理，由具象到抽象。这成了我散文创作的指南，也是我后来构建"文章五诀"理论的基础之一。黑格尔的《美学》艰涩难读，简直就是天书。但有一句我读懂了，他说人是由动物变来的难免有粗野性，是"（艺术）用慈祥的手替人解去自然的束缚"。这是推行美育，从小让孩子弹琴、画画、唱歌的理论根据，也可用来戳穿那些打着"人性"幌子而大写黄色、暴力的伪文学、伪艺术的面具。又如近几十年我们才开始重视生态，而恩格斯早就在他的书里警告人类："我们不要过分陶醉于我们对自然界的胜利。对于每一次这样的胜利，自然界都报复了我们。"上述两个名人的经典语录都为我在新闻出版管理岗位指导工作和散文创作及后来创立人文森林学起了大作用，如一盏明灯在心，时时温习。什么是经典？常念为经，常用为典。凡经典空前绝后，经得起重复检验，又能指导实践。我曾精摘经典名句，自制常用语录，输入电脑，便于随时查用。

写到这里顺便说一件趣事。在我的记忆里，恩格斯说过一句话："人是由猴子变来的，但人看猴子比猴子看猴子更清楚。"说得何等好啊！后来为核实出处，我再查恩格斯的书却找不到这句话，又请教一位学德语的外文局领导也说没有。以我的智商是编不出这样的妙句，就算编出也舍不得托孤他人呀？又查百度，却说是我说的。因为在我发表的文章中引过此句，就留下了痕迹。这真是一出阅读界的"三岔口"。这次借本文说出，有哪位博闻强记的书友或可为之索隐指谬。

第三是"用"。死读书没有用。《庄子》里有一个故事，齐桓公在堂上读书，堂下一个木匠说：你不用读，那书上都是过去的死道理。就像我做车轮，道理都在我的心里，无法言传。不管是泛读中浮光掠影来的影子，还是精读中咀嚼得来的语录，都要结合实际，才能激活，读用结合才显阅读的价值。陈望道的《修辞学发凡》是一本专业的修辞学开山之作。"文革"中我大学毕业发配农村劳动，在一个灶台上看到这本残破的书，算是萍水相逢。我记住了书中的一个观点，修辞分两大类，消极修辞与积极修辞。前者严谨、准确，如法律文件、实用文字等；后者修饰、夸张，如文学作品。当时也无多想，只是当知识来读。30 多年后我在新闻出版署工作，新闻界忽起一种消息写作散文化的观点，并在业内报上引起一场持续半年的公开大讨论，双方各不相让。讨论结束时报纸请我写一篇结论性文章。学术不是行政管理，要以理服人。我想起了两类修辞说，指出新闻与文学从根本上分属两类不同修辞，不可混淆。如果新闻可以散文化，随之而来的就是虚构、夸张、抒情，就是虚假新闻，新闻也就失去自己的个性和生命。这就从理论上说清了问题，一锤定音。当然我还引经据典讲了其他方面的道理，共 12 个理由。人到用时想到书，就如孩童饿时想到娘。

我曾当面听过钱学森的一次谈话，他将人的思维方式分为四种：形象思维、逻辑思维、灵感思维和社会思维。他又谨慎地指出可能还有"特异思维"。人们最常用的只是前两种思维，而往往又只用其中一种，在一个圈子里打转转。阅读必须跳出单一思维，到多种思维间转换。我们平常的写作（包括工作）实际上是一个用书的过程。如我写《数理化通俗演义》就是在采访学校时见到学生读书太苦，萌生了能不能把课堂上的数理化知识和科学史上的人物、故事结合，写成一本《三国演义》式的章回小说。就是说把课本上的逻辑思维转换成小说的形象思维。为写这本书我通读了一遍科学史，如李约瑟《中国科技史》《科学发现大事年表》、各种科学家传记、许多科普小册子。书成后即为中学生的必读书，近四十年来长销不衰。为写《树梢上的中国》，我去翻看古树志、地方志。写"左公柳"就去看《左宗棠传》，写"沈公榕"就去看《沈葆桢传》。为写《天边物语》一书，就去重读张岱、纪晓岚等人的明清小品，又恶补东西方美学知识。这种现蒸现卖、现充电的急用而读，占了我阅读空间的最大部分。阅读还不限于书本，耳目所及都是读，过脑入心皆可用。一次我听别人说采购员"出门跌一跤，也抓一把土"很形象，我就提出"记者出门跌一跤，也要抓一把土"；一次我到福建采访，看到远处山坡上造林工人的标语"治山要有打虎劲，护林要有绣花心"，就提出记者要"采访勇如初生犊，写稿细如绣花妇"。后来这些成了新闻工作的流行语。

　　总之，阅读是一项综合工程。如果只是为休闲，可听之任之。如要求效果，就须泛中求精，精而能变，变而为用。读时可以浮光掠影，用时却要精心萃取。正是：

　　　　浮光掠影影入心，浪花一闪激心灵。

　　　　阅尽书海千里浪，用时只取一两升。

人与文章一起老

——课文写作背景自述之一：《晋祠》

《晋祠》是我第一篇入选中学课本的文章，收录于人民教育出版社1982年版初中三年级《语文》上册。当年读书的孩子现在也该有五十多岁了，忽忽不觉已近四十年，他们的孩子又学过一遍这篇课文了。

凡成故事都是巧合。1982年刚打倒"四人帮"不久，百废待兴，各业复苏，教材也在重新编写。当时我在《光明日报》驻山西记者站任上。北京的中国地图出版社要创办一个《图苑》杂志，就请报社帮忙通过驻各地记者约一些风景名胜的稿子。我按约写了这篇《晋祠》。因为对它太熟了，并没有费多大的劲。记得是大年初一上午领着孩子在院子里转了一圈给邻居们拜年，然后回到家里，大约两个小时就写完稿子，誊清后寄走了。但是，《图苑》终于没有能创办成，又把稿子退回报社文艺部。报社说我们也有副刊，就在本报发吧，4月12日见报，当年就出现在课本里。如果真发到那个新办的杂志上，可能也不会引起编书人的注意。《光明日报》真是我的一块风水宝地，我前后有九篇文章入选主流教材，其中四篇来自《光明日报》。

因为上了课本，我就被误以为是个老人。其实那一年我才三十六岁。"文革"十年断档，当时这个年龄在学界算是很年轻的。两年后我考上中央党校的研究生班，同班有一位县长，假期回家看见儿子正在读这篇课文，就说："好好学，作者是我同学。"没想到儿子仰起头看了他足有好几秒钟，突然说："这个人早死了吧？"确实课文里的古人、死人太多。我偶收到读者来信，也常被称"老先生"。当时《人民日报》办的《新闻战线》向我约稿，却把稿子发在"与青年记者谈心"栏目里。十八年后我调到《人民日报》工作，正好分管这个杂志，他们一见这个当年"老人"哈哈大笑。在报社值夜班等稿子是最枯燥的时刻，大家就聊起当年怎样让老师逼着背我的课文，十分亲切。

后来我也写过不少文章，但再没有像写《晋祠》那样轻松。有时一篇文章要写几年、十几年。现在想来，是因为我对晋祠太熟悉。我的小学、中学阶段在太原度过，那时学校组织春游首选晋祠，已记不清去过多少次。在一个少年眼中周柏、唐槐这些苍老的大树，穿过千年留存下来的宫殿、木雕、泥塑、铁人等文物，有一种悠远、神秘、瑰丽的感觉。另外，走出四壁合围的教室，吹一吹田野的春风，心情豁然开朗。我现在还记得，春游归来的人们自行车上插一束山花，车铃叮当，一条花的河流。这就是我在文中的那句："春日黄花满山，径幽而香远。"还有那光着头捧钵接水的小和尚、深水下根根可见的水草，永生难忘。历史的浑厚加和煦的春风，一种说不出的美感抓挠着一个少年的心，悄悄地埋下了一颗文化的种子。有一种观点，说一个人在四岁以前吃的什么，就决定了他的味蕾，一生都忘不了这种味道。所以人总是怀念童年的饭食。精神之餐也是这样，孩童时期的美育特别重要。听说现在为了安全，学校早已不组织学生春游了，这实在是一大损失，当一株幼苗正需要那一缕阳光时，却被悄悄抹去。晋祠，我以后还是常去。有一次是帮助收割稻子，住在农民家里。晋祠的水好，产莲藕，大米也好，为历代的贡米。在地里干完活回来饿极，两脚污泥，先吃一包荷叶饭，畅快无比。我结婚后和妻子的第一次出游，就是蹬着自行车去逛晋祠。后来省里的"五七干校"办在邻县，每周回城一次都要路过晋祠。可以说晋祠已溶化在我的血液里。

那次能很快交稿，还有一个原因是写作的心态放松。如果当时知道在给教科书投稿，是绝对写不出来的。艺术，包括写作艺术，只有在两种情况下才能有最好的发挥：一是纯自然状态，不知高低，所以摄影要抓拍，画家要画模特；二是对艺术规律已经纯熟到自由的程度，但要做到这一点很难。所以绝大部分作品是在这二者之间徘徊，未臻最佳。那篇《晋祠》属初生牛犊，以后再写文章反而左右拿捏，愈写愈胆小。写作这种东西是可遇不可求的，至于入选课文更是天时地利的巧合。后来我又写过不少地方的风景，当地人也总想入课本，为地方做广告。我只好笑一笑，无法解释。

晋祠是一处名胜，但在它名下有三块牌子。它首先是一处古迹，保存有唐宋以来的许多文物，是一座开放式的露天博物馆（据说全国只此一例），并专设有一文物管理所；因为山水秀丽，建筑奇特，它又是一座大公园，接待社会游客；它还是一座国宾馆，类似北京的钓鱼台。所以我那一篇文章，可谓一石三鸟，与这三家都有点关系。多少年后我出差太原，晋祠文管所所长盛情邀我重访故地，原来他中学时在课堂上学过《晋祠》，大学毕业后当语文老师又教了多年《晋祠》，再后来进入文管行业最终当了晋祠文管所所长。那天他送了我一张珍贵的唐太宗亲书《晋祠铭》拓片，李渊父子是从晋祠起家奠定大唐的。他说《晋祠》入课文，大大延续了这一脉文化的香火。我退休后作为全国人大代表被编入山西团，团里有一位代表是晋祠宾馆的主任，他说一个宾馆能上课文全国没有，后来我才知道他们在宾馆院里用石头雕刻了一本大书，上面刻着这篇《晋祠》。当然最实惠的还是晋祠公园，四十年来不知因这篇课文引来多少游客，许多当年的学生早已成年，假日带着孩子自驾游，去晋祠找感觉。而高考时，竟有不少外地中学生因晋祠的迷人风景而报考太原的院校，毕业后就留在了山西，还促成了人才流动。这有点像当年电影《五朵金花》放映后，许多青年报名去云南。

2015 年全国图书交易博览会在太原举行，在晋祠宾馆我遇见了太原市市长耿彦波，他痴迷文化遗产，是个文化基建狂魔，山西的许多民间大院都是他挖掘整理出来的。我们第一次见面时他在开发王家大院，第二次见面他在开发常家大院，第三次见面时他已是大同市市长，正在恢复大同的古城墙，还在城墙内建了一座"梁思成纪念馆"。我为此还写了一篇《梁思成落户大同》。这次见面他说正考虑在晋祠公园立一块《晋祠》文碑。2019 年这块碑落成，碑很考究，是委托故宫用汉白玉刻制的。主持此事的市文物局于局长，在这之前曾当了多年的教育局局长，他说我工作换来换去还是脱不了与《晋祠》的缘分。人民教育出版社的黄社长与我母校的冯校长应邀参加剪彩。屈指一算，黄社长已是《晋祠》之后的三任社长，冯校长则是我高中毕业那一年才出生，而这回我确实是一个"老头"了。在场的很多游客看到课本里的《晋祠》上了碑，主动围过来参加揭幕，他们有老有小，都是当年被教师逼着背书的学生，今天却兴奋不已。揭去红绸，我转身看着巍峨的晋祠大殿，黄绿琉璃瓦的飞檐在蔚蓝的天空下十分耀眼。我突然记起梁思成在回忆录里写道，上世纪 30 年代他和林徽因来山西考察古建。原来的考察名单里没有晋祠，但当长途汽车驶过的一刹那，隔着滚滚烟尘，闪过大殿的一角，他就怦然心动不止。一个月后他专程返回这里作考察，发现了全国唯一的十字飞梁和一系列古建原物，为后人留下了许多精美的绘图。

李白当年也是到过晋祠的，他曾有一句话："光阴者，百代之过客。"人总是会老的，我们都是过客，只有晋祠和它的山、水、树，还在与一代一代的后人对话。

《光明日报》2021 年 3 月 19 日

常州城里觅渡缘

如果让我在故乡之外再举出一座交往最多的城市，那就是常州了。常州人待客时常说一句话："常回来看看。"而我自第一次去常州做客之后，竟常来常往不觉已 30 年。

像许多有缘人的故事一样，第一次结缘总属偶然。那还是 1990 年秋天，当时我在新闻出版署工作，因公去处理一张报纸的创办事宜。事毕，我问常州有什么名胜可看。主人，即那张报纸的筹备人王荣泰先生说："有。小小常州城出了三位共产党的早期领袖：瞿秋白、张太雷、恽代英，都有故居和陈列馆在。"我们就信步来到瞿秋白纪念馆。瞿是继陈独秀之后党的第二任最高领导人。

瞿秋白纪念馆是一座老祠堂，也即瞿秋白的故居。原来当年秋白家道中落已穷得居无片瓦，就寄居在瞿家祠堂里。我参观过后深为秋白的家世之苦和人生坎坷所动，心情正处在压抑、悲恸之中。时已黄昏，老屋旧院，暮云四合，周围显得有几分凄清。突然院子里出现几个孩子在打打闹闹地扫地干活，脖子上的红领巾如闪闪的火花，为这所老宅带来几分生气。我问："哪里来的小学生?"答："紧邻祠堂的是一所小学，学生常来纪念馆义务劳动。""什么小学?""觅渡桥小学。""觅渡"二字让我心头一惊！一般地名多是张家巷、李家桥什么的，怎么会有这样文雅的名称？令人想起李清照的"寻寻觅觅"，或屈原的"上下求索"，更联系到秋白一生都在寻觅生命的渡口，临刑前还留下那一篇《多余的话》。我问这个地名起于何年，答曰："清代嘉庆年间。这瞿家祠堂前就有一条河，河上有一桥，名'觅渡桥'。到上世纪'备战备荒'时，河已干涸而改建成防空洞，洞上修路，就是现在的这条市中心马路。"200 年前就有"觅渡"二字，难道真有什么谶纬之说，一谶成真了吗？而且竟又长留此名。就这一点缘起，打那之后我几乎每年来一次常州，漫步祠堂，研读资料。六年后终于写成《觅渡，觅渡，渡何处?》，很快被广为转载，并入选中学课本。2005 年 6 月在秋白就义 70 周年时，这篇文章又被刻石为碑立于纪念馆院中。翠竹环绕，桂花飘香（秋白出生的老屋名"八桂堂"），愈觉"觅渡"是概括秋白悲剧人生的最好文学意象。文章最后有一句话："哲人者，宁肯舍其事而成其心。""觅渡"成了概括秋白坎坷一生最好的文学意象，又成了一种诚实人格与探索精神的象征。

常州街头甚至出现了以觅渡为名的商店。王荣泰先生见此灵机一动，想何不注册一个觅渡文化公司。谁知，早有人先他一步。网上一查，全国竟有了多个以"觅渡"为名的公司、中心等，"觅渡"早已成为一种文化现象。真可谓"觅渡，觅渡，惊起一片鸥鹭"。于是他决定在常州这个觅渡的发祥地成立一座觅渡书院，弘扬觅渡精神。在筹备过程中，远在湖南的一位宣传干部要求一定参加，原来她的网名就叫"觅渡"。而甘肃的一个二十岁的在校大学生网名也是"觅渡"。可见，秋白精神静悄悄地打动了多少人的心。新疆的一位朋友听说要建觅渡书院，竟从数千里外寄来一段沙漠里的老胡杨木，借以颂秋白之坚韧，上面题字，一面"大漠胡杨，春风玉关。觅渡人生，来到江南"，另一面"觅渡书院"。觅渡成了常州的文化符号，又辐射向全国。

因为常来常州，就想到了秋白之外，这里还有哪些文化名人。稍一打听，竟多得数不过来。历史上的常州包括现在的无锡、宜兴。直接苏州、南通的大运河从城中贯通而过，商业繁荣，也就文人云集。最典型的评语是龚自珍诗《常州高才篇》中的"天下名士有部落，东南无与常匹俦"。文人名士已多得不胜其数。

名声最大的当然是苏东坡了，他谪贬海南被赦返回后，便在常州买了一块养老之地，可惜命运不济，很快去世。还有写有名句"红了樱桃，绿了芭蕉"的词人蒋捷。近现代有徐悲鸿、潘汉年、蒋南翔、吴冠中、周培源等，都是谁人不知、哪个不晓的人物。就说这个觅渡桥小学（简称"觅小"）吧，也名声赫赫，它是秋白母校且不说，竟还又出了六个院士。现在已是"觅渡教育集团"，有6 000学生，为江南名校。行文至此顺便讲一个笑话，我因与"觅小"的孩子当年缘结一面，才有了《觅渡，觅渡，渡何处？》一文的流传，学校就赏我一个名誉校长，并正式颁发了聘书上网公布。一年后忽然收到一个家长的信，说孩子到上学年龄，"觅小"一额难求，求我这个"校长"开个后门。他哪里知道我只是挂个空名，但这倒说明"觅小"的影响之大。

因为《觅渡，觅渡，渡何处？》一文的传播，觅渡桥这个老地名又重回人们的视野。但是时势所移，原桥早已不见。常州本是大运河边的一座小城，历史上石桥无数。若能找回一座200年前的老桥，重续历史，也是一段佳话。这个念头一出，就成了两个当事人，觅渡书院院长王荣泰与"觅小"校长吴毅先生的心病。他们前后三年翻查资料，探访旧人，总算弄清了原桥的位置、式样，又请人设计施工，已经消失了200年的觅渡桥穿越历史风尘终于重现于现代都市常州，静静地卧于秋白纪念馆与"觅小"的门前，向人们叙说如烟往事。因为与这件事缘分之深，我也脱不了干系，就请我写了一

篇《觅渡半桥记》刻于桥头。算来自我第一次来常州已经过去整整
30年，而与写《觅渡，觅渡，渡何处?》文相隔24年了。记曰：

岁月流逝，山水易位。清嘉庆年间常州城内有一条子
城河，河上有座觅渡桥。年荒日久，河桥早废，几无人知。
幸为桥畔有一所觅渡桥小学，为老常州保存了一个旧地名。
小学曾是中共早期领袖瞿秋白的母校，桥下的瞿家祠堂亦
是秋白的故居。他当年就是踏过这座桥走上革命道路的。
觅渡桥见证了中国和常州的一段近现代史。

为留住历史记忆，常州《中国剪报》社与觅渡桥小学
发起重修觅渡桥。但原桥早已被穿城大街切去一半，车水
马龙，旧景难再。于是另生创意，仍在北岸原址建桥，腾
空向南戛然而止，是为半桥。时空穿越二百年，瞬间定格
在一时。时人轻轻抚桥栏，念天地之悠悠，感时代之变迁。
行百里者半九十，后来者当更起宏图，长虹万里架到天
外去!

一座城市是否有名，主要是看它是否藏有一颗文化的种子。只
要这颗种子在，不管什么因缘，随时都会发芽开花的。

《新华每日电讯》2021年1月15日

好诗只须要一首

在将要退休的那一年，我率《人民日报》采访组到贵州采访。沿路群山叠错，烟雨蒙蒙。坐在车里，突然想起贵州老诗人廖公弦的一首诗，便背出了第一节：

雨不大，细如麻，

断断续续随风刮。

东飘，西洒，

才见住了又说还下。

莽莽苍苍，

山寨一派淡墨画。

坐在后排的年轻记者大吃一惊：一是觉这诗好像就是为当下的景而写；二是奇怪我廉颇老矣，尚能背诗。我回答："这可不是我昨天晚上现背的，不像时下有些领导临上台前，让秘书找一段佳言美句抱佛脚。40 年前我脑子里就装下这首诗。上中学时，在简陋的阅览室里，每一本杂志都用一根粗白线固定在桌子上，只许看，不许拿走。这首诗是登在 1962 年的一期《人民文学》的封三页上，题为《望烟雨》。可惜作者不在世了。"

一首诗能让一个读者记一辈子，这个诗人够牛了；一个读者对一首诗终生不忘，说明这首诗的魅力够大了；而一个地方能有一首好诗为之传名，则是这个地方的荣幸。贵州是个多山之地。我第一次到贵州就惊奇于它的山，一个一个像许多的大小馒头摆开去，你永远数不完。贵州又多雨多雾，这些山永是绿的，朦胧的绿。而这种美60多年前就印在一个少年的脑子里，未曾识面先有情。这是诗歌特有的审美功能。黑格尔说，所谓天才，就是他随便看到了什么，就能画出一幅画、写出一首诗。他眼中的景别人也看到了，但不一定是诗。比如，贵州的过去在一般人眼里就常是"地无三尺平，天无三日晴，人无三分银"。它切入的角度就不是美，而是"穷酸"相，当然也不是诗。如现在的所谓"屎尿派"诗人，专向丑处去找诗，当然也不是诗。美是对现实的一种发现、一种创造、一种升华，是选择、组合之后的再熔炼，带有强烈的主观情感和审美取向。西北的沙漠美吗？大风、干旱、酷热，有什么美？但是王维抽取了其雄壮的一面"大漠孤烟直，长河落日圆"就美，这是他的发现与创造。我们不必去西北看沙漠，也能感受它的美，正如我在没有到贵州之前就通过这首诗先感受到了贵州的美。这就是艺术的意境之美，意象之美。现在还有学者，死抠在大漠里到底能不能看到黄河，王维是在哪个位置上看到了黄河。这些人也就只配"雕虫"而不可能写诗了。

　　诗虽然可以想象，但不是主观地胡想，要依据客体的个性来创造意境。我已不知到过多少次贵州，每次都会想起这首诗。这说明作者抓住了景物的个性：山、雨和苗寨。同样写山，把这首诗放到太行山但无雨；同样写雨，把这首诗放到江南但无山；同样写山寨，把这首诗放到川藏，有山有雨了但不是青山、细雨。这就是作品的唯一性、典型性，它只能是贵州山水。它已是贵州的名片，也成了诗人的名片。

于是，我还想到另外一个问题，艺术需要精品，读者只承认精品，历史也只记录精品。苏东坡名气够大了，有学者研究他一生共写过 1 700 多篇政论文、4 800 多篇散文，但是要让读者举例，首先想到的还是那篇《赤壁赋》。唐诗三百首，一般人记不住全部作者，也记不住三百首诗。但这里面有一个人，而且只有一首诗，就是王之涣和他的《登鹳雀楼》。孤篇压全唐，谁人不知？廖公的这首诗，也是孤篇压黔贵，至少永远压在我对贵州山水的记忆里。正是：

　　　　搜肠刮肚皱眉头，推敲捻须满地走。

　　　　天公劝你重抖擞，好诗只须要一首。

《贵州日报》2022 年 7 月 22 日

文章为美而写（《天边物语》后记）
—— 关于《天边物语》的审美絮语

按：每当作者完成了一篇作品时，就像木匠完成了一件精致的家具，满地散落着刨花、木块，还有勾勾画画过的草图。坐下来抽支烟，静对杂乱的现场，复盘一下制作过程，也是一种享受。

引子：有没有无标题文章

一切艺术形式的本质都是审美。当它承载社会功能时可能表现为传播信息、知识、思想、道德等，而当它独立存在时就只表现为审美。所以会有无标题艺术，如无标题绘画、无标题音乐、无标题诗等等。名曲《二泉映月》本没有标题，临抢救录音时才随手加了个标题。因为语言文字是人类区别于动物，进行交流的基本工具，其工具性大大掩盖了它的艺术性，张口提笔即有内容，很难绝对独立，几乎没有"无标题文章"。但这也不能阻止语言文字作为艺术形式的独立存在，也应该有只作为形式艺术而独立存在的唯美文字。

如曲艺中已经具备故事情节的绕口令，还有语言学家赵元任用一个同音字写的一篇著名短文《施氏食狮史》，都可以看作无标题文章。

音乐有古典音乐，文学也有古典文学。在古典文学里由于文白分离，让文字有可能甩开用于交流的社会功能去追求自己的艺术本质，作唯美的尝试。它的极端就是严格的律诗、楹联、华美的骈赋、有一定调式的词曲等等。从社会功能角度看，这形式就是一种难为人的"镣铐"，一种钻牛角尖的神经病，一种该死的弊端。但是从艺术角度看，它是一种锲而不舍的努力，一种伟大的探索。你不能说模特的衣服不实用，就否定模特这个行业。偌大一个社会总得有一部分人玩内容，一部分人玩形式；一部分人解决吃饭问题，一部分人解决审美问题。人间的日子除了温饱，还需要更美丽。这在社会分工就有了艺术家、作家、诗人一族；在文章这个单项里的分工就有了唯美的文字，来满足人们的审美需求。虽然内容和形式可以统一，也常有内容充实、词章优美，鱼与熊掌兼得的文章，但那总是少数。而作为一项研究来讲，我们不妨探讨一下唯美的"无标题文章"。尽管，它可能只存在于概念里、实验中。这种美文不在宏大的思想，而在它的意境、趣味和文字。

我有一个梦，写一本纯美的书

我过去倡导写大事、大情、大理，写了许多大题材的东西，也曾被评论界分类到"政治散文作家"里去。其实生活是多面的，作家应是个"全科医生"。辛弃疾有"把栏杆拍遍"也有"小儿卧剥莲蓬"。李清照有"凄凄惨惨戚戚"也有"生当作人杰，死亦为鬼雄"。我也常心存美的追求，想写一本笔记体散文，做一次美的实验，各美共存，兼收并蓄。一卷在手翻阅、把玩，百看不厌。

中国有许多优秀的古典笔记散文，名篇如苏东坡的《记承天寺夜游》、张岱的《湖心亭看雪》，集子如李渔的《闲情偶记》、张岱的《陶庵梦忆》、纪晓岚的《阅微草堂笔记》、沈复的《浮生六记》等。外国也有不少有名的笔记体散文，如《蒙田随笔》。但文字一经翻译就少了一层语言原味的美（因为你改变了它原来的形式）。参照前贤名著我给自己这个集子定了四字标准：稀、奇、美、趣。内容要稀缺、新奇，能产生美感和趣味。这就是我在序里说的"稀而不奇不惊人，奇而不美反成怪，美而无趣无人爱"，要四样兼备。"稀、奇"是选材，有自然之物，也有人世之事。"美、趣"是效果，轻松、隽永、耐人寻味。全书41篇，4万多字，也就相当于读一张对开四版的报纸。最短的一篇只有200字。几乎用上了一切可用的纸媒体手段：文、诗、词、曲、赋、歌、书、画、摄影等，69张图片。就差一点要跳出纸面，去加声、光、电了。是一本插图、诗词版的散文。

美是什么

从学术角度说，这是一个深奥的课题，涉及美学、哲学、心理学等学科，可以有多种定义。但说白了就是让人感到精神愉悦。美的最早起源是人对外界的物质感觉，视觉的形状、颜色，听觉的声音、节奏，味觉的各种味道，触觉的快感，等等。久而久之这种感觉附加于情绪并固定关联了感情色彩，进而又附加了理性的社会认知，就有了共同的美的理念。所以除了人人说美的共同之美外，各民族、地域甚至个人还有自己奉行的个性美。

美作用于情绪有三个功能：一是让人激动，心动则美，心如死水，肯定不美。所以有苏东坡的"大江东去"，有岳飞的《满江红》。二是让人得到安静、抚慰。人生苦累，烦躁居多，郁积不少，要有宣泄和抚慰，就有朱自清的《荷塘月色》。三是让人生联想，从模仿到联想，形成王国维说的境界。人的灵魂总是想跳出肉体，向往"诗与远方"。画、歌、诗、文，都能激发联想，幻化境界。美最终的表现是和谐，动静、远近、正反、悲喜等相反相成以求和谐，按摩人的神经。中国的儒家说中庸，古希腊哲学说"是许多混杂要素的统一，是不同要素的相互一致"。

美是天然合理的自然存在

达尔文说："生物有一种内在的倾向，它在朝着进步和更完善的方向发展。"连动植物都在追求美丽，花朵用美丽吸引蜂蝶，动物用美丽吸引异性，何况人呢？人是由物质和精神两部分组成的。在物质生活方面的向往就是吃好、穿好、住好、玩好；精神方面的向往就是情绪的舒畅，喜怒哀乐任自由，千金难买心情美。喜剧是美，悲剧也是美（学界有宣泄说和陶冶说），凡能引人遐想、畅快表达情志的都为美：客观如山水美、艺术美、思想美、社会美；主观如视觉美（如绘画）、听觉美（如音乐）、触觉美（如毛绒玩具、手把玉件）、味觉美（如食品、酒类）等等。语言文字本身无视觉、嗅觉，但它的神奇功能是可以折射各种各样的美。于是又产生了一种新的独立形式——语言艺术的美。本来汉字的构成，每一个字都自带有形、声、意，都能调动人视觉、听觉的美感，更不用说由字组成的词、句、诗词、文章了。

美在真善，使人回归

激动也好，宣泄、抚慰也好，美的目的是让人回归，唤醒人心深处真与善的一面，从而去伪、去假、去丑、去恶，让你每临一事有静气，去恶从善返归真。怀真善之心而审美，反过来美又完善人的心灵，即美育功能。黑格尔说，人是动物变来的，残留有动物性。人与外部世界有两种关系：一是为了生存而毁灭对象，满足自身

（动物性之欲望）；二是不毁灭对象，隔空欣赏它，这就是审美（人的进化）。同是面对一个苹果，第一种情况是吃掉它，满足饥渴；第二种情况是不破坏，静静地欣赏它的弧线、色泽、形状等。黑格尔称之为艺术"用慈祥的手替人解去自然的束缚"。

　　一次从美国回来的飞机上每人发一个"蛇果"，我从没有见过颜色这么红、浓、匀的苹果，舍不得吃，拿在手里看了一路，又带回来给家人看。这是审美欲压倒了食欲，不忍毁灭它。后来一次去欧洲的航班上，空姐送茶用的一次性硬塑杯，晶莹剔透，当时国内还没见过。我没舍得扔，悄悄地带了回来。如为虚荣，即应学老外随手扔掉，毁灭它。当时为面子虽稍有犹豫，还是审美心战胜了虚荣心。这是美的力量，是黑格尔说的那双"慈祥的手"在暗中拯救了我。我曾写过一篇《线条之美》，起因是看到一个好看的包装用瓶。这个瓶子已完成它的包装功能，既不能吃，也不能用，但很好看，有审美功能。我以求真之心尊重它，供在桌上欣赏它。所以美是一种专门的教育——美育。一切美物、美人、美景、美事，美的艺术，都能洗刷人性之恶，让人回归到一张白纸，回到真我。书中的《路边一只石老虎》，让我们立即回到儿时的天真；《深山夜话》中耍猴人，忍饥分饼与猴吃，让人心底泛起善良。真和善都传达着美。而《丑碑记》里的几件事则照见了人性之恶，反躬自省，重回真善，再入美境。悲剧之美，正是在提醒真善，护卫正义。《这里有一座歪房子》，就是以斜喻正。

美在身边，只要留心

　　一谈到美，我们就想到那些经典的绘画、歌曲、诗词、文章。其实这都是艺术美，是第二性的；还有存在于自然界和生活中的第一性的美，客观美。它们分布于我们生活中的角角落落，就像路边可爱的孩子在扬起笑脸，挥动小手，而那些为生活疲于奔命的大人总是无暇顾及，匆匆而过。享受这种美不要多少成本，不必艺术家呕心沥血地创作或收藏者花巨资去购买，只要你在匆忙地行走中用眼角的余光轻轻一扫就可收入心中。这也是一种淘宝、一种捡漏。我在记者生涯的漫长行走中常有这种"艳遇"。《虫子和它吃过的叶子》是在海南的深山里遇到一片海芋叶子，上面布满了极规则、合理的虫洞，一种几何美。难道虫子进餐也有规划和计算？《路边一枝芭蕉花》，绿杆红头，极像一支饱蘸了红颜料的大毛笔，一种象形美。柏拉图、亚里士多德都说美就是模仿，难道植物也会模仿秀？《山中柿红无人收》是在太行山崎岖的小路上，遥看悬崖上的一株老柿子树，熟透的柿子如一盏盏红灯笼，在秋风中独自起舞，一种写意的美，很像吴冠中的写意水墨。在陕北的枣树林里，一棵老枣树粗糙龟裂的躯干上突然冒出一根柔美嫩绿的新枝，挂了一颗大红枣，一种反差之美、生命轮回交替的美。以上是在海岛、在深山所见，而就在我家的院子里，秋天红叶满墙，一处是饱满厚重的油画美，另一处却是轻染淡抹的水彩美。正是"清风明月本无价，近水远山皆有情"。真的是没有价格，不用花钱的，只需要你有爱心、常留心。如昆虫学家法布尔所说的，时刻有一颗有准备的头脑。艺术家千辛万苦去写生，刘海粟十上黄山打草稿，那是为创作。我们一般人不要这么专，不要这么苦，听之任之，随缘收获，总有美景扑入怀。

三境之美，由表及里

人对美的感知是由表及里的。"表"是指视觉或听觉即时感觉到的外形美；"里"是指感觉之后悟到的情理美。"表"是实景，"里"是意境。好比男女相亲第一面的感觉，可能一见钟情，也可能再不相见。我在采访的行走中常会不经意间遇到一景，眼前一亮，听到一事，心中一动，这是美的第一触动，是"表"象感观。"停车坐爱枫林晚，霜叶红于二月花"，好景、好事总是让人过目难忘，但还得进一步由"形"抽象出"情"与"理"的意境。

意境之美可分三层。第一层因客观对象产生的美感，我称之为"形境"；由形而产生的情感之美，为"情境"，王国维所谓"一切景语皆情语"；由形、事、情产生的理性之美，是"理境"。你看佛经、《圣经》、《论语》、《庄子》，目的是在说理，但却又都是在讲故事。这就是文章或一切形象艺术"形、情、理"的三境之美。而"境界"之上，还会透出一种"趣味"，又是别一种美。

以书中的篇章为例，可以看出"物"（形、景）与"事"（人、事），怎样折射出了情与理的美，如下表：

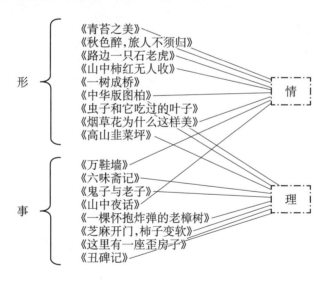

美总是从"形"入手，因形美进而导出情美、理美。如《路边一只石老虎》中石虎萌萌可爱的形态，引发天真之情；《高山韭菜坪》中稀奇的韭菜花，道出生态之理。这都是由形美进入情美、理美之境。

从"事"入手也可导出情理之美。《一树成桥》讲一偶然倒地的树成了一座供人过河的桥；《六味斋记》借食品调味之理讲人生处世的道理。这都是由事美导出情美、理美。

形、事是实，情、理是虚。通过实在的美好的事物，进而抽象出美好的情和理，造成一个心中的意境，才美得长久，才可反复玩味。

趣味是什么

美在"三境"之外还表现出一种趣味。这可以溯源到人的味觉功能。将生理的味觉上升到心理的感觉就是心头的"滋味"。辛弃疾"少年不识愁滋味"，一种情绪的审美。李泽厚在《华夏美学》里说："在中国，美这个字也是同味觉的快感联系在一起的。如钟嵘和司空图关于诗歌的著作，还常常将'味'同艺术鉴赏相连。"

趣味是主体以外旁生横逸的东西，是溢出河面的小溪，是花朵周围的暗香，在人是幽默，在事是含蓄，在诗歌是比兴，在绘画是写意，在文章就是趣味。一件事物如果总是规规矩矩，就枯燥；一个人总是正襟危坐，就呆板。人与物总要生出一点另外的东西才可爱。苏东坡说"竹外一枝斜更好"，李商隐说"留得枯荷听雨声"，都是竹林、荷叶常态之外的东西，是旁生横逸之美。趣味是弦外之音，是美意不经意间的流露。在书中，《一树成桥》错中成趣，《鬼子与老子》神秘之趣，《芝麻开门，柿子变软》微妙之趣，《路边一只石老虎》童真之趣，《这里有一座歪房子》反衬之趣等，都是主体外溢出来的趣味。梁启超一生事业波澜，著作等身，但他说，如果把他放在化学烧杯里溶化了，其实只有"兴趣"二字。序里说"物本无言，全在人悟，悟则有美，悟则生趣"，趣味是人凭借自己的理解从物中解读出来的美。如很少人注意苔藓这个最低等的生命。但在我眼里它却是对人心灵的抚慰，充满情趣。"它抚摸着过去的时光，给每一件旧物盖上一层温柔。"贵阳郊外的一片草地，我却联想到了草船借箭，想到了戴望舒的《雨巷》(《人与草色共浪漫》)。书法家能从墙上雨水的漏痕中悟到笔意。只有对生活满怀兴趣的人才能感知趣味之美。

趣味与意境的关系

美达到形、情、理三境，已经美得够可以了，何以在美的大餐中又再加一道菜：趣味？境界与实物相比已是虚境，是人们离开实体而安放情绪的一个假设的摇篮，是一处虚化的地方。我们常说妙境、仙境、险境、绝境、幻境等等，但是不管怎么虚，它还是一个"境"，一个环境。而趣味，则连这个境也没有了，进一步虚化成一种"味"——趣味，或淡或浓，缥缈不定，不能定于一处，不能止于一瞬。这种美感也只有拿"味"来作比了。境界从人们对实物的审美中来，趣味又从境界中生。境界是亦虚亦实的美，如果我们嫌其虚则进一步抽象为"意象"(如《常州城里觅渡缘》一文中的"觅渡")，意象是境界美的定格，可以虚拟地慢慢把玩；如果我们嫌其实，则可以抽象为"趣味"，趣味是境界美的发散，可以虚拟地闭目品味。如果把审美对象的意境比作水，水凝则为冰，冰清玉洁，一个美丽的意象；水蒸则为气，氤氲蒸腾，一种笼罩四周的趣味。

趣味可分为情趣与理趣。由情绪而生的心旌荡漾，浮想联翩之美为情趣。由思考而生的研究之心、求知之欲的美感为理趣。不管情趣还是理趣，都是由审美对象决定的。如墙上探出的一支芭蕉花很像一支饱蘸了红颜料的大毛笔，这是情趣。它天生奇特，不必问为什么。而一片海芋叶子，让虫子十分规则地吃成一个筛子状，就生理趣，人们不禁要思考其中的道理。"孤舟蓑笠翁，独钓寒江雪"是情趣，"问渠哪得清如许，为有源头活水来"是理趣。桌凳于地可能四脚不平，可用小木片来垫，这是常事。但是宋代诗人刘子翚却说"不是乖绳墨，人间地少平"，这是理趣。自然界随处都有趣味。

趣味又分高级和低级，这关乎审美者的知识道德修养。有时名曰审美，其实是审丑。

视觉第一，联想生美

在我们的五官中眼睛是最重要的，有人研究，我们得到的知识75%以上来自眼睛。那么人的美感由视觉而得之者也应占多数。除了声音之美靠耳朵的捕捉，绘画、雕塑、戏剧、电影、杂技、健美等一切表现、表演艺术都靠视觉感受。湖光山色更是让人大饱眼福。王勃的《滕王阁序》是借景抒发惆怅之情，留下了"落霞与孤鹜齐飞，秋水共长天一色"的名句。范仲淹的《岳阳楼记》是讲心忧天下的大道理，却从大段的风光描写入手："春和景明，波澜不惊，上下天光，一碧万顷。"这说明感情的酝酿常常是从眼前的景物开始，即刘勰在《文心雕龙》里说的"目既往还，心亦吐纳"，由"形"而达情及理。

我回忆自己的第一次审美启蒙是小时在旧书摊上看到一本精美玉制工艺品的大画册，买回家去每日翻看不倦，从此喜欢收集养眼之物。鲁迅赠许广平《芥子园画谱》题诗："聊借画图怡倦眼"。可见好的图画可以怡人倦眼，愉悦人的心情。《天边物语》大量采用图片，全书152页，共用了69幅图，就是为增加视觉冲击。虽不能看到现场的实物美景，但通过图片转换仍会"目既往还，心亦吐纳"，油然而生美感。

美感产生于经视、听、味、嗅、触等各种感觉产生的联想。根据相似学原理，事物间都有相似点互通，这是修辞比喻的基础，也是审美联想的前提。如说"她笑得像花一样"，人笑起来，脸部线条确实与花朵相似。当初这些图景在第一时间就曾使我心动。《秋色醉，旅人不须归》是秋天的一个早晨在婺源县宾馆看到满地色彩斑斓的落叶，我立即想到杜甫的那句诗"此曲只应天上有"，这块"地毯"只应天上有。这是视觉与听觉间的联想，也是由景到诗、到画的联想。在此书将要付印时，我在贵州的一个溶洞里看到齐腰高的一截钟乳石，竟然已有 40 万年，立即联想到六年前在江西竹林里见到过一节同高的竹笋，却是一夜长成。这是跨时空的联想，于是翻出旧照同框刊出，相信这种视觉冲击一定能让人感到时间的魔力，宇宙的永恒。视觉之美，由耳目入脑，如种子落地，十年、几十年，有时一生也不会忘记。

这 69 幅图中除大部是摄影外，有两幅是我的画作。在野外常会遇到这样的尴尬，本来看到激动人心的一棵树、一处景，收到镜头里却很平平。因为人眼看到的对象是经过目光过滤、大脑处理后的形象，优于镜头的机械抓取。这时就不如亲自动手去画一张。如《一棵怀抱炸弹的老樟树》，在照片中树与房齐高，并肩相连，而在绘画中则古树横空出世，尽显它的高大，房子却很乖小，更不用说房子里面的人了。是为诠释自然的伟大，再大的人物也逃不脱自然的庇护。画比照片可以更自由地表达思想。

文章字面的音乐美

文章不是直接的视觉、听觉，只能间接转换它们的美感。作为纸媒，视觉美可以通过插图来帮忙，而听觉，只有靠字的发音。所以读书要高声朗读，诗歌更要朗诵。前面说过汉字是由形、声、意组成，这个"声"就管文章的音乐美。

音乐美在文字中的体现是韵律和节奏。诗的韵脚除了产生声音的美感还有节奏作用，就像民乐中的鼓点、戏剧里的梆子。它是声音同时也是节拍。一句、隔句或长短句的押韵，就分出节奏的长短，产生了语气的急切与舒缓。本书以文为主，但杂用了诗词曲赋，就是为表达不同的情绪节奏。旧体诗情绪饱满节奏严整："人欲微醺半杯酒，天地要醉一夜秋。层林尽染五花马，红叶披挂百丈楼。"（《不如面对一院秋》）词就自由跌宕些："立为一棵树，倒是一座桥，桥下流水东去也，桥上行人早。一任众人踩，无言亦不恼，更发新枝撑绿伞，伞下儿童跑。"（《卜算子·一树成桥》）。而曲子来自舞台的唱念，节奏口语化，更显自然、诙谐、活泼。"那果儿，如灯盏引路，亮晶晶。那叶儿，如柳眉低垂，羞答答。不声不张，自是惹停了多少车马。"（《路边的钉头果》）至于赋则是从有韵文到无韵文之间的过渡，韵脚已显随意。韵律的回环与节奏的交替似断还连，就有了乐声隐约的美感。"虽军情火急，院门吱呀，不废房东荷锄归；指挥若定，读罢战报，还听窗外磨面声。一战而取辽沈，二战而收淮海，三战而下平津。全国解放，大局已定。"（《西柏坡赋》）大体上各种文体的音乐节奏感是按这样的顺序由严整到散漫，渐趋舒缓、随意：旧体诗—词—曲—新诗—赋—文。闻一多说诗歌是戴着镣铐跳舞。这"镣铐"就是乐律。白话文是彻底没有了镣铐的，也就少了乐感，所以有时我们仍愿重戴"镣铐"，借助诗词曲赋的形式再找回一点乐感。只要留心，就是在散句子构成的白话文中，语言仍然可以利用声韵，用调整单音节词或双音节词等方法，抑扬顿挫，起伏跌宕，暗存乐感。这说明文章与音乐还是有天然的联系。

我曾经说过"文章为思想而写，为美而写"，而这本书专门是为美而写的。

我们捧起了 100 个太阳

2018 年 12 月 22 日获 "新闻教育良友奖" 后致答谢辞

尊敬的各位评委，各位到会的老师、同学们好：

全国最著名的十多所新闻院校的代表，每年齐聚一堂，干一件促进我国新闻教育繁荣的大事，就是评出当年十名左右，在校的好学生、好教师，还有校外的一两名新闻教育的好朋友。从数量就可以看出，这是一个极严格的奖项。半个月前，电影界刚公布了今年的华表奖，得主就有 300 人，水银灯下的红地毯就足足走了两个多小时。而我们今天的得主只有 13 个人，而且还这么低调，会议室一间，清茶一杯。这就是新闻人的风格，是娱乐与思想的区别。

我有幸获本年度的"新闻教育良友奖"，也向同时获奖的其他老师、同学祝贺。主持人说，只给我五分钟的答谢时间。五分钟确实有点短，还不够时下电影里一个长长的吻。（笑声）可能又考虑到是借用我们人民日报社的大楼发奖，主持人又特批我 5＋5，讲十分钟。我特地问了一下我在央视工作的学生，她说播音员的语速是每分钟 250 字。看来，五分钟显然不够一场演说，但是作为朋友，一个新加冕的"良友"，5 分钟足够讲出一句忠告。这就是：同学们既然选择了新闻这一行，就要准备牺牲，只谈责任，不计名利。

今年是中国改革开放 40 周年，12 月 18 日，中央刚举行了隆重的纪念大会，并表彰了全国改革有功人物 100 名。各行各业都有，从经济学家到歌手、演员，从厉以宁到姚明、李谷一。有人发现，这 100 个人里没有一个新闻界的人物。但是我们知道，这 100 个人的成名，有哪一位没有我们新闻人的汗水，没有经过我们新闻界的报道、宣传、推广呢？（掌声）信息社会，传媒时代，每一个名人的背后都有一双看不见的"新闻手"，都站着一个新闻群体。凌烟阁上群英像，不问作画是何人。

我举一个最大却又最小的例子。关于真理标准的讨论是敲开改革开放之门的第一件大事。芝麻开门吧，这颗芝麻是谁？这是一个集体，改革开放 40 年，关于这篇文章的作者争论了 40 年。但人们恰恰忘了一个关键人物，当时《光明日报》的总编辑杨西光先生。在全国多少张报纸的老总中，他只是沧海一粟，就是一粒芝麻。但是，如果没有他当时抓住机遇，借其位，用其力，借用手中一张大报的优势，冒着各种政治风险，推出这篇文章，这个历史的细节还不知道会怎么改写。"弄潮儿潮头立，手把红旗旗不湿。"我当时在基层当记者，亲见农民是怎样把《光明日报》挂在扁担上去赶集的，是在借报纸来护身、撑腰啊！但杨西光先生就是一个很普通的瘦弱的老头儿。我们到他办公室里去，印象总是伏案弯腰，埋在报纸大样里，脸色刷白，不停地抽烟，不断地咳嗽。他在思考。难受时会把报社的医生叫上来服药。那个温良的女医生心疼地说，他这样不休息，没有办法。那正是决战时刻，黎明的前夜。后来他退休了，我们住在一个院子里。这个老人早已没入了时代的年轮，几乎没有人还记得他。当时还有力主为张志新、遇罗克平反的马沛文副总编。他晚年也住在人民日报社这个院子里。

　　同学们，你们今天有幸来到这个院子，站在这座新媒体大楼上，举目一望，曾经生活在这座院子里的著名新闻人有：1949 年 10 月 1日在天安门城楼上记录了开国大典的李庄先生，上面提到的马沛文先生，当然还有因在《经济日报》主持改革，成绩卓著而调任《人民日报》总编辑的范敬宜先生。我比范先生稍晚几年调入《人民日报》，那时正在新闻出版署岗位上为恢复报纸的四个属性，特别是商品属性，而苦苦挣扎。如果再往前追溯《人民日报》的历史人物，还有范长江先生、邓拓先生。现在报社图书馆里还有一张邓拓用过的办公桌，这是他唯一的遗物了，我看可以申请国家级至少是新闻界的非物质文化遗产。以上所有这些新闻人都曾在报社日复一日默默地上夜班。他们是真正的新闻良友，时代楷模。（掌声）如果一个新闻人也不甘寂寞，自我吹嘘，那就成监守自盗了，有违新闻人的道德。范敬宜先生是因为退休后到清华教书，才有了现在这个以他的名字命名的基金。我也因为退休后在中国人民大学带新闻博士生，今天才沾了这个"新闻良友"奖的光。

　　关于新闻人与名利的关系，我曾有一个比喻。采访对象是太阳，记者是月亮，你本身不会发光。要发光吗？先要捧起一个太阳。40年来，我们捧起了 100 个太阳，国家进步，与国同欢，别无他求。

在外人眼里，记者常是一个让人眼热、羡慕的职业。我大学学的专业是档案，与新闻系毗邻，很羡慕他们，上实习课脖子上挂一个照相机。这实在是一种误解，其实新闻是一种最讲责任、最能吃苦，也最有风险的职业。邓拓有诗云："文章满纸书生累"。李庄先生就说过，他在位时写的检查比稿子还多。我调到《人民日报》后的第一个夜班就写检查。平时甘为孺子牛，国有难时拍案起。这就是新闻人。

人的工作有两大类：一类是直接为自己的衣食；一类是先服务别人或社会，如医生、教师，还有甘洒热血的革命者。记者属于第二类。马克思说："人们只有为同时代人的完美、为他们的幸福而工作，才能使自己也达到完美。"

祝同学们不忘前贤，不负此奖，成为一个完美的人。谢谢。

《威海晚报》2022 年 12 月 8 日

在一次新书发布会上的讲话

我在新闻出版署工作的时候，瑞环同志分管宣传工作，当面听过他的讲话，印象很深。现在读这本新书觉得很亲切。后来我在《人民日报》值夜班，为了画版面，定版位，编辑们就给领导人分别定了头衔：正国级、副国级。在中组部系统大概没有这些词儿，后来慢慢流传开了。瑞环同志属于"正国级"的干部，因为他当过政协主席。正、副国级的干部就是国家的领袖了。在我们这个年龄的人的头脑里，领袖就是毛、刘、周、朱，很高大。以后正、副国级的领袖越来越多了，现在人大常委会正副委员长、政协正副主席动不动就几十个，既无大功亦无大名，大家记不住了。对这些领导人（领袖）老百姓怎么看，对他们有什么希望？当然最大的是希望他们带领国家、民族富强，这是最基本的。这就说得深了，通俗一点，就是两条，第一就是干事。当然在其位总要谋其政，但是希望能主动干一点有个性的、创造性的事。我们第一代领导人有个性的创造很多。领袖就是带头，就是创造。第二个是说点新话，领袖首先是思想领导、思想创新。无论在言在实，都要领风气之先，不能领风气之旧。可惜在这两点上，前几年老百姓都不太满意。高官愈来愈多，套话愈来愈多，有个性的创造愈来愈少。毛、周当然已不能再，就是像瑞环同志这样的干部也不多了。

今天在座的有不少瑞环同志的老部下，白头公务员，谈笑说瑞环。虽是前朝旧事，差可为鉴。在我的印象当中瑞环同志是干了几件有个性的工作的，他在天津引滦入津，解决了老百姓的一个大的民生问题。主持宣传工作的时候比较求实、宽松。后来在政协这个务虚的部门，却干了很多实事。比如他在西北帮助老百姓改水，我到西北出差，那里的人都念他的好，也由此念共产党的好。这件事本来他是可以不干的。还有，官不修衙，他主持政协的时候却把政协礼堂重新修了一下，工、艺俱佳。上一个月我到那儿去开会，不由得要拍拍栏杆。他爱说实话，这在社会上已早有流传。有一次他到外地视察，别人说现在不好讲话。他说有什么不好讲，有什么说什么就好讲了。他一直是这么做的。

党的十八大以后"新八条"里有几条特别涉及文风，呼唤新风归来。文风问题实际上是党性问题、人心问题。这里有两点要特别说一下。在党、在官（我们的官大部分都在党）的人要扪心自问，是不是合党性，真的为公为民；普通干部，要问一问是不是合良心、真心。要敢说，有什么，说什么。不心虚，才会说真话。

第一点，居庙堂之上者，在高位、担大责，只要讲党性，出以公心，心里就有底气。有底气，就用不着拉大旗，不必说空话。不用每次讲话甚至发个通知，也要讲在什么什么指导下，以什么为宗旨，一大串的穿靴戴帽，就是毛泽东说的"山间竹笋，嘴尖皮厚腹中空"。今年是毛泽东诞辰120周年，毛泽东所有的讲话、电报、文稿，包括很长的著作和大会报告，如《新民主主义论》《论联合政府》等，都是开门见山。那一年我去广西参观百色起义纪念馆。文物柜子里有当年起义后小平给中央写的报告，开头第一句话就是：第几军情况如何。我很激动，没见过重要文件这样开头。小平南方谈话时说，你看我们三中全会决议里面有一句有马克思的话吗？没有。但是句句符合马克思主义。那一代领导人就是这样，一心为党，为事业，心里有底气，用不着拉大旗，文风自然正。

第二点，作为普通干部、公务员要有骨气，对得起自己。你怎么想的就怎么说，用不着讨好、媚上、跟风。这是人心问题、人格独立问题，是五四反封建就要解决的问题，新民主主义要解决的问题，现又封建回潮。我在刚出版的《文风四谈》（很荣幸与瑞环同志同为中国人民大学出版社出版）中讲到"媚"的官风，心有媚则风不正，就是毛泽东在《反对党八股》里说的"墙头芦苇"。伟人的口，如来的手，总之没有逃出毛泽东的预言。官无底气，心则虚，文就空；人无骨气，性则媚，文必假。上面不带个好头，要希望社会有好文风，难矣！我们从瑞环同志所出版的三大本书里面能看出他的文风。他为官是想干事，读马列，读哲学，心里有底气，有什么说什么，不但不去跟风，还有创造、敢带头、倡新风，这才是领袖之风，宋玉《风赋》里讲的大王之风。

瑞环同志这本书没出版前，社会上已流行他的很多讲话。记得有一次我在场，听他说，我是一个木匠（他是木工出身），木匠是玩斧子的，斧子不听话我要你干吗？这是讲宣传工作，讲舆论工具。类似这样的话，这本书里还有好多。他说报纸就是一面镜子，有人对报纸批评有意见，但你有问题要改，不能砸镜子啊。他说搞城建、盖房子，肯定是大部分人不懂。不懂的人说好，懂的人说出好在哪儿，这叫真好。不懂的人说不好，懂的人说好，摇头晃脑，很神秘，不叫真好。这段话很精彩，现在群众称为"大裤衩子"的，新落成的中央电视台大楼就是这样，让他说中了。这些话都已整理成书，读者可以仔细品读了。我又想起前年人民出版社还出了一本《朱镕基讲话实录》，也很受欢迎。假风盛行，忽有真话，让人兴奋，尤其是在高层。李、朱两人是那个领导班子中群众喜欢的人物。

过去我在新闻出版署工作，管出书，现在自己也写书，和出版社也熟。出书，特别是领导干部出书，有三种情况：一是书出了没人看，直接化纸；二是书出了，人抢着买；三是，书还未正式出，人就传看、传抄，禁不住。实践是检验真理的唯一标准，读者是检验图书的唯一标准。出版不比新闻，图书不是报纸，不是易碎品。我们搞出版工作的，要站在历史的高度，以百年计或者以千年计来看问题，出一些能经得起历史检验的好书。

摘自《我的阅读与写作》2016 年 3 月第一版

西北文学的使命

——接受首届"西北文学奖"答谢辞

感谢评委会授予我首届"西北文学奖"。

我与西北有特殊的缘分。我是山西人，在地理上归属华北。但按现在的经济地图，山西，甚至河北的一部分都属中国西北，是后发达地区。而且，我大学毕业后，迈入社会的第一站，是在内蒙古西部工作。虽名义上还是在华北，在乡下却穿着老羊皮袄，喝着西北风，住在沙窝子里，过着西北人的生活。被穷怕了、冷怕了、干旱怕了。所以我骨子里有西北情结，总是忧心这里的气候、生态和历史。我至今还有一个习惯，不论走到哪里，总爱问人家的降雨量、无霜期、森林覆盖率，来与西北比较。我的作品有一多半是写西北的。甚至像写林则徐、左宗棠等这些南方籍的历史人物，也是单写他们在西北的一段奋斗史。写海南岛的热带雨林时，不由又想到西北的缺雨，得了一种西北相思病。

其实，历史上的西北曾经是很红火的。汉唐时它不叫西北，而是中心，是中国的政治、经济、文化的中心。那时的江南还是蛮夷之地，流放罪臣之所。韩愈贬潮州，"云横秦岭家何在，雪拥蓝关马不前"；柳宗元放柳州，在小石潭边，"寂寥无人，凄神寒骨"。直到宋朝，湖南还不发达，"滕子京谪守巴陵郡"。而唐时的长安却一派繁荣，产生了李、杜、韩、柳。后来历史变脸，西北成了荒凉的代名词。三十年河东，三十年河西，现在又转回来了。国家大举开发西北，西北地位重又提升。当此之时，文学总应该做点什么。《西北文学》杂志和"西北文学奖"应运而生。

西北文学应该是什么样子的呢？应该是中国文学的脊梁。中华文明五千年，从来豪气看西北。中国文化的重心从西北走到中原，又走到江南，又再北上，西北是曾经的源头。西北经历了太多的苦难、挫折、崛起、辉煌。依据这个背景和传承，西北文学应该是大气磅礴、有思想深度、有大美的文学。它不是偏于一隅的西北角文学，而是中华民族的脊梁骨文学；它不是作家个人的体验抒发，而是来自历史深处的民族的吼声。说到这里不由想起李白的"明月出天山，苍茫云海间"，想起光未然、冼星海的《黄河大合唱》："风在吼，马在叫"。又想起一个故事，建国初，林徽因受命设计国徽和人民英雄纪念碑，讨论好方案后她让学生去画图。图稿送来她看了一眼就说："这怎么行？这是康乾线条，你给我到汉唐去找，到霍去病墓上去找。"汉唐在哪里，在长安；霍去病墓在哪里，在咸阳，就在离今天发奖会场大约二十公里的地方。西北承载了太多的中国文化，在中国文学史上也有太多的坐标，有众多重量级的作家和作品。作为一个西北文学人，历史使命不轻。

愿与大家共勉，努力前行。谢谢。

2016 年 11 月

文章的三层、五诀

文章的三层之美

散文既是一门艺术，其美是有层次的。我认为可以分为三层。

第一个层次是描写的美。作者能将要说的事物客观地、清楚地写出来摆在读者面前。要求如实，不走样，能显示事物本来的美。类似美术作品中的素描。

第二个层次是抒情的美。作者带有自己情感在对某事物的描写，或某种思想的表达中能产生一种美的氛围、意境，将读者引到一个美的精神境界。这个境界是作者的主观境界，是别人无法替代创造的。类似美术作品中的写意。

如果是素描作品，不同的画家画同一物互相可以很像。而写意画却不同，画家虽面对同一对象，画出的却大相径庭。可以看出画家在作品中加入了自己个人的思想、气质。这种美是以现实物为核心衍射出的一种光环，又好像一块糖刚开始溶化，糖连同靠近它周围的水汁（无形的糖）一起构成一种甜。如果说第一个层次是客观的美，第二个层次就是主观的心灵美。

第三个层次是哲理的美。作者在对客观事物做了描述，也抒发了自己的感情，并感染了读者后，又进一步升华到思想层面上，并理出一种新理念，创造出一些警句哲言，将其"定格"下来。

　　第二个层次的艺术力量主要是在人们的胸怀中鼓荡，以情动人，使读者或悲或喜激动不已。第三个层次的艺术魅力是一种冷静的思索，使读者在经过一番景的陶醉、情的激动之后，静思其中之理，并悟出宏观之道。而这种道理又是实实在在的客观存在，经你道破后人人承认。所以这一层次的美又返归到客观的美，不过更高一层。以美术作品比，它是抽象的、象征的画。还以那块糖比，这时糖已全部化完，我们找不见它的原形，但甜味却是客观地存在着。

　　第一个层次借助客观形象，其艺术力相对来讲是短时的，过目即忘；第二个层次袒露作者主观的心象，有个性，艺术力持久；第三个层次又返归到客观真理，点破天机，使人们永久地折服。列简表如下：

　　　第一层次　描写美　客观形象　直觉暂时
　　　第二层次　抒情美　主观形象　情感持久
　　　第三层次　哲理美　客观抽象　思想永久

　　当然在一篇散文中要同时达到这三个层次是很难的，每篇文章可以主要追求一种美。比如明人魏学洢的《核舟记》就是一种典型的描写美。我以为古文中范仲淹的《岳阳楼记》是三个层次兼备的好文章：大量的绘声绘景，"衔远山，吞长江，浩浩汤汤"，这是描写的美；由景而及情，"满目萧然，感极而悲""宠辱偕忘，把酒临风"，这是抒情的美；最后将这所有的景和情的积蓄一起迸发出来，点破一条哲理，"先天下之忧而忧，后天下之乐而乐"，读者读至此处没有不点头的。而且这千古至理名言，一读之后永远不忘。这篇文章正因为在这三个层次上都有完美的体现，所以千百年来让人们传诵不衰。

我在前期的写作中并没有悟出这个层次，而且这样划分和解释也未必能得到文艺理论家们的同意。但我在后来的创作中渐渐悟出这个道理，并实践中是按这个的理论来走路的。

1988 年 5 月

文章五诀

一篇文章怎样才好看呢？先抛开内容不说，手法必须有变化。最常用的手法有描写、叙事、抒情、说理等。如就单项技巧而言，描写而不单调，叙事而不拖沓，抒情而不做作，说理而不枯燥，文章就算作好了。但更多时候是这些手法的综合使用，如叙中有情，情中有理，理中有形，形中有情，等等。所以文章之法就是杂糅之法，出奇之法，反差映衬之法，反串互换之法。文者，纹也，花纹交错才成文章。古人云：文无定法，行云流水。这是取行云流水总在交错、运动、变化之意。文章内容空洞，言之无物，没有人看；形式死板，没有变化，也没有人看。

变化再多，基本的东西只有几样，概括说来就是形、事、情、理、典五个要素，我们可以称之为"文章五诀"。其中形、事、情、理正好是文章中不可少的景物、事件、情感、道理四个内容，又是描写、叙述、抒发、议论四个基本手段。四字中"形""事"为实，"情""理"为虚，"典"则是作者知识积累的综合运用。就是我们平常与人交流，也总得能向人说清一个景物，说明白一件事，或者说出一种情感、一个道理。所以这四个字是离不开的。因实用功能不同，常常是一种文体以某一种手法为主。比如，说明文主要用"形"字诀，叙述文（新闻亦在此列）主要用"事"字诀，抒情文主要用"情"字诀，论说文主要用"理"字诀。

正如一根单弦也可以弹出一首乐曲，只跑或跳也可组织一场体育比赛。但毕竟内容丰富、好听、好看的还是多种乐器的交响和各种项目都有的运动会。所以无论哪种文体，单靠一种手法就想动人，实在很难。一般只有"五诀"并用才能作成斑斓锦绣的五彩文章。试用这个公式来检验一下名家名文，无不灵验。范仲淹的《岳阳楼记》是一篇记，但除用一两句小叙滕子京谪守修楼之事外，其余，"淫雨霏霏""春和景明"都是写形，"感极而悲""其喜洋洋"是写情，而最后推出一句震彻千年的大理"先天下之忧而忧，后天下之乐而乐"。形、事、情、理四诀都已用到，文章生动而有深意，早已超出记叙的范围。梁启超的《少年中国说》是一篇讲国家图强的论文，但却以形说理，一连用了"老年人如夕照，少年人如朝阳。老年人如瘠牛，少年人如乳虎。老年人如僧，少年人如侠。老年人如字典，少年人如戏文……"等九组十八个形象。这就大大强化了说理，使人过目不忘。毛泽东的《为人民服务》从追悼会现场说起，是形；讲张思德烧炭，是事；沉痛哀悼，是情；为人民服务，是理；引司马迁的话，或重如泰山，或轻如鸿毛，是典。"五诀"俱全，如山立岸，沉稳雄健，生机勃勃。有人说马克思的文章难读，但是你看他在剖析劳动力被作为商品出卖的本质时，何等生动透彻："原来的货币占有者作为资本家，昂首前行；劳动力占有者作为他的工人，尾随于后。一个笑容满面，雄心勃勃；一个战战兢兢，畏缩不前，像在市场上出卖了自己的皮一样，只有一个前途——让人家来鞣。"在这里，"形"字诀的运作，已不是一个单形，而是组合形了。可知，好文章是很少单用一诀一法唱独角戏、奏独弦琴的。我们平常总感到一些名篇名文魅力无穷，原因之一就是它们都暗合了这个"文章五诀"的道理。

常有人抱怨现在好看的文章不多，原因之一就是只会用单一法。比如，论说文当然是以理为主，但不少文章也仅止于说理，而且还大多是车轱辘话，成了空洞说教。十八般兵器你只会勉强使用一种，对阵时怎能不捉襟见肘，气喘吁吁？不要说你想"俘虏"读者，读者轻轻吹一口气，就把你的小稿吹到纸篓里去了。前面说过，形、事为实，情、理为虚，"五诀"的运用特别要讲究虚实互借。这样，纪实文才可免其浅，说理文才可避其僵。比如钱钟书《围城》中有这样一句话："（男女）两个人在一起，人家就要造谣言，正如两根树枝相接近，蜘蛛就要挂网。"这是借有形之物来说无形之理，比单纯说教自然要生动许多。

　　"文章五诀"说来简单，但它是基于平时对形、事、情、理的观察提炼和对知识典籍的积累运用。如太极拳的掤、捋、挤、按，京戏的唱、念、做、打，全在临场发挥，综合运用。高手运笔腾挪自如，奇招迭出，文章也就忽如霹雳闪电，忽如桃花流水。

　　　　　　　　　　　《人民日报》2003 年 1 月 10 日

图书在版编目（CIP）数据

重阳／梁衡著. --北京：中国人民大学出版社，
2024.1
ISBN 978－7－300－32515－6

Ⅰ.①重… Ⅱ.①梁… Ⅲ.①散文集－中国－当代
Ⅳ.①I267

中国国家版本馆 CIP 数据核字（2024）第 021257 号

重阳

梁衡　著

Chongyang

出版发行	中国人民大学出版社			
社　　址	北京中关村大街 31 号		**邮政编码**	100080
电　　话	010－62511242（总编室）		010－62511770（质管部）	
	010－82501766（邮购部）		010－62514148（门市部）	
	010－62515195（发行公司）		010－62515275（盗版举报）	
网　　址	http://www.crup.com.cn			
经　　销	新华书店			
印　　刷	北京瑞禾彩色印刷有限公司			
开　　本	720 mm×1000 mm　1/16		**版　　次**	2024 年 1 月第 1 版
印　　张	32.5 插页 2		**印　　次**	2024 年 1 月第 1 次印刷
字　　数	399 000		**定　　价**	88.00 元

版权所有　侵权必究　印装差错　负责调换